特别的爱

TEBIE DE AI

◎ 韩乃寅 著

团结出版社

图书在版编目（CIP）数据

特别的爱/韩乃寅著.—北京：团结出版社，2008.1

ISBN 978-7-80214-333-3

Ⅰ.特… Ⅱ.韩… Ⅲ.长篇小说-中国-当代 Ⅳ.
I247.5

中国版本图书馆 CIP 数据核字（2007）第 125846 号

出版：团结出版社

　（北京市东城区东皇城根南街 84 号　邮编：100006）

电话：(010) 65133603　65238766　85113874　（发行部）

　（010）65228880　65244790　（总编室）

　（010）65244792　65126372　（编辑部）

网址：http://www.tjpress.com

Email：123456@tjpress.com（出版社）　　65244790@tjpress.com（投诉）

　65133603@tjpress.com（购书）　　65228880@tjpress.com（投稿）

经销：全国新华书店

印刷：三河东方印刷厂

装订：三河新兴装订厂

开本：170×230（毫米）　1/16

印张：22.5

字数：414 千字

印数：6000 册

版次：2008 年 1 月第一版

印次：2008 年 1 月第一次印刷

书号：ISBN 978-7-80214-333-3/I·143

定价：35.80 元（平）

　（如有印装差错，请与本社联系）

第一章

陈文魁撩开遮眼的枝叶，瞧瞧从知青宿舍伸展过来的小路，仍没有人影，便背靠着一棵白桦树坐下，深吁了一口气，这才摘下肩上挎着的小黄书包，从包里掏出平时用的小刀，转身在树干上划了一个巴掌大的框框，又沿着框框划印深深地刻了一圈儿，然后用刀尖在上沿儿轻轻往下一挑，框内的桦树皮就像纸页一样从树干上脱落了下来。顿时，光光的表面就渗出了清亮亮的汁液来，一珠珠穿成串，由缓变急的往下滴。他怕流掉浪费似的，忙探过头去，伸舌舔吸起来，一小口进嘴，感觉有股淡淡的苦涩味儿。他又猛舔了几小口，抿了抿嘴唇，那苦涩味儿竟不觉了，反倒甜滋滋儿的，还带点清凉，身心如同被微风拂过一般，立刻轻松了许多，刚刚平静下来的情绪又激动起来。他连忙并拢双膝，把那张桦树皮铺展在双膝盖上，从中山装上衣兜里掏出钢笔拧开帽儿往笔尾上一插，拉开笔写起字来……

初秋的这片白桦林显得空旷了，金黄色的树叶儿不时打着旋儿飘落下来。透过稀疏的冠荫，望得见头上的苍穹，幽远朦胧，嵌着大朵大朵绛紫色的浮云。一群山雀叽叽喳喳地飞进了树林，惊叫着打了几个旋儿，又呼啦啦飞走了，林间沉寂下来。这时，黄春雁穿着身褪了色的黄军装，雀跃着出现在林子的进口。她一踏进桦树林，就向那棵熟悉的白桦树望去。她第一眼没发现人影儿，一踮脚才瞧见了陈文魁那油黑般的一顶头发，又一踮脚一探头，看清他坐在树根下正埋头写着什么。黄春雁吐了一下舌头，猫低身子，轻抬腿慢落脚地向他身后悄悄绕过去，待只剩两步时她冷不丁地一大步跨上去，伸出双手搂过桦树紧紧捂住了陈文魁的眼睛。

"雁子，雁子——"陈文魁触电似的浑身一激灵，一股暖流猛地便打头顶涌入了心窝，他不觉地放下了笔，用力攥住黄春雁的双手，似说似喊："你呀你，就会搞突然袭击……"

黄春雁松开手，从树后一侧脸，把目光投向铺在陈文魁双膝上的那张桦树皮，见上面写着两行字，就一把抢过来，"海枯石烂心不变，永远爱我小春雁！"她大声念完，兴奋地往陈文魁身边一坐，抱住他一只胳膊，歪着头笑盈盈地问："文魁，这是发自内心的？"

"当然了！"陈文魁趁机把黄春雁搂进怀里，也乐呵呵地说："到时候你就看我的实际行动得了。""还说呢?"黄春雁轻轻摆脱陈文魁的双臂,嘴一撇,耍着小性子,诉起苦:"农场革委会杜主任来电话,通知徐指导员说场里要推荐你上大学,这事都传开了,整得人心惶惶的,谁也没心思在这儿干了,这不,知青排早早就收工了。我们宿舍里好几个人还向我打听呢,'春雁,这回场里点名推荐陈文魁上大学,他这一走,还能回咱们小兴安农场八队吗?'"黄春雁说到这儿,见陈文魁正用灼热的目光看着自己,心像被灼伤了一样,顿了顿,泪汪汪地又说:"他们那口气里真让我辨不出是什么滋味儿——像是可怜我,又像是……"

"哎呀,这也算个事呀?别听他们瞎说了。"陈文魁提起的心落了地,又来了情绪,一把搂过黄春雁说:"我是学农的,不回农场回哪呀,还能去城市不成?再说徐指导员也把杜主任的意思向我说明白了,这次是'哪来哪去',有你在这儿,我还巴不得呢。"说着,又凑近她耳根,"如果去别的地方,我到哪儿就把你接到哪儿嘛……"说完,他见黄春雁仍板着脸,一副无精打采的样子,就使劲摇晃着她的两肩,"这样行不?"

"行,行——"黄春雁拉着长声,流露出内心的无奈,甚至还有点委屈,本能地点了一下头,张了张嘴,想要说什么,话到嘴边又咽了回去。陈文魁上学的事是从娟娟午饭时透露给她的。她一听,心就慌乱起来,挨过了一个中午,又熬过了一个下午,似乎有一肚子的话要向陈文魁诉说,好不容易才熬到见了面,又不知该说些啥。陈文魁上学对她来说原本是件好事,但潜在的意识却使她萌生出了一种连自己也说不清楚的空虚,让她六神无主,将要发生的一切她是再清楚不过了,陈文魁上学走了,自己还得在这儿干下去,一年两年……她不敢想象以后还会发生什么。

"你呀——"陈文魁满以为这么一说,会赢得黄春雁的信赖和高兴,向他说些动情的话,然后亲昵地搂紧他的脖子,再好好亲吻他一下,可她一句感激的话也没说。陈文魁不知所措地从地上站起来,把头贴靠在桦树干上,一边抚摸着树身上的刀痕,一边琢磨着应该怎样才能表达出自己的真心才会让她相信呢?

陈文魁寻思了好一会儿,也猜不透她的心里究竟是怎么想的,心情烦躁地用掌心不时拍打着树干,发出"嘭!嘭……"的响声。猛然,他想起刚才剥下放在地上的那张桦树皮,就伸手拾起来,二话没说,把右手食指放在嘴里狠狠咬了一下,霎时间,随着皮破肉绽,殷红的鲜血就从指肚里汩汩流了出来。他迅速在那两行字下面写上——陈文魁。

"文魁,你——你——"黄春雁被陈文魁突如其来的举动惊愕了,惊愕之中本能地上前去拽陈文魁,双手使劲捏住他那沁血的手指,泪水直在眼睑上打转。

陈文魁见黄春雁真的被感动了,心里一阵高兴,却不知说些什么是好。黄春雁咬着嘴唇，强抑着泪水，看着那淤着鲜血的手指头，手稍稍一松劲儿，鲜血就又汩汩地流出来。

"文魁——"黄春雁又使劲摁住了，随后小鸟依人般地偎在陈文魁的怀里，责怪说："你也太狠心了！""不是狠心是诚心！"陈文魁扑哧一笑："要不，你不相信我嘛！"

"你坏，你坏！"黄春雁瞪了陈文魁一眼，腾出右手在陈文魁那宽阔而结实的胸脯上捶了两下，看着血指头，心疼地说："快回去吧，到卫生所让护士给上点消炎药包包。""不用，不用。"陈文魁摇摇头，用左手食指指了指前方一种草，"那是八股牛，把它薅出来！"黄春雁疑惑地问："什么八股牛九股牛的，薅它干什么呀？"

"让你薅你就薅呗！快去吧，这八股牛既能止血又能消炎。灵着呢！"陈文魁推开黄春雁，用左手使劲捏着出血的手指头，催促说："把它撅开！"黄春雁半信半疑地走过去，使劲薅出了那棵八股牛拿了过来，在陈文魁面前使劲一撅，白皙细嫩的八股牛杆被折成两半儿，杆皮还紧紧的连着，一股奶液般白殷殷的汁液从折面上沁了出来。陈文魁伸过手去让手指伤口在八股牛折面上来回蹭着，没有几下就不出血了，黄春雁兴奋地喊出声："呦，这八股牛这么灵呀，你和谁学的这么一招呀？"

"谁能有这本事？家属队长——杨金环啊。她说这个方子止血可灵了。"陈文魁回答完瞧瞧黄春雁好奇的样，就又指指前面不远处一个深灰色的蘑菇状小东西说："去，你再把那东西拿来捅破，把面面撒到伤口上。""哎！"黄春雁应了一声，转身就跑了过去，捡起那个圆圆的小东西轻轻一掰，露出一窝褐灰色的粉末，她走近陈文魁问："能行吗？"

"没问题，快点儿吧。"陈文魁说着一扬眉头，面带微笑，装出很内行的样子，而又不无显摆地说："知道吗？这叫马粪包，是专门消炎的。来，把粉末撒在伤口上，再……"

黄春雁按照陈文魁说的意思，将深灰色的细粉末边往伤口处涂边说："文魁，你真行，我怎么都不知道这些东西的用场……是不是又是从杨大姐哪儿学来的？她真是八队的大能人。""那还用说。杨大姐教给我的招多得去了，这才哪到哪呀！我跟你说……"陈文魁刚开了话头，就又打住了。然后向树林深处走了一段，又折回来，皱着眉头坐在了地上，信手拾起一根细树枝在手中撅来撅去。

黄春雁见陈文魁突然没了言语，就挨近他坐下，用肩头轻轻撞了一下问："文魁，怎么了？""雁子——"陈文魁瞧瞧那片桦树皮，又瞧瞧黄春雁，半真半假地："你担心我，我也担心你呢，当初，好几个小伙子追求你，你下了好一阵子的决心才算是选择了我，我这一上大学走了……"

"瞧你说的！"黄春雁搂着陈文魁的胳膊，撒娇地说："放心吧！有你这颗诚心，就是在天子面前我也不会动心，不信吗？"她歪着头，笑了笑，随后神情凝重地拿起桦树皮，就要去咬手指头……

"别，别了……"陈文魁急忙拉住，并摘下钢笔，取下笔帽儿递给她说："来，用这个就行。"黄春雁毫不迟疑地接过笔，在陈文魁血字下面端端正正地写上——黄春雁。写完最后一笔，她依偎在陈文魁的怀里，沉默了好一会儿，才仰脸嫣然一笑："等你大学毕业就不回这儿了，想法分配到省城，哪怕哪个市，哪个县的农业部门也行，我就调过去。这里，机器不够用，有的用不上，'早晨出工三点半、晚上收工看不见、地里三顿饭'实在是太累了，别说干活，一听这口号，我头皮就发麻。"

"你比刚来时不是强多了。我倒觉得，干一天活回来擦擦身子，往被窝里一钻睡觉那个香呀，一觉到天亮，醒来的时候，那个舒服劲儿就别提了！"陈文魁抚摸着黄春雁脑后那两条又粗又黑的发辫，感慨地说："这里真是锻炼人的地方，我真想在这干一辈子。""哎呀，可别逗了，我们宿舍里十多个女生，天天晚上收工回来有一半累得躺在床上直哭——那凄凉劲就别提了。今天上午割大豆，要不是你给我接了好几段，说不定现在也完不成任务呢。"黄春雁凄苦地说完，摊开双手亮给陈文魁看，"一副手套还不到两天就扎烂乎了，你看——"陈文魁看看她伸开的两只手，细嫩纤美的纹络处扎出了一个个小窟窿眼儿，有的已经扎出了血，有的只是扎出了伤痕，满手斑斑点点的，他握住刚攥了两下，黄春雁就"哎呦"了一声，挣开说："疼死我了——文魁，你走了，我真不知道该怎么熬呢。"话没说完，斜偎着的身子一挺，嘴一咧，抱紧陈文魁，要哭又哭不出来，一副可怜兮兮的样子，又说："想想你上了大学将来能离开这里，我还觉着活得有点儿希望……"

天边，灿烂的秋阳倏地蹓到了山顶树林的后头，一片灿烂的晚霞锦绣般闪着迷人的光芒，把白桦林映照的更加妩媚动人了。偶尔，从林边稻田里传来的嬉笑声，不时打破宁静，也给田野增添了生机。陈文魁见黄春雁寻声望去，也顺声瞧瞧说："是家属队在那儿干活呢，看样是要收工了！我来时还让她们早点下班，杨大姐却说天黑还早着呢，回家也是呆着，能多干点就多干点。"

"叫我说呀，这个家属队长哪是肉长的，简直像是钢人铁马一样，干一天活走起路来还那么一阵风似的。我们女生可羡慕了。""那有什么好羡慕的？等你锻炼出来也一样……"陈文魁知道黄春雁不太愿意听这样的话，就望了望天边的晚霞，像是想起了什么，然后起身拎起放在地上的黄书包，拿出来一个照相机，"雁子，我们不说这些了。太阳都落山了，咱俩在这里合个影儿！"

黄春雁高兴地接过相机，"你什么时候拿来的，我怎么没看着？""嘿——"陈文魁眼一眯，抱怨地说："你呀，不是没看见我带来照相机，是没看见我这颗对你恋恋不舍的心！"

"你坏你坏……"黄春雁直起身来，撒娇地用双手捶打陈文魁的后背。"别闹了！"陈文魁连忙闪开，"等天一黑就照不上了，快抓紧点吧！"

"是，是。"黄春雁看看相机，一脸的孩子气："哎呀，你这相机不能自拍，咱俩怎么合影呀？""真笨，这还不好说——"陈文魁得意地说："你给我拍一张，我给你拍一张，等我拿到照相馆去，让师傅把咱俩的底版贴一块儿洗，不就是合影了嘛！""再贴也是假合影！"黄春雁一听就不高兴起来，"一看你对我就不是真心的。我不照了。""你等着——"陈文魁略有所思地说完，撒腿向林边稻田地跑去，边跑边喊："杨大姐——杨大姐——"

洪亮的声音在小桦树林里飞荡着，向四野里扩散出去，黄春雁呆呆地站着，听着这呼喊的声音，看着心上人那不知疲倦的身影，心里像溢出一股股甜蜜的液汁，渐渐渗透了全身。她一直目送着陈文魁跑出了白桦林，转身看见草地上那张血写的桦树皮，轻轻捡起来，仔细端详了一番，然后装进了书包里，想做什么，想说什么，又不想说什么，又不想做什么，只是愣愣地望着那被晚霞染得绚丽多彩的白桦树梢儿，在斑斑驳驳的彩环里轻轻地摇曳着，微风中发出沙沙的细语声。这一刻，黄春雁产生一种前所未有的希望，她期待陈文魁大学毕业了，一定不要再回来。那时，她小雁子真就生出了翅膀，飞走了……

听见喊声，走在半路上的杨金环和几个家属女工连忙停下来回过头，见陈文魁从小白桦林方向边跑边喊地追过来。杨金环不知道发生了什么事，赶紧迎头快走了几步，远远地问："文魁，出了什么事啦？"

"大姐！你们走……走得可真……真快呀？"陈文魁跑到杨金环跟前，上气不接下气地说："我想求你给我和雁子照张合影，她在树林里等着呢——再晚了，就不能照了。""太阳都落山了，你们俩怎么才想起来要照相啊？搞什么鬼？"杨金环忽然想起陈文魁上大学的事情，就说："看来，你小子还行，还不是陈世美。"

"大姐，瞧你说的，有几个那样的人。"陈文魁不好意思地笑了。"有几个？不少，行了，行了，不说这个了，你先头前走着——我告诉她们一声。"杨金环说完，转身提高嗓门儿对不远处等她的姐妹们说："我跟文魁到那边去给他和小雁子照相去，你们先回去吧，别忘了晚上开大会。"

见姐妹们应着声走了，杨金环回身紧走了几步，跟上陈文魁说："文魁，大姐知道你是个有情有义的小伙子，人家小雁子也不白给，长得漂漂亮亮，我见的世面可能也少，就像小雁子这样仙女似的姑娘，我还是第一次见着呢。"

"大姐真会夸人。"陈文魁心里高兴,反倒有点儿腼腆了,没话找话,"哎——大姐,连队不少人都说雁子长得像你呢!""哈哈哈……你更会夸人!"杨金环亮出一串银铃般的笑声,她双手一握拳,放慢脚步,然后掐掐自己的腰说:"你看,你大姐胖得都像个邮信筒了,都半大老婆子了,怎么和人家小雁子比呀!你看人家小雁子,苗苗条条,漂漂亮亮,要个头有个头,要长相有长相,哪个小伙子见了不喜欢?"

"大姐,别说了——"陈文魁不好意思地说:"人家说你的长相、眼睛、脸盘都像小雁子,年轻的时候肯定不比雁子差。""要说呢——"杨金环显出自豪的神情:"小雁子刚来连队时,我也听人说长得像我,这么说吧,年轻的时候,就是比不上,也差不多少,像小雁子似的,邻里邻居真有不少小伙子追我呢,我都没动心,也不知道怎么的,别人一提,就看中了你徐哥……"

陈文魁说:"徐哥好呀,能干,待人又好,还是转业军人呢。"

"嘿……"杨金环斜脸瞧陈文魁:"可别提你徐哥了,人好是好,可就是那个山东犟脾气,要是和你较上劲儿,来了驴性劲儿,你就是八挂马车也拉不回头。你和小雁子可是天生一对……"

黄春雁隐隐约约听到了他俩的说话声,跷着脚喊:"你们在说我什么坏话呢?"她说着跑了过去。"道喜的话都说不过来呢,哪还有空说你坏话呀。"听见喊声,杨金环撇下陈文魁快走了两步迎上去,扯住黄春雁的手,然后接过相机:"来,就在这里给你俩拍照。"

"不——"陈文魁指指前面那棵笔直的白桦树说:"大姐,在那棵树底下拍。"杨金环跟着陈文魁来到树下,黄春雁也随后赶了上来。杨金环瞧瞧被扒掉了树皮的树干逗趣地说:"明白了,明白了,这是约会树、定情树、山盟海誓树吧?""大姐,别逗了!"陈文魁瞧瞧暗淡下来的天色,把黄春雁拉到树根前站好说:"好好给我们拍着,等我俩结婚的时候,第一个请您吃喜糖。"黄春雁也说:"等我们办喜事的时候,请您坐上席,我俩先给您敬酒!"

"说定了啊——"杨金环揭掉镜头盖,把镜头对准他们俩,瞄了一下,仰起脸说:"不行,不行——你俩再靠近一点儿,干什么在我面前还装装作作的?笑一笑。"见陈文魁和黄春雁面带笑容,紧紧地靠在了一起。杨金环才摁下了快门,赞美道:"太美了——一个英俊,一个漂亮,真是天生的一对。"

"大姐——"黄春雁见杨金环要收相机,忙招招手说:"让文魁给咱俩照一张!"杨金环走上前,把相机递给陈文魁,犹豫一下:"也这么站着?"黄春雁点点头,拉着杨金环的手站在了一起。

"好,笑一笑,就这样——让晚霞一染,让白桦树一衬,太美了!"陈文魁对好镜头,说着"咔嚓"一摁,然后他对杨金环说:"大姐,我和雁子没少麻烦您，以后我走了，请您多关照雁子，您就是我俩的亲姐姐了！咱俩也来一张怎么样？"

"行啊——"杨金环笑笑说："和咱们八队出去的第一个大学生照一张，让你大姐也光彩光彩！"她说着拍了拍黄春雁的肩膀："雁子，好好给我俩照啊！"

"没问题——"黄春雁从陈文魁手中接过照相机说："干活不行，干这个我可拿手，说不定将来能成为北大荒博物馆的收藏品，或者是哪个刊物的封面呢！"

杨金环和陈文魁站好后，杨金环突然又闪开了，她笑着说："不，咱俩得换个地方，不能占了你俩的风水。""呦——"被杨金环拉到了一边的陈文魁开玩笑地说："大姐，你还这么迷信呢，连队批林批孔搞得正紧，我徐哥可饶不了你，别拿你当靶子！"杨金环大嗓门嚷着说："当不了，我根红苗正，再说，也是随便说说，和你们开个玩笑。"俩人站到了林子里踩出的一条小毛毛道上，并肩站在一起，还没等酝酿感情，黄春雁就摁响了快门。

"怎么没说好就给我们拍了？"陈文魁说："能好吗？""好，肯定好——"黄春雁自信地说："洗出来看吧，这样照得自然。"

"错不了。"杨金环看了看天色，"我的任务完成了，得赶回去给孩子们做饭了，你徐哥明天还要起早到农场开会，有些东西还得给他收拾收拾。你们俩也早点回去，现在不同往常了，一些人本来就不安心在这儿干了，听说你上学要走就更慌神了，这不，丛娟娟和武解放一下午就没见着影儿，听说丛娟娟正办返城关系，和武解放闹别扭呢？还有黄小亚、赵大江、牛东方几个小青年也跟着瞎哄哄，吵吵嚷嚷地找你徐哥闹事。"杨金环又叮嘱陈文魁说："文魁呀，你是知青排长，遇事要冷静些，别和他们争争吵吵的，该上学就走……"

没等杨金环把话说完，突然从队部方向传来一阵"嘀嘀哒哒……"紧急集合的号声。几个人不约而同地向林外望去，透过林间稀疏的缝隙见知青宿舍门前一片忙乱，气氛十分紧张，知青们全副武装正在列队，随即兵分三路向江边一片苞米地火速拢去……

"不好！"陈文魁一惊："大姐、雁子，有情况……我得先走了……"他说着，丢下杨金环和黄春雁，撒腿就向林外跑去。"怕出事，偏出事，号声一响，准没啥好事……我们也快走！"杨金环急忙帮助黄春雁装好相机，拉着她的手急火火地追了上去。

黄春雁被动地跟在后面，刚跑出白桦林，便被一根烂树根儿拌住了脚，她一个跟头就跌倒在地，发出"妈呀"一声尖叫："我的脚崴了……"

第二章

"大姐，快别光顾忙活我了，先给孩子们做饭去吧，看饿着……"黄春雁瞧见两个孩子在屋角的饭桌前坐下，然后默默地从各自书包里拿出书本和文具，做起了作业，便把左脚从杨金环的手中向外挣。杨金环没说话，也没抬头，手用上了力。黄春雁的脚僵硬了一会儿，就松软下来，她过意不去地说："都怪我，让孩子跟着受罪。"

"没那么娇惯，孩子打小时跟我习惯了，赶上农忙季节，我和你徐哥在地里一忙就是一整天，家都不着，他们自己能找吃的，饿不着。"杨金环见黄春雁皱着眉头，额角渗出了虚汗，疼得直咧嘴，就风趣儿地说："我这回可粘包了，文魁回来还不得找我算账啊。""大姐，真会开玩笑——我倒担心没参加行动，又该挨批了。"黄春雁似乎预感到了什么，叹息着："下午还好好的，有说有笑的，脚说崴就崴了？刚上脚的一双新胶鞋也被乱树枝刮了个大口子，都怪文魁甩下我们，先跑了……真是乐极生悲，活该我倒霉……往后还说不定又有啥倒霉事儿落在我头上呢？"

"话可不能这么说，小雁子，不是大姐说你，你也太娇气了，谁还没有点闪失，没点啥意外，文魁是民兵排长，凡事总得带个头是不是？鞋刮坏了，等大姐到场部办事给你买双新的回来……再说抓个偷苞米的破坏分子，去了那么多人，又不差你一个……"杨金环说着，趁黄春雁胡思乱想，注意力不集中之机，一只手捏紧她的脚踝骨，一只手握住她的脚后跟，两手突然用力猛地一抖，随着黄春雁"啊呀！"一声的尖叫，杨金环松开手站起身来，笑着说："好了——试试。"

"大姐，你的手也太有劲儿了，捏死我了，哎哟！"黄春雁哼哼呀呀地趿拉着鞋站起来，活动活动左脚，果真不疼了，但脚一着地，她"哎哟"一声，又赶紧坐下。"脚崴了，不吃劲，怎么也得疼两天——来！坐着。"杨金环边说边从被褥架上拽过来一条毯子，展开铺在了炕头，示意让黄春雁上炕头靠墙坐着，然后唠叨说："你们这些城里来的小丫头，在家都让爹妈娇贵坏了，像玻璃做的，个个脆得很，碰着点就针扎火燎的疼得不行了，不像我这个从农村长大的扛折腾——大姐这就烧火做饭去，回头我用酒给你揉一揉脚，再用热毛巾敷一敷，活活血，你养两天就好了。"

"大姐，"黄春雁被感动得一时不知说什么是好，想起陈文魁在小白桦树林里对她说的那番话，就说："你真行——怪不得文魁总在我面前夸你呢，你怎么懂这么多？""都是逼出来的，十多年前，我从山东老家刚来时，也和你们一样看什么都新鲜什么也都不懂，在这儿呆久了，遇到事情多了，慢慢的什么都学会了——你也一样，呆久了，也什么都懂了。"杨金环在外屋洗着手，好一会儿没听见黄春雁再言语，知道她是吃不了这苦受不了那罪，就笑着问："怎么，小雁子，怕了？"

"那还不得把我折腾死呀？"隔着门，杨金环听到黄春雁一句凄婉的回音。她轻叹了口气，没有去接话茬儿，急火火地用毛巾擦了擦手，转身出了门，从院里的柴火垛上抱回一些干豆秸放在灶旁，她心中惦记着没吃上晚饭的两个孩子还饿着，也惦记着都这时候了还没有个影儿的丈夫。她便手脚麻利地添柴点火刷锅忙活开了。顿时，厨房里有了柴烟和热气，油烟味也浓重起来。

杨金环瞧瞧忙得差不多了，就随手敞开了大门，站在院里看着柴烟、热气，还有油烟从屋里慢吞吞地向外流出，而后四处弥漫，她总觉得像似有什么事还没办妥，四下一瞧，院子里空荡荡的，心里"咯噔"一下，猛然想起一早撒出去觅食的八只大鹅还在江边。"这死记性。"她暗自骂着，又向里屋喊着说："小雁子，我出去一会儿……"没等黄春雁回音，杨金环就急匆匆地出了院，然后拐上南北大道，朝北一直走去……

完达山东麓的坡势越来越缓，一直绵延到了黑龙江南岸，顺势又猛地一转弯儿，甩下了一片潮湿的土地。小兴安农场八队就坐落在这里，距江边只有四十多米远的地方。由于地势低洼易涝，当年开荒建队的时候，这里就没有作为重点来开发，只留下了五十几户人家，一万多亩地，还十年六不收。等大批城市知识青年潮水般涌来时，这儿也只是安置了从滨城来的三十多名知青，并在江边挨排盖了两栋宿舍，十多名男青年一栋，十多名女青年一栋，还修了条南北街道将其隔开。杨金环的家就在宿舍后面那栋家属房的东头，屋门朝南，出院向东走几步，沿着街道，向南能望得见白桦树林，道的北端就是江边。

江水不知疲倦地流淌着，水面上飘浮着的缕缕霞光已经淡去，那片白桦树林也越发模糊了。等杨金环从江边把几只大鹅赶回院内，再用一只破水瓢从角落的麻袋子里舀出些饲料，撒泼在地上时，暮霭早已悄悄地降临了。随着连队发电机房里马达声的一阵轰鸣，每栋家属房的窗户倏地都亮了，夜色一下活跃起来，惟有那两栋知青宿舍还是黑魆魆的一片。

黄春雁坐在炕头，毫无目标盯住一个什么地方发呆，脑海里混浆浆的，她尽量不去想陈文魁上学这件事，而一闭上眼睛，陈文魁那听到号声便匆匆离去的背影，就又像演电影似的在她眼前一幕幕闪现，又促使她联想到陈文魁上学走后，自己孤零零的身影，让她心乱如麻，涌起一股说不尽的凄凉滋味。但是，黄春雁又想起那张桦树皮上血写的誓言，心中又得到了某种说不出的快慰与满足。她一遍遍地回味与陈文魁在小白桦树林里的情景，不知不觉中，原先那种六神无主的惶惑感淡漠了，耳边又回荡起陈文魁那热情开朗的笑声，真想让他总那么抱着自己，永远不要放下来……想到这儿，黄春雁打起了精神，睁开眼，急切地向窗外张望，见人还没有回来的迹象，杨金环也不知出去干啥去了，就想穿鞋下地到外面瞧瞧，刚一挪动脚，疼得她又"哎哟"地叫出了声。"怎么了？雁子阿姨。"徐小凤听见叫声，放下笔，抬头问："脚是不是很疼？我给你叫我妈——妈！"

杨金环在院里一边喂着鹅，又一边一二三地数了数，一共八只大鹅一只也没丢。听见喊声，她赶忙进屋，从锅里舀出一盆热腾腾的水，又顺手拿了条毛巾。"小雁子，等着急了吧？"杨金环端着水盆乐呵呵地进来，她把水盆放在炕沿下的地上，又将胳膊肘儿上搭着的毛巾浸泡在水盆里，试过水温后说："温度正好烫脚，小雁子，你先烫烫脚，再用热毛巾敷在脚脖上——饭菜马上就好。"黄春雁听话地将身子从炕里挪到炕沿边上，把双脚浸泡在水盆里，嘴角掠过一丝笑意，"真舒服啊！大姐，给你添麻烦了。"

"小雁子，你今天这是怎么了，尽说些客气话，相处这么多年你还不了解大姐呀？大姐是个热心肠的人，把你们这些城里来的知青都当成我的小妹妹小弟弟，文魁走了，这儿就是你的家，我就是你的亲姐姐，以后啊可不许再和大姐客气喽。要不听话，大姐可真就生你的气了。"杨金环说着又去厨房忙活去了。

杨金环的话，句句落在黄春雁的心里，像一团冬日里燃烧的烈火，温暖着她的心。黄春雁相信，在陈文魁离开的日子里，有杨金环在身边照顾，她小雁子还会是她小雁子，依旧天真、活泼和无虑的。于是，黄春雁撒着娇笑嘻嘻地大声央求："大姐，我饿了……""这就对了……"杨金环隔着门应着话，手上一刻也没着闲，菜很快就出锅了，只等徐亮和陈文魁回来下面条了。

这时，从连队大东头传来几声"嗷嗷"的狗叫，惊得窗外八只大鹅一个接一个地叫，响成了一片。杨金环忙跑到大门口张望，就听前面知青宿舍的门前有了响动，随即两栋宿舍里的灯光亮了起来，接着是噪音一片，男的女的，个个扛着大嗓门儿，叫苦连天，不时传出几声粗野的责骂声……

"大姐，指导员和文魁他们回来了。"黄春雁不知啥时也来到门口迎候，吓了杨金环一跳。"小雁子，你——"杨金环赶紧搀起黄春雁一只胳膊，嗔怪地说："又不听大姐的话了，不是让你在炕头等着吗？""大姐，我的脚让热水一烫，再用热毛巾一敷，好多了，你这一招可真灵呀，瞧瞧！"说着，黄春雁从杨金环怀里抽出胳膊，在空地上做了个"常青指路"的舞蹈动作。

"你的左脚还是不吃劲，快上炕去！"尽管黄春雁装得若无其事的样子，但杨金环还是从她左脚着地的瞬间里，察觉出黄春雁的脚伤没有好利索。"大姐，"黄春雁挽起杨金环的胳膊肘儿摇晃了两下，撒娇说："不骗你，真的不疼了。"

"真拿你没办法，看我怎么向文魁告你的状……"杨金环和黄春雁两人正你一句她一句的说着话，就听脚步声和说话声来到了门口。陈文魁的语调："徐指导员，你看今天这事该怎么办？""晚上开会时，先宣布，全当欢送会了。"徐亮气呼呼的声音："让他们死了这份心，你也马上走人，我好省心。"

"指导员，我说的不是我上学的事？"陈文魁紧走两步，跟上来，"我是说今晚上武解放和丛娟娟钻苞米地的事。"徐亮看见窗外灯影里站着的杨金环和黄春雁，就停下脚，转脸对陈文魁说："让他们大会上作检查。"

"他们钻苞米地是为了谈恋爱，又不是去偷苞米。"陈文魁为武解放和丛娟娟辩解："再说又没弄倒撞坏一棵苞米，这样处理不合适。"徐亮听不进去，仍气呼呼地说："那也不能就这么算了。谈恋爱就好好谈你的，非得钻苞米地，民兵排去了，你出来讲清楚也就完了，可他俩却在苞米地里东躲西藏，和我们玩起了把戏，害得这么多人折腾了一晚上，尤其是那个武解放，骂我们这是没卵子找茄子——闲得没事找事。你听听，他还有理了……"

"武解放平时就是这副德行，嘴上没有把门的。"陈文魁说："这全队谁都知道啊，上来虎劲儿啥话都敢向外嘞嘞，再说……""再说，"徐亮抢过话，"再说那个丛娟娟想要办困退，杜主任还打电话说过情，让我放人，我还真有心放她走呢——你倒好好表现啊，割地打狼不说，还背地里——我觉得不对劲儿。"徐亮说到这，突然话题一转，问陈文魁："你说今晚上的事，能不能有人捣鬼，知道是武解放和丛娟娟进了苞米地，然后谎报有人偷苞米，折腾我们，来破坏连队的大好形势呢？"

"有这个可能，不是破坏也是故意搞恶作剧，看笑话玩。"陈文魁接过话说："刚才我问过先报案的赵大江，赵大江说是听黄小亚说的，又问黄小亚，他又说听牛东方不知从谁那儿听说的……""一定是那个牛东方搞的鬼，这小子坏点子多着呢。"徐亮又接过话说："看我怎么收拾他……"

"指导员，我这不是成了背后打小报告整人的小人了嘛？"陈文魁急了，忙说："我不是这个意思，是分析有人为什么要这样做，是不是因为推荐我上大学，大家不服有意见，才……"

"我说——老徐，你俩有话进屋坐着唠，别在外面傻站着了。"杨金环见丈夫和陈文魁越说话越多，就上前打招呼，将两个人让进院，"这饭菜可等着你们呢？"

黄春雁瞧陈文魁走近了，扑上去拉住他的手，目光一下灿烂起来，嘴上却说："没良心，扔下我一个人跑了。"陈文魁握紧黄春雁伸过来的手，笑呵呵地说："是不是等着急了？"他说着就拉着黄春雁的手跟在徐亮的身后进了屋。在进门时，黄春雁亲昵地在陈文魁的脸上吻了一口。

"你怎么没包饺子？"徐亮见杨金环烧水准备下面条，就满脸乌云，没好气地说："我说上东你上西，不是说好了吗，文魁要走了，怎么着也得在家吃一顿饺子啊。""打算是那样，等文魁走时来家吃顿饺子，这不是赶巧来不及了吗。"杨金环知道丈夫在外生了不少气，自己也回来晚了，又有陈文魁和黄春雁在场，不想再惹他生气了，"回头再补上嘛。"

"来不及了也不能煮面条呀！"徐亮还是发起火来，声音有些暴躁，"这不是给文魁添堵给我添乱吗？""指导员，"陈文魁一脚门里一脚门外地说："没那么多说道，什么饺子、面的，都一样，这面条吃进肚子里顺顺溜溜，更好！"

"这好办，你们先吃菜喝酒，等开完会回来再包饺子吃。"杨金环放下煮面条的打算，端上来最后一盘菜，摆放好后对陈文魁说："大姐保准让你今晚吃上饺子。"

徐小凤和徐大龙已收拾好书包，见陈文魁进来，一起扑上前，一个说："陈叔叔，我长大了在连队里好好劳动，也让大伙儿推荐我上大学。"另一个说："陈叔叔，你走了，谁教我学识谱呀？我还没全学会呢！"

"叔叔回来看你们时继续教呀。"陈文魁把兄妹俩搂进怀里说完，用右手一指黄春雁，说："我不在时，你们就找雁子阿姨，她能歌善舞……""陈叔叔真好！真好！"大龙和小凤高兴地拍起巴掌来，"雁子阿姨也好！"

"行了，别和叔叔闹了，"杨金环说完孩子，对陈文魁和黄春雁说，"快坐下吧，没什么好吃的，都是家常菜。"陈文魁和黄春雁同时向餐桌上看去时，才觉出一股香味往鼻子里扑，有粉条炖猪肉、蘑菇炖小鸡、韭菜炒鸡蛋，有黄春雁最爱吃的糖醋鱼，还摆了四个小酒杯和一瓶好酒，"过年不过如此嘛！"陈文魁惊喜说："够丰盛的了！"

"大姐，真不知该怎么感谢你们好了。"黄春雁被感动了，对杨金环说："真没想到一会儿的工夫你做了这么多好菜，真神了。""客气什么——这都是你徐哥提前让准备的。"杨金环把手里的筷子往桌子上一放，催促着说："小雁子，你脚刚好点，别总在地上站着了，快坐吧，一会儿该开会了，别耽误了。"

"雁子，你的脚怎么了？"陈文魁赶紧把黄春雁搀扶到炕头坐下，蹲下就去脱她的鞋，要看个究竟，"你怎么不早说呢，怎么崴的？""还不是怨你，听见号声你先跑了，我和大姐就在后面追，刚跑出林子就被树根儿拌了个大前趴子……"黄春雁见陈文魁向上挽着她的裤脚，裸露出小腿肚子，忙推开陈文魁，又放下裤脚，难为情地说："好了，不用看了。"

"我说小雁子，刚才那股亲热劲儿跑哪儿去了，是不是让院里的大鹅给叼吃了……"杨金环又换了盆热水，一边让众人洗手一边和黄春雁开着玩笑。"大姐，求你了，别在说人家了好不好？"黄春雁故作生气状，用手捂住微红的脸，嬉笑着。

"我先带头坐！"徐亮说着先入了座，陈文魁和黄春雁挨着坐了下来，杨金环和两个孩子也上了桌。徐亮拿起酒瓶子，除了两个孩子外，给每个人倒上小半杯，又给自己倒满，然后举起杯来说："文魁，咱农场革委会杜主任打电话征求我的意见的时候，我本舍不得你走。杜主任就建议我说，不行就把上学的名额让给丛娟娟，她正好闹着要办困退……""这上学的名额还带让的呀？"黄春雁略有所思地在一旁边插问了一句。

陈文魁忙用眼光示意黄春雁别打岔，听指导员把话说完。徐亮对陈文魁继续说："我一听，也是个办法，既把文魁你留下来了，也把丛娟娟打发走了，省得她在队里闹哄哄的，这不是一举两得嘛。又一想，这次推荐的名额是滨城农业大学，文魁你不是在搞高寒地区水稻的研究吗？可别耽误了你的前途，我就回决了杜主任的建议，还是同意你走了。来！咱们共同举杯给文魁送行——表示祝贺！"说完，一口喝进肚里，见陈文魁三人都是沾沾嘴，又说："好，能喝多少喝多少，来，吃菜——"他说着用筷子示意着菜盘子，陈文魁和黄春雁也不客气，随便地吃了起来。

杨金环看看挂钟说："老徐，可别喝多了，一会儿还得开会呢，你不是说有话要和文魁好好唠唠嘛？""噢——"徐亮把嘴里的菜嚼嚼咽下去憨笑着说："文魁，你要走了，有件事情我对不住你，你可别记着我……"

陈文魁放下筷子，莫名其妙地问："指导员，你对我蛮好，没什么呀。""哎呀——怎么没什么？"徐亮说着从兜里掏出烟口袋，又拿出条卷烟纸，然后向纸上撒了点烟叶，边卷着烟边说："打前年开始，为了在咱这高寒地区种水稻的事情，咱们就没少干，我说我当过技术员的还不知道，自古以来，这里水稻就不能高产，卯大劲打个二三百斤，你便和我犟，还找副队长要了两亩地，从全东北地区划拉了三十多个早熟稻品种，搞高寒地区水稻品种资源研究，我和你吵过——"

"你那驴脾气呀，硬说人家是浪费地，我要是不拦着，你还要把人家文魁的试验田给毁了，说这是瞎子点灯白费蜡，是祸祸地……"杨金环接话说到这儿，瞧见徐亮点着了烟，没等他吧嗒几口，浓浓的烟雾就呛得黄春雁咳嗽起来。杨金环忙又说："老徐呀，你先别抽了。""不抽就不抽了。"徐亮笑嘻嘻地赶紧掐灭了烟，双手展开向脑后，拢了拢稀疏的头发，说："文魁呀，我这个技术员出身的指导员逊色了，你真行，到底是研究出五六个品种能在咱这里播种，亩产最多的还达到了六百多斤……了不起呀！"

小凤和大龙紧挨着坐着，只能吃到眼前的菜。陈文魁见他俩够不着自己这边的小鸡炖蘑菇，就把盘子端了过去。"文魁，不用管他俩，你别光喝酒，吃菜呀！"杨金环用筷子点划一下盘边说："我们家属队好几个姐妹说，要是文魁不走呀，说不定还能研究点儿大名堂来。"

"文魁呀，"徐亮笑着，举起杯说："来，咱俩缘分不小，你这一走，我心里还真有点不是滋味呢。你大姐说的也有道理，要是你不把这提高产量的品种研究出来，说不定种水稻的事儿就黄摊儿了，前年就好悬嘛。杜主任来检查秋收时，一听说这水稻亩产二百多斤直发火，说费这么大劲不合算——""主要不在这个，"杨金环见徐亮没把话说透，就补充说："杜主任说过，全国'农业学大寨'运动搞得热火朝天，有的提出产量要'上纲要'，有的要'过黄河'、'跨长江'，说是这点产量不是明摆着给农场抹黑嘛！"

"这两年不用说了——"徐亮接过话说："咱八队成了北大荒高寒地区提高水稻产量的典型，大会表扬你，场里也不嫌咱这里偏僻了，逢来上级领导就领着来这里参观，还在这里就地吃大米饭，这么一想，咱八队成了宝了。今年打的水稻就不让吃了，说是明年推广、扩大种植面积，要把咱八队建成'江南鱼米乡'，我那点先试种水稻的胆量，让你这么一整，也放光啦！这不，明天我就得去农场参加表彰大会，还要发言呢。文魁呀，这发言稿可得好好写着，让咱八队好好光彩光彩。"徐亮说到这儿，习惯地又用手向后拢了拢头发，继续说："将来再把小白桦林南面那片洼地都种上水稻，那咱小兴安岭农场八队可真就成了'鱼米乡'了！来，喝酒——"他举起杯来和陈文魁去碰杯。"你光彩我也光彩呀——"杨金环举起杯朝他俩刚碰到一起的杯撞去，"来，也带我一个！"三只杯子轻轻撞了一下，每人喝了一大口。

黄春雁坐在旁边只觉得自己和这气氛掺和不进去，或者说找不到合适的话头，加上自己又不能喝酒，一大口酒下肚，已经觉得胃肠里发热，脸上也在微微发烧。想逗两个孩子似乎也找不到舒心的话语，一个劲儿用夹菜来掩饰着尴尬。她自己也纳闷，好像有一种预兆笼罩在心头，盼望的怎么也与陈文魁在小桦树林里的炽热劲儿拧不到一块……

"文魁呀——"徐亮吃口菜放下筷子问："听说你又在研究水稻栽培的什么名堂？"陈文魁不好意思地说："没，没有。瞎琢磨，刚刚有一点眉目。"

"说实在话吧，"杨金环给陈文魁的杯子里斟满酒说："文魁，队里人都舍不得你走，推荐大学生又得推荐好样的，这就没办法了。"陈文魁听罢，犹如一股幸福的热流在心底流过，他感动了，激动了，看着杨金环说："大姐，放心！

毕业了，我再回来。"

"什么！"一直沉默不语的黄春雁惊讶地问："毕业了，再回来？"陈文魁正沉浸在事业有成的幸福之中，被黄春雁这么突然的一惊问，忽地想起了她沉重的心思，他瞧瞧徐亮，又看看杨金环，才转脸吃惊地注视着黄春雁说："我……我……我……"

屋里高涨热烈的气氛一下冷落了下来，谁也没有了言语。黄春雁连忙避开陈文魁的目光，尴尬地瞧瞧杨金环，又看看徐亮，几乎所有人的目光都对视了一下，这就使她更尴尬了。正当黄春雁挖空心思，努力摆脱尴尬的时候，坐一列火车来这里的知青黄小亚喘着粗气推门进来了。

"指导员，"黄小亚一只手拿着一沓稿纸，一只手摘下鼻梁上的黑边儿眼镜，在衣襟上擦了擦，边戴边问："正好文魁他们俩也在这儿，人都到齐了，大会还开不开呀？"

陈文魁忙站起身说："指导员，咱们快走吧。""这事儿干的，"杨金环瞟了一眼挂钟，乐着说："光顾唠嗑了，饭还没吃呢。"黄春雁终于找到了解脱尴尬的话头，"大姐，这么好的菜，光吃菜就饱了，走吧，别让大伙等着。"

"走就走吧。"徐亮也站起来，看着满桌的酒菜，意犹未尽地说："等开完会回来接着喝，不煮面条了，包饺子——""这回你说了算！"杨金环也站起来，"小雁子，那咱们就跟着走吧——回头帮我包饺子。"

几个人说着，忙向外走，就瞧见黄小亚把手里的一沓稿纸放在了徐亮面前的桌子上。

"这是什么呀？"徐亮似乎知道上面都写了些什么，立马皱起了眉头。"大家的申请书……派我送给……你。"黄小亚怯懦，而又认真地说："既然上学的名额是推荐的，人人都有份……"

"你们搞什么搞——"徐亮不等黄小亚把话说完，猛地抓起那沓申请书，撕巴撕巴，气呼呼地扔在了地上……

第三章

八连是小兴安农场东北边最远的生产队，由于依山傍水，加上年久失修，路面弯弯曲曲，坑坑洼洼，吉普车行进的速度不得不缓慢下来。透过车窗可以看清田野里繁忙的景象。割倒了的大豆、水稻被积成堆儿，捆成捆儿，一铺儿接着一铺儿，一垛儿连着一垛儿，密密麻麻，在高远的天空衬托下，闪烁着黄褐色的光泽……

杜金生缩着脖儿坐在司机边上的座位上，闭目打着盹儿，从大衣领子里露出来的半截胖乎乎的脑袋，随着车身的颠簸，也不时地晃来悠去，样子很滑稽。徐亮怀里抱着面锦旗，闷闷不乐地坐在后排，倦意的眼神中又流露出一丝不安，他嚅动了两下嘴唇，似乎有一肚子的话要诉说，但瞧杜金生一副熟睡的样子。他又不好打扰，就半眯缝起眼睛，任那颗胖乎乎的脑袋在眼前晃来晃去。

其实，徐亮的心里十分焦虑，担心队里的知青们和他怄气，再玩出什么新花样来，把秋收会战的事耽搁了，让他在场领导面前丢脸，辜负了杜金生的期望。他昨晚是一夜未眠，让知青们闹哄哄的折腾了大半夜，刚闭上眼儿，又被杨金环叫醒，说天不早了，该起来开会去了。此时，徐亮脑海里是一团乱麻，眼皮也有些酸痛，后悔不该在这个时候出来。但他又身不由己，杜金生再三嘱咐，让他一定得参加这个会，更何况还是命名八队学大寨先进单位表彰大会呢，他又不能不来，所以会议一结束，他就急着往回赶。杜金生拦住说他要下队去转一转，正好顺路送他，徐亮只好让司机开着"大解放"先回去了。

"我说，徐指导呀！"杜金生总算有了声音，"省农科院一位领导同志可来了电话，让陈文魁马上去报到，催得很急呀。""杜主任，"徐亮急忙睁开半闭着的眼睛，用左手向后拢了拢头发，打起精神回答："这可不行，你是知道的，《寒地水稻品种资源研究》课题，是他带头搞的，要走怎么也得好好交代交代呀，要不，我们这面农业学大寨的红旗可就没法再扛下去了。"

"文件不是写了嘛，这回推荐的工农兵大学生叫'社来社去'，也就是说毕业了还得回来。"杜金生目视着前方，意味深长地说："当领导的，要有点战略眼光啊，等他大学毕业再回来，会让你们这个红旗单位如虎添翼的。""这……"徐亮还想说什么。

"徐指导，你不用再说了，你的心思我知道，车到山前必有路嘛。"杜金生深知徐亮面临的困境，见他还是有些犹豫不决，就漫不经心地问了一句："对了，你们八队有个名叫丛娟娟的知青吧？""有，有。"徐亮连忙回答说。

"滨城知青办来了一份协商丛娟娟家庭困难返城的公函，你打算怎么回复啊？"杜金生回头看着徐亮。"杜主任，"徐亮有些急了，"这个口子一开，知青扎根教育问题难度可就大了。"杜金生叹了口气，扭回头，"不知你知道不，有不少地方已经开了口子，从知青中招工、当兵……"

徐亮打断杜金生的话，"这我可没听说，据我所知，咱们小兴安农场可还没有，杜主任，你可要把好关呀。""是啊，"杜金生说着向肩上耸了耸黄大衣，"我这不才一方面来看看秋收生产，一方面来和你谈谈这件事嘛。"

"杜主任，"徐亮向前探了一下身子，尽量挨近杜金生说："我相信，你会有办法保卫我们小兴安农场知青上山下乡成果的。""这一点你不用担心，我会的。"杜金生笑着说完，又问："丛娟娟表现怎么样？"

徐亮迟疑一下说："怎么说呢？""该怎么说就怎么说嘛！"杜金生干咳嗽了两声。

"别的没什么，"徐亮也清了清嗓子，说："就是怕苦怕累的思想比较严重，再有就是背后爱说个怪话什么的。""这没什么吗。"杜金生晃了下胖乎乎的头，不以为然地说："这种思想在全场知青中普遍存在着，这不算什么嘛？"

徐亮见杜金生这么个态度，一时不知说什么是好了，就说："反正，丛娟娟要是返了城，就像激流的大河开了口子，其他的知青就会一窝蜂似的跟着闹哄，张罗返城，到时候想拦都拦不住。""你的意思是——"杜金生的脸色顿时变得有些难看起来。

徐亮往坐后背上一靠，皱着眉："叫我说，干脆给她卡住！让他们都断了念头，死了这份心。""不行，不行啊，我的徐指导，"杜金生摇摇头，"上级已经有了这样的政策，家庭确有困难的知青，可以办理返城手续。"

"这……但总不能让一条鱼搅腥一锅汤吧！"徐亮似乎明白了点什么，松动了一下皱紧的眉头："喂，杜主任，那，就像你跟我建议的那样，推荐丛娟娟上大学行不行？""哎——"杜金生哎了一声，脸上随即有了笑容，话也多起来，"这就对了吗！我早就说过，你这可是一举两得呀，即放走了丛娟娟，又留下了陈文魁，我问你，这工农兵上大学可是自愿报名，群众推荐，领导批准，学校验收，学校点名要陈文魁的事，你我不说出去，有谁知道——你说的丛娟娟那种情况，大伙儿能推荐她吗？"

"我可以做做工作。"徐亮有信心地说完，又面带难色地说："这可就委屈了陈文魁了，我已经同他谈过话了，还交了底。再说，昨晚上知青们的瞎闹哄，我看好像不是奔着陈文魁去的……这样做，陈文魁会不会觉得我在耍把戏，戏弄他……我是从心里不愿意让他走啊！""这好办，你回去跟陈文魁讲，上学的机会多的是，今年错过了，那就明年去吗。"杜金生接过话，又补充说："另外，你今晚就开会，先拿出个意见来，到时候我再和场革委的其他领导同志研究一下，这样吧，我先找丛娟娟谈谈。"

徐亮瞧了一眼车窗外，用手指着不远处插着红旗的地号，"好，她正在前面的稻田地里参加收割大会战呢。""不，"杜金生顺着徐亮指示的方向看了一眼，说："要是在地里谈，好像我专程来的，就抬高了她的身价，好像怎么的似的，你通知她，明天到场部我办公室去一趟。"

徐亮不无感激地说："杜主任，你可得给我们八队把好关呀，知青返城问题一开口子就不好收拾了，我们八队可就完了，您千万不能松这个口，放丛娟娟走啊。""哎——"杜金生双手抱着膀，严肃地说："政策和策略是党的生命，我们能违背?!"

"快到了！"吉普车进入八队地界时，司机扭头问："杜主任，是先去队部，还是直接去地号？"杜金生欠了欠坐得有些麻木的屁股，瞧瞧红旗迎风招展的田间，说："去地号。"

"从树林子东边拐过去……"徐亮用手指了指不远处的白桦林。司机随即减了车速，将车拐上一条平坦的田间小路，接着踩了一脚油门，吉普车一溜烟儿地向那片白桦林驶去……

金黄色的稻田地里，红旗飘飘，几杆红旗旁边还立着几根松木杆子，杆子当中挂着一块用彩色粉笔写满文章的黑板报，杆顶上拴着的广播喇叭在响，知青们割得热火朝天。播音员在树下麦克风旁激情地广播："革命的职工家属、知识青年战友们，连队号召大家一定要不辜负场革委会的期望，不怕苦、不怕累，战天斗地，坚决实现丰产丰收，不丢一粒粮……"

吉普车在稻田地头戛然停住，嘭嘭两声，车门打开，胖墩墩的杜金生披着黄大衣先下了车，随后清瘦的徐亮夹着锦旗也跟着下了车，然后，他赶紧用双手做成喇叭状，放在嘴上向地里干活的人们大声喊："知识青年同志们，场革委会杜金生主任来看望大家了，让我们以热烈的掌声表示衷心地感谢！"

正在割稻的知青们听见喊声，纷纷直起腰，不约而同地向这边张望，有擦汗的，有朝这边走的，也有坐下来拿起水壶喝水的，还有提着裤子，趁机到蒿草丛中方便的，只有少数几个知青鼓起了一阵掌声。

杜金生见大家都停下来，忙招着手说："广大革命干部、职工、知识青年同志们，大家辛苦了！我们小兴安农场八队在指导员徐亮同志的带领下，突破高寒禁区使水稻亩产达到了六百多斤，这是毛泽东思想的伟大胜利，也是我们深入开展农业学大寨运动结出的丰硕成果。场革委会研究决定——授予八队农业学大寨先进单位光荣称号，上午开了表彰大会，徐亮同志还作了大会发言……我代表小兴安农场革委会，向你们所取得的成绩表示祝贺！"

杜金生说着从徐亮手里接过锦旗，然后展开，向大家示意了一下，又交给徐亮。徐亮笑着接过锦旗，自豪地用双手在胸前持着，旗上绣着"农业学大寨先进单位"等闪光的金字。

杜金生一边向鼓掌的人们招手示意大家干活，一边信步走进稻田，他一眼就被黄春雁那漂亮的脸蛋儿和苗条的身姿吸引住了，下意识地朝黄春雁走去。徐亮赶忙将锦旗挂在了松木杆上，紧走了几步追上来，不假思索地指着远处一名女知青说："杜主任，那就是丛娟娟——"

"徐指导，那你就去通知她一下吧。"杜金生从黄春雁的身上收回目光，看了一眼徐亮示意的女知青，点点头，叮嘱说："注意不要声张。"

黄春雁低头正割着稻子，听到脚步声抬起头，见杜金生已来到了身边，她急忙笑眯眯地打招呼，"杜主任，您好。""小同志，"杜金生也笑着问："怎么样？累不累？"

黄春雁苦笑着，一边擦着脸上的汗水，一边点点头，眼里充满了感激之情。

"累了，就先歇息一会儿吗。"杜金生走到了黄春雁的跟前，从她手里要过镰刀，哈腰割起了稻子。"杜主任，真不好意思，哪能让您帮着我干呢。"黄春雁说着，上前就要去抢镰刀，刚一迈步，脚下好像被什么东西绊了一下，她"哎呀"了一声。

杜金生刚割了两把，听见喊叫，忙转过头，瞧见黄春雁咧着嘴，抱着左脚坐在了地上，一副痛苦的样子，他赶紧放下手中的镰刀，把黄春雁扶到稻捆子上坐下，亲切地问："是不是把脚崴了？""我的脚昨天就崴了，还没好利索，刚才又闪了一下。"黄春雁不好意思地边脱鞋，边笑着回答："没事，一会儿就好了。"

"来，让我看看，可大意不得呀。"杜金生在俯下身子的那一瞬间，他扫视了一眼黄春雁低开的毛衣领处露出白花花的肉，那上面还带着几滴露珠般的汗珠。杜金生心头的热血猛地一阵涌动，双手就不自觉地抓住黄春雁的左脚，他觉得这是一只比玉还光滑比莲藕还白嫩的脚……

黄春雁红着脸，边穿着袜子，边难为情地笑着说："杜主任，让您见笑了。"

杜金生恋恋不舍地松开手，挺直腰，目光又在黄春雁那白皙的脖颈上扫了一眼，问："你是滨城的知青吧？"黄春雁穿好鞋，受宠若惊般地站起来说："杜主任，您真会猜。"

杜金生盯着黄春雁的脸，晃动着胖乎乎的脑袋，故作神秘地说："如果我没说错的话，你叫黄春雁。"黄春雁拍了一下手，惊讶地问："杜主任，您怎么知道？"

"去年春节场部文艺汇演时，你在《春归雁》的舞蹈里领舞，还得了优秀表演奖。"杜金生笑嘻嘻地问："是不是？""杜主任，您的记性真好，谢谢您。"黄春雁羞笑着，跛着腿伸手要去捡镰刀。

"你的脚都崴成了这样，怎么还割地啊？回头我和你们徐指导员说一声，让他放你几天假。"杜金生说着捡起了镰刀，然后，他关心地问："是不是用我的车送你去场医院看看呀。""不用……不用，"黄春雁一连串说出了几个不用，又感激地说："谢谢杜主任。"

杜金生把镰刀递给黄春雁，说："凭我培养干部的经验，一打眼就看出来了，你很聪明，只要能挺过这个苦累关，一定会成为一名能文能武的有用人才。""谢谢杜主任的关心。"黄春雁真的有些激动了，语调里还夹带着微微的颤音，眼角也有些湿润。

"不过，你这只小雁子可得把脚给我养好喽，今年春节还得给全场人民跳《春归雁》呢。"杜金生说着，四下里扫视了一番，瞧见徐亮向这边走来，就顺手撸了一把稻穗，在手心里捻了捻，"不错，不错"，便迈开步，迎了上去。

徐亮跟在杜金生的身后，一胖一瘦朝稻田深处走去。一股秋风飒飒吹来，没有收割的稻子顿时翻起了层层金浪……

晚饭一过，知青各班、排长们便早早来到了队部，很快，几把长条凳子和两张办公桌子就坐满了人，还有几个人靠墙根蹲着。徐亮往地当中一站，会议就这样开始了。

徐亮首先传达了农场有关这次推荐一名知青上大学的指示精神，然后，他说："刚才，我把这次推荐去上大学的要求和毕业分配形式都讲了。今晚参加这个会的都是班、排长，既然大家报名这么踊跃，但是名额却只有一个。你们昨天闹哄了大半夜，也没弄出个子丑寅卯，现在就说说看，看谁合适，讲民主，也得有个集中呀，不能无政府主义。现在就报报名吧？"

"我报！"黄小亚戴着黑边眼镜坐在一角儿，徐亮的话音刚落，他就站起来。"我报！"坐在长条凳上的牛东方也举起了手。

接着，又有五六名知青争先恐后地举起了手，"我报！""我也报！"随着一阵喊声，屋里一下炸开了祸。

陈文魁端坐在徐亮对面的长条凳上，右边是武解放，左边是女知青方奎霞。单从衣着看，与其他知青没有什么不同，但陈文魁那张慈善的国字脸上，表情尽管略带点儿倦意，却更显沉稳，一派处事不惊的大将风度。知青们嚷嚷时，他脑子里还想着会前徐亮和他的谈话。起初徐亮让他放弃这次上学的机会，他感到有点意外，也有点窝囊，觉得他必须站出来，去争，维护自己的人格不受亵渎。但是，一想徐亮所说的那番话，又是那么理直气壮，令他丝毫也不能怀疑那番话里有任何不光明磊落的企图或动机。又一想自己的课题刚有了点眉目，指导员还满口答应，准备成立脱离连队的"水稻科研小组"，再加上自己走了，黄春雁一个人还留在这里……陈文魁就觉得去不去上这个学都行，只是不知道如何去向黄春雁解释……

"文魁，你发什么愣，犯虎啊？"武解放用胳膊肘儿撞了一下沉思中的陈文魁，"你不报，我报……""我说，武解放，你别在那儿瞎撺弄了，你寻思人家陈文魁像你呀！有便宜就上啊。"徐亮见陈文魁一副无动于衷的样子，内疚的心情多少宽慰了些，用手向后拢了一下头发，皱着眉头，大声说："大家静一静，一个一个的来，看谁行？"

屋里很快安静下来，但谁也没有说谁行或谁不行。黄小亚扶了扶眼镜，似乎很认真的样子，看了一下众人，说："指导员，那就我吧。""你呀，"徐亮刚松开的眉头，又皱起来，"你，小资产阶级情调，那么严重。有人反映你拉手风琴不拉革命歌曲，净弄些靡靡之音，什么《草原之夜》，还有什么《敖包相会》什么的。这事儿说大就大，说小就小，考虑你一贯表现不错，没追查你，就不错了，别跟着瞎哄哄。"

"我看我行。"武解放举着双手，出着洋相站起来。在场人的目光像看戏一样看着武解放，都觉得好笑。徐亮简直蒙了："你？你钻苞米地，要不是陈文魁替你担保说情，我早就和你算账啦！"

"徐指导员，我钻苞米地没偷苞米，又没碰坏，也没违法呀。"武解放理直气壮地说："再则说了，我那也是响应农场革委会的号召，准备着在这里安家落户扎根哪……""你别在这儿胡嘞嘞，瞎搅和了。"徐亮犹豫地结巴了一下，他知道为从今年开始，场革委会开始大张旗鼓动员城市知青在农场安家落户扎根，前不久还为十对结成夫妻的城市知青举行了集体婚礼，并召开全场有线广播大会，号召知青向他们学习，立志把青春和毕生经历都献给北大荒。但他还是打断武解放的话说："就算不违法，哎呀，武解放，谁不知道你是个有名的'二虎'，调皮捣蛋的事儿离不了你，去年春节，场革委会号召知青要在农场过一个革命化春节，有几个知青撺弄你带头，你不请假就和他们跑了，凭这一条就不行。"

"你不是让推荐吗？能行的不去，不行的不让去……我看就我行……我学成了，再回来教你们……"武解放又自我嘲讽了几句，便坐下了。众人哄然大笑，有的还发出了怪叫声，随即又沉静下来。你瞧瞧我，我瞅瞅你，最后把目光都聚集在缄口不言的陈文魁的身上，谁也没有再吱声。

"我推荐一个你们看行不行？"徐亮看了一眼陈文魁，见他表情漠然，就说："丛娟娟。"

大家直瞪瞪地瞧着徐亮，先是愕然，继而诧然。"我不同意。"武解放马上就站起来反对，"她凭什么要占这个名额啊？"

"好，"徐亮无可奈何地问："你说说理由。""丛娟娟是独生女，父母身体又不好，已经有了办困退的手续，就让她办困退吧！"武解放又唔唔扎扎地说："再说，她怕苦怕累，出工不出力！"

"说你虎吧，你不信。"徐亮扑哧一笑，"这都是些虚说的东西，没有足够的证据呀。""指导员，还要什么证据？"黄小亚在一角说："丛娟娟铲地、割地十有八九打狼，我也不同意。""不同意。"又有五六名知青也跟着嚷嚷："我也不同意。""我也是……"

武解放仍没有住闲，私下里对方奎霞几个女知青小声说："丛娟娟准是走后门了，办困退就办呗，干什么要占这个上大学的指标呀，不然，凭什么点她呀。"

"武解放，有什么话大声说。"徐亮自知理亏，就问："那你推荐谁吧？"武解放站起来，拍着陈文魁的肩膀："我推荐陈文魁。"

"我？我去不去都行……"陈文魁笑了笑，仍是一副无所谓的样子。"别磨叽了。"黄小亚说："文魁，就你去吧。咱们哥们儿一趟车来的，一样光荣。"

牛东方和身边的几个知青们嘀咕："你说武解放这小子虎不虎，他还不同意丛娟娟，咱们还说啥。"一名知青打趣说："这个虎犊子是想美事儿呢！"

徐亮见会场又闹哄哄的，就举起双手，向下摆了摆，大声说："静一静，大家静一静，我和陈文魁谈了，他不想去，想留在八队，一心一意研究发展寒地水稻高产问题……""陈文魁，你脑子里灌水啦？还是让驴给踢了？"武解放听不下去了，又上来了虎劲儿，"别人去我是不服，你去我服，我们哥们儿这么推荐你，你别不够意思。怎么着儿，拿哥们儿的好心当驴肝肺啦？"

"武解放，你待会行不？"徐亮大声制止说："革命工作讲什么哥们儿意气，够不够意思的。"牛东方也着起急，他干脆说："陈文魁，你小子要是不去……"

"怎么的？"徐亮不等牛东方把话说完，就抢过话说："人家陈文魁不去，你们还要硬逼呀？！""都别瞎嚷嚷了——"武解放往地当中一站，不耐烦地喊："听我说，同意陈文魁去的举手！"

第四章

　　一觉醒来，黄春雁眼睛也懒得睁开，习惯地伸手往旁边抚摸。但是，她的手落了空。她一惊，倏地睁开眼睛。旁边丛娟娟的铺位空着，被子也没叠，散乱地堆在铺上。偌大的女知青宿舍就她一个人了，显得空荡荡的。

　　阳光，穿透淡紫色的窗帘照射进来，屋里的空气变得紫幽幽的。黄春雁用手揉了揉惺忪的眼睛，抬头瞧了眼门楣上方的挂钟，时针已指向了九点。她伸了一下腰，还想再睡一会儿，但想到徐亮不是单单放假给她，让她在家睡懒觉，而是另有任务，得替陈文魁洗被褥，她不得不起来。

　　黄春雁简单地用湿毛巾擦了把脸，饭也没心思去吃，就先到男知青宿舍把陈文魁的被罩和褥单拆下来，又挑了几件该洗的脏衣服，团巴团巴抱回来，然后又从水房拎来桶热水倒入宿舍门口的大衣盆里。拿过搓板，把衣袖向胳膊肘上卷了卷，然后洗起来。她先把一条蓝格床单从水盆里拎起来，很认真，也很仔细地从一头打上肥皂……

　　"雁子，今天不上班了？"武解放走过来，明知故问地说："你没看到娟娟吧？""指导员给了我一天假，让我帮文魁把被单洗洗。"黄春雁喜滋滋地说完，又说："解放，我也没看到她，她一大早就出去了，也不知道她又跑哪儿去了，她没告诉你？"

　　"没有，我也不知道，这不是到处找吗？"武解放焦急地回答完，问："陈文魁什么时候起程啊？哥们儿咋地也得在一起意思意思。"黄春雁仰脸，甩了甩遮挡眼睛的长发，说："也就是这两天的事。"

　　武解放笑着说："等陈文魁大学毕业回来，起码是个技术员，说不定留场部，成国家干部了，我们的雁子就是国家干部的太太了，再也不用在这滚一身泥巴，炼红心了。"黄春雁撩起一捧水向武解放身上撩去，"死东西，一点正经也没有！"武解放边笑着边跑开了。

　　黄春雁喜滋滋地洗完了衣物，放在了大衣盆里，准备把被褥晾在杨金环家。她把腾出来的脸盆里面倒了些热水，随后又加了一瓢凉水，试了试水温，这才把头发小心翼翼地浸泡在水盆里，洗起了头来。等她洗完，又用毛巾擦干头发后，就拿出小镜子照了照，觉得自己长得非常好看，脸面如桃花一般嫣红，眼眸似宝石一般明亮，一头黑黑的秀发散披在肩上。接着她又从小木箱里找出了一件粉红色的毛衣，穿在身上，又照了照镜子，不错，不错，她自我陶醉地转了一个圈儿，然后满意地端着洗衣盆向杨金环家走去……

刚拐过房山头，碰巧和收工回来的杨金环遇上，杨金环连忙接过黄春雁手中的衣盆，说："小雁子，你的脚还没好利索，活动量不能太大……""没事，大姐。"黄春雁争抢不过，就问："你们家属队收工这么早啊？"

"昨天那块地割完了，我就让大伙早收工了，午后早点下地。"杨金环和黄春雁脚前脚后地向家属区走着，她见黄春雁披散着刚洗过的秀发，被鲜艳的粉红色毛衣一衬，人显得更加楚楚动人，就赞美说："小雁子，你长得可真美，头发也那么好看。那些大演员也不过如此。""大姐，你就是会夸人，你长得不是也很漂亮吗？"黄春雁说着，瞧见杨金环一头黑发乱蓬蓬的，就说："大姐，你也该收拾收拾自己了，头发那么黑又那么好，就是没有个型，也该剪剪了。"

"你看我忙得整天不着家，哪有工夫收拾呀？"杨金环被黄春雁说得有些不好意思起来，她笑着说："头发是该剪剪了，割地总挡眼睛。"黄春雁也笑着接话，"我们文魁头发也长得像苏联老毛子似的，我催他几次了，让他去理一理，他倒好，今天推明天，明天推后天的，就是不当会事儿。这下要走了，看他还怎么躲……"

两个人说着，就进了杨金环家的院。杨金环边帮着晾被单边说："文魁可是真的要走了，这帮小知青瞎胡闹了一气，也没挡住。""大姐，"黄春雁往晾绳上搭着衣服，接话说："闹归闹，但他们对文魁还是挺够意思的。"

"说来说去，还是你徐哥的事儿，"杨金环晾完手中的被单，停下来，"要不是他先整事儿，提丛娟娟的名，还会闹出笑话来。""大姐，这不能怪指导员，他也是好意，还不是想把文魁留下来，搞水稻高产研究吗？"黄春雁也停下手中的活，"这也是为咱们八队群众着想吗。"

"小雁子，你这么一说，大姐的心里就亮堂多了，我和你徐哥又吵了一夜。"杨金环说着哈腰又从衣盆里拿出一条被单，在院子里空地抖了抖水，边往晾绳上搭边补充说："好在最后大家这么一哄声推荐文魁，他就没话了。"黄春雁晾完盆里最后一件衣服，走近杨金环低声说："事先娟娟也和我说了，她要做女知青们的工作，让武解放做做他几个班排长哥们儿的工作，推荐她。"

杨金环笑了笑说："是，这些班排长都不同意，你徐哥就没法拿到全连大会上推荐呀。""啊？没想到武解放，自己推荐自己了，娟娟伤心得昨晚趴在炕上大哭了好半天。"黄春雁笑着说完，从地上拎起衣盆，就向院外走，又回过头说："刚才武解放还到处找娟娟呢？娟娟一大早就走了，可能上场部去办困退去了。"

杨金环说："武解放可真有意思，怪不得大伙都叫他二虎，两人海誓山盟整天不离影儿的，他这样做，丛娟娟能不伤心嘛？"黄春雁叹口气："唉，大姐，你说，他们对返城这么大劲儿，文魁怎么就没那么大心思。"

杨金环在院门口停下，说："他有他的事业，他们怎么能和文魁比呢，再说他也舍不得你呀。""好了，大姐，我回去了。"黄春雁说完，向宿舍走了一段路，像是想起了什么，又折回来。

"小雁子，又有啥事？"杨金环正将几只在男宿舍房山头的脏水边沟觅食的大鹅赶走，见黄春雁又折回来，就迎上前。"大姐，"黄春雁来到杨金环跟前，神秘地一笑，欲说又止，黄春雁还是说了出来，"大姐，我想求你一件事。"

"神神秘秘的，啥事直说。"杨金环被弄得一时也不知如何是好。"大姐，我说出来，你可得替保密呀？"黄春雁小声说："我想办病返，求大姐跟指导员说说。"

"这……"杨金环对黄春雁的想法有些意外，她知道徐亮的脾气，这事跟他一说，还不得吵翻了天呀，于是，她问黄春雁："小雁子，这事你和文魁商量了吗？"黄春雁说："还没有，只是向指导员交了申请书。行不行，看看再说，文魁一走，我也没心思在这儿干了。"

杨金环见黄春雁铁了心似的要返城，不好给她泼冷水，就顺着黄春雁的心思说："那我就试试看。""好大姐，先谢谢了。"黄春雁兴奋地在杨金环的脸上亲了一口，"我去找文魁去……"

黄春雁把手中的衣盆送回了宿舍，又穿上那件洗得有些发白了的黄上衣，就急匆匆出了门，顺着门前的田间路，向不远处桦树林边上的一片长势特好的稻田地走去。她知道陈文魁准在那里。

远远的，黄春雁就见陈文魁蹲在稻田边，亲昵地抚摸着金黄的稻穗儿，她便放慢了脚步，轻盈地到了跟前，猛跑上去，双手捂住陈文魁的双眼。

"雁子，别闹了，快松开，松开。"陈文魁被黄春雁突然的举动吓了一大跳。"我不松！就是不松开嘛。"黄春雁由着性子，撒着娇，仍用双手捂着陈文魁的眼睛。

陈文魁不挣不脱，笑嘻嘻地说："那，你说怎么着吧？"黄春雁孩子气似的说："我捂着你的眼睛不动，把脑袋转到你的左侧，也可能是右侧，你要是能判断准了吻我一下，我就松开手。"

黄春雁说着，故意喘着粗气把脑袋倾向陈文魁左侧，然后努力稳住胳膊，悄悄转向了右侧。陈文魁笑眯眯闭着眼睛，静了一下，忽地向右一转，张开大口，狠狠亲了黄春雁的左脸一下。"你坏你坏……"黄春雁笑着松开手，在陈文魁背上捶了两下。"就这游戏呀，小儿科。"陈文魁笑出了声，站起身来。

黄春雁看着陈文魁手中的稻穗儿，一本正经地说："文魁，你都是要走的人了，还这么恋着稻田，我看你要得水稻魔症病了。"陈文魁仍一脸笑容说："雁子，说老实话，我真有点儿舍不得这里。"

黄春雁一努嘴："都到啥时候了，还说这话。"陈文魁傻笑着，从兜里掏出一小沓布票和钱，递给黄春雁，说："雁子，这是今年的布票和上个月的工资，你自己买身衣服吧，我走了，以后要注意自己多照顾自己。"

"你到城里更需要，不能像在这里了，得穿戴讲究一点儿，再说，又是大学生，你留着吧。"黄春雁接过布票和钱又揣进了陈文魁的兜里，有些感动地说完，又心疼地说："文魁，看把你累的，忙得头发都顾不得去理一理……"陈文魁热泪盈眶，禁不住伸开双臂抱住了黄春雁。黄春雁伏在陈文魁怀里，泪水滴到了陈文魁的肩上。

"哎！我说，没那么严重吧？像是生离死别似的，我可不想在这儿当灯泡啊！"武解放不知啥时候来到了跟前，他见陈文魁和黄春雁分开了，就对陈文魁说："你小子真有福，上学有你的份，这大美人还整天不离身的，好事都让你占了，我可惨了。""死解放，来了也不言语一声。"黄春雁有些难为情地骂了武解放一句。

"解放，出了什么事？"陈文魁却好像什么事也没发生一样，看着一脸愁容的武解放催促道："你说。""娟娟不和我好了，一大早就去场部办返城关系去了。她要是返城了，我们俩的事就算彻底拉倒了。"武解放说着从裤兜里掏出一包香烟，抽出两支，递给陈文魁一支，自己叼了一支，边给陈文魁点烟，边说："我想……"

"还不是怪你，娟娟昨晚气得哭了大半夜。"黄春雁在一旁接话说，又加了一句："活该，这是你自找的。"陈文魁不会抽烟，没抽上两口，就呛得咳嗽起来，不得不把刚点燃的烟扔在地上，又用脚踩灭。他看了一眼蹲在地上抽闷烟的武解放，问："说吧！让哥们儿做些啥？"

武解放一听来了精神，猛地站起来，对陈文魁说："哥们儿求你跟指导员说一说，让指导员别给丛娟娟签字，关系上没有连队的签字，场里就不会给她盖戳，她就走不了人……"

从娟娟赶到场部时，已经快中午了。她望了一眼小二楼门口挂着写有"小兴安农场革命委员会"的牌子，又看了看楼门两边墙上贴着"捍卫知识青年上山下乡的伟大成果，把知识青年培养成无产阶级革命事业的可靠接班人！"的大字标语。有些犹豫不决地放慢了脚步，但她还是迈上楼门口的台阶，推门进了大楼。

在写有"革委会主任办公室"小牌的门前，从娟娟弹了弹身上的灰土，感觉装束打扮没什么不妥时，才屏一下呼吸，小心翼翼地敲门。就在门"嘭嘭"

作响时，她的心也像擂鼓似的剧烈跳起来。她不敢想象面前这扇暗红色的门打开之时，出现的是一张什么样的脸，但她尽量往好处想——是一张和蔼可亲的笑脸。

这猜想使丛娟娟增添了勇气，固执而坚决地又"嘭嘭嘭"敲了三下门。此刻，临出发前的那种渴望又涨满了她的心胸。真是料想不到，返城关系办得竟然这么快，当昨天徐亮在地里通知她今天到场部去找杜主任时，丛娟娟就从徐亮那满脸笑容里猜出，她的申请报告被批准了，否则，也不会让她在秋收会战大忙季节里来场部。

"请进！"随着门里面发出来的声音，丛娟娟推门进了屋。杜金生披着黄大衣，坐在办公桌前正低头看着文件，知道有人进来，仍头不抬眼不睁，反倒拿起笔在文件上勾画起来。

"杜主任，您找我？"丛娟娟悄悄走上去，见杜金生没有抬头，依旧在文件上勾来画去，她一时不知所措，不知是站着好，还是坐下好。一双手也变得多余起来，放在前面不是，放在后面也不是，只好不停地摆弄肩上的黄书包带。"噢，你是——"杜金生总算是放下手中的笔，漫不经心地抬起头，然后用傲慢的眼神打量着丛娟娟。

"杜主任，我是八连的滨城知青，叫丛娟娟。"丛娟娟忙自我介绍，"是我们徐指导员让我来的，他说你找我。""噢，你看我这记性，"杜金生拍了拍胖乎乎的脑袋，笑容可掬地站起来，走出办公桌，"想起来了，你们市知青办来了一份给你办困退返城的函，你知道吧？"丛娟娟点点头。

四十多岁的杜金生个子不高，挺敦实，平头大眼睛，样子像一尊弥勒佛，天性的全部精华都从他看人的眼色里透露出来。在小兴安农场革委会委员中他是最年轻的一个，却是委员中资格最老的一个，刚到中年，人就有些发福了。他刚来不久，也很少下连队，所以丛娟娟并不熟悉他，面对他时，感觉有一种无形的压力。

"为啥站着，坐下来嘛！"杜金生用眼神扫了一下丛娟娟，见她的胸脯紧张得一起一伏的就让丛娟娟坐在沙发上，随后问："家里都有什么人？""爸爸半身不遂，退休好几年了，妈妈身体也不怎么好，在被服厂当工人。"丛娟娟说着，就要从沙发上站起来。

"坐着讲，坐着讲。"杜金生忙上前，用手摁住丛娟娟的肩膀，示意她不要起来，"再没有兄弟姐妹吗？"丛娟娟有些拘束地回答："我是独生女。"

杜金生背着双手，来回踱着步，敦实身影在丛娟娟的眼前晃来晃去，好一会儿才站住，亲切地对娟娟说："像你这种情况组织上确实应该照顾，昨天，我专程去八连和你们的徐指导研究了一下，徐指导说想通过推荐你上学的办法

第四章

让你返城……"从娟娟欠了一下身子，像似有话要说，杜金生摆了一手，"知道，知道，徐指导来电话说，群众推荐没通过，对吧？"

从娟娟难为情地一笑，点了点头："杜主任，谢谢你的好意，还是批准我办困退吧？"杜金生从办公桌上拿起一份文件，走到从娟娟面前，"从娟娟，你看，这是上级刚发下来的一份文件。"从娟娟连忙从沙发上站起来，接过来，文件中用红笔勾着的一段，醒目地映入她的眼帘：关于下乡知青上学、参军，要按有关政策办理，对于困退、病退一定严格把关，防止社会上的不正之风导致假困退和假病退……

"杜主任，"从娟娟带着哭腔解释说："我说的家庭情况可是千真万确的，组织上可以派人去调查……"杜金生从从娟娟手中接过文件，有意无意地用文件在从娟娟双乳中间点了两下："相信，相信，不过，知青办困退返城，咱们小兴安农场可没有先例呦，再说，咱们农场偏僻，分来的知青少，你也知道，一到农忙季节，劳力不够用，就得搞大会战。"

"杜主任，"从娟娟一听，低下头抽泣起来，"我家确实有困难，农场也不差我一个，您就帮帮我的忙吧，我会好好感谢您的。"杜金生一笑，走到从娟娟跟前，贴近她的脸说："你说的倒也是，你说怎么感谢吧？"

从娟娟一边抹着眼泪一边说："只要您在我的困返手续上盖个戳，您说怎么感谢就怎么感谢。"杜金生像开玩笑似的，伸手在从娟娟的脸蛋上捏了一下，从娟娟想躲没躲开，心里一怔。杜金生笑着说："不过，我得再考虑考虑，要是就你一个人倒没啥，我怕引起连锁反应，还有个大局问题呀。"

"杜主任，那我什么时候听信儿？"从娟娟不自然地笑了笑。杜金生也笑了笑："随时。"

从娟娟说："杜主任，我和徐指导员就请了一天假，我还用不用回去呀？""你自己看着办吧。"杜金生看了一下手表，不冷不热地说："快下班了，我还有些文件要处理，中午就不留你吃饭了。"

从娟娟知道杜金生这是下了逐客令，不好再什么，就说了几句感谢的话，随后出了门。

眼下时值秋收，正是繁忙的季节。农场办公大楼门前的大街很少有人行走，显得沉静，而又空旷。从娟娟背着黄书包叹息着在大街上徘徊，她望了望天空，见秋阳正在头顶的上方，知道是中午了，肚子里早已是空荡荡的。她看了一眼对面招待的牌子，心里盘算着下一步的打算，她想先去商店买点吃的，然后住下，再找机会去见杜金生。

于是，从娟娟来到百货商店，买了两条迎春烟装进书包，又买了一个面包。她有了主意，想趁杜金生吃完饭的休息机会，再找找他。她来到机关食堂门口的大树下，一边吃着面包一边注视着食堂的门，等着杜金生出来。

刚吃完面包，从娟娟就见杜金生用手帕擦着嘴巴，大腹便便地从食堂走出来。她马上迎上去："杜主任，您考虑好了吗？""你没回去呀？"杜金生摇摇头，边走边为难地说，"这可不是件容易的事。"

"杜主任，"从娟娟紧走几步，跟上说："连队正是秋收大忙季节，我请一次假挺不容易……""我脑子里已经昏浆浆乱套了，这么复杂的问题，哪能这么轻而易举就考虑好了。"杜金生说完，漫不经心地扬长而去。

从娟娟追上一步，又停住脚，央求："杜主任——"杜金生头也不回地走向办公大楼。

从娟娟背着黄书包跟着杜金生来到了办公室，然后敲门随着应声走了进去。杜金生倒背着双手正看着窗外，扭头见进来的是从娟娟，脸色顿时难看起来，"呦，从娟娟，你还没走呀！不是让你等等吗？"从娟娟急切地接话说："杜主任，杜……主……"

"怎么，我该说的都和你说了，"杜金生不容从娟娟把话说完，"还有什么话要说？"这时，桌子上的电话铃响了。杜金生接起电话："喂，哦，徐指导员呀，什么事情？"

徐亮电话声："杜主任，从娟娟办困退返城的事情，可一定要慎重呀，不能就这么轻易地给她盖戳呀！这不，连队一推荐陈文魁上大学，黄春雁就要申请办病退，跟着又有几个知青向我申请病退和困退……"杜金生略有所思地问："黄春雁？"

徐亮解释说："是呀，就是陈文魁的那女朋友。"杜金生问："就是那个跳舞跳得不错的小雁子？"

徐亮又说："对，对，所以我说，杜主任，要是这个口子一开，我可就吃不消了——这个八连不说黄摊子，也要塌个半拉架。""我知道了。"杜金生放下了电话，看着从娟娟说："看看，还没放你走呢，这麻烦就来了。"

从娟娟小心翼翼地问："杜主任，是我的指导员打来的吧？""是，"杜金生说着拿起了暖瓶，倒了一杯开水，喝了一口，又说，"刚才你都听到了，连黄春雁也要求办病退了。"

从娟娟接话问："杜主任，你认识黄春雁？"杜金生放下杯子，"不就是跳《春归雁》领舞的那个女孩子嘛，跳得好……是个艺术人才，"他说到这儿，脑子里浮现出黄春雁那只白嫩的脚来，脸上顿时有了一丝笑意，他转脸盯住从娟娟那高挺的双乳，接着说，"一定是受你的感染才返城的吧？"

"不，不，"从娟娟忙说："可能是她的男朋友一上大学，她就沉不住气了……"杜金生嘻嘻一笑："这不结了，要是陈文魁不上大学，她就不一定申请病退，这不，根本问题并不是身体有病，而是思想上有病，哪天我得找她好好谈谈。"

丛娟娟又抽泣起来，"杜主任，我的家庭情况确确实实是真的呀！""这我相信，"杜金生面带笑容地说："黄春雁的体质比较弱，也是客观存在的。"

见杜金生没有再斥责自己，丛娟娟忙从书包里取出两条迎春牌香烟，放在办公桌上，"杜主任，百货商店里再没有比这个好的了，你……"杜金生立刻就板起脸，用手指着丛娟娟厉声说："怎么？还请客送礼呀？太不像话了！"

"这……杜主……任……"丛娟娟顿时被杜金生的行动吓得没了魂似的。"哦——"杜金生怒视着丛娟娟说，"怪不得徐亮推荐你上大学呢，你老实说，你是不是给他礼了？我非严肃处理他不可！"

杜金生气急败坏地去抓电话，哮喘地咳嗽了几声，吓得丛娟娟哭咧咧上去拽杜金生，不由自主跪下了，"杜主任，您别生气，没有，确实没有，我……"杜金生狡黠地："你说，你怎么了？"

丛娟娟忙回答："杜主任，我敢向毛主席保证！"杜金生手摁电话，看了一眼丛娟娟，语气稍缓了一些，说："那——那就有机会到八连时，我也要好好调查调查。"

丛娟娟哭出了声。杜金生双手扶起丛娟娟，两眼不时地在她双乳上扫来扫去，"快起来，像个什么样子，让来人看着了以为我怎么的你了呢。"丛娟娟站起来，"杜主任，我困退的事情，您可千万要帮忙呀，我一定好好谢谢您。我不送礼了，再也不送了。"

杜金生甩开丛娟娟往椅子上一坐，气哼哼地说："就这种谢法！搞不正之风，据我了解，现在有的连队领导好搞这套，北京知青送果脯，上海知青送软糖，天津知青送大麻花，要不就在知青请假上、探亲假报销经费上刁难，这股歪风邪气不杀看来是不行了！"丛娟娟来到办公桌前："杜主任，我们徐指导可不这样……"

杜金生说："行了，行了，这样吧，我现在太忙，马上要开一个抓革命，促生产的大会。你困退的事情我再想想，然后，我告诉你们徐指导员……"丛娟娟央求说："杜主任，您能不能告诉我个大概，有没有希望，这些天我吃不好睡不好，爸爸妈妈急得要命，我心里总觉得空落落的……

杜金生不耐烦地："快走吧，快走吧，都像你这么缠领导，领导还工不工作了，我要开会了……把你的烟也拿走……"

第五章

　　杨金环把晾干了的被单在炕上平展地铺好，黄春雁随后便将被套往上一展，两个人就跪在被上用针缝起来。"小雁子，瞧你把陈文魁里里外外的东西洗了个遍，还没结婚，你就有了贤妻的样子了！"杨金环边用针缝着被，边笑着说："等你们有了孩子，你一定是个称职的母亲，文魁能娶上你这样的好媳妇，真是有福气呀！"

　　"大姐，你说什么呀！"黄春雁嗔怪地说完，又红着脸说："我们文魁也不错呀！""喂，小雁子，"杨金环抬起头，瞧着黄春雁说："姐想问你一句心里话，你在意不？"

　　黄春雁也仰起红润的脸，"大姐，你拿我像亲妹妹似的，谁和谁呀，大姐说什么我都不在意。""这就好，"杨金环一脸莫名其妙的表情，"那我可就说了。"

　　"大姐，看你。"黄春雁不知杨金环会说些什么，但她从杨金环那犹犹豫豫的眼神中，感觉不会是什么好事，她心里有些慌乱，急切地催促说："你尽管说。"杨金环停下手中的活，"文魁这一走，你担心不？"

　　"嘻嘻……我当什么大事呢！"黄春雁一听，马上嬉笑起来，"大姐，如果说，天底下百分之九十九的男人都是负心郎的话，那剩下的百分之一就是文魁了。""这样，我就放心了。"杨金环跟着黄春雁笑了一下，低下头又缝起被来。

　　黄春雁缝了几针，没话找话说："大姐，你这次剪的发型跟你的脸型很和谐，我以前也是这种发型，怪不得连队里不少人都说咱俩长得像一个人呢。""哎呀，我的小雁子呀，"杨金环一听，忙停下手中的活，哈哈大笑起来："说起来乐死人了，昨天我在理发店让方奎霞给我剪发，正剪着，黄小亚来找她，两个人就出去了，这工夫赶上陈文魁也来理发，一见没人，从镜子里看见了我，以为是你呢，上来就捂我的眼睛，又搂又抱的，让我好一顿打。"

　　"文魁和我学了，他说你真舍得打，现在还疼呢。"黄春雁乐得趴在了被子上了，一不小心，手中的缝针一下子扎了手，她"哎哟"了一声，坐起来。杨金环打住了笑，急忙过来捏住黄春雁被针扎的手指头，挤出了一点血，然后不放手地把她带到桌前，"来，上点药，别感染了。"

　　说着，杨金环从抽屉里找出一小瓶紫药水，打开盖，用一小块棉花从瓶里蘸了点，涂抹在黄春雁的伤指上。一抬头，两人面容同时出现在了桌前的大镜子里。

杨金环端详了一会儿，说："小雁子，都说咱俩长得像，细端详，还真有点像呢，你看哪儿像？"黄春雁瞧着镜子，用手比画着："眼睛，眉毛……"

杨金环说："嘴也像，就是我的脸比你胖点儿，再就是比你的脸粗拉一点儿，黑一点儿。"黄春雁把脸贴近杨金环的脸，杨金环也情不自禁地将歪向黄春雁。黄春雁在镜子里，顽皮地做了个鬼脸，又伸了一下舌头，说："再在这干下去，我的脸也晒得和你差不多了。"

"不干下去，还能上哪儿？"杨金环叹息着，收好药瓶，坐在炕沿边上，"这些年，多亏你们这帮小青年来了，播种收获、修水利哪一样活能少得了你们，还办起了理发店，咱们的小学校、卫生所也都红火起来了，不少人都会弹拉说唱，全连队老老少少可愿意看你们的节目了，你们要是都走了，这连队还不得黄瘫喽。""就是因为这个，你家徐指导员把得死死的，不管够不够条件，都不让返城。"黄春雁走过来，也坐在炕沿边上。

"他也是为连队好呀。"杨金环拿起针和线，又要上炕缝被。黄春雁先上了炕，她拿起针缝了几针，说："大姐，你说的我也理解，可你要知道，我们滨城来咱八连的这批知青，大多数都是独生子女，最初说不让来了，后来说下乡指标没完成任务，还是来了。像武解放、方奎霞、黄小亚、牛东方、赵大江他们的父母身边连个人都没有……"

"我能理解，要说，你们一走，家里也确实够困难的，老人有个头疼脑热，上街买点东西，岁数都越来越大，身边没个人哪行！"杨金环纫好了针线也上了炕。黄春雁揪断线头儿，搂住杨金环的脖子，"大姐，你真善解人意，谢谢你了。"

杨丽环苦笑了一声，说："你们也不是不知道，我家老徐那个人死心眼子，像头犟驴，我事儿还不知在哪儿，先谢上了。""大姐，说真的，人家其他农场都开始给独生子女办困退了，黄小亚、方奎霞、赵大江他们串联好多独生子女给连队、场革委会写信，要求返城。"黄春雁接着话茬儿，"我和他们不一样，我是病退返城，你方便的时候帮我给指导员吹吹枕边风。"

"你是不是看文魁上学走了，心就慌了。"杨金环手上加快了缝被的速度，嘴上说："该走的迟早得走，不该走的想走都走不了，我从心里面希望你回到父母身边。""大姐，你有这个心思，我就感谢了"黄春雁忽地松开手，看了一下表，"大姐，你帮我缝上这一点儿，我有点急事儿。"说着趿拉上鞋跑出了屋。

杨金环忙放下手中的针线，也穿上鞋将黄春雁送出了院儿，微笑着瞧着黄春雁向那片夕阳照耀的白桦林跑去。

杨金环刚上炕，还没缝上几针，徐亮推门就进来了，他见杨金环低着头正忙着手中的活，知道是在为陈文魁缝被，但他还是问："这是在帮谁做被？""小雁子给陈文魁拆洗的，让我帮着缝缝，说有点儿事刚出去。"杨丽环说着话，头也没抬一下。

徐亮的脸色顿时就阴沉下来，用左手向脑后拢了拢头发，一屁股坐在了炕头，伸手从炕里拿过来卷烟盒，很快便卷好一支"蛤蟆头"烟，又点着抽了一大口，坐了一会儿，他说："金环，这几天，连队舆论都开了锅，你听说没有？"

杨金环没有接话茬儿，仍忙着手中的针线活。"你装不知道还是真不知道！"徐亮有些沉不住气了，扭身将头探向杨金环。"什么舆论？"杨金环这才抬头看了一眼徐亮，又低头缝起了被，"也就是眼皮底下这点儿事儿呗。"

"是眼皮底下，"徐亮坐正身子，抽了两口烟，"听说你和陈文魁在理发店里又搂又亲了？""哈哈……"杨金环听着，嘿嘿地笑了，"这个死陈文魁，他进门在镜子里晃忽地把我看成小雁子了，让我好一顿捶！"

徐亮愣愣地说："是搂抱在一起捶吧。"杨金环放下针线，用眼光白了一眼徐亮，"别在那里胡说八道。"徐亮一听，炸了庙，"我胡说八道？你听听外边都怎么说的！"

杨金环也急了："管他们怎么说，这些年来，我杨金环是什么人，你不知道！你说，都是谁说的，怎么说的，我去找他们去！"说着，杨金环就要下炕，被徐亮一把拽住，杨金环撅着嘴，"亏你能和那些胡嘞嘞的人想到一起，陈文魁也不是那样的人，再说，人家陈文魁既拿你当领导又拿你当大哥似的，武解放那几个调皮的知青和你过不去，不都是陈文魁帮你做的工作吗。"

徐亮闷头抽了会儿烟，叹了口气，"我觉得也不能，可他们说的有鼻子有眼的。"杨金环缝完最后一针，揪断线头，把针向前衣襟一别，边叠着被边说："你没脑袋呀？还有，这几年，你在场部又得先进，又得奖，还不是陈文魁给你立的功吗？"

"这回陈文魁走了，看以后还有谁再帮你。"见徐亮没了言语，杨金环把缝好的被叠好放在了炕头，又唠叨了一句："你难的时候还在后面呢！"说完，她穿上鞋，下地忙活晚饭去了。

徐亮依旧没有说什么，他没有心思去和杨金环探讨今后的事，眼前的一切在他眼里就跟世界末日似的了。他不在乎别人说谁和自己的老婆怎么怎么的，他也不相信杨金环是那种人，只是自己心眼儿小，说出来就拉倒了。让他闹心的是眼下知青们波动的思想情绪，他原以为知青们闹哄一阵儿，等陈文魁上学一走，就没事了，该干什么就干什么。没想到一件事接着一件事，先是推荐丛娟娟上学弄出了笑话，而后是从娟娟闹着要办困退，接着是黄春雁申请要病返，黄小亚、方奎霞、赵大江他们又串联独生子女给连队、场革委会写信，要求返城……

而最让徐亮感到头痛的是下班时杜金生打来的电话。杜金生在电话里说，省农业学大寨办公室点名让八连出席全省农业学大寨表彰大会，他和几名场领导碰了碰头，同意八连派代表参加，说已推荐陈文魁为先进个人，还准备让他做大会典型发言，上台领奖。并告诉徐亮已派人把八连的材料都送到省里去了。徐亮回话说陈文魁上学就要走了，怕是参加不上了，问杜金生怎么办？杜金生一口说定，即使上了大学，也要和学校打个招呼，让陈文魁参加会，发发言还是可能的。问题是省农业学大寨办公室说是要树八连这个典型，要求要不断有新发展，陈文魁这一走，恐怕是够戗了。

徐亮想到这儿，头皮就有些发痒，不由自主地用左手挠了挠头……

"咱俩好了两年多，只要不是刮大风下大雨，几乎天天来这里一趟。"陈文魁动情地对依在身边的黄春雁说："有人说小白桦是林中少女，我说——"说着，他转身捶捶身后的白桦树说，"这棵白桦树枝叶茂盛又直，就是少女中的美女，就像你——"

"真有意思——白桦是林中少女？"黄春雁来了兴致，指指前边问："那柞树呢？"陈文魁说："林中大汉呀！"

黄春雁歪着头，看着陈文魁又问："那老榆树呢？"陈文魁一本正经地回答："林中老头呀！"

"那老柳树呢？"黄春雁掩饰着笑，等待着。"林中老太婆！"陈文魁自己先笑出了声边笑边说："老了也美，你看江边那棵老垂柳，柳枝下垂，在风中婆娑摇曳，依然动人！"

"真有你的，我做梦常梦见这片白桦林，还常梦见这棵白桦树，觉得挺有诗意的。"黄春雁也转身摸摸白桦树，透过树隙，望了望天边那灿烂绚丽的晚霞，然后她说："咱俩第一次来这里，天也是这样晴，晚霞也是这样好看。你明天就要走了，以后我想你了，就自己来这里转转，兴许咱俩同时想呢，你想我的时候，要是傍晚或者星期天就想，我一定是一个人在这棵白桦树下给你写信，或者是自己在这里散步……"

"好了，该说的都说了。"陈文魁松开手就要站起来，"我们也该回去了，晚上还要为还我开欢送会呢。""赶趟，再坐一会儿吗。我还有话要问你呢。"黄春雁恋恋不舍地拥了拥陈文魁，问："你知不知道黄小亚他们联名给场里写信的事？"

"我知道，还问过指导员呢，他说只要场部有精神，符合条件的他就答应。"陈文魁说完，不解地瞅着黄春雁，"怎么了？""我也签了字。"黄春雁有些迟疑地回答。

　　"开玩笑，你又不是独生子女，跟着瞎扯啥。"陈文魁对黄春雁的做法不满，语气中带着责备的意思。"我又不是没道理，虽不是独生子女，我可以办病返呀！"黄春雁天真地说完，又说："从娟娟还办困返呢？反正你走了，我也不想再在这儿干了。"

　　"雁子，别那么悲观，我人虽然走了，心却在这儿。"陈文魁伸出双臂抱住黄春雁，在她耳边神秘地说："告诉你一个好消息，我和指导员谈妥了，指导员满口答应，我下一步的研究课题是如何提高寒地水稻产量问题，准备在咱们连成立脱离连队的'水稻科研小组'，我就会经常回来，再把你抽上来……"黄春雁紧紧拥抱住陈文魁："文魁，你真好。"

　　"雁子，我们回去吧，晚了该吃不上饭了。"陈文魁松开双手，拉着黄春雁要走。黄春雁还没迈步，就打怵地说："文魁，不知怎么的，我今天也没干什么，就是和杨大姐把你的被缝上，觉得这么累，要不是你在这里等我，我躺在床上连饭都不想去吃了，真想蒙上被子睡到大天亮。一到这农忙季节，我就觉得，干什么都没有睡觉幸福。""越是身子发懒，你就越挺着硬动，这样慢慢锻炼出来就好了……"陈文魁看着她这副样子，有些心疼，说："来吧，我背你到林子边上。"他说着哈下了腰。

　　黄春雁苦笑一下说："那多不好意思，我像你说的，以后多注意忍痛磨炼，等你一毕业分配个好地方，我也就好了，熬吧。"她说着斜跨了一步，躲开陈文魁，不让他背。"不让背，我就抱……"陈文魁两步追上去把她抱起来，嬉笑着向林外走去。

　　黄春雁用力推陈文魁的胳膊往外挣，没有推动，只好放松身子乖乖地任陈文魁摆布。黄春雁确实累了，疲倦了，尽管松散的身体随着陈文魁一颠一颠的步伐并不那么坦然，心里却有一股比躺着还解除疲劳的舒适感。她瞅瞅陈文魁，轻轻闭上眼睛慢慢半张开了嘴。陈文魁趁机俯下头去缓缓地吻去，黄春雁忽地觉得疲惫一下子散光了，欠欠头使劲吻去，陈文魁迎合着边往前走，脑袋"砰"的一声撞到了一棵老柞树上，"哎呀——"一声，随即俩人一起摔倒在了草地上。陈文魁不由自主地去抚摸撞着的额头，疼痛他一龇牙，不知说啥是好，瞅着黄春雁一个劲儿地傻笑。

　　"文魁——"黄春雁爬起来，急忙上前去抚摸陈文魁的额部，"怎么样？不要紧吧？""没事儿，没事儿！"陈文魁看看手，没发现有血迹，笑着问："你也没事儿吧？"

第五章

35

"没事。"黄春雁轻轻抚摸着红肿的撞伤处:"用不用我找棵八股牛敷敷?""不用,也没出血!"陈文魁站起来,瞪着老柞树,责怪地说:"谁让你添乱硬来亲我! 刚才还说你是林中大汉,傻大黑粗,真不自觉!""哈……"黄春雁被陈文魁一本正经的憨态样,逗得笑弯了腰,她捂着肚子,"是你去硬亲人家呀,还是人家硬去亲你呀……"

"嗯……"陈文魁有点尴尬了,"当时我脑子里一片空白了……""文魁,"黄春雁的心情像是好了一些,语气平静地说:"这里的山,这里的水,还有这里的田野、连队,我都觉得无所谓。我就对这片白桦林有感情,一进这里头,就觉得亲,就是累,也觉得不累了。你能不能说说,这是为什么?"她边说边用手左右前后指点,又仰脸看了看背靠着的桦树梢儿。

陈文魁被黄春雁细腻的感情深深感动了,用力握紧了她的手,向怀里揽了揽,生怕手一松,她就会从身边飞走了似的。黄春雁顺势扑在陈文魁的怀里,双手搂紧他的脖子,情不自禁地仰脸微张双唇,轻轻合上了眼睛,陈文魁趁机低下头,他的唇落在了她的额角上,停了一瞬,又顺着脸颊缓缓往下滑去。黄春雁忽地觉得疲惫一下子散光了,她颤抖的双唇迎住了他的嘴……

他们俩就这样在树下松软的落叶上并排躺着,心里充满了宁静和陶醉。但又是那样疲乏,一动不动,屏气凝神,仰望着天空上被晚霞染红的浮云,听鸟儿在林间啼鸣……

当陈文魁和黄春雁挽着手赶回连队时,落日只剩下星星点点的余晖在远山的山坡上闪耀着。由于晚上要开欢送会,发电机房早早便发出了隆隆的轰鸣声。

武解放和牛东方几个男知青在宿舍门前站成圈儿,比比画画地说着什么。他们远远就瞧见陈文魁和黄春雁双双走来,等两个人走近了,武解放说:"文魁,你小子也太不够哥们儿意思了,白天泡在试验田里,晚上就压马路,人要走了,一趟车来的怎么也得给个面子,哥几个好在一起意思意思。""我这不是回来了嘛。"陈文魁歉意地一笑,"等你们回滨城探亲,我在最好的国营大饭店请你们,这够不够意思。"

"喂,"牛东方拍着陈文魁的肩膀说:"先别扯得太远,你这个月的饭票刚发,恐怕没什么用了,给哥们儿分一分吧。""没问题。"陈文魁说着从贴心兜里掏出一沓子饭票。

牛东方接过去,粗壮的赵大江伸手去抢:"我这大肚子汉,每个月缺十多斤,多分给我一点儿。"牛东方一闪身,点点递给他"给你 10 斤。"接着牛东方又分给身边的几名知青,边给边说:"来,你二斤,你二斤……好了,剩下的就是我的了!"

黄小亚拍拍陈文魁的肩膀说:"文魁,你和黄春雁先进屋吃点饭吧,一会儿还开欢送会呢，你可有节目啊。""好！"陈文魁说着，用手拉了拉黄春雁的手，"雁子，走——"

黄春雁始终站在一边没有吱声，她注意到武解放不时地向女知青宿舍张望，知道他在盼着从娟娟回来，她问武解放，"娟娟还没回来？""她呀——"武解放像和她有气似的，气呼呼地说："死不死和我有啥关系。"

"哎哟！武解放，你缺不缺德呀！娟娟不理你，是你的事，向我发什么火。"黄春雁闹个没趣儿，扔下武解放，跟着众知青进了宿舍。

一群大鹅呱呱叫着吃着知青们洗漱倒的水和饭粒、菜叶子，然后不时地伸长脖子朝武解放呱呱叫。武解放瞪着眼珠子，冲着呱呱叫的大鹅骂道："真他妈的像你的东家徐亮，夸夸其谈，就是不办人事儿！"

武解放冲着大鹅发完火，又向女知青宿舍瞧了瞧，仍然不见从娟娟的人影，就在他打算回屋时，看见从娟娟拐过房山头，向女知青宿舍进去。武解放连忙迎上去，边跑边问："娟娟，你到哪儿去了，我到处找你！"

从娟娟装着没听见，仍向前走着。武解放急了，跑到她前面，挡住说："我问你哪！"从娟娟不得不停下来，气呼呼地反问："班排长推荐会上，你怎么表现的？说实话！"

"我想来想去，同意我自己了。"武解放直截了当地回答："我是想……""不听不听……"从娟娟气愤地打断武解放的话，"啊？同意你自己，你为什么还那么答应我？"

"娟娟，别生气，你听我说……"武解放双手掰着从娟娟的两肩，被从娟娟耸开，武解放见从娟娟欲往屋里进，忙用身体挡住，从娟娟急躁地说："你给我躲开！"

"你听我说完好不好。"武解放也急了，央求着。从娟娟无路可去，只好靠着墙喘着粗气。武解放接着说："你听我说，你和我说完我一想，你有条件办困退，可我没条件，我要是能被推荐上大学，你办困退，咱俩不是还能在一起嘛！""亏你想得出！你知道吗，我不是和你说了嘛，办困退，咱们农场根本就不开口子！自私自利！"从娟娟说完，强行推开武解放，呜呜哭着进了宿舍。

武解放无奈地在门前走来走去，一女知青匆匆从宿舍出来，武解放赶忙迎上前，见是方奎霞，就说："奎霞，帮帮忙，替我喊一下娟娟好不好？""看你，咋把娟娟气成那样？她正趴在炕上哭呢。"方奎霞说着，扭头拉开门，冲着宿舍喊："娟娟，外边有人找。"她说完匆匆走了。

武解放靠墙根儿等着，急得他不时地探头向门口张望，突然门口有了响声，武解放赶紧迎上去，一名倒洗脚水的女知青不留神"哗"地都泼在了武解放脸上身上。武解放惊叫起来，"你——""对不起，你……"小兰一看是武解放，就"扑哧"地乐着说："噢，武解放，你怎么不往门前站？你是不是找娟娟呀？"

"是，是……"武解放落汤鸡似的站到门口的灯光下。"给你，给你——"从娟娟气呼呼地从宿舍冲去来，把手里的一条花纱巾往武解放身上一扔，"把你给我的东西都还你——"

第六章

　　召开欢送会的男知青宿舍布置得与女知青宿舍一样，对面两面墙上中间处对称贴着："广阔天地、大有作为"、"农业学大寨"等宣传画和毛主席语录。尽管宿舍里摆设得不规矩，却丝毫没有冲淡这里的革命气氛和朝气蓬勃的一派生机。

　　"文魁，来，你挨着我坐——"徐亮说着带陈文魁来到了大宿舍中间右炕边上，让陈文魁半站着坐在炕沿上，自己站着扫了一眼参加会议的人，大声说："大家，静静，静一静……"

　　大宿舍里济济一堂，像开春节联欢会似的，坐在行李上的，盘腿坐在炕中间的，耷拉下腿坐在炕沿儿上的，看不出哪有宽松的地方可以坐了。刚进来的黄春雁正撒眸着地方，靠门口坐在行李上的丛娟娟喊："小雁子，这里有地方——"黄春雁寻声走过去，脱掉鞋，挤过人缝上了炕，丛娟娟靠墙闪闪身子，黄春雁往夹缝里一坐，就埋怨开了："你今天到哪去了，我到处找你……还以为你和武解放又钻苞米地去了……闹了半天，你去场部办关系去了……"

　　这时，徐亮又亮着嗓门说："大家静一静，现在开会了……"丛娟娟见指导员直往这边瞧，伸出两个手指头放在嘴边上冲着黄春雁轻轻"嘘——"了一声，两人同时静了下来。

　　陈文魁紧挨着徐亮坐在炕沿上，无数羡慕的目光都在投向他。还有的在看着他微笑，他倒觉得不自然了。他用目光搜寻着黄春雁，终于在靠门口的墙角处发现了她，心里忽地生发了一种压抑的感觉，按想象，她应该在自己对面找个位子坐下，共享这难得的喜悦。不知为什么，此时，陈文魁对黄春雁有种连自己也说不清的情感。说老实话，对黄春雁的娇气儿、任性，他是有些不满意，几次约会他都想说她一下，可话到嘴边又心软了，她的体质，她的性格似乎真的不适应这种环境……喜欢和怜悯交织在一起，他常常因此而苦恼，还是那种对她由衷的喜欢与爱战胜了一切。是，自己确实是太喜欢黄春雁了，她那丰姿绰约的身条，主要是她的美貌，那娇美纤弱中充满着更多的是妩媚、典雅而平和，而整个人并不张狂，包括拒绝追求她的那些男生，都很有分寸。他从对女孩子产生情爱起，见过许多姑娘，也读过许多书，看过许多电影，黄春雁是他唯一理想中的姑娘。他本来被认为是连队里是非分明的优秀共青团员，竟连指导员批评黄春雁铲地质量不好，伤苗过多时，他都产生同情感。有一次，指导员突然问他为什么这样喜欢黄春雁，他不敢说内心话，怕指导员说他是小资产阶级情调，说他是资产阶级世界观……他确实是太爱她了，太迷恋她了。

"同志们——"徐亮响响的声音扭转了陈文魁一直转向黄春雁的目光，也打断了他的绵绵思路，"陈文魁是我们八连建点以来送走的第一个大学生，也就是说，是咱们这个金窝窝里飞出的第一个金凤凰，明天一早就要起程了，让我们参加会议的革命干部、革命家属、革命知青以热烈的掌声表示祝贺和欢送！"

会场里响起了一阵热烈的掌声。

"好了，好了。"徐亮摆摆手继续说："欢送大会进行第一项，请副连长代表连队革命委员会向陈文魁同志赠送最珍贵的礼物！"在有节奏的掌声中，副连长端着一个铺有红纸的方盘，站起来走到陈文魁跟前，陈文魁彬彬有礼地鞠个躬接过礼物……

黄春雁瞧着托盘上面摆放着一把镰刀、一束稻穗，还有一套《毛泽东选集》，悄悄地贴在丛娟娟耳朵上问："娟娟，连队送这些东西是什么意思？""哎呀，这你还不明白，"丛娟娟挤眉弄眼地说，"就是想象钓鱼似的钓住陈文魁，让他大学毕业了再回来呗！"她说着，顿了一下，直盯着黄春雁，"你不知道啊？陈文魁这批推荐的大学生是'社来社去'的，毕业了，一般情况下都要回来。"

"知道。"黄春雁说："我们文魁说他看招生简章了，原则上是'社来社去'，不过到时候大学里还要选一批优秀生留校，国家还要选拔优秀的进国家农业科研部门，我们文魁肯定……"丛娟娟抽动了一下鼻子说："小雁子，你这人太实心眼子了，还我们文魁，我们文魁的，叫得怪亲切。我这人就是实心眼子，要是真有那天呀，还说不上是谁的文魁呢！"

"不能，"黄春雁摇摇头："他对我可好了。""哎呀——"丛娟娟话里有股酸溜溜的刺激味儿，"你小雁子是诸葛亮能掐会算，三年早知道呀？"她瞧了瞧接礼物要回座位的陈文魁说："前几天，指导员给咱们讲毛主席哲学思想，我就相信这个道理——存在决定意识，环境可以改造人！"黄春雁瞧着丛娟娟愣了一下，不知说什么好。

"下面，欢送会第二项——"徐亮大声宣布，"大家欢迎陈文魁讲话！"陈文魁在一阵热烈的掌声中站起来，然后向众人彬彬有礼地鞠个躬，说："各位领导，各位战友，此时此刻，我的心情非常激动……"他说到这里，瞧一眼墙角处的黄春雁，发现黄春雁正仰着美丽的脸蛋瞧着他，心里一下子乱了，嘴直嘎巴，什么也说不出来。

徐亮向他走了一步，微笑着说："文魁，别激动，慢慢说。"陈文魁点点头，清了一下嗓门儿，"我有许多话要说……但有一点，请大家放心，我决不辜负连队领导、知青战友和全连队人对我的殷切希望……我一定会回来的。"

从娟娟捅捅黄春雁用俏皮的口吻说："怎么样，我看问题不会错吧。"黄春雁心里倏地涌起一股酸楚味儿，他是为了说假话蒙骗人吗？不，陈文魁不是这种性格，不然就是两面光，对领导和群众一套，对自己又是一套，要是这样，也没法钻到他心里看看，到时候真说不准会是怎么回事儿呢？她想到这里，眼泪竟不由自主地一股脑儿滴落了下来。

"活人不能让尿憋死。"从娟娟说："其实呢，文魁这人也确实不错，多才多艺，长得一表人才，你得想法争主动，掌握主动权呀。"黄春雁瞧着从娟娟："娟娟，你说该怎么办好？"

从娟娟说："叫我说呀……"黄春雁一抬头，发现陈文魁讲完话回到原座位坐好正往这边瞧，就连忙捅捅从娟娟，"等等，等等再说。"

徐亮又亮开了嗓子："下面开始文艺演出，先由黄小亚同志用手风琴自拉自唱由自己编写的送给陈文魁同志的一首歌曲《北大荒飘起稻花香》，大家鼓掌欢迎！"掌声中黄小亚挎着手风琴走到了两铺大炕中间，随着自己的右脚尖抬起一踏步，双手敏捷地摁动手风琴上的音键，会场里响起了悠扬的前奏曲……

"走——"黄春雁见陈文魁的注意力投入到了黄小亚身上，拉了拉从娟娟衣袖，"外边说去！"说着，黄春雁先悄悄下炕溜出了会场。从娟娟也下了炕，穿上鞋刚迈出门槛，徐亮走过来问："从娟娟，干什么去？不要随便出去……"

从娟娟讪笑一下说："我和小雁子去一号，一会儿就回来，谈的事情回头向您汇报。"她说完一转身就跨出了宿舍的门槛。徐亮一听说要去一号，就是女厕所的意思，他无奈又不好阻拦，嘟囔了一句："简直是无组织、无纪律，我这里不是开旅店的！"然后气嘟嘟的样子回到了原位上。

月光凉津津地泻满了这片低洼的黑土地，四围显得格外清凉而又幽静，那片白桦林静静地躺在如霜如雪的月光里，失去了白日的喧闹，如梦如痴地睡着了一般，一点动静也没有。

"娟娟，你和武解放的事怎么样了？"黄春雁一出门就挎起从娟娟的胳膊探过头去，"还和他赌气呢？""别提他了，我恨死他了。"从娟娟一听，心气就不打一处来，"当面一套背后一套——彻底和他分手了。"

"武解放混是混点，不过，人倒挺可爱的。"黄春雁替武解放解释着说："不知怎么的，我一看到他就想起电影《英雄儿女》手持爆破筒的那个王诚。""瞧你把他美化的，还王诚呢，二虎八叽的，纯粹是个狗熊！"从娟娟不屑一顾地说："行了，别说他了，一提心就闹腾。"

见从娟娟不愿意听，黄春雁就岔开话说："我倒是很相信陈文魁不管到什么地方，一般情况下不会甩我。不过，他一走……""嘿——"丛娟娟俏皮地截话说："一般情况下？要是两般情况下呢？"

黄春雁挎着丛娟娟的胳膊慢慢向前走着说："文魁上大学这四年我孤单点儿、累点儿倒不要紧，可以咬咬牙挺过去，要是他有个万一，真留不在城里再回来，我可就接受不了了……""要说呢——"丛娟娟停下脚步说："我倒有个办法……"她说到这里，卖关子似的停了。

"娟娟，"黄春雁急忙问："快说，什么好办法？""走，到那里去说。"丛娟娟指指前面不远处连队的农机具场。黄春雁应了一声，俩人快步走进农机具场，背身往一台播种机上一靠，卿卿我我地唠了起来。

"小雁子，也就是咱俩处得像亲姐妹似的吧……"丛娟娟瞧瞧黄春雁说："要是换一个人，我才不会出这种主意呢，交一个还要得罪一个。"黄春雁又挎起丛娟娟的胳膊，用稍有矫情的口吻说："哎呀，我的好妹妹，为了我，说吧。"

"我问你——"丛娟娟说："你能不能断定，陈文魁是不是真爱你？"黄春雁很有把握地样子点点头："嗯那，没问题。"

"敢保证？"丛娟娟脱开黄春雁挎着她的胳膊，在她面前伸出一个手指头，让她发誓似的问。黄春雁坚定地回答："敢保证！"

丛娟娟半开玩笑地说："像梁山伯与祝英台？像牛郎和织女？""哎呀，你这个死妹妹，要气死我了。"黄春雁知道丛娟娟心眼子多，使劲捶一下丛娟娟说："别气我了，快说吧！"

"好，好，我说。"丛娟娟说："陈文魁要是对你诚心又铁心的话，我倒有个招儿……"她话要到节骨眼上又停了。黄春雁眼睛直盯盯瞧着丛娟娟，要伸手胳肢她，丛娟娟忙往后缩缩身子："我说，我说！"她站稳，往后挪挪步说："你可以去找找指导员，把上大学的名额让给你！"

"什么？把文魁的名额让给我？"黄春雁惊诧地问："娟娟，你这个聪明人怎么说糊涂话呢？大伙儿推荐的是陈文魁……"丛娟娟很轻松地说："对啊，要是推荐到别人身上，话就不好说了。"

"不行吧？"黄春雁说："再说，组织上都定了，欢送会都开了，还能改吗，净瞎扯！"丛娟娟怪声怪气地说："刚从学校出来的时候，我也是这么看，黑字印在白纸上的东西不能变，红头文件里的东西不能变，组织上决定的事情也不能变……'文化大革命'这些年了，你没想想，这不是什么都能变嘛，我真的不相信，历史都能乱变。前几天，我到司机王师傅家里去，他的小儿子正在做历史课作业，我一看，历史书上写的都不是咱们学的那时候的了，连历史都能改来变去，"她说着，像是明白先生一样，"变！什么都能变……"

从娟娟这些话，不论是从哪个知青还是从这里的任何一名干部、职工家属那里都是听不到的，这个从娟娟是太有心眼，太能琢磨道道和问题了。黄春雁起初发愣觉得奇怪，细一想想，可不就是这么回事儿嘛……她听着听着，由发愣变得心潮浮动了，渐渐又迷茫了，迷乱了，眼前像一片大海，又像一片漫无边际的云雾，那片凸现的白茫茫的白桦林，像是一艘抛锚的舰艇在那里不懂人情似的一动不动。

"小雁子，"从娟娟叹口气说："我马上要离开连队回城了，这件事是整个连队谁也不知道的，我是第一次向别人，也就是向你开新闻发布会。"黄春雁吃惊地问："回城？怎么一点须子也没有啊？"

"我爸爸退休了，"从娟娟变得坦然了一些，"我回去接班，组织上照顾我家生活困难。""接班和困退是有政策的呀，"黄春雁说，"文件里规定，必须是独生子女，别人不知道，我还不知道嘛，你还有个哥哥吧？"

从娟娟叹口气说："我哥哥死了。""你哥哥死了？"黄春雁瞪大眼睛吃惊地问："什么时候死的？你和你哥的感情这么好，我怎么一点没听说，也没从你身上看出来呀。"

从娟娟难为情地说："别问了，别问了，这是只可意会不可言传的东西！"黄春雁脱口而出："噢，我明白了，假的，你哥哥的死是假的！"她说完见从娟娟没有反应，接着问，"娟娟，你的门子不小呀，谁给你办的？什么时候走？"

从娟娟说："是场革委会的一位领导直接给我办，等他和徐指导员打过招呼，给我签个字，我再到场部找他盖个戳，就可以走了。"她说着从兜里掏出一小沓子手续，"这不，手续都在我兜里呢。""娟娟，你太厉害了。"黄春雁羡慕地说："怪不得人家都说你是'鬼不灵'呢，我看不光是在鬼面前，在神仙面前他们都不灵！这么好的事情，我看你怎么还唉声叹气的？"

"不知道——"从娟娟说："雁子姐，不知怎么的，在这里时想离开，要离开了，心里又不是滋味，总觉得心里七上八下，不着边儿似的——""行了，行了——"黄春雁说，"快别卖关子馋我了，快帮我出出主意说说我的事情吧，你说，我和陈文魁该怎么换才能成呢？"

从娟娟来了词儿，胸有成竹地说："我想，让陈文魁把上大学的指标让给你，基础条件很成熟，一是如果像你说的陈文魁爱你忠贞不渝，他会答应；二是我品味了，陈文魁这个人走不走像是无所谓，走他也乐，留下他也乐，对返城是个麻木型的人；三是指导员，还有肖副连长那些'坐地炮'从心里不喜欢他走。"黄春雁听着直点点头，"这倒是，不过，要真这样可我想，得徐指导员同意呀。"

"我估计要是你和陈文魁一起去找他提出来，他不会一下子答应，你知道，那是个老古板，什么你的表现啦，大伙儿没推荐啦，会说出一大堆理由。"丛娟娟滔滔不绝地说："你就给他来个软磨硬泡，再求金环大姐帮着吹吹风，指导员那人心软，抗不住磨，等开始犹豫的时候，你就说，如果指导员不好说话，我可以请场革委会的领导和你打个招呼，这个人又是遵命鬼，上头说一他不待做二的。""这不是为难我嘛？"黄春雁一转身说："我哪能打冒支儿，一旦让场革委会主任知道了，再说，人家不可能给我打招呼呀——"

丛娟娟洒脱地说："不是还有你这个娟娟妹嘛！""哎呀——"黄春雁高兴地一拍手，"那可太好了。"她喜形于色后，又担心地说："娟娟，要是我毕业了，不还得回来嘛，我没有文魁那两下子能留在城里。"

"别谦虚了，"丛娟娟笑笑说，"你比文魁还有两下子！""去你的吧！"黄春雁努着嘴说："可别糟践我了。"

丛娟娟抿抿嘴说："你就不能正确对待你自己，你没两下子，能有那么多小伙子追求你，有的都要疯了，那陈文魁那么正经，我看了，要是不把你搞到手，不疯了，也得剥层皮。"她又玩笑地说，"怎么，知道自己了吧？"黄春雁愣愣地瞧着，似乎对丛娟娟说的已有所悟，因为连队里的人送她称号说是"知青一枝花"，她正不知说什么好，丛娟娟又接着说："干事的本事能练出来，技术不会能学到手，这长的漂亮可是爹妈给的，谁也没办法比。"

"那有什么大用！"黄春雁不好意思地说："这年头，还能有多少男人追求长得漂亮的，男排的王大为不知从哪弄来张美人照，徐指导员还批评他是资产阶级思想呢，别说对活人了！真正赞扬欣赏的是贫下中农的子女，脸上长皱皮，手上有老茧的姑娘才有更多的人爱……""话是这么说，"丛娟娟接过话，不屑一顾地说："没看哪个小伙子，哪个干部子弟专门找脸上有皱皮，手上有老茧的姑娘做媳妇的，那帮男人呀，是图时髦装洋相，就像场革委会那些大官似的，他们都说赤脚医生好，得了重病，怎么不到连队找赤脚医生呢！"

"哈哈哈——"黄春雁忍不住笑了，"娟娟，真有你的！"丛娟娟也忍不住笑了一声说："这话可能就咱俩说，你说旧社会哪个皇帝的三妻六妾不都是漂漂亮亮的吗，女人有那么一个漂亮的脸蛋，就可以享乐一辈子，连亲属朋友都跟着借光！"

"就是那个时候，咱也不干那种事儿！"黄春雁一转话题说："娟娟，你说的场革委会是那个大主任吧？"丛娟娟说："当然了！"

"不知我当问不当问，"黄春雁说："娟娟，你是怎么认识那个杜主任的？"丛娟娟轻松地说："城里的人给我介绍认识的！"

"可真够神秘的了。"黄春雁高兴地说："娟娟，我真不知道，你有这么大的门子呀。""雁子——"丛娟娟也兴奋地说，"杜主任还认识你呢！"

"开玩笑呢，"黄春雁奇怪地问，"认识我？""对呀——"丛娟娟说："我去找他时，话说起来了，杜主任还打听过你呢。"黄春雁摇摇头说："娟娟又在编神话故事了，他怎么能认识我！"

"你呀你——"丛娟娟带有埋怨地口气责怪说："说你心细，比针尖还细，说你心粗，比水缸还粗。前几天割大豆的时候，杜主任来咱们八队地里视察，说是走到你跟前和你搭过话呢。"

黄春雁略带犹豫的样子，"噢，你这一说我想起来了，我正割地的时候一个胖胖的领导走到我跟前，问我叫什么名字，家是什么地方的，还问我累不累……我只知道是场部来的杜主任。没想到他就是咱场的一把手呀！"她停了停又问："你和杜主任在一起怎么还议论起这事儿呢？"

"瞧你，打破沙锅问（纹）到底儿呀。"丛娟娟说："城里朋友介绍去的，杜主任看在朋友面子上很热情，唠随便了，也就是顺便提到的呗。""噢，噢……"黄春雁说，"娟娟，那可就多靠你帮忙了。"

"没问题，你的事就是我的事。"丛娟娟爽快地说："我为姐妹两肋插刀！""娟娟，我的好妹妹，你太好了！"黄春雁一下子紧紧抱住丛娟娟，"我真不知道怎么感谢你好了……"

丛娟娟让黄春雁抱得有点喘不过气来了，双手攥成拳头一下又一下的捶她的膀子，挣脱着说："松开，松开，我不是陈文魁，我不是……"

陈文魁瞧了瞧开始自拉自唱的黄小亚，等抬头转脸朝门口看去时，已经不见黄春雁了，细瞧瞧，丛娟娟也不在了。稍过了一会儿又瞧瞧还是不在，过一会儿又瞧，还是不在，心里像长了草一样。黄小亚拉唱的什么一点儿也没有入耳。对黄春雁坐在那个位置上他本来就不满意，内心希望她能挤挤坐在自己的对面炕沿上，哪怕是坐在对面炕上的行李卷儿上或窗台上都可以，按着今天欢送会的安排，黄小亚自拉自唱结束，就是自己的独唱，由黄小亚伴奏，这歌词是自己煞费心思写的，曲子是黄小亚谱的。自己策划这个节目的时候就想到了黄春雁应坐在自己面前，哪怕是稍远一点儿也行,他唱的歌中有好几句歌词都是双关语的，表面听来是热爱北大荒，要是黄春雁自己细细品味准能听出是唱给她的。黄春雁不在会场了，陈文魁的神思一下恍惚起来，只觉没了底气，少了寄托。就在徐指导员宣布他出节目的一刹那，他眼睛还在向那边撒眸，希望黄春雁出现在门口，但是他的希望落了空，好在歌词是他自己写的，总算是顺着黄小亚拉出的曲调唱了一遍，大家是什么反应，他全然没有印象，要进行下一个节目的时候，实在忍禁不住和徐指导员打了个招呼，说是要去一下厕所。

"这个会是专门为你开的，"徐指导员叮嘱说："你可去去就要回来。"

陈文魁答应着，大步走出宿舍直接进了男厕。他先是咳嗽了一声，想喊一声黄春雁，觉得在这里喊不是场所，本来没有尿感，连裤腰带也没解就又跑了出来，连喊几声都没人应，便径直跑进了女宿舍。大宿舍里空空的，一个人影也没有，他有点儿蒙了，忽然想起了徐指导员的话，便急匆匆回到了会场。

会场里的气氛十分热烈，掌声夹杂着叫好声此起彼伏。陈文魁呆愣着坐在徐亮的身边，他几乎失去知觉一样，什么也不知道，心里一遍一遍地默念黄春雁呀黄春雁，你究竟干什么去了呢？

欢送会一结束，有黄小亚和几名知青向他打招呼，至于说什么，陈文魁根本就没入耳，只是哼哈着大步流星地朝外走去。一出门就朝前跑几步拱起手，向四周喊："小——雁——子——"

此时，黄春雁正扯着丛娟娟不放，唠得正浓，听见喊声，丛娟娟说："喂，你听，陈文魁在喊你！""是，是陈文魁，"黄春雁说，"娟娟，我去了，"她说着转身要走。丛娟娟喊了声："喂，还没等怎么的就把我甩了？！"

"娟娟，你真能挑理！"黄春雁转回身来，用手去拍打丛娟娟，"放心吧，事成了忘不了你，不成也忘不了你，一定要重谢！"丛娟娟躲着她说："好好，有你这句话就行了，快去吧——"

"对不起，不陪你了，自己回去吧，"黄春雁向丛娟娟招招手，转身拱起手应着陈文魁的又一声呼喊，大声应道："文——魁——我在——这——儿——呢——"

第七章

　　武解放得知从娟娟又去了场部，随后就追去了，他换了三次车，又加上一段跑路，总算在天色刚暗下来前赶到了场部。他气喘吁吁地站在办公楼下向上看，见二楼还亮着灯光，就推开大门直接上了楼，在一扇亮着灯光的门前停住，他瞧瞧写有"革委会主任"字样的小牌牌，没有犹豫地"嘭嘭"就敲了两下，见没有回音，就用手推了推，没有推开，又愣头愣脑地敲了几下。

　　"敲门不应，就是领导不在，怎么还敲？"旁边文书室的女文书推门出来，她不满地问武解放："你懂不懂规矩？"武解放气哼哼地反问："谁规定的，没人就不能敲？"

　　"纯粹是二虎，没人你敲什么？"女文书瞪了武解放一眼。"你她妈的管不着，我愿意！"武解放也骂了一句，随后大大咧咧地转身就走，拐过墙角时又自语道："他妈的，怎么都叫我二虎呢。"

　　"神经病——"女文书站在门口，瞧着武解放下了楼。

　　武解放出了办公大楼，见对面的场招待所亮起了灯，就急匆匆走了过去。他想去那里找找从娟娟，万一没有，就先住下来，然后再说。一打听，服务员说从娟娟刚回来，人在房间里。武解放兴冲冲地来到了房间门口，听听里面没有动静，就轻轻推开门悄悄走进来。

　　从娟娟趴在床上正抽泣着，像似才哭过，她听见有人进来，"哎呀"一声猛转身坐起来，一看是武解放，就没好气地说："你——你来干什么？"武解放笑嘻嘻地说："娟娟，来场部怎么也不告诉我一声，可把我急坏了！"

　　从娟娟用手抹了一把泪水，仍泪汪汪地说："出去！出去！用不着你找我！""娟娟，你听我说呀，"武解放像什么事也没发生似的，依旧是一副笑嘻嘻的样子，"我是想……"

　　"我不想听，我不听，"从娟娟摇晃着头，"别花言巧语，来点儿真的！出去——"她说着就将武解放向门外推。武解放掏出一封信，边向外退着，边嚷嚷："信，你家里来的信……"

　　"走，快走，我不愿再看到你——"从娟娟一把夺过信，顺手将武解放推出屋，随后关上了门，又"咔"地上了插闩。"娟娟，你听我说……"武解放推了两下门，见门被从里面锁着，叫又叫不开，只好找来服务员打开靠门口的一个房间，先住下来。

武解放办完了住宿的手续，回到房间，百无聊赖的往床上一躺，从上衣口袋里掏出一盒香烟，抽出一支，衔在嘴角，没有点燃，随后他又坐起来，把那支没有点燃的香烟用手狠狠地摔在了地上，出门又来到了丛娟娟住的房间门口，"嘭嘭"就敲起了来。

"武解放，"丛娟娟正在看家里的来信，知道敲门的又是武解放，就在里面说："你烦不烦！"武解放把嘴，贴紧门缝儿，"娟娟，开门，你听我说呀——"

"不听！从此以后，咱俩井水不犯河水，你死了这条心吧！"从屋里传出丛娟娟气呼呼的叫嚷声，"你再敲，我叫服务员了！"武解放无奈地耷拉着脑袋回到了自己的房间，"咣"的一声，使劲地关上了房门。

听到响声，一名四十多岁的女服务员拎着一串钥匙赶来，她看了看门，没有被损坏，就板着脸对武解放说："你这小青年是哪个连队的，怎么这么不爱护公物，拿门撒什么气，损坏了是要包赔的！"武解放瞪了她一眼，扑登坐在了床上。女服务员也没拿好眼色地回敬了武解放一眼，并扔下一句："愿意住就好好住，不愿意住就走人。"

这时，杜金生披着黄大衣走进了招待所，女服务员忙笑脸迎面走去，"杜主任，这么晚才回来呀，你们当领导的够辛苦的了。"杜金生点点头，用鼻子"哼"着，沿着走廊朝里边走去。他走到丛娟娟住的房间门口，咳嗽了一声。

丛娟娟打开房间门一探头，见一个胖墩墩的身影进了走廊尽头的一个房间，她一闪身出了房间。反身追上女服务员问："大姐，刚才，和你说话的是咱们场的杜主任吧？"女服务员马上收起脸上的笑容，带搭不理地回答："不知道。"

丛娟娟强装笑脸说："刚才，我还听见你打招呼叫他杜主任呢！""是杜主任，"女服务员不得不点了点头，瞧着丛娟娟，又低声嘱咐："领导有话，你可不能乱闯领导的房间呀。"

"领导的房间？"丛娟娟不解地问："大姐，我是咱八连的知青，我们徐指导员叫我来向杜主任汇报一件事情的。这么晚了，杜主任是要在那房间里开会，还是找人谈话呀？""人家杜主任刚调咱们农场来，家还没搬来，临时住这儿。"女服务员表情有些严肃起来，"场办主任可有话，领导休息时间不准随便打扰！杜主任晚上从不接待客人，要找明天一上班去他办公室。"说完，女服务员拎着一串钥匙，转身进了值班室。

武解放听见丛娟娟的语声，就从房间里出来，见丛娟娟正和女服务员说话，嘻嘻哈哈地向丛娟娟走来，丛娟娟瞪了他一眼，随即转身进了房间，"啪"地关上了门。武解放没有办法，深吸了口气，又猛地呼出来，无奈地回了房间。

走廊里又沉静下来，过了好一会儿，丛娟娟住的房门被轻轻打开，只见她蹑手蹑脚来到杜金生房间门口，轻轻敲了三下门。

"谁？"杜金生的声音从屋里传出来。"我是八连的丛娟娟，"丛娟娟做贼心虚的一边盯住武解放的房间门，一边尽量压低声音，"就是到你办公室去的那个滨城知青。"

"我说你这个小青年呀，"杜金生穿着件毛衣出现在门口，他晃了晃胖乎乎的脑袋，目光却一刻也没离开丛娟娟坚挺的双乳，"怎么还没回去？"丛娟娟不敢看杜金生那怪怪的眼神，低着头说："杜主任，打扰您了，真不好意思，我也实在是没办法，想来想去，我还想向您汇报几句……"

"进来吧。"杜金生摆出一副无可奈何的样子，笑着把丛娟娟让进屋。武解放听到声音忽地拉开门，只看见丛娟娟的后背闪进门里，当他大步跨过去时，门"啪"地被关上了。他举起手刚要敲门，里边传来了声音。

"杜主任，"丛娟娟的声音："我家里确实太困难，不信你看，这是我妈妈刚来的信……你就把戳儿给我盖上吧！"杜金生嘻嘻哈哈的笑声，"这不足以为证，现在呀，一些小青年为了返城制造假证据，什么假诊断书啊，有的还开了父母假死的证书，当然了，你的事情，我没有调查，还不能乱下结论……我这个戳儿也不能乱盖……"丛娟娟的苦求声："杜主任，我不是说了嘛，我可以向毛主席保证，你可以派人去调查呀……"杜金生的笑声……

传出来的声音时高时低，渐渐地模糊起来，武解放就想推门闯进去，但他马上想到这几天来丛娟娟对自己的误解，生怕再惹是生非，招来丛娟娟更深的误解与怨恨。这回他来聪明了，出了门，绕到了招待所的房后，来到了杜金生住的房间窗前，从窗帘的缝隙向里扒望，就见杜金生走到丛娟娟跟前，指着墙边的一张床说："你坐，你坐下。"

"杜主任，我站着行。"丛娟娟站在床边，看了杜金生一眼，不自然地笑了笑。"坐，坐下和我说。"杜金生嬉皮笑脸地把双手搭在丛娟娟的两肩上，示意她坐在床上。

"你……你……杜主任，"丛娟娟不由自主地被推抱到床边上，泪珠密密地滚落下来，"你要干什么？""我不干什么——你不是让我要给你盖戳吗？"杜金生淫笑着，一下子抱住了丛娟娟……

"杜金生，你这个王八蛋——"武解放再也看不下去了，一股怒火冲上了他的天灵盖，骂声未落，他抓起一块砖头，"啪"地砸碎了窗户玻璃，用脚踹开窗户跳了进来，"你他妈的，看老子先给你盖个戳儿……"

杜金生先是惊愕了片刻，但很快又镇静下来，大喝："你要干什么？""干什么，我要教训教训你这个混蛋东西……"武解放跳下窗，眼里冒着火，边骂边挥拳冲向惊魂未定的杜金生……

"解放，解放，你……你不能……不能乱来呀！"丛娟娟万万没想到武解放跟她玩心眼儿，背地里看着她，把本来很简单的事情，闹到这份儿，哭着喊着，疯了似的扯住武解放。"姓杜的……我饶不了你……"武解放被丛娟娟这么一闹，一时不知如何是好。但他仍握着拳头，瞪着血红的眼睛盯着杜金生。

"你是干什么的？敢在杜主任这里胡来？"女服务员慌忙赶来，"还有没有王法了？""杜主任，"武解放被丛娟娟挡着，他歇斯底里的指着杜金生大骂："他妈的，狗屎主任，纯粹是一条色狼！

"你这个无理取闹的小青年，说话要有根据……"杜金生毕竟是见过世面的人，他指着丛娟娟说："你问问她，我怎么她了？是不是她主动来找我办事？"女服务员连忙跟着在一边帮腔："是，我看见的，这个女知青亲口问我杜主任是不是住在这里……"

"闭上你的臭嘴，你他妈的也不是什么好东西……"武解放挥着拳头，又要向女服务员冲去，吓得她转身跑去报警去了。丛娟娟赶紧又死死抱住武解放，"解放，解放——千万别把事情闹大了。"

"姓杜的，你瞧着，"武解放被丛娟娟强拦着，仍指着杜金生嚷："我非告你去不可？""丛娟娟，"杜金生极力掩饰着内心的恐慌，装着无所畏的样子，问丛娟娟："他是你什么人？"

"他……他叫武解放。"丛娟娟抽咽着："是我的男朋友。""好！好……"杜金生一连说了几个好，"丛娟娟，你就说说，我对你怎么了？"

"没……没怎么……呀……"丛娟娟没等说完，就哭得再也说不下去了。"武解放！"杜金生紧张的心情终于松弛了下来，他得意地一笑，对武解放说："听到了吗？你小子这是诬陷闹事……"

"你这个软骨头！平时的刚劲儿哪儿去了？"武解放骂着，转身给了丛娟娟一个耳光……

黄春雁挎着陈文魁的胳膊，俩人踏着柔美的月光朝白桦林走去。

"文魁，你去省里开会这两天，把我都想出病来了。"黄春雁依偎着陈文魁，撒娇地问："你在外面是不是把我给忘了？""哪能呢？这不，会议一结束我就和指导员紧忙回来了吗？"陈文魁和徐亮是开完欢送后第二天去的场部，按照杜金生的安排当晚坐火车就去了省城，这一去就是四天，开了两天的会，又抽空回了趟家看望了一下年迈的父母。陈文魁说着在黄春雁的脸蛋儿上亲了一口，"还有好消息要告诉你呢。"

"快说，是不是指导员同意了我们的想法？"黄春雁从陈文魁说话的语气里，猜出一定是答应让她替陈文魁去上学了。她急不可待地催促说："快说说，急死我了。""别急嘛，听我慢慢给你说。"陈文魁故意卖着官司，"在这次大会上，我作了典型发言，引起了省里领导们的注意，会下又专门听取了我和指导员的汇报，省领导当即就把咱们八连定为典型，号召与会的单位要向我们学习，今后要在寒地水稻上作文章。指导员一听就后悔放我去上学了，他担心我一走，咱们连的先进就保不住了。回到招待所他就对我说，只要我不走，他什么条件都满足我，我就趁机把你的想法跟他说了——"

"快说快说，"黄春雁见陈文魁说到关键的地方把话收住，耸了耸陈文魁的胳膊肘儿，"快别卖官司了。""他先是不同意，但寻思了半天，也没有别的办法，只好就同意了。"陈文魁见黄春雁高兴的一蹦多高，就泼冷水说："你先别高兴得太早——指导员说他同意了没用，最后还是场里说得算，他让我们自己找场里……"

"不管怎么说，只要连队没意见，这事就有门儿。"黄春雁仍兴奋不已，又亲昵地拉住陈文魁的手，"就看娟娟的，她要是真能帮我们这个忙，这件事就成了……""是真是假，试试看再说——"陈文魁说："那个丛娟娟一天神神道道的，我怎么一看就烦呢。"

"别这样——"黄春雁真的被丛娟娟感动了，"好坏我还能分得出来，她真帮咱忙，这件事情就是真的了。"陈文魁问："照你说的，她真的要办成返城调转了？"

"当然了！"黄春雁毫不含糊地说："手续我都看了，就差场革委会杜主任盖戳了……"陈文魁放慢了脚步说："我真有点儿搞不明白了……戳儿那么好盖？"

"文魁——"黄春雁紧紧偎依着陈文魁，斜着脸说："搞不明白就不搞了，要是这个上大学的指标换成了，我一定要勤奋学习，争取留在城里，你不也是独生子吗，等你爸爸要退休的时候，也接班调回城里。"

"到时候，就看你怎么安排了，"陈文魁任凭黄春雁紧紧靠着他，像支着她走一样，他从来没感到黄春雁这么亲近过，就兴奋地说："要是你留不在城里，还要回来，也算是国家干部了，咱们就在这里安家，那时候，你最起码也是个技术员，就用不着下地拿垄了，你看人家指导员和大姐不也过得挺好吗！"

黄春雁虽然觉得陈文魁这番套话不如意，但这份对爱情的忠贞已足够使她深深感动，一下子松开他，敏捷地一个转儿，站在陈文魁面前，说了声，"你真好。"要去亲吻他，陈文魁忽然听见后面有脚步声，忙说："你听，"黄春雁说："也是一对，像咱俩一样。"陈文魁指指已经很近的白桦林，"快走几步，别让别人占了我们的地方……"

月光透过白桦树林射到林地上，印上了片片树叶和枝条印下的斑驳影子，比白天增加几分神秘的气氛。俩人手牵手紧偎着倚坐在那棵桦树旁，你情真，我意切，心里都像流淌着一条甜蜜的小河。

"文魁"黄春雁把头贴在陈文魁的肩膀上说："有句话，我不能当外人说，只能当你说——"陈文魁伸手搂住黄春雁的腰，说："好，你说。"

"'文化大革命'进行了这些年，中、小学都照常办着，今年大学第一年招生，可能以后就要这样下去，采取群众推荐，组织批准学校审核的办法录取——"黄春雁停停说："毛主席说，大学还是要办的，这话听着怎么这么勉强呢，而且还是说理工科大学还是要办的，我估计这大学里的学习生活和咱们读高中时要报考的那种大学生活可能要不一样了。""那当然了，毛主席不是说，教育要革命，制度要改革嘛，那肯定是不一样了，"陈文魁说："我理解，毛主席提倡知识分子要走与工农相结合的道路，要开门办学，就不能老那么坐在课堂里读死书了，肯定要多深入到实践中去……"

"听人说，"黄春雁接过话，"要半天学习，半天劳动。""真去上了，不管怎么样，你都要努力去做。怎么也不能像在连队怕苦怕累，要勇于克服困难，当一名新时代的好大学生。"陈文魁终于说出了平时想说又没说出的话。

黄春雁并没有反感，她早已经感觉出陈文魁和连队里一些人一样，认为自己是个怕苦怕累型的，只是不好说出来，于是，黄春雁笑笑说："你放心，别看我下地干活儿不顶个儿，我在学校时候就是个优秀生，就是愿意读书。""对了，我还知道，你愿读文科，上个电影学院、艺术学校，想将来当名舞蹈演员，这个，你还真有些先天条件，"陈文魁说："雁子，你替我的指标上的是农学院，这可能改变不了，所以，你一定要刹下心，好好学习和钻研。"

"哎呀，你就把心放在肚子里吧。"黄春雁使劲晃了晃陈文魁的身子。"你要有这个决心，我就更高兴了，"陈文魁说："你没提出把上学指标让给你的时候，我已经有了一个成套的、长远的安排打算。"

黄春雁好奇地问："那你就说给我听听嘛，不是自夸，读书我肯定不比你差多少，你可以说嘛，我来实现你的打算，不也是一样吗？""真的？"陈文魁高兴地把手从黄春雁的腰间拿开，一转脸，透过那桦树枝叶洒在黄春雁脸上带有几分神秘色彩的月光，觉得在这朦胧中那张纯美的脸更富有诱人的色彩了。他真想……他分析，他要是提出来，她会顺从的，不，越是爱她，喜欢她，越要保护她。陈文魁强抑着内心的冲动，把脸转向一边，说："我知道你聪明，做学问肯定不错，要是那样，就跟我上大学一样。"

"文魁，"黄春雁说："你说说给我听！""你知道——"陈文魁的心里已经平静了，他靠近桦树干说："我搞寒地水稻品种的研究，费了好大的劲儿才从上百个品种里试验出三五种，产量不过是五六百斤，我打算在这三五个品种上下功夫，这水稻产量还能提高，可是，这功夫就不知道怎么下了……"

"文魁，我知道了，"黄春雁紧紧依偎了一下说："你是想让我到大学里接着你的课题研究……""没错！"陈文魁高兴地说："寒地产出的大米吃起来爽口又香，现在场部提出都要扩产，省里还这么支持，要是真研究成功了，再提高一下产量，那咱北大荒真就变成了'鱼米乡'了！"

"我知道你有抱负——"黄春雁压低了嗓门，"我可以照你说的去努力，不过你得听我的——""那没问题。"陈文魁一口应承，"你说——"

黄春雁说："课题可以研究，即使成功了，也不来这里安家……"陈文魁有些为难，"那怎么办？"

"我看，不一定非留在这里就是做贡献，"黄春雁脱口而出，"留在省科研部门，或者是农业机关，也搞这个研究，不是照样可以来支农服务嘛！"尽管黄春雁的话里带有点儿酸楚味儿，陈文魁听来也多少有些不是滋味，但他想她毕竟是进了一步，忙说："行啊，只要真的像我想的那样，倒是在哪都一样……"

"文魁，你真好！"黄春雁突然袭击似的猛吻了陈文魁一口，"什么都听我的！"陈文魁顺势把黄春雁搂抱在怀里……

黄春雁似乎在不知不觉中进入了朦朦胧胧的状态，但陈文魁说话，她还能理智地喃喃回答，陈文魁还没有听出是困倦，而是轻言细语的娇柔缠绵声。渐渐的，陈文魁似乎也在不知不觉中进入了似睡非睡的朦胧状态，但黄春雁说话，他也能理智地回答，而黄春雁听来也并非是似睡非睡那种状态的话语，而是缠绵般亲情般地疼爱与无微不至的体贴。

凉爽的秋风从树梢上拂过，片片发黄或半黄的树叶飒飒地飘落了下来，落到了黄春雁的脸上一片，她睁开眼睛，眼前静静一片，透过稀疏的桦树梢，她发现天空绽闪出了鱼肚似的白光，就使劲捅捅陈文魁，亲亲地说："文魁，天要亮了！""啊——"陈文魁瞪大眼睛向天空看去，他想连队举行夏锄大会战的时候，这个时候已经组织出工了，于是，他拽了一把黄春雁站起来说："可不是，走，回去吧。"

陈文魁一站起来，觉得自己屁股发潮，用手一摸，整个后屁股处的裤子都湿乎乎了，他又看看黄春雁的身后，屁股也坐湿了。

"哈哈……"两个人相互看看，都笑了。

第八章

黄春雁悄悄地进了宿舍。她往炕沿上一坐，刚伸手要解扣脱上衣，从娟娟忽地抬起头，小声问："雁子，才回来？""你还没睡？"黄春雁尴尬地一笑，算是做了回答。

"来来来，别脱了，"从娟娟掀开自己的被，"一会儿就到起床时间了，来我这里躺会儿得了。"黄春雁转身跨腿上炕，进了从娟娟的被窝，从娟娟问："雁子，怎么样？成吗？"

"没问题，"黄春雁脸对着从娟娟脸，她兴奋地点点头，又压低声说："文魁满支持我，指导员也说只要杜主任同意他就同意。""雁子——"从娟娟高兴地说："趁热打铁，就着热乎劲儿你吃完早饭就抓紧去场部，找杜主任。"

"你得陪我去？"黄春雁向从娟娟靠了靠，拉近乎说："帮人帮到底嘛，这事没你哪成？""不用，不用！"从娟娟连忙推脱，"我心里有数，你去了一说准成！真的。"

"哪有那么简单——"黄春雁一着急，欠起身，提高了声音，"你不是再和我开玩笑吧？""那怎么能呢，"从娟娟说："我怎么能给你开这么大玩笑，杜主任那人可通情达理了，换指标是一个萝卜一个坑，又不是多走一个，有什么了不起的呀，对他来讲，只不过是举手之劳，写几个字，主要是得让他在上面盖个戳……没错，这里的道道我比你清楚，你去了，就说我介绍你的……"

黄春雁刚要说什么，对面炕上不知谁在迷迷糊糊中向这边嘟囔了一句："自觉点好不好，还没到起床时间呢！"俩人谁也不吱声了，把头一蒙，在被窝里嘁嘁起来。

"那你的戳盖了没有？"黄春雁仍有些不托底儿，又问："武解放追你到场部去了，昨晚时怎么没见到他，他没回来？""他死不死我管不着。"从娟娟一听，就闹起心来，带着哭腔说："我恨死他了，成事不足败事有余，杜主任刚要给我盖戳，武解放虎了巴叽闯了进来，冲着杜主任一顿胡嘞嘞，眼看要办成的事让他给搅和了……"从娟娟说着扯了一下被角，捂紧头，抽泣起来。

"娟娟，娟娟，"黄春雁扒拉两下从娟娟，见她仍是捂紧头低低地哭泣，不好再问什么了，就翻了个身，背对着从娟娟，闭上了眼睛。

黄春雁让从娟娟这么一哭，弄得她心里一时没了底儿，她试想她一名普普通通的知青就这么去找场革委会主任，人家就会搭理？场革委会主任可是这里最大的官儿，何况这件事又不是件什么光明磊落的事情。她联想到陈文魁对这件事的态度，尽管陈文魁满心地答应，但一说让他一起去场部找杜主任，他却一口拒绝，她知道他的脾气，对这一点她可以理解。而她却猜不透丛娟娟此时的想法，丛娟娟是不是在当儿戏，既然帮人家的忙，还说有把握，该亮脸的时候，为什么躲起来？实在是让她不理解，她感到有些茫然了，兴奋的心情一下子一落千丈……

黄春雁不甘心地翻转过身来，又把头埋进被窝里，问："娟娟，求求你，还是陪我去一趟场部吧？"丛娟娟已停止了哭泣，她平静地回答："去吧，听我的……保证没问题。"

丛娟娟说完再没有了声音，她所以不去，自然有她的难处。其实，丛娟娟向黄春雁所说的是靠家里朋友介绍才靠近了杜金生，纯属她自己编造的谎言。秋收开始时，丛娟娟去了趟场部，一来是买点日用品，二来是给家里寄封信，等她办完事，见回连队的车还得等一段时间才有，就去了场部大楼看望当播音员的同学，赶巧那位女同学正收拾行李准备返城，羡慕得丛娟娟直吧嗒嘴，她问凭什么条件返的城，那位女同学先是犹豫不说，经不起丛娟娟的再三追问，只好吐出了真情，是杜金生给办的，按家庭困难返的城。丛娟娟一听就明白了，这里面一定有假，因为她知道对方的家境非常好。女同学是丛娟娟最要好的朋友，见瞒不过就把经过说了一遍，但没把杜金生老谋深算，将她顺奸后，见她哭哭啼啼精神不好，便帮她出主意编造假返城手续，然后由杜金生在假手续上盖上戳的实情告诉丛娟娟，只是一语双关地嘱咐丛娟娟一定得让杜金生"盖戳儿"。丛娟娟受到了启发，当晚就给家里又写了一封信，并连夜将信寄出。很快家里的人就按照她信中所说的那样，把材料和证明什么的寄来了。丛娟娟就把这些证明材料通过熟人试着转给了杜金生，当徐亮通知她说杜金生找她时，她心中一下就升起了希望，觉得这事有门。她马上就去了场部找到杜金生，杜金生也很热情地招待了她，并在证明上签了字。没想到她拿着杜金生签字的材料去找徐亮时，徐亮特别认真，说杜主任批字让连队"认真研究处理"，并没写一定放她走啊。现在，丛娟娟才悟出那位女同学所说"盖戳儿"的含意，她也猜出了杜金生多次提起黄春雁的用心所在。她明白，要想顺利地返城，自己让杜金生糟蹋不算，还一定得把黄春雁领去，这个色狼般的杜金生才会重新签一个让连队领导一看就放行的意见，然后盖上他的印章。

她咬咬牙，干脆去上头告杜金生？又一想，觉得那样以后在这里的日子更难打发，不能，那样自己也会难以做人了，眼前的路只有一条，领着黄春雁去见这条色狼，那不是把好友往深渊里推吗？她想了又想，还是只开导黄春雁去找，可以打自己的旗号，无论如何自己不能领着去，不管发生什么事，或许自己都能有几分宽慰。从娟娟背对着黄春雁，她尽量的不去想所发生的一切，然而一合眼，眼前就浮现出杜金生正淫笑着，向她扑来的影子，还有武解放那怒不可遏的目光……

黎明前，飕飕的秋风旋刮起秋霜打蔫了绿莹莹的野草，打落了一片片树枝上的黄的和半蔫的树叶，大地似乎显得没了生气，那绚丽的五花山却格外爽眼诱人了。

黄春雁紧眯着眼睛，知道动员不动从娟娟了，许久没有再和她搭茬，心里开始翻腾起来：难道这个从娟娟是在捉弄我？可是，再去追问，甚至是乞求，她又是那样的对天对地地发誓，从这里看来，又不像是……事到如今成了这个样子，她只好懵懵懂懂地硬着头皮去试一试，不，应该说是去闯一闯了。

黄春雁盘算着，猜想着，迷迷糊糊中似乎觉得没过多少时间，什么声音惊了一下，她一睁开眼睛，天色已大亮了，不少伙伴已经起床洗漱完打饭去了。身边的从娟娟反转着身还在轻轻地打着呼噜。黄春雁轻轻推了她一下，从娟娟只是轻轻地"哼"了一声，呼噜声又响了起来。

起了床，黄春雁精心地收拾了一番，挎上黄书包就出了宿舍，她还是不死心，还是想试一试找陈文魁一起去，一定让他陪着。可是，到了男生大宿舍一找，值日的知青说，陈文魁一早就和杨金环一起下地了。按性子，黄春雁应去地里找陈文魁，但她刚迈开步，又迈不动了，她已经察觉出，自己顶替了陈文魁上大学的指标，从徐亮和杨金环两口子的口里虽然没说出什么，但从他们的眼神里，从他们的表情上，都发现似乎有一种"那个"，什么呢？猜不透，又说不清，是蔑视？是瞧不起？不是，又像是，是一种说不清、猜不透的"那个"或"那个"。

黄春雁站在两栋知青宿舍之间的大道上，茫然地四处张望，脚却不知该向哪个方向迈出……

"老徐呀，"杨金环一边忙着切菜，一边笑着对正在炒菜的徐亮说："今天这太阳八成是从西边出来的吧？好长时间没见你下厨房帮我忙活了，是不是上午遇到了啥好事，说出来，让我也高兴高兴。""还好事呢？"徐亮用铲子翻着锅里的菜，笑嘻嘻地说："没见我开会回来，让牛东方那几个知青给我缠得够戗，走哪儿追到哪儿呀！"

"从娟娟返城的事我不问，黄春雁替陈文魁上学的事我也不管。"杨金环切好了菜，放下菜刀，回身看着徐亮用铲子翻着锅里的白菜，"可武解放被场里办学习班的事我可得问一问。我说老徐，那武解放到底是怎么回事儿，你清楚不，抽空去场部问问，听说杜主任弄的那学习班就跟蹲'小号'一样，他毕竟是个孩子呀。""什么孩子，他在家里是孩子，来到这里谁拿他当孩子，"徐亮把炒好了的菜盛到锅沿上的空盘子里，嘴角流露出一丝儿不被人察觉的笑意，"怎么？他进学习班的事，你也知道了。"

"武解放打场革委会杜主任，被办了学习班，这事在全连队一哄声的，我能不听说？"杨金环接过徐亮递过来的菜盘子，放在了菜板上。"嘿嘿"徐亮正为这件事高兴，他是接到了杜金生打来的电话才知道的，正愁着没有办法治治这个让他头疼的武解放呢，现在好了有人帮他治了，他边向锅里倒了点油，边幸灾乐祸地笑着说："他这是自作自受。"

"别这么说，我看那个武解放愣头愣脑的，虎是虎点儿，好冲动，没啥坏心眼子。"杨金环见徐亮倒的油少了点，拿过油瓶子，"唉，你多倒点儿，这豆角子吸油，少了不好吃。"随后放下油瓶，又问："老徐，你说说武解放进学习班，到底是怎么回事？""杜主任来电话说，武解放大闹场革命委员会帮丛娟娟返城。"徐亮紧炒着菜，"哼，这些小青年，还以为是当初在城里搞'文化大革命'那一套呢，动不动就打、砸、抢。"

"武解放不能，都说武解放'二虎'，平时我看挺好的，干活挺卖力气的。"杨金环蹲下身子向灶膛里添加了一把豆秸，接着说："接人待物也挺人意的。""你看问题看哪去了，看问题要看本质，你想，他连场革委主任都敢动手，还有个怕的人没有。"徐亮边盛菜边说："我得防备着点儿，什么人你看着都好！反正，对这帮小青年得提防着点儿。"他说着，一抬头见牛东方领着黄小亚几个小青年进了院子，"不好，就说我不在！"徐亮忙放下手中的家什，噌地进了里屋，下意识地拉开大衣柜门想藏进去，试了一下，又觉不妥，索性钻进了平时空着的小里屋。

"杨大姐，指导员在家吗？"牛东方和黄小亚等人敲门进来。"来进屋，"杨金环面带笑容地将众人让进了里屋，"牛东方、黄小亚，你们几个椅子上坐，还有炕沿。"

"杨大姐，"牛东方在炕头坐下，他四下打量了一下，没见徐亮的影子，就问杨金环："徐指导员中午没回来吗？""回来了一趟，又走了。"杨金环说着，用眼光向小里屋瞟了一眼，又用手指指，示意着徐亮躲藏里面，但她嘴上却说："你们有什么事儿，我转告他。"

"杨大姐，"赵大江故意说给徐亮听，"你说你家这个徐指导员，咱们打盆论盆，打瓦论瓦，总躲着我们干什么？"牛东方一下子从炕头站起来，两步就上去，顺手拉开小里屋门，徐亮尴尬地走了出来。

"徐指导员，"方奎霞说："刚才赵大江说得对，你躲什么呀？"徐亮挠了挠头，又向脑后拢了拢头发，语气生硬地说："我不想和你们生那闲气，你们知道不？武解放为了返城大闹场革委会被关进学习班了。""徐指导员，"牛东方也用硬邦邦的声调说："你别拿着关学习班吓唬我们，不就是关几天'小号'吗？早晚还得放出来！"

"行了，行了，"赵大江见气氛有些僵化，就打圆场说："不说这个，徐指导员，我们好几个独生子女同学在兵团下乡的都办返城了，我们几个要求返城，你能不能签个字同意呀。"黄小亚随机递上了一沓申请书，"签吧。"说着信手又从中山装上衣口袋里掏出支钢笔，打开帽儿，递上前。

徐亮没有去接黄小亚递过来的申请书和笔。"既然上边有政策，你该签就签吧。"杨金环见双方都闷着气，笑着接过申请书和笔，"老徐拿着。""是我当指导员，还是你当指导员？！"徐亮冷冷地对杨金环说完，又对众知青说："你们说有文件，我也没看着，等我向场部问一问。有的话我就签。"

"徐指导员，有您这句话，我们就放心了——抓紧啊！"牛东方接过话茬儿，面带笑容地说完，向众知青一摆手，"走吧！我们回去，""大姐，给你们添麻烦了，你看——"方奎霞指指刚出锅的饭菜，歉意地笑着说："都耽误你们吃午饭了。"

"赶趟儿，孩子们还没放学呢？"杨金环连说带笑地把几个知青送出了院。

牛东方和黄小亚等几个知青边向宿舍走，边议论着。"喂，东方，我们找徐指导也没用。"黄小亚说："我看我们还是联络联络其他连队的知青，这样人多势重，一起去场里找当官的。""等等看，不行再说。"牛东方接着说："徐指导员这个人呀，就会支嘴，最不办事，他肯定不会给我们去问的。"

"我想也是，他不会放我们走的，咱们得先给他个眼罩戴戴！"赵大江看了看几只在宿舍房山头呱呱叫着、捡吃知青们倒掉的米粒、菜叶等食物的大鹅，顿时来了鬼点子，他又让牛东方、黄小亚把头凑过来，轻轻嘀咕了几声。牛东方和黄小亚都哈哈大笑着竖起了大拇指，"高——实在是高。"

"东方、小亚，不好了，不好了，出大事儿了！"丛娟娟拿着一张纸条急匆匆跑到黄小亚他们几个跟前。"怎么了，怎么了？"黄小亚和赵大江、牛东方几个人同时迎上去，不约而同地问："什么事？"

丛娟娟瞧瞧四周，然后把黄小亚、牛东方和赵大江三人拉到一边，丛娟娟才神秘地把手中的纸条开展："武解放从学习班里给捎出了个条儿，说他和一个同伴说了点'真情'，被告密了，他已经有感觉要挨整。"牛东方迷惑不解地问："什么真情？"

丛娟娟一皱眉，也装糊涂地回答："谁知道什么'真情'，可能是他们那里的事儿吧，乱七八糟的！"黄小亚瞧着纸条："武解放没说怎么办？"

"他说要跑。"从娟娟递上条子。"全国都解放了，往哪跑？"赵大江接话说："解放也不行啊，平时倒挺有章程的，真章时完犊子了。"

"别瞎嘞嘞！"黄小亚制止说："听娟娟把话说完。"从娟娟也没了主意，"他要一跑，户口、粮食关系不全没了嘛，那不成黑人了嘛！"

"解放那小子胆大妄为，看来他主意已经定了，我们就不要参与了。"黄小亚倒是显得很平静，他对从娟娟说："娟娟，这事儿我们谁也帮不上忙，哥们儿一场，能帮上忙的，你尽管吱声。"

"娟娟，"牛东方还是不相信武解放真的敢打杜金生，就又问："武解放真的动手打了杜金生？""没有，绝对没有。"从娟娟坚决地说完，又补充着说："只是用砖头砸碎了杜金生宿舍的玻璃，没打着他。"

"我说不能打嘛，"牛东方放心地说："他武解放脑袋里也没灌水，怎么能敢打杜主任呢？""这就好办了。"黄小亚对从娟娟说："没打也肯定是大要了，不然怎么会让他进学习班。娟娟，你能不能和我们说说，这到底是怎么回事？武解放为什么要砸杜主任宿舍的玻璃。"

"怎么说呢，"从娟娟沉默一会儿，"反正不是我让他干的，他是自作自受！"牛东方接话茬儿，"是不是为了你呀？"

"那谁知道！反正你们是哥们儿，我可跟你说了。你们想办法吧。"从娟娟说着，转身想走开。"奇怪了，"之后走过来，想看个究竟的方奎霞叫住从娟娟："娟娟，别走啊，咱们得想想办法呀。"从娟娟停下来，一回头，"我没办法！"

"还得找徐指导员。"赵大江先说出了自己的想法："让他去场里先把武解放要回来。"牛东方不同意说："去也没有用，他那个人不办事儿呀。"

"这样吧，娟娟，你先去实验田去找陈文魁，听听他的意见。"黄小亚对从娟娟说完，又对其他人一挥手，"走，我们再去徐指导员家，试试去……"

徐亮见牛东方、黄小亚几个知青敲敲门，没等应声就闯了进来，气得暴跳如雷："怎么，你们要学武解放呀？刚刚走了，怎么又来闹了？"杨金环赶紧劝慰说："老徐，你能不能好好说。"

"我说指导员，我们还没说话呢。"赵大江不紧不慢地说："你急什么呀急！"徐亮仍火气冲天，冲着赵大江就嚷："你说急什么急？上边没有精神我能乱签字嘛！"

"要说这事儿呀，你签了就没你的事儿了，上边的事儿，我们到上边找去。"牛东方见徐亮火了，他的火也上来了，硬碰硬地说完，又说："再说，我们来也不是为了这事儿，那武解放你得想法要回来呀，有问题在连队帮助嘛。"

"什么？要回来？"徐亮一听，心里火又燃烧起来，"武解放打闹革委会，无视新政权，那是非法行为，你们不好好认识这个问题，还想去要回来？有没有点儿革命者的味儿了！""走——"赵大江一拉牛东方，"和他说没用！"

杨金环送走牛东方等人回了屋，见徐亮脸色铁青，坐在炕头正抽着烟，并时不时地向后拢着头发，她心里也很不是滋味，就劝说："我说老徐，你也不要跟这些小青年们太计较，你是他们的父母官，他们有事能不找你。我看，你就去一趟场部，跟杜主任说说，让武解放向他认个错，把人要回来。武解放他还会再闹？他不长记性……""用不着你来教训我。"徐亮正愁一肚子的火没处撒，一下子就冲着杨金环来了，"要不要，这我比你清楚，以后在这样场合你少插话……"

俩人正说着，从娟娟两眼泪汪汪地敲门走了进来，她根本就没有听黄小亚的建议，去找陈文魁去商量要回武解放的事，而是回了宿舍，她寻思来寻思去，觉得当务之急，是趁机找指导员在返城手续上签字，于是，她等黄小亚他们一离开，就进来了。

"娟娟，你别急。"杨金环见从娟娟眼里含着泪水，像似刚哭过，以为是让武解放的事给急的，就说："黄小亚、牛东方他们几个为武解放的事刚来过，这不，老徐也在想办法吗。""大姐，我先替解放谢谢你们了，"从娟娟说着，对一言不发的徐亮乞求地说："指导员，你想推荐我上大学，即使不成，我也很感激您，可是，我办困退的事情，你就不要挡着了……"

"这这……"徐亮尴尬地看了从娟娟一眼，见她满脸泪痕，忙又愧疚地低下头。从娟娟又说："你给杜主任打电话我听到了……"

"听就听到了，这口子一开……"徐亮咳嗽了两声，话茬儿一转，又说："对，对了，急得我不知说什么了，场部来电话说，武解放打杜主任被送进学习班了，这事想必你早就知道了吧。""没，没打，"从娟娟连忙解释："我在跟前，武解放只是顶了杜主任几句。"

"杜主任也是，官气十足的，"杨金环在一旁帮着从娟娟说了句："又没真正地打到他，他跟一个小青年计较什么？""住嘴！"徐亮愣愣地制止杨金环："说什么呢。"

"我敢打保票，打肯定是没打……"从娟娟见徐亮发起了火，连连说："我说的都是真的，真的呀！""就是没打，叫你们这么弄的，你想办困退也不容易了，"徐亮吓唬说："你想，要是没有杜主任最后签字盖戳，你能走得了嘛！"

从娟娟一听，顿时哭出声来。"娟娟，别哭……"杨金环瞪了徐亮一眼，上前拉住从娟娟的手说："别听你们指导员说得那么血呼啦的，杜主任那么大个官儿，还能那么小肚鸡肠，再说，又不是你闹他，等几天，找杜主任好好解释解释。""哼，没那么简单。"徐亮的气还是没有全消，仍然是气呼呼的。

"哇"的一声，从娟娟一下子哭出了声，抱着头跑出了屋。杨金环赶紧去追，从娟娟已跑出了院子，杨金环又折进屋，指着徐亮的脑袋，数落道："老徐呀老徐，我说你多少次了，遇事儿要冷静点，你就是不听——你长点儿脑筋吧。"

徐亮被杨金环的几句话戗得够戗，自知理亏，并没有反驳，他站起来，主动放好桌子，然后从厨房向里屋的桌子端着碗筷。杨金环站在门口向外张望，嘴里不停地唠叨："今天这是怎么了，遇到的事一件接着一件，大龙和小凤也不知跑哪儿去玩去了，都这时候了也不着家……"

"妈妈——"这时，就见大龙和小凤，一前一后的向家里疯跑，老远便喊："妈妈，不好了，不好了……"杨金环不知出了什么，紧张地迎了上去，徐亮也听到喊声，跟着也跑了出来。

"大龙，慢慢说，怎么啦？"杨金环赶紧问："别着急，怎么啦？"

"妈，不知道谁……"大龙用手指着知青宿舍的方向，喘着粗气："把咱家……八只大鹅的嘴都用小木棍支起来了……""支得不听话了，"小凤也喘着粗气说："我哄不回来……也不知是谁干的。"

"还能有谁，我看看去！"徐亮把手中的碗筷交给杨金环，刚拐上南北道，就瞧见男知青宿舍的房山头，家里的那八只白羽毛大鹅的嘴都被小木棍支着，低着头，看着地上的大米饭粒儿，干扑棱翅膀子，急得呱呱直叫……

第九章

　　天色一直阴沉沉的，到了过午太阳才从厚厚的云层里探出头来，那光芒的热量像是散发没了似的，有气无力地照射着大地，阵阵秋风抽打着树上的树叶，路边上的两排老杨树多数都已经秃了顶，锦绣般的秋天已经煞了风景。

　　黄春雁站在路边上等车，她并不怎么盼望着来一辆车一招手就停下，心里在折腾着，却不像刚从省城第一次踏上这条路时那种翻腾了。那时，场部的大卡车拉着他们三十多名男女知青，陈文魁站在车厢最前面，举着那面印有"广阔天地，大有作为"的红绸旗，她紧紧拉着陈文魁，全连队的干部、职工、家属，连小学生也聚集在进连队的路口上，锣鼓唢呐齐鸣，有人带头高喊着："向革命知识青年学习！""向革命知识青年致敬！"的口号，真的使她激动了，她真的想要在这儿虚心接受贫下中农再教育，成为无产阶级革命事业最可靠的接班人……一天天，一月月，一年年，在疲劳无度的难熬中，她怎么也思考不出无产阶级革命事业的接班人是什么样？也悟不出怎么样才能成为无产阶级革命事业的接班人，特别是夏锄大会战时那种"早晨出工三点半，晚上收工看不见，地里四顿饭"的生活。有时她自己都敬佩自己，这些年是怎么熬过来的，说真的，要不是有个陈文魁，她说不定就会在握不住锄头，累哭了的刹那间，扔下锄头跑到路边搭个车偷偷跑回城里，任凭命运怎么捉弄自己都认了……

　　一辆运粮的卡车驶了过来，黄春雁急忙闯到路中间，举手招停，那辆车鸣着喇叭直冲而来，没有停的意思，她只好急忙忙地往路边闪身，汽车疾驶而过，恍惚看见驾驶室里坐着两个年轻的姑娘，她鄙夷地狠狠瞪了驶去的大卡车一眼。

　　农场的交通本来就不方便，八连这个偏僻的连队就更不方便了。虽说场部有一辆大客车，每天从县城火车站接站，然后绕各连队转一圈，可有时来有时不来，来的时间还不一定，所以知青们去场部或者到县城必须在路口堵车。知青们都知道，好心的司机并不怎么好碰，除了春节放假连队安排胶轮拖拉机统一送外，平常出门找车是件很不容易的事情。

　　黄春雁抬头看了看天色，见厚厚的云层像灌了铅似的，沉重得随时都有降下来的样子，心里着起急来，她想好了，今天无论如何也得去场部一趟，找一找杜主任，万一杜主任真的如丛娟娟所说的那样，同意她去上学呢。肯定能，黄春雁不只一次这样想，并且也这样认为。她的心更加焦急起来，目不转睛地朝来车去场部的方向瞭望……

一辆墨绿色吉普车爬上了一个大上坡，然后向这边驶了过来，黄春雁知道，这是这一带当官坐的唯一的车型，她知道，小兴安农场当年进这样一台北京吉普时，那车子是披红戴花，被迎进农场的，因为车子是北京牌，是来自红色首都——毛主席生活居住的地方。

黄春雁正犹豫着是否向道心走几步招手搭车，吉普车却在大坡上走了不远，戛然停住了。随着车门被打开，从里面跳下一个人来，手拎着小水桶，顺着蒿草丛生的小毛毛道朝连队走去，一看就知道是司机。

黄春雁心里一阵兴奋，脚步不由自主地就朝前走去。杜金生透过风挡玻璃瞧见黄春雁向这边走来，他淫笑了一声，推开车门就下了车，晃动着胖乎乎的脑袋迎了过来。越来越近，当黄春雁看清来人面孔时，她觉着这笑容可掬的人似曾相识又说不出在什么地方见过，一时间脑海里嗡地一下，顿时变成了浑浑噩噩的……

"你是八连的滨城知青——"杜金生又走近两步，热情地伸出了手，笑呵呵地问："叫黄春雁吧？""您，您是？"黄春雁被动地和对方握了一手，随后尴尬地笑了笑，说："杜——"

"哈哈哈……"杜金生微微仰脸，仍是一副谈笑自若的样子，"我叫杜金生，还记得吧？""记得，记得——"黄春雁恍然大悟，忍俊不禁地说："您是杜主任，前几天，我们连秋收大会战时您来地里给我们送过奖旗，还给我做过思想工作呢。"

"好啊——"杜金生双手向身后一背，睁大眼睛一边笑嘻嘻地说："这么说，你心里还有领导。"一边浑身上下打量着黄春雁：一身干净的黄军装，乌黑的一对杏核眼，尽管带着忧郁的神情，但从那看人的目光中，仍然可以看出她内心里藏着喜悦。在杜金生看来，黄春雁确实秀丽，高雅，尤其是随着说笑时起时伏的双乳，更显出她那年轻女性的稚嫩和美丽。这一刻，杜金生不得不从心里承认，黄春雁是他所见过的女人中最漂亮，也最让他动心的一个。

黄春雁被杜金生瞧得有些不好意思，微笑着，当然也不失激动的回答："我下乡离家的时候，我妈妈就嘱咐我说，在家靠父母，在外靠领导。""你们这些小青年就着人疼，"杜金生笑着，用关爱的口吻问："小春雁，你的脚好了吗？当时看把你痛的，都掉眼泪了，我真是心疼啊！"

杜金生用"小春雁"称呼黄春雁，加上口吻又有点过于热情，倒让黄春雁有点儿接受不了，因为连队里有几名追求过她的男知青，还有名老职工的儿子，都曾这么称呼过她。这个年代，要么是父母，要么是老师，要么是比自己大一点儿的男朋友，才好这样称呼自己。黄春雁心里掠过一丝儿疙疙瘩瘩的感觉，但又一闪念，杜金生这个人是和场革委会主任捆在一起的，再说呢，他又像自己的父母一般年纪，这么一想，反倒觉得亲切了，她感激地说："好了，早好了。我还没感谢您呢！"

"感谢——感谢我什么"杜金生的眼神一亮，"说说看？""我想起来了，那天你一走，我们徐指导员就来告诉我——脚崴了，就休息两天……"黄春雁说着，天真地问："杜主任，是不是您让他这么做的？不是您——他可没那好心。"

"你猜呢？"杜金生嘴角立刻流露出得意的笑容，他见黄春雁点着头，还向自己微笑着，就问："小春雁，你这是要到哪里去呀？不是在这里迎接我吧？""杜主任——"黄春雁腼腆地笑了笑，"真巧——"

杜金生一听，一下子变得像腾云驾雾一样，飘飘忽忽起来，又像酒喝得似醉非醉，头重脚轻，他直勾勾地盯住黄春雁："什么？巧——巧？""我在这里想要搭车——"黄春雁被杜金生怪怪的眼神瞧得不好意思了，头微微一低说："去场部……找，找……"

杜金生回头瞧了一眼停在身后不远处的吉普车说："车上的一根油管突然漏了油，我怕油不够，跑不到场部，就让司机从小道去你们连队取点油，再找根油管换上，一会儿就好……正好拉上你。"事实上，车的油路是有点不畅通，但油箱里的油足够跑回场部，只是杜金生远远地就发现有个知青模样的女青年在八队的道口等车，就让司机将车在小道边停下，借口说还得再去别的连队转一转，得换一根油管，再拎一桶油来，怕油真的不够。杜金生支走司机后，就抱着膀坐在车里盯着女知青，等她主动的上钩，因为杜金生知道，司机从小毛毛道去八连一个来回，最快也得一个多小时的时间。让他感到惊喜和意外的，那向他走来的女知青竟是他看了一眼就放不下的黄春雁……

杜金生见黄春雁抬起头，正用期待的目光看着自己，他的脑海里迅速翻腾起来，觉得这是天从人愿，他决不会放过这个机会，"去找谁呀？""找你这个大主任呀！"黄春雁天真可爱地说："是丛娟娟让我到场部找您的，她说有事一提她准好使……"

"丛娟娟——"杜金生一听，心花怒放起来，刚想说跟我的车到场部，到办公室去说，突然一道阴影闪入脑海，两天前夜里在招待所里发生的一幕又浮现在他的眼前。虽然他没有占有到丛娟娟，也没有让武解放抓到现形，但武解放的破窗而入，还是让他心惊胆战了一回。好在当时丛娟娟为他开脱，后来又有女服务员作证，他才侥幸地躲过了一劫，派人把武解放抓进了学习班。然而，不管怎么说，毕竟引起一些人们的议论，使他出门进楼，总觉得有人在斜眼看他，或者觉得在背后议论他。确实，有人已经注意观察他了，还有人背后暗暗议论他是"色狼"。虽无铁证，也并非无中生有，不少人发现他愿意到女人，特别是年轻姑娘跟前凑乎，遇到漂亮的姑娘更是迈不动步了，还有……杜金生想到这儿，狡黠地一笑，走近了黄春雁，"找我什么事情啊？""杜主任……陈文魁是我的男朋友，我们要好了两年多……他被连队推荐上了大学……徐指导员本不想放他去，怕他一走，连队的先进红旗就没有人扛了。"黄春雁往后退了半步，怯懦地接着说："我想替他去上这个学……徐指导员他是同意了，关键是得您同意才成啊！"黄春雁好半天才把想要说的话说完，她的心一下变得空荡荡的。

"好啊！"杜金生听完，然后嘻嘻哈哈地说："小春雁，这个想法不错吗？""您同意了!?"黄春雁简直不敢相信自己的耳朵，她正后悔实在不该当着杜主任的面说这个异想天开的打算，她等待着杜主任的怒斥，或者是一顿大骂，然后是嘲讽，甚至想到会把她直接拉到场部，送她去学习班……

"没问题。"杜金生满脸堆笑地说着，伸手在黄春雁的肩膀上拍了拍，"你们徐指导，正愁着没有办法把陈文魁留下呢。你去上学，还不是和他去上学一样嘛？再有，你也是个好苗子，等大学毕业了，不是更能做出一番业绩来吗！""太好了，太好了。"黄春雁一听，兴奋得蹦了起来，竟流下了两行热泪，"那就求您跟主管部门的领导说一声，我都快急死了。"

杜金生没有再说什么，觉着今天自己说话有些磨叽，他看看天空，云层黑压压的，又瞧瞧大道连个人影也没有，再望望去连队的小毛毛道，一片寂寥，只有秋风刮在蒿草上发出沙沙的微响。他那火辣辣的心底越来越热，生着鬼主意，眼睛直愣愣地瞧着黄春雁说："小春雁，没问题，不用和主管部门领导打招呼也可以，我盖个戳儿他们还敢不办？"

"从娟娟没骗我，她说的是真的。"黄春雁被杜金生瞧得有点儿不好意思，但他的一番话又使她忘乎所以，她撒起娇说："杜主任，那就请您在陈文魁写的报告上盖个戳儿吧？"她说着就伸手去书包里面掏兜，又补充说："杜主任，太感谢您了，我一辈子都忘不了您！"

"好，好，好，不忙，盖个戳儿还不方便嘛。"杜金生眼睛眯成一条缝，奸笑地说，"小春雁不错，有情有义，那你先说说，怎么感谢我吧。""噢……噢……"黄春雁一下子闷住了，支吾两声后说："回头我给您买最好的烟，最好的酒……"

"嘻嘻嘻——"杜金生笑得有些不自然了，"小春雁，可惜我不喝酒，不抽烟呀。"黄春雁无可奈何的样子："那，那……"

一阵秋风吹来，从树上扫下几片落叶，一片落到了黄春雁的头发上，还有两片斜飞在了她的脸上，她不禁打了一个寒战，急忙摸了一下脸上被落叶扫打的地方。

杜金生趁机又瞄瞄四周，仍不见人影，他指指吉普车底下说："你看，油箱漏油滴得这么厉害，司机到现在也不回来，真让我心疼，你能不能吃点儿辛苦帮帮忙，帮我修一修？""辛苦倒能吃，"黄春雁瞄一眼滴油的车底路面说："杜主任，可我一窍不通呀！"

"我通！"杜金生淫笑着，"我让你怎么帮忙，你怎么帮忙就行。"黄春雁点了点头。"这就好，"杜金生说着，急忙钻进车内将车打着火，空踩了一下油门，就见一股浓浓的黑烟夹着熏人的汽油味儿从尾气筒里喷了出来，熏得黄春雁一阵恶心，干恶了几声，急忙稳定住自己。杜金生跳下车，又从车内拿出一件黄大衣铺在车下，然后找了把油乎乎的扳手，笨手笨脚地钻进了车底，仰着脸，用扳手拧住油箱旁一个螺丝母说："小春雁，你就像我这样把着，我来修车，千万别动，一动咱俩的命就全完了——看到没有，就这样把着……"

"哎——"黄春雁学着杜金生的样子，先钻进车底，然后翻过身，再仰脸躺在黄大衣上，伸手接过杜金生手中的扳手紧紧把着，她的手随着车身的晃动而晃动着，头被发电机的轰隆声震动得晕起来，她闭上了眼睛，手却死死的把着扳手，"杜主任，你快点儿修呀！""别动，你千万别动……"杜金生忙去解黄春雁的腰带……

"杜主任，您——"黄春雁一只手把着扳手，另一只手去推杜金生，下肢急剧地扭动着，"求您——别——别——""别动，千万别动……"杜金生气喘吁吁地说："要是动……咱俩的命就……"

秋雨缠绵地下着，像一张看不见，摸得着的织网笼罩着这片土地，也笼罩着两栋漆黑一团的知青宿舍，夜显得有些寂静，惟有淅淅沥沥的雨声，和树的枝头、庄稼的茎秆不时被强硬的秋风吹刮，发出呜呜的响声。

黄小亚已经躺下了。迷迷糊糊当中，他似乎听到了窗户被人轻轻地有节奏地敲了两下，斜着身子又细听，只有哗啦的风雨声。他刚要躺下，又传来两声"嘭嘭"的敲窗户声，并传来低低的呼叫"小亚，小亚。"黄小亚贴近窗户，警惕地问："谁？"

"小亚，是我——我是解放，你出来一下。"武解放在窗外压低声音回答。黄小亚听了一下宿舍里的动静，轻手轻脚地穿好衣服，又披上了雨衣，冒雨出了门，来到后窗下，担心地对武解放说："解放，都知道你跑出来了，你往连队跑不是让人家瓮中捉鳖嘛！"

"没事，别告诉别人。"武解放站在雨中，浑身已被雨水淋得湿漉漉的，他用手擦了一把脸，焦急地说："我有件要紧的事情要找丛娟娟，你帮我叫叫陈文魁，求他让黄春雁把娟娟找出来，我有急事！""哎呀，"黄小亚爱莫能助地惊叹："陈文魁送黄春雁去了，赶夜里去滨城的那列火车。"

黄小亚正和武解放在风雨中嘀咕着，突然一辆警车朝这边驶过来。"不好，杜金生派人来抓你来了。"黄小亚拉着武解放连忙蹲在墙根的暗影里。"怎么办？"武解放感到事情有些不妙，一时没了主意。

"我得抓紧回宿舍，替你挡一挡。"黄小亚看了一眼徐亮家还亮着的灯光，毫不迟疑地说："这样吧，你先钻进指导员家的豆秸垛里藏好，那里安全，我想法给你约从娟娟——""只好这样了。"武解放也没有更好的办法，分开时，他嘱咐黄小亚："一定给我叫从娟娟呀。"

等黄小亚拐回来想进宿舍时，已经来不及了。徐亮手端着明晃晃的手电筒，领着两名民警刚好进了宿舍。

"这是武解放的铺位，"徐亮用手电筒照了照武解放的空铺位，对两名民警说："没回来，我说了，他跑了，也不会跑回连队的。"一民警打着手电往前走，照到了黄小亚的铺位，发现是空的，他扒拉一下边铺的知青，厉声问："这空位是谁的？"

"瞎扒拉啥！"赵大江睡得正香，突然被人叫醒，本来就不高兴，见对方又用电筒光晃他，就急眼骂，"岑妈的，谁——手欠呀！"另一民警见这边动静不大对劲，忙窜过来帮腔："小子，嘴干净点，活着不耐烦了……"他说着，用力搡了一下赵大江的肩膀，"你是不是还有很多话要说——有意思呀，就跟我们上车，找个地方让你说个够……"

"怎么的？上这儿来耍来了！"牛东方早就看不下去了，他光着膀子坐起来，"一脚没踩住，你又蹦出来了，找茬儿啊？"他说着，冷不丁地打了牛东方一个耳光。

"你敢打我……"牛东方也不示弱，回手就给了那民警一拳。"反了天了……你敢还手……"两个民警一起上手，一边一个就把牛东方的两臂搋住，说："一会儿把你也带走，关你几天小号……"

"不好了，我们的人被打了，"黑暗中，不知谁大声吆喝，"哥们儿操家伙……"这一声像捅了马蜂窝似的，十来名知青全部从大铺上站起来，就近抄起一件家伙，喊叫着，向这边围拢过来。"都给我住手，回到铺位上去……"徐亮见势不妙，忙用手电向四周来回晃动，"我看哪个敢上前……"两名民警早吓得松开了手，诺诺连声，见徐亮镇住了众知青，这才色厉内荏地嚷嚷："反了，反了……"

这时，黄小亚捂着肚子进了宿舍，见双方对峙着，就装聋作哑地问："怎么了？怎么了？""这是你的铺吗？"一名民警指着黄小亚的空铺问："哪去了？"

第九章

"拉肚子，上厕所去了。"黄小亚说完，理也不理地脱下雨衣，又脱下衣服进了被窝儿。

"走吧，我不是说了嘛，"徐亮对两个民警说："武解放不会回连队的。"两个民警也怕再这样僵持下去，他们没什么好果子吃，就借坡下驴地咋呼着，"都给我老实点儿，别犯在老子的手上……"

"都睡觉去，睡觉去……有什么事明天再说，明天再说……"徐亮费了好半天的劲儿，才把知青们安顿好，又把两名民警送走。

武解放躲藏在柴火垛里，见徐亮进了家们，忙从柴火垛里钻出来，瞧着远去的警车"呸！"了一口，然后他望了望夜空，感觉雨比刚才小多了，就向女知青宿舍走去，他相信黄小亚一定会想办法让丛娟娟来见自己的。没走几步，就瞧见前面走来一个人影，他定睛看了看急忙走上去"娟——娟——"

丛娟娟不声不响，毫无反应地继续走来，武解放大跨两步，刚要去拥抱她，丛娟娟一闪，冷冷地说："不要碰我，有什么事儿？"武解放站在泥泞中，雨水沿着头发、脸颊滴滴答答地流着，他苦苦地哀求："娟娟，你得理解我，我确实是为了咱俩都好——"

"你要是还是说这个，"丛娟娟不等武解放把话说完，不耐烦地接话，"我就要走了。""好，好……"武解放没有办法，只好直截了当："有件事，娟娟，请你帮帮忙。"

"你说吧，看能不能帮上。"丛娟娟的语气仍十分僵硬。"能，"武解放生怕丛娟娟走了似的，忙说："肯定能。"

"别啰嗦，快说！"丛娟娟耐着性子，做好了听完要走的样子。"我要到省里告杜金生，就说他调戏你……"武解放已经没了退路，只好把自己的想法说了出来，并说："你可要给我作证呀——"

"这恐怕不行。"丛娟娟叹了口气："这要是传出去，我还怎么做人？再说，也没调戏什么……"武解放激动地说："娟娟，要不是我及时赶到，他早就把你给祸祸了？

丛娟娟反驳着："他不是没祸祸嘛!"武解放被噎得说不出话来，"你——"

第十章

　　"呜——"，火车一声长鸣加快了速度，把陈文魁远远地甩在了后边。他还在不停地跑，不停地大喊"雁——子——雁子——"直到火车拐了个弯儿，没了影儿，他才停下脚来，瘫坐在铁道轨旁边的枯草地上，用手把头往双膝盖上一埋，就呜呜哭了起来……

　　"同志，"突然听见身后有人问话："这是你的行李吧？"陈文魁抬头一看，只见检票员手里拎着黄春雁忘记在候车椅子上的行李，来到身边，他急忙站起来，"是，是我的，谢谢，谢谢！"

　　"小伙子——"检票员是个老同志，他拍了拍陈文魁的肩膀说："有分手才有相见，快回去吧！天都大亮了。"陈文魁尴尬地笑着擦了擦眼角上的泪痕，接过行李，然后扛在了肩上，只是点头，什么话也没说，就向站外走去。

　　出站口时，陈文魁耳边似乎还能听到远处有人在喊"文——魁——文——魁——"他忍不住地又回过头，朝火车远去的方向望了一眼，只见伸向远方的铁路和一片远山，还有曙光里那遥远的云朵儿。但陈文魁感觉这时的黄春雁，仍在把头探出车窗外呼喊着"文——魁！"

　　陈文魁扛着黄春雁来不及带走的行李，脚步沉重地来到小兴安农场驻县城办事处，一打听，去农场的车一早就走了，但他很幸运地又搭上了去农场的拉粮车，路上还趁着司机补轮胎的时间，在修理铺边上的小饭馆吃了点东西，等陈文魁赶回连队时，天色已完全黑下来了。他没有回宿舍，直接进了杨金环家的院。

　　杨金环刚摆好饭菜，正要和一家人坐下来吃饭，见陈文魁背着个行李走了进来，惊奇了一下，玩笑似的口气问："怎么？小雁子又不走了，人呢？"她说着，又故意地向陈文魁的身后瞧了瞧。陈文魁难为情地摇摇头，把行李往炕头一放，然后往行李上沉沉地一靠，有气无力地说："走了，走了。"

　　"刚才我还和你大姐说呢，你的为人太好了，够个大丈夫！"徐亮却高兴地一拍陈文魁的肩膀，"文魁，其实呀，你不走正合我心意，咱俩的水田发展计划，还可以顺利进行，不然，可愁死我了！""快脱鞋上炕吃饭——"杨金环在一旁说："文魁，好像知道你回来赶饭碗似的，这饭菜刚端上来。"

　　陈文魁一看，小炕桌上摆放着两个菜盘子，还有一盆花脸的饭豆。他哑哑嘴脱鞋要上炕，大龙和小凤一起捉住他的衣角，一个说："陈叔叔，你在城里和我雁子阿姨结婚，我也去吃喜糖。"另一个说："我要去看放鞭炮，捡哑炮！"

陈文魁抱住小凤亲一下，又抱住大龙亲一下说："捡什么哑炮，到时候，陈叔叔给你们买好多好多的鞭炮，带好多好多的糖……""说话算数！"大龙伸出手指头，"来，拉钩！"小凤也伸出手指头，"我也拉钩！"

"行了，行了，别拉了，我担保——"杨金环拉开两个孩子，说，"快让陈叔叔吃饭，好吧？他饿得肚子里肯定是直打架了。"陈文魁对两个孩子说："大龙，小凤，咱们不用拉勾，陈叔叔说话准保算数！"他说着脱掉鞋上了炕，盘腿坐下。两个孩子也爬上了炕。

"金环——"徐亮也上炕盘腿，与陈文魁隔着小炕桌坐好，一盘猪肉炒粉条、一盘炒土豆丝还冒着热腾腾的香气，就说："这么可口的菜，给我们俩一人来一杯二锅头吧？"杨金环嗔怪地说："你呀，我不放心的就是你一喝就多。"

"不能——"陈文魁拿起筷子，说："大姐，有我呢。"杨金环去拿酒，陈文魁掏出一盒白皮烟抽出一支递给徐亮，"来，抽一支。""这经济烟不好抽，我抽了一阵儿，觉得这里像是掺有锯末子，撕开一支细看，真有——"徐亮说着从炕上拿过烟盒子和卷烟纸说："你也别抽了，抽我这个吧？"

"不用了，"陈文魁坚持着说："你这'蛤蟆头'太有劲儿。""哎——"徐亮卷好一支递给陈文魁，"男子汉大丈夫，抽就抽有劲儿的，这是真东西呀。"说着就划着火柴去给他点烟。

陈文魁等嘴角衔着的烟点着了，他抽了一口，就呛得咳嗽了一阵，再抽一口就好多了，脸上也有了笑容。徐亮见陈文魁有了笑模样，自己也笑了，说："大吸大吐，适应适应就好了，明年呢，我在自留地里多栽一垅就够你抽一年的了。"

陈文魁吸了一口，听徐亮这么一说，心里一阵热乎，眼泪差点儿滴了出来。他觉得徐亮这两口子真像亲人一样。他苦笑了一下，尽力来掩饰自己内心的不安，但还是让杨金环和徐亮看在了眼里……

"来，你俩今晚好好喝一通——"杨金环拿过两个酒杯，在他俩面前放好，倾斜着酒瓶子就要去倒酒。徐亮接过酒瓶子，说："还是我来，"他边斟酒边说，"文魁，说实在的，你这一留下，我心里说不上有多高兴了。以前有对不住你的地方，还要请你多谅解……"

"没有啥事过不去的。"陈文魁端起杯，忙说："指导员，我早都忘记了，谁不知道你人心眼好使，我有时也不冷静，还和你顶嘴，我应该向你道歉才对。"陈文魁说着和徐亮碰了下杯，两人喝了一口。"文魁，不是大姐夸你，"杨金环说："全连人都说，要是没有陈文魁，咱们八连的人还能年年都吃上这么好的大米……"

"大姐，你这么说可就过奖了，"陈文魁把酒杯往自己跟前挪挪说："要是没有当初指导员引头种水稻，能让水稻在咱这高寒地区安下家，也不会有我陈文魁的今天。""也不能这么说。"杨金环在一旁说："这回好了，你们俩又能合作了，农业学大寨这面竞赛红旗咱八连就扛定了！"

"来——"徐亮端起杯子说，"要我说嘛，你不上学的意义也不小——为咱们的事业干杯！"陈文魁才发现杨金环没有杯子，就放下酒杯子说："大姐，来吧，你也和我们一起喝点！"

"好——"杨金环平时并不喝酒，她从徐亮手中接过酒杯，举起来说："文魁，你要是不嫌弃的话，就可以拿我们俩当你亲大哥，亲大姐——"陈文魁和他俩各自碰了一下杯说："我心里已经这么认定了！"三只杯子"咣"地碰在了一起，然后一饮而尽。

"陈叔叔——"大龙夹口菜边嚼着边仰脸瞧着陈文魁说："你拉琴拉得棒，教我拉琴好吗？"小凤在一旁插嘴："陈叔叔，我也要学！"

陈文魁摸摸他俩的脑袋说："没问题，叔叔有空儿一定教你们！""这回肯定没问题了，前几天我好几次要学琴，妈妈让我到宿舍找您——"大龙说："我跑到宿舍，他们说你和雁子阿姨压马路去了！"

陈文魁、徐亮，还有杨金环都被大龙的天真逗乐了。

"来，吃菜呀，别光顾着乐了。"杨金环张罗着陈文魁吃菜，就说："小雁子上学说是四年，这日子好打发，一晃就过去，再说，小雁子毕业后就是国家干部了，也就不那么累了，队里给你俩盖幢好房子，我和老徐给你俩好好办办——""谢谢，大姐——"陈文魁笑笑说："要说，生活了这几年，我对咱北大荒真的有感情了，上学也是为了多学点东西再回来，雁子去更好，只要我在这里，她肯定会回来的。"

徐亮不放心地问："没问题吧？""没问题——"陈文魁点着头，自信地说："肯定会回来的。"

杨金环也高兴地说："那就好！""你们两口子真好！"陈文魁看着徐亮夫妻二人说，"大姐，以后我就拿你们当我的亲人了！"

"那还有啥说的！"徐亮拿过烟盒子卷支烟递给陈文魁说："我知道你刚学着抽烟，来，再尝尝我这'蛤蟆头'烟！"陈文魁笑着接过烟盒子，学着徐亮的样子，把烟末放在卷烟纸里兜上后，捏住一头，在手里一转又一转，卷得又挺直又利索。徐亮瞧着说："文魁学什么像什么。"

"文魁——"杨金环说："刚才你没进门的时候呀，我家老徐正夸你呢，他一天犟啦吧唧出了名的，尤其是对一些不好好劳动的知青，一看就生气，我还都没听他夸过谁呢?"陈文魁笑笑,点着自己卷的"蛤蟆头"烟,先是咳嗽了一声,接着一口一口地抽了起来,不觉得那么呛了,反倒觉得很刺激,很舒服,他吸一口进了肚子,两个鼻眼里呼出了两小股浓烟,乐着说:"就这么点事儿,有啥好夸的……"

"可不是这么点儿事儿——"杨金环嚼了一口菜咽下说:"这回你把上学的指标让给黄春雁,大伙儿都夸你太重情意了。我们家属队就有人说,谁家闺女要是给你这样的男人,真算是烧高香了!""这么说,指导员也烧高香了!"陈文魁有点不好意思地说,"指导员,我看呢,我大姐对你也是百里挑一的!"

杨金环一副不以为然的样子:"文魁,你也不是外人,我这是当你说,我是将就他那驴脾气——""哈哈哈……"徐亮仰脸一笑说:"有我的不管是驴脾气还是马脾气,才显出你的贤惠呀!"

陈文魁瞧着杨金环那笑脸,尤其她那对明亮的大眼睛,浓浓的睫毛,还有笑时那对会说话的酒窝儿,就像黄春雁的笑脸一模一样,突然冒了一句:"大姐,雁子长得真的太像你了……""哈哈哈,"杨金环止不住地大笑起来,"哎呀,文魁,你可别逗了,人家小雁子杨柳细腰,浓眉亮眼……我?我——"她掐着腰说:"我像个邮信筒似的,上下一般粗,和人家小雁子怎么比!"

"来——"徐亮眼睁睁地看着杨金环和陈文魁有说有笑,有些不是心思地端起酒杯,一仰脖儿,"喝酒。"

皎洁的月光透过玻璃窗照进宿舍,宿舍里的一切都显得明朗清楚,女知青们劳累了一天,宿舍早已变得静悄悄。唯有轻轻的鼾声和偶尔的翻身,让人感觉出她们睡得是那么幸福,那么香甜。而男宿舍里却不平静,不知谁开的头,一直在黄春雁顶替陈文魁上大学的事情上议论个不停。有的高谈奇说,这推荐上大学推荐谁就是谁,怎么还会顶替呢?有的也说,反正又不是考试论分数,谁去都行。这是"文化大革命"年代,新生事物中还有新生事物……当然,议论最多的是对陈文魁这个人,有的说,陈文魁小子,是天下第一大傻瓜,有的却反着说,人家是忠于爱情,是新一代演绎的又一个神话。

陈文魁推开宿舍门刚一显身,牛东方就从被窝里探出半个身子,俏皮地说:"哎哟,文魁,我以为你光焉不登地搞那个科学种田有闷劲儿呢,看来搞对象劲头也不赖呀——"黄小亚在一旁说:"人家这叫'生命诚可贵,爱情价更高,为了黄春雁,返城上学皆可抛'——"

整个宿舍一下子发出了"哄"地笑声。

陈文魁走到黄小亚跟前,撸他一把后脑勺,玩笑又严肃地说:"你小子篡改革命烈士诗抄,把我惹急眼了打你个反革命!""嘿,鸡(急)眼,牛眼也打不了！"黄小亚一通进攻说："你以为是乱改毛主席诗词呢……"

"哥们儿，开个玩笑。"陈文魁又撸一把黄小亚的后脑勺，"睡觉吧，别拿我开心了。"陈文魁平时一向很斯文，年龄又是知青里的大哥，他这么一说，惯于说闹游戏的知青们也就都不吱声了。

陈文魁紧挨着黄小亚的铺位，等他脱了衣服钻进了被窝，黄小亚就把枕头一挪，凑到和陈文魁脑门对脑门了。黄小亚神秘兮兮地问："文魁，说句老实话，你没回来的时候，大家纳闷地正议论，其实不是对你，是对这事儿，这里推荐上学还能顶替……""这有什么大惊小怪的——"陈文魁听说刚才都在议论，不愿意损坏黄春雁的形象，要挽回一下，故意大声说："那有什么奇怪的，这上大学也不光叫推荐，招生政策是群众推荐，领导批准，学校审核，现在不光是靠分分，培养资产阶级知识分子，是培养新型的社会主义农民……"

牛东方在一旁冒了一炮："黄春雁她……"黄小亚一听，就知道牛东方不和善，因为刚才议论时，他就对黄春雁上学不服，不理解，黄小亚一个大嗓门给他顶了回去："我说牛东方，你小子别一有好事儿摊不到你头上，心里就痒痒，非得推荐你就合理呀——行了，你老实呆着得了！"

牛东方不吱声了，他知道黄小亚和陈文魁很要好，黄小亚又是排长，能文能武，很有号召力，有点惹不起他，一听火药味儿这么浓，就把到了嗓子眼的话又咽了回去。

黄小亚把嘴往陈文魁耳边上凑凑问："文魁，从娟娟办招工手续回城了，咱们下乡的时候，知青办主任不是说城里八年不招工嘛，这还不到五年……这么整，谁还在这里能呆下去呀？""噢，从娟娟已经走了？"陈文魁被黄小亚这么一提醒，马上就想起了武解放，他岔开话问："小亚，武解放有消息吗？"

"没有，"黄小亚说完又凑到陈文魁耳边，小声说："昨晚上，武解放冒雨跑回来一趟，谁也没告诉……想找你，后来……""见到从娟娟了吗？"陈文魁也凑到黄小亚耳根问："他人呢？"

"见是见了，但谈蹦了。"黄小亚小声回答："人再也没见着——可能怕被抓……连夜又走了。""差不多。"陈文魁根据当时的情况判断，武解放一定是跑回了家。

"不管那些了！"陈文魁的困意早就上来了，"睡觉吧！"他说完深深吸了口气，轻轻合上了眼睛。黄小亚头一歪，挪挪身子回到了自己的铺位，也闭上了眼睛。

宿舍里终于沉静下来，黄小亚很快就发出了鼾声，陈文魁却翻腾着身子，久久不能入睡。他在想两天来所发生的事情，黄春雁的影子总在他的脑海中浮现。黄春雁顶替他上大学的事情就这样在不经意间，梦似的办成了，他一点思

第十章

想准备都没的，以至于黄春雁要上车的时候，他不顾周围人的一切，紧紧抱着黄春雁痛哭不已，是那样伤感动人，让黄春雁简直有些受不了了，和白桦林里的缠缠绵绵简直成了完全不同的情形，像是天空积聚了久久的阴云，突然一声闷雷，大雨倾盆而下一样，黄春雁也抱着他失声痛哭，他也止不住失声大哭，紧紧抱着黄春雁，就像她要飞走了一去不复返，甚至是生死离别一样，直到候车室里的人都走光了，检票员来催促，他俩才互相松开，看着黄春雁匆匆忙忙检票上了车。那一瞬间，一向文质彬彬的他不顾检票员的阻拦发疯似的冲了进去。黄春雁刚一上车，还没站稳脚跟，列车就长鸣一声，缓缓开动了。他就跟着火车跑啊跑啊，一边跑一边向黄春雁挥手"雁——子，雁——子——"

"文魁，醒醒！"陈文魁在呓语中被人叫醒，他睁眼一看，见是徐亮。"指导员，"陈文魁揉着惺忪的眼睛："有……有事？""文魁，你起来，跟我出去一下，我有事和你说。"徐亮说完先出去了。看徐亮刚才说话的表情，陈文魁第一感觉是出事了，他连忙穿上衣物，趿拉着鞋，急匆匆跟了出去。

门口停了一辆警车，车门旁还站着一个民警。陈文魁一瞧这架式心里咯噔一下，困意一下没有了，他走到徐亮跟前，"指导员——""文魁！"徐亮把陈文魁拉到一边，说："是这样，武解放从学习班跑出来两天了，场派出所出动警力，各个知青点都找遍了，至今也没见个人影，断定他可能跑回家了。"徐亮说到这儿，用手指了指警车，"场革委会杜主任派车来接我，让我带人去滨城抓武解放……"

"他犯了什么罪？不就是砸坏了招待所的玻璃窗了嘛。"陈文魁拎着的心又放下了，他不满地问："至于这么兴师动众？""文魁，这不是砸不砸碎玻璃的事，性质很严重，我不跟你多说什么了。"徐亮急着走，就说："我一两天回不来，现在你们当中有些人的情绪很不稳定……家里全靠你和副连长了……"徐亮边说边上了等候的警车。

那个站在车门口的民警也上了车，随着发动机的一声轰鸣，警车亮着灯光，一溜烟儿地消失在苍茫的夜色里。

"妈的，小题大做！"陈文魁骂了一句，刚想返回宿舍，又转身去了厕所，等他从厕所里面出来，又瞧见黄小亚和杨金环在房山头向他招手，示意他过去。"文魁，你看这事怎么办？"黄小亚上前走了两步，对陈文魁耳语了一阵儿，随后就进了宿舍。陈文魁马上就跟着杨金环向她家走去……

武解放脸色枯黄憔悴，全然脱了相，眼眶已深深地塌陷下来，目光也有些呆滞，整个的形状像一具僵尸，直挺挺地躺在炕头上。见杨金环领着陈文魁走进来，武解放一下子抱住陈文魁大哭起来。

"怎么了，你咋弄成这样？"陈文魁像有些不认识武解放似的，用手耸着他的肩膀，武解放不回答，仍是委屈地哭泣。陈文魁只好问杨金环，"大姐，解放这是……""刚才我送你徐哥出门，就想顺便抱些明早的柴火，我来到柴火垛，用手一摸，外边的豆秸被昨晚的雨水淋湿了，就向里掏——吓得我妈呀一声，一下就坐在了地上——武解放叫着大姐大姐地从柴火垛里钻出来。"杨金环学着，用手捂着心口，"这心吓得现在还'怦怦'乱跳呢？"她见武解放还在陈文魁的怀里哭泣，就数落："行了，别哭了，亏了你还是个男子汉呢。"

"解放，有什么委屈你就说出来，天塌不下来……"陈文魁也劝慰着，"有哥们儿替你撑腰。""先吃口饭吧，他都一天一夜没吃了。"杨金环这时把饭菜端上来，"还热乎着，对付一口。"

武解放接过碗筷，就吃，吃得杨金环和陈文魁瞧着直害怕，惟恐他被噎着。一碗饭下肚，武解放有了些力气，又要了一碗……"我和小亚他们商量了一下，还是都同意你先躲一躲。等场部对你的这股火消一消再说。黄小亚他们都不来了，怕给你暴露了目标。"陈文魁说完，告诉武解放，"杜金生派指导员带人去滨城你家堵你去了，家是万万不能回了……"

"哎呀，"杨金环接话茬儿："昨天晚上杜主任还派人来搜捕你，你——你跑不了，有个什么过错，主动到场部去交代了吧？"武解放放下碗筷，抹了一嘴："大姐，满连队都说你是大好人，我认，我相信，你不会在徐指导员那里去出卖我。"

"你这个混小子，"杨金环骂了一句，"我就觉得你们是些孩子，拐着弯儿地淘气，有话就快说吧，要是出卖你，我不早就喊人来抓你呀。""大姐，杜金生说得还不够劲儿，"武解放气势汹汹地说："我不光是大闹他，当时还想揍他！"

"你说什么？"杨金环瞪大了眼睛。"大姐，让他把话说完……"陈文魁站在地中间，掏出香烟，给武解放点一支，自己也点了一支。

"你们听我说……"武解放一连抽了好几口烟，这才把事情的前因后果学了一遍。"武解放，"杨金环听完惊诧地说："要是像你说的这样，你最好不要在连队，先到别处躲躲再说。"

"谢谢大姐，"武解放又转头对陈文魁说："文魁，我求你一件事儿，和丛娟娟好好给我解释解释，她实在是误会我了。"说着，起身进了厨房，拿起菜刀就要剁手指头。

"解放，你给我住手……"陈文魁没想到武解放会来这一手，急忙上去按住："你这是干什么？"武解放激动得满脸通红，他嚷道："我把手指头剁下来一个，求你送给她，让她看看我是不是真心。"

杨金环趁机把菜刀夺过来，骂武解放，"怪不得人家都叫你'二虎'呢，行了，我一定把你这些意思告诉娟娟。""大姐，你太好了……是天底下的大好人……"武解放说着，又呜呜地哭起来。

"解放，"陈文魁见武解放的情绪又激动起来，沉默了半天，才说："丛娟娟可能今天已经走了。"武解放呆愣着看着陈文魁，他不相信丛娟娟会不辞而别："走了？到哪去了？"

"走了，"陈文魁不想让武解放再受刺激了，就说："她走是她的事，都这样了，还管那么多呢。""你别虎拉巴叽地乱猜乱想。"杨金环也担心武解放再做出什么傻事来，"我想丛娟娟不能。"

"返城了，一定是返城了。"武解放自言自语着，又咬咬牙，"哼！这个丛娟娟准是让杜金生给……"

第十一章

　　黄小亚、牛东方和赵大江几个知青，手端着碗筷，坐在宿舍门前篮球架子下的石头上，有说有笑地正吃着早饭。黄小亚眼尖，一眼就瞧见陈文魁背着黄书包从房山头拐过来。黄小亚知道陈文魁今早去送武解放去了，现在才回来，他见陈文魁两脚是泥，裤子也湿了半截，猜出两个人一定是连夜沿着江边，涉过江叉子，绕着出了农场，然后送武解放上的火车。去年，农场为了让知青在这过个革命的春节，防止知青们偷着跑，就派民兵在各交通要道把守，黄小亚曾和武解放走过那条路，就明知故问地老远打着招呼：“文魁，喂，我们的水稻专家，又到那去攻关课题去了？连饭也顾不上吃，还弄了一身泥回来？”

　　“你们才吃呀！”陈文魁笑嘻嘻地打着招呼，走过来，见黄小亚几个端着碗筷凑过，围住自己，陈文魁说：“我吃过了——在汪青山家吃的。”他说完用眼神示意了下黄小亚，黄小亚知道武解放已经安全离开了这里，会意地点了点头。

　　“汪青山家，他家可是住在江边呀！”牛东方不知道昨晚上的事，一听陈文魁说去了汪青山的家，联想起武解放逃跑的事，“你好模样的跑他家去干嘛？难道武……”“你们坐，你们坐下吃……”陈文魁怕牛东方愣头愣脑地走了风声，连忙坐在篮球架子下的石头上，岔开话：“我找汪青山打听点事……”

　　众知青不约而同地坐在了陈文魁身边。陈文魁从黄书包里拿出几张纸，抖了抖，“我的收获还少呢。”“汪青山——”赵大江吃了口饭，边嚼着，边问：“就是那个‘二劳改’汪木匠呀？”

　　“别这么说人家，”陈文魁忙制止说：“人家已刑满释放，就和咱们一样，是正儿八经的公民了。”赵大江咽下口里的饭，“徐指导员都这么说嘛。”

　　“指导员那人粗，说话不大讲究政策。”陈文魁笑着，“汪师傅可帮了我一大忙……”“文魁，”黄小亚顺着陈文魁的话，往下追问：“你说，汪青山怎么帮了你的忙了？”

　　“汪青山是日本开拓团时期在这里跑马占荒种水稻的御用技术员，我向他探讨了一下水稻怎么样才能增产的问题——”陈文魁瞧了瞧手中的那几张纸，又看了看周围和知青，他说：“汪青山说，那时日本鬼子里有个叫腾野顺郎的人说过一个‘叶龄诊断’的理论，就是根据水稻分蘖、拔节、抽穗等不同时期追不同的肥就能高产，我觉得很有道理，我想给连队写报告报给场革委会，要是杜主任一支持，我想再找地方请教请教，搞搞试验，要是成功了，这产量就会猛增的——""哥们儿！"牛车方吃光了饭盒里的饭菜，用筷子敲打着饭盒说："我看你小子要着迷了！可别让指导员定你一个敌我不分，再上纲上线……"

"哥们儿，"赵大江不愿意听这些了，就拍了拍陈文魁的肩膀说："不能光顾你那事儿，你在徐指导员那里有面子，我们办困退返城的事情，你帮我们吹吹风，说说好话，让他快点儿给我们报到场部去。""你们就是回去了，城里也不招工——"陈文魁笑嘻嘻地站起来，环视了一下众知青，说："我一个在兵团的同学办病退后进了清扫队，是大集体，你们说有啥意思，你们就在这里和我一起好好干吧，咱们成立个水稻科研小组。"

"行了，行了，"黄小亚也敲了两下空饭盒，又扶了扶眼镜，"人各有志，你还是最好帮帮我们忙吧。""对，"牛东方接着话茬儿，"我们都和指导员弄翻了，他看见我们就烦，你就给吹吹风……"

"好好……等他回来，我一定给你们说说！"陈文魁看了一眼时晴时阴的天空，就对黄小亚说："这天阴了呼啦的，你们排可要上点心呀！晒场的稻种可不能让雨给淋着……""放心吧，"黄小亚也抬头看了一眼阴呼啦的天空，满不在乎地说："一半会儿下不了，我们上心就是了，你那宝贝儿浇不着……"

"哥们儿，"陈文魁转头又对周围的知青说："我和汪青山说好了，他下午要带我去当年日本鬼子搞过测量的地方去看一看，家里就小亚和你们照顾了……""放心吧，文魁，"牛东方搂了一下陈文魁的脖子说："你不去上学，在这儿和哥几个战天斗地……我们支持你。"

陈文魁见大家都表了态，这才回宿舍换了条裤子，穿着双靴子向江边走去。

汪青山的家住在江边。两间低矮的小草房，一铺小炕，连着一台锅灶，还有一挂破网，加上江边一条破渔船，这些就是他们的全部家当。陈文魁早就知道这户人家，但对汪青山这个人了解得不多，只听指导员说他帮日本鬼子干过活，被判过刑，是个"二劳改"，让他们小青年离远点。但汪青山对陈文魁却相当的熟悉，当陈文魁连夜送武解放绕道上车后，又原路返回来，想进屋喝口水时，正起早在院子里劈柴的汪青山就认出来他，陈文魁感到很意外，汪青山却说连队哪有不认识你陈文魁的，刚才他还和老伴儿还在广播里听他参加全省农业学大寨表彰大会上的发言录音呢。这让陈文魁很高兴，两个人就唠了起来，越唠越投机。从闲唠中，陈文魁觉得汪青山很不一般，懂得很多，更让他感到吃惊的是，连他正在研究的水稻课题也能说出个一二三来。陈文魁还想往下深唠，汪青山却趁老伴儿端上来早饭的机会，岔开了话题。但陈文魁早已从老人家的谈话中，得知老人家的一些情况，他觉得老人家还心存疑虑，又初见面，不好往深了问。就同老人家约定好，他先回连队一趟，去去就来。

陈文魁来到小草屋，敲敲门进去。

"哟，文魁，"汪青山和老伴喜出望外地让着："快上炕里坐。""汪师傅，"陈文魁笑着说："我又来打扰你们了。"

"快别这么说，你是稀客，"汪青山一边说着，一边让老伴儿去倒茶水。"谢谢！"陈文魁接过汪青山老伴儿递过的茶杯，转脸对汪青山说："汪师傅，我还想向您请教，你再向我说说日本人在这里种过水稻的事情。"

"文魁呀！"汪青山有点受宠若惊地说："快别叫我师傅，就叫我老汪吧。""汪师傅，"陈文魁看出来汪青山心里还有顾虑，就说："把您的事给我说一说？"

"不提了，"汪青山仍胆怯地："不提那段事儿了——"陈文魁笑着，掏出了香烟，递给汪青山一支，自己也放在嘴上一支。汪青山接过烟，连忙上前划着火柴为陈文魁点燃，"客气了"。

"汪师傅，"陈文魁抽了两口，还是问："有人说您挺冤枉？"汪青山来了精神头，也吸了两口烟："怎么不冤枉？我只不过是让日本人抓去参加了开拓团，有点小文化，帮着搞点资料，就给我打成了'反革命'，蹲了几年的监狱……"

"刑满释放后，就一直住在这嘛，"陈文魁听着，四下里打量了一番："是不容易，好在已经成合法公民了。""就是啊，可是……可是，"汪青山边说边观察着陈文魁的表情，见陈文魁听得很认真的样子，就又说："可是徐指导员还带头叫我'二劳改'，他妈的，在这里没地方说理去，我想给中央领导写信，要求申述平反。"

"徐指导员人粗，不要和他一样，"陈文魁笑着："平反倒是个大事，到时候您想好了，我来帮您写！"汪青山看了一眼旁边的老伴儿，见她被感动得用手抹眼泪，也激动地握着陈文魁的手："太好了！"

"这么说，汪师傅，"陈文魁接着说："您相信我了？"汪青山连连说："信，信……"

"汪师傅，你在日本开拓团的时候，那稻子一亩能打多少斤？"陈文魁不等汪青山回答，又急切地问："像您早上说的和现在差不多——这个产量，比南方的槽米产量可差多了，当时，日本人没想办法增产吗？"汪青山也急忙地回答："想了，想了——那个日本水稻专家说要用什么'叶龄诊断理论'的研究来增产……"

"什么是'叶龄理论'？"陈文魁对汪青山的答复非常感兴趣儿，"您能不能说详细些？""我也只是听说，"汪青山想了想，又摇摇头："还没等搞，小日本子就投降了。"

"汪师傅，"陈文魁扔掉手中的烟蒂，向汪青山凑了凑，"您再想想，这

'叶龄理论'还有点儿什么具体的说法没有？""文魁，"汪青山摇摇头，用歉意的口气说："我跟日本人接触也不多，只不过是听他们只言片语地说过。"

"汪师傅，"陈文魁有些失望，又不甘心地说："您再想想——""文魁，"汪青山还是想不起来了，眼睛一亮，一拍大腿，"咱俩不如到当时小日本搞过试验的地方去看一看，说不上你能看出点啥名堂来……"

"好主意——走！"陈文魁一听兴奋得一个高就下了地，拉着汪青山的手就向外走。"看把你急的，"汪青山的老伴儿拿着件大衣跟了出来，"江上风大，又要下雨，你俩怎么也得带上件衣服……"

"大婶，谢谢了，"陈文魁走在前头，回头冲着汪青山老伴儿说完，又对汪青山说："汪师傅，大婶心可真细呀！""她呀！这些年跟着我罪可没少受啊！"汪青山边走，边接过老伴儿手中的棉大衣，嘱咐说："我们俩去去就回，你在家给我们爷俩弄两个好菜，等我们爷俩回来好好喝两口……"

汪青山说着跟着陈文魁就上了江边停着的小木船，他操起桨，熟练地划动着小船，小船像迎着江风，箭似的向江叉子对岸驶去，一袋烟的工夫，小船就到了对岸。

汪青山领着陈文魁下了船，顺着江沿走了一段路，又向江岸里面的荒草地里走了一段路。

"文魁，你看——"汪青山指着眼前一望无边的荒地，对陈文魁说："这里地势往前边是个漫斜坡，当年小日本开拓团的人搞过测量，说斜坡度是3%，非常适合引江水直流灌溉。""太好了，"陈文魁一看，不由地赞叹："回头我就向徐指导员建议，一定把它开发出来。"

"喂，汪师傅，"陈文魁又向荒地深处走了几步，蹲下，叫过汪青山，问："您再细想想，日本开拓团里说的'叶龄诊断'还有什么说法没有？然后我好把这份水稻'叶龄诊断'增产的设想寄给黄春雁，让她在省城那里帮着查查资料……""你让我好好想想……"汪青山拍拍脑袋，一时陷入沉思。

一块厚厚的乌云压过来，天空顿时又阴沉下来。陈文魁抬头瞧了瞧天色，对汪青山说："汪师傅，我们先回去吧，等天好了，我们再来……""我看行，"汪青山也看了看天色，说："没多大的雨，但这雨一会儿就得下。"

等汪青山将船划到岸边，汪青山的老伴儿已将饭菜准备好了，正站在小草屋门前向这边瞭望。"汪师傅，汪婶，谢谢你们的好意，"陈文魁见云层越来越厚，心里不免有些着急，他惦记着晒场晾着的稻种，生怕黄小亚他们一疏忽大意，忘记了苫盖，一上岸，就歉意地对汪青山两口子说："天要下雨了，我得赶回连队去，稻种还在晒场摊着呢。""也好，"汪青山见陈文魁执意要走，又见雨说下就下，就说："这酒等你再来时再喝，先干正经事要紧。"

陈文魁一边道谢着，一边向连队跑去。他刚跑到宿舍门口，黄小亚、牛东方等人忽地围了上来。

"喂，黄小亚，"陈文魁见几个人的装束是要出门，就问："我不是让你们晒稻种吗？怎么要去场部？""文魁，你回来得正好，"黄小亚对气喘吁吁的陈文魁说："我们商量了一下，指导员说话没个准信，我们想请假去场部找找……赵大江在场院看着呢，等傍黑我们回来再一起搓堆用苫布苫好。"

"都啥时候了，还想着要走呢，没看天要下雨了吗？"陈文魁一听，脸色气得铁青，他没好气地说："你们几个只能等，不能找，要是去找，你们的事我就不管了。"他说着就向场院跑去。黄小亚等人目瞪口呆地站在原地，望着陈文魁的背影。

一阵凉风吹来，落下了雨点，天空乌云密布。"你们这几个郎当鬼，瞎了！天要下雨了。"陈文魁回头边跑边骂着。黄小亚连忙带头急匆匆也朝场院跑去……

陈文魁急促地用木锨推稻种，大喊："来——人——那——"杨金环正领着十多个家属在旁边的仓库里缝补麻袋，听到喊声匆匆跑了过来……

一道闪电，一声闷雷，雨点一下子密了。黄小亚等人也赶到了，搓堆的，扯苫布的，忙成了一片。刚把稻种积好堆，又用苫布苫好，大雨就哗啦啦地下起来，陈文魁的心总算放下来，他擦了擦脸上的雨和汗水，身子不由得晃了两下，突然晕倒在地上。"文魁，"杨金环第一个发现，忙跑过来，她抱起陈文魁，急切地问："怎么啦？文魁，怎么了？"黄小亚和牛东方也连忙跑了过来。

"大姐，"陈文魁倒在杨金环的怀里，双手抱着肩膀，哆嗦着身子，"冷，浑身发冷。"杨金环腾出手一摸陈文魁的头，对身强力壮的赵大江说："他发高烧了，快！背他去卫生所！"

赵大江推开众人，从杨金环的手里接过陈文魁，背起来就向卫生所跑去。

列车嘶叫着，在沉沉的夜幕中奔驰。

武解放依着车窗，两眼呆呆地望着漆黑的窗外。不时闪过的灯火，像鬼火一样忽明忽暗，令人困惑、迷惘，甚至恐惧。但他的目光硬是越过了它们，想象着当年初来时的情景，那时，他和丛娟娟，还有陈文魁、黄春雁、牛东方和黄小亚等人，在一片"广阔天地、大有作为"的欢笑声中，一路满怀激情，未来被描绘得天花乱坠……而今的武解放像一只丧家之犬——只得落荒而逃。

武解放闭上眼睛，把头向后背一靠，真想就这样靠下去。然而，几天来和丛娟娟的争吵声又像"呼嗵嗵"的车轮声在他耳边响起，他下意识地睁开眼睛看了一眼坐在前两排的丛娟娟，见她闭着双眼，一副进入梦乡的样子。武解放气得咬牙切齿，恨不能上前真的咬上她几口……

其实，丛娟娟也没有睡意，闭着眼睛想心事。前天中午，她见黄春雁挎着书包去在道上等车，知道是要找杜金生去了。她的心就提起来，丛娟娟盘算，如果黄春雁的事办成了，就意味着她被杜金生得手了，自己就去找杜金生也给她签字盖章，如果没办成，说明黄春雁不同意，那她丛娟娟再另想办法。没想到，黄春雁很快就回来了，当晚就急匆匆地走了，这让她迷惑不解，她怎么想也猜不到杜金生是在离连队不远的车底下，将黄春雁奸淫了，事后，他见黄春雁哭哭啼啼，要死要活的，怕司机回来露出马脚来，就当场给黄春雁的上学手续上签了字并盖了章。

丛娟娟是足足琢磨了一夜，却始终没有弄出个所以然来，但是有一点，她是肯定的——那就是——黄春雁千真万确的被杜金生给奸淫了。于是，第二天一早，丛娟娟就背着黄书包去了场部，大摇大摆地走进了农场办公大楼，来到杜金生办公室门前，见门虚掩着，人正在接电话，忽地推门走了进去。

杜金生斜眼瞧了丛娟娟一眼，生气地对着电话说："什么？武解放跑了？什么时候跑的？"对方电话声音："杜主任，跑了一天了！我们想……怕您……"

"我不想听你解释……"杜金生气呼呼地打断对方的话："要千方百计给我抓回来！"他说着狠狠地放下了电话，刚要对丛娟娟发火。"嘿嘿！"丛娟娟嘿嘿一笑，玩世不恭地坐在了沙发上，"杜主任，跑就跑吧，跑了不就少了一张嘴吗？"

杜金生被丛娟娟的举动，弄得不知所措，但仍威风地问丛娟娟："你说什么？"丛娟娟仍然"嘿"了一下，"我是说，武解放跑了，不就少了一张嘴嘛。"

杜金生更有些莫名其妙了，他瞪圆了眼睛，"你——你是什么意思？""杜主任，"丛娟娟一副若无其事的样子，笑呵呵地："我来找您是想问，我办困退的事情，您想好了没有？"

杜金生有些心虚地，但口气还是有点生硬地回答："没有！"丛娟娟往桌前凑凑，心怀叵测地对杜金生说："我倒认为，对您来说，应该三少，现在才两少，武解放跑了，少了一张嘴；黄春雁走了，少了您一块心病；我要走了，少了一对眼睛——"

"你这个小青年，阴阳怪气的，"杜金生简直是被丛娟娟的话弄晕了头，色厉内荏地说："什么意思？出去！""杜主任，您先别向外撵我，"丛娟娟收住笑脸，一本正经地说："您听我说完了，再让我出去。"

杜金生有些吃不住劲了，瞪眼瞧着丛娟娟，不知她嘴里要说些什么。"某年某月某日某时……"丛娟娟盯着杜金生，眼睛都不眨一下，脑子里飞速地旋转着，"您——黄春雁——"丛娟娟想象着，猜测着，尽量把话说得空隙大些，给对方多留些联想的空间，生怕说漏了嘴，让对方猜出是在诈他，"还有吉普车……随后发生的故事，"丛娟娟说到这儿，瞧见杜金生眨了一下眼，她肯定了自己的判断，心里一喜，嘴上的话多起来，"我可是睁着两只眼看得清清楚楚……您的吉普车走后，黄春雁大哭一阵，解下腰带就要上吊……"

"黄春雁要上吊？"杜金生忍不住地问："那她……"丛娟娟见杜金生默认了，她提着心总算放了下来，又笑着说："我就劝黄春雁，事情已经这样了，人家杜主任把事情也给你办了，你要是哭哭啼啼，声张出去，陈文魁不会要你了不说，以后，你也更加不好做人了。天知地知你知我知，还有杜主任知，也就算了。"

杜金生脸松弛下来，瞧着丛娟娟想说什么，什么也没说出来。"说起来，"丛娟娟有些得意地说："还是真亏了我给她做思想工作，不然，说不上要出什么大乱子呢。"

杜金生仍有些不放心地问："连队里的人都知道吗？""黄春雁走了，就我一个人知道。"丛娟娟狡黠地一笑，掏出报告递了上去，"杜主任，您能不能给我个准信儿，我办困退的事情，你什么时候能考虑好？"

"好，好，好，"杜金生连忙拿起笔在报告上签了字，又从包里掏出名章，蘸了蘸印油，然后在签好字的报告上面，很不情愿地盖了一下……

列车在一个小站停了一会儿，随后就又起动了。丛娟娟坐累了，想正正身子，一睁眼发现武解放用愤愤的眼睛瞪着她，便不屑一顾地把脸又转向窗外。

武解放装着去厕所的样子，走到丛娟娟的座位边时，他故意"呸"地吐了一口唾液，然后边哼唱着"雄赳赳，气昂昂……"边向车厢的尽头走去。

"精神病！"丛娟娟转脸瞧着武解放的背影，骂完，也"呸"了一口。身边的其他旅客都用莫名其妙的目光地瞧着他们。

第十二章

　　人要盼望得到一种东西而很难得到的时候,会觉得那种东西是那么的宝贵。黄春雁盼望着回城,特别是在赤日炎炎下参加夏锄大会战,累得浑身乏力然后随便躺在地垄间或草地上的时候,盼望着返城就像盼望着能升腾在神话中的仙境一样:她就走进电影院,漫步在百货商店,累了,就躺在属于自己的那间小卧室里,该到起床的时候了还在眯着眼睛似睡非睡地听着妈妈的呼唤……离开农场前这似乎都是些可想而不可及的事情了,如今那一切真的得到了,她却没了那种心情。

　　说实在话,黄春雁在要离别北大荒那个小火车站的时候,就已经没有了那种心情。自从在吉普车底下遭杜金生的欺骗被强暴以后,黄春雁的心像被什么揪拽着一时一刻都在一收一缩地胀痛,她的脑海里让烦乱和痛恨交织成了浑浑噩噩一锅子粥似的,简直是乱极了,没有一点儿头绪。她记不清自己当时是怎么从地上爬起来,又是怎么拿着杜金生签字盖章的信件去办的手续了。这两个夜晚她几乎是没有像往常那样坦然地合过眼,她的心碎了,甚至曾想到过去死,其实,生与死都是瞬间的事。但一想到陈文魁对自己的那份情分,就感到有种责任和义务在牵制着她,让她必须坚强地活下去。然而,只要身边没有人说话,不管是睁眼还是闭眼,杜金生那条色狼,又像死神一样向她扑来……

　　陈文魁呢却并不清楚候车室里黄春雁抱着他哭得那么凄切,那么泪水涟涟,并非全是难舍难分的离别之情,他痴情地只以为她盼望回城的心海里涌浮的是爱恋自己的一汪深情,所以在候车室里陈文魁比在白桦林里更感动了,也更动情了。

　　黄春雁回到城里到学院报到后,也真心惦记着第一件事情就该给陈文魁写信,然后去洗照片,包括他嘱咐的多洗一张给杨金环,等回下封信时再挂号寄去。可是,她伏在床上拿起笔来却不知该怎么落笔,又一想,还是应该把在桦树林里拍的照片冲洗出来再写信附上,便急急忙忙去了照相馆要求加快冲洗,照片两天后就冲洗出来了。

　　晚饭后,同学们都去上自习了,黄春雁伏在床上刚写了个开头,心便烦乱起来,觉得写的不满意,就撕扯下来,搓成团儿扔进了墙角的纸篓里,打算想想再写。她心神不定地从枕头底下拿出装照片的纸袋抽出冲洗的三张照片,本是想留下一张，先邮走两张。她把三张都捏在手里，愣愣地瞧着照片上陈文魁微笑的面孔自言自语地说，文魁呀文魁，你怎么这么恋着这个地方呀，你看，那桦树都在为我们悲恸地流泪呢，你……

黄春雁自言自语着眼泪汨汨地就流了出来，她用手指轻轻抚摸着桦树干上一个个树节的疤痕，抚摸着那流泪似的脂液，瞧着瞧着，模糊的视线里那一个个疤痕变成了一只只流泪的眼睛，她松开手定睛看去，两个人的画面怎么也清晰不起来，就连身后那棵白桦树也又模糊又清晰在她面前变成了一棵哭泣的树，一棵泪流满面的树……

黄春雁努力镇静一下自己，瞧着桦树上被剥去皮的小白块，下意识地拉开放在枕头旁的帆布提兜，取出那片带有血字的桦树皮，泪水禁不住又潸然而下……

突然，传来了两声"砰砰"的敲门声。黄春雁急忙把照片和桦树皮放进帆布兜里，又擦干脸上的泪痕，问了声："谁？""谁？"随着银铃般卖关子的清脆声，丛娟娟一推门走进来说："还能有谁晚上还来看你——"

"娟娟，我想你也该回来了，这两天，我一直在惦记着怎么和你联系呢，"黄春雁一骨碌坐起来瞧着突如其来的丛娟娟发愣，"娟娟这么晚了，你怎么找来的？""什么这么晚了？这不是在北大荒了，天黑下来不一会儿就睡觉了——看样子，你也不像要睡觉呀！"丛娟娟嘿嘿地一笑，"我一到家就跑这儿来了，到你们班级一找，他们说你在宿舍。"

"娟娟，"黄春雁穿鞋下床，拉住丛娟娟的手："坐吧。"丛娟娟往对面床沿上一坐，打量一下这间四人的宿舍，赞叹地说："雁子姐，这可是一举两得呀，我只不过是返城而已，你呢，这叫做返城镶金边——上了大学。"

"这……"黄春雁刚想说"还不是亏了你"刚露出了个"这"字，心里像被针扎了一下子，倏地一阵酸痛，立刻收住了口，竟不知说什么好了。

"雁子姐——"丛娟娟是个聪明的人，从黄春雁这一个支吾中，就断定出她的猜测完全是真的。黄春雁是早丛娟娟一天离开农场的，两人交叉着往返连队与场部之间办手续，并没有见着面。但两个人的事情，各自又都心知肚明，但又都只是相互猜测。丛娟娟见黄春雁高兴不起来，一皱眉，问："你怎么不高兴呢？是不是想陈文魁了，正准备写信让我给你冲了吧？""没，没有……"黄春雁支吾着，摇着头，昔日听来丛娟娟那银铃般的声音那样亲切，今天听来却那么不舒服，简直像一只哑嗓子的绵羊在叫呢。黄春雁脑子里一闪念，是不是她把我神不知鬼不觉地送进了杜金生的圈套呢？她恍惚中问了一句，"娟娟，你上班了没有？"

"上班？"丛娟娟伤感地说："上什么班呀，我那套接班的返城手续全是假的，什么我爸爸舍己救人因公牺牲，母亲没人照顾啦，需要返城，统统都是杜金生那个老王八犊子给出的主意，我妈找人帮我办的……""什么？"黄春雁恍然大悟地一探身，问："你说杜金生是个老王八犊子？"

"对——"丛娟娟一抿嘴，"他是个老王八犊子，我爸爸身强力壮，红光满面，抽个烟，喝个茶，还常跟着收音机里学唱革命样板戏，'谢谢妈'，活得有滋有味……啥病没有。""是这样，娟娟——"黄春雁忙问："那你以后怎么办？"

丛娟娟叹口气说："谁让我经受不了那种'战天斗地'的洗礼了，走一步说一步吧……""那你就没个目标……"黄春雁正说着，听到走廊里传来了踏踏的脚步声，知道是同学们下晚自习了，她把手指头放在嘴边上"嘘——"了一声。丛娟娟见她这一动作忙说："雁子姐，走，到外边散散心、唠唠嗑去。"

校园里静悄悄的，尽管明月当空，可以说比黄春雁和陈文魁夜宿白桦树下的那个北大荒夜晚的月亮还要皎洁明亮。一幢幢楼房折叠似的延伸着，一行行、一丛丛树木在路旁排立着，还有一簇簇、一片片绿化林在那里堆砌着，不管怎么样也显示不出北大荒的那种宽浩的豪放之气，甚至让人猜测那些树丛里那墙角下的树底下是不是匿隐着什么可怕的故事，因为丛娟娟，包括黄春雁刚回城里没几天，就常听人说，这个胡同里杀了人，那个路边上有人被抢了钱包什么的。

"雁子姐——"俩人拐过宿舍楼朝操场走去，丛娟娟说："这回，你的目的达到了，我看你怎么还打不起精神来，是不是想陈文魁想过劲儿了？""娟娟……"黄春雁想说什么总觉得说不出来，委屈、悔恨和迷蒙交织在一起，令她欲哭不能，欲乐不得，只好吞吞吐吐地说："我……"

丛娟娟已经察觉出黄春雁的眼泪已经挂在眼角了，她更加断定自己的猜测，但是，却搞不明白，杜金生欺辱自己的时候，费尽了口舌让自己留宿，而黄春雁两天就走了人，都是在连队宿舍度过的，真想不出猜不到杜金生这只贪色的老狐狸是什么时候，在什么地方占有了她。自己虽然也有了同样的遭遇，却没有她这种郁闷与悲伤，也不知是为有了同样遭遇的伙伴而不孤独，还是觉得不管怎么样，总算是有了能返城这一所得。但丛娟娟总想探索出黄春雁达到目的实底儿，要不心里比黄春雁还要难受。就这样，一种略有平衡而不失错综复杂的心绪在她心里交织着，隐隐中还有一种自己能主宰自己生活命运的小小快慰。

"雁子姐，不用说了，我明白了，我的事只有你知，你的事只有我知——"丛娟娟挎起黄春雁的一只胳膊，吁了口气打开了话匣子说："你也用不着这么悲伤，人们不是常说吗，要想摆脱复杂的环境，就要有复杂的付出吗，我们就是要勇敢的生活下去，这笔账一定要在心里记着，记着，深深地记着——不是不报时候不到。"

"记着，光记着有什么用？"黄春雁默默地点了点头，但她还是接受不了这一切，"我心里平衡不了呀！""平衡不了又能怎么样？"从娟娟停住脚步，松开了挽着黄春雁的胳膊，"我活了这么大，才悟出一个道理，这人自从懂事儿起，就受别人的气，自己也给别人气受，能受气会受气的才算大丈夫，要是受不了气让气在肚子里这么憋着，可能会憋死。那更让给你气受的人高兴了，如果你真的让气憋死了，会让给你受气的人高兴，比如杜金生这个披着人皮的色鬼，你一死，他会觉得没了一块心病，所以，我们的气只能让它在肚子里埋着，不能让它憋着，埋着是埋的杀机，憋着，会憋死自己……是不是？"

听从娟娟这么一说，黄春雁心里像是放松了一点，小时候爸爸见她和同学闹矛盾哭哭啼啼时就教训她说不要做憋气鬼，要做泄气郎，反正一就了，总得生活下去，她冒了一句："我们告他！""对！告他?!"从娟娟直奔了两步，瞧着头顶上的一轮明月说："你想想，要是告他进官，我们俩要出证，这以后还能不能做人了？"

黄春雁不吱声了，发蔫地随着从娟娟朝操场走去，她觉得好像自己不是这所大学里的一员，而从娟娟倒是像这里的主人似的。她隐隐觉得自己不如从娟娟，而眼前这个比自己年纪小，个子又比自己矮五公分的女孩子，走路说话想问题，不只是比自己成熟，她小小年纪竟如此世故，心里萌生了一种像两人之间有一条无形的绳子的感觉，而自己是在被她牵着走。此时，黄春雁脑袋清醒了一些，她的感觉确实没有错，从娟娟从小就学着爷爷喜欢读书，读过《红楼梦》、《三国演义》、《水浒传》、《西游记》，还有说鬼道神的《聊斋志异》。她爷爷是个作家。她从爷爷那里知道，这些都不纯粹是作家的杜撰，是生活的加工和虚化。特别是参加了"文化大革命"，又下乡来到北大荒，喊了那么多口号，干了那么多应该说是荒唐的事情，她总有一种觉得被愚弄的感觉，这回被杜金生的愚弄，她并非像黄春雁一样撕心裂肺。但，她最担心的是，在别人心里埋下"气蛋"日后爆炸，也就是担心黄春雁会不会怀疑自己是做套子让她去杜金生那里。经过这么一番交谈，她倒松了一口气。

听从娟娟这么一说，黄春雁也觉得有道理，是啊，真告出去真相大白了，在这个世界上还怎么做人呀。她一时不知说什么好了，默默地随着从娟娟的脚步进了篮球场。

"坐一会儿吧——"从娟娟坐到了篮球架底坐的横木上，瞧瞧遥远的星空，瞧瞧万家灯火的幢幢楼房，本是对黄春雁说，却又像似旁若无人的自言自语，"不管怎么样，终归是回来了，珍惜吧。""娟娟，没回来的时候，觉得回来的滋味会像天堂一样——"黄春雁也感慨地说："今天回来了，心里觉得这么没滋味儿。"此时，黄春雁的心情比在宿舍里放松了不少，跟着丛娟娟出来这么一走，吸了些外边的新鲜空气像是稀释了胸里浓浓的郁闷，产生了一种飘飘呼呼的感觉，脑子发胀，身子发轻，倘若有一阵风就能被吹起来似的。

"雁子姐，我忠告你一句话，"丛娟娟感叹说："必须学会自己安慰自己。""娟娟，"黄春雁也深有感触说："说老实话，我才感觉出来，我真不如你，你太世故了。"

"这是什么话，"丛娟娟显然不愿意听"世故"这两个字，好像你黄春雁处事多么人情，话语变得有点儿生硬了，"不是我世故，而是我让事故给撞得心裂了，裂缝里能装东西，"她停停说："你可能不知道，我那么小，爸爸就当了官儿有了外遇，就和我妈妈离了婚。妈妈开始也是要死要活，后来她渐渐学会了安慰自己，不是悲怆，不是像有的女人遇到这种事就寻死上吊，而是抗争命运，成了女强人，后来成了我爸爸的领导，没有我妈妈，光靠杜金生那个老东西，我也搞不到返城这套假材料……"

月光下，黄春雁注视着丛娟娟的脸，认真听她说着，忽然觉得丛娟娟今天的这些话，这些举止，好像不是在北大荒连队里结识的好朋友丛娟娟，而是一个起码比自己大一旬的大姐姐，或者说是个长者，不光是说话的口气，就连看问题的方法都变了。黄春雁不再说什么了，她不是不想说，而是不知道该说些什么。

丛娟娟本来就是个好计较的姑娘，她见黄春雁没了言语，便十分热情地向她靠了靠，抱住黄春雁的一只胳膊，亲昵地说："雁子姐，我想问你一句，等毕业了还得再回北大荒吧？""不——"黄春雁一听这个话题就像让电流触着了敏感的神经似的，她颤抖着说："不，娟娟，我是无论如何也不能回北大荒了……"

"可那里有陈文魁呀！"丛娟娟歪斜着头，看着黄春雁，等待着她的回答。"倒是，陈文魁对我太真心了！"黄春雁打心眼儿里说："可是，一想起那烈日底下夏锄大会战时的腰酸背疼拖不动步，脑袋就发炸，一想起连队边上那条路，恨不能把它当一张纸撕得粉碎粉碎……"

"那条路怎么了？"丛娟娟机灵一下，笑嘻嘻地问："你对它怎么那么深仇大恨？""不，不……不怎么！"黄春雁无论如何不想吐出真情，不想直说出就是在那里被杜金生糟蹋的情形了，忙改口说："每天下班走到那条路，越快进连队就越走不动，真想躺在那里……"

"哈哈哈……"丛娟娟哈哈一笑说："我不和你说这个了，我知道你心里再不顺再痛苦，也要踏这条七月七的鹊桥，去会陈文魁，够意思，够意思。"黄春雁似乎觉得丛娟娟这笑声已经笑破了自己的心机，心虚地说不出话来。

从娟娟感到心里有一种特殊的舒服和满足，因为深爱她的武解放大闹招待所，当众扇她的耳光，让她在众人面前无地自容，她是哑巴吃黄连，有苦难言呀！那一刻，她真想找个地缝钻进去。现在好了，什么都过去了，她从娟娟又可以像个人似的活着了。看看眼前的黄春雁，在连队又蹦又跳，特别是和陈文魁恋爱那儿亲切热乎，她真眼馋又嫉妒，没想到黄春雁才几天哪就自秽落到了这个地步，她心里掠过一丝感念，如果黄春雁恋爱这一点再和自己一样，似乎真的就找到了心理平衡的伙伴……

　　"雁子姐，我很佩服你这种忠于爱情的精神，也很同情你将要有一段长痛的路程——"从娟娟一下子搂住黄春雁的脖子说："谁让咱俩是好姊妹了，有苦处的时候能帮我会尽量帮助你，到时候你要重返北大荒的时候我送你回去——""不，"黄春雁坚定地说："我争取让陈文魁也返城……"

　　"哈哈哈……"从娟娟哈哈大笑，"你看他那劲头能回来？别说没条件，就是有条件他也不入门！"黄春雁忽而觉得从娟娟实在是不可捉摸，忽而觉得她很可怕，忽而又觉得她很可亲，回城来除了家人之外，也就真的能和她说几句有共同语言的话题，于是，她问："娟娟，你说我该怎么办？"

　　"我？我不说了，这事我可不多说话。"从娟娟仍旧笑着，她顿了顿，又故意卖着官司说："让我说——呀？""娟娟，"黄春雁推了推从娟娟的肩膀，催促着，"快说……"

　　夜深人静，城区居民区的一栋职工住宅平房，最东头一户人家还亮着灯光。武解放的父亲武大勤和母亲郭颂美炕头一个，炕稍一个，都用无奈的目光看着坐在炕沿上耷拉着脑袋的武解放，正为武解放的事情犯愁。

　　"放呀！"母亲郭颂美叹息着，说完又没了声音。"你是不是见西头老从家的娟娟办困退返城，你也跟回来了？"武大勤替老伴儿把话说完，瞧瞧儿子仍耷拉着脑袋不言语，停了停，然后忍无可忍地大声问武解放："你和娟娟到底是怎么啦？"

　　"我已经和她一刀两断了！"武解放终于说出了实情，"她返城了，我也不想在那儿干了，就跑回来了。""啊？"武大勤急了，"两家一栋房住着，老人都走动得好好的，怎么说黄了就黄了呢！""放呀，"郭颂美真是有点让武解放搞糊涂了，不解地接话："你就这么跑了回来，到底是为什么呀？"

　　"就是啊，"武大勤也急得火燃火燎的，儿子好模样的就突然跑回来了，这往后可怎么着呢？他挪动了一下屁股，向武解放靠靠，"你说你急不急人，你不回去了，户口怎么办？粮食关系怎么办，布票也发不了了，吃啥，穿啥？""我……"武解放似乎有一肚子的委屈要向两个老人家诉说，刚开个头，就听有人在敲门。

武解放一听不好，不由分说，推开后窗户腾地跑走了。武大勤急忙关好了后窗。

"谁呀？"郭颂美大声问着，下了炕，打开屋门，将门口一高一矮，带着"基干民兵"红袖标的两个人让进屋。"这是武解放的家吧？"高个民兵说完，不等郭颂美回答，连介绍带问地说："我们是小兴安农场革委会派来的，武解放呢？"

矮个民兵趁这工夫，像抓贼似的，匆促地各屋看了一遍。"武解放？"武大勤冲上去，不高兴地说："我儿子响应毛主席的号召下乡去北大荒了！""他犯错误逃跑了，我们是来抓他的！"矮个子民兵也不示弱，硬碰硬地回敬着问武大勤："你儿子回来过吗？"

"这是他的家，想回来就回来，还得跟你们汇报呀！"武大勤被矮个子民兵生硬的语气惹怒了，"抓他？我儿子到底犯在哪儿了？"高个子民兵走过来帮腔："这就问你儿子去吧！"

"你们都说不出来，为什么就抓人？"郭颂美见两个民兵气势汹汹地样子，心里的火腾地升腾起来，她抓住高个子民兵的衣袖，就向屋外扯，"这还没王法了，走！找个地方说说理去……"高个子民兵见郭颂美真的火了，就嬉皮笑脸地说："这不碍我们的事儿！我们也是按着上级的指示办事。"

矮个子民兵仍不死心地东瞧瞧，西望望，没发现什么，拉着高个子民兵扬长而去。武解放见屋里安静下来，轻轻拉开后窗又跳进来，郭颂美赶紧把大门锁上，又闭了灯。

"放呀，"武大勤喘着粗气，他感到儿子一定是在北大荒惹祸了，就直截了当地问武解放："你到底犯了什么罪？让我和你妈提心吊胆的？""爸，"武解放怕老人家着急，就说："我没犯什么罪，是他们太熊人了！"

郭颂美倒显得有些平静，往炕头一坐，语气平缓地问："放儿，你说说，让我和你爸听听，只要有理，咱就不怕他们……""妈，爸，"武解放懊丧地一捶脑袋："其实，我也太不值得了……"说着，双手抱住头，坐在炕沿边上哭了起来。

"放儿，"郭颂美抚爱地在武解放的背上拍了拍，鼓励着，"你说——要不是咱的错，妈给你做主。"武大勤急得在地当中直转，"到底怎么回事儿，你倒说呀，堂堂男子汉哭什么！你爸爸小时候就不像你这样！"

"是这么……回事儿……"武解放从妈妈手里接过毛巾，擦了擦脸，抽泣两声，把事情的前前后后跟两位老人学了一遍，然后，又补充说："按正常情况，杜金生那个老王八犊子是不会给丛娟娟盖戳儿的，可是，后来又盖了。"武大勤听完儿子的哭诉，点着头，"你这一说，我明白了！"

"放儿，"郭颂美放心地笑着说："妈听你这么一说，同意你的做法，像你爸爸似的，是个男子汉，她从娟娟就是天仙，咱武家也不要她了！"武大勤却没有老伴儿那么好心情，他一跺脚："这不是小事儿，杜金生这个混蛋，非告得他不可！"

"爸——"武解放不同意父亲的看法，连忙阻止："不行，不行，没人出证，他杜金生在当地有权有势，弄不好，咱们反倒会挨他整……"武大勤实在是咽不下这口气，但儿子的话又不是没有道理，就转个话题，问老伴儿："放儿跑回来了，老大不小的了，总不能老在家呆着呀？"

"我看这样吧，"郭颂美想了想，说："放儿，我在被服厂里工作也不算累，家里还有台缝纫机，我把咱家的这点儿小积蓄都拿出来，托人卖点布票，多买些布做成衣服，你就拎个小兜子到街口上去卖。""妈，能行吗？"武解放用怀疑的目光看着母亲。

"行！准行！"郭颂美毫不犹豫地说："我们厂的李师傅有个瘸腿的儿子，生活没有出路，就这么干，看那样子，不少赚钱。""老伴儿，"武大勤有些担心地说："去年你就老说要自己干，我不让，这叫投机倒把，让公家抓住了就没收了呀。"

在记忆中，武解放首先是从母亲身上来洞察生活，认识生活的，也是从母亲那里学会如何用情感的眼睛去看世界的，母亲的话让他有一种朦胧的安慰，一种空泛的满足，他说："妈，你能不能给我介绍介绍李师傅家那个小瘸子，我和他联络联络，他一个瘸脚能行，我就准没问题。"

郭颂美瞧瞧武大勤，见没有反应，知道他也没有什么办法可想，就嘱咐武解放："人家也是偷着的，这事儿有点儿风险，你就得机灵一点儿……"

第十三章

陈文魁彻底病了，躺在炕上，昏沉沉地睡了一整夜，快中午的时候才睁开了眼睛。

"文魁，你小子总算是醒过来了。"守护在身边的黄小亚瞧见陈文魁翻了个身，又睁开了眼睛，连忙把一碗清汪汪，上面还飘着几根细细姜丝儿的鸡蛋汤端过来，放在陈文魁枕边的炕沿上，"这是杨大姐刚送来的，还热乎着呢。"

"没事了，没事了，"陈文魁把手放在前额上，试了试体温，觉着不发烧了，就笑呵呵地对黄小亚说："我是怎么了，这么不扛折腾。"

"还笑呢？"黄小亚数落着，用小勺舀了一勺热腾腾的鸡蛋汤，送到陈文魁的唇边，"趁热把它喝了——从昨晚到现在你可没吃一口东西喽。""我自己来，自己来。"陈文魁不好意思地坐起来，接过黄小亚手中的勺子，一口喝下，然后又端起炕沿上的汤碗，吹了吹热气，一扬脖，咕嘟咕嘟几口就喝光了。

"这汤，味道不错。"陈文魁放下碗，抹了两下嘴巴。"这是杨大姐专门为你做的，要不是她在场，你这一晕倒了，我们哥几个还真就麻了爪儿。""我也不知道是怎么了，就感到头重脚轻，两腿不听使唤了。"陈文魁说着，感到身上不那么软绵绵了，像似有了力气，就要穿衣下炕。

"别的……"黄小亚扯住陈文魁的胳膊，"你再躺会儿，有事哥们儿替你顶着。""都没事了，还躺着难受。"陈文魁执意要起来，"我还得去江边呢，都和汪青山约好，我不能秃噜喽！"

这时，牛车方和赵大江几个知青骂骂咧咧地走进宿舍。"文魁，"牛东方见陈文魁要起来下炕，就抱怨说："你小子刚好点，就的瑟上了，怕折腾不够啊！""可把我们哥们儿吓坏了。"

赵大江走上前，拍了拍陈文魁的肩膀："哼，昨天晚上我起夜两次，你都在翻来覆去地折腾"。

牛东方往炕沿边上一坐，点着陈文魁的脑袋瓜问："你小子，是不是想小雁子了？""去你的！"陈文魁笑呵呵地向外推了一把牛东方，但心里却是一阵酸楚，他能不想吗？又怎能不想。

连队公务员小李走进宿舍，见大家围坐在陈文魁的铺位周边，就把一大沓子家信往炕头上一扔："来信了！""有我的！""我的……"知青们呜嗓着就围了上去抢。黄小亚、牛东方、赵大江，几乎每人都收到了自己的信，有的还收到了两封，都躲一旁，急切而又兴奋地拆看着。

"小亚，"陈文魁一欠身子，用期盼的目光瞧着黄小亚："看看有我的没有？"炕上的信已经被捡光了。黄小亚抬起头，双手由里向外一摆，摇晃了两下头。

陈文魁失望地又躺下了，随即又坐起来，边穿衣服，边问公务员小李："李进东，这信是谁从场部捎回来的？""是指导员。"李进东回答着，人就出了宿舍。

"指导员回来了，咱们怎么没见他人影儿啊！"黄小亚正了正下滑的眼镜，问牛东方说："是不是他不想见我们，又躲起来了？""准是！"牛东方坚信地点着头，一扬手，"走！找他去。"随后，第一个出了门。"文魁，你好好呆着，我们去去就回。"黄小亚向陈文魁招了招手，神秘地一笑，尾巴着也出了门。

偌大的知青宿舍顿时沉静和空荡荡起来。陈文魁穿好了鞋，心却像长了草似的，站也不是，坐也不是，犹豫了好半天，最后也出了屋。

厚厚的云层开始慢腾腾地疏散，阳光时隐时现地透过稀薄的乌云，然后将微弱的光线投向大地。秋风裹着树叶儿旋上残破的宿舍房脊窗沿，随后又悄然地飘散在房前屋后的地面上，四下里弥漫着杂草腐烂的气味，一片荒凉景象，惟有宿舍墙边房根的蒿草丛中，还零星儿带点绿色。

陈文魁站在宿舍的门前，愣愣地望着那片桦树林出神，像是想起了什么，脚步情不自禁地朝那儿走去。他急急走出家属区，刚上了农田小路，瞧见徐亮正在自留地里刨烟秆子，便惊喜地走了过去。

"指导员，"陈文魁笑嘻嘻地上前打着招呼："你啥时回来的？""是——"徐亮抬头一看是陈文魁，说："昨天夜里回来的。"说完，他放下手中的镐头，等陈文魁来到跟前，他问："文魁呀，你的病好了？"

"没事，小毛病。"陈文魁笑着，用了电影《奇袭》中的一句台词做了回答。"那也不能小看了，你的事，你大姐都跟我说了——她也忙够呛。"徐亮说完，又说："身体可是革命的本钱啊！"

"指导员，你们去省城有收获吗？"陈文魁自从连夜送走武解放后，一直担着心，生怕徐亮带人真的把他抓回来。但他又不好直问，又不能不问，只好这么问了。"你问武解放？"徐亮心里明镜似的，"这人要真的想跑，你还有的抓……"

"哈哈，就这么样回来了！"陈文魁听完徐亮的讲述，笑了两声，问："场里没说怎么处理武解放呀？""场革委会杜主任说的'还处理个屁，人都跑没影了——等抓住再说。'"徐亮没好声地学完，摇着头问陈文魁："你说，我怎么看他就烦，气都不打一处来呢？"不等陈文魁回话，徐亮忙说："不谈他不谈他……"

"指导员，"陈文魁知道徐亮是从心里不希望再把武解放抓回来，就当没有这个人，没那码子事才好，便岔开话茬儿问："这块地明年，你还打算种烟啊？""种啊！"徐亮说着，向手心里吐了口唾沫，抓起镐头又刨了几下，停停说："上冻前把地翻过来，使上底肥，我看你抽着也挺来劲儿。"

陈文魁高兴地说："谢谢你了，来，我也来刨一会儿，换换手，你歇歇。"他说着上前就去接镐头。"不，不——"徐亮不肯把镐头让给陈文魁，"你也够累的，病又刚好，我也要回家了。"说着扛起镐头就要走，弄得陈文魁只好捡起镰刀，随着他往回走。

刚一走上大路，陈文魁就觉得脑袋忽悠一下，又有点发沉，他放慢一步，又蹲下说："指导员，来，拿出'蛤蟆头'来卷一支。""怎么？"徐亮斜脸瞧着陈文魁笑了笑，"才抽两天就有瘾了？"

陈文魁接过一条卷烟纸两手抻着，瞧着徐亮蹲下，把碎烟叶撒上说："这烟呛是呛点儿，挺刺激，要是累了或者是困了，打蔫的时候抽一支，一下子就能打起精神来。""不光是打精神呀，"徐亮接话说："你们知青呀，不管买的那烟卷是什么牌的，在咱这里只要一叼上，我就看着不顺眼，这'蛤蟆头'一卷，就让人看着有那股子贫下中农的味儿了！"

陈文魁笑笑说了声："我就让这'蛤蟆头'熏得身上贫下中农味儿浓浓的。"卷好后学着徐亮用舌头舔一下卷拢的纸角儿，然后用手一捏，从兜里掏出火柴就要点。"慢"，徐亮说了完，拿过卷烟一看，高兴地说："文魁，卷得很好啊，好，我刚学抽旱烟还没卷成你这个样呢？"

"哎——"陈文魁不好意思地说："指导员，你怎么拿我当低能儿呀，卷个烟一遍又一遍地夸！""你说哪去了！"徐亮瞧着陈文魁点着烟，说："要不那些小青年我看不惯呢，娇里娇气，动不动就他们省城怎么样，他们北京、上海怎么样，我从心里夸你，主要是品出了你的滋味——"

陈文魁扑哧一声，问："什么滋味？"徐亮忙说："贫下中农的滋味儿，和咱们贫下中农吃的一锅饭，尿的是一个壶。"

"哈哈哈……"陈文魁笑完，抽了两口烟，说："我从内心里喜欢北大荒这个地方，"说着用嘴叼着烟拿过徐亮手里的镐头，起身扛在肩上，"走吧，我大姐还等你回去吃饭呢。"徐亮仰脸瞧瞧头顶的太阳，也站起来，"是该回去了。"

"喂——"陈文魁没走上几步，一转脸兴奋地对徐亮说："指导员，昨天我去了一趟江边，见到了汪青山，还和他去了四十年代，日本开拓团种水稻的地方……汪青山说当年日本人在咱这一带种水稻，说是不像咱们连队这么满天星地撒种，都是撒成垅，有的还育苗插栽……我写了个方案回头拿给你看，你觉着行，就报给场里，也学学人家日本人……""你说什么？"徐亮停下来，瞪着陈文魁，严肃地说："学日本鬼子，那不是崇洋媚外嘛！"

"噢……噢……"陈文魁连忙解释说："指导员，还是你脑袋里阶级斗争的弦绷得紧，不，不过，咱们也得想法提高水稻的产量，那才叫学大寨出成果呢。"徐亮又加快了脚步："自力更生，咱们自己想法研究出学大寨，提高产量的技术和办法，那才长咱北大荒人的志气呢！"

"好好好……"陈文魁应承着，俩人说到这里像是卡了壳，再没深入进去，走路也就快了。

快要进连队时，黄小亚、赵大江、牛东方和方奎霞等一大帮男女知青，一窝蜂似的迎面涌来。"指导员，你可让我们好找。"黄小亚老远就边走边问："指导员，我们要求返城的事情你到底是怎么想的？""你们……要干什么——"徐亮见黄小亚说着话，人就来到了跟前，身后还跟着一大帮知青，往后闪了闪身子，"怎么，也要像武解放似的？"

"没干什么，"牛东方皮笑肉不笑地说："只不过是来问问你嘛——""哼！"徐亮硬起来，反问道："你们也不是不知道，这事是我说了算吗？"

"知道，"黄小亚也学着牛东方的口气，笑嘻嘻地说："你就像丛娟娟似的，也像黄春雁顶换上学指标似的，有个同意的意见，给我们也报上去，我们就好办了。"徐亮一听，气得七窍生烟，没好声地说："报，好，我报！"

"你得有个期限呀！"赵大江听出音来，知道徐亮又是在拿话搪塞，就正色地问："是什么时候吧？"徐亮无可奈何地说："就这几天。"

"我说指导员，"牛东方一咧嘴："我们都这么大了，你别像糊弄小孩子似的，今天推明天，明天推后天，到底哪天？""就是嘛！"方奎霞等几个女知青也上来帮腔："你这一杆子，还不得支到猴年马月呀！"

"走，走——"陈文魁不好插话，在一旁听着，他见牛东方几个人越说越走调，就板着脸，对众知青说："都回去……"

"娟娟，都啥时候了，还不起来。"丛娟娟的母亲张秀兰敲了几下小屋的门，她已是第三次叫丛娟娟起床了，等了等，仍不见动静。张秀兰有点捺不住性子地又急促地敲了两下门，"娟娟，开开门，妈有话问你。""妈——"丛娟娟总算打开门，探出一张睡眼蒙眬的脸来，嗔怪地说："瞧你——人家睡得正香着呢！"

"你这孩子，"张秀兰疼爱地看了丛娟娟一眼，不无责备地说："妈为你的事急得火上房似的，你到有心思睡懒觉，"她见女儿像没听到她说话似的，从床上爬起来，趿拉着鞋去了洗漱间，就加重语气问："娟娟，昨晚妈跟你说的事，你寻思的怎么样了？"丛娟娟正在刷牙，她咬着牙刷，含混不清地问："啥事呀？"

"找工作呀！"张秀兰瞧见女儿上了心思，赶紧跟到洗漱间门口，一脚门里一脚门外地问："那个单位可心不——"然后，她又喜滋滋地说："我刚才又去听信了，人家领导可都同意了。""行行行！"丛娟娟放下牙具，一边洗脸一边说："咋的也比北大荒强……干啥都行。"

"娟娟，只要你乐意，妈的心思就没白费。"张秀兰叹息着，倚靠着门框，默默打量起女儿那略有些粗糙的肤色来，心里是一阵的感慨。但瞧见丛娟娟洗完脸，又拿起雪花膏，对着镜子向脸上抹，又来了心思，"娟娟，你和武解放就算彻底拉倒了？""那不彻底拉倒我还给他点儿啥呀？！"丛娟娟开始对着镜子梳头，听母亲提起武解放，就没好气儿地说："我这辈子都不想见到他。"

"娟子，"患病整日躺在炕上的父亲丛恩祥听了母女的对话，就接话说："女孩子家处对象处多了不好。""娟娟，你爸爸说得对，"张秀兰又接话说："你说，咱和老武家邻里了二十多年了，再则我和解放他妈妈还在一个单位，低头不见抬头见的，自从你俩搞对象，处的还挺近的，再说解放那孩子也不错。"

"妈，"丛娟娟梳妆完毕，忙穿着衣物，"我不是和你说了吗，武解放太自私，再说，他是逃跑回来的，连个户口都没有了，成了黑人，我更不能跟他了。""嗐！"丛恩祥叹了口气。

"唉，"张秀兰也有些伤脑筋，女儿都这么大了，怎么还猫一天狗一天的像过家家似的，她真弄不懂北大荒怎么把孩子锻炼成这样，就担心唠叨："娟娟，往后处对象可得挑好了，好好处呀，这姑娘处对象处多了，让人家笑话——听人家说，你刚回来就又处了一个？""妈，"丛娟娟要出门，她瞧母亲一副担心的样子，就转身说："你太封建了，放心吧，这个对象不错，打着灯笼找不着。"

张秀兰的心里咯噔一下，担心的事还是出现了，她急切地问："叫啥名啥，干啥的？多大？在哪儿工作？""妈——看您？"丛娟娟有些不耐烦了，"你先别问了，等有准儿了，我给你领来，让你高兴高兴。"

"要是这样，你可好好处。"丛恩祥躺在炕上，想翻个身，看看丛娟娟，但他努力了几下，还是没有做到，就望着天棚叮咛，"可长点心眼，别让坏人给骗了！""不能，我相信我姑娘。"张秀兰看着丛娟娟，自信地说完，又说："娟娟，今天是星期天，你去百货一趟吧，给你爸爸买包蛋糕，有钱吗？"

"有。"丛娟娟拍了拍裤兜，然后，笑眯眯地问："妈，咱家还有布票没有？

我想买件衣服。我带回的布票不多了。""没有了。"张秀兰想笑，却笑不起来，"都让我托武解放他妈给卖了，你爸爸这一病，钱不富裕……"

"妈，你怎么什么都敢卖呀?!"丛娟娟责备说："卖布票可是要犯法的呀。""都这么干。"张秀兰小声说："没人知道，偷着。"

"真是的，"丛娟娟说完，撅着嘴，出了门。

老城区平房住宅区像个被寒风鼓起的风口袋，一夜过后，栋与栋之间水泥路面的街道就结了一层薄冰，大街又像患了一场流行病似的，行人和偶尔驶过的车辆在冰面上谨小慎微地蠕动着。丛娟娟试着向西走了一几步，感到太难走了，就返回来向东走，然后再绕过去。但她走了一段，又停下来，因为这栋房的东头就是武解放的家。这几天，她出门总是绕着走，生怕碰上武家的人，担心武解放在她走到门口时，会突然地"雄赳赳，气昂昂"地出现，然后当着街坊邻居说些让她无地自容的话来……

丛娟娟的心里一阵堵疼，硬着头皮向前走，她想好了，不看武家的大门，即使碰巧遇上武家的什么人，也尽量不去打招呼。丛娟娟就这么想着走着，当她走到了门前，还是鬼使神差地用眼光向那扇熟悉的大门，偷偷扫了一眼——大门紧闭着，门上的两个碗口大的铁环依旧像一双眼睛似的，注视着过往的行人和车辆。

老武家与老丛家在一栋房住着已有二十几年了，武解放和丛娟娟都是在这儿出生的。两家几乎是同样的大车门儿，门上都有两个碗口大的铁环。武解放比丛娟娟只大几个月，是同一年上的学，又在一个学校读的书。两个人一同上学，一起回家，像亲兄妹一样，武解放处处关心丛娟娟。如果哪个坏小子胆敢欺负丛娟娟，武解放就会毫不犹豫地挺身而出——哪怕他根本就打不过人家。但这一片一般大般的孩子都怕武解放，使丛娟娟打小就依赖他惯了。

那些年，虽然两个人上下学同来同往，除了在家吃饭、睡觉，几乎形影不离，朦朦胧胧的爱情却是无意中客观存在的，更何况，他们俩家的地位相当。随着时光的流逝，他们天真无邪的情感发生了质的变化，究竟是怎样开始的，两个人都说不清楚。只恍惚记得，那是初中三年级期末考试后的一个晚上，他们俩从电影院看完电影《英雄儿女》，在回来的路上，由于连日的大雨，一条回家必经的大街积了没膝盖的雨水，丛娟娟怕水，又绕不过去，只好让武解放背过去。武解放脱下鞋，让丛娟娟拎着，然后挽起裤腿，蹲下，背起丛娟娟就下了水，那一刻，两个人仿佛都从对方的身上闻到一股强烈的诱人味儿。

武解放很快就把丛娟娟背过了积水的街道，放在了高地上，两人又情不自禁地拉起了手，丛娟娟没有出声，脸红红的，快到武解放家门口时，她的脚步也慢了下来，渐渐地在停了下来，在昏暗的街灯下，痴痴地看着武解放，秀丽的眼睛里迸射着一种异样的光，她笑着说："你真像电影中的王诚。"似乎直到这个时候，武解放才发现，她是个非常漂亮的姑娘，情不自禁地低下了头。丛娟娟红着脸，怔了一下，就在武解放转身进门的那一瞬间，她颤抖着唇嘴，猛地在武解放的脸颊吻了一口……

丛娟娟想起往事，心神恍惚，她觉得门上的两个铁环环，仿佛变成了武解放那瞪圆了的双眼，在怒视着她，她一直就认为，武解放肯定就在那扇门里，正扒缝儿盯着她。丛娟娟不由得下意识地紧走了两步，急匆匆地拐过了房头，才喘了口粗气，但心情却不平静了，脑海里又翻腾起来。武解放要跑回城的消息，是杨金环送她时，在农场汽车站告诉她的。

那天傍晚，丛娟娟孤零零地站在汽车站门前的灯影里，一想到就这样人不人鬼不鬼地离开北大荒，她心如刀绞，强抑止着悲伤，不让眼泪掉下来。她等啊等，就在丛娟娟排队正要上车时，杨金环跑来拽住她，"娟娟，你就这么悄悄走了，也不和大姐打全招呼。""大姐，谢谢你来送我……徐指导员不让我声张……"丛娟娟说着眼泪就扑簌簌往下掉，她委屈得一下扑进杨金环的怀里。

杨金环拍着丛娟娟的肩膀，也流起眼泪，"武解放对你可是真心的呀，偷偷跑回来就是为了见你，昨晚在我家柴火垛里躲藏了一夜……连口水都没有喝……你走了，他还不甘心，要把手指头剁下来让我拿给你看……""大姐，"丛娟娟哭得像个泪人似的，"快别说了……"

"不说了，不说……"杨金环擦擦脸上的泪花，强装笑脸，笑着说："娟娟，文魁和武解放正绕着路往火车站赶呢，不知能不能赶上一趟车。""大姐……"丛娟娟抽泣着。

汽车嘀嘀叫着，丛娟娟把着车门要上车，杨金环递上一个手帕包，"娟娟，这是我给你煮的几个鹅蛋，你路上吃……"

一阵寒风吹过来，丛娟娟打了个冷战，脚下一滑，踉跄几步，她感到冬天真的要到了。

第十四章

　　一场强劲的秋霜给山林和草地浓浓地抹了一笔，草原变成了淡黄色，远近的山林一下子成了五颜六色的五花山，和深翻的黑油油土地相揉，像一幅天地连接的偌大的浓抹重涂的大油画，在夕阳的辉映下，北大荒从锦缎般秋景又走向了另一番神话般的仙境世界。

　　按惯例，每年秋收一结束，连队总是杀一头猪来慰劳慰劳大家的，尽管今年秋收照往年拖后，但徐亮还是按照农场革委会的指示，带领全连职工家属和知青们起早贪黑地干，使八连比规定的时间提前了三天秋收完毕，徐亮还代表全连去场里报了喜。

　　从今天起，全连开始从稻田地里装车往场院里运稻捆子，这种劳动不像夏锄或收割那么劳累，听说连里为了庆祝秋收的结束，一早就张罗杀了头猪，晚饭有红焖肉，知青们就齐心协力，早早就完成了定额，没等收工的哨子响，他们就呼呼往回跑。原因很简单，连里除了"五一"劳动节、中秋节、国庆节和春节，家属按每人供应半斤肉外，知青食堂里也很少有红焖肉这种吃法，即使有红焖肉，连队也是按人头给知青们发票的，每个票只能买一份，等票收完了，倘若还有剩的，还可以排队再买一份。所以，不少知青拼命地跑着回去先买出发票的那一份，然后排队等着再买一份。这种事情陈文魁总是很少捞着，他既不善跑，又不善排队挤号，因为肚子里油水不多，也很馋肉，每每他只是大步地走，希望买到有票的那一份就行。但今天有所不同，干活的地号就在江边，离汪青山的家很近。这几天，陈文魁就像着了魔一样，一天不去汪青山家一趟，第二天早早的准去，所以收工的哨子没响，陈文魁的心就痒痒，正好他写的课题报告还在汪青山那儿，又见收工早，离开饭还有一段时间，他便直接去了江边。

　　等陈文魁拿着修改过的报告从汪青山家回到连队，他发现从食堂通往宿舍的路上，一个人影儿也没有了，觉得肚子有点儿饿了，还不知道自己那份红焖肉票在谁那儿，立刻觉得黄春雁这一走，孤零零的滋味儿真不好受，有好几次这种情况，都是黄春雁到队部向司务长要来票给自己买好，一直等到自己从实验田里回来，俩人找个地方坐在一起，你给我夹一口，我给你夹一口，吃得又香又有滋味儿。记得今年夏锄结束那天，俩人坐在那棵白桦树下吃红焖肉，黄春雁突然调皮起来，伸出嚼着肉的嘴巴来吻自己，自己一张口，她把嚼了个半碎的肉末吐到了自己嘴里，自己正眯着眼睛去迎吻，等感觉出来，竟不由自主地咽进了肚里。现在还清楚记得，咽下那口肉，瞧着黄春雁笑得咯咯的那个开心劲儿，自己心里真像是个打翻的蜜糖罐儿，何止是甜蜜，连周围的一切事物都感到那么美好、那么亲切……

陈文魁缓步进了宿舍，瞧见牛东方和赵大江几个知青正围着大饭桌，有说有笑地吃饭，他也急着向自己的铺位瞧了一眼，就看见炕沿上放着一饭盒红焖肉，他知道准是黄小亚给自己买回来的，他对正狼吞虎咽吃肉的黄小亚笑了笑，说："小亚，谢谢了！""喂——是不是又跑到桦树林里单相思去了！"黄小亚的嘴嚅动着，把嚼着的肉咽下，开玩笑地说，"哥们，你小子别得精神病呀！"

"混球儿！胡说什么玩意儿——你才得精神病呢。"陈文魁出口不逊，脸色却很和蔼，"我去江边了，和汪青山商量明年怎么提高水稻产量去了，把这件事弄好，好给咱队里农业学大寨增光添彩呀！一会儿我就把方案送指导员家去……""得了，得了，别整这一套，争不争光和咱哥们儿没啥关系——"黄小亚咬了一口馒头，说："我劝你呀，不要这么傻干了，你就是干出个花儿来，能怎么样啊？"

陈文魁不愿意听黄小亚这种话，但，俩人由于都喜欢音乐和画画，平时交往不错，感情很深，所以两个人都开诚布公，有啥说啥，双方从不计较。陈文魁端起盛红焖肉的饭盒放在鼻子上深深闻一口："哎呀，真香——小亚，谢谢了。""文魁——"黄小亚往陈文魁跟前凑凑说："咱排这些知青呀，让黄春雁和丛娟娟这两件事儿整得都有点儿不安心了，有的对扎根问题也像是失去了信心。"

"小亚，一会儿再聊。"陈文魁实在不愿意和他谈这个话题。一手抓起两个放在饭盒盖上的馒头，把饭盒扣上端起来就往外走。黄小亚冲着他喊："黄春雁不在了，你和谁吃去呀。"

陈文魁头也不回地迈出了宿舍门槛，一旁的知青李宝进冲着黄小亚说："这小子像个精神病，八成是到白桦树林里单相思去了。""李宝进——"黄小亚抢白一句，"你小子嘴上别没个把门儿的乱放炮，是不是没把黄春雁追到手嫉妒呀！"

李宝进被黄小亚的几句话噎住了，但他仍不死心地端着饭盒，来到窗前，"不信，等着瞧——"黄小亚也好奇地走过来，朝桦树林的方向瞧了瞧，没见陈文魁的影儿，他白了李宝进一眼，"神经病。"李宝进干嘎巴嘴不吱声了。

陈文魁一出宿舍门就拐了弯，向家属区走去。杨金环正在厨房里忙活着做饭，见有人进来，以为是徐亮回来了，头也没抬，"老徐，肉取回来了？孩子们可馋坏了，嚷着要做红焖肉吃……""大姐，指导员没在家呀？"陈文魁问着，不等杨金环回话，就进了里屋，打开饭盒盖对两个孩子说："大龙、小凤快来呀，今天晚上食堂的红焖肉特别香，和叔叔一块儿吃。"

大龙跑过来："我愿意吃肥的。"小凤跑过来说："我愿意吃瘦的。""是文魁呀！我还以为是老徐呢。"杨金环笑着打着招呼，也进了里屋，她扒拉一下两个孩子说："连队食堂里卖的这红焖肉就一人一份儿，别和你陈叔叔抢了。大龙，领你小妹一边去！"

"喂——"陈文魁一瞪眼珠子，"大姐，这是什么意思呀，兴我吃你家的，就不行孩子吃我的，以后还让不让我来了，再说，今晚食堂做的红焖肉特多，我已经买了一份吃完了，这是另一份。""就是嘛——"大龙一仰脸对杨金环调皮地说："兴陈叔叔和你好，就不兴陈叔叔和我们好了。"

"说得好！"陈文魁从饭桌上拿过两把小勺，递给大龙和小凤一人一把，"来，谁吃肥的，谁吃瘦的，自己挑。""文魁，"杨金环问："你吃过了？"

"我吃过了，"陈文魁肚子在咕咕叫，他掰一半馒头沾沾肉汤说："陪他俩再吃点儿。"说完沾一下肉汤咬了一大口。"文魁，小雁子有信儿没有？"杨金环见陈文魁摇摇头，把手中的碗筷往桌子上一放，扭过头说："该来了，都走了半个多月了吧？"

"她可能刚报到忙，"陈文魁猜测着黄春雁可能出现的情况，说，"我估计也就这两天了。""喂——文魁呀"杨金环把迈出门槛的右腿又收回去，转过脸问，"要是小雁子不提照片的事，你去信时可给我问问，我给你和黄春雁拍的照片洗出来没有？那里还有我的呢。"

"哪能这么快！"陈文魁笑嘻嘻说着，又咬了一口馒头，"雁子她心细，忘不了，走时说过洗完马上就给我邮来。"杨金环也笑着说："可别洗一张呀，怎么也得送我一张吧？"

"没问题——"陈文魁咽下口中的馒头，说："要是邮来一张先给你，我写信再让雁子多洗一张。""好，那可一言为定。"杨金环说完去厨房收拾饭菜准备上桌了，她隔着门说："文魁你别着急吃，等你大哥回来，咱们一块再吃点。"

"大姐，你再这么热情，我就不好意思了，"陈文魁说着继续沾肉汤吃馒头。"你别唬我了！"杨金环进屋说："瞧你这样，根本就不像吃过饭——"她说着一把夺过陈文魁手里的馒头。

"好，那我就从命吧。"陈文魁笑笑，一转话题说，"其实，我匆匆跑来，是想和你，还有指导员商量点事儿。"杨金环坐在炕头，认真瞧着陈文魁说："那你就说嘛。"

"我想今年冬天找个暖和屋子搞搞水稻撒种和直播试验，还有栽秧的试验，看看到底是哪个品种好，还有亩株数究竟多少最合适。"陈文魁说着从上衣下口袋里摸出几页纸："这几天我跟汪青山探讨了好几次，我写了个方案，想请指导员给看看，然后让他交给杜主任，请杜主任帮着找个科研单位解释一下水稻生产各叶龄期的细胞差异，需要什么类型的肥料最佳，咱们八连的水稻增产就有门了。""太好了！老徐也说在搞水稻试验这点上，你有灵气儿。这回我和老徐一定要全力以赴支持你！"杨金环一听，兴奋的一拍大腿，"就把连里分给我们那间房子倒出来给你用！"

"不行不行……"陈文魁知道连里去年盖的那栋新房子，有徐亮家一间，现在还闲着，忙说："那不是给大龙准备娶媳妇的吗？""陈叔叔，"大龙在一旁挑着饭盒里的瘦肉，边向嘴里送边说："我才不要那房子呢！就给你和雁子阿姨住吧。"

"这太好了！"陈文魁有些激动地抚摸了一下大龙的脑袋瓜，对大龙说："好孩子，到时候，咱连队种水稻发财了，给你再盖个更好的，好大好大的房子！"他说完站起来，转脸对杨金环说："大姐，我去连部找指导员去……""他可能就快回来了——是不是分肉又分出毛病来了，回回都有闹事的。"杨金环也觉着不对劲，"你去看看也行，你们俩可快点回来，饭还没吃呢。"

"我吃饱了，不回来了。"陈文魁兴奋地把那份方案报告递给杨金环："大姐，房子的事你再和指导员商量商量，要是行那是再好不过了。"杨金环看着陈文魁高兴的样，连连说："行，行——等等。"她见陈文魁要走，伸手从桌子抓起两个咸鹅蛋装进了陈文魁的兜里，"你尝尝，我腌的咸鹅蛋，那蛋黄直冒油……"

"大姐，"陈文魁停下，感动地说："我真不知该怎么感谢你好了，我晕倒在场院，亏着有你前前后后的照料，又是找卫生员，又是送鸡蛋汤，我的病才好的这么快，你对我就像亲姐姐一样，比雁子对我都好。""文魁，你这话就说外了，连队需要你，你留下太好了，我知道，小雁子一走把你闪了一下子，要是心闷就到家来说说话。"杨金环像是想起什么，"对了，你不是说老徐种的'蛤蟆头'烟有劲儿，好抽嘛，来，拿一把抽去。"

"大姐——"陈文魁感动地说不出话来，接过烟把，扭头就走，差点儿和已进了屋的徐亮撞个满怀。两个人都发出了一声惊叫："哎哟——"

杜金生心神不宁地在办公室里走来走去，一连几天，他的心情就如同窗外阴晦的天气一样，烦躁和不安。刚才他接到场派出所长的电话，说第二批去滨城的民兵在武解放家门口"蹲坑"，守了几昼夜，始终没见到人影儿，派去的人抵御不了日渐寒冷的天气，被冻回来了。消息的传来，让杜金生更加焦虑，急得像热祸里的蚂蚁，一时一刻，也安静不下来。他有种不祥的预感，武解放这颗"定时炸弹"随时都有可能炸响……

"喂！总机吗？"杜金生抓起桌上的电话要通了电话，"给我接八连……""是杜主任啊！"听到徐亮的声音后，他笑了两声，试探着问："徐指导吗——近些天你们连队知青的思想情绪怎么样？"

"挺好，"徐亮怯生地："那几个闹返城的，让我狠狠的批评了。""我告诉你，"杜金生大声地对着电话说："黄小亚那几个闹返城的小青年，你一定要做好思想政治工作。昨天，我接到了局革委会来的一份文件，要求我们要加强领导，切实做好知青的扎根工作，坚决抵制社会上刮起的一股返城风……"

"我一会儿就跟他们讲清楚……"电话筒里传出一阵儿笑声。"不！记住了，谁的孩子谁抱走，决不能让他们到场部来闹我！听到了没有？"杜金生听完徐亮的回答后，话题一转，"另外，我想了解一下，在知青当中有没有攻击诬陷场领导的流言飞语？比如说我如何如何……"

"没，没有啊。"徐亮忙回答："杜主任，是实话，我一点儿也没听到。""喂，"杜金生又问："那个叫武解放的滨城知青有消息没有？发现他的踪影要及时向场部报告——如果一个月不回来，就注销他的户口和粮食关系。"

"好，好。"徐亮回答着，又反问："能不能再宽限点时间……万一……""没有那个可能。"杜金生不等对方把话讲完，打断问："陈文魁现在怎么样？还有他的女朋友黄春雁……正常吗？"

"很正常呀，还在一个劲儿地研究水稻增产问题。"徐亮的话多起来，"给他了一间房子做试验室，他整天和汪青山一起，闷头琢磨……""这可不行——你和他谈谈，得突出政治呀，作为学大寨的典型，不能光拉车不抬头看路呀。那个汪青山——"杜金生正在电话里和徐亮谈得起劲，突然瞪起眼睛，大声嚷："什么？汪青山，是不是那个给日本开拓团当过狗腿子的那个'二劳改'？"

"人表现还可以。"徐亮在电话里解释："他刑满释放已经五年多了。""刑满释放才叫'二劳改'呢，要不就是劳改犯了，"杜金生不听对方的解释，仍瞪着眼睛，大声说："这一点你必须清楚，他们人还在，心不死，我真没想到，陈文魁怎么能和他在一起打得火热呢，你要马上召开现场批判会，批判汪青山拉拢腐蚀革命知识青年，批判陈文魁是非不明、路线不清！"

"杜主任，这……"徐亮为难地："不过，杜主任，这么一来，我们八连农业学大寨这面红旗不就完了吗？""这，你这什么，"杜金生加重语气说："正好，局里向我们要一份开展革命大批判的典型——革命大批判的典型比那个更光彩！"

　　"就这么定了，"杜金生感觉徐亮还是有些为难，就说"我抽时间亲自去八连主持……"

　　杜金生放下电话，狡黠地笑了两声，几天来忧虑的心情多少宽畅了些。自从半路上杀出了个"程咬金"——武解放坏了他的好事，杜金生的脸上那种神圣、威严、得意之状，在人们面前没显露几天，就被晦气所代替。他曾想过，放走黄春雁还有情可原，他相信，黄春雁不会用自己的贞节来开玩笑，去告他。但让从娟娟不真不假的一顿吓唬，就被自己稀里糊涂地给放走了，杜金生在后悔之中，又增添了一丝担忧，真怕她和武解放联合起来告他。

　　杜金生想到这儿，心绪又开始有些焦虑和烦躁。

第十五章

　　陈文魁和汪青山在腾出的房子里忙乎了差不多一天，两人说好是明天一起去林子砍几棵树做试验槽的支架，再拉些柴冬天取暖。但汪青山一走，陈文魁坐不住了，不完成这点事，心里就像装着什么东西堵得难受，他拎着斧子大步地向桦树林走去。

　　北大荒的天气真的像孙猴子的脸说变就变，变得还这么快，山林、路旁，包括田野里的护林网带，那山上除松树外，所有的树叶几乎被深秋的劲风一扫而光，美丽的五花山只剩下了一片光秃秃的枝枝权权儿，北风吹得树梢啾啾的直响，在预告着严冬即将来临。

　　陈文魁拎着斧子一进白桦林，瞧着那棵被剥掉了一块皮的白桦树，心情一下子沉了下来。听着树梢被风刮得啾啾的声响，陈文魁心里盘算着：迄今为止，雁子已经离开连队整整二十天了，当天下午，比这个时候早点离开农场的客运站，当晚到的县城火车站，半夜的火车，那么第二天晚上九点钟多一点儿就到达滨城，第三天一早就该去学校报到，虽然没上过大学，可以猜想出，报到这天不会有什么事，下午写信邮上，一般情况下路上走三天，到场部邮电所压一天，十天前怎么也就该到了……为什么至今收不到雁子的来信呢？能不能邮丢了？不能吧，这些年来自己还没丢过信，怎么偏偏这封信能邮丢呢？能不能是哪个淘小子或者是追求过黄春雁的小子处于报复、好奇，把信偷偷给拆看后撕了？不能，不能，他挨个数着评论着，最后都被他一一否定了，连队里还没有这么一个品质恶劣的小子呢，那到底是怎么回事呢？噢，可能是雁子回去以后就把俩人在这拍照的胶卷送到照相馆冲洗去了，对呀，城里有几家大照相馆一般都是五天才能取相，有的还一星期呢，对，雁子是要连同照片和信一起用挂号，肯定还是双挂号一起寄来，让自己来个惊喜……

　　陈文魁想到这里，沉闷的心情一下子放松了，这时，他瞧着剥掉树皮地方，觉得那么别扭，还有一种感觉使他心里不是滋味，是不是自己剥这块树皮剥疼它了，就像树在哭一样。白桦树号称林中少女，是不是因为剥这块树皮觉得丑陋而伤心滴泪了？想到这里，他索性掏出别在中山装贴心兜上的钢笔走过去，在那块剥皮处轻轻地描画起来，他忽而轻轻细描，忽而重重落笔，忽而往后闪身端详画得怎么样，端详一会儿又凑上去，异常深情地凝神落下笔去，不一会儿，一副半身短辫垂肩的俊俏美丽的肖像出现在方不方，圆不圆，甚至像狼牙锯齿般桦皮边的镶钳之中了，画完了，他瞧了瞧，觉得那对眼睛还不够有神，又凑上去轻轻点了点，然后倒退一步深情地瞧着，自言自语地说："像，像，太像我亲爱的雁子了！"

自语完，他情不自禁地走上去轻轻吻了一口。然后转回身，扛着斧头走出这片白桦林，在林边的陡坡上砍了四棵小柞树，又截断树梢捆成一捆，扛起来朝连队走去。他边走边琢磨，顿时否定了自己的想法，黄春雁是个心细重感情的人，就是照片冲洗不出来，也该先给自己一个报平安的信呀，要是忙，哪怕是短短的几句话呢——能不能是出什么事儿了……

他想着想着，渐渐心慌意乱起来，加快脚步，不，是一路小跑着赶回试验室的房子，把柞树捆向门口边上一扔，转身又匆忙去了杨金环的家。

徐亮领着知青排下地运稻捆子还没有回来，两个孩子也没有放学，只有杨金环正忙着做家务，见陈文魁脸色有点儿不正常，没等他开口就问："文魁，怎么了？出什么事儿了？"

"大姐——"陈文魁瞧着杨金环，急切地说，"春雁走了都二十天了，怎么连封信都没有呢？"杨金环停止了手中的活，问："一直没来信吗？"

陈文魁摇摇头："可不是，一直没来信。"杨金环一皱眉头说："是啊，我也算计了小雁子走了二十天了，该来封信了？"

"可不是——"陈文魁重复着算计着时间说："算今天整整二十一天了。"他见杨金环也一副纳闷儿的样子，心里更增加忧虑了，"大姐，能不能出什么事儿呀？"女人的心还是敏感的，为了宽慰陈文魁，杨金环笑了，"你也不是不知道，那小雁子又精又灵的能出什么事儿！"她见陈文魁仍是忧郁的样子，又说："我估计，倒不会有什么大不了的事儿，说来是有点儿蹊跷，要不，你请几天假回城里看看去吧。"

"去是不能去，"陈文魁也笑笑说："我估计也不会有什么大事儿，再等几天吧。再说，你和徐指导员这么支持水稻科研小组，还有，我一走还不得让宿舍里那帮哥们儿笑话我呀。""我看没啥事儿，"杨金环说："那就再等两天吧！雁子回到城里、家里、学校还不得忙乎几天呀，你就放心吧，我想，不会有什么事儿！"

"这么说吧——"陈文魁站着不动，"大姐，反正我总觉得一些纳闷儿……""文魁，"杨金环洗了把手，擦了擦，回里屋说："来——我给你算一算。"

陈文魁跟着杨金环进屋："你会算卦，灵吗？""不是算卦，"杨金环顺手从抽屉里拿出一副扑克坐在炕沿上说："我给你摆一摆扑克牌，看看小雁子回城里顺不顺，你看——"

陈文魁从不沾扑克的边儿，还没说扑克是"四旧"（旧思想、旧观念、旧道德、旧文化）的时候，他也不玩，现在报纸上、广播里，还有领导讲话不那么说了，可也没人提倡，八连地方偏远，业余生活又枯燥，连队也没人管，宿舍里的知青们一到节假日，或晚上不疲劳的时候，还有阴天下雨不出工的时候，就四个人坐在炕上打扑克，只听他们说什么玩"拱猪的"，还有什么"三打一的"，"对主的"，却不知道怎么个拱法，怎么个打法，只知道这扑克牌是五十四张，有大小王，还有红桃、草花、黑桃和方片，没什么兴趣，听杨金环这么说能用扑克算一算顺不顺，倒来了兴趣。问："大姐，怎么摆法？"

　　"来，你洗洗牌。"杨金环把扑克递给他说："洗牌的时候脑子里就念叨着我用扑克给你算的事儿。"陈文魁画画、弹琴手很灵，洗扑克牌却这么笨，他接过了牌分成两半照杨金环说的默默念叨着，在两个手里洗了一下，几乎没洗动，杨金环说："再洗两次，你得洗开才灵。"陈文魁很虔诚的样子，默默叨念着又洗了两遍，把牌交给杨金环。杨金环开始在炕上摆牌，一行四张，一共摆了四行，然后又从第一行第一张牌一张一张往上摞摆，手里的牌没有了，把各摞的第一张都翻开，出现数字一样的牌就捡走，陈文魁问："是不是都捡开了，没有扣着的了，我的事情就算是顺利了。"

　　"没错，文魁就是聪明，什么事儿一点就通！"杨金环说着捡着，有的全翻完了，有的翻了三张，有的翻了二张，有的翻了只翻开了一张，就怎么也挑不出对来了。杨金环瞧着牌正皱眉头，陈文魁看出门道来，就说："大姐，这玩意儿不灵，我想打个长途行不行？"

　　"打长途？"杨金环放下手里的扑克说，"可费劲了，先得指导员同意，通过场部总机要长途，要经过县、省和学院三个交换台才能找人！"陈文魁问："话费不多吧？"

　　"那就看找人找的痛不痛快了，"杨金环说："找人占线时间也算通话费用呢……"陈文魁又问："大姐，你怎么这么通打长途的业务？"

　　"我大弟弟在省城——"杨金环说："去年春节前我有急事儿找他，好不容易才打通，不过，那是白天。"陈文魁用请求的口气说："现在是天快黑了，兴许好一些。你帮我打一个吧！"

　　"行，这样吧，你徐哥不知啥时回来呢。"杨金环下了地，就要向外走，说："你打完以后，让场部总机给算一算多少钱，咱们把钱直接交到会计那儿去。""行，"陈文魁高兴地说，"大姐，你真好，太善解人意了！"

　　俩人说着就急匆匆地来到了连部，挂通了场部总机，不到半个小时，场部总机就来电话了，说农业大学的长途通了，陈文魁激动地接起电话问："你是农业大学吗？"对方问："你找谁？"

陈文魁忙回答："我找黄春雁，"对方又问："黄春雁是学生还是老师？"

陈文魁说："是新入学的学生。"对方不耐烦地说："新入学的学生1000多人呢，我是收发室，到哪里找去呀！你得说是哪个系，哪个班级，现在是晚上，得知道住哪个宿舍……"

"请你查一查黄春雁报到没有，"陈文魁一听傻了，急忙说："请她给北大荒的陈文魁回封信。""好吧，"对方很客气地说："我告诉学生处，让他们给你办。"陈文魁还想说什么，对方已经把电话挂断了。

杨金环瞧着陈文魁失望的样子说："大学里都是些知识分子，办事儿认真，能给你传达到，等着吧，有个三天两天就能有信了，走，回去吧，和我一起做饭，一起吃。"

"不了——"陈文魁说，"大姐，谢谢你这么为我操心，我回宿舍吃，说不定宿舍里就有我的信呢。"

黄春雁入学已是第三周了，中午的时候，她拿着餐具刚走到大食堂门口，一个身影从侧边忽地蹿到她身后，用双手捂住了她的眼睛，她笑着去扒捂住的手："别闹，别闹，让同学们笑话……""我是谁？"捂她双眼的人公鸭似嗓子说："你猜准了，我就立马松手。"

"你——"黄春雁想了想，"林阿妹呗，不就是昨晚上让我陪你看电影我没去嘛！""好个小雁子呀，"捂她双眼的人倏地一下子松开，攥紧拳头捶了她的肩一下，转到她面前说，"才这么几天，就把患难姐妹给忘了！"

"你这个死娟娟，"黄春雁攥起拳头要报复，丛娟娟往后一闪身撞到了一位男同学身上，黄春雁忙上去道歉，"对不起，我们闹的有点儿疯了……"被撞的同学很客气，文质彬彬地说："没关系，没关系"

"娟娟，"黄春雁问，"没吃饭吧？"丛娟娟点点头。

"来——"黄春雁说，"和我一起去打饭，尝尝我们学生食堂的集体伙食。"丛娟娟不屑一顾地说："哪里的伙食饭都是一个味儿，大锅煮，大锅炖，我在农场早吃够了……"她说着往前凑了一步，喜笑颜开的样子又说："雁子，我是来告诉你个好消息，我已经找到工作了……"

"行啊，这么快？"黄春雁惊讶着急忙问："什么单位？"丛娟娟笑着说："省农科院。"

"太棒了！"黄春雁又问，"干什么工作？"丛娟娟自豪地说："院领导问我有什么特长我答不上来，后来一听说我出身好，就安排我到资料室工作了。"

"娟娟，你真行，"黄春雁问："怎么找到这么份儿好工作的？""唉，还不是人托人，人求人……"丛娟娟神秘的样子瞧瞧左右，见出出进进的学生太多，拉一把黄春雁说："雁子，走，今天我请客，找个地方聊聊天。"

黄春雁为了不扫丛娟娟的兴致，再则，又是大老远来的，就高兴地说："走，我请你。你来看我嘛……"俩人挽着胳膊说着笑着来到了校门口的"北方国营饭店"，找了个座位坐下，服务员上来问要什么，丛娟娟主动说："来两个三两米饭，一个砂锅炖豆腐。"黄春雁抢着掏兒，只掏出了二十元钱，丛娟娟掏出小钱包，连钱带粮票一起掏出来递给了服务员。服务员接过去走了。

"快收起来吧，"丛娟娟拍拍黄春雁拿钱的手说："你没有粮票不成。""哎呀，"黄春雁说："你交的是全国粮票，不白瞎了吗？"

"怎么还说在农场时的那种傻话，"丛娟娟摁一下黄春雁的鼻子说："全国粮票也不能一斤顶两斤……"她说到这里一转话题问："陈文魁来信了吗？连队那些知青怎么样？"

"没……来了来了！都挺好。"黄春雁像谈虎色变一样，立刻就有点儿慌神了。这时，服务员端上了米饭，接着又一名服务员送上了砂锅炖豆腐。她端起了饭碗，又挪了挪沙锅掩饰着内心的慌张，"既然你真心请客我可就不客气了。"丛娟娟已经看出了她的不自然，也顺手端过一碗米饭，做着马上要吃的姿势问："雁子，我有件事要求你，不知道你肯不肯帮我的忙？"

"瞧你说的，谁和谁呀，"黄春雁停下筷子不眨眼地看着丛娟娟，"只要能做到的，我百分之百在所不辞。""那就好！"丛娟娟说，"我这个当妹妹的先谢谢了。"

黄春雁纳闷地催促说："娟娟，你说帮什么忙？""雁子——"丛娟娟说："我们农科院有个姓彭的老师，外号叫'光棍专家'，三十多岁了还没找对象，我一去就有人给我俩暗地里撺掇。我了解了一下，这人还可以，没找对象是因为挑花了眼，现在成了姥姥不亲舅舅不爱那套号的了……"

"这么说，"黄春雁笑笑："你是看中了？""起初我也没在意，"丛娟娟："我二十二岁，他都三十多了成了个半大老头子了，可我一了解呢，这人德性不错，再说，像我这样的还找个啥样的呀，我和我妈妈一说，我妈妈倒挺开通，说找个大女婿知道疼媳妇，我一想也是，大就大点儿吧……"

黄春雁听着挺新鲜，忙说："你说的这个'光棍专家'同意不？""要不说怪事呢，我态度明朗了，他倒暧昧了。"丛娟娟说："你说愁人不愁，我就想，这个伙计是不是听谁说啥了。"

"嘿，"黄春雁一听笑出了声："娟娟，就凭你那嘴，还不三下五除二就把他给甜蜜住啊。""不行，"丛娟娟吃了口大米饭，说，"在这样的知识分子面前，还得深沉一点儿，乍认识的不能像咱们姐妹之间想啥说啥。"

"嘿——"黄春雁又嘿了声，说："一个知识分子臭老九，有什么洋崩的。"

"你不知道，"丛娟娟见黄春雁始终不当回事，真有些急了，"这人不臭，就像陈文魁在连队那样，领导都挺得意他，威信也挺高，再说，大学开始招生，那些打倒的教授都开始工作了。"

"是啊！"黄春雁吃一口饭，舀一勺豆腐汤说："那你就主动点呗。""没说嘛，我太主动了也不好，"丛娟娟干脆放下碗筷，说："我想请你帮帮忙。"

"你瞧你，你怎么还羞羞答答的了呢，"黄春雁也把筷子一放说："需要我做什么，你就直说嘛！"丛娟娟诡秘地眨了眨眼睛说："雁子，我想在这几天约那位姓彭的专家吃点饭，请你做陪一下。"

"哟，"黄春雁灿然一笑说，"干什么呀你这死娟娟，让我当灯泡呀？""你听我说，"丛娟娟用手扒拉了一下黄春雁，说："我是这么想的咱们吃饭期间，你就话里话外飘扬飘扬我。飘扬的让他能对我感兴趣就行了，但不要过分，也不要把我飘扬到天上去了，人家准寻思我是找的说客，反倒弄巧成拙了。"

"娟娟，你知道，这事儿我可是从来没干过，"黄春雁说："既然你找到我了，你就说说我飘扬你什么吧？得给我个谱儿。""你可不能一、二、三像是做鉴定似的，"丛娟娟笑笑说："就是要让人像看出你是有意无意'溜达'几句，话不美还打动人心，事儿不大还教人听了觉得我挺可爱……最好是能体现我人品的东西。"

"哎哟，我的娟娟呀，你出的这题目可难死我了。要达到你说的水平，不是作家，就得是哲学家，或者是说书的。"黄春雁嘿嘿笑着说："我拙嘴笨腮的哪儿行啊。""那号子人说话花里胡哨，像卖狗皮膏药似的，一说反倒坏了，"丛娟娟显出了非常诚意的样子，"你一看就长个老实样，又漂漂亮亮，说话不紧不慢还甜丝丝的，啥时候说啥时候的话，在连队时，我知道不少小伙子追求你，可那陈文魁也是不少姑娘追他呀……"

"行了，行了"黄春雁一听丛娟娟又提起陈文魁来，心就像是被针扎了一下，忙说，"你别哪壶不开提哪壶了——""我看你这一上学见世面大了，心也宽了，"丛娟娟笑笑说："和陈文魁的事情算是放下了。我心里也挺为你开心的。"

"娟娟，"黄春雁问："你怎么见得？""哎呀——"丛娟娟说："要是过去一提陈文魁，你不是垂头丧气就是鼻涕带泪，我这无意一提，看你反应不大，真为你高兴，那就好好帮帮我的忙吧。以后碰上合适的，我再帮你物色一个，到时候，我给你当灯泡，你放心吧，到时候，什么样的好小伙子我也能给你游说成。"

"娟娟，"黄春雁眨眨眼说："我有你这么个宝贝妹妹可真逗，那你得给我提个醒啊，在哪些方面做文章？""主要是在人品、过日子、孝敬父母方面。"

丛娟娟一本正经地说："你可得好好给我琢磨琢磨。"

"这样吧，"黄春雁说："我琢磨琢磨，你也琢磨琢磨，等找时间咱俩碰个头，然后再来真格儿的。""好，先谢谢你了，雁子！"丛娟娟拿起小勺边去舀汤边说："快吃，你下午上课，我也得上百货商店买套像样的衣服……"

丛娟娟出了饭店就和黄春雁分了手，随后急匆匆地穿过马路，在一个汽车站点，挤上一辆客车，去了百货商店。

"服务员同志，"丛娟娟隔着柜台，指了指，"请拿那件衣服看看。"服务员顺着丛娟娟手指的方向，从衣架上摘下衣服递上。

丛娟娟试了试，觉着很好看："多少布票？"服务员带搭不理，又不紧不慢地："五尺四寸。"

丛娟娟摇摇头送回："那件呢？"服务员依旧慢吞吞地："五尺五寸。"

"没那么多布票。"丛娟娟扫兴地放下衣服，走出百货商店，刚一出门见一个瘸腿小青年拎着包鬼鬼祟祟问旁边路人："买不买衣服？买不买……不要布票？"

"不要布票？"一个从商店里走出来的中年妇女上前搭腔："多少钱……"瘸腿小青年看了看四周，神秘地一摆头，"这边来。"

李瘸子带着中年妇女来到一条小胡同口的一棵老杨树下，打开包让她看衣服。丛娟娟早就看明白了，也追了过来："有女式的吗？"

瘸腿小青年指指旁边一个戴着大口罩、穿着黄大衣，戴着长毛狗皮帽子，正同几个买主商量价的人："他有。"丛娟娟凑上去，一位知青模样的女人正拿货交钱，丛娟娟一看，眼睛一亮，伸手就拿起一件相中了的上衣，高兴地问那人："多少钱？我要这件。"

武解放把口罩一摘："你要是看中了，我可以白送给你一件。"丛娟娟见是武解放，先是一惊，随后放下衣服，转身就走。"娟娟，"武解放上前一把扯住丛娟娟的胳膊肘儿，"我有件要紧的事要跟你说。"丛娟娟背朝着武解放站着，头也不回："请讲。"

"娟娟，"武解放笑嘻嘻地走到丛娟娟的面前，脸对脸地说："咱们的事情，让我妈把我好一顿骂，说老实话，别看我这么狼狈，你不想跟我了，我也不想要你了。念旧情，让老人面子上过得去，咱俩就是不能成为夫妻了，还可以成为朋友嘛，不能这样仇人似的好不好？"

丛娟娟把头扭开，"你这个态度——可以。""没问题，"武解放仍是笑呵呵的："这个态度很坚定，这么巧碰上你了，我想告诉你一个消息——黄春雁把陈文魁给踹了，陈文魁像得精神病似的，每天神道道的，你知道不？"

"你怎么知道？"丛娟娟转过脸说完，又转回脸："这跟我有什么关系。"

"听农场的哥们儿说的。"武解放说:"我去农场那边收布票,昨天半夜坐火车回来的。"

从娟娟好奇地问:"你没见到陈文魁?""我哪敢去呀,"武解放说:"杜金生那条老王八犊子还在到处抓我呢。在我家门前蹲坑的那几民兵才被冻走没几天。"武解放说着,见从娟娟没接话,他又说:"娟娟,陈文魁是个好人,也算是我的哥们儿,求你再见到黄春雁的时候把这消息告诉她,最好能做她的思想工作,让她回封信劝劝陈文魁,可别不讲良心——真把陈文魁气疯了……"

"没别的事了?"从娟娟捺着性子听武解放说着,见他说个没完没了,就打断,说:"我走了——"

"有!有……"武解放怕从娟娟走,就又拉住她的胳膊:"娟娟,我问你,说真话——黄春雁是不是被杜金生给祸祸了……"

第十六章

严霜一场接着一场，茄子、辣椒、倭瓜和豆角秧，还有街道两旁的蒿草，全蔫了，绿的变黄，黄的变褐，褐色的变成了土色了，就连场院上被雨水淋过的苞米堆，也都像镀上了一层薄薄的白银，亮晶晶的。

一大早，徐亮就披着大衣走出了家门，他有个早起的习惯，习惯每天早上在连队各处转一转，但有一个规律，转完一圈儿后必去的地方就是场院。他来到小山似的苞米堆前，蹲下，用手在苞米堆上扒开了一个小洞洞，向里插手一试，心里陡然愁闷起来。他知道如果这些苞米棒子不及时倒堆或脱粒，被大雪捂住了，底下一发热，就有霉烂的危险。想到这儿，徐亮忙从苞米堆里抽出手，站起来向肩上扛了扛下滑的棉大衣，急匆匆向连部走去。

"喂！喂！"徐亮熟练地打开扩音器，嘴凑近麦克风试了两下音，接着在大喇叭里喊："全连广大革命职工家属、知识青年同志们，现在播送紧急通知，播送紧急通知——由于天气变化下雪的原因，场院上的苞米堆已经发热，如果被大雪捂住了，国家的财产就会受到损失，直接影响我们学大寨所取得的伟大成果……"他说着，咳嗽了一声，又接着，"所以，要求全连广大革命职工家属、知识青年同志们，马上到场院，参加倒堆、脱粒劳动。现在播送紧急通知，播送紧急通知……"

陈文魁早早就吃完了饭，正趴在铺位上写着什么，听到大喇叭的喊声，忙穿好大衣头一个跑出了宿舍。刚上了路，瞧见杨金环跟在后面小跑着，陈文魁就停下来，等她。"这天说变就变，昨晚还好好的，一早就混混沌沌的。"杨金环见陈文魁等她，几步就赶上来，说完问陈文魁："小雁子来信了？""没有，"陈文魁苦笑了一声，和杨金环并排走着，"大姐，我想求您一件事。"

"看我能不能办到。"杨金环加快了脚步，又转过脸瞧着陈文魁，"说吧！""大姐，你弟弟不是在省城吗？"陈文魁见杨金环点了一下头，紧走几步，跟上她的步伐，说："这事不好求别人，我想把写给雁子的信寄给他，让他去一趟学校转给雁子。"

"行行，你先写吧！"杨金环满口答应着，"回头我给你他的地址。""太好了。"陈文魁一听，步子轻盈起来。

两个人说话间，已来了到场院，不大一会儿，场院就聚集了百八十人。然后各班排按照徐亮的安排，由班排长领着，仨一伙五一群地围着苞米堆，捡的捡，装的装，抬的抬，就干起活来。

刚开工不一会儿，就见一辆北京吉普车急速驶进连队，然后在连部门前一个急刹车停下，随即从车上下来四个人，其中一个胖墩墩模样的人还向这边瞧了瞧。这下忙碌的人们可来了劲，都停下手中的活儿，向来人望去。"你们猜猜——"牛东方指着那几个挺神气的人打赌说："都是谁？谁猜对了我给他一斤饭票。""那个胖子像是革委会的杜主任——没穿大衣的高个是……"赵大江的饭量大，回回发的饭票不够吃，就站起来睁大眼睛，细瞧，"是政治部的陈副参谋——那个穿军装的是？"

"是场派出所的宋所长。"黄小亚扶着眼镜，在一旁替赵大江说，他又瞧了一眼，心里不由得一怔，忙向周围的知青们说："不好，看样子这些人是来者不善呀！""你看出啥问题来了？"牛东方不解，"疑神疑鬼的，还不是来检查工作的，吃一顿就走了。"

"你懂几个问题？"黄小亚说完，瞧见徐亮连跑带颠地向来人跑去，就又补充说："等着看好戏吧！干活——"牛东方还是看不出门道来，就傻呆呆地瞧着徐亮跑上前，然后与来人握过手，接着把人让进连部，"没啥事。"牛东方说着和赵大江抬起一麻袋苞米棒向远处的脱粒机走去。

不一会儿，人们就见宋所长和另一个人从连部出来，匆忙上了吉普车，随后车被发动着，一溜烟儿地拐上南北街道，朝江边驶去。接着徐亮又连跑带颠地跑回场院，把正在指挥挪动脱粒机的陈文魁叫到了一边，不知徐亮向他说了些什么，陈文魁就跟着他急匆匆地去了连部……

干活的人们弄不明白就瞎猜，有的说，陈文魁可能要提拔当副连长，杜主任带人来考察来了；也有的说，不可能，提拔是组织部门的事，派出所的人跟来算啥事；还有的干脆说明了，一定是黄春雁顶替陈文魁上学的事犯了事，杜主任带着派出所的人找陈文魁来了解情况……

"大伙别瞎猜了，陈文魁能有啥事？他人品怎么样，不都在大伙心里装着吗！"杨金环正领着家属队在苞米堆的另一面，向麻袋里装苞米棒，听到大家的议论，她连忙制止说："快干活吧——这雪眼看着要下大了。""大姐，"黄小亚和牛东方跑过来，小声地问杨金环："指导员在家说什么了没有？""没有啊！"杨金环知道他们都在替陈文魁担心，就想了想，"他昨晚只是提了提汪青山……"

"汪青山——"黄小亚一听，才恍然大悟，"我猜的不错，这些人一定是冲着汪青山来的。"他自语着，瞧见杨金环和牛东方满脸疑惑，就解释说："你们没看到吉普车去江边了吗——那是去了汪青山的家。叫陈文魁去谈话，肯定是向他了解情况，最近他们总在一起打连连……""别瞎猜了，干活去！"杨金环嘴上这么说，心里却隐隐约约有种不祥之兆，但她又一时猜不透会发生什么事。

事实上，事情的结果比黄小亚想象的还要严重，杜金生带人来八连不仅要开汪青山的现场批斗会，还要连陈文魁一块批。吃过午饭的时候，黄小亚刚放下碗筷，人就被徐亮叫去谈话了。

"下午要开批斗大会，"黄小亚一出来，就对围上来的牛东方、赵大江等人说："看样子陈文魁也跑不了，他也得陪绑……""什么——"赵大江不明白里面的道道，惊讶地问："连陈文魁也要一起批？"

"对，"黄小亚神秘地说："指导员刚才布置给我和李宝进的，说到时候必须选两个发言的，场革委会杜主任还亲自带人参加。"他说着用手指了指正朝场院走的李宝进，"没看他手里拿着纸笔吗？他这是去布置会场去了。"牛车方、赵大江等人一瞧，就见李宝进已到了场院，正向几名职工交代任务呢。"呸！"赵大江向场院的方向吐了一口，"小爬虫！"

"陈文魁呢？"牛东方问："他中午还没吃饭？""在连部——"黄小亚用眼神示意一下，"陈副参谋正和他谈话呢。"

"走，"牛东方的脾气有些急躁地说："咱们去和他们说理去！"黄小亚一把拽住牛东方："不行！"

"哎呀，"赵大江也是个急性子人，"那他妈的陈文魁也太窝囊了！"黄小亚轻轻示意，牛东方、赵大江等人都把头凑了过去，他小声说："咱们这么办……"

下午的批斗大会一上班就开始了，为了不影响生产劳动，开会之前，杜金生定了个调子：批斗会要短，鉴于陈文魁是先进典型，怕带来负面影响，会上暂不宣布对他的处理决定了。参加批判会的知青、家属、老职工围成了一个半弧形。随着一阵吉普车马达的声响，陈文魁和汪青山被宋所长和一个高个中年男子带下了车，汪青山头上还戴着高帽，会场的气氛一下紧张严肃起来。陈文魁神态有些憔悴，和汪青山站到了众人围成的半弧形的地中间，他俩身后是大字块标语："深入开展革命大批判、坚决击退崇洋媚外歪风。"

徐亮领着杜金生等人也来到众人前面，徐亮大声宣布："广大革命干部、革命知识青年、革命家属，同志们！八连批判汪青山和陈文魁大会现在开始，首先，请场革委会主任杜金生同志讲话。"说完，他带头鼓起了掌。由于这样的现场批斗会动不动就开一次，人们早已习以为常，见怪不怪，徐亮这一带头，众人也跟着鼓了一阵掌。

杜金生摆了摆手，向中间走了两步，见在场的人都用期待的眼光看着自己，他清了一声嗓音，然后用傲慢的眼神审视了一下会场，一下子变得气度不凡，他说："革命的同志们，秋收工作已经圆满结束了，新的任务又将来临，全场上下是一片忙碌。我不想占用大家的时间，而有些事情又十分的重要，非讲不行。"讲到这儿，杜金生停了停，拿眼神扫视了一圈儿，见大家的眼睛都齐刷刷地瞧着自己，情绪马上高涨，就像将军临阵，英雄凯旋，声音也高亢起来，他接着讲："我不说大家也都明白了——刚才徐亮同志通过和陈文魁谈话，他交代与二劳改汪青山打得火热不说，还崇洋媚外，探讨研究什么日本开拓团的'叶龄诊断'技术，这是一种混淆是非，不，是一种混淆阶级路线罪行，我们一定要擦亮眼睛，深入开展革命大批判……希望广大革命干部、革命知识青年、革命家属，同志们勇敢地站出来，声讨他们。"

"杜，杜主任，"杨金环站在人圈里面，她越听越糊涂，就挤上前，问："陈文魁他，他也是好意呀——"徐亮惊慌失措地上前挡住杨金环："你住口吧！"

"我发言！"黄小亚在人圈里面举起手，嚷嚷："我发言！""黄小亚说吧，"徐亮面带微笑地指了指黄小亚："往前来。"

"徐指导员，"黄小亚扶了扶眼镜，不紧不慢地说："看来，这陈文魁确实混淆了路线，不过，我想请教个问题，咱们八连生产的大米是陈文魁搞《寒地水稻品种研究》，通过试验从外地引进培育起来的，那么陈文魁已经混淆了路线了，这大米是他搞的，也就不能吃了吧？""这……这……"徐亮没想到黄小亚会说出这样一番话来，他尴尬地瞧了瞧杜金生。

杜金生刚想说什么，黄小亚却不理他，直向徐亮："今天中午，我看见你陪着有的人在食堂里吃的可是热腾腾的大米饭呀，这是不是也混淆路线了……"黄小亚说着又面向杜金生，"杜主任，你说是不是？"

"你——你——"杜金生在众目睽睽之下，虽然感受到了难以容忍的嘲弄，但他还是容忍了，因为黄小亚的话说得理直气壮，没有任何不光明的地方。"噢——噢——"赵大江、牛东方见杜金生被黄小亚的话噎得没了话，就带头哄笑起来。

比起其他农活来，这开会本来是件轻松的事。人们围成一团，有说有笑，吵吵嚷嚷的很是热闹。但时间一长，就有人蔫巴了，因为一人一双线手套，干了一上午的活都湿透了，被风一吹，手指头冻得跟猫咬似的，还不如去干点力气活儿呢。于是，牛东方就搞起了恶作剧，从苞米棒上剥出了一条虫子，往女知青那边一扔，吓得她们嗷嗷直叫，乱成一团。接着就是赵大江上场，说是看见了有一个老鼠跑过来了，连吵带喊的瞎咋呼，在人群中东堵西截，一副不抓住绝不罢休的样子，其实什么也没有，人群却被冲散了。

"你要给我好好教育教育这些小青年——"杜金生见会场起哄似的乱成了一

片，会没法再开下去了，就对跟来的人说："走！回去。"然后气呼呼地扭头就上了车，其他人也急忙上了车……

陈文魁见吉普车走远了，深深地叹了口气，想转过身来看看边上的汪青山，但一转身，脑袋突然一阵晕眩，接着眼前一黑，双腿一软，随后整个人就倒在地上。此时，杨金环离他最近，一见陈文魁倒在了地上，立即就上前抱起来，大喊："文魁，文魁！"

听见杨金环的喊声，在场的人一下子围了过来……

杨金环见陈文魁打了针，气也喘息得均匀了，闭着眼睛像要睡着了的样子，就放心地把黄小亚叫到一边，小声说："让他先睡一会儿，天不早了，让大家都睡吧。你跟我回家一趟，我给他做点鸡蛋汤，他一天没吃东西了。""好！"黄小亚应声地示意大家都睡觉，自己跟着杨金环出了宿舍。

月亮，像一面冰块磨成的圆镜，凝冻在夜空怯视着大地。大地上的一切都显出畏惧，没有风。偶尔传来几声狗叫，叫声过后，夜愈加沉寂了。

杨金环带着黄小亚进了屋，电早就停了，她就摸黑点着锅台上的油灯，等火光亮起来，就让黄小亚点火、烧水，自己悄悄进屋去取挂面和鸡蛋。

"你等一等！"杨金环拿着一把挂面和四个鸡蛋，刚要进厨房。徐亮猛一抬头，叫住，徐亮还没有睡下，他欠着身，对杨金环说："我和你有话要说。""等会儿。"杨金环小声地说："等我把挂面和荷包蛋做好了。"

徐亮就着月光斜了杨金环一眼。

黄小亚蹲在锅灶前烧着水，水很快就开了，杨金环掀开锅盖，把鸡蛋逐个在锅沿儿上敲破，然后向开水锅里抖，稍许又把面条下进去，观察了一会儿，说："小亚，你瞧着点儿，小点儿火。"说着，杨金环进了里屋，随手把门带上。

"还怪我小心眼吗？"徐亮吁了一口气："你，你就是再体贴关心陈文魁，也不能当着全连的人去搂呀?！""老徐，"杨金环一怔，"你怎么胡说！文魁晕倒时，你不也在场——还不是你瞎折腾的。我是把着他让他稳定稳定，怎么叫搂呢，这话你也能说出口。"

"啊？"徐亮想发作又不好发作，"有你那么把的吗？"黄小亚听到屋里的吵吵声，就站起来，刚要上前侧耳听听，见杨金环推门走出来，就说："大姐，煮好了！""小亚，"杨金环从柜里拿出碗、勺子、筷子，盛好以后递给黄小亚说："你端回去，让文魁趁热吃。"

送走黄小亚，杨金环转身进了里屋，开始数落说："老徐呀，你怎么净往歪门邪道上想呢，让你说，人家陈文魁该去上大学，你又同意把他留下搞水稻增产研究，人家陈文魁毫不犹豫，你们又开批斗会斗人家，还让不让人家活了——眼下人家有了病灾儿的，我们不应该关心关心嘛！"

"关心也不能关心出闲话，让我背黑锅！"徐亮的话显然是软了下来。"老徐。"杨金环坐在炕头，看了看睡得正香的两个孩子，"你别听风就是雨，我怎么没听说呢！"

"你到连队听听去，"徐亮趴在炕上，把头探出炕沿，伸手去摸烟盒子，"谁不说黄春雁把陈文魁踹了？想在你身上找温暖呢！""哈哈……"杨金环大笑了几声，怕惊醒孩子，忙用手捂住嘴，然后小声说："你怎么越活越混呢，是人家陈文魁能勾扯我，还是我能去勾扯陈文魁？"她说着去了趟厨房，把油灯端进了里屋，放在了饭桌上，"老徐，你怎么精神不正常呀！"

"你才精神不正常呢。"徐亮借着油灯的亮光，卷了一支蛤蟆头烟，"他不拽扯你，我看是你在那里瞎凑乎！""老徐——"杨金环正要脱衣服，一听急了，"你说什么你——"

徐亮呼地站起来，没头没脑地大声说："我说什么？我说让你给我保持点距离，少给我惹闲话——"杨金环脱了衣服，钻进边上铺好了的被窝，她没有顶嘴，知道他今气不顺，批斗会没开成，在杜金生面前丢了面子，但这又不是头一回呀！她想可能还有别的原因，就小声问："老徐，你今天又怎么了？"

徐亮见杨金环这个态度，火也发不起来了，就点着手中的烟，抽了两口，"我不是不正常，我是担心，担心！"

杨金环扑哧一笑，"嘿，亏你想得出。"她说着，向徐亮靠了靠，问："担心什么？""担心有人给咱家大鹅支嘴！担心像一窝蜂似的追到我地里围攻我，担心我辛辛苦苦种的烟都给了别人……"徐亮说着又抽了口烟，触景生情地又说："你瞧，他像个抽烟的嘛，那天你还给了他一捆，当我没看见——那是我的呀！"

"老徐，"杨金环还是不想和他吵，"你怎么这么小心眼，陈文魁说过，你这烟有劲儿，好抽，我就给了他一把，你怎么不说，人家陈文魁春节探亲回来，给大龙小凤买糖、买衣服呢！"徐亮气得直喘粗气。杨金环停了停，又说："你怎么不说，这些年来，没有人家陈文魁帮助你，你这个指导员能当到今天……"

"你——"徐亮没话说了，把手中的大半截烟头向地上一扔，从褥子底下抽出一封信，"嗖"地扔给了杨金环，"我说不过你，看看吧——杨金环，我说我觉得不对劲嘛，你背着我搞什么名堂？"杨金环莫名其妙，捡起信去抽信笺，一下子带出了一张照片，忙坐起来，凑近油灯一看，是她和陈文魁在白桦树下拍的，心里感到好笑，也明白了徐亮今天为什么跟她总是劲劲的，就笑着问："这能说明什么呀！"

"说明什么?"徐亮又来了倔强劲,"这是定情照吧?""徐亮,你胡说什么?"杨金环一听,知道他在误解她,"这是陈文魁开始要上学时,让我给他和黄春雁俩在白桦林里照相时,我顺便说——我也和咱们连第一名大学生来一张,就这么照的。"

　　"你瞧,你细瞧瞧,"徐亮一把夺过照片,指指点点的,"除了两口子照定婚照这么肩挨肩、头挨头照相,没有特殊感情,有这么照的嘛,"他越说越来气,"啊——杨金环——你——""徐亮,"杨金环气得说不出话来,只好用拳头狠狠地在徐亮后背上捶了一下,"你——混——你——混透了——"

　　"走——"徐亮不示弱,装出要起来的样子,"我把它拿到大伙儿面前亮亮去,让大家评评理,是你混,还是我混——""我混……"杨金环委屈地抽泣起来,"徐亮啊——徐亮你……"

第十七章

　　夜幕下的省城仍然是一片繁华热闹的景象，不用说别的，仅就这不断流的人来人往就充分显示了活活的生气。这和那北大荒简直是天上地下一样。丛娟娟是很满足的，连走起路来都有一种洒脱感和幸运感。她沾沾自喜地进了北方国营饭店找个闲桌刚坐下。黄春雁就跟了进来，边摘围巾边问："娟娟，没来晚吧？"

　　"没有，没有——正好，你我办事儿也像城里人了，时间观念强，你看咱们在农场时，说是两点开会，那人稀稀拉拉，非蹭到两点半才能开上！"丛娟娟看看手表，喜笑颜开地拍拍凳子让黄春雁坐下，又格外殷勤地说："闲话少说，雁子，你可要精心呀，就像咱俩商量的那样，可别走了辙，我是相信你的。这宝，也就押在你身上了。"

　　"你放心吧，"黄春雁挨着丛娟娟坐下，然后笑着说："我哪那么重要——你说的，肯定没问题，不光不能走辙，还不能失分寸。""这，我信，"丛娟娟把头凑近黄春雁，"准走不了板。"

　　"娟娟，你说，也不知怎么回事儿，"黄春雁今天的心情很好，还特意扎了条色彩艳丽的长围巾，眼神放着光，话也特多，"我回到城里缓过在北大荒呆的那股子荒劲儿以后呀，处理什么事情都觉得顺顺当当，如鱼得水一样。""我也看出来了，你看你这么神采奕奕的和在北大荒真像两个人似的了，我早就这么说，这人该干啥呀，都有个定位问题，掏大粪出身的，你要她像我似的当资料员，那就是让驴弹琴一样，我们这样的呢，天生就是在城里坐办公室的料……"丛娟娟嘻嘻一笑瞧着黄春雁说："雁子，我怎么发现，你像旱天的鲜花遇上了及时雨，让雨水这一浇呀，比在北大荒时可漂亮多了。"

　　"去你的，"黄春雁抢白一句说："别拿我开心……"其实，丛娟娟这席话是发自内心的。刚才黄春雁一进饭店摘下大围巾时，两个脸蛋儿这么一冻红扑扑的，再加上一对像是会说话的眼睛一闪一闪，显得比在北大荒时漂亮多了。刹那间，丛娟娟特意使出小镜子照了照，自己脸上则没有这种光彩，又细细一瞧才明白，人家黄春雁是白嫩的皮肤，一冻才显出这种光彩，而自己是一种黝黑的皮肤，别说是冻，恐怕是用冰雪蹭，也蹭不出那种红润来。这一瞧一比她真有点嫉妒了。要是自己有这副美貌多好啊。忽而，脑子里闪出了以往自己安慰自己的那种审美：黝黑是劳动人民的健康本色，怪不得自己出身好吃香，自己的骨子里是贫下中农气质，当然皮肤也就是贫下中农美。多少人不喜欢甚至批评黄春雁那种小资产阶级式的容颜呢……娇娇滴滴，像资产阶级小姐，可是，这年头的事情也令人奇怪，表面批判这样的，多数小伙子找对象又喜欢这样的，有名老职工的女孩子出身好，不是贫下中农，还是雇农呢，就因为长得很丑，指导员介绍给哪个知青，哪个都摇摇头，怪，怪了……

"娟娟——其实，我还是觉得你那种皮肤好看，与世随合，是一种健康色，正正道道的贫下中农样子。"黄春雁抚摸着自己的脸蛋自愧不如地说："冬天一冻就红，夏天一晒就曝皮，我真的不适应在农场北大荒继续呆下去，我爸、妈就生我这样儿，不能怪我怕苦怕累，真没办法……""这不回来了嘛——"丛娟娟正要往下说，一眼就瞧见姓彭的"专家光棍"一个大步迈进了饭店的门槛，她急忙站起来，拍了一下黄春雁的肩膀说："别瞎扯了，来了，来了。"

黄春雁发现丛娟娟怎么这么慌张，大概像人家说的，越是想得到的越怕得不到，越想得到的就越紧张。不，这丛娟娟不是紧张而是成了慌张。她跟着丛娟娟的目光向门口望去，发现进来的人一打眼就是个知识分子模样，眼镜、围脖都很符合他的身材和身份。你看那顶帽子，是毡绒的，耳遮卷着不放下来，即使是放下来也不遮冷，这些大概都是在维护自己的"专家"形象。没有那些城里工人，甚至机关干部实惠，什么俊俏不俊俏的，不管那耳遮是兔子皮、狗皮，还是狐狸皮的，只要长毛，只要能遮冷、暖和就行，一出门就把它放下来，不过，这专家让人看上去立马就会感到一种有学问和很讲究的感觉，就像早期电影里看到反映的"五四"运动时候那些走上街头抗日示威的大学生那种派头。

专家也瞧见了丛娟娟，就微笑着向她走去。他还没走到餐桌，丛娟娟就跨上一步指着黄春雁介绍说："这是我下乡时的好朋友叫黄春雁——北方农业大学的学生。""您好！"专家稍稍一躬腰，轻轻握一下黄春雁的手，语气和蔼地介绍，"我叫彭大诚，非常感谢你能来参加这次便宴。"然后抽回手，主人似的示意，"春雁同学，请坐吧。"他落落大方地坐下，瞧瞧丛娟娟说："丛娟娟同志，今天由我请客，你来点菜，怎么样？"丛娟娟殷勤地嫣然一笑说："好啊。"

丛娟娟这一笑既想在黄春雁面前显示尊贵，又想在这位有身份的专家面前显示不见外。心里泛起了在这小小餐桌上唯她丛娟娟才有的骄荣的朵朵涟漪。"四个菜——溜肉段、粉条炒肉、酸菜粉、白菜片木耳炒肉。"丛娟娟对走过来的服务员说完，她合上菜谱又说："三瓶啤酒，主食呢，一斤饺子。""对，"彭大诚笑了一声，应和着说："好吃不如饺子。"

"点这么多好菜，"黄春雁不好意思地说："吃不了白瞎了。""没吃怎么知道吃不了了呢，"彭大诚说："来，你们二位都把大衣脱了。"

从娟娟、黄春雁站起来,把衣服一脱。彭大诚不由分说,就把她俩的大衣拿过来转身挂到了旁边墙跟前的衣挂上了。黄春雁知道自己是受托来赴宴的,琢磨来琢磨去,等专家一入座,便凑近从娟娟的耳根,悄悄地说:"娟娟,这么刚一接触,我就料到你要掉到福窝里了。怪不得在北大荒时好几个小伙子追求你,你理都不理呀,是不是知道缘分在这里呀?"

"胡说——"从娟娟一听心里很高兴,嘴上却假惺惺地说:"哪有什么几个小伙子追求我呀,雁子,怎么想啥说啥呢——""哟——也没处,还怕我当着专家的面揭你老底儿呀。"黄春雁伸手就要去胳肢从娟娟,"有没有?老实交代!"

从娟娟身子往后一躲,摩挲着手挡驾说:"交代,交代……是有那么几个小子赖皮赖脸的,我就是不理他们。"她说着斜眼去瞧彭大诚,正好和彭大诚的眼光对在了一起,她那斜视的眼角里好像看到彭大诚眼神里掠过一股清冷的白光,心里顿时产生了一丝不舒服的感觉,就听彭大诚接话说:"喂,娟娟同志这么说不好,那是人家瞧得起你,对你的尊重——"

从娟娟似乎吃不住劲了,寒气没有把脸冻出红晕,让彭大诚这么一说,脸颊上顿时飞起了两簇红晕,心绪开始烦乱起来,那种不可挽回的悔恨使她发愣地瞧了瞧彭大诚,一时不知说什么好了。

"彭大诚专家,到底是有修养的大知识分子,心直口快——"黄春雁却坦然一笑,对彭大诚说:"你是不知道那几个小伙子呀,都有些过分了,人家娟娟不同意就是不同意嘛,和颜悦色说得很明白,他们倒好,总那么黏里糊呲的,有的还像带逼迫性的呢,说要是不同意就如何如何,娟娟积极要求返城也有这方面原因……"从娟娟一听高兴了,脸上立马又神采飞扬起来。

"哟——"彭大诚也觉得自己的话,说得有些过于直白了,他听黄春雁这样一说,心里也舒畅了许多,他瞧瞧从娟娟笑笑说:"要是你的朋友不说,我还真不知道你这么招小伙子喜欢呢。""彭大专家,你和我们娟娟结婚了就知道了,她人品好,知道疼人,还孝敬父母……"黄春雁趁机继续行使自己的使命,"在我们那个连队,娟娟要说干工作,上心劲儿也是没比的……"

"行了,行了……"从娟娟本身心里很高兴,却装出不满的样子,接过话茬儿,"我的好雁子姐呀,别拿我当狗皮膏药卖了。"从那随和的词语里,口吻里,带走了刚才的不自然场面,三人都不约而同地笑了。

饭店服务员一气端上两个炒菜,接着又拿来啤酒启开给他们每人倒上一杯,说了句"请用好",然后转身离开。

"来来来——"彭大诚先端起酒杯,"先喝杯啤酒暖暖身子。"他说着举起酒杯向从娟娟和黄春雁碰去,从娟娟和黄春雁两人也忙端起酒杯,迎上,接着三只酒杯轻轻碰在了一起，然后各自抿了一小口，放下，都那么自然，那么文明的样子。

其实，丛娟娟和黄春雁都是第一次喝啤酒，在那个小小的八连，一间半房的小商店，终年都很少见到水果，蔬菜、副食品就更少了，还哪里去喝什么啤酒呢，只知道这个名词，进城后的这些日子，算是和这个名词打交道的机会多了，常听到有人说起啤酒，可并没有机会去喝，俩人几乎都和想象的不一样，凡是喝啤酒的人喝起来都津津乐道，怎么这一种苦涩涩的味儿呢……黄春雁喝一口咂咂嘴，还皱了皱眉头，事实上，乍一喝下去，丛娟娟嘴里也是那个滋味儿，但她脸上却装出了一种会享受，常享受的欣然自得的神情。彭大诚放下酒杯的时候，撒眸了一下左右两个姑娘不同的神情，嘿嘿一乐，又摇了摇头。

彭大诚这一摇头，弄得黄春雁和丛娟娟都不大自然起来。丛娟娟想：他这一摇头，是不是看出了我装出的做作呀；黄春雁想：他这一摇头，是不是看出了自己在给丛娟娟当说客呀。而彭大诚呢，没那么厉害，他看出了丛娟娟那种显示自然的不自然比黄春雁那一动作是那么觉得不舒服，特别感觉到了两位姑娘与自己在一起吃喝这么不协调，顺手拿起筷子往菜盘子里一伸说："吃菜，趁热吃菜呀。"丛娟娟和黄春雁同时点点头伸出了筷子，彭大诚对丛娟娟笑着说："娟娟同志，你带来的朋友，你可要照料吃好呀。"

"没问题——"丛娟娟顿时感觉到，虽然黄春雁是自己请来坐陪的，可是她谈笑风生的似乎成了主位，心里隐隐产生了一丝不悦，又一想，黄春雁那么为自己涂脂抹粉，听来真的是恰如其分，那些言辞又无可挑剔，她自己也说不准，为什么还有这种隐隐的不悦感。丛娟娟的心理真是太复杂了。但一听彭大诚这么说，又使她感觉无论是情感上还是主次上已经和黄春雁分得一清二楚了，便急忙迎合说："雁子，听见了没有？要是吃不好，喝不好，我可就心里不舒服了！"

"既来之，则放开吃之。"为了随和，黄春雁不客气地夹了一大块肥肉放在了嘴里，还故意之乎者也地来了这么一句，桌上的气氛一下子变得更融合了，彭大诚和丛娟娟也美滋滋地从盘里夹了一大筷子菜。然而，黄春雁放在口里的那块肥肉，没等她嚼上两口，就感到油腻腻的，心里直翻腾，她一分心，嘴里的肥肉险些呕吐出来，但在那一瞬间，她还是咽了下去。

"喂，你们二位——"彭大诚有意找了个新话题："我想打听一下，你们北大荒有个叫陈文魁的知青，不知道你们认识不？"突来的问话又是一个非常刺激的字眼，使黄春雁的心倏地抽了一下。她不知彭大诚问的是什么意图，难道自己的事情，这位专家都知道？黄春雁有些心乱地放下了筷子，瞪眼瞧着对方，一时不知如何回答是好。丛娟娟在一旁说："认识，怎么，你和陈文魁认识……"

"不……"彭大诚摇摇头说:"不认识,我们农科院的专家和技术员都知道他的名字……"黄春雁的心更慌了,情不自禁地冒了一句:"他怎么了?你们怎么会都知道他?"

"哟,"彭大诚瞧着黄春雁说:"你们应该知道的,他搞了一个我们专家都没想到的课题,叫做《高寒地区水稻栽种资源研究》,搜集了东三省一百多个水稻品种同时种在了北大荒,并详细观察和记录,最后挑选出了三种可以在北大荒种植的水稻,亩产已突破了六百多斤……""这事呀,听说过。"黄春雁笑了笑,开始自然了。但她没有再吃菜,只是瞧着彭大诚和丛娟娟,等他们俩说些什么。

"哎呀——"丛娟娟一听心里却不高兴了,她想,彭大诚消息这么灵通,连陈文魁研究种水稻的事都知道了,说不上他还知道黄春雁和陈文魁分手的事情了呢。要是那样,对自己也不好,会让他想,我丛娟娟怎么会交这么个忘恩负义的女朋友呢。于是,丛娟娟诙谐地说:"我和春雁呀,一天天就是好好劳动,除参加些革命大批判,活学活用毛主席著作活动外,一天三个饱一个倒,就什么也顾不上了——有些事呀都是从别人口里听说的。"

"是,"彭大诚笑着,迎合着说:"不爱那一行就不钻那一行……"他停了停,瞧着突然沉思默想的黄春雁,岔开话茬儿,问:"春雁同志,你在农大读什么专业?"黄春雁怔了一下,赶忙回答说:"植物栽培。"

"好啊,"彭大诚眼睛一亮,放下手中的筷子,又把话头拉回来,"以后就得对种水稻感兴趣了。我们院领导也知道陈文魁这个人,招生前特意给省招生办打了个招呼,建议给北大荒一名植物栽培专业的名额,希望能把陈文魁推荐上来……"黄春雁虽然不那么心虚了,但还是有点忐忑不安,不由自主地撒谎问:"唉,还有这事儿?"

"我们院领导觉得,这个叫陈文魁的能有这么股钻研劲非常可贵,要是能来大学深造深造或许会有很大的造诣……人才难得呀!"彭大诚说完,又面带惋惜的表情,说:"可惜了,到现在人还没有来报到上学……""这……"黄春雁不知该说什么好了。

丛娟娟却对彭大诚这么面对黄春雁侃侃而谈有些嫉妒了,担心起来:这家伙是不是看上黄春雁了?她瞧着听着,睁大眼睛瞧瞧彭大诚,又盯盯黄春雁,目光停在黄春雁的脸上不动了,心里暗暗想:你黄春雁干什么这么聚精会神地听,快讲我的事儿啊,你要是不够意思,我就把你忘恩负义的事情合盘端出来,让你亮亮丑,竟在我面前撒这么弥天大谎!

"春雁同志——"彭大诚仍滔滔不绝地对黄春雁说:"我体会,学植物栽培这个专业很有意义，目前，我们黑龙江省土质是全国一流的，各种作物产量却比较低，你应该好好学这一行，当一名优秀的植物栽培专家，日后，不仅是为北大荒，也是为咱黑龙江，为全国做贡献……"黄春雁听着心里一阵高兴，要是这样，自己可就要有点儿心机，暗暗使劲留在农科院，说不定正需要这位专家帮忙呢，还真得和丛娟娟处好关系，到时候好让她帮忙，她刚想说什么，却和丛娟娟一束毒辣的目光碰在了一起，一下子像是意识到了什么，急忙拿起桌子上的筷子，夹了一小口菜叶放在嘴里，搪塞说："这菜做得不错，很有滋味……"

"喂，小亚，"牛东方睡不着觉，穿着背心、裤衩钻进了黄小亚的被窝里，他见黄小亚挪了挪，让出了铺位，仍目不转睛地看一本什么书，就一把抢过书扔到了地上，骂道："你他妈的心可真大，像没事似的。""怎么了你？"黄小亚也来了火，一骨碌坐起来，没好气地说："滚回你的铺去。"

"吵吵！吵了一天，有完没完？"赵大江干了一天的活，累得腰酸腿疼，睡得正香，被两个人给吵醒了，他用手背擦了擦眦目糊，不满地说："不就是那点屁事嘛，在批斗会上闹事又不是头一回——杜金生能把咱们咋地。怕他！""你知道个啥？别跟着瞎掺和。"牛东方看也不看赵大江一眼，说完，他硬着头皮，嬉皮笑脸地对黄小亚说："听说别的连队有的知青已经走了，咱们也不能总这么干等着，你给出个主意——"

"我看行。不能再听徐亮的了，他妈的就会玩嘴。"赵大江一听来了情绪，索性凑了过来。"我也一直这么想，但咱们总不能再像武解放似的胡来了。"黄小亚扶了扶眼镜，小声说："前天武解放偷偷回来收布票，托人捎信见我，我和他在道口碰了个面，他向我露了点儿真情。"

"什么真情？"牛东方把头凑近黄小亚。"武解放说，他所以要打闹杜金生，是因为那老东西对丛娟娟起了淫心——"黄小亚的脑袋也向前凑了凑，压低声音："好像是没有得逞。听那意思是让他给冲了——"

赵大江接话说："啊？这么回事儿呀，为这事儿挨整多冤呀，这不是他妈的憋气又窝囊嘛！""他妈的，"牛东方咬着牙："搁谁头上，都咽不下这口气……"

"武解放想告杜金生，但丛娟娟不配合。"黄小亚看了看宿舍，见其他知青都没在意他们的谈话，边上的陈文魁睡得鼻鼾大作，又接着说："平时，我和丛娟娟挺能说得来，他让我回城找找丛娟娟，和她好好谈谈，兴许能撬开点儿嘴缝儿，再说，她已经返城了，也不怕杜金生报复……""没说返城的事？"牛东方有些着急。

"别急！"黄小亚又看了一眼临铺的陈文魁，"武解放还说，黄春雁换指标换得这么顺利，估计这里也有闹儿。"声音低得只有他们三个人能听得到。"他妈的，"牛东方气得咬牙切齿，大声说完，赶紧又小声说："不管怎么的，咱们都是坐一列火车来的，不能这么眼瞧着让杜金生这个老王八犊子欺负喽。"

"要是丛娟娟和黄春雁不配合，我们就不能把杜金生告倒——你们没看报纸吗，全国正在打击迫害女知青的混蛋呢！"赵大江半天没插嘴了，他接话说："杜金生这个老混蛋不光没有人性，还不讲政策，要是能把这老混蛋告倒，那咱们返城的事兴许也好说了。"

"咱们告——"牛东方急不可待地说："哥儿几个先回家一趟，串联串联——""不能蛮来，缺心眼儿的事咱不干。这样——"黄小亚又扶了扶眼镜，装出一副老谋深算的样子，"咱们搅黄了批斗会，气走了杜金生——那老犊子不会善罢甘休，一定会找茬儿，抓咱们进学习班的。正好咱们排的任务今天完成了，明天休息——大江你在家照顾文魁，我和东方去趟场部，一来是听听返城的消息，观察一下杜金生的动静；二来找找武解放，他可能还在这一带收布票没走，和他商量一下，实在不行了，咱们也跑……"

三个人你一句，我一句的商量了很久，等人刚躺下，想眯瞪一会儿，天已蒙蒙亮了。"东方，起来——咱们早去早回。"黄小亚起来，穿好衣服，叫醒牛东方，两个人早饭也没顾得上吃，就出了门。

北大荒的晚秋万木凋零，冷风瑟瑟，路面上的枯叶时不时地被秋风刮起，又落下，最后吹落到路边的积水沟里，水面上泛起道道涟漪。黄小亚和牛东方很幸运，刚来到路口，就截住了一辆大客车，不幸的是，大客车没走多远就抛了锚，司机忙上忙下的折腾了好一阵子，总算使车在中午之前跑到了场部。

按照昨晚上的商定，黄小亚和牛东方一下车首先来到了农场机关办公小楼。刚一进门，两个人就被值班室的老师傅叫住，问是那个单位的来找谁？"老师傅，我们是二连的知青，有事要向场革委会汇报……"黄小亚急中生智，笑嘻嘻地、胡乱编造地说完，问："杜主任，在吗？"

"不在，杜主任去五连了。"老师傅回答完进了值班室，随手从桌子上拿起一张报纸一边看一边不时地抬头，用警惕的眼光透过玻璃，盯住黄小亚和牛东方，生怕他们两人趁他不注意时，溜上楼去。"老师傅，再麻烦您一下，"黄小亚用手轻轻地敲了两下玻璃，笑容可掬地又问："杜主任下午能不能回来——明天还下连吗？"

"你们别等了，回去吧——杜主任说不上什么时候才能回来，明天还是下连。"老师傅有些不耐烦了，说完挥了挥手，示意黄小亚两人快离开。"老师傅。"黄小亚嬉皮笑脸地又问："您知不知道他要上哪个连呀？"老师傅装聋作哑地全当没听见，用报纸挡住了自己的脸。

黄小亚和牛东方一听，强抑制住内心的兴奋走出楼门，在楼门口的台阶上，两个人高兴地撞了一下肩膀，觉得不够劲儿，又击了一下手掌。"看样——"牛东方忍着乐说："杜金生这个王八蛋早把咱们大闹批斗会的事给忘了。""别高兴得太早——怕是乐极生悲。"黄小亚说完，又自我否定说："管他呢，躲一天是一天，走——吃饭去。"

两个人有说有笑地向中央大街走去，想找个小饭馆叫几个好菜，好好吃一顿，再喝上两口解解馋。刚来到十字街口，就瞧见，三三两两的人流从四面八方朝街北面的电影院方向涌去。牛东方上前一打听，才知道是电影院上映南斯拉夫的战斗故事片《桥》，由于观众实在太多，演了五场坐不下，只好在中午又加了一场，随后片子就被转送别的农场去了。

一听说能看场电影，还是个新片。黄小亚和牛东方的胃口一下子就吊起来，连饭也顾不得上吃，就随着人流向电影院走去。

场机关盖起的这座电影院。虽然仍然用的是小机械，放映效果也并不理想，但比起露天看电影已经是天壤之别了。因此每次放映电影，都是塞得满登登的。人们对电影还有一套嗑呢，"中国电影新闻简报，朝鲜电影又哭又笑，阿尔巴尼亚电影动枪动炮，罗马尼亚电影搂搂抱抱，越南电影莫名其妙"。

电影院门前，人声鼎沸，男的女的，老的少的，把大中午搅得热热闹闹。等黄小亚和牛东方赶到电影院，票早就被各单位分发完了，而电影眼看着快开演了，两个人只好跟着人流往里硬闯。黄小亚在前，牛东方在后，一矮一高地混在人群中，刚好走到门口，后面的人群向前一拥，黄小亚被推搡得向前跟跄了两步，脚尖踩着了前面一个知青的脚，"好好跟着阿啦，"前面的知青用上海口音，不满地对黄小亚说："挤什么啦？找打。""怕挤——别来呀！"牛东方一听火就上来了，口气蛮横地接话说："不服，找个地方，老子奉陪到底。"

"你算干啥吃的，一脚没踩住，蹦出来了你。"上海知青身后，一个高一点知青挤到前面，指着牛东方骂道："妈的找挨揍是不是……""你他妈的嘴里给我干净点……"牛东方最反感有人用手指着他，他说着上去就是一拳，一拳就打得对方满脸是血。打完了，扔下一句话："老子在这一片，还没碰上一个敢扎刺儿的，你个小北京，哼！"

"走！"黄小亚见事不妙，拉着牛东方的手，就钻出了人群，想扬长而去。没想到，这次他们可是捅了马蜂窝。赶巧那两个知青是工程队的，今天又是工程队集体来看电影，就听一声吆喝，"咱们的人被人打了啦！"好家伙，立刻有几十个青年，京、津、沪、哈、齐、牡、本地，几乎都有，电影也不看了，就开始追。电影院门前顿时乱成一团，人们也不知发生了什么事，吓得四处躲闪。

　　几十个像小牛犊似的青年在路上喊大叫，如临大敌，拼命追赶，那声势也够大的了。吓得路上行人唯恐避之不及。前面的黄小亚和牛东方这下可傻了眼，好汉不吃眼前亏，黄小亚连忙拉着牛东方躲进了邮电所。可惜为时已晚。工程队的知青们一拥而上，就听一阵乒乒乓乓，连邮电所的玻璃也给砸了，把邮电所职工给吓跑了，没用五分钟，就结束了战斗。

　　黄小亚和牛东方成了"俘虏"，被带回了工程队。审问是免不了的，皮肉受点苦也是免不了的。工程队的干部也是知青，假装不知道。紧接着又出现了一个没想到。一听说"俘虏"也是滨城的，开始打得很凶的几个知青立刻住了手。黄小亚和牛东方一听说遇到了老乡，立刻也像遇到了救命恩人似的。到了晚上，几个滨城知青还弄了点酒菜，来到了临时囚室，与这俩个落难的老乡喝了一杯。席间，责备与同情溢于言表："你们怎么跑到这儿来闹事？这面是兄弟，那边是老乡，你叫我们哥们儿能怎么办？嗯，你说！"

　　于是事情又发生了喜剧般的变化。由于有这个滨城知青从中斡旋，当天晚上，上海和那个北京知青也都手下留了情。第二天，又答应接受了黄小亚他们俩的赔礼道歉。于是双方坐到了一起，几个菜再加上几瓶"北大荒"，一杯酒下肚，话匣子就打开了。从上海扯到滨城，又从滨城扯到各自下乡的连队……所以，他们要么往家跑，要么整天瞎胡闹。说到伤心处，黄小亚和牛东方两个大小子，竟然抽抽搭搭地哭起来，惹得一桌人全都掉下了眼泪。同时天涯沦落人。到最后，就剩下一句话，一个字："山炮见山炮，激动得心直跳，啥嗑儿别唠，就是往里倒。喝！"

第十八章

不知什么时候天空飘起了雪花，地上已经有了薄薄的一层，远处的田野、草原和森林都已经变成了白茫茫的一片，冷风在寒雪的映照下，变得比黄昏时更冷了。

从实验室出来，陈文魁刚走出几步就觉得冻耳朵，不得不加快脚步朝宿舍跑去。平时，大宿舍的外门总是敞着，入冬来就上了门。他推开门在门斗里跺跺脚，用手划拉一下身上的雪，又关上外门推开里门进了宿舍。知青们有的在洗衣服，有的在打扑克，有的已经进了被窝正探着脑袋在和临铺扯闲片儿。

随着门"吱扭"一声陈文魁闪身进了宿舍，几乎所有的知青都把眼光投向了他。他被这突如其来的场面一时搞得莫名其妙，低头瞧瞧自己的身上，又摸了一把脸，伸手摸摸身后，特别是后衣襟，没什么呀，以往有过知青给知青往身后挂"尾巴"开玩笑，他愣了一下，疑惑地对大家说："不就是开个批斗会吗？"他见满屋子的人还是用怪怪的眼神看着他，陈文魁真的有些不知所措，自己被批斗了，在场的哪个没挨过批，"怎么？怎么了？你们干什么这么瞧着我——我又没犯法。"

没人吱声，大家一下子都转移了目光。陈文魁走到自己的铺位跟前，发现自己靠窗卷着的行李上有一封信，急忙伸手拿过来。

这封信不像普通信那样，倒是贴了邮票，信口敞着，但信封上的地址和陈文魁的名字都用红笔写的。陈文魁急忙甩掉鞋上了炕，胳膊拄着窗台掏出信笺打开一看，里面夹着一张留着明显剪痕的自己的照片，仔细一看，背景是那棵桦树，后面还有密密的桦树林相衬，一看就知道是在桦树林里拍的，他急忙看信，估算也是用红笔写的。他展开一瞧，真是用红笔写的，他读：

文魁同志：

你好！

请理解我这么称呼你，经过几天几夜的再三痛苦思考，由于种种难以言状的原因，我终于下定决心要和你解除恋爱关系，"长痛不如短痛"，可以说，这种"短痛"对我来讲也是死去活来的，写不出来的无言痛苦比能写出来的还痛苦，我这是尊重你，也是为了我，恳切希望你能理解。

望你多保重！

黄春雁

一九七×年十月×日

与此同时，宿舍里的知青们都在以不同的方式偷偷瞧着陈文魁，多数是瞧一眼又闪开视线，接着再偷着瞧。

陈文魁不相信自己的眼睛，他又读了一遍，读着读着汗水大粒地从额角上沁了下来。他又看了一遍，然后凑到黄小亚跟前，抖着手里的信问："小亚，我不是做梦吧？""文魁，"黄小亚正躺在被窝里装着看书，其实也在不断地偷着瞧陈文魁，听他这么说，心里不免有些紧张，怕他受不了刺激，忙欠起身子说："你一定要冷静……两条腿的活人不是有的是吗？你千万别上火。"

"怎么？"陈文魁不高兴地问："你们偷看我的信了？""没有，没有……"黄小亚连忙坐起来，扶正眼镜，说："大家一看用红字写的封皮，心就都明白了。"

陈文魁脸憋得通红，想说什么话到了嘴边又咽了回去，一边铺好行李，衣服也没脱，蒙头就钻进了被窝，他咬牙、抿嘴、皱眉、抓胸，脑袋里一会儿一片空白，一会儿又混浆浆的……

"文魁——"牛东方和赵大江等三五名知青走过来要安慰陈文魁。黄小亚摆摆手，小声说："现在，恐怕谁说什么，他也听不进去，让他自己清静清静吧。"

陈文魁脑子里的空白、混浆浆的东西闪过去以后，一下子又清醒了，他悲伤得如万箭钻心，像被什么捣着、刻着、捶着、拽着、撕着，觉得就像支离破碎了一样。他忽地坐起来拿起笔，铺开纸倏倏地写了一首短诗，又谱上了曲。然后递给黄小亚说："哥们儿，你看老兄这首歌写得怎么样？"黄小亚扫了一眼，忙说："不错，不错——"

"小亚——"陈文魁站起来拎过来黄小亚的手风琴说："来，你拉我唱一遍，看看怎么样？""文魁，这么晚了，"牛东方觉着陈文魁的神情有些不对劲儿，就走过来说："你也累了，别折腾了，再说大家都休息了……"

"你小子怎么回事儿？"陈文魁似乎有点儿不理智了，"这里我是排长，我说了算——""好好！你说了算。"牛东方闹个没趣儿，眼一瞪说："不知好——"

"别管了，"黄小亚急忙推了牛东方一把，说："他唱就唱吧，心情不好，唱唱能发泄发泄。"他转脸对陈文魁说："文魁，好曲子，好歌词，来——"他说着披着外衣，坐起来拎好了手风琴。

手风琴的前奏曲一响，陈文魁激动地牙齿咬着嘴唇，直想抢唱，前奏曲继续响着，陈文魁已经控制不住自己的样子，浑身在颤抖，额上的青筋鼓鼓地暴露了出来，眼泪、汗水像是憋出来似的，慢慢地下浸着。前奏曲的最后一个音符刚过，他把出汗的手心攥成了紧紧的拳头，忽地站起来高声唱了起来：

> 我的心疼的好厉害，
> 你们不要去请医生来，
> 因为我不是病，也不是灾，
> 这是情妹妹她留下的恨，
> 这是情哥哥我痴情的爱，
> ……

陈文魁唱到歌词最后一个"爱"字的时候，随着音乐的拖腔，激动地把牙咬得格格直响，忽然，他朝窗户猛地跨出半步，攥紧拳头，"砰、砰、砰"猝然地打起窗户玻璃来，打碎一块又一块，刹时间，宿舍里由激愤的乐曲又变成了"丁零咣啷"的一阵阵玻璃的破碎声。

"文魁——"黄小亚急忙停下拉琴的手，去拽他，"住手，住手！""文魁，"赵大江上来一把抱住陈文魁，"你不要这样……"

此时，陈文魁满拳已是血迹模糊，牛东方等人也冲了上来拦他，当他被拦得没法再去拳击玻璃的时候，猛一哈腰捡起一块玻璃划起脸来，黄小亚便一挡，才没得划下去，但脸上还是划出了一道血印，血很快渗了出来。

"哈哈哈——"陈文魁被拦得划不了自己了，笑着要去划黄小亚，被黄小亚使劲攥住了他拿玻璃的手腕子，他乏力的一下子瘫软了身子。

大家发现，躺着的陈文魁眼睛发直不说还闪着敌意的恶光，在不断地咬牙。"不好，大家快来，快把他的胳膊腿摁住……"黄小亚大声喊："我去找指导员，不，不好了，陈文魁得精神病了——"

随着黄小亚的话音一落，又有五六个知青一起围过来，摁胳膊的、摁头的、摁腿的，陈文魁使劲挣着、蹬着，怎么也蹬不动，挣不开了，只听他牙咬得格格直响。

黄小亚噌噌地就向宿舍外跑，边走边提鞋……

"松开他，松开……"杨金环瞧着陈文魁被五六个知青摁在炕上，还在不停地大喊大叫，拼命挣扎着，就上前恳求："你们松开他不行吗？""不行呀——大姐。"黄小亚指指正在堵窗户的知青，喘着粗气说："你看，文魁精神失常了，他已经控制不住自己了——"

"不能放——"陈文魁眼发直地瞧着天棚喊，"我要咬人，我要打人——都看着我干啥？又要批斗——雁子，救我呀……""文魁——"徐亮凑上前去说："文魁，我是徐亮，是徐指导员，是徐指导员……"

"骗——我——"陈文魁挣扎着，大喊着，"徐指导员不是你这个熊样，瞧你这小鸡巴眼睛吧……"他说着喊着使劲一挣想起来，知青们急忙又把他摁住了。"文魁，"杨金环往前凑凑，让陈文魁能看到自己，问："你知道我是谁吗？"

"哈哈……"陈文魁瞪着眼睛，"你我还不认识，认识，你是我老婆黄春雁——救我呀。""文魁，你再好好看看——我是杨金环——你大姐。"杨金环透过众知青胳膊缝，抚摸着陈文魁的胸肩，轻声地说："你忘了，我和你一起给小雁子打过电话的事了？"

陈文魁发直的眼神一愣，脑子里的印象和眼前的面孔对上号了，嘴有些打摽地说："知道，知道，大姐是我的救命恩人——你们松开我，松开我，我要说话……""文魁——"杨金环含着眼泪，又说："松开你，你能不能听大姐的话？"

陈文魁直梗脖，"能能能——""好——"杨金环对赵大江等人说："你们松开他吧。没事儿，有我在这儿。"

徐亮拽了拽杨金环的后衣襟，让她注意点，杨金环根本没感觉，她使劲拉开摁着陈文魁的手说："文魁，你好好躺着，让卫生员给你上上药好不好？"陈文魁忽地坐起来冲着杨金环一跪，"砰砰砰"磕起头来，嘴里直喊："谢谢救命大姐，谢谢救命大姐——"

"躺下，"杨金环把着陈文魁，像吓唬小孩子似的说："你要不听话，大姐就不救你了。"陈文魁不躺，抱住杨金环呜呜哭一阵儿，继而又哈哈大笑起来。杨金环向炕上摁着他说："躺下，要不，大姐不救你了。""文魁，"徐亮见陈文魁一下子变成了这样，联想起这几天对他的态度，心里像被什么硬东西碰撞了一下，也不好受起来，就上前试着，掏出烟口袋，说："你卷的蛤蟆头烟好，卷支烟抽怎么样？"

"我……"陈文魁大叫："我卷的好，卷的好……"他连连说着接过了放好烟叶的卷烟纸，颤抖着血肉模糊的双手卷起来。"坐好，让护士给你上药，千万不能动。"杨金环趁机对赶来的卫生员说："快给他打一针镇静剂。"

卫生员老张拿出镊子和消毒水，刚要上前为陈文魁疗伤，陈文魁一见他手中的金属镊子，嗖地跳下炕跑了。一边跑一边喊："大姐，不好了，快救我，他们要杀人了，他们要杀人——""金环，"徐亮见事不好，急忙说："金环，还得你跟我去。"

"你们就不要去了，我和老徐去吧。"杨金环应了一句和徐亮急忙追了出去，俩人一出门就发现，北风大作，冷云低垂，大朵大朵的雪花在寒风中变成一片片斜面向大地飞落着，落在地上的雪花忽而又被一阵大风卷起厚厚一层，和飞落的雪花搅在一起，像瀑布在飞溅，在飘洒，陡然间，天地间浑成了一体，在强力地卷裹着扫荡着这边远连队大大小小的房舍。

杨金环用胳膊遮着额头，抵着风雪袭击眼睛，徐亮紧紧跟在她身后，两人跑出了十多米才发现了暴雪瀑布中的一个身影，在疯癫癫地向那片桦树林的方向跑去，便没跑多远，那身影就扑腾一声倒在了雪窝里。"老徐——"杨金环先跑上去，抱起气喘吁吁的陈文魁，对徐亮说："他这是折腾的没力气了。"

"也是饿昏了。"徐亮对身后赶来的黄小亚等人说："先把他背回去吧。"

"杨大姐，"赵大江一听忙上前从杨金环的怀里接过陈文魁："还是让我来，我有劲儿。""快——"杨金环说，"别回宿舍了，背他去我家……"

赵大江背起陈文魁，趔趔趄趄地站了起来，牛东方忙用手在后面托起陈文魁的双腿，其他人跟着就向杨金环家走去。"大姐，回家不行吧，他这样，还不把孩子吓坏了呀？"黄小亚在前面领着路，快要进院时，他提醒着杨金环，"还是背到这屋吧。"黄小亚说着用手指着边上那间用来当试验室的房子。"也行——"杨金环犹豫了一下，说："里边也有床，烧烧火也不冷……"

陈文魁像死过去一样，一摊泥似的趴在赵大江的后背上一动不动。杨金环在前面打开门，黄小亚、牛东方几个在后边托着腿，一气儿将陈文魁弄到了屋里，然后放到了床上。徐亮和卫生员等人也随后进了屋，大家自觉地动起了手，收拾床铺的，烧火的，很快就把陈文魁安置好了。大家见陈文魁直挺挺地躺在床上一动不动，嘴里还不断地冒着白沫子，七嘴八舌地议论了好半天，也没说清陈文魁是累昏迷的，还是休克……

老张忙用听诊器在陈文魁胸前听着，杨金环急切地问老张："怎么样？"老张放下听诊器回答："心跳略快，没什么大问题，需要给他用些镇静药。"

杨金环又不放心地问："他神志能不能恢复正常……"老张判断说："目前还很难断定，让他先睡一晚上，看明天怎么样了。"

徐亮见陈文魁像要入睡似的躺在床上喘着粗气，就让黄小亚几个知青先回去，由他和杨金环还有老张留下看着，有事再去喊他们。黄小亚几个都不想离开，但看折腾到了半夜，陈文魁要睡着的样子，还有杨金环和徐亮几个守护着，就放心地回去了。

"咳——多好的小伙子！"老张很有经验地给陈文魁打了一针镇静剂，待他稍平稳又睡了后，叹口气说："看来，情绪猛然间过于激动，对脑神经刺伤过重，必须有一个休养生息的过程才能恢复。""张医生——"杨金环皱着眉头问："就没有别的办法了吗？"

"老张，怎么也得想想办法呀？"徐亮也急躁地说："这两天也怪我，杜主任说开批斗会，就开了，我事先让他躲躲好了——批斗归批斗，他还照样坚持搞研究。我也支持他，这间房子腾出来给他做水稻科学试验用……""指导员，"老张说："当医生的心情可能比你们还着急。"他瞧瞧陈文魁，"目前从病状看，必须立即送精神病院抓紧进行专业治疗，初发期治疗可能会有利些。"

"太可惜了！"杨金环一直坐在陈文魁的边上，守护着，"没有别的办法吗？"老张已经说过了，她问完后觉得问得实在没有意义，只是一种急躁的心情才变得磨磨叨叨。老张还是略加思考地说："我倒有个想法，但是我不敢说能不能奏效。"

杨金环和徐亮赶紧用期盼的眼光看着老张，追问："你快说，还有什么办法？""那就是采用心理治疗法，"老张来到陈文魁的头上，低头看看，说："也就是说，解铃还得系铃人，因为陈文魁的病还是初发，倘若能把黄春雁动员回来，或者是把陈文魁安排在黄春雁身边护理治疗或许有作用……"

徐亮稍有失望地把目光转向杨金环，"我分析，好像不大可能。"杨金环也没有更好的办法，抬头看着老张。老张说："我也这么想，黄春雁既然做出这种决定，肯定是经过一番考虑的，但我们不妨先试试。"他说着摸了摸陈文魁的前额，试了试体温。又继续说："我在部队的时候遇到过这种类似情况，那是一位姑娘的父母巧施办法让姑娘与我们部队一名小伙子解除了婚约，这名小伙子想不通，得了精神病，经首长同意和一番周折，把那位姑娘接到了部队医院，后来效果还算不错……"

"黄春雁这个负心人！"徐亮终于有了话头，边向炉子里加着小木块，边抑制不住越积越浓气愤地说，"我去找她说道说道！""要去不要带着气去，还是给她做工作！"老张接话说："只是一种恋爱关系，可以受道德的谴责，又受不了法律和纪律的约束，再说，连户口都迁走了，可以说和我们没什么关系了。"

"叫你这么一说，还没辙了呢！"实际上，杨金环一开始，并不相信黄春雁真的能做出这伤天害理的事情来，但看了她的来信，又听众人一说，这气就上来了，"用这样以欺骗手段换取上学名额，就是不符党纪国法，应该把她撤回来——我去找她说道说道。""别逞能了！"徐亮知道杨金环说得出做得出，就忙说："得了，得了，你别真动那个气，那是场革委会的大领导批的。"

"当时，这事情连队都议论纷纷，"老张截住话，对徐亮说："不是说，你也同意了吗，不然，她也换不成呀。"徐亮瞧瞧老张，一拍大腿，后悔地说："我当时是稀里糊涂，听到要换指标时脑袋也发炸，因为喜欢陈文魁，想让他把连队水稻的事情研究好，保住咱八连这面学大寨的红旗呀，一想，换就换吧……"

"都出了奇了！"杨金环变得更激动了，"当时我就有想法，领导上同意的事情，咱老百姓说啥，我念书那阵子，谁考上就是谁，考证上都带照片的，怪了，推荐就推荐，推荐完了还带换人的……"她说着瞪了徐亮一眼，"我一说，你就和我吵，再说……再说……谁能想到黄春雁是个没良心的东西呀！"老张苦笑一声："这都是领导的事！"

"这么说，还得找领导解决去！"杨金环寻思了一会儿，又说："我明天一早就去找杜主任说说，应该要以场革委会的名义建议把这种道德败坏的人从学校清除出去，或者是退回来！""开什么会！开什么会！"陈文魁紧闭着眼睛使劲捶脑袋，然后又捂起肚子，"你们都不是东西，小雁子——雁子……"他骂着，又呜呜抽泣起来。

"你们在这里看着一会儿，"杨金环瞧着陈文魁痛苦的样子，心疼地说："看样子，文魁是饿了，我回家给他拿点吃的来。""好！"徐亮催促着，"快点——最好弄点姜汤。"

杨金环站起来，想走，又返回来，用徐亮的棉大衣给陈文魁盖上，然后走到门口推推门没有推动，又双手使劲一推，随着门底边划走两堆雪，一阵冷风呼地朝她吹来。

——啊，这么大的雪，杨金环打了个寒噤，大步走进苍茫的雪夜……

第十九章

　　干冷干冷的寒风像强暴似的把天空平均撒给大地的雪花刮得这里高那里低，把狼眼狗嘴般的坑坑洼洼都抹成了一般平。还有那排水沟和低洼溏也铺得平平展展，要是不熟悉地形，会一下子陷下去的。徐亮深一脚浅一脚地趟着积雪向连部门前一辆"大解放"走去，后面还跟着一群送行的人。

　　"大解放"发动着了，一抖一抖地颤动，像受不了这突如其来的严寒打击似的，"突突突"地冒着浓烟，打着哆嗦。司机打开车门，再等着徐亮上车。"黄小亚，"徐亮一边握住车门的把手，一边回头对跟上来的黄小亚叮嘱说："我这就走了，你帮杨金环多操点心，看住陈文魁，大雪噻天的，千万不能再让他跑出来了，是会冻死人的……""放心吧，指导员，有杨大姐在，我们心里就有底了……再见！早去早回啊！"

　　徐亮刚关好车门，就见杨金环不偏不倚地沿着街路迎头朝车跑来，还边跑边喊，"老徐——等等！"徐亮连忙走下车来，见杨金环一副武装的样子，棉鞋、黄大衣，还戴着棉帽子，忙问："有事？""老徐，"杨金环跑到车前，急火火地说："我想搭车去场部。"

　　"送我去火车站到陈文魁家，你跟着凑什么热闹？"徐亮一听，来了气。杨金环摘下帽子，任凭风雪吹打，仰起脸说："我要到场革委会去找杜主任，要求场革委会派人到农大去把黄春雁这样道德败坏的人退回来，不能上大学！"

　　"行了，行了，你走了，文魁咋办？"徐亮知道老婆的脾气，上来劲儿就别想拦住，担心地说："杜主任那个人你可能还不了解，恐怕不成，你别去了，等我见完陈文魁父母回来时顺便到场部去说一说——"他说着，低头迎过一股卷雪的冷风，迅速拉开车门进了驾驶室，然后顺手带上了门。杨金环伸手猛地拽开门，一猫腰进了驾驶室，火烧火燎地说："老徐，我看文魁一时半会儿还醒不了，看昨晚的样子，他真是得了精神病了——你让我去吧，我谁也不代表，就代表我自己去找杜主任。要不我这心都要碎了。你要是不让我去，恐怕我也要得精神病了！"

　　"哎呀，可别吓唬我了——"徐亮也摘下帽子，用手抓了抓头皮，说："你到了杜主任那里，千万可注意方法，好好说，别吃了火药似的……""指导员，"司机见时间差不多了，就问徐亮："开车了？"徐亮点点头，司机挂上挡，轻轻踩油门，汽车缓缓驶出了连队，上了大道。好在雪路上已经有汽车驶过，司机就不用探路了，雪路比较滑，只好放慢速度行驶着。

"我说——"徐亮身子随着车的颠簸在晃动着，他望着车窗外白茫茫的雪野问杨金环："你看到黄春雁给陈文魁的信了吗？""看了。"杨金环疑惑地瞅着徐亮。

"哎——"徐亮叹口气说："见到陈文魁的父母我还不知道怎么说呢。"杨金环不怎么介意地说："那就实话实说呗——"

徐亮不吱声了，不知是没听见，还是没听清楚，杨金环瞅瞅他，他身子已经靠在后车座后背上眯起了眼睛。俩人就这样沉默着，一直到车子进了场部停到办公楼前，杨金环想要和徐亮打个招呼。徐亮还是那副神态，司机一使眼色，她轻轻推门下了车。

场部办公楼门前的雪已经清出了一条小道，杨金环就顺着小道直接进了办公楼，她刚要拐上楼梯，被在收发室的老李头挡了驾。老李头拿起电话拨打了杜金生的办公室，问八连有名叫杨金环的要去求见让不让见。杜金生刚想拒绝，一下子被"八连"这个令他敏感的字眼刺激住了。自从那天在八连没开成批斗会，就灰溜溜地离开，总觉得在路边的吉普车底下做的那一切，被八连的人看见了，他甚至想那人一定还站在那里仔细看了看，然后就传了出去。他的心又开始不安起来，猜不出这个脑袋里有点印象的杨金环找上办公室里来干什么，这么大雪天的，肯定不是一般工作的事儿。再说，她不过是那个小小连队的家属队队长，往大了说也不过是徐亮的老婆，她分管的一切工作只能汇报到徐亮那里就是天了。这个女人来干什么呢？是不是和黄春雁有关系，有关系她也不至于公开来说什么？噢，最大的可能是连队传出了风声，她可能是要来打小报告，可能是说有人在造自己的谣言之类，以讨好为老爷们徐亮寻求进步。想到徐亮被自己骂得熊样，他的嘴角流露出一丝冷笑，于是，他应承李老头让杨金环进来。

谁知，杜金生放下电话却又心跳起来。他自己也觉得奇怪，在这方土地上自己是土皇帝一样说一不二，为什么会有这种心情呢。他才悟出"做贼心虚"的道理，也感叹古人发明的一些词语是这样的惟妙惟肖。

杜金生心跳着，正在漫游这种"做贼心虚"的境界时，门轻轻开了，文书拿着一个文件夹走了进来，放在了杜金生的办公桌上，瞅了一眼他的脸色，见有些异常，没说什么便急忙悄悄地退了出去。杜金生料到杨金环很快就要进来了，便顺手拿过文件夹展开，来掩饰着不自然的神情，打开一看，夹内第一份不是文件，而是一封信，信封上的字体清秀而端庄，在信封中间收信人位置上用描成的粗体写着"杜金生主任亲启"，在"启"字的后边又加了一个"※"重点号。他急忙打开看，信笺上只有简短的几行字，没有称呼，也没有落款和属名。

当你让一个哑巴吃了黄连，而哑巴虽然说不清道不明时，她心里在极度地谴责，不，而是在咒骂……

杜金生一眼扫过，脸上骤然间渗出了一颗颗大粒的汗珠儿，他仿佛看见在字里行间的背后隐隐约约匿藏着她，或是她，还是她，连杜金生自己都说不清楚到底是谁的身影来。这时，随着两粒大汗珠"嗒嗒"地滴落到了信笺上，门口传来了"砰、砰、砰"的敲门声。杜金生急忙揩汗收起信，对着门口喊："请进。"

杨金环风风火火地推门走了进来。"杨……杨金环，"杜金生认出来人就是徐亮的老婆杨金环，马上仰起脸，故作镇静地说："快请坐，这么大雪来找我，一定是有急事吧！""杜主任——"杨金环急不可待地样子说："您还认识我吧——我是八连来的，叫杨金环，是徐亮家的。我……我有件重要的事情向您汇报。"

"重要"两个字像重锤一样敲在杜金生的心上。他欠欠屁股半起身，用右手示意办公桌前一把椅子说："请坐，快请坐。"然后不眨眼地瞧着杨金环坐下，恨不能马上把她要说的话一把从她肚子里都掏出来，汗水大颗大颗地往办公桌上滴落着。"杜主任——您——"杨金环见此情形，有些拘谨地问："您不舒服吧？"她问着顺手从旁边的洗脸架上扯过白毛巾递上去，"我真有点儿不好意思了。"

"没关系，你说吧，"杜金生接过毛巾擦着汗说，"有点感冒，身体发虚。"杨金环不好意思地说："杜主任，我们连队的知青陈文魁得了精神病……""陈文魁？"杜金生一皱眉头，"怎么回事？"

"是这样的。"杨金环点点头，"陈文魁的女朋友黄春雁顶他的指标上了大学，刚进校门就来了封信把他给踹了！陈文魁受不了这个打击，接到信后，开始还挺好的，但后来就不行了，又哭又喊，见什么砸什么，宿舍的玻璃窗被他砸得粉碎……折腾了一夜，好歹让徐亮领人给制住了，又安排了几个知青看着。徐亮一早就去了滨城陈文魁家报信去了，我也搭车找你汇报来了。"杨金环越说越激动，最后说："像黄春雁这样道德品质这么败坏的人怎么能推荐上大学……""徐亮这么处理很果断，也很及时，是应该先去陈文魁家告诉一声，要不再出了问题，过后他家人再找麻烦。"杜金生吁了口气，问："你找我是什么意思？"

"杜主任——"杨金环颤抖着嘴唇，说话一下子气粗了，"我给领导提个建议，以革委会的名义建议学校开除她！"杜金生皱着眉头站起来倒背着手，来回踱了两圈儿，等镇静了一些，他老谋深算地转过身瞧着杨金环问："开除她？开除她？学校会听我们的吗？"

杨金环不理解杜金生是什么意思，更加激愤了，她站起来，说："大学是国家高等学府，是培养人才的地方，是有知识的地方，应该比任何地方都明辨是非，爱憎分明，我相信会听我们建议的。如果学校袒护这种道德品质败坏的人，我们就到省革委会去告他们，我就不信，还没有伸张正义的地方了……""杨金环同志——"杜金生笑笑说："来，坐下说。"他说着一示手，先坐到了和办公桌相对，靠近门墙的一个沙发上。杨金环也随即坐了下来。

杜金生毕竟是混迹官场多年的人物儿。他自我发现过，当一件担心的事情没发生时，已经是规律般的慌张。可一旦发生了，他会反而镇静自若，从脑子里迸发出足以对付好的智慧火花。他镇静了，但心里并不肃静，以犹豫想问题的神态掩饰这件事会对自己有什么弊处。杨金环瞧他的刹那间，他觉得黄春雁读的是"社来社去"的名额，四年大学毕业后十有八成是要回来的。像杨金环说的，农场革委会强烈要求不培养这样的大学生，学校可能会同意退回来的，如果真要是退回来，那比四年后再回来还可怕。陈文魁得精神病倒是好事儿，黄春雁大概不会继续和一个精神病处对象了。他断定，刚才那封没头没尾的信就是这个叫黄春雁的写的。要是回来了，那可是后患无穷……

他越想越觉得是天意在帮他解除隐患，心里倒觉得一阵放松，汗水也不出了，直对着杨金环的目光问："陈文魁精神病的程度怎么样？""应该说比较严重，"杨金环脱口说："喜怒无常，记忆力受到破坏，已经呈现痴呆症状，对人冷漠得很，像是根本不认识一样，只是眼前的事情还有点记忆……"

"知道了，知道了——"杜金生的心情更加宽敞了，他走近杨金环亲切地说："金环同志，我已经做了多年的思想政治工作，凭着我的经验和理智感觉到，陈文魁、黄春雁这代青年人和我那时候，包括你那时候都不一样了，不知这你感觉出来了没有……"他像是自己说，又像是对杨金环讲，说到这里似是问号，又不发问而带有一种自说自定的口气，言语并不生动，那口气，那神态，加上头上又冠一顶"场革委会主任"的皇冠，足以在杨金环面前显示出了持重而老练、权威而让她心情渐渐平静下来，杨金环呢，只好仔细地听着，是问话又没让你回答，只好眼睛不眨地听着。

杜金生瞧着杨金环脸上稳定的目光，晃动了两下胖乎乎的头，又侃侃而谈起来："'无产阶级文化大革命'一股烈火，把他们烧得情绪激烈，易激动又易愤怒，不要看表面，从内涵来讲，他们不少人感情和道德的防线是那么脆弱而易攻、易破……"他停停，又说："你说的陈文魁就是眼前活生生的例子，我想知道黄春雁是个泼泼辣辣，还是个怕苦怕累的姑娘？""怕苦怕累——"杨金环脱口而出，"一心一意想返城。"

"这不就结了——"杜金生得意地一笑，说："如果给她退回来，她要是再得了精神病还算好一点，要是再寻死上吊怎么办？""杜主任，我可没想那么多，"杨金环眨了一下眼睛，忙说："要是那样，更好，是老天对她的报应，她那就是自作自受。"

"不能——不能啊——"杜金生把一副长者又是领导的身份显露的淋漓尽致，"我是场革委会主任，你是连队家属队的队长又兼连队妇女主任，大小也是个头儿嘛……"这句话让杨金环一下子把距离和他拉近了。杜金生从杨金环的脸色和眼神里看出了她对他的敬畏，语言和神情更加有神采了："群众都说我们是父母官，这父母官是什么意思，恐怕我就不用说了，况且这帮小知青还都是些孩子……"杨金环越听越敬，禁不住问："杜主任，你的意思是就这么样了？"

"不，不能——"杜金生摇摇头，"我们既是父母官又是领导，哪能见这种不道德的事情就这样了呢。既要尽父母官的心情，又要尽领导的责任，就这么样那是什么也没尽。我的意思是，你到学校去一趟，可以把陈文魁得精神病的消息告诉那个叫黄春雁的姑娘，看看她的反应，然后我们再做考虑怎么办，你看怎样？""杜主任——"杨金环站起来，心里一阵感激说："还是当领导的想得周到啊。"

杜金生笑了："要做耐心细致的思想政治工作就没有化解不了的矛盾，这是我多年的领导经验了。""杜主任——"杨金环笑着说："您这么一说，我亮堂多了，这样吧，我就不回连队了，直接到县城坐火车去省城。"

"好、好……"杜金生连连称赞："太好了！"

第二天一早，徐亮坐火车来到了省城，连饭也没顾得上吃，急忙按着陈文魁填写的《知青登记表》里的记载找到了他的家，说明了自己的身份后，陈文魁的父母先是十分热情，又让座，又泡茶，等他把来的事由简单刚一说，两位老人几乎都要晕厥过去了，一时没说出话来。

陈文魁父亲叫陈荣焦，看上去有六十多岁。徐亮没有心情问这位老人多大年纪，什么时候退休的，退休前做什么工作，他只是从陈文魁的登记表里得知其已退休。从他那脸色，从他倒茶的双手看，肯定不是第一线的工人。他说话沉稳，一看就能察觉出是个见过世面懂情理的人。陈荣焦惊愣之后说："徐指导员，我家文魁为人诚恳、大度，懂人情也明事理。他春节回家探亲，还有来信常说的，都是热爱北大荒的话，想在那里干出点事业来，一般情况下不应该得这种病，即使为对象不和他相处了，也不至于……"

"就是啊——"陈文魁母亲在一旁簌簌地落开了泪，"我家文魁怎么会得这种病呢。"这位老人要比陈荣焦要小几岁，是位很淳朴的老人，没有名字，因为姓李，嫁给陈荣焦后大名就叫陈李氏，身板、长相和举止很像农村那种小庄户人家，一副经不住风雨的样子。

"老人家，"徐亮瞧瞧陈李氏又瞧瞧陈荣焦说："和你们说的一样，连队里的领导和知青包括家属们对文魁的印象都很好。我觉得，主要是文魁这小伙子太痴情了，为人太诚恳，一时经不起打击变得失常了。""我想问问？"陈荣焦皱起了眉头，"那个叫黄春雁的姑娘能换我儿子的上大学指标，家里有什么背景吧？是不是有后门？"

"这一点我可以打保票，没有，也是工人家的孩子。"徐亮喝了口茶水，说："老人家，没有，姑娘是咱省城的下乡知青，也是文魁的同学，爸爸早逝，跟着妈妈长大。"陈李氏边哭边问："这孩子的妈妈是个什么样的人？"

"街道办事处的一个大集体工人。"徐亮放下杯子，身子也暖和了些，"肯定没什么背景。这一点我敢打保票，先是他俩人情愿提出来的。"他说着现出一副很诚恳的样子！"我不会当两位老人说假话的，他俩换上大学的指标，是黄春雁和陈文魁两个人一起找的我，我当时不同意，当时，文魁比黄春雁恳求的还诚恳。""哎，自作自受！"陈李氏擦擦眼泪说："徐指导员，我儿子这不是傻透腔了吗？"

"老人家——"徐亮愁苦的脸上，稍稍有了点笑意，他说，"像你我这个年纪都不大懂现在年轻人恋爱的事情了……""懂不懂，她这个姑娘也太没有良心了，"陈李氏说着又掉起了眼泪："你看着，我儿子要是治不好病，我就赖着她，让她养我儿子一辈子……"

"唉，行了，行了，"陈荣焦叹口气，"要是真是两个孩子谈恋爱的事情，当老人的就没法去说了，"他停停问："徐指导员，你可要为我们做主，说的可是真的呀？"徐亮挠了挠头，一脸真诚的样子，说："老人家，我说的没有半点假话，二位老人家要沉住气，我这次来是和你们商量商量下一步怎么办。"

"徐指导员，"陈李氏一听，似乎没法再发泄了，问："我儿子到底疯到什么个样儿了？""老人家，我刚才不是说了嘛，"徐亮往陈李氏那边挪挪身子说，"情绪暴躁，时哭时笑，有些不怎么认人，但是呢，有时脑子里好像还清楚，也认人。眼前的事情比较清楚，记住得多一些。"

"呜呜呜——"陈李氏再也忍不住内心的悲伤，突然放声号啕大哭起来，"我这小儿子最懂事了，大儿子在外地，我们还指望着他养老呢……我的儿子……呀……""事到如今，着急哭也没用，"陈荣焦倒是比较冷静，劝老伴说："别哭了，要紧的是看看怎么办，怎么才能想法把儿子的病治好。"

"就是——"徐亮一听，心里算是不那么乱了，"我也是这么想，这次来，也是这个意思。"他把着陈李氏的一只胳膊说："老人家，咱们共同想办法，想办法把文魁的病治好，农场也会尽力的。""徐指导员，"陈李氏双手紧紧抓住徐亮的一只胳膊，流着眼泪乞求地说："我们一个老百姓，老头子又退休了，能有什么办法，你就行行好，救救我儿子吧！"

陈荣焦在一旁紧接着问："徐指导员，你什么时候回去，我们跟你一起去。""二位老人家，你们先听我把话说完，"徐亮说，"我在连队临来的时候，和连队里其他领导商量了，如果你们同意，咱们一起回连队看看，准备抓紧送文魁去精神病院治疗——"

陈李氏听到这里，急不可待地截话，"行啊，徐指导员——"她说着摇摇徐亮的胳膊说："那就快点儿吧。""老人家，您别着急，"徐亮扶一下陈李氏的胳膊说："我和连队里商量的几个人都觉得，文魁主要是受精神刺激，如果黄春雁知道了文魁因为她得了精神病，能有良心发现的话，积极配合治疗，文魁会恢复得快一些。"

"有道理，"陈荣焦叹口气说："哪怕她假装和文魁恢复要好。文魁病好了，咱们慢慢做工作，再让她疏远，我们敢说，凭我儿子的为人和能干劲儿，找个好对象还不难。""好啊，好啊，"陈李氏没有眼泪了，眼前好像由黑见到了亮光，"徐指导员，咱们怎么去找那个叫黄春雁的姑娘呀？"

徐亮回答说："我准备到农业大学去找她好好谈谈。""我也去吧——"陈荣焦忙说："一起和她好好谈谈，咱们算是求她，也不责怪她，我想就是铁心肠的人也会吐口的，就是石头也会开花的。"

"我也去，"陈李氏挪开两只手，眼巴巴瞧着徐亮说："就算我老婆子求她了。""我看行，"徐亮心情松弛地说："我先找个旅店休息一下，等晚上学校里没课了，我来约你们，咱们就一起到宿舍找她去。"

"指导员，你看，我们这个家太寒酸了！"陈荣焦用手点着，说："不好躺不好坐的，我们就不留你了。"徐亮又说了几句安慰的话，才安心地告别了两位老人。

走出楼口，徐亮疲惫不堪地就近找了个小旅店住下，身子一着床，就打起呼噜来，但他很快又一骨碌坐起来，忙看看手表，又瞧瞧天色。他想起杨金环搭车到场部时的情形，心里琢磨，这个杨金环是个好心肠的人，又有个抓理不饶人的性子，她要真缠住杜主任无奈了。说不定杜主任一气之下真派个人来找学校，这步棋就走不成了，又一想，即是派也没这么快，他想到这里，又看了看窗外，盼望着天能早点黑下来。

第二十章

"大姐，你——"黄春雁正躺在床上书，随着推门声一仰脸，正好和杨金环的目光碰到了一起，心里一怔，惊诧地坐了起来，"你，怎么找来的呀？""想不到我会来吧！"杨金环想笑脸，想和风细雨地去说，可她怎么也掩饰不住自己的激愤，她一见到黄春雁，脸色更难看了，但她还是冷静地说："我来找你，有件重要的事情要告诉你。能不能和我到外边坐坐？"

同宿舍的几个同学见两个人生冷的会面，都觉得奇怪，特别是这个一看就是乡下女人的杨金环，带进来的一身冷气——那气势，那口气和神态像是来找事儿打架的。"雁子，是你姐？"从农村知青中推荐来上学的林阿妹凑到黄春雁跟前问："怎么不给我们介绍介绍——""我不是她姐！"杨金环刚才进校门时的那种感觉又涌上了心头，像是对黄春雁，又像是对这些城里人的一种成见，没好气地说："我也没有这个妹妹。"

黄春雁被杨金环的话弄得很尴尬，一时不知如何是好了。她倒没十分在意这个是不是"姐"的问题，脑子里轰的变成了一片空荡荡，自己在问自己：发生了什么事情呢？是杜金生那边？还是陈文魁那边？

杨金环盯着黄春雁，见她站在床边，犹豫不决的样子，又瞧屋子里的人都用怪怪的眼神看着自己，就催促："走啊！"黄春雁努力镇静住自己，断定肯定不是什么好事儿，出去呢，看杨金环这气势汹汹的样子，怕自己吃亏。她知道，像杨金环这样善良、耿直的人，脾气一旦暴躁起来非常鲁莽。要是撞到谁，谁就够戗，黄春雁想到这里真有点儿怵她。

"走啊！"杨金环见黄春雁还是不动，她就上前用手拉了一下黄春雁的衣袖，没好气地又催："走啊……""你别拉我！"黄春雁矜持着，为了在同学面前不示弱，也没好气地说："我不认识你，跟你没什么好说的！"说完坐在了床上。

在场的人见杨金环这么风风火火，大有耍泼的态势，又见黄春雁这个态度，都凑了过来，林阿妹身子一挡，站在杨金环面前，不冷不热地说："你是哪个屯子里来的，怎么？还要撵到我们宿舍里来打仗？"杨金环拨拉一下子林阿妹，像没听进她的话一样，憋在肚子里的火直冲黄春雁喷发而出："行啊黄春雁，长本事啦——不认识我？啊？你在我们家吃的饭，喝的酒，都进狗肚子里了？"她说着直往前凑乎。

"喂喂喂——"林阿妹眉头一皱，跨上半步又隔在杨金环和坐在床沿上的黄春雁之间，"你冒冒失失来我们这里撒什么野呀？吃顿饭、喝杯酒，肯定也是你情愿的，有什么了不起的……""就是呀，你要干什么？""有理说理呀，干什么气势汹汹的?!"其他几个同学也有些看不下去，就七嘴八舌起来，"胆肥了，跑到大学里来找刺儿！"有的在一旁干脆说："雁子，有理说理，她不敢怎么的，有我们呢……"

"你们知道个啥！"杨金环向众人抢白一句，又冲黄春雁去了，"我问你——"她的怒气已经冲到了脑门的顶点，说着又环顾了一周，对身前身后的女同学说："你们也听着！"然后又把脸转向黄春雁："你顶替了男朋友陈文魁的上大学指标，一进大学门就把陈文魁给踹了，你还讲不讲点儿良心了，啊？你当着你同学们说说吧。"

杨金环说话时，两眼喷射出的不像是目光，而是两股呼呼燃烧着的怒火。

"顶不顶我俩愿意，领导批准，踹还是分手，那是我和陈文魁的事情——"黄春雁见打抱不平的同学们都瞧着她，脸上像没了面子，呼地站起来，气势汹汹地指问杨金环："冷锅里蹦出个热豆来，你算干什么吃的！""干什么吃的？"杨金环看见黄春雁撒起泼来，心头的怒火儿更旺了，她伸手去抓黄春雁，黄春雁往后一闪身子，躲藏到林阿妹的身后，有两名同学忙跨过来，把杨金环挡住了。杨金环暴怒了，双手撕扯着众人往前闯，又指着黄春雁，气得两眼冒金星儿，喘着粗气说："我今天就是来教训你的，走，有胆量就跟我去见你们的校长去——"

"去就去——"黄春雁强装不示弱："我怕你呀！""好啊——"杨金环伸长着右胳膊，手攥成拳头，使劲儿点划着黄春雁，"你把一个好好的陈文魁气得一下子得了精神病，你还在这里装腔作势，你算个什么东西！"

"精神病"三个字像一枚炸弹在黄春雁的心窝里炸响，只觉得脑子里"嗡"的一声，她不敢相信自己的耳朵，呼地一下站起来，上前问："你说什么，大姐——文魁得了精神病？""对啊！"杨金环已经上气不接下气，"难道你没有责任？还这么嘴硬……"

林阿妹等人都大吃了一惊，把惊愕的目光都集中到黄春雁的脸上。只见黄春雁脸色一下子变得雪白，嘴里直念叨："你可别来吓唬……"

这时，门被推开了，徐亮领着陈文魁的父母急匆匆地走了进来。徐亮抢上两步接话说："黄春雁，你大姐不是吓唬你，是真的，陈文魁真的得了精神病。""怎么，文魁得了精神病？"黄春雁吃惊地扑上来，紧紧抓住徐亮的胳膊，眼泪止不住地滴了下来，她急切地问："指导员，是真的……是真的吗？"

"姑娘啊，你救救我的儿子吧……"陈李氏颤抖着双手，来到黄春雁的面前，"扑腾"一声跪在了地上，"我给你跪下了……""大娘，大娘……"几名女同学被陈李氏这一举动惊呆了。陈荣焦和徐亮赶紧上去把老人家搀扶起来。

黄春雁整个身子像是被悬在半天空，一时无靠无落似的，她"哇"地一声，委屈地扑到了杨金环的怀里，咧着嘴哇哇地大哭起来。杨金环没有反对，只是随黄春雁怎么抱就怎么抱，木偶似的昂首斜眼望着墙角，眼里含着泪水。

"春雁，走，"徐亮见黄春雁又哭又嚷的，怕影响同学们休息，就对黄春雁商量着说："咱们到外边找个地方去说去。""没事儿？"林阿妹像明白点什么似的说："大黑天的，外边到哪儿去呀。你们在宿舍里说吧，我和同学们去阅览室。"她说完，向同学们一招手，同学们都随她像一群小燕子似的一起飞走了。

见同学们走了，黄春雁抹了一把眼泪，心情似乎也沉静下来。她离开杨金环，低着头坐在了床沿上，扔是抽泣着。杨金环站在一旁咬着嘴唇，不时地用目光白儿眼黄春雁，几次刚要冒火，说些什么，都被徐亮用手势和眼神压住了。陈荣焦扶着老伴儿坐在黄春雁的对床上，干嘎巴着嘴，不知说啥是好。陈李氏握着老头子的手，用乞求的目光看着黄春雁，随着黄春雁一声一声的抽泣，她想着儿子在千里之外，大雪嗷天的还不一定是啥模样，心里一阵比一阵难过，鼻子一酸，泪水又夺目而出……

"大娘，别太着急，身子骨要紧呀！"徐亮劝说着陈李氏停止了哭泣，然后，他摘下头顶上的棉帽子，用手向后拢了拢头发，清了清嗓子，对黄春雁说："春雁，你也别再哭了——我们来——"徐亮尽量用商量的口吻说，"是想和你商量商量，文魁病成了这样，疯得谁的话也听不进去了，怕是一时半会好不了。卫生员老张说，文魁的病刚得，如果治疗的及时，方法得当，兴许能好起来……他在部队时，就遇到过……后来那个战士在对象的照顾下，真的就好了——我们商量……你最好是回去一趟……"

黄春雁像没听见徐亮在说话似的，大哭一阵，小哭一阵，抽泣声中，好像隐隐说了一句"对不……起……文魁……""对不起就算完了，说得轻巧。"杨金环终于忍无可忍，上前指着黄春雁："告诉你——黄春雁，陈文魁的病是因为你得的，你必须要负责任，必须跟我们回连队……你可不能丧良心……"

"杨金环，你有话能不能好好说……春雁又没说她不管。"徐亮见杨金环的脾气上来了，忙上前把她拉到一边，责备说："你别在火上浇油了。""是啊！"陈荣焦也赶紧站起来，和气地说："他大姐，事已经都出了，咱们都消消火，商量着来，商量着来。"

"人都病成那样了，还商量个……啥。"杨金环没等把话说完，泪水就涌出了眼睑，她噎咽着，说不出话来。"哇——"黄春雁又哇地哭声来，并且哭得好悲伤，"……文魁，我对不起你……我也对……对……不起……自……己……"但不管怎么悲伤，丝毫没有回去配合治疗陈文魁精神病的意思，哭到激烈的时候，脸颊还有点儿轻微的抽搐。

"这怎么是好，怎么是好！"徐亮一见黄春雁的样子，像要哭抽过去似的，一时没了主意，急得团团转。"哭死了才好呢。"杨金环嘴上骂着，人却忙上前把黄春雁抱在怀里，边用拇指摁她的人中，边对徐亮嚷道："傻愣着啥——还不快去叫校医来!?"

很快，值班校医就跟着徐亮来到了宿舍，接着班主任也急呼呼地从家里赶来了。女校医见黄春雁脸色苍白，两片唇瓣毫无血色，眉宇间隐现出痛苦的神情，又用手翻开看了一下黄春雁的双眼，看过后，放心地说："没大事，她这是精神上受到了刺激，让她安静一会儿就好了。"

班主任也是个女同志，年龄比徐亮大许多，她听完了徐亮简单介绍后，很不满意，大发感慨地说："顶换上学指标，是两人同意，经过农场两级组织批准的，至于是不是背信弃义、上学进城踹了男朋友，这是个人道德或者说是最初的恋爱还是没有深厚的基础，这问题别人是无法说清楚的！也是别人不该干涉的。""那是那是……"徐亮早已被黄春雁的举动吓坏了，他连连点头称是。

"我倒不这么认为，你们知识分子就会夸夸其谈，也太没有人味儿了，"杨金环极度不服，接过话茬儿，反问："放在你们身上试试？""男女恋爱自由……即使是黄春雁引发的，也有个人心理素质问题，如果说黄春雁有责任，现在是学校的学生了，学校有责任引导、批评和帮助，农场和家长方面也不应该强制要黄春雁做什么……"班主任说完，看了一眼杨金环，表情既严厉，又认真地说："要是把黄春雁逼出个好歹来，恐怕谁也负不起这个责任。"

杨金环等人对这番话听来有理，又觉得似乎无理的东西一时难以言对，见黄春雁这种情况，这种态度，等下去也是没有多大意思了，就告辞了。

从宿舍到校门口这段距离，几个人谁也没有再出声，默默地踏着地上的积雪走着，走着……

"春雁——"林阿妹和同学们并没有去图书馆，等杨金环他们离开宿舍后，立刻从旁边的宿舍簇拥着跑回自己的宿舍里围着黄春雁。林阿妹关心地问："你那个男朋友真的得了精神病？""听他们说是。"黄春雁强打精神，坐起来，说："我刚才说的你们都听着了，上学的指标开始是我男朋友，我来也是……"她说到这里嘴有点儿打摽，一犹豫，只好硬着头皮说了句谎话："也是群众推荐，领导批准的呀，要不，我怎么能来的了？"

黄春雁为了要自己的面子，极力在讲些能让同学们同情和理解的话，"我和男朋友是很要好，他对我也不错，临来前我从他口气里知道，毕业了希望我能回去，他想一辈子落户在那里，我实在是不想回去了，怕时间一长耽误了他，长痛不如短痛，就给他写了一封不再来往的信……"林阿妹旁边一位同学说："小雁子，你可别忘了咱们是'社来社去'的大学生呀！"

"现在的形势一年一个样，四年以后谁知道什么样呀，"黄春雁说着下了床，从晾绳上拽下了自己的湿毛巾，擦了擦脸上的泪痕，"就是让我回去——我也不会回去。"她见大家都用惊奇的眼光瞧着自己，笑了笑，说："到城郊农场、农村不也行吗？""雁子，你和我想得一样"又一名身材苗条瘦小的同学说："我也是北大荒农场来的，对了，我们那儿是劳改农场，说是让我们接受贫下中农的再教育，那里哪有几个贫下中农呀，几乎都是些刑满释放的劳改犯。去的时候，说是要把咱们培养成无产阶级革命事业接班人，还说大有作为，我都不符合这两个条件，实在受不了，毕业也不想回去了！"

"再说了，干革命在哪儿不一样干。"黄春雁见同学们都这样理解自己，心情宽慰多了，话也多起来，说："在北大荒这几年，四处也没个地方去，不是荒草甸子，就是烂泥坑，我就和同伴们在连队四周走一走，看着连部、营房和场院，随地乱扔，任凭风吹日晒锈坏了的农机具，我忽然就想，生产这些物资的工人农民，当年在创造它们的时候，多半心里充溢着一种崇高的热情。也许，为此他们还熬红过眼，晒脱过皮，甚至还牺牲了生命！他们哪里想到，这些浸透着热汗，灌注忠贞理想的'砖瓦'，如今却被扔掉，成批成批废弃在荒原上，那么我们人呢？这个万物中最宝贵的，人的遭遇和命运呢？不也就是一些会说话的'砖瓦'？说是扎根边疆，好像我们不来，地球就不转了，实际都是在那里虚度着青春……嘻！不说了。""我看也是——"林阿妹松口气说："你看农场来的那些人，气势汹汹的，我以为怎么了呢，谈恋爱这玩意儿是两厢情愿的事情，不能剃头挑子一头热，别说恋爱关系呀，就结婚了，志不同道不合还可以分道扬镳呢，何况你是这种情况呀，雁子，没啥，刚才我在门口听着了，系里和老师都很同情你，你就好好学你的习，别当个事儿似的。"

"哎——"黄春雁叹口气，"我那个男朋友对我很好，其实我心里真是为他好，谁知道他小心眼到这种程度，会出这种情况，这毕竟和我有关系呀……""还是怨他自己。"林阿妹不屑一顾的样子说："人家那么多搞对象的谈着谈着黄了，怎么没得精神病呢，等有适当机会关心关心他，尽些心思也就行了。"

"谢谢同学们。"黄春雁让林阿妹和几位同学这么一说，加上系里领导和老师都这么说，自己也就宽慰了一些。她见时候不早了明天还有课，就说："真不好意思，耽误大家休息了——睡觉吧。"

同学们很快就进入了梦乡，黄春雁却是怎么也睡不着，用被捂盖住头，在被窝里不住地，无声地淌着眼泪，脑海里一遍遍翻腾着陈文魁的影子，和他在一起的每一幕情景，每一个细节都被回忆仔细地挑选出来……

黄春雁的心像被刀绞了一样，疼痛难忍——这一切是我黄春雁的过错吗？

夜，静得出奇，连星乱的雪花碰撞玻璃窗的轻微响声，都听得清。这让黄春雁想起杨金环和徐亮他们几个人来。她猜想，他们出了校门，刚好能赶上最后一班公共汽车，然后杨金环和徐亮先把陈文魁的父母送回家，接着就找个旅馆休息下来，明天乘上午十点钟去农场的火车——不！还有一趟火车，是半夜两点钟的。杨金环和徐亮一定是坐那趟车。说不定两个人此时已经到了火车站，再等车呢？候车室里一定很冷……她想。

第二十一章

　　武解放背着一个沉甸甸的挂包，急匆匆地穿过马路，然后拐进百货大楼边上的一个小胡同。一对青年男女正焦急地在一棵大杨树下张望，瞧见武解放出现在了胡同口，忙迎了上去。

　　"哎呀，"男青年抱怨说："让我们好等。""好饭不怕晚吗。"武解放来到男女青年面前，放下肩上的挂包，嘻嘻哈哈地解释："你们定做的这两套新婚衣服，我们可费老劲儿了，请你们多给我们宣传宣传。"他说着拉开挂包，从里面取出衣服，用双手抖开，"满意吗？"

　　"满意满意！"女青年从武解放手中接过衣服，在身上照量了一下，喜欢得连连说："谢谢了，谢谢。""不错，真不错！"男青年也接过一套衣服，一打眼就乐呵呵地说："我们回去保证为你们多多宣传。"

　　"好，那我就先谢谢你们了。"武解放兴冲冲地说完，机警地向四周瞧了瞧，见李瘸子正在树下和两位买衣服的顾客做着交易，胡同口又涌来几个陌生人，就提醒青年男女说："快收起来，别让人给没收喽。现在抓得可邪呼啦。"他说着拉好挂包，一起身，突然发现丛娟娟和一个戴眼镜的男子并肩漫步走向老杨树，恰好丛娟娟转脸和那男子说话，停住了脚步，武解放深深吸了口气，抿紧嘴，狠狠瞪了丛娟娟一眼，拎起挂包就要走上去。

　　这时，身后呼呼跑来两名戴着"纠察队"红袖标的汉子，一个奔向了李瘸子，另一个直接来抓武解放，武解放见势不好，撒腿就向胡同深处跑去，很快就没了影。纠察队员落下好一段距离，见武解放没了影，就停下来，站在路边喘着粗气。

　　"是他……"丛娟娟发现拎包逃跑的武解放一惊。"怎么了？"彭大诚朝武解放逃跑的方向看了一眼，问："你认识？"

　　"认识，剥了皮我也认识他的骨头。"丛娟娟冷蔑一笑，对彭大诚说："我们下乡在一个连队，他是个混小子，不要户口了，回城里来搞这种投机倒把行当。"彭大诚若有所思地点点头，然后，他对丛娟娟说："娟娟，我还有点事，我们就在这分手吧，明天我给你打电话。"

　　"好吧——明天见。"丛娟娟恋恋不舍地与彭大诚分了手，一个人走了。

　　武解放见纠察队走了，就从胡同里走了出来。躲在一边的彭大诚迎了出来，武解放拎着挂包凑了上去，"同志，买不买不要布票的衣服，就是你们知识分子穿的中山装，特棒！"彭大诚笑了笑："看看。"

武解放向彭大诚一甩头，彭大诚会意地跟着他来到一个隐蔽处，武解放从包里拿出一件银灰色中山装上衣，展示着问："怎么样？""多少钱？"彭大诚眼睛一亮，很喜欢地接过来，"真不错。"

"八块五毛钱。"武解放没有迟疑，张口说："多便宜啊！"彭大诚脱下棉大衣，把中山装穿在了身上，试了一下很得体，便掏钱："小伙子，刚才那个纠察队抓的是不是你？"

武解放一怔，仔细瞧了瞧彭大诚，"你——"彭大诚从裤兜里递出了十块钱，递上，见武解放吃惊地看着自己，就笑着问："我怎么了？"

武解放接过钱，不冷不热地说："是你和丛娟娟在一起压马路的吧？""小伙子，"彭大诚笑了两声，认真地说："什么压马路压马路的，一个单位的，顺道走在一起了，怎么，听说你俩是下乡在一起的？"

"哼。"武解放不怀好意地看了一眼彭大诚，气呼呼地回答："不光在一起，还搞过对象！""噢，"彭大诚知道对方在有意用话气自己，但他并不在意，还是面带笑容地说："还搞过对象？不是处黄了吗？"

"她是不是说我坏话了？"武解放自知丛娟娟不会说自己的好话，就解释说："她狗嘴里吐不出象牙来，你别听她瞎扯。""没有，没有，"彭大诚连忙摇摇头："她只是说你户口都不要就跑回城里了。"

"嘿，"武解放一听更来气了，接话说："她还舔脸说呢，她没说我为什么不要户口了吧？"彭大诚笑着说："这么说，和你俩闹的不愉快有关？"

"没什么，没什么。"武解放突然像醒悟似的，就没再说下去。彭大诚却问："这么说，是她返城不要你了？"

武解放一时不知如何回答，就顺口说："是她不要我了，也是我不要她了。""小伙子，"彭大诚拍了拍武解放的肩膀："有个性，有个性……"

"同志，没有零钱。"武解放把接过来的十元钱放进衣兜里，抱歉地说完，又说："你在这儿等一会儿，我去破点零钱去。"彭大诚倒爽快地说："没有就算了。"

"不行，"武解放连忙说："那可不行。"彭大诚拎着衣服："这衣服料好，手工也好，我很中意，就这样吧！"他说完转身走了。

"等等，"武解放刚要追上去，又来了一个位买衣服的客人，武解放就冲着彭大诚喊道："我去破零钱——"彭大诚回头，向武解放招了招手："算了，算了——"

武解放一边接待着顾客，一边目送着彭大诚离去的背影。

夜，天空又飘起了雪花，晶莹的雪花，像在着意涂抹一切生灵的色泽，飘飘扬扬。惟有不时穿过街区的车灯，还能搅动出生命的几片灵光。

武解放背着空挂包，拖着沉重的脚步向家走着，地上的积雪被踩得"嘎嘎"直响。他来到大门前，取出钥匙打开门，进了院子又把大门从里面反锁好，一进屋，瞧见武大勤和郭颂美正挡严窗帘坐在炕上点钱。

"妈，"武解放一看炕上放着一大沓子钱，就兴奋地问："咱们挣这么多钱了。""解放，"武大勤从炕上拿起钱，在手上掂量掂量，让武解放猜："你猜有多少了？"

"我看——"武解放从父亲手中接过钱，也掂量掂量，然后笑着说："足有五千多块？""放儿，"郭颂美喜滋滋地小声说："七千八了！"

"哎哟，"武解放放下钱，惊叹道："这么多了。""放儿，就这么干吧，"郭颂美掩饰不住内心的喜悦："钱挣多了，爸爸、妈妈领你回咱们山东老家。把祖上留下的那几间房子修一修，一色红砖青瓦。什么户口不户口的，咱老家农村不讲究那玩意儿，给你找个漂漂亮亮的媳妇，那说媒的还不踏破门槛呀！"

"要回去，你们娘俩回去。"武大勤收拾起炕上的钱，交给郭颂美："我是不回老家去了，人多地少，日子太难混了，有钱娶个媳妇，就是两个人都没户口，买点黑市的粮吃能用几个钱——""爸、妈，瞧你们，都说什么呢，"武解放坐在炕头上："眼下是还得好好干，不要说那些没边没沿儿的事儿，对了，妈，我有窍门儿了，你能做多少，我就能卖出去多少。"

"你小点儿声，"郭颂美赶紧下炕，来到窗前，听听窗外的动静："什么窍门儿？""听我说。"武解放一伸舌头，笑了，随后在郭颂美的耳边小声嘀咕了一阵儿。

"好儿子，"郭颂美听完，乐得合不上嘴，一拍武解放的肩膀："我看行，就按你说得那样，准没错。""你们娘俩神道道的，又在搞什么鬼。"武大勤在一旁说完，见郭颂美和武解放都没有接话，就问："有什么秘密？说出来听听。"

"这可是军事秘密。"武解放说着，瞧见父亲一脸的迷惑，怕他着急，就又说："到时候你就明白了。""放儿呀！你跑了一天了，饿坏了吧。"郭颂美说："妈这就给你做饭去……"

郭颂美说着就去了厨房，一会儿又折进里屋，对武解放说："要说呀，娟娟那个姑娘给咱武家做不了媳妇怪可惜的！那姑娘怪精灵的。""有什么可惜的！"武解放在炕头躺着，一听忙坐起来。

"倒也是。"武大勤坐在炕沿边，抱着双手，他寻思了一会儿说："不光机灵，还会说话会办事儿，已经成国家干部了。""要是身上没有乱七八糟的事儿多好，说话像脆萝卜似的，"郭颂美从心里喜欢丛娟娟，仍不死心地说："再说，主意正，找这么个媳妇能顶起门户来。"

"妈，"武解放下了地，在地当中走了两个来回，心烦地说："别提她了，好不好，我心里有数，不知道怎么的，现在，一提她，我从心里往外恶心，再说，她又找对象了。"

"找对象了？"郭颂美见儿子心烦，也不打算再说下去了，刚要去厨房，听武解放这么一说，忙停下脚步，问："哪个单位的？""农科院一个戴二饼子的。"武解放没好气地回答。

"哟，"武大勤瞧着武解放，哟了声，说："行啊，她丛娟娟挺有本事啊，还是个国家干部——不知人咋样？""我见过，那人不错，挺沉稳，"武解放一本正经地说："我不是说，就丛娟娟那个浮精神劲儿，弄不一块儿。"

"可能人家还不知道她的老底儿……"郭颂美还想说些什么。"妈，别提她了。"武解放赶忙打断，催促说："快去做饭吧！我爸和你还得连夜做衣服……"

快中午时，杜金生接到了徐亮和杨金环从农场驻县城办事处打来的电话，一个说，看来让黄春雁回农场配合搞精神治疗没有希望，另一个说，看来让学校退回黄春雁也没希望，城里的那些老师、学生都不怎么讲理。杜金生一听倒是从心里往外高兴，他心里的为后患担忧程度大大降低了，非常热情地嘱咐徐亮一定招待好陈文魁的父母，让办事处给安排饭和休息的房间，让他们吃完饭等着，他马上安排车去接。

陈文魁的父母跟普普通通的老百姓一样淳朴善良，当官儿的给点好处、给点热情就感动得不得了了，加上杨金环和徐亮单独为儿子的事情来，这么尽心，这么陪着，悲痛之余稍稍冷静一下，又觉得过意不去了，何况自己的儿子是和黄春雁两个人的事情，和人家又有什么关系。当初听到消息的悲痛，见到黄春雁的不愉快，便烟消云散。他们吃完饭，正在办事处招待所的房间里休息，办事处主任来喊，说是接他们的车子到了，来的车，竟是杜金生坐的北京吉普。

当听完徐亮说这样的车是从祖国的首都，毛主席居住的地方，也就是红太阳升起的地方开来时，两位老人更加感动了，好像是这一辈子能坐这样的车也就满足了。

时近傍晚，徐亮和杨金环带着两位老人坐着北京吉普车向八队开去。漫山银装素裹，闪着寒光。这里的环境除使两位老人感到比城里冷得多外，似乎连心里也感觉到了寒气，冷得是那样空旷，好远好远不见一个村落，就像掉进一个大冰窖里一样。两位老人想看车窗外看不见，用手指暖开玻璃上的冰霜，只见雪地在摇晃，远山在摇晃，挂满雪花的树也在摇晃，心里禁不住在呼喊："儿子，我的儿子文魁呀，你在哪里？你在哪里呀——还有多远呀——"

吉普车总算进了队区，然后直接开到了试验室的门口。徐亮先下了车，随后杨金环把两位老人让下车。徐亮走在前面先推开房门，随着一股热气扑来，陈文魁的母亲先抢一步迈进门槛，一眼就看见陈文魁蜷曲着身子，头朝墙躺着，听到声音半睁开眼瞧着进屋的人开始发愣，陈李氏急忙扑上去，双手拉住陈文魁的一只手，呼唤着儿子："文魁，文魁——"

"看谁敢抓我！"陈文魁竟无表情地愣着，见徐亮等人都凑了上来，忽地坐起来大喊："你们要干什么，要干什么？""文魁，文魁——"陈李氏被陈文魁甩开了双手，接着又伸出去说："我是你妈妈呀，我的儿子，我是妈妈呀——"

"妈妈——"陈文魁哈哈大笑起来："妈妈算个什么——""文魁！"杨金环凑上来说："是你妈妈，是生你养你的妈妈呀。"她又指指陈李氏身后，"你爸爸也来了，都来看你来了。"

陈文魁说："我不要他们看，徐……徐要和我去种'蛤蟆头'。"这时徐亮站在身后拿着一条带烟叶的卷烟纸往前凑凑说："文魁卷烟卷得好，卷得好，来一支吧？文魁——"

陈文魁一听咧着大嘴笑起来："卷就卷一支——"说着接过烟纸卷了起来。他刚一卷好，徐亮急忙划着火柴给他点着，陈文魁抽一口，然后拍着胸膛向众人说："怎么样？卷得好吧？卷得好吧？"

陈荣焦、陈李氏两位老人瞧着儿子眼睛发直和呆板的面孔，听着说话那发硬的口气，眼泪止不住掉了下来，又都赶忙偷偷地擦掉。陈文魁又猛吸了一口烟，突然站起来下炕穿上鞋对徐亮说："走，种'蛤蟆头'去，走——"说着就往外冲。

徐亮等怎么也拉不住，也就都紧跟着陈文魁出了屋。

落日的余晖洒满了雪乡北大荒，在皑皑白雪的辉映下，那落日显得更加耀眼了。没有风，一切都是静止的，不远处的那片桦树林被夕阳衬托得格外醒目。

陈文魁穿着杨金环给他的棉衣、棉裤，鞋没有系带，咯吱咯吱地踏着路上的积雪朝那片桦树林走去。"文魁——文魁——"杨金环从后面追了上去，给陈文魁戴上一顶棉帽子，劝说着，"快回去吧，现在不能种'蛤蟆头'，等到明年春天才能种呢。"

陈文魁急了，一转身从柴禾垛旁捡起一根长长的木棍举起来，就要打杨金环，嘴里说道："看谁敢不让我去——"杨金环忙躲闪开。陈文魁又向跟上来的徐亮等人打去，徐亮等人只好向后闪着跑开了。

"哈……"陈文魁见大家都后退了，一扔棍子哈哈大笑一声，大摇大摆地朝桦树林走去，边走边唱：

> 我的心疼得好厉害，
> 你们不要去请医生来，
> 因为我不是病，也不是灾，
> 这是情妹妹她留下的恨，
> 这是情哥哥我痴情的爱，
> ……

陈文魁在前面走，徐亮等人只好在后面跟着。徐亮说："从表现和记忆看，陈文魁精神分裂不算严重，对过去事情的记忆较差，眼前的事情记得还有一些……""指导员——"陈李氏哑着嗓子，问："这孩子还有救吗？"

"我看有救。"徐亮回话说："我们农场有一名同志因为提拔的问题受到刺激，大概也是这样，住了三年院就好了，现在还上班了呢。""指导员"陈李氏哭着说："那就赶快给孩子送医院吧！"

"好啊，我回去帮着准备准备。"杨金环说完又对陈荣焦说："你们二老也去吧，文魁的行李什么……咱们一起去收拾收拾然后和场部要车。""行——"徐亮指指陈文魁，说，"你们去吧，我跟着他，慢慢地把他哄回来。"

"我去吧。"陈李氏踉跄着紧走两步，差一点摔个跟头。"老人家——"徐亮上前扶住陈李氏，说，"恐怕你去不行，你没看出来吗，一说他卷烟卷得好，他就高兴，我去，说和他种烟，再和他卷烟，慢慢就能哄回来，你们先回去吧，放心，我看文魁的病能治好。连队一定会不惜财力和人力的。"

陈李氏双手颤抖地抓着徐亮说："把我孩子治好了，我老婆子冲着南天门给你磕三个响头。"陈荣焦在一旁，也感染地说："能治好，走，那咱们就快回去准备准备吧。"

"你们走吧。"徐亮望了一眼陈文魁那在雪地里蹒跚的背影，对杨金环几个人，说："我去陪文魁负责把他带回去。"说完大步朝陈文魁追去。

陈文魁正大摇大摆地向白桦林走去。

残阳如血，灿烂的光芒映照着小白桦林，那亭亭玉立的一棵棵白桦树那样俊秀，那样挺拔，根本就没有一点点怕冷的样子，真容易使人联想起像林中的一群少女穿着雪白衣服，戴着雪白的帽子，不像老柞树那样，身子更黑了，也不像老柳树那样，身上苍老的皱皮更皱了，而是在以独有的美姿在傲视着严寒，展示着她美丽的身姿。

陈文魁边唱边走，直接来到了那棵被剥掉了皮的桦树旁。他双手把着树干，瞧着自己在剥掉皮上画的那张黄春雁的肖像，哈哈大笑两声，上去亲了一下，然后缩回头哈哈大笑几声，又去亲几下。他亲着亲着，想起了什么似的，用手点划着一个树眼上凝固的一个油脂条嘿嘿笑着说："哭了，小雁子，你哭了？哭什么呀……哈哈哈——哈哈哈——"

徐亮蹚着雪壳子走过来，他拿着一张撒有烟叶的卷烟纸说："文魁，你现在真棒，卷的烟比我卷的都好啊！""那就来一支！"陈文魁高兴地转过头来，走过一步接过烟纸，"我本来就比你强，比你强！"

陈文魁刚卷好，徐亮马上划根火柴给他点着说："文魁，这么样吧，跟我回家我给你一口袋烟，再给你一沓子卷烟纸，咱俩比比，看谁卷得好，看谁卷得快，敢不敢比？""敢不敢？"陈文魁使劲吸了口烟，说："我怕你怎么的……比就比！"

徐亮急忙说："走，那咱就去比比试试！""试就试！"陈文魁似乎脑袋很清醒。

"那就走吧！"徐亮一听，急忙转身往回走，陈文魁一见徐亮不回头地走了，也随着迈开了大步。

残阳收走了晚霞，夜幕轻轻地降临了。

第二十二章

放学的铃声响了。教室，宿舍，实验室，图书馆，像开了闸门的水库，人顿时像涌出来的急流一样，去操场打球的，去食堂吃晚饭的，去浴室洗澡的，人来人往，大喇叭也开始广播了，放着民乐《喜洋洋》，整个校园就像突然起风的海面，翻起波浪。而此起彼伏的叫喊声，嬉笑声，议论声，又似腾跃在浪峰上的片片浪花。

"我去哪儿？"黄春雁不想吃饭，也不想回宿舍。教室空了，只剩她自己。

黄春雁默默地坐在教室里，她望了望窗外，见夕阳还挂在天边，离天黑下来还有一段时间，就打开书，拿出本和笔，做起作业来。但写了一会儿就写不下去了，无形的苦恼就像那顽强的野酸枣种子，有点缝隙，它就钻出坚硬的，尖尖的芽子来一样，又袭上了她的心头。

几天来，黄春雁一直沉浸在烦躁、无奈和内疚的情绪之中，特别是从彭大诚口里知道北方农业大学曾点名建议推荐陈文魁，才更加理解了她是个实实在在的顶替者，而这一切又不是她真心所为。她一遍遍地回忆与陈文魁在白桦树下那情深意浓的情景，在那个月色浓浓的夜晚，她曾几次冲动，想以身相许感谢并铁心永远做陈文魁的妻子。她终于理智地抑制住了自己。后来，事情是那么突变——从让杜金生在吉普车下那样荒唐而难言的糟蹋，到探头列车车窗口含泪呼喊着陈文魁的名字，不，应该说是一种含恨告别；从到大学迟迟不给陈文魁写信，漫漫长夜辗转难眠，到红笔写出绝情书，以至徐亮、杨金环领着陈文魁父母来到宿舍；从同学和老师的为自己辩解争论，以及受从娟娟和学校生活气氛的感染，自己感到就像站在一架平衡木上，经过浑浑噩噩地东扭西歪，甚至险些摔跌下去，如今算是站住了脚跟，情绪日渐好转起来。其实，黄春雁在读高中时就非常渴望上大学，那时候，她学习成绩好，每次考试都是班级的前几名。现在她只有一个想法——要好好学习，争取留在学校或者农研机关。但她还常常躺在床上睡不着时惦想，陈文魁也不知怎么样了，要是真的自己混好了，可以不结婚，可以供养陈文魁，但无论如何是不能再回去了……

黄春雁这么想着，心情又平静下来，教室里只听见"沙沙"的写字声，还有紧张的吸鼻子的声音。"哎！"从娟娟突然出现在教室的门口，笑盈盈地冲着黄春雁喊："大学生，都放学了，怎么还用功——不要命了？"

“娟娟！”黄春雁被丛娟娟突如其来的喊声惊得不知所措，下意识地从座位上站起来。“雁子姐，我一下班就来了，她们说你在教室，我就直接来了。”丛娟娟笑着说着向黄春雁走来，“我来找你，你不会以为我是赖皮赖脸吧。”

“娟娟，”黄春雁不知说什么是好：“说什么呢，说什么呢？”丛娟娟大咧咧地坐在黄春雁前排的座位上，打量着教室：“你来学校这么长时间，我还是第一次进你们教室呢。”她说到这儿，语气酸溜溜起来，“看来，我们这些工作人员，还是比不上你们这些大学生呀，吃住不说，连教室都这么宽敞、明亮呀。”

黄春雁寻思过味来，然后坐下说：“你知道，我也是无意识才得到这些的。”丛娟娟叹口气站起来，又变得阴阳怪气：“当年，咱们在八连铺挨铺是荒友，是知心好姐妹，我赞同你不和陈文魁交朋友了，完全是为了你，没想到，求你陪我和彭大诚坐坐吃顿饭，你凑乎的比我还热乎——”

“娟娟——”黄春雁听出丛娟娟这是话里有话，就坐不住地站起来：“快别这么说呀——”“真拿你没办法，算我小心眼儿。”丛娟娟摁了一下黄春雁的鼻子，一转话题问：“我是有急事才来找你的——你知道不，陈文魁得精神病了？”她见黄春雁像谈虎色变一样，一脸惊慌的神情，又说，“被送进精神病院了。”

“你怎么知道？听谁说的？”黄春雁的身子不由得向丛娟娟凑去。“我亲眼看见的。”丛娟娟活灵活现地说：“省农科院在城郊边上，它附近有个精神病院，还是个汽车站点。前天，我乘大客车上班，大客车在精神病院门口站点停车的时候，我亲眼看见的，是杜金生那个老东西坐的那辆吉普车把陈文魁送到门口的。”

黄春雁急忙问：“都谁来了？”“徐亮，”丛娟娟不眨眼地瞧着黄春雁说：“还有一个老头和一个老太太，大概是陈文魁的父母。”

“知道了。”黄春雁并没有像丛娟娟所想象的那样，目瞪口呆，甚至会当她的面昏晕过去，而是平静地坐下，说：“也是你说的这些人，到我住的宿舍闹腾了一阵子，还说了些不中听的话。”好事儿的丛娟娟一听，探探身子问：“怎么闹腾？还说些不中听的？”

“哎——”黄春雁瞧着桌子上的书和本，头不抬眼不睁地说：“无非是找我出出气消消火，让我陪护陈文魁住院呗……”丛娟娟嫌黄春雁讲得不进入主要情节，就截断话问：“最后怎么了？”

“我当时一听简直要蒙了，”黄春雁摆弄着手中的钢笔，抬起头：“娟娟，别人不了解，你还不了解我的心境吗，我本意上不是踹陈文魁，没决定顶他上学指标的时候，我们俩在小白桦林里那棵白桦树底下还山盟海誓过，可回到城里只要一想起农场想起革委会大楼，一想起连队边上那条公路我就像坐车晕车，吃什么东西过敏一样，心里就直发颤……"

从娟娟对这些话已经不感兴趣了，又截断话问："后来怎么了？""我也不知怎么了，哭的跟泪人似的。"黄春雁叹口气说："他们见我死去活来的……对了，我们的系主任还有班主任都挺有水平的，把他们理论的都没话了。"

"看出来了吧！"从娟娟一副得意的样子，"到底是城里人大气，有水平，又懂道理，你瞧咱们那个地方，谁和谁搞个对象要是黄了，就像怎么的似的，太土，土得要命，要不城里人都叫那里人是'屯迷胡'呢……"她发泄着一转话题又说："雁子姐，过去的事情就让它过去吧，快点儿忘了，把它忘得越干净越好。""我倒是想忘记，可是能说忘就忘吗？"黄春雁说着不自然地一笑，收拾起书和本，然后说："走，我请你吃晚饭。"

"走，还是我请……"从娟娟从黄春雁的心慌到又恢复冷静的神态变化中断定出——黄春雁这支旱蔫了的花，经过这场风雨又挺直起来了……

早饭过后，陈文魁的爸爸、妈妈带着一小兜水果一进房间，见陈文魁瞧着他们笑了笑，二位老人心里几乎同时滋生起了欣慰的浪花。这是陈文魁入院以来，他俩第一次瞧着儿子这么笑。这一笑虽然还有些呆滞，还有些麻木，但让人感到有点儿舒服了。

陈荣焦刚放下水果，陈医生走了进来："老人家，这么早就来了。""一家子"陈荣焦忙笑着打招呼："今天是星期天，你值班呀？"

"是。"陈医生靠着陈文魁坐下，拍拍他的肩膀对二位老人说："这几天，文魁的情绪一天比一天稳定。""谢谢陈医生，"陈李氏瞧瞧儿子转脸说："让你费心了。"

"没什么，这是我应该做的。"陈医生对陈李氏说："老人家，您儿子这病是个慢性病，必须慢慢治，天冷路滑，你儿子住在我们这里你们就尽管放心，我们会照料好的，以后就不用总往这里跑了，有事情来个电话就行。"

"老伴儿惦记着呀，有时候躺在炕上一宿一宿地不睡觉。"陈荣焦说完，接着又问："陈医生，依你看，我儿子的病能治好吧？"陈文魁发傻地瞧着，似乎听懂了，又像是听不懂，嘿嘿一笑。

"我们会尽量往好处治，照我的经验看，"陈医生端详着陈文魁，说："病人能稳定住情绪，不打、不砸、不咬、不闹、不跑就很好，只要情绪稳定了，记忆也会慢慢恢复，会一步比一步好的……"陈文魁在一旁，耸起耳朵，听了听，趔趔趄趄地往外跑去。

"陈医生——"陈荣焦着急地问陈医生，说："是不是我们说话刺激着他了。""不是——"陈医生用手指着窗外，说："你们听听，好像外边有什么喊声。"

两位老人随着陈医生手势，侧身静听，很快就清晰而明显地听到了，是从较远的地方传送来了一个女音的呼喊："文——魁——，文——魁——"这呼喊声的间隔和高低都很有节奏，像是一种亲切悠扬的旋律。

"是谁呀？"陈荣焦问陈医生："像是个女孩子。"陈李氏也在入神地倾听着。"连续两个星期日了，都是这个时候。"陈医生站起来，走到窗前，向外张望了一会儿，说："第一次时，我来病房看陈文魁，他也像刚才似的，突然跑了，我以为病情发作了，撵到院子里，他正把着外面的护栏嘿嘿地笑着听着，我问他几句，他只是摇头。"

"咱们去看看！"陈荣焦一抬腿，陈李氏和陈医生也随着跟了出来。

凛冽的寒风中，陈文魁双手把着高高的铁栅栏，嘿嘿笑地朝着远方张望着，静静地听着。陈荣焦的脚步声惊动了他。陈文魁一转身跺跺脚，一副要朝他们冲来拼命的样子。陈荣焦等急忙往后一闪。陈文魁才又恢复了原样。

"你们看——"陈医生指着不远处一座小山顶，说："就在那里，有位姑娘在喊。"陈李氏的身子靠着陈荣焦望去，只见小雪山顶上有个小小的人影一动不动地站在那里，虽然看不见张口，也看不清脸是什么模样，但是明显使他们感觉到：就是那个人影在面向这里大声呼喊："文——魁——，文——魁——"细听听，可以使人感觉出这呼喊声虽然那样有节奏，有规律，肯定不是像船工号子，或者是伐木工人砍树要放倒时那种有曲谱似的呼喊。这呼喊，也不是让对方回答什么，而是在释放内心里一种什么沉淀似的，呼唤的时间长了，也就像那种号子似的，有规律了，有节拍了，"文——魁——，文——魁——……"

二位老人找准了视点，听起那声音来更清晰了，似远又似近，那一声又一声带着清新悠扬旋律的呼喊穿透着刺骨的寒风，跨越着雪野和郊区工厂的一座座烟囱和厂房，像是怕惊动了谁，又似乎要唤醒谁似的轻轻地传来，不，应该像是飘飘洒洒地传来——睁着眼睛听，比歌声还动人；闭着眼睛听，像一只美丽的百灵飞翔在心窝里，盘旋在耳旁。路上的汽车司机听到呼唤，一下子停下了车，听听笑了，又缓缓地启动了车子，路上的行人听到了，站在路边忘了走路……

不管是谁，只要听一会儿，再听一会儿，就会深深地感悟出，那声音中仿佛有一种母爱、一种夫妻爱、一种友爱，那一切有情有义的爱都缠在这长长的呼唤的时空音线上。

"是喊文魁的名字吧？"陈李氏有点不相信自己的耳朵，皱着眉头问陈荣焦："你听呢？"陈荣焦点点头："是，没错，是喊咱们文魁的名字！"

"二位老人——"陈医生走近两位老人，问，"是你们儿子的对象吧？"

"我儿子没有对象了。"陈荣焦叹了口气说:"对象早吹了!"

"吹了?"陈医生有些不解地问:"是不是听说文魁得了病又起怜悯心了?"
"不能了,我们去找过那个姑娘,她又哭又闹,还差点儿抽过去。"陈李氏接过
话说:"我们一看那样子,也就算了。"

陈医生笑着说:"兴许还有偷着爱文魁的人。""不可能吧,"陈荣焦摇摇
头说完,停了停又说,"要是那样,听说文魁有了这病,还不来看看,站在山
顶上呼喊什么,真让人搞不明白。"

"年轻人的事呀,别说对你们二位老人,就是对我这个中年人来说,也搞不
明白。"陈医生思考片刻说:"大概你们还不知道,平常人要是听说什么精神
病,都害怕病人疯起来挨打挨骂,说起来也是,我们这里住院的就有那样的,
连放风都不敢让他放,要真放出去,见刀抓刀,见棍子抓棍子,撵着打人,有
个病人,把我们一名护士踹到井边上,愣是给推到井里了……""我也听说过
这种事,是挺吓人的!好歹文魁的病还算轻的,"陈李氏担起心,说:"要是文
魁再有这么个对象可就好了,听说,爱情上受打击,有情感配合,对治病很有
好处。"

"是呀!"陈医生看着陈文魁扒着铁栅栏一动不动,认真听着,就高兴地说:
"要是那个姑娘真有那份心,对文魁的病可就大有好处了。"陈荣焦也高兴地说:
"那咱们就和她介绍介绍,说文魁的病情很稳定,没什么大事儿,让姑娘大胆地
接触。"

"倒是个法子——"陈李氏倒真有些异想天开地说:"让姑娘接触接触,到
头来,要是不想跟咱们,那就慢慢再黄,算是咱们求她帮个忙。"陈荣焦也觉得
可以去试一试,就对老伴说:"你等着,我去看看去。"

陈李氏连连摇头:"不行,你一个男人家,人家姑娘有些话不好和你说,
要去还是我去吧。""那就二位老人一起去吧,别人不好掺和,路可滑呀,"陈
医生话一出口,又问:"你们二位老人能行吗?"

"路滑,慢点儿走——"陈荣焦说走抬腿就走,陈李氏也跟了上去。

陈医生瞧着二位老人在雪地上蹒跚的身影,摇头又点头,笑了笑朝陈文魁
走去。

两位老人走出精神病院大门,互相搀扶着朝墙外的小山走去。走出没多远,
陈李氏问陈荣焦:"老陈,咱们能不能先问问文魁,这个姑娘叫什么名字?"
"那不是说胡话嘛,"陈荣焦说,"文魁的情绪刚稳定,我们尽量不能用这种话
再去刺激他了。"

陈李氏只顾听话,脚下一滑差点儿滑倒,陈荣焦急忙哈腰把她扶住,老两
口又蹒跚地向前走去。

那呼喊的声音还在周而复始地一遍又一遍的传送着。老两口越走，那呼喊"文魁"名字的声音越真切越让他们感动。那声音里像是有希望、有生命，吸引着二位老人走啊，走啊，忘记了寒冷，忘记了劳累，不知不觉已经爬上了小山的底坡。

从底坡到山顶，只有一条窄窄的羊肠小雪道。陈李氏身子一歪，一只脚便踩进了雪坑里。陈荣焦忙上前扶住陈李氏，并喘着粗气说："歇歇吧？喘口气。""别——"陈李氏在陈荣焦的搀扶下拔出脚来，说："人家姑娘不知道咱来，别走了呀。"

陈荣焦挽着她喘着粗气说："嘿，你没看嘛，从城里上山就这一条小道，走也是和咱们走个碰面。""那也别歇了。"陈李氏脚没停，说，"我想早点儿见见这位姑娘……"

老两口都没停下的意思，蹒跚地边走边说着，终于到了半山腰，已经能看见那姑娘脖子上缠围的毛围巾那淡灰色的颜色了，也看清了姑娘乌黑的刘海，和身上穿着一个长长的蓝色"棉猴"。两位老人停住脚步，喘息着，正想细打量时，山顶上的姑娘好像发现了他们，突然停止了呼喊，转身蹚着雪，向后山走去。

"姑娘，"陈李氏禁不住地大喊道："姑——娘——你等等呀！"那姑娘像是没听见似的，头也不回地急急地下了山。陈荣焦也禁不住大声喊："姑娘，姑——娘——我们是文魁的父母——是父母——"

陈李氏在一旁又帮着喊："姑娘呀，停停吧，我有话和你说。"转眼间那姑娘走了下去，已不见背影了。陈李氏失望地说："撵不上了吧？"

"咱俩老天巴地的，上哪儿去撵呀。"陈荣焦喘着粗气，说："唉，这姑娘是不是看着咱俩了？""不可能，"陈李氏自信地说："咱们都看不着她的脸呢，她怎么能看着咱们……再说了，咱不认识她，她也不认识咱。"大概是累了，她说着一屁股蹲在了雪坑里，陈荣焦急忙去扶，刚一哈下腰，脚下一滑，也蹲在了雪地上。

第二十三章

"师傅，停一停！"丛娟娟坐在靠窗的座位上，当大客车路过省精神病门口时，她一眼就瞧见了武解放、黄小亚等人从院里大摇大摆地出来，她忙喊："停一停！我要下车。""不行，"司机看也不看丛娟娟一眼，大声说："前面就是站点了。"

"真是的，那么教条——死心眼儿。"大客车到了站点，刚一停稳，丛娟娟就呼地跳下了车，不满地朝司机瞪了一眼，边骂边向回跑，远远地喊："武解放——武解放。"听到喊声，武解放和黄小亚等人停下脚步，瞧见丛娟娟跑来，就嘻嘻哈哈地问："你哭喊啥，我又没死。"

"武解放，你别和我嬉皮笑脸的，我问你——"丛娟娟来到几个人面前，板着脸问："你凭什么当我对象的面说我的坏话？啊？你说！""男朋友！"武解放仍嘻嘻地笑着，明知故问地：反问："哪个对象？"

"武解放！"丛娟娟怒气冲冲地说："你装什么糊涂？！""噢，"武解放傲视地一扬脸，看了看黄小亚、牛东方和赵大江，挠了一下头，说："我想起来了，是那个戴眼镜的吧？"

"对，"丛娟娟捺着性子："你都说什么了？"黄小亚等人不知其中的缘故，又不好接话，只是怔怔地瞧着武解放和丛娟娟。

"你说，"武解放一听，收起笑脸，一本正经地问："他说我说什么了？""你说什么，你自己不知道呀，"丛娟娟说完，又气呼呼地说："武解放，你也太损了，想捣乱破坏我们的关系是吧？"

"说我损，还不如说你损！"武解放也来了火，反驳说："我们俩偶然碰面了，他说不是你对象呀，是一个单位的顺路走走，说着说着，戴眼镜的问我，是不是你不要我了，我说，是她不要我了，也是我不要她了，不是这么回事吗？走，我们去找那个戴眼镜的去，不就是在前面那个农科院吗？"武解放说着，拉着丛娟娟的衣袖就向前走。

"武解放，你放手，别和我拉拉扯扯的。"丛娟娟也起发火来，她嚷道："我告诉你，你要是再做缺德事儿，我就报告纠察队，把你这个投机倒把分子的老巢给端了！""丛娟娟，"黄小亚在一旁听不下去了，"你要是那样可太不对劲了，你已经是农科院的国家干部了，还和我们混饭吃的没身份的人过不去——"

"再说了，"赵大江接过话茬儿，问："武解放到了今天，是谁引起的呀？"

"丛娟娟，你有能耐，"牛东方用话揶揄说："我们都服你，行了吧？"

"牛东方，"丛娟娟从牛东方的话中听出了弦外之音，又把话头转向他："你阴阳怪气的，什么意思？" "你没听出来，就回家睡不着，自己慢慢寻思去吧。"武解放说完哈哈大笑起来，黄小亚、牛东方和赵大江也跟着起哄。

"怎么，"丛娟娟用一只手掐腰，一只手指点着武解放、黄小亚等人，骂道："你们窝狗上阵啊——没一个好东西！" "丛娟娟，你骂人？"黄小亚挥起拳头，朝丛娟娟比画比画，吓唬了一下，说："看老子打你……"

"怎么，你要打人。"丛娟娟嘴上说着，身子连忙闪躲到一边，见黄小亚没有动真的，就来了劲儿，向前探着头，"给你给你，让你打个够……"黄小亚被丛娟娟逼得连连后退，"要不可怜你是个女的，咱们还一个车皮下的乡，我今天非砸烂糊你不可——"

"丛娟娟，别给你脸，就登鼻子薅头发……"武解放见丛娟娟得寸进尺，玩笑开大了，真的生起了气，当众质问着，握紧拳头向丛娟娟逼去。"武解放，你敢——"丛娟娟后退着，见武解放两眼里冒着火，就骂道："好啊，你们——你们耍流氓！"

"说得好啊！"武解放竟被丛娟娟的话给逗乐了，他停下脚步，笑着说："耍流氓的不在这儿，在小兴安农场革委会的大楼里呢——" "武解放，你，"丛娟娟自感说不过对方，又觉得再僵持下去，对自己不利，就说："你等着——"说完，她扭头就走。

"呸！"黄小亚向丛娟娟的背影吐了一口，"什么东西。" "走，"武解放拉了黄小亚一下，说："跟她这样的人生气犯不上，走——咱们也走吧。"

"说实话，"赵大江走在前头，回头对众人说："我真不愿意回去，特别是一看到徐亮，就头皮发炸。" "这个家伙呀，装模作样，像是多革命似的，"牛东方接话说："让我看，一肚子稀狗屎。"

"解放，有徐亮在，我们返城太难了，"黄小亚对武解放说："我看，我们哥们儿几个要是返不了城，你就领着我们一起投机倒把吧？"

"不行，不行……"武解放连忙制止说："这买卖太冒风险，我是混一天说一天，再说，你们几个没有我这两下子，来了纠察队，我要是撒丫子跑，他们就是飞毛腿也撵不上我。你们不是都听着了嘛，连丛娟娟都想起刺儿，怕有人举报，我都不在家里住了。" "喂，解放，"牛东方走了几步，回头问武解放："挣点钱没有？"

"说句老实话，"武解放笑了笑，说："挣了。" "这就行呗，有钱就是大爷，"黄小亚羡慕地说："我看这样吧，以后你不要去那边农村和别的连队买布票了，抽空我们哥们儿给你买，你到时候去取，或者挂号邮给你也行。你要是发了，我们哥儿几个也就不会有喝西北风那天了。"

"行啊，到底是哥们儿，"武解放拍了一下黄小亚的肩膀："如果挣了钱，一定忘不了你们！""不用，等哥儿几个春节回家什么的，"黄小亚笑着说："再请我们下馆子就行了。"

"那没问题，"武解放来了情绪，说："走，现在就下，不说这事儿，我也准备要请你们，这么长时间不见了，也想你们，咱们多要两个菜，喝它个一醉方休！""我们倒真想喝，可我们马上得回去，连队只给了我们两天的假，连家也没回去看看，不走不行啊。"

"那我就送你们到火车站。"武解放指了前方不远处的一辆无轨电车站点说："咱们坐那辆无轨电车去火车站……""解放，你回去吧！"黄小亚开始带头向站点跑去，边跑边说："快，车来了。"牛东方、赵大江跟着一起跑去，武解放也随着跑起来。

"解放，别送我们了，"赵大江边跑边对身后的武解放说："你回家吧，明天一早还要卖衣服。""卖衣服不是一天半天的事情，哥们儿来了，我怎么也得送一送。"武解放说着，加快了脚步，跑到了前头："前边就是。"

武解放等人一起朝前跑着，黄春雁手里拿着一本新买的书，从路边新华书店走出来。牛东方眼尖，一下就瞧见了，用手一指："黄春雁——"

"是你们——"黄春雁听了声音，满脸笑容地走过来，"哟，牛东方、黄小亚是你们，什么时候回来的？"黄小亚停下脚步，也笑着说："昨天。"

"请的探亲假吧？"黄春雁不等对方回答，仍笑着问："那过春节还回不回来了？""不，"武解放一看见黄春雁心里就烦，便急不可待地抢着回答："他们来看陈文魁来了。"

"好，你们慢慢走吧，"黄春雁一低头，就想离去，"我有事先走了。"迈开了大步就走。"黄春雁，"黄小亚追上去，"可能你不喜欢这个话题，我还是想说一下。"

"那你就说吧。"黄春雁停下来。黄小亚问："在你之前，陈文魁还处没处过女朋友？"

"小亚。"黄春雁不解地瞧着黄小亚："你这什么意思？"牛东方等也走了上来，牛东方接话说："一个女的每个星期天上午都站在精神病院对面那座小山包上喊陈文魁的名字，陈文魁父母想知道那位姑娘是谁？"

黄春雁摇摇头，说："问什么呀，走上去看看不就结了吗？""你说得轻巧，"赵大江说："他们一去，那姑娘就溜了。"

"不知道，"黄春雁对他们的问话不感兴趣儿，就说："你们逛吧，我走了。"她说完夹着书走了。牛东方鄙夷地瞧着黄春雁的背影，对众人说："你说这黄春雁心多狠，我们说去看陈文魁了，她连问都不问问！"

"和丛娟娟是一套号的，她们的心像是石头的。"武解放摇了摇头，"走……"

彭大诚正在睡午觉，听见门口有脚步声，随即又远去了，他起身看时，从门底缝塞进来一封信，就急忙走过去，捡起一看里面装有一块五毛钱，还有一个小纸条：

君子不发不义之财

退款人：投机倒把分子

即日

彭大诚急忙推开门，向刚要走开的背影喊："喂，小伙子。""不好意思。"武解放转过身，一副笑嘻嘻的样子，"彭老师，打扰了。"

"小伙子，来，"彭大诚热情地上前拉住武解放的手，说："进屋坐一坐。"武解放跟着彭大诚进了屋，他打量了一下彭大诚穿的中山装，问："彭老师，我卖的衣服你穿着感觉怎么样？"

"好啊。"彭大诚拽拽衣襟，笑着说："院里不少同志都看中了，喜欢这银灰色的颜色，也喜欢这手工，让我找你，我去买衣服的那地方找你好几次也没找到你，没想到你来了。""太好了，"武解放一听，忙问："什么样的身材，要几件？"

"你瞧——"彭大诚拿出一张单子，递给武解放："尺寸都在上面呢。""呦，"武解放接过来订单，瞧了一下，高兴地说："六套，还有三件上衣，好，三天之后我给你送来。"

"这样吧。"彭大诚也高兴地说："我们院里人在这里上班，大多数都住在市里，你告诉我地址，我让他们去取也行。""彭老师，你别介意，"武解放面带难色，诡秘地说："我不是不告诉你，我们主事的人说，这是秘密的秘密，谁也不能告诉！大概你知道，当官的说这是投机倒把，纠察队见我就抓，我是不得已干这个，混口饭吃——"

"没那么严重吧。"彭大诚说着笑出了声，然后他说："我看没什么。"武解放却不这么认为："因为你是老百姓，当官的可不这么认为，再有，因为是你喜欢这衣服。"

"坐下，"彭大诚一听，又笑笑："小伙子，坐下。"武解放愣愣地瞧着彭大诚，很不客气地坐到了椅子上。"你听我说，"彭大诚接着说："我读过马克思、恩格斯的《资本论》，悟出这么一点道理，我们国家没有进入资本主义社会就进了社会主义建设时期，在物资财富还不丰富的时候，需要有些个体经济的出现，是社会发展的必然，'文化大革命'前的小自由市场都给批了，并不一定合适……"

"我听不懂，"武解放直截了当地说："我这事和你说的大理论是两码事儿，细想想，我自己也觉得有点犯罪的感觉，这布是买布票又买的布……""我是这么看，这事儿呀，"彭大诚见武解放说得很诚恳，又饶有风趣地说："就不能像我们搞科研搞得那么细，这是小自由市场里的东西，你就睁一眼闭一眼干吧，反正不是偷的，不是抢的，那也无所谓，不说了，不说了。"

"无所谓？"武解放莫名其妙地看着彭大诚。"就是啊，"彭大诚笑笑："无所谓！"

"彭老师，"武解放很认真地问："你说是怎么个无所谓法呢？""怎么无所谓呀？"彭大诚想了想，说："你又不是偷，不是抢，别人愿意买，你愿意卖，对社会，对别人又没有什么害处，我说无所谓就是这个意思。"

"彭老师，"武解放说："那布票后面写着不准买卖。""我知道，知道，"彭大诚像个老大哥似的看着武解放："你别死心眼了，我也说不清，反正同情你，你不是都干上了吗，我从心里就这么认为。"

"彭老师，"武解放感动地站起来，"你太理解人了，这么说干这事儿并不丢人，谢谢你，你是我下乡打回老家后，遇到的第一个知音，以后你穿衣服不要钱了，交个朋友，我走了。""不行，不行，"彭大诚也站起来，拍拍武解放的肩膀，"一码是一码。"他见武解放急着要走，就又说："喂，小伙子，这一块五毛钱给你，就算是回去的车费。"

"不行，不行，"武解放一转身学着彭大诚，一脸真诚地说："一码是一码。"彭大诚见武解放不收钱，就问："你家在哪儿住？"武解放回头招招手，做了个鬼脸："彭老师，到时候我告诉你。"彭大诚瞧着武解放大步流星走的样子笑了。

"武——解——放——"丛娟娟正在图书馆料整理杂志架上的书刊，她一抬头，透过窗户玻璃看见了武解放，情不自禁地放下手中的活，跑了出去："武——解——放——你等等。"武解放一回头瞧了瞧，见是丛娟娟朝他跑来，就装着没看见的样子，迈正步甩胳膊，唱："雄赳赳，气昂昂……"

丛娟娟见武解放不理不睬，追了几步，便停了下来，使劲唾了一口："呸！臭盲流。有啥了不起的。"武解放回头斜了一眼丛娟娟，随后嘟哝："彭老师怎么和这样的人搞对象呢，简直是怪了！"

"你说什么，站住——"丛娟娟又向前追了两步，见武解放仍"雄赳赳，气昂昂……"地向前走着，大踏步走出了院门，丛娟娟停下脚步，气得返回图书馆，拿了一本《农业科研》杂志，直奔彭大诚的办公室走去。

彭大诚办公室的门半敞着。丛娟娟没有敲门便进了屋，见彭大诚穿着新上衣，故作吃惊地"呦"了声，娇柔地说："彭老师，还没到过年就穿上新衣服了。""是娟娟同志啊。"彭大诚抬起头来，说："我那件洗了。"

丛娟娟上前仔细打量了番，赞扬说："真漂亮，颜色好，手工好，真板正，在哪儿买的？"彭大诚说："就是在你那个盲流子战友那买的。"

"武解放，"丛娟娟一听，吃惊地"啊"了声，说："他是投机倒把分子，我的同学前几天来信说，农场和连队开大会的时候，都点名批判他了，正在到处抓他。""他们批他的，我花钱买我的衣服，"彭大诚不以为然地说："和我没什么关系。"

"彭老师，你要知道，"丛娟娟告诉彭大诚说："这衣服是买布票，投机倒把来的。"彭大诚一听，心里不悦，就说："刚才你不是还说好嘛，不管怎么来的，只要我看着好，我花钱了，穿着就舒服。"

"彭老师，"丛娟娟用教训的口吻说："你还是知识分子，怎么这点革命道理都解不开呢？""丛娟娟同志，你说的道理我解不开，可是，我的实际困难解开了，"彭大诚也用丛娟娟的语气说："你说，我的布票做了套行李就没有了，也不能没套衣服换换呀。"

丛娟娟似乎没有注意到彭大诚的不悦，仍我行我素地说："彭老师，我好心告诉你，以后可不能再和他做这种交易了，别让他沾上你。"彭大诚听着，还是有些别扭，他捺着性子，说："那就谢谢你了。"说完不自然地一笑。

"噢，"丛娟娟也一笑，把手中的杂志递给彭大诚："有本新杂志挺好，你看看……""你怎么也有一本啊！"彭大诚接过杂志，笑着问："里面的文章你看了？"

"文章？"丛娟娟一惊："什么文章？""噢。"彭大诚尴尬地一笑，打开递到丛娟娟面前。"呦，彭老师，"丛娟娟有些不好意思地说："我还真不知道，你的论文发表了。"

第二十四章

"要过年了，你给陈文魁做棉衣多絮点棉花。"徐亮坐在炕沿边上卷了支旱烟，点着，又抽了几口，然后说："每天疯疯癫癫的，别再冻着。"杨金环正坐在炕上做棉衣，听徐亮这么说，笑了，接话说："这才像个当父母官的样。"

"瞧你把我看的，这点爱心我还是有的。"徐亮说完，又抽了两口烟，又说："他这一离开连队，我心里可亮堂多了。""嗨！"杨金环抬头白了徐亮一眼："原来你还是小心眼，别说他还是个精神病人，就是好人，我也不能呀。"

"你想哪去了。"徐亮狡辩着说："后来我也想了，你是不能，可是，我瞧着不舒服呀。""这就是你的不对了。"杨金环又换了一段线，缝了几针，说："你说，人家好端端的小伙子，不管怎么说，也是来咱这里得了精神病，对连队有贡献，你还靠着人家光彩过，咱们都是党员，不管谁管呀。"

"行行行，"徐亮自知理亏，忙说："现在怎么管都行，总可以了吧？喂，对了，上次咱们去送陈文魁，你到大诚家回来还直嘟囔，叫我说，你千万不能再让你弟弟去关照陈文魁了，人家大诚也挺忙的，再说，又是知识分子，体面人物哪能去和一个精神病人打连连呢。""瞧你说的，知识分子怎么了，"杨金环没有看徐亮，仍低着头忙着手中的活："他不也是刚好点儿嘛，前几年还是臭老九呢，那阵子，别说是精神病，地富反坏都不理他。人活着谁不用谁呀。"

"你不能总用老眼光看人，人家可是个能人……"徐亮还想说些什么，就见李宝进急匆匆地推门进来。李宝进对徐亮说："徐指导员，杜主任来了。"

"在哪儿？"徐亮说着，人站起来。"在连部呢。"李宝进说："让你马上去——"

"走——"徐亮说着人已经出了门。

徐亮匆匆走进办公室，推开门，见杜金生披着黄大衣，一个人在屋里走来走去，忙笑着打招呼："杜主任，你来前怎么不打个电话？""我从十二连回来，顺便来看看你。"杜金生说着伸出了手，与徐亮握了握，然后说："连队还好吧，你没啥困难吧？"

"都好都好。"徐亮受宠若惊地说："谢谢杜主任对八连和对我的关心。"他见杜金生干站着，回头对跟进来的李宝进嚷，"怎么回事儿，领导来了也不知道泡茶。""我知道，"李宝进忙解释："正烧水呢！"

"快点!"徐亮催促着说:"把炉子里再加点儿煤,捅得旺旺的。""不用,不用了,"杜金生摆摆手,"我坐一坐还要赶路。"

李宝进端着茶壶进来,倒了两杯茶水,分别放在杜金生和徐亮的桌子前,"请喝水。"随后人就出去了。杜金生端起茶杯,吹了吹,问:"陈文魁最近有没有什么消息?"

"他呀——"徐亮忙回答:"病情处于稳定好转期——我估计,就是好转,也很难恢复常人那样了。"杜金生又问:"他父母的情况怎么样?"

"还行,"徐亮也端起了茶杯,试着喝了一小口:"我这一去,又用您的吉普车送陈文魁住院,他们很受感动,再不讲理的人恐怕也不好说啥了。"杜金生喝了一口茶,笑着说:"老徐呀,这件事你做得不错,你我都是'文化大革命'新生政权产生的革命干部,咱们都应该像毛主席说的那样,要关心群众生活,注意工作方法。"

"一定,一定。"徐亮又有些受宠若惊地说:"谢谢杜主任的关心和夸赞。""嗯!"杜金生应了一声,说:"我有个想法。"

"杜主任,"徐亮放下茶杯,认真地看着杜金生:"您说吧,什么想法?""嗯……"杜金生似乎有些犹豫不决的样子,但他还是说:"现在,虽然对知青返城问题卡得很紧,像陈文魁这样的情况,你再去滨城时,顺便征求一下他父母的意见,要是愿意办病退的话,我看可以。"

"行,行,"徐亮一听,脸上露出了笑容,忙说:"我到时候问问。""还有那个……"杜金生看着徐亮说:"还有那个黄春雁,如果陈文魁好多了,黄春雁和陈文魁还能重归于好的话,也可以不回农场了,也可以办返城,要是办返城不好说,就提前给她联系地方,分配到郊区农场或乡镇里。"

"黄春雁——她怕苦怕累,肯定不愿意回来了,估计这样对黄春雁有吸引力。"徐亮迟疑了一下,不知杜金生是啥意思,就说:"杜主任,你真体贴群众的困难。"杜金生笑了,"当领导嘛,就得想群众之所想,急群众之所急。"

"我看行。"徐亮也高兴起来,他说:"我去滨城时,也顺便把领导这个想法和黄春雁说说,这样,兴许对陈文魁的病能更好一些。""当领导的就得要处处为群众的利益着想呀。"杜金生感叹着,像又想起什么似的,问:"喂,那个办困退的丛娟娟有信儿没有?"

"她呀!"徐亮皱了一下眉头,说:"听说她早就已经找到工作了,不过,她再没和连队联系过。""老徐呀,"杜金生表情严肃起来:"你要记住,丛娟娟走就走了,武解放跑就跑了,只要不再回来就算和连队没关系了,但是,要注意,不要让他们和黄小亚、赵大江那几个小青年打连连,弄得他们甚至全连人心不稳,影响抓革命,促生产。"

"知道，知道。"徐亮连连说，并点着头。杜金生站起来，又端起茶杯，喝了口茶说："有什么动向要及时向我汇报。"

"杜主任，您放心。"徐亮也站起来："一定，一定。""好，"杜金生满意地点了一下头，说："我走了。"

"杜主任，眼看着到中午了，你还要走啊。"徐亮上前让着说："在我们这里吃了饭再走吧。"杜金生看了看手表，耸了耸肩上的大衣："不了，得赶到十二连，听说那里的知青有点儿不稳定，饭赶在那里吃。"

杜金生在前边走着，徐亮在后边跟着，两个人边说边走出了连部。杜金生上了门口停着的吉普车，随着"咣"地一声关车门的响声，闪过一阵冷风，让徐亮打了个寒战。

黄春雁吃完早饭收拾收拾学习用具，夹着书和笔记本朝大教室走去，走到楼梯口前时，丛娟娟神秘兮兮地从身后追上来问："雁子，你们今天是不是听那光棍专家的专题课呀？""只知道上大课听专题，不知道听谁讲，"黄春雁问："娟娟，你怎么没上班呀，这么老远跑来有事吗？"

"行了，行了，不该问的闲杂事儿你就不要问了，"丛娟娟心烦地说："是听他的专题课，我求你个事儿，"她说着从兜里掏出一封封了口的信，"雁子，请你务必把这封信交给他。""娟娟，"黄春雁点点头，接过信，边往兜里揣边奇怪地问："你们一个单位，随时都能见到，干什么还要我给传信呀？"

"我不是说了嘛，不该问的闲杂事儿别问。"丛娟娟说完，发现前边路上彭大诚在系主任的陪同下正朝教室走来，急忙说："千万别忘了，最晚不能超过下课离开你们学校前……"她说着瞧瞧越来越走近的彭大诚和系主任，又嘱咐，"千万，千万呀！"然后一抽身，顺着墙根儿溜走了。

其实，黄春雁并没有注意到系主任陪着彭大诚走来，她瞧着丛娟娟诡秘的身影摇了摇头，自言自语地说："这个丛娟娟呀，总是和一般人不一样。"她自语着迈开大步，进了教学楼，直奔大教室而去。

黄春雁在上高中时偶尔听老师议论过大学的生活，来这里以后发现，一切并不像她所想象的那样紧张。今年农学系共招三个班级，每个班只有三十名学生，每人一张课桌，那是写作业和自习时用的，凡是上课，不论是专业课还是共同课统统在这个大教室里，也没有固定的座位，甚至你来与不来也没人理会，真没想到大学生活这么放松。虽然文革中批判旧的教育制度，批判旧的教材，但作为农学系这专业来讲，那些基本的东西仍不能变，令她高兴的是，那些被打成"牛鬼蛇神"和"反动权威"的教师一恢复工作走上讲台，仍是那么侃侃而谈，讲得那么认真，那么风趣，也不怕犯散布"唯生产力论"的错误，把作物栽培讲得那么津津有味，特别是那位已经两鬓白发的教授，讲水稻栽培讲得那么生动，里边还掺杂着故事和笑话，真的吸引住了她，她长期处于学习毛主席著作、开展革命大批判的氛围，一接触这些知识性的东西，觉得很有滋味儿。

黄春雁走进大教室一看，靠窗户、靠路边的座位都满了，只好走到最后一排找了个座，她刚坐下，系主任就和彭大诚前后走了进来。黄春雁一瞧，果然是要和丛娟娟交朋友的那位"光棍彭大诚"，同学们顿时起立。

"请坐，"系主任说完，然后介绍说："从本堂课开始，就请这位叫彭大诚的老师给同学们讲时间为 50 个课时的植物栽培专题课，请同学们鼓掌表示欢迎，"系主任顺身坐到了事先留好的第一排一个空位子上，彭大诚便走上了讲台。"同学们——"彭大诚双手撑扶讲台，一副谦恭的样子讲："能给'文化大革命'开始停课后第一届入校的工农兵大学生讲《农作物栽培》专题课，我感到……"

坐在后排的黄春雁这才发现，这位令丛娟娟倾爱的彭大诚，那神态、那口气既是电影中、想象中的学者，又是一位文静而又潇洒的英俊青年，倘若不知道他的底细，真的看不出是一位三十多岁的中年人。她从内心里感觉出了丛娟娟为什么猛追这位连自己都觉得是偶像般的彭大诚了。

"没正式讲课之前，我想忠告同学们几句话，那就是希望你们能热爱、喜欢农作物栽培这个专业。我国是一个以农业为基础的大国，尤其是目前的农村，科研能力和生产力水平还不够高，搞科研，研制农作物新品种是必然的……我感觉，比较现实的是如何从研究提高农作物栽培技术下手来提高粮食产量，来提高人民生活水平，应该说是非常现实的……"彭大诚的声音这么好听，那清亮亮脆生生的声音，就像是从山涧时缓时急淌下的小溪哗哗地流进黄春雁的心间："我很敬佩北大荒一位叫陈文魁的下乡知青，他能够从《高寒地区水稻品种资源研究》入手，选育了五六种适合并既能适合寒地栽培水稻又能提高产量的品种栽种推广，应该说是一件很有意义的事情……"

彭大诚讲到这里，抑扬顿挫的声音一下子提高了一个音阶："为什么这样说呢？几千年来，人们一直围绕着种惯了、吃惯了、产量一直在这个水平上打转转的小麦、大豆这几个品种上辛苦劳作……"

这些话并不华丽，应该说是朴朴实实，却在黄春雁心里引起了震撼，特别是一提"北大荒知青陈文魁"这几个字时，她像被清澈的溪水里猛然飞溅出的一股激流狠狠击了一下，顿时间，脑海里翻腾起来了，陈文魁，陈文魁这么受人敬仰和尊重吗？陈文魁，陈文魁……一组组记忆犹新的镜头在脑海里浮现出来：挽着裤角在试验田里拔草；戴着草帽在水稻试验田里边看边用尺子量苗边记录；穿着雨衣在试验田里施肥……当回忆的镜头推向来大学后发生的事情后，

第二十四章

她脑子里"轰"地一声，一下子变成了一片空白，渐渐，她在心底深处发出了呼唤：文魁啊文魁，你的病情到底怎么样呢？我惦念，我焦躁，我焦虑，但是我真的没有勇气去面对你，去忏悔我那无法表白的内心……

黄春雁滴汗了，也流泪了。

她不知什么时间，也不清楚彭大诚是用什么样的话结束的这一节课，见同学们都站起来夹起笔记本开始往外走，黄春雁这才从往事的回忆当中走出来，抬起头，收拾收拾东西站了起来，不料彭大诚却向自己走来了。系主任和他打招呼，他指着黄春雁说："我要和这位同学说几句话，请主任先走。"

"彭老师，您好！"黄春雁站在桌前没动，规矩地等着他走过来，"我也正要找您呢。""噢，"彭大诚笑笑说："正要找我？"

"是的！"黄春雁从兜里掏出一封信说："丛娟娟让我转给你的。""噢——"彭大诚漫不经心的样子把信揣了起来，瞧着黄春雁问："我发现你在课堂上好像有什么心事？还是我讲的课不好？"

黄春雁紧紧靠着课桌站着，极力掩饰着内心的慌乱，讪然一笑："没有，听您的课很过瘾，前半部分我听得很认真，后来，您的话引起了我的一些联想，我在思考问题。""这就好，"彭大诚说："我曾说过，刚才讲课前我又赞扬了你们那个在北大荒的陈文魁，要说，他若能被推荐上来更好，没推荐上来也无所谓，这里北大荒来的学生就只你一个，希望你能像陈文魁那样喜欢农作物栽培这一专业！"

"彭老师，"黄春雁奇怪地问："您这话是什么意思？您能看出我不热爱这个专业吗？""不是这个意思。"彭大诚说："因为你来自北大荒，所以就格外引起注意。"

"彭老师。"黄春雁睁大眼睛，禁不住不解地问："我来自北大荒有什么关系呀？""春雁同学。"彭大诚笑笑说："北大荒已经变成国家的大粮仓，那里土地集中而且肥沃，是研究农作物栽培学的最好推广战场，也是最能体现成果的地方……"

大教室里就剩下彭大诚和黄春雁两个人了。黄春雁注视了一下彭大诚的眼神，突然产生了一种不自然的感觉，直入话题地问："您的意思是……""学校里同意我通过讲专题课的机会，有目标地发现培养三至五名对农作物栽培学有兴趣的学生，如果没问题的话，等毕业后分配到我们农科院工作……"彭大诚见黄春雁听得有点儿入神了，只想问话，一直忍着想听出这位彭大诚的最终意图来，而彭大诚见黄春雁这股神情，说话似乎更有劲了，"将来准备把北大荒作为我们科学院服务的重点对象……"他说到这里停了。

"彭老师，"黄春雁着急地问："您请讲。""你能不能算一个？"彭大诚说完，停顿了一下，问："你有没有兴趣？"

"我？"黄春雁对定向培养留农科院可谓求之不得，可是又要面向北大荒，使她兴奋的神经里又掺进了一丝不快，瞬间一转念，真的这样毕竟留城了，服务北大荒和在那里安家落户还是两个完全不同的概念，忙笑笑问："我能行？"

"没问题，"彭大诚笑上说："我发现你的智商还是满不错，又在北大荒生活了几年，对那里了解一些，有基础。"

黄春雁笑笑问："怎么见得？"彭大诚也笑着说："那天和丛娟娟一起吃饭，我就有了这种感觉，只要热爱这个专业，肯于钻研吃苦，我看没什么问题，基本上符合我们院的选人要求。"

"彭老师，"黄春雁高兴地说："那就靠您多帮忙了。"彭大诚推推眼镜架笑笑说："你努力，我帮忙，两好凑一好。"

"谢谢。"黄春雁像是找不到别的词了，一个劲儿地说："谢谢，谢谢。""好，"彭大诚说："我们走吧，系主任在等我用午饭。"

"彭老师，"黄春雁随着彭大诚的脚步在身后一起走出大教室，她刚想问一句和丛娟娟相处得怎么样，觉得这不是学生问的话，话到了嗓子眼儿又咽了回去，支吾着，又没选准别的话题。"你说——"彭大诚一斜身发现黄春雁像是有话要说，忙问："怎么？有什么话要说？没关系，欢迎你坦率爽朗地说！"

"没什么，"黄春雁有点儿尴尬，摇摇头："没什么……"她说着已经下楼到了门口，摆摆手说了声"彭老师再见"，便急急地走了。

黄春雁腋下夹着本夹子，拐到教学楼山墙时被突然出现的丛娟娟截住了："喂，那信你交给他了吗？"丛娟娟一副气哼哼不冷静的样子。"交了，"黄春雁莫名其妙地问，"娟娟，怎么了？"

原来，丛娟娟早已打听好了彭大诚在这个教室里讲课了，等同学们都纷纷走出教室后，她也在往校门口撤，原以为信中约彭大诚去北方国营饭店，他会来了，她在前面走，他就会在后边跟，不料等了一会儿又一会儿，既不见彭大诚出来，又不见黄春雁出来。她纳闷了，耐不住了，悄悄进了教学楼，透着半掩的门偷偷往里一瞧，见他正和黄春雁唠得火热，心里腾地一股怒火烧了起来，她刚想冲进去，又一想，似乎不妥，现在是城里人了，而且又和彭大诚是一个单位，他在院里说话还很有分量，倘若不是黄春雁在插足，或是彭大诚主动去勾引，自己就被动了，难为情了，想了又想，还是气愤得蔫退了。

丛娟娟鄙视地瞧着黄春雁，眼睛瞪得像要鼓出来，一眨不眨地瞧着黄春雁，想说什么，又不知说什么好，黄春雁这一说"交了。"忙问："他没说什么吗？""没有，"黄春雁说："我给了他，他就揣进兜里了，然后和我说了些教学方面的事情……"

"好了，好了，"丛娟娟酸溜溜地说："我就不多说了，关于我和彭大诚之间的关系，希望你能成人之美……"她说完头也不回地走了。"喂——"黄春雁追上两步，"娟娟，这话什么意思？别走呀，别走！"

丛娟娟边走边回头说："什么意思你知道！"她说完气哼哼地扭头又继续走了。"哎——"黄春雁叹口气，望着丛娟娟的背影，"真是莫名其妙。"

"莫名其妙"一直是黄春雁对娟娟的感觉，当丛娟娟说"顶替上学指标"的事情，她当时感到莫名其妙；听说丛娟娟突然可以办接班手续能返城的时候，感到莫名其妙；丛娟娟一见面就说找到了农科院那么好的单位那么好的工作，也是莫名其妙；当受托去北方国营饭店陪吃饭当说客，一时也曾莫名其妙，给彭大诚捎信，更感到莫名其妙，既然有人搭桥，要谈就和彭大诚好好谈嘛，都一个单位还跑到这里让自己捎信转交，莫名其妙……

"这个丛娟娟——"黄春雁瞧着丛娟娟远去的身影，说了一句，"怎么总这么让人感到莫名其妙呢！"

第二十五章

"杜主任，是我。"徐亮接起电话："我是徐亮啊。""他妈的，"杜金生在电话里骂道："徐亮，你这个指导员怎么当的，怎么乱子都出在你那里呢？"

"又出什么事儿了？"徐亮被骂得不知所以然："杜主任，只要有你的指示，什么乱子我都能处理好。陈文魁的事情不是处理得很好吗？这点组织原则性我还是有的。杜主任，你说吧，又出什么乱子了？""你别太自信！"杜金生仍是气呼呼地说："黄小亚、牛东方和赵大江那三个闹返城的小青年在农场附近的杨柳乡搞投机倒把买布票，让人家给抓住了，我已经派车去拉他们了，先把他们押回连队批斗，然后再送回学习班里学习，你要以他们为活靶子，在连队大张旗鼓地开展革命大批判，通过大批判来推动当前的生产……"

"这好办。"徐亮连忙表态说："杜主任，没问题。""我就不愿听你这么说。"杜金生不满地说："这次要接受上次批判陈文魁时候的教训。"

"杜主任，你放心，"徐亮说："这和上次不一样，上次是他们三个捣乱，这次是批判他们三个，再说，这倒卖布票，明明犯法……"

"看来，你还能是非分明，"杜金生说话的语气有些缓和："对了，据杨柳乡革委会马主任说，他们大概买了一千多元钱的布票，一千元，这么大个数字，钱是哪来的，说不定和更大的投机倒把分子有联系，我已派得力武装基干民兵去审讯去了，要查他个水落石出，必要的时候我们一定要向上级汇报，把他们一网打尽。""好。"徐亮感到事情的严重性，他答应着："没问题。"

"徐亮呀，"杜金生见徐亮的劲头不够，就打气说："你立功的时候到了，把他们治住了，带头闹返城的风也就刹住了。""杜主任，"徐亮回答："我明白了。"

"好，"杜金生在电话中笑了笑，说："该交代的我都交代了，再强调一遍，首先要组织强有力的民兵力量看住，别让他们跑了。必要时，我可以从别的连队给你们调点民兵去。""也行。"徐亮说："这样保险些。"

徐亮放下电话，用手拢了拢头发，脸色阴沉着回到了家，刚一进门，瞧见杨金环正往一个竹筐里装豆包、馒头和炸的丸子。"咱们家过年准备的嚼货，你这是划拉遍了。"他怪声怪气地说："过年不是还得几天吗。"

"什么话呀，怎么还叫划拉呢，"杨金环说着仍继续装着："咱家有啥，也不就是地里产的这点玩意儿嘛。""拿吧，拿吧，"徐亮心烦地坐在炕头："我不反对。"

"对陈文魁这事儿呀，我说过，人家家长没闹起来就算便宜了你，我就看不上你这阴阳怪气小心眼儿的。"杨金环把要带的东西装好后，看了一下表，对徐亮说："你也不帮我收拾收拾，看看都几点了，你也不着急了，"杨金环见徐亮仍坐着不动，就问："客车打听好了吗？""打听好了，客车准来。"徐亮说完停了停，说："我这趟去不了了。有重要任务。"

"为什么？大礼拜天的，什么重要任务？到那里看看，两天就回来了。"杨金环坐下来，瞅着徐亮问："不是说好了吗？咱们一起去看陈文魁的。""嗐。"徐亮叹了口气，说："又出事了，刚才杜主任打来电话说，黄小亚、牛东方和赵大江三个人倒腾布票被抓了，送进了学习班，过两天要在连队开批斗大会……我能走得了吗？"

"倒腾布票？几个大小伙子没事干了，倒腾那玩意儿？"杨金环不相信地问："杜主任有证据吗？""还要啥证据，"徐亮瞅了杨金环一眼说："人都被抓了现行，听杜主任说，他们倒腾的数额巨大，分析可能是个团伙，有背景……"

"得了，别听杜主任血糊了。"徐亮还想往下说，被杨金环打断："上次要不是他来了血糊劲儿，开陈文魁的批斗会，陈文魁也不见得一下子就疯成了这样。""你别瞎联系，嘴上要把住点门儿子，"徐亮不高兴地说："都是陈文魁他自己的责任，谁让他心眼儿小，一听黄春雁不要他了，就往死胡同里想——赖得着人家杜主任吗。"

"你别替杜主任找理由，他也不是个好东西。"杨金环也来了气，"老徐，"她说着扒拉一下徐亮，说："再说，黄小亚那几个知青能有啥背景，你别听杜金生的乱上纲上线，再说批判陈文魁的时候他都来参加了，这么大个批判会，一批就是仨，你得请杜金生来主持讲话，他不来，起码场革委会也得派个人参加才对劲儿。"

"我问了，他说他不来了。"徐亮说："让我主持开。发言的我都布置好了，全是要求进步的积极分子。""老徐，"杨金环用手点着徐亮的脑袋瓜子："你这脑袋能不能长在自己的脖子上用一用，不能杜金生怎么装枪你就怎么放！"

"你还有点觉悟没有，"徐亮被杨金环的一番话刺痛了："啊？为革命放枪有什么不好的？""哎呀，"杨金环说话的语气也硬邦邦起来，"那你得能放好呀。"

"不和你讨论这个问题。"徐亮见说不过杨金环，就说："这是我们领导之间的事，用不着你管。""唉——"杨金环叹了口气，不再说什么，拎起竹筐就要向外走。

"你先别急着走，车还没来呢。"徐亮见杨金环要走，急忙说："有些话还没说完——你这次去看陈文魁是组织上安排让去的，杜主任让我传达的话，你一定得替我转达到……""这事呀，你们愿意说你们说去，这回去了我是不能提！"杨金环不理不睬，说着就穿戴好了要走。

"我跟你说得可是正经事。"徐亮站起来，"你就是说是杜主任和我的意思。""不行，"杨金环坚决地回答："我不能说。"

"你呀你呀！总和我犯顶。"徐亮无奈，嘻嘻地笑了着，央求说："多好的事情，为什么不能提，条件那么优厚，这么痛快就办了病退返城，再说也答应黄春雁不回来了，我看他们乐不得的。""老徐呀！你是好意。"杨金环停下来，转身对徐亮语重心长地说："可是，黄春雁和陈文魁已经表示绝交了，这种办法也不一定就使他俩重归于好，陈文魁病成这样，再说，黄春雁毕业还有好几年呢，即使黄春雁一时同意了，到时候要是有个差错，那不是坑了人家吗？"

"话怎么能这么说呢？"徐亮又要急眼，但他还是压住火，说："你不理解他们这帮知青的心情，他们想返城都想疯了。""我看不见得，老徐——"杨金环放下手中的竹筐："你这个人那，就是不能设身处地为别人想想，你脑袋灌水了——先别说黄春雁这一方，陈文魁老爸退休了，陈文魁住院吃药得多少钱，他们能承担得起嘛。"

"这么说，"徐亮真是又火了瞪着一双小眼睛瞧着杨金环，"你同意陈文魁还回来。""不回来让他上哪去呀？"杨金环往炕头一坐："在咱连队得的病，就得对人家负责。"

"你……"徐亮气得两眼直冒火，半天说不上话来。

一辆大"解放"正向八连方向驶去。车厢里站着黄小亚、牛东方和赵大江三人，均被小绳子捆着。黄小亚看了看左右两边的牛东方和赵大江，说："这回算是倒霉了。""小亚，得想个办法呀，"牛东方也没了主意："咱们不能干等着挨整。"

听到车厢上发出了声音，驾驶室里坐着的两名持枪戴红袖标的民兵回头，透过车窗向外瞧了瞧。高个民兵说："别他妈的跳车跑了呀，咱俩不用上去吧？""上面那么冷，没事儿，小绳子捆得紧紧的，跑不了，"矮个民兵说完，仍有些不放心地对司机说："喂，师傅停一停，我上去看看。"

车停下来，矮个民兵推开车门扭身探头，对黄小亚三人嚷道："都他妈的老实点儿，你们三个要是整事儿，别说我们不客气。"他说着拍拍腰上挎着的手枪，吓唬，"老子这玩意儿，可没长眼睛。"

黄小亚等人没有吱声。汽车又继续开动了。

"东方。"黄小亚问牛东方："你把布票藏好了吗？""藏好了，"牛东方回答："严严实实的，不会被别人发现。"

"那就好。"赵大江接话说："要不没法向武解放交代呀。"黄小亚忧虑地说："怎么告诉武解放一声呢？"

"这就得找机会了，"牛东方说："先想法怎么混过连队这一关吧。""好混，"赵大江满不在乎地说："我看了，杜金生、徐亮没什么别的本事，就是开批判会，也是不了了之，出丑的不是咱们哥几个。"他说完先笑了，黄小亚、牛东方也跟着笑了起来。

汽车猛地停住了。两个民兵从驾驶室里跳了下来。

"喂，"高个民兵仰着脸，问："你们笑什么？""我们笑还不行呀！"黄小亚说："革命乐观主义精神，笑笑驱寒呀，要不车一开起来受不了。"

"什么他妈的革命乐观主义精神，臭投机倒把分子，"矮个民兵指着黄小亚骂："黄小亚，我告诉你，我知道你是头，你们三个小子要是出洋相，我就要采取行动了，先拿你开刀了。"他骂完捂着耳朵先钻进了驾驶室，随后高个民兵也跟着上了车。

大解放又开动了。

"快到连队了，咱们怎么办？"黄小亚向连队的方向瞧了瞧："他们要开批判会，咱们也不能干擎着呀？"他说完，警觉地瞧瞧驾驶室，把脑袋凑到牛东方和赵大江耳边嘀咕起来。

"好主意，"牛东方一听乐了，"好主意！"赵大江却是一脸的犹豫："能行吗？"

"听我的。"黄小亚自信地说："没问题，现在就开始自己琢磨自己的，别整露馅儿了。"

一辆大客车停在路中间，司机正趴在车底下修车，乘客们纷纷下了车，有围着车跺脚的，也有跑到一边撒尿的。路被堵塞了，大解放只好靠边停下来。两名民兵跳下驾驶室。

高个民兵上前问："怎么回事儿？"一个乘客回答："轮胎让路上的钉子扎透气儿了，抛锚了。"

杨金环也站在大客的边上跺脚，一抬头，一怔，忙走到大解放车厢跟前："黄小亚，你们——""杨大姐，"黄小亚一见是杨金环，脸上马上涌上了笑容，像是看到了救星一样："你这是要出门呀！"他问完，不等杨金环回话，然后小声地，"求求你帮帮忙。"

"喂，"矮个子民兵凑过来对杨金环嚷嚷："喂，这女同志远点，我告诉你，车上坐的可是投机倒把分子，你别沾包了。""我去省城看陈文魁。"杨金环没理会矮个子民兵，仍和黄小亚说话："小亚，你们犯这么大事儿，让我怎么帮啊，要接受教训，等我回来再说吧。"

"杨大姐，大姐。"黄小亚有些急切地说："你听我说你听我说。""快说吧，看我能不能办到。"杨金环见高个子民兵也走过来了，就催促："快说……"

"喂！"高个子民兵问杨金环："你是什么人？是不是和他们认识？""她是我们徐指导员的媳妇，"黄小亚笑嘻嘻地说："人很革命。"

"那也不行，"矮个子民兵用生硬的口气说："远点远点！""远点就远点。"杨金环装着要走开的样子，向后退了几步，趁两个民兵不注意，又返回来，问："小亚，快说，我能帮上啥忙。"

"大姐，到省城想办法，告诉武解放——"黄小亚赶紧用小声，急速说："就说我们出事了。""告诉武解放，就说……"牛东方怕杨金环没听明白，就补充说。黄小亚使劲踢了他一脚，牛东方又憋了回去。

"走走……"矮个子民兵见杨金环又上前和车上的人搭腔，就上前几步把杨金环推开，"走走……"杨金环只好走开，不时地回头瞧着黄小亚他们无可奈何的样子，眼泪就掉了下来。

黄小亚对牛东方和赵大江说："这事不能把大姐也拐进去！平时大姐对咱们够意思……""是，是，是。"牛东方说完，又说："还是你小子心眼儿多！"

大客车很快就换好了轮胎，然后发动着车，开走了。随后大解放也开始动起来，并驶入连队。

连部门前一根电线杆上拴着几只大喇叭，喇叭里正广播着女播音员激昂的声音："全连广大的革命干部、职工和家属同志们，场革委会决定今天上午9点钟在篮球场召开批判投机倒把分子大会，希望大家准时参加……"

街道上，还没有走出家门的人，都站住脚听着。

广播里，又传出了徐亮的声音："全连广大的革命干部、职工和家属同志们，场革委会决定今天上午9点钟在篮球场召开批判投机倒把分子大会，希望大家准时参加……"徐亮在广播里反复广播了两遍，然后再加上一句，"凡是参加批判会的算是出工，不参加的扣一个工的工资……"

大解放在连部门前停下，人们不知发生了什么事，就从几个方向朝连部走来，就见门口站着两名扛枪的基干民兵，外边窗户底下也站着几个民兵。黄小亚、牛东方和赵大江三人被随车的两个民兵从车上喊下来，然后给三人松了绑，接着又被推推搡搡地关进了一个空屋里。

黄小亚先活动活动了手脚，随后又听了听外面的动静，没见异常就解开裤腰带，从裤衩上的小兜里拿出了一块钱，说："你俩看，我在这张一块钱上给武解放写了信，告诉他那布票藏在什么地方，托谁能捎给他呢。"牛东方接过一块钱看了一眼："可别让他们给搜了去呀！"

"那几个家伙都搜过一遍了，不能搜了。"赵大江接话说完，又问："哎，你藏得挺秘密啊，他们愣没搜去。""你们看，我藏在了一个保险的地方。"黄小亚说着解开裤腰带，从牛东方手里要过那一块钱，又塞进了裤衩上缝的小兜里。

"喂，"牛东方好奇地问："你小子什么时候在裤衩里缝的兜呀？"黄小亚边系着裤腰带边说："去年春节探亲走的前一天，我妈给我二十块钱，怕小偷偷了，就给我缝上这么一个兜。""你可能好几天没换裤衩了，"赵大江用手在鼻子上煽煽风："好，这裤衩里又臊又臭，我看他们是不会去翻的。"

"要是翻。"牛东方笑着打趣儿说："你就'扑'，给他个屁吃！"牛东方的话把三人都逗得开怀大笑。"行了行了。"黄小亚收住了笑："我只是想快传出去，究竟怎么传出去，让谁传一点儿谱也没有。在路上碰上杨大姐我很高兴，我本想让她给武解放捎个信儿，可咱们的手都被反绑着……"黄小亚说着，向眉头上推了推下滑的眼镜："今天不是开批判会吗，到时候我们就见机行事吧！"

这时门外传来李宝进的声音，接着门锁被打开，李宝进用三根筷子各串着两个馒头，端着一碟咸菜走进来，他幸灾乐祸地说："黄小亚你们三个人听着，徐指导员说了，犯错误也得吃饭，让你们吃饱了好好反省自己。"他说完，把手中的东西放在了桌子上，然后就走了，门又锁上了。

"操！神气个屁，等老子出去了，非得收拾你一顿不可。"牛东方向门外吐了一口，转身对黄小亚和赵大江说："喂，哥们儿，我怎么觉得咱们这处境，像是看小说《红岩》里革命烈士在渣滓洞里那种感觉呢。""别他妈的胡嘞嘞，"黄小亚站起来从桌子上拿起一串馒头，"让他们听着又是一条！"示意牛东方说话注意点。

"就是啊，"赵大江也顺手拿起一串馒头："其实你说呢，咱们整这玩意儿确实不合法，那布票后面写着不准买卖，咱哥们儿几个也不知当时头脑一热，就和武解放连连在一起，整上这玩意儿了。""后悔了，以后别和我们在一起了。"黄小亚咬了一口手中的馒头，牛东方也拿起了一串馒头，咬了一口，边嚼边用眼睛瞪着赵大江。

黄小亚嚼着馒头，走向窗户，向外张望。赵大江咽下一口馒头，骂道："他妈的，也不给拿双筷子，咸菜怎么吃呀。""一定是李宝进这个兔崽子干的，等出去了，饶不了他。"牛东方说着也跟着黄小亚来到了窗前。

"别讲究了，都啥时候了，对付点吧，"黄小亚没好气地数落道："用手！"
"他妈的，"牛东方咽下一口馒头，骂着用手一攥，一下子攥成了个长条大饼子形，他说："馒头怎么发黏呀，像是欠火。"

"不吃了，揣兜里饿时再吃。"黄小亚转回身，笑着说："你们呀——"

第二十五章

第二十六章

　　球场上的人群是越聚越多，全连老老少少，男男女女，能来的都来了，有说的，有笑的，也有连喊带骂的，更有随大流看热闹的。徐亮站在连部的门口，瞧了瞧，见人来得差不多了，就对身边的李宝进说："你和场里来的民兵带他们去会场吧。"他说完，又嘱咐，"把牌子给他们戴上。""好的。"李宝进拎着三个往脖子上挂的批判牌，上面写着：投机倒把分子。名字上还用黑笔打了个叉，他领着那两个民兵就进了屋。

　　李宝进用钥匙打开门，刚要往里进，众人一下子全愣了，只见牛东方用钥匙链上的小剪刀，把衣服连剪带撕地扯成了一条一条的，脸上用墙上的白灰抹成了白脸蛋，冲着两个民兵眼发直："解放军叔叔，你——你说，凭我这小伙子——找——找不到对象……"他说着就要去搂抱两个民兵。"快，快，"高个子民兵慌慌张张地对矮个子民兵说："快……快报告指导员，牛东方疯了，疯了……"

　　矮个子民兵一看，慌忙跑去报告了，牛东方也趁机跟着跑了出去。这时，黄小亚和赵大江，一个梗梗脖，一个瞪眼睛，俩人在屋里厮打起来。黄小亚紧紧抱住赵大江对准脸蛋就是一口，赵大江的脸上顿时鲜血淋漓。

　　"你，你小子不……不……不让我返城，就灭了你——"黄小亚放开赵大江，直奔李宝进走去，那样子像要和他打架似的，嘴里不住地骂："你她妈的是个小爬虫……老子灭了你……""不好了，黄小亚也疯了……"李宝进喊着叫着，也跑出去了。

　　"解放军叔叔，鬼子进村了……"牛东方嘴里嚷嚷着，东跑一会儿西跑一会儿，来到房山头，拿着火柴要点一栋房子。被几个赶上来的壮小伙子狠狠地给摁住了。

　　黄小亚和赵大江两人同时对峙着，像一对公鸡要斗架的样子。"疯了，都疯了，"高个子民兵边跑边喊："指导员，黄小亚和赵大江他们疯了，疯了，得精神病了——"

　　卫生员老张急匆匆去追牛东方，徐亮站在连部门口喊："老张，快，先到这边来吧！"赵大江跑到了会场，一边跑一边脱衣服，将衣服往肩上搭，谁靠前就用衣服去抽谁，发现几个家属队的女职工在旁边，呼呼就蹿了上去，女职工们吓得妈呀的直躲。

黄小亚跑着蹿着，一下子发现了躲藏在远处的武解放，他急忙从裤衩里掏出那一元钱，又从口袋里掏出半拉馒头，掰开，把钱放在里头，攥了一把，顺手向武解放的方向扔去，使劲喊："打死你——打死你——"然后，人又向另一个方向跑去。

武解放趁人们去追黄小亚的机会，捡起馒头掰开，看了一眼，嘿嘿地一笑，急忙又返回原路，很快就跑得没影了。

这两天，武解放一直在农场附近的乡镇用钱换布票，为了不让农场的人认出自己，武解放尽量去一些偏僻的村落，还在穿戴上下了一番功夫，装成走亲戚的外乡人。他按照以往的经验，白天一个村子挨着一个村子的走，每到一个村子，就找一两个可靠的人，平时为他联系，等他来时再领着他去同人家交换。晚上就走到哪儿住在哪儿，也不花店钱，走时扔下两盒烟，或者来时给人家带点小来小去的东西。这样，武解放在这一片交了许多的朋友，同他换布票的人是越来越多，再加上黄小亚、牛东方和赵大江三人在农场内部为他换布，使武解放的布票来源日溢广泛，生意是越做越大。这次回来，武解放本打算狠狠地换它一笔，没想到，他刚一走进杨柳乡，朋友就把他拉到一边，悄悄地告诉他，说有三个知青来这里换布票刚被乡里来人抓走，让武解放赶紧走，避避风头。武解放仔细一打听，断定是黄小亚他们哥三个，他二话没说直接就去了乡政府，赶到一打听，黄小亚他们刚被农场来的人接走，于是，武解放就跟着追到了连队，当他赶到连队时，正好听见了广播声，他就绕到场院里，然后借着粮囤子的遮掩，一点一点地靠了上来，躲藏到离开会的球场只有几十米远的地方。眼前发生的一切，武解放看得是真真切切，他全明白了黄小亚他们演的这出戏。

会场一片哄乱，但黄小亚和赵大江很快就被众人所制服。

徐亮见局面得到了控制，就急忙跑进办公室，一边擦着满头大汗，一边拿起了电话，电话很快就通了："喂！杜主任吗？不好了，批判会还没开始，黄小亚那三个小子全得神经病了。""啊？"电话里传出杜金生惊讶声："什么？全得神经病了？"

"是，是，"徐亮喘着粗气："全得了，都疯了……""不可能，不可能，"杜金生的声音似乎是在吼："徐亮，你他妈的开什么玩笑，是不是装的？"

"不是，不是呀！杜主任。"徐亮急切地说："脱裤子到处跑的，咬人的，那个牛东方还要点火烧房子，家家户户都在关门，拿着家伙把着门呢，简直把八连搅乱套了……""卫生员呢？"杜金生的语气稍微缓和些："他在场没有？"

"在场，"徐亮回答："他看了，说是患了突发性精神病，杜主任，你快来吧，我招架不住了。"徐亮说这些话时，带着哭腔。"什么，招架不住了？！"杜金生又发起脾气："革命意识跑到哪里去了，这点儿小事还用我亲自出马吗？快把他们送精神病院去……"

"这不得需要钱呀。"徐亮对着电话："我上那里去整啊？""好好！"杜金生忙说："我马上安排人去办……要是处理不好，让他们伤了人命，唯你是问！"

"好，"徐亮连连说："好……好。"

"是——大诚。"杨金环挎着篮子下了公共汽车，刚走到精神病院门口，就见彭大诚从院里走了出来，她吃惊地问："你来干什么？""大姐，你又来了。"彭大诚笑着走上前接过杨金环手中的篮子："我来看看陈大夫，也顺便看看陈文魁。"

"你和陈大夫都是'臭老九'，这我早知道。"杨金环站下说完话，又问："那怎么认识陈文魁的？""在报纸上在广播里呀。"彭大诚笑着说："我看过他的事迹，也听过他的讲话录音。""啊！"杨金环恍然大悟："对了，我知道你认识陈大夫，和他好好说说没有，一定照顾好陈文魁。"

"大姐，你就放心吧。"彭大诚抚着杨金环的胳膊肘儿，两个人向院里走，"我已经说了。""大诚，"杨金环边走边问："你看陈文魁最近怎么样？"

"他呀好多了，还能说出一点半点的，"彭大诚说："但记忆力差多了，不过，有时还明白点。陈大夫说，他对治陈文魁的病还有些信心。"杨金环接话说："这么说，也许能好吧，他是个人才呀！"

"陈大夫说尽力，"彭大诚停下来，问："大姐，听陈大夫说院里接到电话了，不是说我姐夫也要来吗？""他呀，不来了。"杨金环也停下来，一提起徐亮来，她的心思就沉重起来，"连队又出事了？"

"他是指导员，要过年了，再忙也该来看看陈文魁呀，"彭大诚说完，又补充说："陈文魁可是对连队有过贡献的。""这次是不成了，年跟前吧。"杨金环想起了什么，说："你说急人不急人，连队有三个知青投机倒把买布票，让人给抓住了，等着处理呢。"

"三名知青。"彭大诚自语着，用目光示意杨金环说一说。"这事和你说了，也白搭。"杨金环瞧着彭大诚说："你不认识，挑头的叫黄小亚，我猜，八成是和我们那里一个跑回滨城当盲流做衣服卖衣服的武解放有关，事儿大了，听说是倒腾了一千多元钱的布票。"

"姐，"彭大诚劝说："我是经历过挨批斗的人了，别把这事儿看得太重了。""不看重怎么行啊，那布票是定量发的上面印着'不准买卖'。"杨金环说着就闹起心来，她看完陈文魁，还得去找武解放呢，就岔开话说："行了，行了，咱们不说他们这些破事儿了，大诚，你的对象问题还没解决吧？"

"姐，问这事啊。"彭大诚略带笑意回答："别人介绍了一个正谈着。""怎么样？"杨金环也笑着问："你看中的准没错。"

"嘿嘿。"彭大诚笑了两声："没有感觉。""哎呀。"杨金环面带气状："愁死我了，光我就给你介绍多少了，你总是这个没感觉，那个没感觉，别太清高了，找对象是过日子，不是买枝花插在花瓶里看，我告诉你，咱爹妈走的早，这事儿就得我干涉了。"

"姐呀，"彭大诚向前走了两步，回过身来："我也想过，也不知道自己是怎么了，就是找不到对撇子的，先不说这个，姐，我陪你一起去看陈文魁，完了一起到家去吧。""见到你就行了，在哪里看你，还不是你光棍一个，"杨金环说完，又说："哎，这样吧，你把别人新介绍的领给我看看，我帮你参谋参谋。"

"姐，不行，"彭大诚一听，连忙拒绝说："八字还没一撇呢。""那我就不去了，"杨金环气哼哼地说："这回我和你说好了，你什么时候找对象了，你这个姐姐就什么时候登你的门。"她说完进了医院大门。

"姐，我还有事，就不陪你了。"彭大诚望着杨金环的背影笑了笑，大声说："陈文魁的父母知道你来，都在那里等你呢。""知道了，你忙你的吧，"杨金环回头向彭大诚招招手，说："过一会儿看看有没有时间，有时间我就回家一趟。"

杨金环进了精神病院的院内，发现墙上、门口都摆着用红、黄、绿各种水冰制成的冰灯，可以想象等晚上放上蜡烛一点，是很有一番情韵的。令她奇怪的是，一进大院就发现陈文魁双手把着铁栅栏墙，正面向对面的小雪山瞧着什么，他身后还站着十多名精神病患者和几名院里的工作人员，都那样站立着，默默地凝视着前方那座小雪山。

杨金环不知道发生了什么事情，边撒眸着边走去，快到陈文魁身后人群的时候，杨金环先停住脚步，侧耳听去，只听从前面小雪山方向隐隐约约传来了呼唤声："文——魁——，文——魁——，……"

杨金环好奇地向雪山顶望去，只见雪白的山顶上站着一个穿棉猴、脖子上缠着大围巾的姑娘在朝着这边呼唤。等她静下心来仔细听去，那声音却是驾着清冷的寒风一声接一声不间断地徐徐飘来。陈文魁包括他身后所有的人都在肃立着、静静地听着，就像农场的连队没有俱乐部，冬天站在广场雪地上看激烈的战斗故事片电影或现代革命样板戏电影那样入目入耳入神。

起风了，寒风残酷地吹打着树梢，树梢像是早已冻实心了、冻僵了，已经不知道什么是寒冷，那呼唤声驾着寒风飘过层层树，漫过高高的铁栅栏墙送到了这精神病院里。这姑娘的声音虽然是亲亲地呼唤，却不是鸟语花香中和风熙熙相伴那样的让人感到甜蜜柔情，就像烧红了铁条放在水里被冷粹时在喷发自身的情感，听不出它其中的含义，却有一种震撼人的力量，足以让听到这声音的人流连忘返。

风大了，风裹着那呼唤声卷起了树权上的雪花，忽而在树梢上旋来旋去，然后四处飞落，跌在了茫茫的雪地上，这呼唤声再不是那么平直地驾着寒风飞来，随着寒风的上下飞旋变得时高时低，变得时隐时现，偶尔那"文"字长了，那"魁"字短了，不管变得怎么长，变得怎么短，在潜心静听的人们那里，总是能把文和魁两个字连在一起听进耳里，落在心里，那像烧红钢条粹水的声音变得时而嘶哑，时而清脆，时而隐去又忽地显亮出来。

这些自觉聚在这里的人群听着听着，有的精神病患者忽而跑了，那几位医务工作人员仍在听着，小声议论了起来，那呼唤声在跑走的脚步里，在议论的声音里飞窜着，像是要给他们诠释似的，呼唤声突然变得音量大了起来，使议论的人悄悄停止了。听过几次呼唤的人几乎都掌握了这呼唤的规律，每每都是由小到大，最后在突来的大声里戛然而止……那戛然而止的最后一个音符，可以让人明显的感觉出，像是憋足了劲，要一下子迸发出淤积在心底的所有炎热，像山崩第一声响，像海啸第一潮来，像大树被飓风吹断第一声脆折……

陈文魁一动不动地站在那里听着，时而像是听不懂的样子，仰天伸脖又向前探头。有时又像浑身是虱子在咬他，又摇身子又自扭自蹭在靠衣服摩擦解痒。

杨金环走上前去想问一问旁边人，这是怎么一回事，但她没开口。陈医生从身后悄悄走过来说："大姐，什么时候到的？"

"噢——"杨金环像是从恍然大悟中清醒过来，顺势伸过手去，"刚到不一会儿。"陈医生和杨金环握过手，微笑着点点头："走，到屋里坐吧。"

"陈医生，"杨金环禁不住问："这呼唤的姑娘是个什么人？"陈医生瞧了瞧山顶，摇摇头说："搞不清呀。"

"陈医生，"杨金环又问："这个姑娘在这里喊了多长时间了？""多长时间？你是要问这一次吗？"陈医生寻思一会儿，说："每次大约半个小时，自从陈文魁住院以后，差不多每个星期天的这个时候都来，上下不差10分钟。"

杨金环不解地问："从没有间断过？""没有。"陈医生说："据我所知是风雪不误的，有一天刮大烟炮儿，这姑娘仍然来了，而且也还是喊了半个小时左右……"

"陈医生。"杨金环耐不住地截话："每次陈文魁都来听吗？""是的，"陈医生指着陈文魁的背影说："每次都是站在那里这么听，拉都拉不回去。"

杨金环问："这么老实？""不，"陈医生说："有几次胡喊乱叫，还乱唱些曲子，后来就好了。只要那里呼唤声一开始，他就从病房里跑出来听，有时候还提前来这里等着，后来，就那么站在那里一动不动地听。"

杨金环和陈医生两人一起望去，只见陈文魁双手把着铁栅栏，不知冷似的一动不动地听着，脚下一个锅盖大小般的脚窝儿，看来那是他的"专利"了。

"陈医生，"杨金环问："文魁听完以后有什么反应没有？""有是有，但反应不一样，"陈医生说："有时候哈哈大笑，有时暴躁，这一个月来比较好了，我总的感觉自从有了这个呼唤声，陈文魁的病像是在向更稳定发展，我认为这已经很不错了，下一步有可能向更好处发展。"

"陈医生，"杨金环问："文魁的爸爸妈妈知道这事儿吧？""知道。"陈医生笑了笑，又停了停，然后他接着说："两位老人都知道这事儿，始终没了解出这姑娘是谁。"

"这还简单。"杨金环笑着说："那就上去看看去嘛！""哎呀，这还用说，"陈医生说："第一次去，刚到半山腰姑娘就从后山溜了，以后又去又溜。"

杨金环说："陈医生，你们没帮着了解了解吗？""我倒是想过，也上去过。"陈医生说："我受陈文魁父母的委托，也为了治好陈文魁的病，我也想解开这个谜，我要到跟前的时候，姑娘就戴上口罩，用大围巾把头围的更严了，围的那对眼睛只能看到上端一小半，剩下个额头和刘海儿，由于她呼喊时呼热气呼的，刘海儿上还挂了一层白霜，就连那头发的原模样都看不出来……"

"陈医生，"杨金环着急地问："你没和她说话吗？""当然说了，"陈医生说："我问我的，那姑娘好像没听见，理都不理。"

杨金环说："这就怪了。""大姐，外面太冷了。"陈医生觉得身上冷了，就说："走，到我办公室去说吧。"

杨金环说："喊喊陈文魁吧？""不，不用。"陈医生忙说："这种病人只要他不闹事，不出什么问题，就不能随便拉他做什么，有时候越让他上东他就上西，不管不问，他就很自然的该干什么就干什么了，这样利于保持他的情绪稳定。"

"好吧，你是医生，就听你的吧"杨金环笑着，一打手势，"走——进屋。"

第二十七章

彭大诚上班时，路过收发室的门口，他习惯地向自己的邮箱看一眼，见里面有两份刊物、一份报纸、还有一封没有邮戳也没有邮递地址的信，就取了出来。他把报刊夹在腋下，撕开信边看边往办公室走。

信笺无头无尾，只有一句话：

"糊涂的彭大诚，上次我只是浅浅和你谈了黄春雁和陈文魁曾有一腿的事情，你知道黄春雁是以向领导献身换来上大学的吗？"

"准又是丛娟娟，"彭大诚看完，"扑哧"地一笑，边走边自言自语："不可能，黄春雁不可能——"他说着又摇了摇头，然后把信封、信笺叠一起塞进兜里，开门进了办公室。

彭大诚坐在办公桌前，寻思了一会儿，又把信笺从兜里掏出来，展开，想再读一遍。就见黄春雁腋下夹着一沓子资料，手里还拿着一卷图纸兴冲冲地敲门走进来。

"哟。"彭大诚急忙收起信，有点慌张地站起来，热情地招呼："黄春雁进来——坐。""彭老师。"黄春雁瞧着彭大诚，见他有些不自然，就上前问："你怎么了？不舒服吧？"

"没有。"彭大诚还是有些不自然地问："喂，黄春雁，今天怎么没上课？""噢，没有就好。"黄春雁往前走了两步，坐在了办公桌前的空椅子上，回答："今天上午大课是选修课，我就准备选修你讲的寒地农作物栽培了。"她说着，把腋下的资料往桌子上一放，把图纸展开。

"哟，"彭大诚拿起资料，读出了声，"论文——关于寒地水稻增产的思考。"他只看了论文的标题，就惊喜地说："你进入角色这么快，看来，我们点名要陈文魁和你来了是一样呀。""彭老师，瞧你说的。"黄春雁嗔怪地笑着说："你们就以为陈文魁为农业学大寨做出贡献，我就不行呀？"

"行，行，"彭大诚放下论文，又看了看桌子上展开的图纸，心里是一阵欢喜："太行了，这就是说选你选对了。""为什么？"黄春雁不解地眨了一下眼睛，看着彭大诚，希望他把话说完。"你看。"彭大诚抬起头，瞧着黄春雁，认真地说："陈文魁钻研这一行让我们欣赏这是定了，但是，深造的智商能不能像你这么有潜力我们就不好说了。"

"你可别夸我了。他——"黄春雁不愿说出陈文魁的名字，笑笑说："肯定比我强。""不好说。"彭大诚随和着一笑："没在一起探讨过还不知道。"

黄春雁笑着，站起来，走到桌前，用手点点彭大诚摊开在桌子上的材料，像小学生似的说："彭老师，我写的这个东西请您指教。关于日本专家'叶龄技术'的书找不到就找不到了，我在图书馆突然发现了一本借鉴'叶龄技术'研究南方水稻增产的书，完全可以参考，陈文魁为了找日本开拓团时的那个'二劳改'，挨了批判，我们不找了，依靠这些，完全可以研究出成果来。""不，你说的那个叫汪青山的'二劳改'还是要找的！"彭大诚连忙解释："人和资料我们都得用上。"

"不行吧，"黄春雁面显难色："要惹麻烦的。""你没有看报听广播嘛？"彭大诚知道黄春雁的思想顾虑，就笑着说："近年来，平反、矫枉过正的事不断出现——""事儿是这个事儿。"黄春雁还是顾虑重重："可我下乡的那个地方比较闭塞，得等待时机。"

"可以，"彭大诚深情地瞧了黄春雁一眼，忙又低下头，看看图纸，上面写着：寒地水稻"叶龄技术"思考图。

"说实话，彭老师，你专题课上讲的那些，也使我悟出了不少东西。"黄春雁又坐回椅子上，她发现彭大诚麻木地盯着自己，忙又站起来，不好意思地说："好了，我的作业你先看，希望多指教，我走了。"黄春雁说着就转身要走，刚一迈步，就被彭大诚叫住："黄春雁，等——等——"

"彭老师，"黄春雁停住，回过头问："还有事儿？""黄春雁同学，不，黄春雁同志，"彭大诚慢慢站起来，离开办公桌，走过来，他推了推眼镜，吁了一口气："请你不要介意，不论是你的相貌身材，还是你的性格，都是我梦寐以求的伴侣。"

"彭老师——"黄春雁一时不知如何面对这突如其来的局面，有些尴尬地说："你别说了……""黄春雁同志，"彭大诚嚅动了两下嘴唇，鼓足勇气："请你听我把话说完，我知道，你虽然以书信的形式与陈文魁断绝了恋爱关系，心中或许还有他，我推想你们结成伴侣已经不可能了，且不说他精神失常会治的怎么样，因为还有位比你更激情的姑娘在期待着他，我昨天去了趟精神病院，又碰到那位姑娘在小山顶上呼唤陈文魁的名字——昨天我同母异父的姐姐也来了，我姐就是你们连队的杨金环，想必你已经知道我们姐弟的关系了。她看完陈文魁后，走时来了一趟家，向我说了一些你和陈文魁的一些事情，我觉得……"

"彭老师，"黄春雁眼睛有点湿润了，她劝阻说："我们能不能不谈——""不，"彭大诚心潮起伏，他想把心里的话都说出来，"我在心里已经憋了很久了，不说出来这些话总在脑海里翻腾，常波动我的情绪，尤其是晚上，常常失眠。"黄春雁欲走，又停住了脚步，低着头，等待着。

"黄春雁同志，"彭大诚仍站在黄春雁的身后："我知道你心里放不下陈文魁，又难以去接触，我曾经这么想，假如陈文魁的病好不利索，失去劳动能力，那位呼喊他的姑娘又后悔的话，我们可以供养他……虽然很渺茫，但是我希望你能让我期待这一希望。"

"彭老师，"黄春雁猛地转过身，那一瞬间，她泪如雨下，想说些什么，她真的好想说些什么，但她却是什么也没说出来，一转身推开门跑了。

"黄春雁——"彭大诚猛跑两步，追出门外，只瞧见黄春雁急匆匆消失在宿舍楼拐角处的背影。他站在门口的台阶上，茫然地望着天空……

黄小亚、牛东方和赵大江三人坐在病床上正小声的嘀咕着，听到门口传来脚步声，急忙就扭打成一团，赵大江被摁倒在水泥地上，牛东方骑在上面，用双手拽着他的耳朵嗷嗷地喊叫着，黄小亚又趴在牛东方的身上揪着他的头发，一个个眼睛都直勾勾的……

病屋的大铁门被人从外面打开，陈医生脖子上挂着听诊器走了进来，身后还跟着一名女护士。黄小亚拽着牛东方的头发不放，见有人进来了，就一转身，腾出一只手来，指着陈医生骂："你——干什么的——滚出——去——滚——"

"别装了，"陈医生嘿嘿一笑，上前用脚踢了踢倒在地上的牛东方："都给我起来。昨天，徐指导员带人一走，你们那么一耍，我就看出你们这里边是有故事的，都给我老老实实地站起来！"

"你——你胡说，"牛东方故意斜视着眼睛，瞪着陈医生，恶狠狠地说："你再胡说，我，我——打死——你——"说着就从地上爬起来，冲上去要动手打陈医生。"来，"陈医生不慌不忙地对女护士说："把电棍给我——"

女护士忙把电棍递给陈医生，陈医生接来电棍打开电钮，一边朝前走一边说："牛东方，来，你打，打吧……"黄小亚一看不妙，急忙拉住牛东方，上前嘻嘻哈哈地赔不是："陈医生，高抬贵手，高抬……"

"对不起，陈医生，"牛东方和赵大江也赶紧嬉皮笑脸地说好话，"是是……不敢了。""陈医生，"这时，又走进来一名女护士对陈医生说："有一位病人的家属急着要见你，看样子是找你有急事。"

"你们三个小子等着。"陈医生用电棍指了指黄小亚三人，冷笑着走出了病房，女护士反身"哐当"一声关上了门，随后又上了锁。

"完了，完了，"黄小亚往床上一躺："这下子全完了。""这是怎么回事？"牛东方也一屁股坐在了床上，嘟囔："陈文魁得疯病的时候，我看着就是这样啊，他妈的——"他说完握紧拳头向墙上猛地就是拳，疼得他"哎哟"直咧嘴。

"看来，"赵大江倒是显得很平静，他来到黄小亚的床头前，问黄小亚："咱们在连队唬徐亮那帮老屯行，怎么到这里来就不灵了……""怎么办呢？"黄小亚也犯了难："弄不好要出大事了。"

"要是把咱们弄回去，"牛东方也走来，坐在黄小亚的床头："杜金生那个老淫棍没事儿还找事儿呢，还能有咱们个好。""杆戏儿，"赵大江叹口气，连连说："杆戏了，杆戏了！"

"真的坏菜了，"黄小亚坐起来，"看来，这个姓陈的大夫看出咱们是装的了。瞒是瞒不下去了……干脆和他挑明。""挑明？"牛东方不解地说："要是再传到杜金生、徐亮耳朵里可他妈就完犊子了，非得抓咱们回去不可。"

"这可怎么办呢？"赵大江说着，寻思了一会儿，又说："能不能和武解放联系上，让他在外面找找人，帮咱们逃出去……""这事无论如何也不能再把武解放牵扯进来了，还得靠咱们自己想办法了。对！逃出去。"黄小亚急忙下地，走到门前，用双手拽拽门，门被从外面锁得紧紧的。

"妈的，咱们大活人总不能让尿憋死呀！"牛东方气得一跺脚："小亚，快想个办法呀？""我看这样，咱们还是继续装下去，看陈医生下一步怎么对待咱们……"黄小亚正向牛东方和赵大江说着想法，就听门外又传来了脚步声，他忙带头又装起疯来。

脚步声在门口停下，接着观察窗户被打开，半尺宽大的窗口露出了武解放的脸来，黄小亚、牛东方和赵大江欣喜若狂地奔上前，争先恐后的握住武解放伸进来的手。"哥们儿，辛苦了。"武解放收回手，隔着铁栏，小声说："给我的时间不多，有事快说。"

"解放，不好了，"黄小亚急促地说："这里的医生发现我们仨的精神病是假的了。""怎么见得？"武解放一边问一边扭头看了一眼走廊，见护士离得很远，就放心地说："快说说。"

"从医生的说话口气中听出来了，我看纸是包不住火了，我们一商量，想找陈医生把事挑明，请他帮帮忙。"黄小亚把想法向武解放学了一遍。

"我看行，就和他直说。告诉你个好消息，"武解放说完，脸上露出了笑容，他兴奋地说："你们有救了，这个陈医生是杨金环同母异父兄弟的好朋友——叫陈永嘉。""你从哪知道的，能有那么巧？"牛东方一听，兴奋地接话问："解放，快说说。"

"你们被绑着，用'大解放'拉到场部，再换上大客车直接把你们送到这儿，我都知道，我一直从连队跟到场部，瞧见你们被徐亮和几个民兵押上大客车，我随后就奔了火车站，坐夜里的火车才赶回来，这不，一下车，就跑来了。

我不知道这里的情况，怕徐亮他们留下人看着你们，再认出我来，就先找了陈医生。他说徐亮领人把你们送到这里，办完入院手续，当时就都跟车回去了，没想到刚才我们俩一唠，又得知杨金环和她弟弟昨天还来过，他还说和她弟弟是好朋友……""可杨大姐已经回去了，怎样才能尽快找到她弟弟呢。"黄小亚却高兴不起来，他担心说："这样一天两天还行，时间长了再让别的医生、护士看露了咱们就全完了，再有，说不上场里什么时候来人，也许明天就来人了，到时，想得再好也白费，这里还是纸包不住火。"

"这怎么办呢？"赵大江急了，接话问："那我们还得装下去。""唉，"武解放叹了口气："你们几个小子，也不动动脑筋就瞎整，这精神病是装的嘛，一个也行，还不起眼，还一下子三个一起得了精神病，傻子才信呢！""说那都没用了，"黄小亚也有些后悔："解放，你说，应该怎么办呢？"

不等武解放说话，牛东方又抢话说："让杜金生他们知道了，把咱们弄就弄回去，挨批就挨批，挨斗就挨斗，能他妈怎么的，豁出去了，给他来个死活论堆儿，反正总不能把咱们枪毙了吧？""到时候，"赵大江又接过话："把你关进小号里，比他妈的枪毙还难受！"

"你们都瞎唠叨啥。"黄小亚回过头，气呼呼地制止说："都闭上嘴，听着说正事。"他说完又扭回头，瞧见武解放笑嘻嘻的样子，问："怎么？你有办法了。""我认识杨大姐的弟弟，你猜猜——"武解放仍是笑嘻嘻地边问边答："他就是丛娟娟的对象——彭大诚。"

"怪不得你小子这么有把握呢。"黄小亚说着，一转眼珠子，又问："他能帮忙吗？""能，"武解放肯定地说："别看丛娟娟那个德行，他和丛娟娟可不是一类的人……"武解放正要说下去，就听走廊的一头传来两声咳嗽声，他忙扭头一看，见陈永嘉医生向他做了个手势，示意他有话快说，时间差不多了。

"过来，"武解放见三个人凑过来，就说："我现在就去找彭大诚，让他来找陈永嘉说说，让陈永嘉把这里的事料理好，你们再想办法逃出去。""解放，"黄小亚有些后顾之忧地问："跑出去怎么办？"

"跟我一起卖衣服！"武解放说完，牛东方问："住哪呀？吃什么呀？"

"我先想办法让你们先逃出去，然后再想这些。"武解放临了，又嘱咐黄小亚三人："你们在这里千万注意一点儿，尽量少往人堆里凑乎……""行行行，"黄小亚催促着："快去吧。"

武解放急忙忙从精神病院走出来，就上了一辆客车，由于精神病院离省农科院只有一两站地，所以武解放很快就来到了彭大诚的办公室。

"武解放，你怎么有时间来我这儿？"彭大诚见武解放匆匆忙忙进来，蛮有兴趣地说完，又开了句玩笑："你小伙子，是不是又跑来推销你们的服装来了。"

"我不是来推销服装的，是有重要的事来求你帮帮忙。"武解放边擦着脸上的汗，边说："我有三个知青朋友，和我一样，都和杨大姐在一个连队……""你别说了，他们的事，我听我姐姐说起过，她这次来，还急着要找你呢。"彭大诚一听，就明白了，他打断武解放的话，"没想到事情会发展到这样，你先回去，我交代一下，就去精神病院……"

"彭老师，"武解放见彭大诚这样上心，感激得差点流下了眼泪，但他还是放心不下，又补充说："他们三个，都是因为我才遭殃的，受了那么多的罪……你可千万帮帮忙呀。""武解放，"彭大诚笑着，拍着武解放的肩膀，说："放心吧，我会尽力的。"

"我替我那三个朋友先谢谢你了。彭老师，我走了。"武解放这才放心地走出了门。

武解放刚拐过办公楼的楼角，丛娟娟突然出现在他的面前，气势汹汹地截住说："武解放，你老实说，来干什么来了？""我来干什么你管得着吗？"武解放一见丛娟娟这样问他，心里就来了火："丛娟娟，你给我把路让开。"

"管不着，你再说一个，"丛娟娟两眼一瞪，样子像要把武解放一口吃了似的："你投机倒把我管不着？！你来说我的坏话，破坏我和彭老师的交往，说我的坏话，你缺八辈子德了，今天我非管不可！"丛娟娟说着伸手去抓武解放，"走，你跟我去纠察大队去！走——""丛娟娟，你这是……"武解放一边往后闪着身子，一边撸起胳膊："你这是要干什么？"

"怎么？你还想打人啊。"丛娟娟发了疯似的嚷嚷："你这个臭盲流，竟敢跑到我们单位来打人——给你打——"边嚷嚷边向武解放身上靠。

两名过路的农科学院的老师路过，瞧见这边发生了争斗，就跑了过来。"喂，"一个男青年上前问："小伙子哪来的？怎么跑到这里来动手打人？"另一个也是男青年，他上前阻拦说："太不像话了。"

"叫你打……"丛娟娟哭喊着："臭盲流，叫你打，我叫你打——"武解放被逼得退到了墙根，丛娟娟趁势伸出双手猛朝武解放脸上抓去……

第二十八章

彭大诚和黄春雁围在桌子旁边，向老教授讲解着黄春雁那张图示表，旁边还放着那份《寒地水稻增产探索》的论文。老教授一边听着，一边不时地点着头，等彭大诚和黄春雁把要说的话都说了，他摘下鼻梁的老花镜，信手又拿起论文。"宋教授，"彭大诚指了指老教授手中的论文，兴奋地说："黄春雁的这篇论文我细读了，老实说，里边阐述的一些问题虽然还很幼稚，但是，这个课题的提出，太有价值了！"

"是呀，我也看了，"宋教授翻了两页，抬头瞧着黄春雁问："黄春雁同学，应该说你也不曾涉及到这方面知识，我想问问，最初是怎么想到这一点的。""是陈……"黄春雁刚一张口，但又把嘴边的话又咽了回去，她看了一眼彭大诚。

"你说的是不是那个北大荒知青——陈文魁？"宋教授接话说完，看了两个人一眼，见黄春雁和彭大诚对视着，他心一怔，"不说这个，不说这个……"宋教授拍拍自己的脑袋，岔开话说："我恢复工作以后就惦记着这个课题，只是气那几个造反派把图书馆里几本日本专家关于'叶龄技术'方面的专著都烧了，根本没想到借鉴南方专家把这一技术应用在籼稻上的成功技术。""看来，"彭大诚见黄春雁心事重重的沉默不语，就笑着说了句玩笑："宋教授，你这可是地地道道的崇洋媚外了！"彭大诚的话，把三个人逗得哈哈大笑。

"宋教授，"彭大诚借着兴奋劲说："我受黄春雁的启发，根据籼稻的成功技术，围绕水稻不同生长时期的叶龄状况，思考出了一个如何在肥、水、管方面采取措施来提高寒地区水稻产量的系统工程。""彭老师，"宋教授瞧着彭大诚问："为什么偏偏要在水稻上呀？"

"是这样，"彭大诚深情地看了一眼黄春雁，然后解释说："一是因为陈文魁在品种研究上有了基础，二是老百姓喜欢吃大米饭，再说，这比研究玉米、谷子什么的增产快，是个攻关项目呀！""你说得有道理，"宋教授也站起来："那咱们就共同出力，先在试验田搞试验。"

"太好了——"黄春雁高兴地拍了一下手，"谢谢宋教授的指教，"她说着和宋教授握了握手，对彭大诚说："彭老师，那我们走吧，宋教授的时间太保贵了，就不打扰了。"

"再见——"彭大诚也和宋教授握了握手,跟着黄春雁离开了宋教授的家,两个人一前一后地走着,谁也没有说什么,很快就进了学院的大门。

开始,学院里还能看到稀稀拉拉的有几个人,越往里走,行人越少,等到了岔路口,四下里只剩下了彭大诚和黄春雁两个人。"到我那儿谈谈?"彭大诚停下来,用诚恳的眼光看着黄春雁。"啊?不啦。我还有事要办呢。"黄春雁看了一眼彭大诚,忙又把目光转向了别处:"有些事情,还请你多多谅解。"她顿了顿,张了张嘴,像要说什么,但又不好说什么,最后说了声"再见",就转身向宿舍楼走去。

彭大诚摇了摇头,目送着黄春雁进了宿舍楼,这才转身朝自己的办公室走去。在门口,他花了好一阵儿的时间才找对开门的钥匙,然后打开门,刚要转身进屋,就瞧见丛娟娟不知什么时候,鬼使神差地出现在了面前。

"彭老师,"丛娟娟笑了笑,随后话里有话地问:"好像还有一个人和你在一起来着——人呢?"彭大诚的心情本来就不好,听到丛娟娟这么刁钻,又夹杂着醋酸味儿的话,他的心情更加不好了,就所答非所问地反问:"你有事呀?"

"有些话想当面和你说说。"丛娟娟见彭大诚没有进屋的意思,就尴尬地说:"彭老师,我们能不能进屋说。"彭大诚没有马上答应,也没有动身,他沉默了一会儿,还是说了声:"好吧——请进。"他很有礼貌地为丛娟娟推开门,跟着丛娟娟进了办公室。

"请坐,"彭大诚一边收拾黄春雁放在办公桌上的资料和图纸,一边客气地示意丛娟娟坐下,"说吧。""彭老师,"丛娟娟坐下,她看了一眼表情凝重的彭大诚,然后大大方方地说:"我昨晚几乎一宿没睡好觉,想了一整夜。我想冒昧地问你一下,你为什么不喜欢我?"

"嘿嘿。"彭大诚被丛娟娟开门见山的话逗乐了,但他很快就收起笑容,平静而又温和地回答:"丛娟娟同志,不能说不喜欢,只是喜欢你一个方面,不喜欢你另一个方面。"丛娟娟直截了当地问:"喜欢哪一面?"

"比如——"彭大诚收拾好桌子,坐下来,瞧着丛娟娟:"比如你的聪明伶俐,有攻关能力,这是一般姑娘做不到的。""那我想听听,你不喜欢我哪一方面?"丛娟娟矜持着,用迷茫的眼神注视着彭大诚。

"这……"彭大诚看了一眼丛娟娟,犹豫不决的样子:"不想说了。""说吧,没关系。"丛娟娟倒是十分的冷静:"我非常想知道。"

彭大诚笑着说:"既然你这么直接,就恕我直言,我不喜欢你的尖刻,因为和我的性格是格格不入的。""能不能举个例子?"丛娟娟有些坐不住了,她挪动了一下身子:"比如——"

彭大诚说:"最直接的就是武解放,你无论如何不该骂他打他,把他的脸挠破……”

“好，我明白了，”丛娟娟从椅子上站起来：“你什么也别说了，你不理解我，谢谢你。”她转身就走。

“丛娟娟同志——”彭大诚叫住丛娟娟，丛娟娟站在了门口，仍是背向着彭大诚，彭大诚走上几步，说：“尽管这样，凭着我的经验和观察，我还是告诉你，武解放是个非常好的小伙子，希望你——”“这就不用你操心了。”丛娟娟含着眼泪，拔腿就迈出了门槛，正好和急匆匆闯进来的人撞了个满怀，两人都发出了“哎呀”一声。

丛娟娟一看是武解放，破口大骂：“你眼睛瞎呀！”随后就跑走了。“彭老师，”武解放没有在意丛娟娟的话，上气不接下气地对彭大诚说：“彭老师，你看这事，这事……该怎么办？”

“解放，有话慢点说，”彭大诚意识到，可能发生了什么事，连忙上前问：“怎么了？”“黄小亚他们从精神病院跑出来了。”武解放急忙说：“人让我暂时藏到了一个小仓库，你看陈医生那怎么安排呀？弄不好，他会受连累的。”

“哎呀，陈医生是我们的朋友，我已经和他说好了。”彭大诚一听，责怪地说：“他会帮助他们的，干嘛要跑出来呢？”“不跑不行啊，是陈医生故意给他们机会，放他们跑的。”武解放解释着说：“陈医生告诉我说，农场来电话了，明天来人来车，他们真的有精神病，就放在这儿治疗，并留下人看着。如果是装的，就把人带回去……说先跑出去再说。”

“哎！”彭大诚也着急了：“他们这一跑，肯定是满城风雨，不行，不行，弄不好要弄出乱子来。”“那，那，彭老师，我让他们再回去？”武解放见彭大诚紧皱眉头，知道惹祸了，忙说：“对，让他们回去，不能连累陈医生……”他说着就要走。

“等等！”彭大诚叫住武解放，回身拿起桌子上的电话，拨通了精神病院的电话：“喂！是永嘉吗？永嘉啊，对！我是大诚，麻烦你了。我想问……”“大诚啊，”陈永嘉的声音：“你什么也不要问了。”

“我不放心啊，武解放也在我这儿。他们怕连累你，想回去呀。”彭大诚还是不放心地问：“你看？”“千万别让他们再回来，我这儿你就放心吧。”陈永嘉回话说：“有些话电话里不好说，等见了面再说吧。”他说完就放下了电话。

“既然陈永嘉这么做了，他肯定有解决的办法，你也别替他着急了。”彭大诚放下了电话，总算松了口气，他对武解放说：“你先回去安排一下，我去一趟精神病院，晚上见。”“行吗？还是让他们回去吧！”武解放还是怕连累了彭大诚和陈永嘉。

“行了，行了，快去吧！”彭大诚向外推着武解放，两个人一抬头，几乎同时发现，丛娟娟脸贴在窗户上正往里瞧着。

"妈的。"武解放骂着，呼地推开门，冲着丛娟娟就去了，"丛娟娟，你干什么像个跟尾巴狗似的。""武解放，"丛娟娟也来了硬气劲："你小子嘴干净点，你骂谁是跟尾巴狗？"

"不骂你能对得起别人嘛！"武解放用手指着丛娟娟："就骂你了，就骂你跟尾巴狗了，你怎么样吧？""丛娟娟，"彭大诚见丛娟娟情绪有些激动的要上来和武解放理论，就制止说："别这样，走吧，一会儿我说说他，让他给你赔礼道歉。"

"彭老师，你不用管，"武解放仍用手指着丛娟娟，脸涨得通红，厉声说："我看她到底能怎么样？"丛娟娟斜视了彭大诚一眼，更来劲了，手指着武解放，气急败坏地说："怎么样，你这个投机倒把分子，我，我——告——你——"丛娟娟被彭大诚推着要走。

"你站住！"武解放一听，犹如一头暴怒的雄狮，冲了上去，"丛娟娟，给我站住——""武解放，"彭大诚丢下丛娟娟回来阻止武解放："你冷静点儿！"

"站住就站住，"丛娟娟转过身，双手掐腰："你想怎么的吧？""我想扇你……"武解放把彭大诚向边一推，冲上去，左右开弓，对准丛娟娟就是两个耳光："我让你告，我让你告，你这个人不人鬼不鬼的东西，恩将仇报……"

"武解放，你耍流氓……"丛娟娟披头散发，声嘶力竭地哭喊："我让你打……你打死我得了，我不想活了……""武解放，你住手……"彭大诚好不容易才把两个人拉开，并把武解放拉到了一边，围观的人越来越多。

"要出人命了……出人命了。"一个围观的女教师喊着，向派出所跑去……

事实上，杜金生也没闲着，他安排好车，送走徐亮领着八个民兵押着黄小亚三人去了省城后，就一直犯寻思，他不相信黄小亚三人真的就得了精神病，后悔当时自己太大意了，没跟车去八连看一看，一听徐亮打来电话，就忙乱地派人派车、出钱，让徐亮他们把人直接送去了省城。好在徐亮一回来立即来向他作了汇报。

"经过就是这样，我们把人送到了地方，又看了看陈文魁就回来了。"徐亮向杜金生讲述了来来去去的经过后，又说："我想留下个人看着点，别让他们再跑了，可是让谁留下谁不留，都不愿在那儿和精神病们混在一起……你又让我务必跟车赶回来汇报，这人要是跑了，我可不负这个责任。""先不说责任不责任的，"杜金生离开办公桌："徐亮，黄小亚和那两名知青得精神病的事情准不准？"

"杜主任，准呀，"徐亮站起来，用十分坚定的口吻说完，又说："这么冷的天脱光腚往外跑，还有，那个赵大江和牛东方互相咬打，都抓得满脸血印子了——好人谁那样啊？""徐亮呀徐亮。"杜金生一拍桌子，似乎才明白，斥责说："你是猪脑子啊，头脑太简单了，单凭着这一点就能证明他们都得精神病？我们都上当了。"

"杜主任，"徐亮不解地为自己的看法辩解："你是没看着，疯得比陈文魁那时候还凶呀。""我问你——"杜金生指着徐亮："当时，连队的医生检查了没有？"

"嘻！当时……"徐亮不知怎么说才能让杜金生相信了，急得直用手挠头："当时，我们连队的张大夫靠不上边呀，要不是精神病，那人家精神病医院能收下？由于赶到那儿时是晚上了，找不到人，但值班大夫说了，第二天就给他们做全面检查。"徐亮说着，见杜金生还用怀疑的眼神瞧着自己，就一屁股坐下，"杜主任，是精神病呀，没问题，这你就不要怀疑了。""老徐，不是我不相信你，"杜金生拍了拍徐亮的肩："这件事情有点蹊跷了，怎么能三人一起得精神病呢？你们连怎么一出事儿就得精神病？啊？说什么我也不信，要是说集体得流行性感冒了，我信，说集体得精神病，说死我也不信，"他说到这儿，猛地提高声音，"他妈的，糊弄三岁两岁小孩呢！"

"杜主任，"徐亮又连忙站起来，怯懦地说："我准备后天就带人去省城黄小亚他们三个人的家，像陈文魁当初似的，和家长见见面，去做做思想工作，然后把医生的诊断书给你拿回来。""徐亮啊徐亮，"杜金生来来回回走了两圈，停下来："我觉得不可能，记住，要交代给医生，认认真真地给他们三个做诊断检查。"他说着停了停，又说："你马上派人去精神病院，看住黄小亚他们，要多派几个人，还有必要带着枪去，发现是装的马上把人给我押回来。"

"是！是！"徐亮点着头，"我这就去办。""你回来，"杜金生叫住徐亮，用手一指电话，说："你先给精神病院打个电话，让他们院长注意点黄小亚三个人的动响，把人看紧点，告诉他们，人要是跑了向他们要人——快打呀！"

"喂！喂！省精神病院吗？"徐亮忙拨通了电话，但对方没人接，他放下电话，又拿起来，又拨打，"喂"了好一会儿，对方才有了回声，是个女声："你哪里？找谁？"

"我是小兴安农场啊，找你们院长，有急事啊。"徐亮说着用眼睛瞄了一下杜金生，见杜金生屏气注视着自己，不由得紧张起来。"院长家里有事，没来上班。"对方回答完，"咔"的一声挂了电话。

"喂！"徐亮又接通了电话，对方一听，说了句，"不是告诉你了吗，院长不在！"又要放电话。徐亮忙说："我叫徐亮，你给我找一下陈医生，他认识我……"

"徐指导员吗？"话筒里传来陈永嘉客气的笑声："啊你好你好！怎么你来

也不打个招呼就回去了啊？""忙啊！陈医生，我问你——"徐亮笑着，忙问："我们前天夜里送去的三个精神病人现在怎么样了？"

"三个精神病人？"陈永嘉在电话里停了停，笑着说："噢！徐指导员啊，你说的是不是那三个知青？""对对！"徐亮接话说："就是他们三个知青。"

"哈哈！"陈永嘉在电话里笑了一阵儿，然后说："徐指导员呀，你们真会开玩笑，怎么把三个好人也绑来了——我们给三个人都做了全面的诊断，一切正常，而且是非常正常……你们这样做是违法的。""好人？正常……我说，"徐亮忙问："他们的病一定是装的，那他们人呢？"

"徐指导员，你们知道是装的，还把假精神病人送来，并且一次送来了三个，你这个玩笑可开大了。"陈永嘉认真地回答："人走了……""你们……你们怎么可以随随便便就把人放走了呢？"徐亮说着，抬头看了一眼杜金生，顿时就吓出了一身冷汗，只见杜金生瞪圆了眼睛正怒视着自己，他忙把头转向了一边儿："那我们可要向你们要人了……"

"话可不能这么说，徐指导员，你们可以把好人当病人绑来，我们可没有权力把好人当精神病人治疗，随便关人是要负法律责任的。"陈永嘉停了停，说："再说，你们也太不负责任了，把人大老远的绑来了，一扔就不管了，也不办个手续，要是出了什么事，这责任谁负得起啊。""我们当时不是先交的住院费吗？责任不在我们。"徐亮似乎抓到了理，口气硬了点。

"徐指导员，这可能是个误会。"陈永嘉在电话里"嘿嘿"笑了两声，然后说："前天你爱人杨金环来看陈文魁，会计告诉她，让她给你捎个信，通知你一声，陈文魁的医疗费不够了。会计以为你是来替陈文魁交费的呢，她还向院长夸你呢，没想到你这么快就来……""这……这……"徐亮无力地放下了电话，不敢看杜金生一眼，等待着他的发落。

"妈的，反了反了……"徐亮和陈永嘉电话里的对话，杜金生一字不落地全听进了耳里，他气得咬牙切齿，样子像条上阵咬架的狗，瞪着眼睛在屋里溜来溜去，他骂了两声，随后停在了徐亮的面前，吓得徐亮恨不得找个地缝钻进去……

杜金生真想大骂徐亮一顿，再给他几个耳光，然后把他关起来，饿他几天，让他长点记性。此时，杜金生又能说些什么，又能做些什么呢？一切都是他同意了的，甚至，他曾不怀好意地想，和他做对的人都得精神病才好。

沉静，一切都无声无息。突然，电话铃声响起来，徐亮神经似的抓起听筒："喂！我是徐亮……找杜主任！"徐亮把电话递给杜金生，杜金生一甩手，走到了窗前。

　　"喂！"徐亮见杜金生没接电话的意思，就胆战心惊地回话："杜主任正忙着，脱不开身，有什么事你说吧，我转告——"

　　"知道了，好好！"徐亮拿着电话听着听着，脸上露出了笑容，连连说："好好，我马上向杜主任汇报。"他放下电话，喜形于色地对杜金生说："杜主任，好消息，好消息。""什么好消息？"杜金生说着急忙走向徐亮："快说。"

　　"是这样。"徐亮像打了兴奋剂，两眼放着光："刚才的电话是滨城红卫派出所打来，他通知明天有两名干警要来农场调查武解放的……"杜金生一愣："武解放怎么了？"

　　"武解放被关起来了。"徐亮比画着说："他投机倒把、谩骂殴打妇女，两罪两罚，要被劳动教养两年……他们是来核实他在这儿的一些情况……""两名干警呢？"杜金生也高兴地问："什么时候到？"

　　"他们刚到县里，这么晚了没车了，得明早才能到农场。"徐亮问："去接吗？""当然要接，一定得接，"杜金生说着，看了看手表，"你马上带着我的车去县里，把人给我接回来。"他说着，兴奋地又来回走了两趟，停下来，又解恨地说："活该！两年不行，至少三年！我要以小兴安农场革委会的名义，再给他加上一条——入室行凶。"

　　徐亮惊恐万状地看着杜金生："这……"

第二十九章

　　武解放被拘留的第八天，案子就有了结果——武解放被判劳动教养两年。"天哪，我的放儿……"郭颂美一听，当时就瘫软地倒在了地上，抽抽搭搭地哭不出声来。"大婶，大婶。"黄小亚和牛东方赶紧上前把郭颂美扶起来，然后被赵大江抱到了炕上，几个人不停地叫着："大婶，你醒醒……"

　　"这怎么是好……"武大勤一时没了主意，急得团团转："快……快送医院……""大叔先别急着送医院，让大婶先躺一会儿看看再说。"黄小亚倒显得十分沉着，他见郭颂美的状态只是一时接受不了这个打击，悲伤过度，而引起的休克，就对几个人说："大婶是个要强的人，她能挺过去，要是挺不过去早在儿子被关起来时，就病倒了……"

　　"大叔，"牛东方也劝慰说："你别急，有我们哥几个在这儿呢。""是啊！"赵大江在一旁也帮着劝："大叔，你就放心吧，大婶她没事。"

　　"没事就好，没事就好……"武大勤说着上前在郭颂美身上盖了床被，然后坐在一边，用手抚摸着老伴的头："解放妈，你想开些，事情已经这样了，你急也没有用啊，咱们还得好好活着，你再要是有个三长两短的，让我这个老头子怎么活呀！"也许是武大勤的话太过于伤感，让老伴更加心酸，郭颂美"哇"地哭出了声，武大勤不安地说："解放妈，别哭，看哭坏身子……解放回来该埋怨我了……"他说着，也默默地流下了眼泪。

　　"呜……"郭颂美躺在炕上仍呜呜地哭着，让人听起来很心酸，也很凄惨，又赶上来到了年根前，再怎么要强的人，谁摊上这事能受得了，更何况母亲呢？

　　"妈！"黄小亚看不下去了，"扑通"一声就跪在了地上，牛东方和赵大江也随着跪下，喊了声"妈，"黄小亚流着眼泪说："大婶，解放不在跟前，从今以后，我们哥仨就是您的亲儿子……"黄小亚、牛东方和赵大江同时向郭颂美叫了声："妈！"

　　"快起来，起来。"武大勤慌忙去扶黄小亚三人，但三个人都没有起来。郭颂美又抽搭了两下，她坐起来，用武大勤递过来的毛巾，擦了擦脸上的泪水，对跪在地上的黄小亚三人说："都起来吧。"

　　"妈，你不哭了。"黄小亚连忙站起来，笑着上前拉住郭颂美的手。"妈，你放心，做衣服的事儿，你该怎么干还怎么干，解放干的事儿，我们都接过来。"牛东方和赵大江也笑嘻嘻地从地上站起来，围上郭颂美："妈！我们仨都说了，要像解放一样孝敬您二老。"

"别妈妈的了，"郭颂美扬了扬脸，笑着说："该叫啥叫啥，要是解放听你们这么叫我，出来时还不和我拼命呀，以为我不要他了呢！"黄小亚三人都一听，都哈哈笑了起来。武大勤也笑了，接话说："你们几个可得从他身上吸取教训，解放这孩子太虎呀。"

"妈，"黄小亚瞅着郭颂美说："两年，咱们挺挺腰杆儿，一晃就过去了。""就是。"牛东方凑近点，也说："我们下乡，都五六年了，不就是一晃的工夫……"

"就是，日子不扛混。"郭颂美叹了口气："我担心解放在里面会不会挨打，他二虎呀！怎么能想法看看他去？""这好办，劳教的地方不远，就在市郊——我知道那地方，"黄小亚接过话茬儿："等过几天，让探监了，我们找个车拉你一起去……"

"解放不在跟前了，"郭颂美看了一眼窗前的缝纫机，忧心忡忡地自语："这往后的活还怎么干哪？""妈！你放心，我们干这个不比解放差多少——"黄小亚乐着说："这一阵儿，我那二十件全卖了。""妈，我那十四件也卖了。"牛东方和赵大江也抢着表白："我那十八件也卖了。"

"行行行！"郭颂美用手挨着个地点着黄小亚三人的头，乐着说："你们都能干，这行了吧。"她说完，忙又叫老伴，武大勤听到喊声，忙从厨房走出来，郭颂美对他说："你去仓库一趟，看看动向，那些布料可别让纠察队发现给没收了。""大叔，"黄小亚见武大勤要急着走，就拦住说："你在家照顾我妈，我们几个去就行了。"

"你们别争了，还是让你大叔去。"郭颂美看了一下众人，然后对黄小亚说："小亚，你们仨往后可要多留点神呀！解放的事就这样了，别把你们再搭上，如果你们再有什么闪失，让我这老太婆怎么向你们父母交代啊！""听你妈的吧。"武大勤也有些后怕，他边穿戴着边说："前几天，农场来人抓你们，要不是彭老师和陈医生为你们拦着、报信，你们也没个跑……"武大勤没把话说完，就推门出去了。

"小亚，"郭颂美向黄小亚三人交代着说："你们几个去找一找彭老师，让他给咱们找个地方，在家里做衣服看来是不行了。"她见黄小亚用不解的目光看着自己，就说："解放走时，告诉我，有难处就去找彭大诚——他肯定会帮这个忙的。""妈，"黄小亚放心不下地问："那你呢？谁照顾啊？"

"瞧把你们能的。"郭颂美笑着，说："你们自己都照顾不了自己，还惦记着我——快去忙吧，咱们还得加紧生产……""妈！妈……"黄小亚三人谁也不愿意离开，郭颂美装着生气的样子，摆了摆手，催促着他们快走。

等黄小亚领人出了门，郭颂美趴在炕上又大哭起来，哭着哭着就觉着有人推门进来，她以为是老伴武大勤回来了，就没有抬头看，仍是低一声高一声地哭泣着。

"颂美大妹子，"丛娟娟的母亲张秀兰拎着罐头和蛋糕进了屋，郭颂美立即扭头表示不理，但哭声变成了抽泣声。"大妹子，"张秀兰还是笑着上前："你说，我家养了这么个孽种娟娟，实在对不起你们呀——"

郭颂美仍是躺着，滴泪，不吱声。

"大妹子，"张秀兰把手中拎着的东西放在了炕头："你就看在咱们姐妹多年的面子上，千万别和我们家那个没人味的家伙一样……"郭颂美又抽泣出了声，这时，武大勤慌忙走了进来，瞧了张秀兰一眼，没好气地说："我家可真是躲不完的灾难呀——"

郭颂美一听，一骨碌坐起来："又怎么啦？"

"刚才，我回来时，有两个纠察队的要找咱们家，问到我头上来了，说是咱家私开黑被服厂，来找证据来了……让我给骂走了……""那些布……"郭颂美说着瞧了瞧张秀兰，又把话咽了回去。

"幸亏我提前就转移走了。"武大勤不把张秀兰放在眼里，他知道，和老丛家一栋房住着，有些事是想瞒都瞒不住的。"大妹子，大兄弟，"张秀兰也实打实地说："搬到我们家去做吧——"

"搬到你家？"郭颂美用鼻子哼了一声："还想把我们老两口子也送进去呀？""就是搬到你家，"武大勤站在地上，不领情面地说："我儿子进了笆篱子了，做了衣服谁给卖去呀？"

"你们……"张秀兰无地自容的样子，眼角溢出了两滴眼泪，起身往外走。郭颂美用嘴努努炕头上的罐头和蛋糕，武大勤拎起来食品袋，几步就追到了门口："喂，老丛家——"

张秀兰回头时，武大勤扔了过去，张秀兰伸手欲接，"啪"地落在了地上，水果罐头摔得粉碎，蛋糕什么的也撒了一地，有的还像雪花似的纷纷扬扬。张秀兰哈腰要去捡食品袋，罐头汁渗出布袋溢了出来，她瞧着瞧着，眼前一花，手直哆嗦，抽筋似的抖了几下，"扑腾"昏倒在了地上。

"不好！"武大勤大喊一声，急忙冲上前去。

过两天就是年三十了。

"要过年了，我去看你文魁叔叔，"杨金环把春联和打好的糨糊往桌子上一放，对小凤说："你和大龙到时把对联贴上，要听你哥哥的话。"然后对大龙说，"厨房里有蒸的年干粮，还有炸的丸子，干吃就行，你爸爸明天去水利工地，和叔叔阿姨们过年，可能回来的晚一点，等我俩回来，咱们就一起包饺子过年。"接着又说，"那鞭炮可不准都放了，等年三十半夜煮饺子的时候再放。""妈，"小凤撅着嘴说："不要你去硬去，听说精神病人很凶，可别让他打着你呀。"

徐亮在一旁插嘴批评说："不要胡说八道，你文魁叔叔好多了。"杨金环又嘱咐了几句，什么要注意火呀，睡觉关好门呀，关鸡窝和鹅窝时别忘了查查少不少了，那饲料都是煮好的，一天三顿每顿一脸盆倒进槽子里就行啊，大龙和小凤一一答应。

杨金环这次春节之前去看望陈文魁，是徐亮的意思。自从见到了黄春雁和她那些同学及班主任，他们所说的那些话，在徐亮的心里一次次翻腾过，想来想去，他也认可了一些，这工农兵上大学，群众推荐谁就应该是谁，基层领导只不过把把关，只要没什么政治问题，就应该同意。到场部革委会文教组只不过是个程序问题。大学里的老师、同学们说得有道理，既然换了，也是农场组织上出的正常手续，细细想来，就觉得这个换法有些不合适，他作为签署意见的基层组织领导者，没有经过慎重的考虑，只是杜主任一个电话就轻易同意了。他还感觉到，这个"顶替"有点蹊跷，最近，在一些基层干部中神秘兮兮地传着杜金生和几名女知青有恻隐关系，还传说十三连的上海女知青服毒自杀就和他有关系，徐亮暗暗地猜忖：黄春雁能不能……想到这里，他又不敢想了，杜金生可是个独断专行的人，对谁好好到天上，治谁就想把谁置于死地的主儿，要是自己流露出了这种猜想，或者是有这个说法，他会首先怀疑自己给他造舆论，便极力控制着自己不往这处想，可是怪了，越是不想脑海里越离不开这件事、这些人的影子。要是果然如此，陈文魁得了精神病，虽有多种因素促成，毕竟有自己一份责任，想到这里就更感到内疚。他昨晚突然提出让杨金环去看望陈文魁。这样，对陈文魁，尤其是对那两位老人也是一种安慰，对自责的内疚也算是一份解脱，否则，这个"年"都要过不好的……而杨金环能那么顺当的答应，是她自有自己的想法：来到年根了，她心里总是还惦记着陈文魁，疯疯癫癫的一个人，再有是想去看看武解放，好好的一个人怎么就被判了刑，进了监狱，她搞不懂，主要还是想见一见弟弟彭大诚，有知青传说，他和丛娟娟处上了对象，这都是哪跟哪呀？

"金环，别和孩子们磨叽了，快走吧。"徐亮瞧见杨金环和两个孩子说个没完，就催促："车就等你了。""记住了吗？"杨金环又嘱咐孩子们几句，见孩子点了头，才转身拿起篮子，"走吧。"跟着徐亮出了家门。

路上，杨金环问徐亮："你们去参加水力会战的人什么时候撤下来？""听杜主任讲话的意思，得明年春天，"徐亮走在前面，回头说："反正得完成八连的土方任务，过年只放两天假，知青们谁也不能回去探亲。你也快去快回。"

"那黄小亚和牛东方他们的事农场就算了？"杨金环紧走两步，问："杜金生也没向你交个底？""你没事打听这些干啥？"徐亮硬邦邦地说完，又像自言自语似的说："他自己的事都忙不过来，还有工夫操那份闲心。"

"哎，老徐，"杨金环又问："听家属队几个老娘们儿胡嘚嘚，说十三队自杀的那个上海女知青同杜金生有关，是不是真的？怪不得好长时间没见着他的影子了，就连黄小亚他们装疯卖傻的这么大事，他都没来一趟八连……杜金生准不是个好东西。""你闭上嘴吧，没人把你当哑巴。"徐亮不是好眼色地看了杨金环一眼，紧走了几步，和她拉开了距离，向连部门前的"大解放"走去。

"大姐，"方奎霞站在车厢上，边伸手边向杨金环喊："快跑两步，我拉你上来。""大姐，先把篮子递上来。"李宝进也向杨金环伸过来了手，接过篮子。杨金环拉着方奎霞的手就上了车，还没等她站稳，"大解放"就起动了。

"徐亮你这个死东西，你坐进里面，就不管外面了。"杨金环被车的惯性闪了个趔趄，险些摔下去，她忙抓住方奎霞的肩膀。"好啊，杨金环，你敢骂我们徐指导员，你就不怕有人告你的状，开你的批斗会。"方奎霞扶住杨金环，怪声怪气地边说边用眼神瞥了一下一旁的李宝进。众人"哄"的一声笑起来。

李宝进装着无所谓的样子，咳嗽了两声，问杨金环："大姐，你这回又给陈文魁带些什么好吃的了？""咱们这儿能有啥好吃的。但去了又不能空着手——"杨金环笑着对李宝进说："我把家里的大鹅剁了一只，又带了点蘑菇什么的，到那儿分给医院的医生们过年尝尝——李班长你说，拿这几样行不行？"

"大姐，你不能再叫人家李班长了。"方奎霞接话说："你该叫李排长了，他呀思想进步，接黄小亚的班了。""听说还要提副连长了呢？"有人接话说："不对，现在是代理副连长……"

大家说得正热闹时，车突然停了下来，杨金环才想起自己该下车了，她笑着在众人的帮助下，从车厢上连人带篮子下了地。方奎霞也跟着杨金环下了车，她把杨金环拉到一边，悄悄地递给她一封信，两个人又耳语了一阵，才在徐亮的催促下分了手。

杨金环挎着篮子，孤独地沿着公路朝场部的方向走着，路上的积雪，虽然被车轮碾过，但踩上去仍然咯吱咯吱响，西北风不时卷起的雪粒，打得她睁不开眼睛，杨金环只好倒着走一会儿，又正着走一会儿，又不时地停下来，向后瞧瞧。

天白茫茫的，地白茫茫的，分不清哪是天哪是地。杨金环走了很长的一段路程，才醒过腔来，心里说，怪了，今天怎么一辆车也没有经过，她想，如果这样一路走到场部，那晚上的火车就赶不上了，去，还是不去？她这样想着，脚步却加快起来。

这时，就听身后传来一阵汽车的马达声，接着就是几声"嘀嘀"的喇叭声，杨金环回身一看，连忙躲开，还没等她招手，就见一辆吉普车"嗖"的一下擦身而过。还没等杨金环醒过神来，就见吉普车在远处来了个急刹车，又倒了回来。

"是杨金环同志吧？"车停稳后，胖乎乎的杜金生披着黄大衣从车上下来，微笑着和杨金环打招呼："上场部，快上车。""杜——"杨金环顾不得说什么了，被杜金生拽上了车，车里除了司机外，还有两个陌生人，样子很矮小，像是从南方来的。杨金环抱着篮子使得车内显得很拥挤，好在那两个南方人都很单薄。车也慢了许多。

"我给你们介绍一下：这两位是上海知青办的同志，一个冯同志，一个崔同志。"杜金生扭着身子，用手指点着，"她叫杨金环，家属队的队长——我们小兴安农场八连徐指导员的爱人。"杨金环伴着杜金生的话音，微笑着不住地点头，打着招呼。那两位上海知青办的同志也很有礼貌地点了点头。就在双方对视的那一瞬息，让杨金环觉得车里的气氛有一种说不出来也说不清楚的感觉，总之有些不舒服。

"杨金环同志，你这是——"杜金生似乎也有些不自然，他笑了两声，问："走亲戚，还是看朋友啊？""啊，杜主任，是去看陈文魁。"杨金环忙笑着回答："这不是来年根了吗，老徐让我替他去看看——他要不是在水利工地忙，也一块去了。"

"好啊好啊！"杜金生回过身，坐正，向上耸了耸大衣，目视前方，高兴地说："你们这样做得很好吗，要给那些有病和有困难的知青们多多的关怀，让他们充分感受到组织上的温暖，使他们感到这里就是他们的家……"杜金生像平时作报告似的滔滔不绝地讲着，他见没有人应声，就尴尬地咳嗽了两声，顺理成章地又讲起了自己最近忙得连病都没时间去看等话题。渐渐地，杜金生也自觉乏味，就停下来。

杨金环不经意地瞧了一眼两位上海人，见他们都目光严肃，表情阴沉，似乎内心被什么沉重的事情压着，对杜金生的话全当耳旁风了。她感到车内的氛围有些压抑，就没话找话问："杜主任，今天的车怎么这么怪呀。说不来，怎么一辆也没有啊，往常这个时候都过去好几趟了呀？"

"我们这一路也觉得怪怪的啦。"姓冯的上海人接话问："出门太不方便啦。""这不是什么怪事，"杜金生又兴致勃勃地接过话茬儿，"农场革委会研究决定，今冬大搞水利工程，号召全场广大的革命职工、知识青年都要全力以赴地参加水利大会战，不完成任务决不收兵，为了保证人力不外流，所以农场革委会下发了一个通知，把车辆都停了……"

"噢，是这样子的啦。"姓冯的上海人说："你们的干劲可真大啊，杜主任，我太敬佩你们北大荒人啦。""哈哈！"杜金生见车里的气氛开始融洽起来，就兴奋地说："你们在农场再多住些日子，我领你们各处走走，去水利工地看一看，那才叫人定胜天呢？"杜金生说着又把头扭向杨金环："杨金环同志，你给他们讲一讲。"

第三十章

"娟娟，太不让妈省心了。"张秀兰躺在病床上，流着眼泪："要不是你武大叔救得及时，又找车把我送到了医院，妈的命就没有了，你说你，你告人家干啥呀，弄得他妈妈死去活来的，我还和他妈妈在一个厂……""妈，值得你上这么大火？"丛娟娟坐在妈妈的病床头上，为母亲擦着眼泪，也抽泣说："没那么严重，有些事情是赶到一块儿了，事后我也后怕，其实，我根本就没告，纠察队早就惦记武解放了。"

"你说，你说那气话干啥？"张秀兰边哭边数落丛娟娟："妈妈心中，你不是那样的孩子呀，怎么和武家，一下子就结下两辈子仇！解放的爸、妈可把账都记到你身上了。""妈，"丛娟娟抽泣着说："那他们不应该，我不过是说说气话罢了。"

"气话也不能说，人家爱投机倒把就投去，咱又不是省革委主任、中央干部的，一个老百姓，管人家那事儿干啥——"张秀兰说着竟有些委屈地又流起眼泪。

"妈——"丛娟娟忙用毛巾为母亲擦眼泪："你听我说。""说什么说，都把妈气哆嗦了，气抽了，心脏病又犯了，差点没过去。"张秀兰哭丧着脸："我是说，老武家你大叔、大婶这家人好着呢，在被服厂里，你大婶是缝纫组组长，我是她组里的员工，厂子里发救济款，没少给咱家挣口袋，咱家住的那套房子，也是你大婶找领导给咱家争的。咳，让我和你爸怎么面对人家呀！"

丛娟娟也哭天抹泪地："妈，你听我说——""你不要说，先去给你武家大叔大婶赔个不是道个歉，说说实话，他们要是真的不理解我们，我在厂里，我们在街坊邻居那里可都不好做人了呀。"张秀兰哭出了声。

"妈，"丛娟娟还是不停地要解释："你听我说。""我不听，不听……"张秀兰说着又抽搐起来。

"妈——妈——"丛娟娟慌了，哭着跑到门口："医生——医生——"护士匆匆跑了进来，忙为张秀兰检查，忙了一会儿，护士对丛娟娟说："你妈妈都好多了，怎么你一来又犯病了呢，你妈妈有心脏病，这么整很危险的，行了，你以后不要来了，该干啥干啥去吧——"说完，护士生气地看了丛娟娟一眼走了。

丛娟娟眼里含着泪水，不知所措地站在母亲的床头前，看着眼前吊瓶中的液体，顺着输液管一滴一滴地输入母亲的身体。武大勤搀扶着老伴悄悄地走进来，郭颂美轻轻地问："娟娟，你妈又抽了……"

从娟娟见是武大勤和郭颂美走了进来，"扑腾"跪在了两个老人面前，哭着说："叔、婶，解放不是我告的，你听我说……""啊？不是你告的？"郭颂美连忙扶起从娟娟，"起来，快说说？"

"婶，我从娟娟再怎么的不懂事，也不至于混到要告解放啊。"从娟娟边哭边诉说着冤情："起先我是和解放赌气，找茬同他吵架，但他也不该当着那么多人的面动手打我呀！派出所抓他是因为他打人，不是因为他投机倒把的事，还有杜金生……也不是我说的，后来不怎么就……就和那么多的事联系起来了，我……我冤不冤啊？"从娟娟委屈得说不下去了，一下子扑进郭颂美的怀里，痛哭了起来。"娟娟，"郭颂美也泪汪汪地拍着从娟娟的肩膀说："好孩子，别哭了，婶信你。"

"娟娟，"武大勤在一旁说："你婶是个慈善心肠人，一股火冷落了你妈几句，这两天就一直后悔，直让我看看你妈来，一再说，不管怎么的，娟娟还是个孩子。再说咱们俩家在一起住了这么多年了，父一辈，子一辈的都成了世交了，没有什么仇啊恨的。""细一想啊，解放这孩子，也该有点教训——火火爆爆的脾气是得改一改，长点记性。"郭颂美见从娟娟不怎么哭了，就帮着她抹了抹眼泪："婶，真的不怪你，也不怪你们老丛家……是婶对不住你妈妈呀？"

"大妹子，"几个人的对话，张秀兰全听进了心里，她感动地说："快别那么说，不管怎么说，解放的事还是我家娟娟先惹的祸，你可千万别记恨啊。"说着，她又流起眼泪来。"大姐呀。"郭颂美分开从娟娟，来到病床前，凑进张秀兰说："咱姐妹处了这么多年，我郭颂美是那样的人吗？你快好起来吧，咱们还得继续干事呀。"

"大妹子，你们老武家个个都是好人啊。"张秀兰想起来，见吊瓶里的药水还有一点没点完，就挪了挪身子："可惜啊娟娟是个不懂事的孩子，要不，要不是多好的事……""那是解放这孩子没福……"郭颂美说着眼里的泪水就滴落下来，她忙用手去擦："大姐，你先安心在医院里瞧病，我和老武先走了，今天是礼拜天是探监的日子，想去看看解放……"

"我也去……"张秀兰一听，忙坐起来，让从娟娟去叫护士，护士进来了先拔下扎在张秀兰胳膊上的针头，然后把打完的药瓶取下来，收好，说："你犯的可是心脏病，不能太着急上火的，随时都有生命危险，明天还得打针……"

"我心脏是有毛病，多少年了，我自己会注意的，放心吧护士。"张秀兰送走了护士，下了地，脸上也有了光彩，兴冲冲地就要向外走："我一定得跟你们去，"她张罗着从娟娟快去商店买点东西带着。"大姐，你有病，还没好利索，要再着急上火的，出点啥事，我们老武家可承担不起呀。"武大勤忙劝阻说："还是不要去了。"

"我有病不假，那是心病，你们两口子能原谅我们老丛家，我的病就好了。"张秀兰还是兴冲冲的样子，搀扶着郭颂美就走出了病房。"大姐，还是我搀着你吧。"要出医院大门时，郭颂美笑着对张秀兰说："来！"她用一只手搀扶着张秀兰，一只手去开门，一股冷风夹着雪迎面就扑上来，"今天好冷呀。"

"大姐，"武大勤拎着东西跟了出来，见天气这么寒冷，对张秀兰说："你就别跟着去了，看，天这么冷。"张秀兰系了系围巾："就是冷去了才让解放看出我们的诚心呢。"

这时丛娟娟拎着大包小包的，冒风从对面的商店走来，几个人就朝汽车站走去。

省城劳动教养所地处郊区二十多里的地方，是个交通不太便利的农村，几个人下了车，不得不又向前走了一段路，才来到接待室的大门口，只见大门上挂着牌子，上写着"星期天探望日"等字样及探望注意事项。

武大勤、郭颂美、张秀兰和丛娟娟在探望室里坐着、站着，焦急地等待着，不大一会儿的功夫，武解放穿着劳教服走进来，隔着铁窗，对众人笑着，打招呼："爸、妈，哟，我张姨也来了，你们看，我是不是胖了？"武解放还是一副无所谓的样子。"解放，"郭颂美把着武解放两个肩膀端详着，心里酸酸的，但她强抑制着泪水："可不是，才这么几天是胖了。"

"妈，你挺好的吧，别替我担心。"武解放笑嘻嘻地："我在里面，一天三个饱一个倒，干活也不累，还有学习时间，真感谢把我告进这里的人！"他说着瞧了一眼丛娟娟和张秀兰，又转头问武大勤："爸，你也好吧。""好！好！"武大勤上前拉着儿子的手，说："好好干，争取立功，早些出来。"

"哎呀，"郭颂美瞧一眼尴尬站着的丛娟娟，嗔怪地说："解放呀，还这么贫嘴！""真的，"武解放仍是一副嘻嘻哈哈的样子："要是给我假，我想回连队动员那些不愿在那里的哥们儿，让他们回城整点事儿，都进这里来，比我们连队的食堂都吃得好……"

"解放，别说的叫你张姨心里怪难受的。"张秀兰上前把手里有东西递给武解放："你看——这是我和娟娟给你买的……""谢谢张姨，"武解放接过来，放下，看了看丛娟娟："我从小就爱淘气，没少惹你生气，你还这么惦记着我……"

"你还是像小时候一样，贫嘴，胆大妄为。"张秀兰笑着说："淘小子能出息人，你将来错不了。""小时候啊，"郭颂美想象着武解放小时的样子，接话说："解放淘气，淘得大人是哭笑不得啊……"

"妈，我现在还淘气呢？"武解放嬉皮笑脸地说："到时候你就知道了，我是淘得坏人胆战心惊呀。"郭颂美用手指点着儿子的头说："还耍滑腔。"

"妈，什么耍滑腔，"武解放像小孩子似的："到时候你就知道了。""那我就等着……"郭颂美心里又一阵酸痛，眼泪就流下来了……

张秀兰在一旁捅了捅丛娟娟。丛娟娟会意地上前："解放，我给你道歉。"她说着从手里的拎兜里掏出了一件毛衣，"这是我给你买的。"武解放愣愣地瞧着丛娟娟，没有吱声，郭颂美拉拉张秀兰和武大勤，一起出了门口。"爸、妈，"武解放急了，忙喊："你们干什么去？我还有话要说呀。"

丛娟娟用双手托着毛衣，武解放不接。"解放，"丛娟娟内疚地说："我有话想向你解释——我真的没有告你……""雄赳赳，气昂昂，"武解放没有搭理丛娟娟，看了一眼墙上的挂钟，见看望的时间到了，就一转身，甩着胳膊，一边哼着"雄赳赳，气昂昂……"一边正步向里面走去。

"解放——"丛娟娟大声喊着："武解放——"武解放头也不回地走了，丛娟娟一动也不动，手里的毛衣无声地滑落到了地上。

黄小亚、牛东方和赵大江三人正吃力地拉着一辆人力车，一个在前面拉着，两个在旁边扶推着，车上装着缝纫机和一些布匹，顺着笔直的街道走了一段路，随后拐了一个小弯儿，来到了彭大诚的家门口。

"来了，"彭大诚听到院子里有声音，就推开门："快，快往屋里卸吧。"黄小亚等三人抬的抬，扛的扛，一会儿就把车上的东西搬进了院里。黄小亚喘了口气，笑着对彭大诚说："彭老师，就是最后一趟了，该搬来的都搬来了。"

"来，都先喝杯开水，"彭大诚指指倒好的三杯水，说："暖暖身子，不着急。""彭老师，"牛东方朝彭大诚竖起了大拇指："你和陈医生都是这个，太够意思了，是天底下最好的知识分子。"

赵大江端起水杯，喝了一口，开玩笑说："黄春雁这个混球，不跟陈文魁了，又不同意跟彭老师，她想找谁呀，到哪找彭老师这样的大好人去？"彭大诚笑着摆了摆手："不提这个，不提这个，她也没说不同意，不说这个……"

黄小亚也喝了一口水，然后，"啪"地放下杯，接话说："咱哥们儿给她做做工作，她要是不同意呀，咱们就给她绑架来让她硬和彭老师结婚！""我看，干脆这样。"牛东方也接话说："直接绑架到彭老师的被窝里！"

彭大诚哈哈大笑，拍了一下黄小亚的肩膀，又拍了一下牛东方："净开国际玩笑！""还不是给我们哥几个气的。"赵大江走上前："要是我，我非砸折她腿不可！"四人同时哈哈大笑起来。

"赶紧忙吧，说是说笑是笑，还得干正事。"黄小亚一口喝光杯子里的水：

"走，快把那些布搬进来。""你们干吧，我也得上班去了。"彭大诚说着，解下了裤腰带上一大串钥匙中的一把，递给黄小亚："小亚，你们就在我这里吃，在我这里住，武解放的妈妈一早一晚就让她来我这里做衣服。就有一点，不能让外人知道，来去要注意是不是有人跟梢……"他嘱咐完，要走。

"彭老师，"黄小亚放下肩上扛着的一大捆子布问彭大诚："那你呢？"彭大诚笑着："反正我就一个人，办公室里有床，院里有小食堂，也不怎么回来住，要是再空着，都结蜘蛛网了——再说，是解放托付的事，你们尽管用……"赵大江和牛东方也放下肩上扛着的布匹，围过来，哥三个激动地一起抱住了彭大诚："谢谢，我们替解放谢谢你了……"

彭大诚走后，黄小亚领着牛东方和赵大江，把院子里有的东西都倒腾进了屋里，三人又是累得一身大汗，肚子也有些叫了。"东方，你去外边买几个面包回来，咱们先垫垫底儿。"黄小亚脱下了外衣，穿着毛背心躺在床上，对牛东方说："吃完了，咱们再收拾。""好吧，"牛东方听话地，应声出了门。

"喂，小亚，"赵大江坐在地上一捆布上，对黄小亚说："你给方奎霞写的信都寄走了这么多天了，她怎么不回信呀？"黄小亚叹口气："想回，往哪回呀？我写的是精神病院的地址！"

"你说。"赵大江又问："能不能把信邮你家去？""你脑子进水了？她能那么傻，告诉家里我们跑回来了。"黄小亚坐起来，他一直担心方奎霞得知自己从精神病院跑出来，再把信邮到家里去，如果那样，他黄小亚可就惨了，因为家里一直不知道他的近况，几天前他还给家里邮了一封信，信中撒谎说他在北大荒挺好的，只是今年修水利，不能回去探亲了，让家里不用挂念。

"那你不再去信问问？"赵大江还问："方奎霞别变卦了？"黄小亚叹口气："还问什么？你看我们这个样，上不着天，下不着地，再说，你看陈文魁、武解放，哪个搞对象搞得顺顺当当了，这年头，也他妈的不知道是怎么了？！我看武妈妈这几天情绪很好，又去看了看解放，说解放在里面也很好，等她老人家病一好，咱们就跟着她大干一场。"

"我想，"赵大江来了情绪，说："要是卖得动，就再多找几个会做衣服的，家家都有缝纫机。"黄小亚接话说："我看行！"

正说着，就见牛东方拎着食品袋，慌慌张张地跑到门口，摘下挂着的锁头，"啪"地把门锁上，急忙就敲窗户喊："开窗！开窗！"黄小亚打开窗户伸手接来食品袋，又把牛东方拽上窗台。牛东方边关窗户边说："快，快藏好，快藏好！"牛东方说着带头趴在了地上，黄小亚和赵大江不知出了什么事，也跟着趴到了地上。

"慌慌张张的。"黄小亚小声问："怎么了？"牛东方也压低声音："我看见杨金环冲这边来了。"三人正嘀咕着，就听传来了"嘭嘭"的敲门声。三人屏住呼吸。

杨金环趴在窗户上往里一瞧，见屋里乱七八糟的，就随口叹气说："唉，大诚啊大诚，不快成个家哪行啊！"她说着就走了。

"嘿，"牛东方爬起来："虚惊一场，我以为是来盯梢咱们的呢。""让她进来好了。"赵大江说："杨大姐不会干那种事儿！"

黄小亚听到院子门打开又关上的声音，说："过年了，可能是来看陈文魁来了，顺便来看看彭老师。""听到杨金环的牢骚没有，"牛东方站起来，瞧了瞧窗外，说："咱们哥们儿要是为了朋友两肋插刀，我看到了把黄春雁直接给彭老师绑架到被窝里的时候了。"

"胡扯！"黄小亚在牛东方后脑勺上打了一下："你也想进劳教所呀。"赵大江笑了笑："她黄春雁不就是长得漂亮嘛，我就不信整个滨城没有漂亮过黄春雁的，咱哥们儿好好挣钱，到时候给彭老师找个比黄春雁更漂亮的大美女！"

"行了，"牛东方来了小脾气："别和我一样，光痛快嘴了！""是，"黄小亚扶了扶眼镜，拉开架子："咱们得抓紧筹划，等武妈妈一到，就抓紧开工……"

一辆公交车驶到了农科院门口，然后停下，丛娟娟从车上走下来，一抬头发现杨金环正拎着空篮子走出来，便跑过去，热情地问："金环姐，你又来看陈文魁了？"

"是，"杨金环笑着说："娟娟啊，场里把这个任务交给我了，再说，我也愿意往这跑，有一个星期见不到陈文魁就心里难受。"丛娟娟搂着杨金环："金环姐，你真是大好人。"

"喂，娟娟，"杨金环问："听说你和武解放弄得挺僵，这不好，别看武解放进了劳教所，我对他印象挺好的，还不到二十岁就离开父母下了乡，他挺能吃苦，有毅力！还是个孩子，都说'淘小子'出好汉，这话不一定对，但挺让我喜欢的，你不应该——"丛娟娟嘴一撅："你净夸他！"

"娟娟。"杨金环一本正经地说："不是夸他，那年雨前扛麻袋入仓，你看着他扛着麻袋上跳板，腰不弯，腿不软，满头大汗，让歇也不歇，一看就是个男子汉！""男子汉有什么用，也不干正经事儿！"丛娟娟板着脸说完，又面带笑意地说："金环姐，不说这个了，我正想找你呢。"

"找我？"杨金环瞧着丛娟娟："什么事儿？"丛娟娟又搂着杨金环的胳膊肘儿："听说彭大诚是你的弟弟？"

"是啊，我刚从他那出来。"杨金环不解地问："怎么了？""我非常喜欢他，可是他就是不同意，"丛娟娟撒娇状地拉了拉杨金环的胳膊："想请你和他说一说。"

　　"哟，我当什么事呢。"杨金环有些哭笑不得地说："这恐怕不行。"丛娟娟忙问："为什么？"

　　杨金环向一边迈了步，要走的样子："连我也不同意。""怎么？你也不同意，"丛娟娟当时脸色就不好看起来："你是说我配不上他？"

　　"不，"杨金环摇摇头："你和我弟弟是两种根本不同性格、不同人生追求的人，不容易结合在一起。"

　　"这么说，"丛娟娟一副了不起的样子："黄春雁容易是吧？"杨金环一怔："黄春雁？"

　　"对呀，"丛娟娟像什么事都知道似的说："他俩正打得火热，几乎天天见面。""那是谣传，我刚问过大诚，他可没说啊。"杨金环说完，又瞪大眼睛问："你看见了？"

　　"当然了。"丛娟娟说完，一撇嘴……

第三十一章

　　在小兴安农场，一点小事都无法隐瞒，必然引起各种各样的议论和评价，何况是不明不白地死了一个知青，而且还是个女知青呢。

　　尽管杜金生清楚，自己和十三队那名上海女知青之间，存在着某种隐秘，但从死者的遗书中看不出和自己有什么关系，也丝毫没有引起上海知青办来人的怀疑，这让杜金生感到庆幸和宽慰。不过，他是这种人，表面上十分勇猛，骨子里却很懦弱，等上海知青办的来人一走，他就像得了疑心病，看谁都觉得怪怪的，不管和什么人走了对面，总是疑心重重地回头瞧瞧，怀疑有人在背后偷偷看着自己，即使没有人看他，他也坚定地确信一定有人刚刚看过，而且是认认真真地看了好一会儿，只是他回头时，人家才把脸扭回去。这样，一连几天，杜金生不出门，躲在办公室里，不是躺在沙发上蒙头大睡，就是在屋里走来走去，还时不时地站在窗前发呆发愣。

　　夜里，杜金生突然想起从前的老上级来，这让他更加不安和烦躁，又开始不停地走来走去。没来小兴安农场前，杜金生在一个农场军务股当股长，场长是个头戴五角星，肩扛红领章的"老八路"，叫程国礼，也叫程团长。这家伙是个农民出身，大字不识几个，表面看着挺随和，态度也挺好，就是好色。知青刚来的那年冬天，发生了知青因煤烟中毒死亡的事情，杜金生就给他起草了个通报，其中有一句话，"几个知青压上炉子就睡觉了，"程团长念完了他还发挥，"上炉子睡觉那还有个不熏死的！"一时成为笑谈。那时候，城市知青刚来农场，程团长手中有权，看看这个女青年也可爱，瞧瞧那个女青年也风流，尝过北京的要尝上海的。又尝到杭州的又尝天津哈尔滨的。你想要找个好工作，来吧。先跟我睡一觉。他看中了医院某护士，指名让来打针，进屋后，嘿嘿淫笑，来吧，我先给你打一针吧。不从？你还想不想在医院呆了，想去连队割地吗？但因为他身上有七处伤疤，穿过枪林弹雨，九死一生，并且在开发北大荒的艰苦岁月里，和大家一块摸爬滚打，因此威信很高。所以他的事情很长时间没被发现。

　　也该他倒霉。有天晚上，他又把女知青叫到了他的办公室。事有凑巧，正赶上杜金生值班。他看到女知青进了程团长的办公室，就悄悄来到门口偷听。开始还能听到唧唧嘎嘎的说笑声，再后来就啥也听不到了，门上边的玻璃被报纸糊着，啥也看不到。但门上方的折叶窗可什么也没糊，于是杜金生蹑手蹑脚地搬来一把椅子，站到上面，悄悄一探头——倒把杜金生吓得够戗。他思忖再三，一狠心连夜跑到聂政委家做了报告。第二天，聂政委就找程团长谈了话，并在党委会上对他进行了严厉的批评。为了教育他，还特意派他参加了专门处理迫害女知青问题在甘南召开的会议。但据说有这个毛病的人就像有大烟瘾似的，改也难，他就是如此，不但不思悔改，反而追查是谁告的密，并继续偷偷地拈花惹草。结果终于有一天，快下班的时候，师部来了两个人，也是现役军人，把他从办公室里请了出来，让他带上简单的牙具，跟他们走，他立刻就明白了。在走廊里，他碰上了闻讯赶来的杜金生。杜金生故意问他到哪儿去呀？他强打笑脸说是到师部去开一个会，并反问杜金生有事吗？杜金生狡黠地嘿嘿一笑，我也想跟你去，气得程团长的鼻子都歪了。

就是在这一年，杜金生参加了造反派，并当上了小头头，又赶上程团长被抓，场长的位置出了空缺，由原来的副场长接替，杜金生便顺理成章地当上了副场长。起初杜金生在农场军务股工作，直接受副场长领导，而军务股的重要职责之一，就是负责审批知青调入转出、安置等工作，你说这权有多大！结果杜金生简直就成了掌握知青命运的生死判官。到后来，凡是有点姿色的女知青要办点事，他都以种种借口一拖再拖，就是不批。拖到最后他就开始提非分要求，并美其名曰"盖戳儿"。被他"盖过戳儿"的女知青几乎个个都忍辱含羞，三缄其口，一走了之，因此，等他来到小兴安农场当上了革委会主任，他也就越发胆大起来。那名上海女知青就是有求于他，又不同意"盖戳儿"，而被他找借口从商店给弄到十三队当农工的，女知青有苦说不出，一时想不开就寻了短见——而那两个上海知青办的人临走时，又留下了话，说过几天他们还会来……

想起这些，杜金生吓出了一身冷汗，不敢再往下想了，心情更加烦躁、不安和恐惧起来，一直熬到了天亮，又挨过了早饭。突然，他像想起了什么，急忙抓起了电话，急切地嚷："徐亮吗？我问你……"徐亮不等他把话说完，就叽里哇啦地不知说了些什么，气得他开口就骂，"你他妈的能不能干了……挡不住就往我这推呀，啊？我看你纯粹是想把我们农场搅黄……你要是实在挡不住，我找个能挡得住的去替你！"

徐亮被吓住了，不敢再说什么。杜金生一拍桌子，暴跳如雷地对着话筒又嚷："你，你倒说话呀！"话筒里又传来徐亮胆胆突突的声音："他们从别的农场打听了，说上头有精神……有精神呀！"

"行了行了，别说了，"杜金生连忙打断说："我跟你说了多少遍了，你怎么就是不开窍呢？现在农场劳力还不足，上头有精神，可没说让他们走啊，你怎么就不想想，他们一走，这里这些活儿谁来干呀？"“这……"徐亮又被骂得没了言语。

"你怎么又哑巴了？说话呀！"杜金生快被徐亮给气疯了，对着话筒又喊了一通，他想象得出徐亮此时的模样，便把口气缓和下来，问：“那你们那儿还有什么新情况？比如有没有写举报信、集体要上访什么的？"“那倒没有。不过——"徐亮连忙回答说，然后他又停了停，又说：“不过倒是来了几伙人……"

"几伙人？"杜金生一听，脸顿时就变了色，心虚地急问：“什么样的人，哪来的，干什么来了？"徐亮回答说：“有三伙吧，有男有女，都是开着车来的，来了也不跟连队打招呼，找了几个人唠了一会儿就又开车走了。"

"那……"杜金生吓得一时语顿，但他很快就镇静下来，又问：“你就没打听打听，他们都是哪来的？"“问了。但一问，人家就笑着说是顺路来走亲戚看朋友的，再一问，人家就不理我了。"徐亮的话多起来，他接着说：“我也感到这里有事，就留心观察，看看都上谁家都找谁了……"

"真他妈的磨叽！"杜金生气得直骂：“快说。"“可是问谁谁不告诉——"徐亮的口气也变得生硬起来，“再问，他妈的就烦了，干脆就不搭理我了……到现在我也没弄出个子丑寅卯……"

"废物！"杜金生恶狠狠地骂着，猛地扣下了电话……

北大荒的初春只有到了近中午，才有了暖融融的意思儿，喜鹊登上了枝头，细小的嫩草芽在黑糊糊的夜色里憋了一宿，伸伸懒腰，开始仰着尖尖的脑袋使劲往上蹿着，像要把春天所有的美好都呼唤到人间。徐亮推开房门，惊得房檐下两只衔泥的燕子叽叽叫着飞走了。他朝连部的方向跷脚看了看，见没有人影儿，随即又回到了屋里，然后往炕沿上一坐，顺手从箱柜上拿过烟盒卷起了"蛤蟆头"。

"爸——"大龙瞧瞧一桌丰盛的宴席说：“我去连队找我妈妈回来吧？"徐亮点着卷好的烟深吸了一口，又吐出一股浓浓的烟雾，不紧不慢地说：“不用，场里来人找你妈谈话用不了多长时间，一会儿就回来了。"

"爸爸，我妈妈对你可真好。"小凤在一旁正写作业，抬头插话说：“今天是你的生日，我妈妈给你做了这么多好菜！"“嘿嘿，"徐亮挠了挠头，笑着说："给我？你们不吃呀！"

大龙在一旁给妹妹帮腔：“当然吃了，我妈主要是为了你。"“对了，对了，"小凤手里拿着钢笔站起来，随后走到徐亮面前，一股浓烟呛得她直咳嗽，忙用手扇着烟雾，说：“爸，我妈说，今天既是你的生日，又是你俩的结婚纪念日呢。"

"是啊！"徐亮回答完，见烟雾呛得小凤直咳嗽，就掐灭烟，说："不抽了，不抽了，看把我姑娘呛的……"他话音刚落，杨金环急急火火推门走了进来，只见她脸色阴沉着，开口就说："不好了，不好了。"

徐亮不知出了什么事，就急忙站了起来，两个孩子也瞪大了眼睛瞧着杨金环，杨金环往炕头一坐："出大事了，出大事了！""哎呀……"徐亮急切地问："到底出了什么事儿，说呀，瞧你急不急人！"

"让我喘……喘口气呀，"杨金环喘口粗气说："杜主任让省公安厅给带走了。"她说着对大龙和小凤说："你们先出去，工作上的事不准你们小孩子听！""好吧！"大龙说着拉着目瞪口呆的小凤，不情愿地出了屋。

"嘿——"徐亮笑着说："我就知道他姓杜的小子没有好折腾，是为了和女知青的事吧？场里找你就说这个？""不是，是说别的事情。"杨金环见两个孩子走远了，就说："说杜金生奸污了七八名女知青，还有不少没核实呢。"

"我早就看透了，"徐亮也坐在了炕上，又拿过烟盒卷起了"蛤蟆头"："姓杜的这家伙正事儿没有，就会拿我撒气，我去找他批点儿经费，搞提高水稻产量，他是张口一个不行，闭口一个不行，他妈的，他给咱农场可耽误老鼻子正经事儿了。""这些年，你还少和他打连连了。"杨金环白了徐亮一眼，又说："现在想起来也是，他是个造反派头头起家当上革委会主任的，能有什么大本事……"

"本事有，就是他妈的不往正事儿上使！"徐亮点着烟抽了一口。杨金环神秘兮兮地说："老徐，你说前些日子省里那个调查组来了解黄春雁的一些情况，黄春雁是不是和杜金生这方面的事情有关呀？"

"十有八九。"徐亮大骂："他妈的，杜金生这个王八犊子，太不是东西了，我看该枪毙！""是，场里来的几个人都这么说！"杨金环停了停，又说："这么说，那调查组肯定是找黄春雁谈话了。"

徐亮点点头："差不多。""这么说，黄春雁……"杨金环不愿把话说得太直白了，就叹了口气："还有丛娟娟，她们也都怪可怜的。"

"前几天我到场部，听人议论说黄春雁在大学里找了个对象，还是个挺有学问的老师呢！"徐亮一边比画着，一边说："我估计调查组找她，她也不能承认，要是承认了传出去，还会有人要她，别看长的漂亮！"

徐亮的话让杨金环想起一件事，她上次去看陈文魁遇上了丛娟娟，丛娟娟告诉她说黄春雁和彭大诚处上了对象，她一听，当时就急匆匆朝彭大诚办公室走去，快到门口时，发现黄春雁走了出来，就迎上去没好气地问，听说你和大诚在谈恋爱？黄春雁也没好气说，听谁说的？杨金环说，不用管听谁说的，有没有这事儿吧？黄春雁反问杨金环，你常到陈文魁那里去，也是和他搞对象吗？黄春雁说完扭头扬长而去。气得杨金环冲着黄春雁的背影直骂，忘恩负义的东西，你要是和我弟弟，咱就走着瞧，我能让你成，我就不姓杨了！杨金环回来本想和徐亮说说，但这又是没有影的事，说出来怕徐亮笑话，就没说出口。此时，徐亮唠起这事，杨金环心里就烦："行了，行了，不说这个了。"她说完，转了话题说："场里找我主要是了解武解放在这儿的一些情况，说他被劳教挺冤的，看那意思，好像要为武解放减刑似的。"

"他要冤，那天底下就没有坏人了。"徐亮瞪着小眼睛说："偷个鸡摸个狗，倒腾个布票什么的，他在这儿干的那些缺德事还少啊！我都怀疑那年咱家大鹅丢了一只可能就是他领着黄小亚、牛东方几个小子给偷吃了。"

"你说你，"杨金环又数落起徐亮："这么大的人，总跟他们这些小青年斗气，他们不是孩子嘛。再说，你吃人家的还少吗？他们每年探亲回来不给咱家大人小孩带这捎那的，啊！"徐亮被杨金环饬得没了言语，吧嗒吧嗒地抽着闷烟。

"老徐，"杨金环沉默了一会儿，又说："有件事，我想和你商量商量——我想过些日子把陈文魁接回来。"徐亮连忙制止说："你又不是队干部，显着你操这份心了。"

杨金环瞧瞧徐亮，想说什么，又像有难言之隐似的，把嘴边的话又咽了回去。她寻思了好半天才说："场里说，精神病院来电话了，陈文魁的病已经基本稳定，还有向更好的方向发展的趋势，这样就不需要再住院了，问问连队同意不同意接回来休养。"

徐亮一听，炸了庙，站起来说："这么大事，应该找我这个指导员商量才是，怎么找你这个家属队长商量，这是整啥事呢？""你看你，"杨金环也想发脾气，但还是捺住性子，说："现在不是非常时期吗，知青返城走得差不多了，兵团也解散了，你光说你是指导员，人都走光了，你还管谁去呀！没安排你工作你就在家好好呆着得了。"

徐亮被杨金环几句不软不硬的话给镇住了，是啊，自从知青开始返城以来，他这个指导员就靠边站了，场里开个会或有点啥事都找杨金环，这让他很闹心。但陈文魁如果回来，他更闹心，于是他眨了两下小眼睛，只好说："上次你看他，回来不是说，还是有些不怎么正常，这怎么出院啊！""病人嘛，怎么能和好人一样！"杨金环松了口气，心平气和地说："场里和我商量说，陈文魁的父母年龄大了，家庭经济情况又不怎么好，想让队里来帮着想个办法。"

"怎么？队里——"徐亮又要炸庙，刚坐下的屁股又抬起来："我看是想让你来帮着照顾吧？成年累月的呀？"杨金环仍然显得很平静："是呀，那还能今天管明天不管嘛。"

"那——你这家属队长还当不当了？"徐亮不是好声地质问："再说，家里又是鸡鸭鹅狗的，还得洗衣服做饭，照顾孩子，他陈文魁一个精神病人住哪吃哪……你一个老娘们家家的每天跟着一个大老爷们屁股后转算个什么事呀！"杨金环听不下去了，不等徐亮说完，就脱了外上衣，洗了洗手，就往厨房走。徐亮一把拽住她问："你答应了？""嗯，"杨金环一回头说："我考虑陈文魁怪可怜的，先把他接回来再说……"

"你别忙活了，这个生日不过了。"徐亮气急败坏地说："杨金环，咱俩今天好好掰扯掰扯，这么大的事情你怎么也得和我商量商量呀。""老徐，"杨金环的脸色也阴沉了下来："叫你说，我不表这个态，连队里还有谁行？"

"我不管，反正我是这里的指导员，我说不同意就不同意。"徐亮来了硬气劲儿，抓住杨金环的胳膊不放手。"老徐，"杨金环并没有生徐亮的气，耐心地说："你想想，这些年你跟杜金生干得那些缺德事，场里没处分你就便宜你了……陈文魁得了精神分裂症，难道你就没有责任嘛，陈文魁父母要是闹你，就够你戗！你见人家陈文魁父母老实巴交的，不这不那，就觉得没事儿了……你说说，我要是再不管，还有点儿人味儿没有？"

"你管！"徐亮松开拽住杨金环的手，大声嚷道："你管——你算干啥吃的！""我算干啥吃的？"杨金环反问了一句，停了停，然后坐在炕沿上："既然你把话说到这份上了，我就实话和你说了吧，今天场里来人找我谈话，就是让我当这个队的支部书记……我没什么要求，只想把陈文魁后半生的事情办好……"

"什么？"徐亮像是不认识杨金环似的眨着眼睛问："你当书记……"

第三十二章

　　别看北大荒的冬天那么残暴，冰冻三尺不说，还把山河冻死，把树冻僵，又用它那铺天盖地的雪花把大地贪婪地裹上，容不得一点别的颜色显露人间。但到了春天，它的季节与江南水乡的春天又没有什么两样，仿佛经过了寒冬的考验，更温馨宜人，阳光是这样的融融，和风是这样的煦煦，细雨就像蚕丝一样的轻柔而缠绵。

　　今年春天的气候却有点反常，回暖比往年晚，去冬雪大，加上春雨连绵，白桦树林周边的那块一百多晌耕地被泡在了水里。好在去年秋天一收镰，杨金环力排徐亮的劝阻，动员全队所有的人力和机力，修路，架桥，打井，挖渠，打田埂……在上冻前把这块十年九涝的洼地改造成了水田，现在只等田泡好后，就平地，撒上水稻种子了。

　　一连几天的好天气，使气温回暖，大地波光粼粼，空气中散发着泥土的芬芳。杨金环和李宝进带着几个管理人员沿着田间路，在地号里转了一上午，然后她和众人来到了白桦林。"咱们先坐下，等一会儿李队长。"杨金环坐下，回头看了一眼后面走着的李宝进，大声说："宝进，你腿不好，别着急，慢慢走。"

　　"杨书记，"李宝进见杨金环喊他，就跛着一条残腿紧跑了两步，赶上来，一屁股坐在了杨金环的身边，笑着说："杨书记，别看你是个女同志，连我这个正当年的壮汉都没法和你比，咱们在地里耙驰了一上午，我看你还不觉着累，走起路还是像带着风似的，我可累得跟不上了。"李宝进说着，拍了一下大腿，"真成了瘸腿少尉——杆稀了。"他说完带头笑了，众人也跟着笑起来。

　　李宝进的腿是那年跟着徐亮参加水利大会战时，被炸药崩起来的冻土块砸折的，住了两个多月的院，腿是保住了，可成了残疾人，走路一拐一拐的。知青开始返城时，他也想返城，但父母都不在了，回去也没什么奔头，不如在北大荒当他的副连长好。于是，他就和兰子留了下来，并结了婚。前年杜金生被抓起来以后，徐亮也被撤了职，由杨金环接任，后来体制有了改变，又来了一个新场长。杨金环上任时就提了一个条件，就是让李宝进和她搭班子，担任队长。这样，李宝进也常自嘲自己是"瘸腿少尉"。

　　"宝进，"杨金环笑着问："我给你的偏方管用吗？""大姐，"李宝进捶着残腿说：“得回你那个偏方了，要不，这个春天雨天这么多，我遭老罪了，为这，兰子还特意嘱咐我，让我跟着你好好干呢。”

“那也不能干起工作来不要命啊。”杨金环说着，指了指身边的管理人员，“以后跑跑颠颠的活你们都包了，队长让你们怎么干你们照办就是了。”“行！行！杨书记。”练习生陈向东和统计王小子，都是前年考上了高中没有去念，赶上知青返城，队里缺少有文化的年轻人时，回来参加工作的，他们都很爽快地答应着。

“队长，”机务副队长老刘接话说：“你以后下地号，告诉我一声，我给你当司机。”“我看行。”杨金环笑着说完，站起来，“咱们转了一圈儿，发现的问题还真不少。”她指着白桦林四周白亮亮的稻田地说：“这几天我就犯愁，今年一下新扩增了这么大面积的水田，要想把稻种都播在高产期，这人力可就成了大问题了。”

杨金环瞧了一眼众人，见大家都看着自己，就接着说：“再有，由于今年头一次种这么多水稻，没有经验，库里的农药备得也不足。如果人都上来了，为了赶农时，我们就来不及搞播前封闭灭草，到那时，苗还没有出来，草就起来了，再赶上个连雨天，地就得荒，我们就白忙活了……”“谁说不是呢？”李宝进接话说：“这几天，我也愁得睡不着觉，一直琢磨，我想，当前最大的难题是如何在短时间内招集上来人……，农时不等人啊。我打算……”

“宝进，”杨金环听完李宝进的想法，寻思了一会儿，说：“那咱俩就分一下工，我去外边雇人，组织人力……你负责农药化肥的筹备……”“杨书记，”还没等杨金环把话说完，李宝进就抢话说：“还是让我去外面招人吧，附近的乡镇，我比你熟……再说……再说徐指导员，你不在家，我说多了，他还不得把我给吃喽……”

“这个老徐呀！让他当个保管，就是不死心，还想着像杜金生一手遮天时那样胡干。”杨金环一听，心里就有了数，说：“也好，就这么定了。”她看到稻田里干活的人们开始往家走了，手一挥，“走！我们边走边唠。”

北大荒春天里的阳光，有时像盛夏里的一样炽热，照射在身上暖洋洋的，野花呀野草啊，尖尖的绿叶悄悄地拱破了地表皮，身后的那片白桦林泛着一种光亮，嫩叶早已挂满了枝条。走出白桦林的一刹那，杨金环的心里“咯噔”一下，她突然想起陈文魁来，心里算了一下日子，又有两个多星期没有去看他了，她对李宝进说：“宝进，咱们是不是得把陈文魁给接回来了？听陈医生说他的病情基本上就那样了，他都住了四年的院了，老这样在那儿也不是个办法啊，我看还是把他接回来吧。”“是应该接回来了，”李宝进说：“他对连队贡献这么大，可以说，没有陈文魁当年带头种水稻，也不会有现在的规模……”

分手时，杨金环说："等春播完了，我去一趟……""杨书记，"李宝进提示说："你最好先给医院打个电话，说说咱们的想法，好让他们和陈文魁的父母好有个准备……"

　　"那就说定了。"杨金环说着就直奔自家走去，刚一进院，在场部上初中的女儿小凤就打屋里迎出来。"妈，你怎么才回来呀？"小凤上前拉着杨金环的胳膊，撒娇地说："我刚回来，都饿了。"

　　"小凤，"杨金环进了屋，边洗脸边对女儿说："你大了可越来越不听话了，一过礼拜天，你就往家跑，把时间都扔在了路上。前几天我去场里开会，碰上你们张老师了，她说你挺聪明的，就是上课好思想溜号，要向你哥哥好好学习，下决心考上重点高中。""不行，"徐亮坐在炕头抽烟，接过说："非给我考上重点高中不可。"

　　"我想好了，"杨金环擦干了脸，进屋，对小凤说："一会儿把老房子给你收拾出来，你放假回来，就到那屋去学习去。""行，我和小静也说好了，每次回来，她来陪我。"小凤说："那你们能不能把陈文魁的行李和箱子弄走，我一看就烦。"说着转身蹦蹦跳跳地找小静去了。

　　"那有什么不行。"徐亮扔下嘴上的烟头，望着女儿出去的背影："一会儿我就找个马车，把东西拉我那仓库去。""别说你那仓库了，"杨金环抢过话说："我检查过，潮乎乎的，放什么不得沤烂了，"她见徐亮像没听见似的，又要卷烟，就说："你说你，天这么好，也不上个班，把仓库收拾收拾，开门晾一晾，过几天又要进化肥……"

　　"在家不谈工作的事。"徐亮点着烟抽了两口："你下次再去看陈文魁，豁出去花几个钱，把他的东西打快件给寄回去，省得放在家里看着闹心，这都有三四年了——学雷锋也没有你这么学的。""行了，别说了，"杨金环笑着说："看你，这个指导员不当了，还有冤气呢，还亏是上头让我当了，要别人当上，你还不得气疯了呀！"

　　"叫我说呀，这官儿让你当瞎了。"徐亮又抽了两口烟，不服地说："我看你这回怎么办？""老徐，"杨金环挽起衣袖，开始做饭，听徐亮话里有话，就隔着门，问："你说什么怎么办啊？"

　　"还能有什么？"徐亮一本正经地说："去年秋天，你非得要扩大种水稻面积，我不反对，但你也不能一下子把那片地都改成水田啊！现在可倒好，上那去淘弄那么多人给你撒种啊，再有，你瞧你，见谁都哈哈，全队哪有个怕你的呀，哪有个当支部书记的样儿呀？""老徐，在家不谈工作——"杨金环嘿嘿一笑："这可是你说的……"

　　绵绵的细雨从天亮已经下到了近午。

陈荣焦和陈李氏带着给文魁买的食品，下了公共汽车。陈荣焦打着雨伞给老伴遮着雨，两位老人一进精神病院就发现，陈文魁还是站在那个地方披着一件雨衣站在雨中，双手把着铁栅栏，昂首痴呆般地听着从那座小山上传来的一声又一声的呼唤："文——魁——，文——魁……"

这飘洒在春雨里的声音驾着和风，在刚刚喷发出绿雾的层层树梢上飘过，在山路两旁枯黄草墩上刚绽发的一片片嫩草上飞过，在房檐下探头燕子窝渴望停雨的一对对小燕子的羽绒上轻轻擦过……这声音在迎春的万物中悠悠飘荡，轻轻飞翔，那样深情，又那样温和，呼唤得万物在倾听，呼唤得路人心里发痒……

陈荣焦和陈李氏两位老人缓缓走到了陈文魁身后。陈李氏伸出手扒拉他一下子说："儿子，回房间里去吧。"陈文魁回头瞧瞧两位老人，乍看像是憨笑，细细一辨，那笑脸上，呆板中闪着一种冷清的光，那清冷中不知是明亮还是眼神的凝滞，让人捉摸不透的样子。

"文魁——"陈荣焦随之说："你妈说的对，回屋去吧，头发都湿透了，时间长了会感冒的。""管我做什么？"陈文魁脸一板，横横地说："好好管管自己得了。"接着又转过头去听起来。

这时，陈永嘉已站在二位老人的身后了，他深深被这两位老人的父母心感动，每隔一天最多不超过三天就来一次，坐公共汽车成了家里的一笔重要开支。他很同情地说："二位老人家，走，你们先到宿舍里去吧。"陈李氏无奈地抬头瞧瞧陈荣焦，陈荣焦点点头叹口气："陈医生，这孩子让你也操够心了。"

"这是我应尽的责任，"陈医生说："老人家，你们也不是不知道，我都和你们谈过了，像您儿子这种情况，他愿意做的事情千万别饿着他，让他听吧。"陈荣焦叹口气，拎着东西和老伴儿在陈永嘉的陪同下来到了宿舍。陈永嘉帮他们收起伞，又倒上两杯水说："老人家，应该高兴，陈文魁的病已经大有好转，趋于稳定。"

"陈医生——"陈李氏每说话那松动的腮肉都在颤动，"还能再好一些吗？""我看能，"陈永嘉回答说："那就是好好养了，注意阴天下雨时，不要刺激他。"

"陈医生，"陈荣焦说："上次我俩来你说，这位站在山顶上的姑娘，这么喊对稳定文魁的病起不少作用，这个姑娘到底姓啥名啥，快四年了，我们老两口子怎么也搞不清，你帮帮忙吧？""老人家，"陈永嘉说："其实，我也为这事情着急，陈文魁精神好的时候我问过他，他只是嘿嘿笑，再问，他就跑，不过有一回我请他卷烟，和他边卷边问，问着问着，他边抽烟，边唱了一首歌……"

陈永嘉想了想，然后说："那歌词好像是——我的心疼得很厉害，千万别请医生来，我不是病，也不是灾，是因情郎妹留下的恨，是因我情郎哥太痴情的爱。""噢——"陈荣焦凝神的听完说："我开始猜想是不是那个叫黄春雁的姑娘有了良心上的发现，看来不是，文魁痛恨的就是她！"

"所以说呀，"陈永嘉说："这事情别人就搞不清了，还得靠你们二位老人打听打听陈文魁在学校的时候还有没有要好的女同学，再就是下乡的那个地方……"他说到这里又否定了这种设想，"对了，不可能是下乡那个地方，要是那里有女朋友，也没有这么方便，每逢星期日就来，风雨不误。""哎呀，"陈李氏叹口气说："这个闷葫芦呀，闷得我都喘不过气儿来了！"

"行了，二位年纪大了，和现在的年轻人不好接触，我再找几个人帮着想想办法看看……"陈永嘉想了想说："我估计，恐怕是找到她，知道姓啥干啥也不会怎么的，这一定是一名性格孤僻的姑娘……""这个姑娘可也是，"陈荣焦急躁里掺有不满情绪："既然心里有文魁，你就来见一见，日后能不能成两口子再说嘛，干什么这么搔人心呀！"

"我黑白睡不着觉，琢磨了，"陈李氏说："这里头肯定有蹊跷……""这事情咱们就先撂一撂。"陈永嘉说："你二老要是今天不来的话，我们正准备打电话找你们来。陈文魁的病能治到这样就算告一段落了，下步需要回家养着，你们看是不是近期就安排出院？"

"出院？"陈荣焦难为情地说："陈医生，你不是说这位姑娘这么喊对稳定文魁的病起了很大作用嘛，要是出院，听不到这喊声了，会不会情绪上有问题呀？"陈永嘉想了想说："反正早晚要出院……我也考虑了，那姑娘既然这么呼喊了近四年，那文魁到什么地方，她肯定还会有反应。我们也要创造条件尽量让这位姑娘早知道文魁出了院，而且大有好转，还告诉她文魁到了什么地方。"

陈李氏问："那怎么告诉她呀？""这还不简单。"陈永嘉笑笑说："我写封信，等晴天的时候，我放到那个小山顶上显眼的地方，不就结了。"

"对，事情也就只能这样，"陈荣焦点点头说："陈医生，你的意思是我们把文魁接回家？"

陈永嘉摇摇头说："到你家恐怕不妥，陈文魁虽然是爱情上受打击，其实，叫我看，顶换指标这事情不尽合理，这里有个领导责任问题，应该回农场去养病，等好利索了，再办返城手续不迟，一旦有个反复住院，需要一大笔医疗费，恐怕你家负担不起。""陈医生，你太为我们着想了，"陈荣焦激动地说："我老两口也嘀咕过，要是文魁出了院怎么办呢？你想的太好了，就是不知道农场领导同不同意你说的这个办法。"

"他们凭什么不同意，"陈永嘉说："陈文魁是农场职工呀，父母要是硬接，他们干涉不了，父母没能力，他们应该负全责呀。"陈永嘉停停又补充说："半个月前，杨书记来的时候我和她提到过陈文魁出院的事情了，几天前她又特意来电话告诉院领导，说等春播结束了接陈文魁回去，让我先和你二位老人说一声，好有个准备。""组织上还是讲理的，"陈李氏有所感动地说："要是那样，我老两口子就得搬到农场去伺候文魁了。"

"守在身边也好，"陈永嘉说："不过，二位老人能自己照顾自己就不错了……"他说到这里，陈文魁雨衣上流着雨水头发上往下渗着雨水，走了进来，瞧着陈荣焦和陈李氏笑笑就要坐下。陈荣焦刚要动手，陈永嘉走上去帮他脱掉雨衣，又拿条毛巾帮他擦擦头发。陈荣焦顺手拿出一包蛋糕打开递给陈文魁说："文魁饿了吧？坐下吃吧。"

陈文魁接过蛋糕，捧在怀里往炕沿上一坐，狼吞虎咽地吃了起来。陈李氏把陈永嘉给他倒的水端起来说："文魁，慢点吃，喝口水。"陈文魁笑笑，一手捧着蛋糕，一手接过水杯，咕咚咕咚喝了起来。

"文魁——"陈李氏上去阻拦说："你慢点喝，呛着呀。"陈文魁嘿嘿一笑，把喝完水的杯子往炕上一扔，又狼吞虎咽地吃起蛋糕来。"文魁呀文魁……"陈李氏瞧着儿子，嘴里不停地念道着，扑簌簌掉起了眼泪。

"文魁——"陈永嘉说："你卷的'蛤蟆头'太好了，来，卷一支。"他说着从窗台上拿过烟盒，抽出一条烟纸撒上烟末子递给陈文魁，陈文魁接过去摇摇头说了声"少"，又捏了一捏放上，高兴地卷了起来。

"文魁，你的病好了。"陈永嘉问："你是出院回家呀，还是回北大荒？"陈文魁眉头一皱，脸一扬，口气硬邦邦地说："回北大荒呀，当然回北大荒了！"

陈荣焦老两口都笑了。他们也感觉出儿子的病确实是好多了。"这样吧，老人家。"陈永嘉说："你们要是同意，我就下医嘱让文魁出院，通知农场来人接了。你们要是想跟着文魁一起去北大荒看看，就回去准备准备……"

第三十三章

城街服装批发市场是省城最大的一个服装批发市场，一大早刚开始营业，人流就从街的东西两头，向这里云集。大车小车，川流不息，有红的，白的，蓝的，还有蓝白或红黄相间的，一辆辆排着长队，甚至违章地挤进路边的行人道上，然后装上货物开走了一辆，又进来了一辆，再看市场里面，连成片的服装摊前，人群拥挤着，有讨价的，有招呼的，也有吆喝的，还有发生争吵，继而谩骂的，整个市场像个方形口袋，被人群撑得鼓鼓的。

像往常一样，武解放在厂里转了一圈儿，便夹着一个小黑皮包，西装革履地走进了市场。他像有目的地，又像很随便地在各个摊位逛了逛，又瞧了瞧，然后走进了新解放服装批发城。

"别急，听我说，听我说……"黄小亚站在成人装批发摊前忙得不可开交，正和几个中年男女小商贩子商讨着，"这里不够数，可以直接到厂子里去取……""黄经理，"一女客商急切地说："你就照顾一下吧，我道远，就先把这50件成人春装批给我……"

"那可不行，怎么的也得有个先来后到，我一早就来排队了。"另一男客商，忙挤上前说："黄经理，我还差30件呢？""我批发的那100件，什么时候能到啊？"一名挤不上前的女客商，跷着脚喊："黄经理，你可是答应了我的了……"

"这样，你先把这50件拿走，去交钱吧。"黄小亚打发走了一个客商，用手习惯地扶了扶鼻梁上的眼镜，对围着他的客商们说："各位不要着急，我写条子，你们到厂里去交款取货。"他说完，费了好大一会儿劲儿，才把众客商打发走。

"黄经理，"武解放在一边瞧着，见黄小亚松了口气，才走过来，"这批春装销得怎么样？""武总，"黄小亚忙放下手中的活计，抬头说："太好销了，我已经批发出去了2000多件，看来，咱们承包被服厂是承包对了！"

"那你忙吧。"武解放又朝前走了几步，赵大江的女装摊前也围着十几名客商，他正和一名售货员同这些人讲价呢。"赵经理，"一名女客商拿着一件上衣说："再便宜5块钱，我批500件。""好，"赵大江笑着说完，又对售货员说："去给她拿货去吧。"

"小王,"等售货员付完货回来,赵大江又对他说:"你按着单子上的规格和数量,领他们去拿货,钱都交完了……"他安排好后,一抬头看见武解放,就走过来:"武总,郭姨设计的这六个新款销得都很好,这不,还不到一上午,我已经批发出去 3000 多件了。"

"知道了,赵经理。"武解放点了点头,又朝前走去,见牛东方领着售货员正在春童装摊前忙得也是不可开交,就站在一旁观察了一阵儿,没再说什么,就夹着包走出了批发城。

"哟,解放啊!"张秀兰在人群里发现了武解放,就挤着走过来,打招呼:"来视察你们的批发市场呢!""张姨,"武解放停下来,笑着:"我来看看销路怎么样,好制定下一阶段的生产计划。"

"好,解放,"张秀兰亲近些,说:"我刚才走了一圈儿,也看了看,都火着呢。"武解放心里高兴着呢,他说:"这些年,人们穿黄衣服、黑衣服、蓝衣服穿惯了,这一放开啊,都抢着买新鲜的,越新鲜的越好销售……"

"解放,"张秀兰又亲近了些,问:"你妈同意把所有女装锁扣眼的活儿承包给我了,这事她和你商量了吧?""张姨,"武解放笑了笑,认真地说:"我妈是副总,往下发包细活,她自己说了就算……你就放心吧。"

"你这两年扑腾得不善,多亏了你照顾,我才有活干,都怪娟娟不懂事,让你受了一年多的委屈……"张秀兰没话找话地说完,又感激地说:"可真得谢谢你们家了。""张姨,"武解放知道张秀兰想要说什么,就接话说:"咱们乡里乡亲的这些年了,还说这些客气话。我没回来那时,你们家也不时没少帮我家的忙吗,说别的就远了,啊,张姨,你忙着,我要到前面再看看去。"武解放说完,潇洒地走了。

"我就说淘小子出好汉嘛,"张秀兰瞧着武解放笔直的身影,笑着点点头:"这人呀,小时候可真没地方看去。"

武解放又转了一圈儿,然后叫上黄小亚、赵大江一起来到牛东方的批发摊前。"大江,走,"武解放说:"咱们开个经理办公会去,研究一下几个新款服装制作和销售问题。""好,武总,"赵大江答应着,把工作向身边的售货员打了个招呼,又交代了几句,跟在武解放的身后,四个人一起走出了批发市场。

路上,武解放边走边说:"刚才我又碰到丛娟娟的妈妈了,看样子,她准是有意来找我的。你们哥仨听着,要是丛娟娟再来找我,你们就统一口径,说我出差了。""武总,"牛东方跟上武解放的步伐:"丛娟娟那诚恳劲儿,怪可怜的!你老这么整都让我们看不下去了。"

"可怜?"武解放回头瞧了牛东方一眼:"她'牛'的时候你咋不说呢。"牛东方被武解放的话给噎回去了,没再说什么。"武总,"黄小亚上前几步,和气地说："我们哥仨结婚孩子都这么大了，你还是个光杆司令，我们给你撺弄一个你说不行，丛娟娟你又不要，到底是怎么回事儿呀？"

"他妈的！"武解放慢下来，伤心地说："搞对象，和丛娟娟这么一处呀，我就像喝酒喝伤了身子似的，再不想端杯了。"赵大江接话说："你行，你妈不行呀，老太太总拿我们仨没鼻没脸的愣造，说我们不上心。"

"就是，多冤枉我们哥仨呀！"牛东方又找到了说话的理由："我们哥仨恨不能找个大姑娘硬给你塞进被窝里……""别给我整那些没用的，"武解放又生起气来："法制观念怎么那么差，你们以后少整来在北大荒那些花花肠子……"

"喂，武总，"黄小亚笑着："奎霞和我说了两回了，她邻居家有个姑娘长得特别漂亮，人也聪明，还是个大学生呢，在机关工作，想给你介绍介绍——""武总，"牛东方趁机说："黄夫人也和我说过这事，能不能，你们先见见面？"

"黄经理，"武解放不屑一顾地对黄小亚说："告诉你夫人，也太小瞧我武解放了，要找对象，还用你们介绍，简直是笑话——"他说完自己哈哈大笑了几声。"武总，你瞧你。"赵大江说："我们也是好心，不是考虑你一天忙三火四，接触姑娘少嘛！"

"行了，"武解放见到了被服厂，就阻止说："以后再说吧。"他看了一眼门口大牌子上——新解放被服厂，领着三人进了厂门，然后上了楼。

"我妈没到？"武解放看了一下会议室，转身对女服务员说："你去喊喊郭厂长。""武总，"女服务员怯生生地说："刚才，郭厂长来了，刚坐下，裁剪车间主任就来找她，她又走了，我这就去喊——"她说着，并为武解放四人每人倒了一杯茶水，放下后，人出去了。

四个人坐下后，黄小亚看着武解放说："武总，每次我们开会，都是为你婚姻的事儿，让老太太数落做前奏曲。这回，她再没鼻子没脸的训斥我们，你可挡挡驾呀。""我看老太太对丛娟娟还是有意思，"牛东方也看着武解放说："武总，杀人不过头点地，别老别着了，你们就再和好吧。"

"不行。"武解放玩弄着手中的茶杯盖："当年，她走时，我从学习班里冒雨跑回连队，在柴火垛里躲了一夜，又上火，又发烧的，要不是杨金环发现得早，说不上我这百十来斤就扔在北大荒了……再说她和杜金生的那点事，闹得全世界都知道了……""解放，不，武总，"黄小亚打断武解放的话："当年你告杜金生，上边来人找你核实时，他们不是告诉过你说丛娟娟和杜金生没有那码子事吗？要是像你说的，她和杜金生没有粘连，我看就没啥了，她就是爱耍个小聪明，心眼儿小点……"

"什么小聪明，小心眼儿！"武解放不愿意听："要不是她跟我赌气作对，没事找事，当年我也不能打她，还连累了彭老师，我蹲两年没什么，差点没把我妈气过去，你说这样的人——老实说，我也不是没想过，可是想着想着就没信心了。前几天，又和黄春雁闹得不亦乐乎，黄春雁见到我直掉眼泪……"

"这些都是次要的，"牛东方说："关键是看她的本质嘛——当年咱们就冤枉过她，愣怀疑是她举报的你，后来不是也弄清楚了吗，是小李瘸子见你抢了他的生意才对你使得坏，告的你。"

"武总，就是啊，"赵大江也说："其实，从娟娟挺聪明的，要是给我们当了嫂子，说不定在公司里能干个大差使呢。""没错，"黄小亚帮腔："咱妈当厂长以后就说过，使唤着别人，就不如使唤方奎霞那么顺心顺手……"

"怎么？"武解放半真半假的样子："你们合伙向我进攻呢。""哟——"牛东方用手往外一指："老太太来了。"

郭颂美步履矫健地进来，嗔怒地说："怎么不腔腔了？"

"黄春雁同志，这槽子是籼稻，第二个槽子是粳稻。"彭大诚用手指着两槽子绿油油的水稻苗，说："这两个实验槽接受的阳光、空气，我们灌水的量都是一样的，我们比着籼稻三次调整施肥量。茎肥已经施到40%，蘖肥施到30%，这两种稻子从外表长势来看，虽然籼稻主秆是5片叶，你看这粳稻主秆上是4片叶，它们的长势可以互相媲美了！"黄春雁从第一个槽里拔出一株稻秧，又从另一个槽里拔出一株稻秧，放在一起比照着说："彭老师，这么说，我们的实验基本上成功了！"

"你来。"彭大诚从黄春雁手里要过两株稻秧，用刀片把两个稻秆，从中间轻轻劈开，然后放在显微镜下看了看，说："太好了，太好了，两种稻子的生长素几乎不分上下，快看！"黄春雁凑过头，在显微镜上看了看，兴奋地说："成功了，陈文魁最初的假想成功了！"

彭大诚也兴奋地说："要是陈文魁能理智清醒地看到这一成果，该多高兴啊。""彭老师，"黄春雁由于过于激动，一下子不好意思了："我们可以考虑在田间试验推广了。"

"好，"彭大诚感觉到黄春雁的不自然，他说："我准备给院领导打请示报告。并请有关专家再帮着做一下试验鉴定。""这再好不过了，"黄春雁从办公桌拿起那篇论稿，依然兴奋地说："这篇论文就由我来写初稿，然后请你修正。"

彭大诚点了点头，刚要和黄春雁看着图纸议论点什么，杨金环敲敲门，没等里面回应就推门，急火地走了进来。

"大姐，来了，你坐，我走了。"黄春雁见杨金环冷淡个脸，就边说边出了门。彭大诚目送着黄春雁，问杨金环："姐，你什么时候到的？"

"先别问这个。"杨金环岔开话："大诚，怎么，你这个科研项目离了她黄春雁不行啊？""姐，你坐。"彭大诚为杨金环倒了杯水："这个寒地水稻叶龄增产题目，最初是陈文魁从你们连队那个劳改就业人员汪青山那里听说后提出来的，黄春雁上学前，陈文魁写了一篇科研项目设想给了她，你说，这个课题能离开她吗？"

杨金环一听，心里就赌疼，把水杯往桌上一放："想想陈文魁，看到黄春雁总和你在一起，我就闹心得不行了。""姐，"彭大诚说："我这份心你就别操了，我的事儿我能解决好，姐夫下来了，你当个支部书记就够你操心的了。"

"好好好，"杨金环还是着急地说："不行，什么时候解决呀，咱爸和妈走得早，妈妈临走时就惦念你的婚事，我不管谁管？""姐，你放心，"彭大诚笑了笑，说："我抓紧考虑就是了。"

"大诚，"杨金环也笑了："不管怎么考虑，要是和黄春雁我是死活不同意！""姐，"彭大诚说："不是我同意不同意，而是人家黄春雁同不同意的问题。"

杨金环哼了一声，说："她还不同意，装吧，主要是怕我反对。行了，和黄春雁的事儿，我不和你耍嘴皮子了。"她说着站起来，"武解放他们四个要请我吃饭，我没时间啊，就和他们说了，让他们当红娘帮你选对象。他们答应了，武解放也很积极，到时候，你配合点儿听点话啊！"杨金环看了看手表，"行了，行了，我得抓紧去瞧瞧，车装好了没有……""姐，"彭大诚被杨金环没头没脑的话给说晕了："什么装车不装车的，你还没说清楚到底来干什么来了，就急着走啊？"

"瞧我，"杨金环拍了一下前额，笑着说："忙得都忘了告诉你了，我们队今年不是多种了不少亩地水稻吗，就要开始撒种子了，队长在家组织人力机力，我呢出来买农药，场里计划内的指标没有了，场长就给你们院的领导写了个条子，我就带车直接来了，一看又长价了，钱带得不够，又忙着找武解放，从他那借了两万块钱交上了。"她说着，就向外走，"农药可能装完了，我得走了，还得顺路去精神病院一趟，把文魁出院的事情和永嘉唠唠，再和他父母商量商量，这样下去总不是个办法""姐，"彭大诚边穿外衣，边跟着杨金环走，"我和你一起去看陈文魁。"

"不行，车里坐不下了，"杨金环走得很急促，"我们来了两个人，农业练习生押车装好后，在门口接我，到陈文魁那儿看一眼，就连夜往回赶……"她把彭大诚落下好远，出了门就上了车，然后带着车就向精神病院驶去。

"杨书记，"陈永嘉老远就瞧见一辆装着货物的大货车向这边驶来，然后停在了门口，就见杨金环从车上跳下来，他急忙迎上去："知道你要来，没想到会这么快。"杨金环笑着上前打过招呼说："春播就要开始了，原打算春播结束后来，赶上来这城里买农药就半道来了，也没给文魁带什么东西。"

"杨书记，这你就见外了。"陈永嘉说："你那么忙了，还是这么不间断地来，这里的医护人员都感动了，都说，要是当官的都你这个样，老百姓还能骂娘！"杨金环说："来看看自己单位的病号算个啥呀，跑惯了腿，到时候不来呀，心里就像憋着一口气难受着呢，来看看就好了。"她说着跟陈永嘉来到宿舍的门口。

"杨书记，我算了，这四年来，"陈永嘉看着杨金环："你至少也来了五十多次。""有那么多次吗？"杨金环笑笑问："永嘉，这一个星期，文魁怎么样？"

"又见好了，"陈永嘉说："只要不是阴天，只要不刺激他，有时和好人一样，很怪，有时阴天，有他感兴趣的事情，也不犯病，你瞧——"他用手指着陈文魁给杨金环看。杨金环顺手看去，陈文魁正在扶着院栅栏注视着小山包，她侧耳细听，没有什么动静，就问："那姑娘每星期还来呼喊吗？"

"来，"陈永嘉感慨地说："这些年，要是没有那个姑娘的配合，文魁的病也不能好到现在这样，真得好好感谢人家才是啊！"天上滴起了雨点，他望了一眼天空，"杨书记，你先进屋，我过去看看。""我也去看看。"杨金环跟在后面。

"你还是不要去的好。"陈永嘉瞧瞧陈文魁那边，说："文魁的爸爸妈妈也在那边，正劝他回宿舍，杨书记，我发现了，文魁一见到你来，就异常兴奋，恐怕你去了，他更叫不动了，我先过去看看。"他抬头，又看了看天，"下雨点了，你先到我办公室坐一坐，我回头有事还要和你商量。"

第三十四章

北方春天的脸真就像个孩子的脸，说阴就阴、说下就下、说停就停，雨停后的中午，随着一边彩虹消失，灿烂的太阳一露出云层，就把耀眼的光芒平均地撒满了城镇乡村和山山水水，立刻给了人们一种春光明媚的感受。彭大诚隐在小山半腰一棵老柞树后，等到那呼唤"文魁"的姑娘即要走到树跟前的时候，他忽地闪出身来一失往日端庄神态，孩子般玩笑地手一指："春——雁——！"

"彭老师，"黄春雁吓了一跳，一看是彭大诚，忙收回要后撤的脚说了声："你是一个人……""是我一个人怎么了，"彭大诚笑笑问："我一个人不能来这里吗？"

"不，不是——"黄春雁摇摇头连连说，"吓了我一跳……"彭大诚说："黄春雁，我想要问问你——"彭大诚走上前去，"你为什么总是躲着我来呀？"

"咳！"黄春雁苦笑一下低着头说："这不还是没躲过你吗……"彭大诚说："你怎么所答非所问，我是问你，这几年来你为什么不告诉我？"

"我……"黄春雁抬头瞧瞧彭大诚又低下了头，"我……"她真不知从何处说起，她只是支吾着，说不出一句囫囵话来。要说，来省城读大学已经快四年多了，眼瞧就要毕业了，自从彭大诚讲完"农作物栽培"专题课以后，她伴着彭大诚有理有据、有声有色一堂堂生动的讲课，从洒有自己汗水的那片北大荒土地上，找回了喜欢农作物栽培的专题研究的兴致，同时，也对这位风度翩翩的彭大诚产生了爱……不，应该说是初步产生了些感情，当她知道彭大诚在为自己留农科院努力的时候，就在感激之情和感情交叉着又进了一步的时候，知道他和丛娟娟已经再没有成美的余地的时候，反倒更不敢再迈出半步去热情地接近他了。即使这样，她已经听到了舆论，说是彭大诚瞧不上丛娟娟，看中了她黄春雁，要等黄春雁大学一毕业就确定恋爱关系，还有的说是结婚……种种舆论塞满了她的耳朵，这使她更却步了。每每有问题找他解答，也只是匆匆地去匆匆地走。

其实，彭大诚早已猜透了她的心理，还是想问个明白，又靠近一步，几乎要面对面了："哎呀，都要大学毕业又一次参加工作了，还这么羞羞答答的，你到底能不能回答我的问话？""彭老师——"黄春雁终于向问号贴近了，"你怎么知道我在这儿？"

彭大诚也觉得自己问得太直接、太粗鲁了，忙回答："老实说，我已经跟了你好几次，见你每次呼喊下来都那么动情，泪痕满面，下山时又那么没情绪，就躲在一边没打扰你。""你——"黄春雁内心一震，"你已经跟了我好几次？"

"是"彭大诚见黄春雁情绪还可以，犹豫了一下发出了邀请，"我们走走你的回头路散散步好吗？"黄春雁点点头，想应一声，没应出来，便转过身匆匆朝小山顶走去。

彭大诚紧跟上一大步说："我确实跟了你好几次，还有，我去约你两次你都回避我，真让我难为情。"他停停又说："有两次见你走下山来，看你的神情，犹豫着是不是上去和你说话，就在我犹豫着的时候你就走过去了。""哦，真不好意思。"黄春雁怯意地斜瞧一眼彭大诚："老实说，我是非常想和你在一起的，你每一堂课都讲得那么好，既是知识，又像是人生课……"

"有那么好吗？"彭大诚用即像是问话，又像是自赞的口气说："那你为什么总回避我呢？除了科研……"黄春雁合动了几下嘴唇，终于说出了久久憋在心里的话："这话说起来时间长了，还是三年前，从娟娟让我给你捎了封信以后，她偷偷看见咱俩在大教室谈话了，我和你走出大教室一分手，她从教学楼墙根处跑过来就和我翻了脸，有一回，还跑到我宿舍里去又骂又闹，说我不要脸，撬了她的行。"

"是指撬我和她之间的行吗？"彭大诚皱着眉头问。黄春雁点点头放慢了脚步："闹得我太被动了，一时校园里议论纷纷，所以我一直躲着你。我想，不接触你了，舆论也就自消自灭了。千万可别让人真的以为我是在你俩中间充当了不光彩的角色。"

"嘛——我和从娟娟根本就没成什么关系，"彭大诚说："我还真不知道闹成了这个样子——怪不得你每次找我总是躲躲闪闪，犹犹豫豫的。""后来我知道你俩处的并不理想，"黄春雁放慢了步子说："我心里直后悔当初不该去……"

彭大诚斜眼瞧一眼黄春雁说："从第一次和你见面，我就没打从娟娟的谱……""所以从娟娟才以为是我搅和了你俩。"黄春雁涌上了一种发自内心的郁闷，"还有一次，她在校门口莫名其妙地堵住了我，那个破口大骂呀，像是要把我吃了。"

"太不像话了！"彭大诚气得喘起了粗气，"回去我找她谈谈，要是她还这个样子，我就找院里领导一定好好教育教育她！再说，她还是通过我介绍来我们科学院的。""是这样……"黄春雁感激地瞧一眼彭大诚说："谢谢。"她从内心感激了，细想来，自从中学毕业下乡北大荒，除了陈文魁之外，还没有一个人让她从内心里真挚地感激过。当时，她感激过从娟娟，现在回味一品，这个所谓的女朋友是多么可怕；还有就在杜金生刹那间答应可以批准顶替上大学指标时，她感激地差点儿掉下眼泪了。可是，就在短短的一瞬过去后，那感激便成了无声的怨恨，眼前这位彭大诚虽然对自己没有什么施舍，她已经真的感激他这颗火热的心了……，这些年来，欲向上奋进而又自卑，真感激而又想假回避，一种没有勇气向大自然坦荡开胸怀的气馁在黄春雁心里错综复杂地交织着。但郁闷地迸发不出来，她心里只觉着憋得难受。

"黄春雁同学，"彭大诚像讲专题课讲到高潮阶段，激情奔放又语调昂扬，"除了对你聪明的欣赏，想让你有所作为外，还有大概是处于一个科研人员喜欢探秘的心理缘故吧，就自觉不自觉地疏远丛娟娟。开始经常跟踪你的足迹……当然……"他刚想坦荡地说出来喜欢她的那种优雅静美的气质，犹豫了一下，终究没有说出来。他吞吞吐吐到这里，脸上显出了不甚自然的神情，特别是那目光和黄春雁的目光碰在一起没说出话的时候，第一次感受到被人称为善谈的堂堂彭大诚失色的尴尬滋味。黄春雁也缓缓转过脸去，没有勇气去直视，用远望在掩饰着难为情，不知什么时候，脸上飞起了淡淡的红晕，心脏的跳动也渐渐加快起来。刹那间，彭大诚像是感到了一种幸福和满足，这些年来，他所苦苦追求寻找的就是这种性格体现出的纤细柔和而又绵绵的爱，可以说，那么多人要当红娘，他从来不透露这种心境里的标准，怕人家说他小资产阶级情调。他为找到了这种感觉而兴奋，也为这位姑娘的情感深渊难以探秘而迷茫。他终于在怕丢面子，怕形成尴尬局面的担心中鼓起勇气开了口："黄春雁同学，我实在抑制不住心理上的压力，有几句话想问问你，希望你能沉住气听下去。"

"没关系——"黄春雁说，"彭老师，您只管说。"感觉这东西真怪，彭大诚突然又不想说了，他正视着前方在和黄春雁慢慢走着。在他左眼角摄像的视线里晃晃糊糊发现黄春雁在斜脸瞧着自己，忽地向她一转脸，发现了一张依赖、虔诚和希望的美丽而俊俏的脸庞。他终于说了出来："那天晚上，你、我还有丛娟娟在北方国营饭店吃完饭以后，大约过了三四天时间，丛娟娟又约我出去吃饭，说这回她请客。我没有心情，告诉她说有事情就到我办公室里说，她见我对她不甚热情，便向我蒙头蒙头地说了些关于你的话……"

黄春雁停住了脚步："说了一些我的话？""是，"彭大诚也停住了脚步，但他没有注视黄春雁，眼睛在瞧着天空飘过的一片白云，说："搞得我一时莫名其妙了。"

黄春雁忙问："说我什么？""她说——"彭大诚说："你上大学是顶替了陈文魁的指标，你上大学后蹬了陈文魁，陈文魁得了精神病……"他说着转脸瞧了瞧黄春雁，黄春雁又问："她还说什么了吗？"

彭大诚似乎越说越不理智了："她还说，你办顶替指标是一个叫杜金生的革委会主任办的，杜金生他对你……"黄春雁眼睛有些直了："杜金生对我怎么？……"她话没说完，只觉得眼前一片发白，脑子里轰地一声，"扑通"一声跌倒在地上了。

"黄春雁、黄春雁、黄……"彭大诚急忙扶住黄春雁，不管他怎么喊，黄春雁躺在地上一动也不动。彭大诚急忙去摸黄春雁的脉腕，很清楚地感觉到了脉在跳荡，只是略感不匀。瞧着黄春雁蜡黄的脸，他有点儿害怕了。汗水止不住地顺着额角淌了下来，他犹豫一下，背起黄春雁就朝山下走去。

……

陈荣焦和老伴儿走出精神病院的大门，然后跨过马路，在左侧的站点雨棚下等了不一会儿，一辆大客车就开过来了。他们急忙互相搀扶着上了车，刚一坐下，旁边位子上的丛娟娟站到陈荣焦面前说："如果没认错的话，我应该叫您陈伯伯，我是陈文魁的同学——"接着，她甜蜜地又笑着对陈李氏，"这是陈伯母吧？""噢——姑娘——，你快坐。"陈荣焦忙说："对，对，你这是上哪儿去？"

"陈伯伯，"丛娟娟坐下，面对着陈荣焦说："当年，我和文魁他们坐一列火车下乡的，知青还没大批返城前就回来了，在前面的省农科院工作，"她说着转身指指一撮楼房，"那不么，就在那里，今天是星期天，院里有个集体活动，完事了，我往家走。"大概因为是星期天，又下着小雨，坐郊区这班车的人很少，满车厢只有几位乘客，没人在意他们这些普通人的家常嗑。

"姑娘，"陈李氏笑着瞧了瞧丛娟娟，说："你看你这有多好。"丛娟娟接着陈李氏的话说："伯母，你们家的事我都知道，对文魁的事情，我很同情，只是帮不上什么忙，这四年来，每次坐车路过这儿心里都免不了要想起他来，我也去过几次，但回回他都不认识我，还要打我……这种病和别的病不一样，我又有好久没去了……"

"行啊，你们是同学，"陈荣焦说："你有这份心思就行了，等文魁好了，我告诉他。"丛娟娟忙问："文魁的病情怎么样？"

"好多了，"陈李氏接话回答一句，又问："姑娘，我想和你打听一件事儿，你可实话和伯母说。""那没问题，伯母，"丛娟娟笑笑说："您就尽管问，只要我知道的，肯定掏心窝子。你们正在难处呀，再说，我就是说个实话呗，不搭银子又不陪金子的。"

"姑娘真会说话，"陈李氏走出座位，靠着丛娟娟坐下，小声问："你知不知道，文魁在学校，在农场里有没有要好的女朋友？""有啊——"丛娟娟脱口而出，"班级里的同学和农场八连的人谁都知道，文魁和黄春雁一直要好呀，一个人似的，"她明知故问："怎么？现在不来往了？"

陈李氏摇摇头，叹口气："文魁得了这种病还来往什么？我想问问，除了这个黄春雁外，还有没有别的要好的女朋友？"丛娟娟故意不答陈李氏的后半截话，气哼哼地说："怎么？文魁一得病，黄春雁就不来了，她这可是丧了良心，你二老不知道，她黄春雁上大学可是顶替陈文魁的指标啊……"

"姑娘——"陈荣焦在一旁说："不说这些话了，我俩是想打听打听除黄春雁之外，我家文魁还有没有要好的女朋友。""没有，我知道的没有。"丛娟娟答完接着问："伯伯和伯母，你们二老说吧，想问这个是什么意思，我来帮你打听。"

陈荣焦急忙说："有一位姑娘，每个星期天都站在那座小山顶上喊文魁的名字，我们搞不清是谁，也搞不清这姑娘这样做是什么意思。"陈李氏也说："是不是还有个和文魁要好的女孩子，听说文魁得了这种病，不敢靠近，难过地在山顶上这么喊，你说这姑娘，可也真有毅力，喊了三年多了，快四年了，风雨不误啊。"

"哈哈哈……"丛娟娟一听，哈哈一笑问："你们没上去看看吗？""去了——"陈荣焦说："没等我们这两个老胳膊老腿的上去，那姑娘就转身从后山走了。"

"哎呀，我告诉二老吧，"丛娟娟压低声音说："就是那个黄春雁！"陈李氏急问说："不可能，不可能！"

"怎么不可能呢，"丛娟娟鄙夷地说："就是这个没良心的黄春雁，我们班的同学一凑在一起就骂她！"陈荣焦不解地问："她不跟我们就不跟嘛，我们再也没找她，她逢星期天就这么站在山顶上喊是什么意思呀？"

"哼！"丛娟娟用嗓子哼了一声说："头顶生疮，脚底冒脓，坏透腔了呗！"陈李氏气得脸色发白，车子一晃，差点儿倾倒，借丛娟娟扶她的空儿问："姑娘你看见她黄春雁去了，还是怎么了，姑娘呀，快告诉伯母？"

"她亲自和我说的！"丛娟娟有鼻子有眼地说："她上学我返城，本来是个好伴儿，和文魁处对象黄了的事情我也知道，当时我觉得她这么做不对。又一想，她不愿意再回去了，想断了和文魁这码子事情也可以理解。可是，文魁住院以后，她天天扯着个嗓子上山顶冲着精神病院喊文魁的名字，我问她为什么这么做——"

"就是啊——"陈李氏着急又生气地说："她为什么这么做呀？"丛娟娟叹口气说："唉，我不说了，不说了，怕你们听了吃不住劲儿气坏了。"

"姑娘，"陈荣焦说："我儿子得这病我们都吃住劲了，还在乎啥！""姑娘，你说吧，"陈李氏也在一边急着说："你要不说，我俩心里不明白，能闷出毛病来。"

"你们听我说……"从娟娟瞧了瞧车里的人，凑上前说："是这样的，开始是……"从娟娟把前前后后的事情，向两位老人学着，她一抬头见到了服装批发市场站点了，"哎呀！光顾唠嗑了，差点把正事给耽误了，我下车了，回头再唠，再见！"她说着忙下了车，弄得陈荣焦和陈李氏不知说些什么是好了。

从娟娟急火火地来到了新解放服装批发城，也不管人多人少，就问忙碌着的牛东方："牛经理，你们武总呢？""娟娟啊！"牛东方抬起头，惊讶地打过招呼，回答说："说是外出了，我……我也没看见。"

"赵经理，"从娟娟又走到了赵大江跟前："看见你们武总了没有？""我……"赵大江迟疑了一下，但还是说："我还找他呢。"

"装什么糊涂？"从娟娟有些急了："有人说，吃完中午饭，你们还在一起开会了，怎么我一问就打马虎眼，你们可真是吃主人饭，拉主人屎！"她说完，气哼哼地走了。

"从娟娟，"赵大江跟上去，追到了门外："其实，其实，我们哥儿……""其实什么你其实，"从娟娟转回头，怒不可视的样子："去——"她说着一转身要走。

方奎霞押着车来批发市场送货，一见从娟娟气嘟嘟的样子，急忙下车迎上："娟娟，据我所知，武总谁也不找，八成是心里还惦记着你，你要有信心——""为什么这么牛？"从娟娟忙站下："那他当大老板了？"

"不，"方奎霞拉住从娟娟："武解放不是那种人。"从娟娟掉起了眼泪，委屈地说："我也不是非巴结他武解放，可是，我妈妈受不了，动不动就死去活来的……"

"你看你，你平时的那章章哪去了。"方奎霞劝慰说："那你就不会再主动点儿呀！"从娟娟不哭了，仍泪汪汪地："他根本就不照我的面！让我怎么主动呀？"她擦擦泪水，"喂，奎霞，黄小亚他们和武解放都说皮了，你想法给我透露透露……"

方奎霞瞪大眼睛，用手指了一下自己："我——"

第三十五章

彭大诚背着黄春雁汗水淋淋地下了山坡，喘着粗气把她轻轻撂在路口旁。不一会儿截住了一辆开过来的吉普车，车主是一位要下乡的刚恢复了职务，来省里开会的县委书记，见此情形，急忙和司机一起帮忙，把黄春雁抬进车里，送到了附近一家医院。经医生诊断是由于感冒加上大脑过度疲劳，精神过度紧张而引起的突发性休克，没什么要紧，只需暂时住下，打打点滴再口服点药就可以了。

"彭老师，我——"果然不出医生所诊断，黄春雁打上点滴后不一会儿，就渐渐睁开了眼睛。当她明白自己是躺在医院的病床上，觉得头脑有点儿发涨，就迷迷糊糊地问："我怎么了？"彭大诚坐在病床前一个小凳子上，向她探探身子回答："没怎么的，医生说属于过度疲劳式的昏迷，没什么，休息休息就会好。"

"噢……"黄春雁渐渐清醒了，"是你把我送到医院里来的？"她理智了，回忆起来了，自己在小山上呼唤陈文魁，往回走到了山脚下的时候，彭大诚从那棵大松树后突然闪了出来。想到这儿，黄春雁一皱眉头，疲劳的脸上绽出淡淡的笑容，"谢谢您了，谢谢您了……"

这时，医生手里拿着一张报纸走进来，笑笑说："怎么样，没问题了吧，不用担心了，"他说着瞧了瞧黄春雁，黄春雁也不知说什么好，只是难为情地笑笑。黄春雁点点头瞧一眼吊瓶，低下头来一眼就看见了医生手里卷着的报纸，只能看清半个标题"杜金生迫……"四个黑体字，一欠身子瞧瞧医生："医生，借我看一下报纸好吗？"

"可以，我刚取来还没看，"医生递过报纸说，"那就你看完我再看。"彭大诚接过报纸展开递给黄春雁，黄春雁接过报纸一看，是一份《新曙光日报》，她知道，省里成立革委会的时候，《人民日报》曾发表社论，题为《东北的新曙光》，这是省革委会的机关报，这篇报道被安排在头版头条，大粗字文题是"杜金生迫害女知青被判处死刑"。她一看这标题，忘了一切的要抬右手，被彭大诚一下子按住了："慢点，别鼓了针。"

黄春雁不好意思地一笑，继续用左手把报纸举在脸前读着这篇报道，当她在导语里读到："通过艰苦细致的调查核实工作，杜金生利用女知青想入党、上学、进机关、招工等机会，采取种种卑鄙手段骗奸、诱奸、顺奸王某某等共六名上海、北京等地的女知青……"心情由紧张到松弛，细细的汗珠在额头上沁了出来，因为三个月以前，一伙号称是"杜金生问题专案组"的人来到学校，通过学校学生科把自己找到了办公室，说是要了解一个问题，当她听到办案人员拐弯抹角问杜金生和自己都有什么来往时，想起了丛娟娟说的"这事败露出去将难以做人"，一口咬定是经丛娟娟介绍找到了杜金生，杜金生给文卫科打了个电话，自己去文卫科盖了个章就回连队了，在农场办公大楼前后就呆了不到十分钟，调查组的人一听，和他们在八队了解的时间情况基本吻合，也就没再追问什么。她除了感到像是心上的旧伤疤在发作难受外，又一次滴下两滴眼泪……那以后她几次想起来纳闷，调查组肯定是找丛娟娟了。丛娟娟怎么样呢？提供什么情况了没有呢？这一些都无法得知，因为丛娟娟自从说自己是"插足"，并大闹过自己之后，再没有来过，当然，自己也不会去找她……其实，也曾想去找过，和她说清楚，又总觉得丛娟娟每次都那样神秘难测，特别是那种没有预料到的"泼"劲儿，更是让她难以下定决心去……

"春雁——"彭大诚刚一喊出口，脸就忽地红了起来，忙改口，"黄春雁同志……"黄春雁发现了他的尴尬，忙解嘲地说："这么喊没关系，我们同学之间常有这样喊的。"

"这么喊没关系？"彭大诚听来感到那么亲近，可当她又道出一句"我们同学之间常有这样喊的"时，那种亲近感又被拉长了距离，同学之间要是女生与女生很正常，要是男生与女生之间恐怕不太可能，或许是有偷偷的恋爱关系，背后里这么喊。学校是不赞成学生谈恋爱的，别看是大学生，恋爱的同学总是背着人约会，总是到让人视觉难扫描到的地方去说悄悄话。彭大诚是知道现在大学这种俗情的。应该说，他对黄春雁的恋情，在上次大胆向她透露出来后，他一直很后悔，觉得自己是那样的不成熟，所以同她在一起时，总感工程处有些内疚，相信黄春雁应该能察觉出来。当然，在她没毕业之前，他是不会再提出来的，倘若让院里同事或者说学校里的老师、学生知道了，她会身价顿跌的。除此之外，他还觉得黄春雁对自己若即若离，除了丛娟娟的原因之外，是不是还有别的因素？包括她逢星期日上午九时左右就站在小山上呼唤"文魁"这个名字，到底这里有些什么情愫，虽然丛娟娟说过，他还是觉得并不是那么简单……"春雁，"彭大诚笑笑说："你不介意，我就这么叫了，报纸上有什么重要新闻？"

黄春雁已经看完了这条新闻，瞧瞧吊瓶说："我们农场的事情。"她说着把报纸递给了彭大诚。彭大诚接过报纸扫了一眼说："噢，大概是两三个月以前，我们院来了两个人说是'杜金生专案组'的，专门来找过丛娟娟……"

"什么？"黄春雁身子一斜，瞧着彭大诚问："专门找过丛娟娟，后来怎么样？"彭大诚说："详情我并不清楚，都是院里领导接待的，就知道丛娟娟和他们谈着谈着大吵了起来，那两个人没多长时间就走了。"

"是这样……"黄春雁笑笑，"这个丛娟娟，真是个丛娟娟呀……""丛娟娟不是丛娟娟是谁呀？"彭大诚从黄春雁的口气、表情里，从这篇报道上像是已经猜透了什么。

黄春雁平静了下来，笑笑说："我们在开设的共同课文学专题讲座中，说文学作品中的典型人物就是这一个，丛娟娟就是'这一个'。"彭大诚把积攒了这么长时间对黄春雁的认识借机说了一句："你也是'这一个'呀！"

"我？"黄春雁睁大了眼睛，"我也是'这一个'？""当然了，你比丛娟娟还'这一个'，"彭大诚说："比如说，近四年来，每个星期天，不管是刮风下雨还是狂风暴雪，你都是按时登上那座小山，冲着精神病院一声又一声地高喊'文魁'这个名字，这还不比'这一个'更'这一个'吗？我一直揣摩不透你的心底世界，但是这种猜不透中又充满了一种敬意或者说是佩服吧。"

黄春雁像是遇到了知己一样，情不自禁地伸过左手紧紧抓住了彭大诚的手："彭老师，您……""我——"彭大诚瞧瞧一动不动的门说："我，我还是像上次跟你说的那样，从内心里喜欢你，不管有什么情况。"

黄春雁轻轻松开手摇摇头："不，不，不……""春雁——"彭大诚又紧紧抓住了黄春雁的手，"为什么？丛娟娟和我说过你和陈文魁曾是一对山盟海誓过的恋人，后来……"他说不下去了，停停问："你是不是还想嫁给陈文魁？"

"没想，"黄春雁摇摇头，"没……""那你为什么呢？"彭大诚带有一点质问的味道了，"你站在山顶上这么喊，这岂不是既折磨自己又难为住院治疗的陈文魁，还包括他的父母双亲。"

黄春雁又瞧了瞧吊瓶，几滴清纯的眼泪溢了出来："我也不知道为什么这样做，每到星期天我到图书馆里就坐不住，也不喜欢和同学们上街，就情不自禁地到了汽车站点，第一次本来是想进精神病院里去的，但到了门口又没勇气，站在外面又瞧不着，想选择一个制高点等着陈文魁出屋时看他一眼，可是又看不清面孔，看着看着，病人都穿着一样的蓝条衣服，觉得都像陈文魁，又都不是，就情不自禁地喊了起来，喊上半个小时回去以后，就像得到了一种解脱，心里能舒服几天，等到了星期天时，在学校里又呆不住了。"她说的那样真挚，那样深情，语言又是那么质朴，深深地打动了彭大诚，他很理智，想问一句话，但始终觉得不能问，便说："我不知道你和陈文魁为什么分手，也不想知道，但是，我觉得你和他结婚是不可能的了。"

黄春雁像是没听见一样，一声不吱，甚至没有任何表情和反应。"春雁——"彭大诚见此情形立刻转移了话题，"院里让我选择我这个专业的人才，我推荐了你，还写了情况，院长办公会上基本同意了。""真的？"黄春雁高兴地问。

"那还有假？"彭大诚借兴说："我知道你们学校里正在给毕业生联系实习单位，你就到我们院里来实习吧，学校和院里我来沟通好了。"黄春雁激动地说不出话，嘴唇颤了颤说："彭老师，我真不知该怎么感激您。"

彭大诚笑着向黄春雁探探身子，抚摸着她的左手说："春雁，那你就答应我爱你吧！""彭老师，"黄春雁眼泪又溢了出来，"我不值得你爱。"

"值得，值得！"彭大诚抓紧她的手说："我认为值得就是值得，你漂亮，你深沉，你真挚，你聪明，你好学……""不！"黄春雁闭上了眼睛，两个眼角溢出的泪水就像断线的珍珠，一粒接着一粒滚落下来，很快打湿了枕巾，只是说："不，不……"

彭大诚的心像被重重地刺了一下，皱着眉头问："你为什么不答应我呀？是不是还有别的男朋友？""没有！"黄春雁忽地睁大眼睛说："可以说，我并不是情愿和陈文魁断交的，给他的红墨水信，是心里滴着血写完的，他陈文魁可能不理解我为什么和他绝交，我要是嫁给他，实在是对不起他……"

彭大诚追问："为什么？""我俩的事情——"黄春雁撒谎就心跳，她用左手擦擦眼泪，掩饰着心慌说："刚才，你问我为什么总站在山顶上呼唤他，他曾为我写过血书，我一直保留着，时不时地就拿出来看一看……我对他有一笔还不清的债……"

"春雁——"彭大诚激动地说："我们要好，我们结婚，我会好好对你的，欠陈文魁的债，我们慢慢还，他住院了组织上关照不到的，我们都负责……"黄春雁听着听着，情不自禁地一头扑向彭大诚的怀里……

"不能，不能，"彭大诚忙推开黄春雁："要鼓针了，鼓针了……"

"你们说，今天哪是开业务会呀？"牛东方走出服装厂的大门，对黄小亚和赵大江嘟囔："又让老太太没鼻子没脸地把我们好一顿撸！""还怪她老人家撸呀。"赵大江接话说："人都六十多了，到现在还抱不上孙子，搁谁不急呀。"

"都别瞎嚷嚷了，办正事吧！"黄小亚寻思了一会儿，"武总要请彭老师吃饭的事可别给耽误了，"他指了指牛东方，"你去联系车，然后去接人，"又对赵大江一招手，"走，你和我去海鲜大酒楼订菜。""看来，老太太是真着急了，要搬彭老师出马了。"牛东方笑着，"这回有他武解放瞧的了。"

"那咱们就快去忙活，好早点看武解放的热闹……"黄小亚鬼密地向牛东方做了手势，领着赵大江拐上了大街。

华灯初上，夜幕下的街灯像一个个素妆的少女，来来往往的车辆如同滚动的河流。省城最繁华地段的街道，更是霓虹闪烁，人涌如潮，海鲜大酒楼开始吃客盈门了，周围的歌舞厅、夜总会也随之热闹起来。

比约定的时间早一点的时候，武解放领着武大勤、郭颂美走进了海鲜大酒楼的前厅，在那里等候的黄小亚陪同下，上了二楼豪华包房，接着赵大江把陈永嘉和一名漂亮的女士领进来。

"贵宾到！"武解放见赵大江陪着西装革履的彭大诚走进来，忙迎上去，"大家鼓掌欢迎。"众人一走响应，鼓起了掌声，包房里的气氛顿时热烈起来。"彭老师，来，"郭颂美彬彬有礼地向彭大诚招招手，然后向边上的空座位拍了拍："你坐这。"

"大妈，"彭大诚微笑着，连忙摆手："我不能坐那儿，那是您老人家的座。""今天你是坐也得坐，不坐也得坐。"武解放笑着，一挥手，黄小亚等三人一齐拥上去，把彭大诚摁到了座位上。

彭大诚只好坐下，一眼注意到了陈永嘉："哟，永嘉，你比我到的还早。""彭老师，"郭颂美说："听说陈医生是你的朋友，当年没有他的帮忙，黄小亚他们几个还说不上是上啥妈样呢，你们对我们都有恩哪。"

"服务员，"武解放见武大勤示意上菜，便对身边恭候的服务员说："抓紧上菜。""好——先生。"服务员微笑着出去了。

陈永嘉这工夫走到彭大诚跟前，拽了他一下："你出来一下。"彭大诚跟着走出餐桌，到了旁边，问："永嘉，有事儿？"

"大诚，"陈永嘉笑嘻嘻地说："你姐到我哪，看中了和我一起来的那位护士，你注意点儿，看看行不行，要是行，就给我个话。""怎么？"彭大诚也笑着，并瞧了一眼女护士："你是约人家来和我相对象的？"

"哪能那么简单呢，"陈永嘉说："她还不知道，我是说武家请给陈文魁治病的辛勤人员随便坐坐，还说你姐也到场……""哟，"彭大诚总算是放心地说："那还好，那还好。"

服务员开始上菜，武解放凑上来，笑着说："彭老师，陈医生，我知道你俩好，有话一会儿喝酒时让你俩说个够，"他说完哈哈地乐起来，"请，上桌。""好好好！"彭大诚说着和陈永嘉一起上了桌。

"妈，"武解放见菜上得差不多了，就说："你说几句吧？""好！"郭颂美站了起来，又坐下，摸摸酒杯："今天晚上，是咱们公司，也是我们全家，感谢彭老师，永远不忘……""妈，行了，"武解放见老太太又是老一套，就抢过话说："怎么每次吃饭都是这几句话……"

"你看这孩子，"郭颂美不当回事："这句话是我的心里话嘛，见了彭老师我就想说说，这有啥呀。""妈，行了，还是我说吧。"武解放站起来，不管老太太乐意不乐意，说："今天的主要内容不是感谢，是请彭老师帮我们公司一个大忙，大家随便一点儿，咱们边吃边喝边就把事儿办了。"

"哟，"彭大诚感到有些意外，笑着："我就是懂些农作物栽培的事情，别的我可帮不了什么大忙了。"黄小亚接话说："准能！"

"大家听着，"武解放说："我们公司准备以优厚的待遇招收一名大学生，已经筛选出了五名，今天，想请彭老师给我们过目，当一回考官，然后给我们拍个板。"他说着向门外喊："请进来。"五名大学毕业生衣着文明美观而又端庄地走进来，站成了一排。

武解放走出餐桌，指指彭大诚，说："同学们，这是为我们最后把关的考官彭老师，请你们先报名，交材料，接受面试。"彭大诚站起来，不知所措地说："不好意思，事先怎么也不和我说呀，武总，我的武总！"

"彭老师，"武解放笑着说："别客气，选拔人才，您是轻车熟路，您请坐。"餐桌上有的瞧着几名女大学生，有的对彭大诚说："你就别客气了。"

彭大诚坐下，一号女大学生走过来，鞠了个躬："彭老师好，我叫王丽丽，是医大毕业生，这是我的资料表。"她微笑着递上个人的资料。彭大诚接过一看，资料表上贴着照片，然后就是自然情况。王丽丽刚走开，二号女大学生又走过来，鞠个躬："彭老师你好，我是滨城师范学院艺术系的毕业生，叫姚靓丽，这是我的资料。"

武解放注视着彭大诚的表情，等第四名姑娘走过来时，提醒似的说："彭老师，你别走马观花，帮我们好好看看呀！""这……"彭大诚有些哭笑不得："一张自然情况表，只说一句话，也看不出什么呀？"

"彭老师，"郭颂美有些憋不住了，就乐着说："你主要先看看长得怎么样？哪个最理想？"彭大诚自主语道："哪个？"

"是啊，"郭颂美乐出了声："那还能选几个呀？"彭大诚一下子明白了："姑娘们，快点儿。"很快五个姑娘就面试完了，然后走出了房间。

"哎呀，我才明白，"彭大诚尴尬地乐着："原来你们是密谋给我介绍对象呀？哪有这么搞的？"陈永嘉旁边的护士不好意思地走了。

"彭老师，"牛东方说："这是我们武总的主意，动了好多的脑筋。他答应杨大姐一定为你找个对象了。""武总呀，"彭大诚无可奈何地问："人家姑娘都知道是怎么一回事不？"

"那怎么能让她们知道呢，"武解放回到了座位上："你同意了，然后我再派人去攻关呀！""武解放呀，武解放，"彭大诚开怀大笑着说："出些花道道给我选对象，你的呢？"

　　"彭老师，"彭大诚的话说到了郭颂美的心里去了，她看了一眼众人，接话说："你说得对，这场合我不好开口，"她说着，瞧着武解放数落："解放呀，你当着大家的面说说，你对象问题怎么办？啊？我老婆子奔七十的人了，还能活几天，我等着抱孙子……""妈，咱不说这个。我抓紧考虑。"武解放岔开话："服务员，倒酒！"

　　"不行，"郭颂美真的有些生气了，板着脸说："你，还有彭老师，非得当着大家的面表个态，给我说出个时间来，要不，我走！不参加你们的宴席。"她说着站起来要走。

　　武解放和彭大诚赶忙站起来，嬉皮笑脸地一个劲儿地说："抓紧，我们一定抓紧！""抓紧！抓紧！"武大勤始终没有言语，这时，他说："得说个具体时间哪。"

　　"爸妈，我保证——"武解放仍嘻嘻哈哈的样子："今年内！今年内……""不行，"郭颂美说："时间太长，我等不得。"她又问彭大诚："还有你呢？"

　　"大妈，"彭大诚也嘻嘻地说："半年之内。行不？"郭颂美撇着嘴不吱声了，然后慢慢地坐了下来。"妈，"武解放赶忙说："我也在半年之内。"

　　"哈……"全桌人都憋不住了，笑出了声。

第三十六章

这几天，杨金环的心里像是压着一块石头，总是惦记陈文魁回到连队如何安置的问题，尽管班子会议研究决定，召开全连干部职工大会，看谁能自愿抚养陈文魁，并明令规定，谁要抚养陈文魁，连队除按一个职工常年发工资外，陈文魁的定量粮油全部免费供应。但杨金环的心里还是感到沉甸甸的，担心陈文魁回到连队会胡作乱闹，甚至打人和骂人，搅得连队不得安宁，更担心没有人乐意去收养，所以一开春，她马上就召开了全连大会。

"职工家属同志们，今天召集大家开会就一件事情。"杨金环开了个头，就停了停，用期待的目光扫视了一下会场，然后接着说："大家都知道陈文魁，他的病大有好转，当然还需要继续恢复，我们不能把这一负担推给陈文魁的父母，应该把他接回来，可是陈文魁不能再回这里住了。"她说到这儿，用手指了一下会场，人们不约而同地四下里瞧了瞧；墙上的宣传画和标语早已是面目皆非，有的还吊儿郎当地吊着，当年知青返城时扔下的行李和坛坛罐罐被遗弃在一角，一片狼藉。

"咱们连队作为一级党组织，总也不能把陈文魁舍在宿外边不管呀，"等人们又把目光投向自己时，杨金环接着说："这就需要寄养在哪个职工家里，负责对他的照料，看看，哪位同志能为组织负起这个责任？承担这份困难？"杨金环的话音一落，会场下立即不安起来，人们开始交头接耳，议论开了，但就是没有人站出来。

"大家静一静，静一静。"见大家没有反应，李宝进向前迈了一大步，走近人群，接过话补充说："这是有偿照料，谁家负责吃住照料，连队可以按月给他开一个人的工资，并且陈文魁的定量粮油全部免费供应……看看有没有人愿意收养的？"底下又是一阵儿不安，杨金环站在地当中，环视了一下后，说："大家静一静，我说，可以和大家说实话，陈文魁的病已经好多了……谁家要是能承担这事儿，可以报名。"

还是没有一个人报名，甚至不少人都低着头，担心让杨金环和李宝进的目光碰上被直接点了名。人们开始沉闷起来，许久，不知谁说了一句："杨书记，陈文魁听你的话，不如你带个头，先收养一阵儿，我们看看再说……""这也是个办法。"杨金环听了，没有半点犹豫，笑着说："那就由我先照顾一段时间，然后……"

"不行，决对不行！"不等杨金环回答完，李宝进打断她的话，激动地说："杨书记，你工作这么忙，再收养个精神病，连队工作还不得垮了呀，既然组织上有这个号召，我先来抚养吧！""宝进，你是队长，队里的工作更是离不开你，还是先由我来照顾吧！"

"杨金环，你来抚养？"突然，徐亮从人群中间站出来说："这可不是别的事情，你可要想好呀，我看不行！""老徐，"杨金环当机立断当了家："你就别说了，我答应下来的是组织上的事情，你有想法是咱家里的事情，回家商量！"会场顿时响起一片掌声，会议就这样结束了，杨金环又把管理人员留下来，把陈文魁回来后的工作又研究了一番。

等杨金环一进院子，小凤就推门跑出来，急急地问："妈，你可别把那个精神病领到咱家呀？""小凤，"杨金环停下脚问："你爸爸又说啥了？"

"我爸说，"小凤如实地说："你要是领回家来，他就和你没完。""看你爸能的。"杨金环说着拉着小凤的手进了屋，徐亮早已等得不耐烦了，他问："最后怎么定的，谁家接收呀？"杨金环摇摇头，徐亮怪声怪气地说："谁家能接收一个精神病啊——纯粹是脑子里灌水了，我告诉你，没人接收咱家也不能要……"

"老徐，"杨金环脱下外衣，从厨房里端进来一盆水，边洗脸边说："你我都忙了一天了，先别说这件事行不？"说完又对小凤说："小凤，天不早了，你也快回那屋睡觉去吧，明天还要赶车回学校上学呢。""妈，"小凤答应着，出门时说："我也不同意你把精神病接回家来。"

"忘恩负义的东西，忘了你陈叔叔对你好的时候了。"杨金环骂完小凤，又瞧了一眼脱衣钻进被窝的徐亮，就白了他一眼："父女俩一个德性。"徐亮装着没听见，等杨金环倒掉盆里的水，又收拾收拾要上炕时，他欠了欠身子，扭头看着杨金环说："金环，你还以为是年轻的时候呢，老了，老了，还想做好事出那种'风头'呀？啊？我当保管员，累得要命，你也不是不知道，这个春播哪着闲了，这又快忙活大田播种了，在家就那一会儿，要是把陈文魁弄家来，闹起来还让不让休息了，再说，还不得把咱家搅乱套呀……"

杨金环对徐亮后句话没在乎，事在人为，什么乱套不乱套的，对上句话却来了气，也一掀被坐了起来："老徐，你可把话给我说清楚，我年轻的时候做好事压根儿也没想出'风头'，那件事情的前前后后你可是明明白白，你可别昧着良心睁眼说慌话呀。"徐亮说的是十几年前，杨金环确有那样一段突然间出了"风头"的故事。

杨金环老家是山东赤平县肖庄乡康孟村人，家里贫穷，从小能吃苦耐劳，养成了一颗善良和同情弱者的心。她17岁那年，正是社会上深入开展学雷锋做无名英雄活动的时候，她很敬慕雷锋，下决心要把雷锋作为人生在世的学习标杆。村头上有一位孤独老人无人照料，杨金环和这位老人暗地约定，按时给她挑水、洗涮、收拾屋子，有病伺候。一年又一年过去了，第三个年的春节，乡里领导来看望这位孤独老人时，老人家向乡领导讲起了这位不知姓名的姑娘不仅平时来挑水、做饭，收拾屋子，她几次感冒发烧下不了地时，也是那位姑娘给她擦屎倒尿，老人家说着自己掉下了热泪，感动得那位乡领导也眼泪汪汪的。可是，一问那姑娘的姓名，连老人家也不知道。无奈，这位乡干部布下了"侦察员"，没用几天终于"抓住"了做好事不留名的杨金环，并申报杨金环出席了全县学雷锋积极分子表彰大会，并戴上了大红花上了台领了奖，事迹还登了报。也是这一年，还服兵役的徐亮与杨金环相识了，第二年两个人就结了婚，等徐亮转业来北大荒时，杨金环也就跟着来了。

"我……"徐亮知道自己这样说心里有愧，但他还是说："我不是怕你干傻事吗？""老徐呀。"杨金环消消气，又盖上了被躺下，然后说："你呀你呀！让我怎么说你呢，你也是当过领导干部的，这觉悟怎么连一般群众都赶不上呢？"

"杨金环，你这么说，我可就要多说两句。"徐亮一听就不是心思，把被一掀，干脆坐了起来，"你说，这几年你那回去省城看陈文魁我没答应，精神病院那次要钱不都是我出头给张罗的……好事都让你占了，好像我什么事情也没做过事的？"杨金环嘿嘿笑了两声说："这些年，你是为陈文魁做了不少事情，大家心里都有数，也都看在了眼里，那你为什么就不能再帮帮我呢，"她说到这儿，停了停，深情地瞧了徐亮一眼，问："如果你还当这个支部书记，遇到这事，你该怎么办？"

"该怎么办？"徐亮把头扭向一边，不敢正视杨金环的目光，说："那还不好办，按政策办吗，知青该返城的都走了，让他也返城，就不是咱们队的人了，谁都省心。""老徐，"杨金环一听，气就不打一处来，"不是我说不中听的，你这样想是不是太损了，如果把陈文魁就这样推给他父母，那治病的费用他们能招架得了？"

"那我不管，但有一条，你得知道，"徐亮用强硬的口气接话说："回来可是回来，你可绝对不能往家领。""往家领能怎么的？"杨金环也不示弱地问："你还能把他撵出去呀？"

徐亮说不过杨金环，就反问："你怎么老是和我顶着干呢？"

省农科院小礼堂里济济一堂，坐满了全院干部、科研人员和部分职工，主席台上只坐着两个人，一个是院长娄东方，另一个是彭大诚。彭大诚胸前戴着一朵大红花，显得有点儿拘束。主席台上的会额是：深入开展农业学大寨活动，向彭大城学习动员大会。

"同志们，现在开会。"娄东方激动地介绍说："刚刚结束的全省第五届劳动模范代表大会，表彰奖励了全省在深入开展工业学大庆，农业学大寨活动中涌现出来的48名有成绩的个人，其中就有我们院的农作物栽培专家彭大诚同志——"

会场顿时响起了一阵热烈的掌声。黄春雁已经来这里实习两天了。她接到通知，也参加了这次大会，坐在最后一排靠窗户角的一个座位上，听着院长的讲话，不时偷着正面瞧瞧戴着大红花和院长坐在一起的彭大诚。仿佛怕别人察觉自己是在做一件什么不光彩的事情，心里有一种说不出的滋味。

"大家知道，"娄东方接着说："彭大诚同志根据'叶龄诊断'原理研究的'高寒地区水稻叶龄诊断栽培技术'在我们实验室获得了成功，又在院农业学大寨科学实验田小面积栽培成功，使寒地水稻每亩可增产210斤左右，已经得到了国家农科院的认可，这对我省大力推广水稻种植，将是一个很大的贡献——"

会场里又响起了一阵热烈的掌声，黄春雁听着听着心情激动起来，说起来，自从进了大学，特别是听了彭大诚的农作物栽培专题课以后，又加上各方面因素的感染，她已经深深地爱上了农作物栽培这个专业，并且更加体会到陈文魁为什么那样专心用土办法研究寒地水稻品种资源了。我国是一个农业大国，还要进口粮食，国家提出要以"农业为基础"的国民经济发展方针，作为新中国一名有志青年应该积极努力这方面多做些贡献。但是，她并不为自己怕苦怕累不愿在农田里出大力、流大汗而内疚，她觉得她不是那块料。这一段上大学的实践表明，自己的智力、性格非常适合这种研究。当然，几年的下乡生活也给了她不少感性认识，是爱上这一行的基础，这是不可否认的，要是没有丛娟娟在自己和彭大诚中间，要是没有和陈文魁过去的感情纠葛，她真的感到彭大诚是她最敬重又是最值得爱的人，听着，想着，她又瞧了彭大诚一眼，发现彭大诚正目不转睛地也瞧着自己，好像旁边的人也在瞧着自己。她急忙一扭头，把脸转向了窗户，哪知一个贴在窗户玻璃上的脑袋正在怒视着她，她一眼认出来，是丛娟娟！

丛娟娟在资料室工作，因为进了一批新书，领导让她抓紧整理一下投放阅览和借阅使用，就没让她参加这次会。她呢，既想参加，又不想参加，却很关心这个会，就不时地向小礼堂的入口看。她一眼看见黄春雁进了会场，就再也没心思去整理资料了，不由自主地溜出了阅览室，但又不能进会场，就在外边

第三十六章

转来转去，好不容易才搜寻到黄春雁的位置，当黄春雁朝窗户一转脸的时候，她"呸"地一口吐沫使劲喷去。黄春雁下意识地一躲，只见玻璃上带沫的唾液就像一个趴在上面的苍蝇正在懒洋洋地伸头展翅、蹬腿一样在摊开着，心里一阵恶心，再瞧时，从娟娟已经扬长而去，没影了。想起来院实习的第一天，从娟娟在门口截住自己，就没少作妖。黄春雁真想找院领导，找彭大诚说道说道，想前思后，还是忍下了。她想，别说在这实习三个月，就是一个月、一周看来都很令她难忍了。

黄春雁冷静了一下，又瞧了一眼主席台，娄院长讲得正津津有味："……我们不能否认，彭大诚这一科研成果，是以北大荒知青陈文魁的实践研究为基础的，有了陈文魁的'高寒地区水稻品种资源'研究，产量又比较理想的水稻品种，彭大诚这一成果才有了施展的基础……"

黄春雁听到这里，头脑有些发晕了，她默默感叹起来，俗话说，无巧不成书，从娟娟、彭大诚、陈文魁还有植物栽培问题……为什么都拧到这一股子事情上来了呢，我能不能逃脱这个外部环境，自己专心地去研究点东西呢……

尽管黄春雁头晕而思绪紊乱，但她还是极力克制着自己努力听着。

院长的讲话的声音忽高忽低，抑扬顿挫使之很有感情色彩："……按着省领导的指示要求，院里决定派彭大诚同志先去北大荒做摸底和制作推广的实施方案，到时候，我们院和研究农作物栽培的有关专家，将全力以赴奔往北大荒，那里水资源丰富，土地肥沃，完全可以建成江南那样的'鱼米之乡'……"

讲话声和掌声像是混杂在一起，在黄春雁那里似乎听不清那是哪的声音了。她并不知道院长的讲话是怎么结束的，只是见大家都站起来往外走，她也就随着人流走出了会场。

黄春雁没有回办公室，直接回到了宿舍，刚要躺下冷静一下，彭大诚敲门走了进来。"彭老师，您——"她显得很不自然样子，忙坐起来。"春雁，"彭大诚笑笑说："我想和你商量一件事情。"

"好啊，"黄春雁犹豫一下，指指窗前写字桌前的椅子说："彭老师，您请坐。"她说着，起身倒了杯开水，想递给彭大诚手里，犹豫一下又想放在桌子上，彭大诚毫不在意地从她手里接过来说："谢谢。"

"不客气。"黄春雁有意回避着彭大诚注视着自己的目光。"呵——"彭大诚依旧笑着说："我不想客气，我看你倒挺客气啊。"

"彭老师，"彭大诚一句话说得黄春雁尴尬起来，她急忙说："什么事，您请讲。""刚才开会，娄院长讲的你都听见了，"彭大诚坦然而自若的样子说："院里已经和北大荒的领导联系好了，我准备收拾收拾就去北大荒，你对那里熟悉，我已经请示院长了，希望你也能和我一同前去，"他说到这儿，故意顿了顿，收起笑容，认真地问："怎么样？"

"我同你前去？"黄春雁既在意外又在意中的问了一句，心里虽然很矛盾，但想去的成分不少，陈文魁要出院回北大荒的消息，她还不知道，她觉得到了那里不会有使她十分尴尬的人了，在她心里，永远痛恨的那个杜金生已经命归西天，她眨眨眼说："我考虑一下。""别考虑了！这是组织上的决定。"彭大诚忙说："我非常喜欢和你在一起，再说，你在北大荒下过乡，做过贡献，这次回去是为了第二故乡做贡献，那里的干部群众都会欢迎你的！"他停停又笑了一声，"再说，这也叫作衣锦还乡呀。"

黄春雁正不知如何回答好，丛娟娟"呼"地踢开门，闯了进来，气呼呼地喘着粗气，满脸铁青地用手指着彭大诚说："姓彭的，你不就是个臭老九嘛，什么了不起的——""丛娟娟，不准无理！"彭大诚忽地站了起来，强抑制住心中的怒火，"我告诉你，忍耐是有限的，我警告你，再无理取闹，我就正式向院领导反映你！"

"反映又怎么样？！告诉你——"丛娟娟鄙夷嘲弄地瞧着彭大诚叫号，"我的工作关系，粮食关系都已经落下了，难道你还有本事把我开出去？！"她不容彭大诚插话，转脸又指指黄春雁怒斥道："别人不知道，我还不知道，剥下你的画皮看看，天下不要脸的事情都让你干了，告诉你，你怎么对待我，我就怎么对待你——""丛娟娟，真没见过你这样的人，恩将仇报，走——找领导——"彭大诚这话还没说完，丛娟娟发疯地转身走了，出门时摔得门"吭当"响了一声。彭大诚迈开大步追到门口，又听见身后传来了啜泣声，忙又转身向黄春雁的床铺走去，"春雁，春雁……"

丛娟娟回到资料室，气呼呼地拿起电话，通过农科院总机又转到北方农业大学总机，然后接通了院长办公室的电话，随着对方"喂"的一声，她脸上立即云开雾散，变得半阴半晴，声音温和而郑重："是。吴院长，您好，我是省农科院的一名普通工作人员，和你反映一下，你们学校农作物栽培专业应届毕业生黄春雁的问题，她身为没毕业的学生，本应该不辜负组织上的培养和希望，好好学习功课，可是，她十分不务正业，勾魂似的和我们院一名同志搞对象，在校学生搞对象，这本就是不应该的，她搞就搞呗，还破坏别人的恋爱关系，在我们院造成了极坏的影响，我们已经联名向院里写信反映了，农科院不能让这样品质败坏的人，还要作为什么人才分配到我们这里。希望也能引起你们校领导的高度重视，不然，会大有损于你们北方农大的声誉……"

丛娟娟越讲越起劲儿，连她自己也不相信，一拿起电话讲得怎么这么有力，对方问她叫什么名字，在什么科室工作时，她"咔"地一声把电话挂了。

她坐在椅子上，像干了一件了不起的大事，喘着粗气，觉得就像热天渴了喝饮料那样舒心。自言自语地说："你们不让我好，你们也别想得好……"正自语着，电话铃响了，她刚要接，又想，肯定是北方农大打回来的，又把放在电话上的手缩了回来，任凭电话铃"叮铃铃……"地急一声，缓一声地响着，她一动也不动地坐着、听着……

第三十七章

"我告诉你们，"黄小亚举起酒杯，对牛东方、赵大江和方奎霞说："老太太让咱们几个想办法，要是不把武总和丛娟娟的事撺弄成，咱们几个恐怕就得挨棍子。""我看武总和丛娟娟的事有门儿，"牛东方喝了一小口，放下酒杯说："昨天收摊前，武总和我闲唠嗑时，他又和我谈起了丛娟娟，还提了提当年丛娟娟和杜金生那老东西的事情，说他从心里相信他们没有什么事儿，看样子，要是丛娟娟再主动点儿，再磨合一阵子，还挺有希望的！"

"我也琢磨了，这是个障碍，"赵大江端着酒杯，但没有喝，他说："再说，凭着武总那个仗义劲儿，即使丛娟娟受了伤害，他也不一定就真的那样绝情，这么长时间还没有找对象，就说明他还在等丛娟娟。""行啊，大江，"方奎霞接过话夸赞道："这几年没白跟武总干啊，分析得还挺有道理的，"她说着笑了一声，"我也这么看，刚下乡到连队时不让谈恋爱，他俩偷偷摸摸晚上压马路，白天钻苞米地那是出了名的，感情还是有老底的，就是不知道两个人别个什么劲儿。"

"管他别个什么劲儿，"黄小亚放下杯，说："再这样下去，黄春雁可遭老罪了，丛娟娟一想不开，就去找她发火，好像彭老师不跟她是黄春雁给搅和的，咱们总不能让丛娟娟老这样下去啊！"他说着，抚了抚眼镜，"再说，老太太着急着呢，武总也快三十的人了，我看这样——"黄小亚说着，向众人示意，让大家把脑袋凑过来，然后他小声地，也不知说了什么，众人都"扑哧"地笑了起来。

"高——实在是高！"牛东方向黄小亚一伸大拇指，忍着笑说："我明天就去办。""我一会儿就去安排。"赵大江也笑着说，并举起了酒杯："来，咱哥俩喝一杯。"

"你说的能行吗？"方奎霞用怀疑的眼光看着黄小亚问："小亚，这出戏别演砸喽，到时收不了场。"她见黄小亚一副胸有成竹的样子，就拍着桌子，站起来，"我现在就去武总那儿。"方奎霞说着就走出了饭店，她知道武解放有个习惯，一般不出去吃午餐，此时，他一定在办公室里办公。

武解放正伏在办公桌上看一份材料，见方奎霞推门闯进来，抬头一愣："有事？""武总，"方奎霞没头没脑地对武解放说："不好了，不好了——丛娟娟要嫁人了！"

"嫁给谁了，那人是哪的？"武解放一听，忙放下手中的材料，站起来，匆匆走向方奎霞："嫁给谁了，嫁给谁了？""行啊。"方奎霞见武解放着急的样子，心里一阵欢喜，顾意装着不当回事有样子，说："别提了，一提她你就来气，还是不提的好。"她说着要走的样子。

"喂，"武解放急忙上前截住，央求着："好嫂子，那人到底是谁呀？""那人啊也挺棒的，说是明天就要结婚，"方奎霞卖着关子，说着又要走。

"明天，喂，"武解放着急地又把方奎霞挡住："好嫂子，快说，这人到底是谁？""看把你急的，"方奎霞一本正经地问："人家结婚你着什么急呀？"这时桌上的电话铃声响了，武解放瞧了瞧了，没有要接的意思，方奎霞指了指电话，"武总，你先接电话，我去和老太太说句话，要是你关心这件事儿，等会儿我再回来和你细说……"

"哎呀！"武解放拦住门，不放方奎霞走，"好嫂子，求你了，快告诉我，这人到底是谁？"方奎霞绷着脸，神神秘密地说："这人可厉害了，丛娟娟说了，非他不嫁，谁也不行了！"

"你怎么不说正经的呢，"武解放急得抓耳挠腮，又不能真的急眼，他苦笑着，"求求你，快说，这人是谁？""看把你急的。"方奎霞哈哈大笑起来，仍是不说，弄得武解放一副无可奈何的样子。

"告诉你吧，"方奎霞边笑边说："这人远在天边近在眼前，就是新解放服装有限公司总经理——武解放。""方奎霞，你……"武解放气得哭笑不得，责怪说："你怎么还像下乡时候那么喜欢搞恶作剧呀？"

"喂，武解放，"方奎霞收住笑脸，说："你怎么还像下乡时谁惹着你后，你一耍就没完没了呢？那时候难兄难妹的，在苞米地里都混过来了，有什么解不开的——啊！""得得！你——你行了你——你——"武解放酸着脸，闪开方奎霞的去路，朝自己的办公椅走去。

方奎霞脸上也马上显出不高兴的样子，心里却乐开了花，她一离开总经理的办公室，就放开嗓子"咯咯"地笑出了声，连忙就又赶车去了丛娟娟的家。

丛娟娟的母亲张秀兰正和老伴儿谈着话，听见门响，就打住了，见是丛娟娟拎着包走进了屋，张秀兰便接着话题唠叨："娟娟，我和你爸正唠着你呢——你和武解放的事情有点头绪没有？"丛娟娟的父亲丛恩祥瞧见丛娟娟没有回声，就说："我躺在炕上，本来就心烦，一寻思这事儿呀，说不上是种啥滋味儿。"

"爸、妈，"丛娟娟把包向炕上一扔，满不在乎地说："你们说的我也都做了，看来，不是因为过去结下的疙瘩了，人家现在是大老板了，'牛'上了。"

她说着叹了口气，"哎，都是你们撺弄的，我硬着头皮再找他一次，他要是还那么牛烘烘的，以后我连眼皮都不带夹他一下的，有什么了不起的，不就是有两钱嘛？""娟娟，你少说这些没用的！"张秀兰连忙劝阻说："解放他妈还是挺认咱们这门亲事的，那天我瞧见她骂解放说，没什么了不起的事情，都制什么气！说是一定要想办法把武解放那股子劲儿别过来……"

丛恩祥说："我倒不图老武家的解放是个什么老板，住了这么多年邻居，知根知底，解放那孩子是看着长大的，过日子放心。""娟娟，"张秀兰开始放桌子，接过话说："我看解放对你还是挺有意思的，要不，早就找了，凭他那样的找什么样的找不着啊。"

"哎呀！"丛娟娟不耐烦地嚷嚷："妈，你别说了，上饭吧，我都快饿死了。""行行！"张秀兰说着忙从厨房向桌上端碗筷，嘴里仍不住闲地嘟哝："我马上就给你把饭菜端上来……我的小祖宗。"

吃饭的时候，张秀兰像是想起了什么，问丛娟娟："娟娟，你前两天说和彭大诚，还有黄春雁两个人吵架的事，都闹到领导那去了，结果怎么样啊？"张秀兰见丛娟娟闷着头只顾向嘴里添着饭菜，没有答话，就不放心地又说："既然姓彭的和黄春雁好了，你也就别在中间再搅和了，挺大个姑娘了，传出去这影响多不好，再说还是同学，又一起下过乡……""妈，求你了，别在唠叨了，人家心里正烦着呢。"丛娟娟心里确实正为这件事闹心呢，快下班时，主任找她谈过话，让她今后注意点，别再说些捕风捉影的话，好像吴院长和娄院长通过话，听那意思，开始打算要给她个处分，话里话外，让她感谢彭大诚，要不是他说了些好话，这次院里真就给丛娟娟一个处分了。事实上，丛娟娟也很后悔，悔不该同彭大诚和黄春雁当面吵完了，又打了那个电话，当时她也是在气头上，快答快答嘴罢了，没想到因为自己的一时不冷静，惹了这么大个麻烦，细想起来，她自己也感到有些后怕，好在彭大诚和黄春雁没有和自己计较，这让她感到很庆幸，也很内疚。

一家三口人谁也没再说什么，都各自低着头吃饭，这时就听有人在外敲门，张秀兰连忙放下碗筷打开门："是陈大哥，陈大嫂啊！"她见是陈文魁的父母，忙笑着把人让进了屋里，"这是哪阵风把你们老两口吹来了呀？"

"大伯，伯母，"丛娟娟也惊讶地上前打招呼，"你们怎么找来的呀！""你们下乡的那几年，为了打听你们的消息，你家我是没少来呀！"陈文魁的父亲陈荣焦说着，就把手里拎着的东西放在了炕头，然后问丛恩祥说："老弟啊，身体好点了吧？"

"老毛病了，就这样了。"丛恩祥在张秀兰的搀扶下坐了起来，他笑着回答说完，忙让道："快坐，老陈大哥，你们老两口快坐下。""伯母，您快坐。"

从娟娟让出椅子，扶着陈李氏坐下，又倒了两杯水端过来，放在桌上。

"陈大哥，"张秀兰热情地问："听娟娟回来说，文魁快出院了，这可大喜呀！"陈荣焦回答："文魁的病治得差不多了，这几天就准备回北大荒去慢慢恢复了，我俩收拾收拾也准备跟着一去。"

"大伯，"从娟娟问："去了就和文魁住在一起不回来了吧？""不，"陈李氏摇了摇头，接话说："杨书记都安排好了，有人照顾，说北大荒冬天太冷，我俩年纪大了，受不了，我俩是去看看，安排好了就回来，什么时候想去再去。"

"娟娟姑娘，"陈荣焦感激地对从娟娟说："我这回可是体会深了，北大荒人，特别是你们这些知青，太有真情了，太讲究了，要不是你那天在车上向我俩说了那么多情况，我和你伯母，还不得一直蒙在鼓里呀！""是啊，"陈李氏也不无感慨地说："你不告诉那些，我俩可就憋屈出病来了，这次我俩来，就是来感谢你来的。"陈李氏说着，就骂起黄春雁来，"那个黄春雁算个什么玩意儿，气死我了……"

"伯母，话呀可不能这么说。"从娟娟心里有愧，见陈李氏这样骂黄春雁，她也实在不想再伤老人家的心了，就尴尬地解释说："那天，我说黄春雁的那些话不准，是我瞎猜的。""哎呀！"陈李氏不相信，以为是从娟娟怕她伤感，拣好听的说呢，忙笑着问："娟娟，那她为什么不露面呀？"她还是不相信地看着从娟娟。

"这……"从娟娟一时不知如何回答是好了，赶巧方奎霞这时推门笑嘻嘻地进来，从娟娟连忙上前抓住了她的手……

第二天上午，一辆皇冠轿车在新解放服装有限公司楼前停下，武解放从车上下来，早已等候的黄小亚和赵大江急忙迎上前，不知两人向武解放说了些什么，武解放又钻进了车里，随后，黄小亚和赵大江也上了车，接着车就匆匆地又开走了。

"这么大事，你们怎么才告诉我？"武解放坐在前面，回过头来责备地问黄小亚和赵大江，"要是去晚了，老太太怪罪下来，看我怎么收拾你们。""武总，"黄小亚有些胆怯地回答："我们也是刚听说，这不，就赶来找你了。"

"小亚，"武解放转回头，正视着前方，说："我怎么有点莫名其妙呢，那五个姑娘那么漂亮，彭老师都看不中，偏偏看上了精神病院那个女护士？""我也那闷，"黄小亚也有些看不懂其中的奥妙，就说："也许是男人看女人的标准不一样吧，就像当年咱们连，那么多小伙子都喜欢黄春雁，可你偏偏就喜欢丛娟娟似的……"

武解放忙制止说："你扯远了。""嘻！"赵大江感慨地接话说："这玩意儿怪！"

"再着急，"武解放还是有些弄不明白，又回头对黄小亚说："也不能这么突然说结婚就结婚呀！""武总，你是不知道呀，"黄小亚向前探着头，凑近说："杨大姐这回是来真的了，比咱妈逼得还紧，要是彭老师再不找对象结婚，她也快要像陈文魁似的了。"

"不可思议。"武解放说着扭正身，摇了摇头，然后说："喂，小亚、大江，你们二位经理在，就少东方了，彭老师办喜事，咱们可得多破费些啊！"不等黄小亚和赵大江回话，武解放才想起牛东方，问："东方呢？""啊！"黄小亚直了直身子，回答说："他呀，去联系人去了，想多去些人，把彭老师的婚礼搞得热热闹闹的。"

见黄小亚两人没再说什么，武解放就让司机加快车速。就在皇冠轿车驶入彭大诚家的胡同时，牛东方领着丛娟娟也从公共客车上下来，然后脚前脚后地一起向彭大诚的新房走去。"东方，"丛娟娟紧走两步，问："你说彭大诚办喜事怎么这么突然，是不是有啥说道啊？"牛东方扭头，笑着说："这有啥说道，都多大岁数了，他已经奔四十的人了。"

"我说呢？"丛娟娟并不高兴，"他彭大诚找个精神病院的护士结婚，十有八九是让黄春雁给要得冷淡了生活了，什么工作呀，长相呀，只要是长头发，能对付家务能生儿育女就得了……""丛娟娟，你这是什么话呀，"牛东方嘿嘿一笑："就凭彭老师那身份那人品，也就是岁数大了一点点。还不至于吧。那护士怎么了，长得也说得出，再说了，当护士按社会上的嗑说的那样，也算上等人了。"

"怎么样？"丛娟娟像似找到了依据一样，怪话又多起来，"彭大诚让黄春雁勾扯了这几年，最后怎么样，还是瞎子点灯白费蜡了？你瞧着吧，这彭大诚一结婚，说不定哪家的小伙子又要在黄春雁的二齿钩子上倒霉了……""丛娟娟，"牛东方白了她一眼，有些瞧不起地说："你和彭老师也算好一回了，人家也是诚心请你，你也愿意去，到了那里可不能说这样阴阳怪气的话了呀。"

"那你放心，"丛娟娟平心静气地说："对他们我都伤心伤得麻木了，要是你不说武解放去，"她说到这儿，停下来，瞧着牛东方问："喂，你说实话，武解放真的提我了吗？""提了，"牛东方也停下来，认真地回答："他说通知咱们下乡的哥们儿、姐妹们儿，能去的都叫着去捧场。"

"喂。"丛娟娟盯着牛东方："他有没有提我的名呀？""这话让你问的，"牛东方显出不乐意的神态，反问说："下乡的哥们儿和姐妹们儿——不包括你呀？"

"我告诉你牛东方，"丛娟娟用手指着牛东方的鼻子，"这事儿可是你撺弄的，我也不是冲着他武解放喊一声我就来，我妈叨叨个没完也逼着我来参加，老实说我和你们这帮人不合群，去是去，他武解放要是撅嘴胖腮的跟我整事儿，我丛娟娟可不吃这个，准扭头就走，别说到时我不给他面子。"她说完迈开大步走在前面。"丛娟娟，别这样……"牛东方说着追了上去，见武解放的车停在门前，就催促说："快走，武总他们都到了。"

牛东方快步走到了前头，丛娟娟也大步地赶了上来，她见除了院里院外打扫得干干净净的，再有就是门心上贴着的大红喜字外，没有瞧见任何人，就问牛东方："怎么这么冷清，对了，我们单位没来人啊？""人家彭老师不愿意声张。"牛东方说着紧走了两步，先进了屋。

丛娟娟东瞧西瞧地进了院子，随后也进了屋，她发现，只有武解放、黄小亚和赵大江，武解放瞧了一眼丛娟娟，转脸问刚进屋的牛东方："喂，东方，彭老师人呢？"黄小亚见丛娟娟跟在牛东方的身后进了屋，向赵大江和牛东方一挥手，"人来了——"

黄小亚先带头跑出了门，随后赵大江和牛东方也"噌，噌"地跟了出去，三个人"啪"地一声把门关上，黄小亚摘下门鼻子上挂着的大锁头，顺手麻利地从外面就把门给锁上了。

"武总，"牛东方把脸贴近窗户上，笑嘻嘻地对武解放大声嚷道："给你们俩一天一宿的时间，叙叙旧，谈谈心……我们走了……""东方——"武解放知道上当了，他跳上炕，使劲敲着玻璃，"东方——开什么玩笑……"

武解放试着敲了一会儿，瞧见黄小亚三人扬长而去，就停下来，细一看，窗外还镶着铁栅栏，知道没戏了，就是把玻璃敲碎也跑不出去了，便转过身来，见丛娟娟正背对着自己，张了张嘴，想要说什么，才发现桌子上搭着一副红色对联；上联是：荒友情谊都在心里别再赌气。下联是：缘分难舍应都想开敬请潇洒。横批是：互亲互谅吧。

读罢，武解放把三张红纸划拉在手，"啪"地往桌子上一扣，然后往炕上一躺，打起呼噜来。丛娟娟背对着武解放，见他打起呼噜来，就悄悄地扭过来头，用眼光偷偷看了武解放一眼，见他眨了眨眼睛，知道他是在装睡，就"哼"了一声说："跟我装啥？有两个破钱有什么了不起的！"

"钱就是钱，并为值钱。"武解放一下子从炕上坐起来，口气蛮横地说："牛烘烘才值钱呢。""你说说——"丛娟娟转过身来，色厉内荏地问："是你牛还是我牛？"

"这得问你自己，"武解放不甘示弱地说："你要是当初不那么'牛'，我也不会比你更'牛'！""还说我呢，"丛娟娟凑了凑："你在上学问题上太自私！"

"我也是好意，"武解放也向前凑了凑："你倒好，把好心当了驴肝肺！"

"得得，"丛娟娟向后退了一步，但仍是气势逼人，"我不和你说这个——为了咱俩这事，我妈死活逼我来，我也不是攀你家高枝儿，我问你，要是不和我好，为什么不和我妈嘎巴溜脆说句痛快话？"她说着脸涨得红红的。

"我呀！"武解放下了炕，瞪大眼睛："我什么时候气得能气到像你当年气我那样，才会有嘎巴溜脆的痛快话。"丛娟娟被气得说不出话来，直喘粗气。武解放还觉得气得不够，一转身在地当中迈起了正步，并哼唱着："雄赳赳，气昂昂……"丛娟娟再也看不下去了，呼地捡起墙角的笤帚，朝武解放打去："我知道，你第一次唱这几句就是羞我追彭大诚失败，叫你气，叫你气……"

"你要是追一个比我水平差的……"武解放躲闪着，边用胳膊挡着，边说："你还真打呀？""水平比你高怎么样，低又怎么样？"丛娟娟又气又喜，眼睛里噙着泪水："叫你耍，叫你牛，叫你牛……"

"好了好了，我服了，"武解放有点招架不住了，连连求饶："坐下来谈判，谈判……"

第三十八章

"妈，就这样——"黄小亚向郭颂美学完，又笑着补充说："我们哥几个把他们俩锁在了屋里。""哎呀呀，"郭颂美也跟着笑了几声，"你们这些下过乡的孩子呀，就是隔路，这样能行吗？"然后她又担心地问："可别炸了庙，再撕巴起来，解放脾气酸着呢。"

"没问题，妈，"赵大江笑着接话："别人不了解，我们还不了解呀！""您老人家就放心吧。"黄小亚见郭颂美一脸疑虑的样子，就又说："肯定炸不了庙，就是往最坏处想，他俩的事儿也能憋出个头绪来，再说牛东方还守在哪盯着呢。"

"这我就放心了，"郭颂美说着，瞟了一眼窗外，见天色暗淡下来，像想起什么来似的问："小亚，天都快黑了，两个人锁在屋里的时间可不短了，别再把人饿着了……""妈，"黄小亚连忙回答："这您就别担心了，我们在冰箱里放了饺子了，他们不傻不茶的，饿了就自己找吃的了。"

"我还在厨房里放了一瓶好酒呢。"赵大江说着带头乐了，郭颂美和黄小亚也跟着大笑起来。三个人正乐着，就见牛东方兴冲冲地推门进来，气喘吁吁地说："这两个人真是一对活宝，又打又骂的，现在可好——"牛东方把嘴边的话又咽了回去，故意卖着关子。"现在怎么着？"郭颂美急切地问："快和我们学学。"

"能怎么着——两个人先是又打又骂了一阵儿，接着就吵来吵去，现在可好，两个人又有说有笑的煮起了饺子，像没事儿似的……"牛东方连比画再乐地，把看到听到的向众人学了一遍。"这就好，"郭颂美一听，喜得眉开眼笑的，不住声地说："这就好……"

"走！"黄小亚一听，也来了兴致，"咱们再去瞧瞧，看他俩还有什么节目……"他说着就站起身，领着牛东方和赵大江就出了门。"小亚，"郭颂美追出来，在后面嘱咐道："差不多，就把他们放出来……"

"妈，"黄小亚回头说："我们心中有数，您就等着听好消息吧。"黄小亚边说边带着牛东方和赵大江消失在夜色中。

夜空像黑天鹅绒一般在头顶张开着，深邃而高远。大颗大颗的星星，仿佛有生命似的在微微颤动，好像随时都会坠落下来。喧哗的街景开始沉静了，行人也渐渐稀少起来，黄小亚领着牛东方和赵大江借着夜色的掩护，悄悄地走进院子，然后躲进窗下的暗影里，偷偷地向里张望。

就听丛娟娟嗔怪地说："别看你西装革履像个人似的，我怎么看你也不像个老总呀，还是在连队时那个猴样。"她说着转身去了厨房，不大一会儿，又走进来。"你说，"武解放嘿嘿地笑着问："当时我推荐自己上大学对不对吧？"

"对什么对，"丛娟娟也嘿嘿笑地说："自私自利！""你就是不听我的。"武解放说："要是按我设计的，还用绕那么多弯儿，费那么多的劲儿，早就回城了。"

"啊！"丛娟娟辩解着："世上哪有那么多便宜的事情！""你先别扯别的。"武解放嘴还是不让人地问："不管便宜还是贵，我是问你，我当时做得对不对？"

"武解放，你别拿不是理当理说。"丛娟娟装出一副酸溜溜的样子："没人和你理论那些陈芝麻烂西瓜的，我饿了！"她说着拿起筷子夹起了一个饺子，刚要向嘴里放，被武解放伸过来的筷子夹过去，然后一口吞进了嘴里，两个人都笑了。"娟娟，"武解放边笑边问："咱俩出去你是不是应该请黄小亚他们撮一顿呀？"

"还请他们撮一顿？"丛娟娟嚼嚼嘴里的饺子，咽下后说："我非狠狠地骂他们一顿不可……"

两人的对话和举动，被黄小亚三人在窗个听得真真切切，看得清清楚楚，三人目目相视，都伸长了脖子，竖起了耳朵。

"你这就不对了"武解放有些不高兴地问："为什么还要骂人家呀？""为什么？"丛娟娟盯着武解放说："骂他们是因为我还没看透你。"

"不说实话。"武解放嘻嘻哈哈地问："你不是三番五次的找我吗？""我不是说了吗，"丛娟娟嘴硬地说："是我爸妈逼的，我还没有看透骨子里变没变，长没长毛？"

"哈哈……"武解放放下筷子，大笑起来。"武解放，这有什么好笑的？"丛娟娟不解地抬头，看着武解放。

"我笑？"武解放解释说："我笑我们这一代人中的许许多多人。就像我们几个，还包括陈文魁，就像开玩笑，又像耍儿戏，又明白又糊涂地就这么进入人生的事业和婚姻之中，想想咱俩从恋爱，到坐一辆火车去北大荒再到现在，我最留恋的还是在八连最初阶段咱俩互相依赖的日子，所以'牛'得并不彻底！""你可得说清楚了？"丛娟娟连忙接话说："那时候不是互相依赖，是你赖着我，一天不找我出去压马路就难受，就有那么一天没去，第二天傍晚见面时，你把我的舌头都咬破了……"

　　"这种浑浑噩噩中的情绪太珍贵了，"武解放感慨地说："所以我恨你恨得咬牙切齿，想你、同情你的时候也是抓耳挠腮……""还说呢？"丛娟娟用责怪的眼神看了武解放一眼，委屈地问："我几次去劳教所看你，你为什么还装呢？"

　　武解放"哧哧"一笑："一是我觉得我是条汉子，另外，我就是想看看你在感情上走了弯路还有没诚心再回来。""你……"丛娟娟伸出筷子就要打武解放。

　　"你听我说呀，"武解放笑着用手挡住："喂，这几个小子也太不够意了，也不说给我们准备瓶酒呀？""有一瓶，"丛娟娟站起来，"在厨房里呢。"她说着就从厨房里把酒拿来，然后故作惊讶地问："哎呀，没有菜呀，我出去买。"

　　"你出得去吗？"武解放说完，提醒着："你找一找，弄盘咸菜，再切两棵大葱用酱油一泡，洒上点儿盐……""好！我今晚陪你喝个一醉方休！"丛娟娟说着又去了厨房。

　　"喂，"赵大江小声地问黄小亚："用不用去给他们弄两个菜来？""得了得了，"黄小亚连连摆手："你要是给他们弄美味佳肴，说不定就吃不出滋味来了！"

　　"小亚，你说得有道理。"牛东方接话说："我完全同意。"赵大江一伸舌头："那咱们走吧。"

　　"再等等，"牛东方兴致不减地说："听一会儿再走。""好啊！"赵大江打趣儿地说："你小子听上瘾了怎么的。"

　　"走走！"黄小亚推了推两个人，说："估计这会儿没啥好洋景了，让他们先喝着，咱们哥仨怎么也不能饿着肚子呀，等吃饱喝足了再回来听热闹，走……"

　　黄小亚三人正想悄悄地溜出院外，突然屋里关了灯，四下里顿时一片漆黑，这下哥几个可乐了，一齐鼓起了掌声，并大声喊："噢喔——噢喔——"

　　屋里立刻又亮起了灯光，武解放推开窗户："谁？"黄小亚、牛东方和赵大江一哄声地跑出了院外，就听身后传来丛娟娟的责骂声："黄小亚——你们仨给我等着……"

　　一上班，彭大诚欣喜地对黄春雁说："春雁，通知你一件事。院领导刚找我谈完，说为了推广我们寒地水稻增产的科研成果，决定派我俩去北大荒进行推广试验，你抓紧准备准备。""这么突然？"黄春雁说着，下意识地看了一眼桌上的台历。

　　"你看我猜得对不对？"彭大诚正整理着桌子上的材料，他抬头瞧着黄春雁说："你是不是又惦记星期日去精神病院的事？"他一指台历，"你不用担心这个，陈文魁不出这个星期人就出院回农场了。""彭老师，"黄春雁急切地问："你怎么知道？"

"看你的记性，"彭大诚用手点点黄春雁："我不是和你说过了嘛，前几天，武解放为我策划了一场选美活动，我姐还让陈永嘉把照顾陈文魁的女护士也带去了，弄得我是哭笑不得，转天我去他那里，他告诉我说，陈文魁这两天就出院了。"他停了停，见黄春雁没有说什么，就又接着说："我知道你心里还在深深地爱着陈文魁，但，我始终认为，你俩成为夫妻，生活在一起的可能性不会很大了。"

黄春雁仍然没有说什么，只是低下头流起了眼泪。

"等你认识到了这一点的时候，"彭大诚站起来，走到黄春雁的跟前，深情地问："我希望你能答应我的要求。""彭老师……"黄春雁慢慢地抬起头，满脸泪水地看着彭大诚，想说些什么，又说不下去，感动地一下子扑进彭大诚的怀里，放声抽泣起来。

"春雁，"彭大诚紧紧地抱住黄春雁劝慰着："别哭，别哭……"

"彭老师，彭……"这时，牛东方冒冒失失地推门就闯了进来，一下被眼前的情景惊呆了，随后，他急忙转身要走。黄春雁紧忙松开，有些难为情地低头走到了一边，彭大诚倒显得十分的镇静，他笑着对牛东方说："你这个愣头愣脑的家伙，进来也不敲个门………"

"哈哈，没事。"牛东方打着哈哈，"就当我什么也没看见，没看见……""行了，别给我耍了。"彭大诚上前把牛东方拉到椅子边上，让他坐下，然后问："什么事儿？"

"这事说大也不大，说小又不小，我们把武解放和丛娟娟诓进了屋里，随后……"牛东方一口气把事情学了一遍，然后问："彭老师，黄小亚和赵大江在批发市场忙得抽不出空儿，他们俩锁在屋里都一天一宿了……让我来找你商量商量……""哈哈……"彭大诚听完，欢快地笑了几声，说："你们几个也真能办得出，这样也好，对他们俩呀还真的这样做，这叫不打不相识，问题是这个尾该怎么结呀，"他停顿了一会儿，一拍手，"有了，咱们把这出戏接着演下去……"彭大诚又在牛东方耳边小声说了些什么，然后，牛东方一笑，说了句"彭老师，真有你的"，就急匆匆地跑了。

黄春雁问："你说了啥，牛东方那么高兴。""啊，"彭大诚也凑近黄春雁的耳边，"我想这样……"

"能行吗？"黄春雁有些吃惊地看着彭大诚。"行，准行！"彭大诚坚信地说："对他们俩就只有这样做了——最好是你也跟着去。"

"行是行，"黄春雁犹豫地说："就是怕丛娟娟对我还是那么刻薄，到时再给我一个下不了台，弄得大家都不开心啊。""不会的。"彭大诚从衣柜里拿出了件新衣服，边穿边说："就是丛娟娟再怎么固执，都这样了，她也不会那么不近人情了。"

牛东方走了好一会儿，又急匆匆地进来，告诉彭大诚："一切都按照你的说法办置好了，车也来了，黄小亚和赵大江正往那赶呢，咱们快走吧。""走！"彭大诚说着，就和黄春雁跟在后面出了门。

等彭大诚、黄春雁和牛东方赶到时，黄小亚和赵大江早已在大门口候着了。"……把钥匙给司机……"彭大诚下了车，忍不住乐地说："让他去开门，我们藏起来，先别让他们俩看见……"

司机手拿着钥匙，进了院，打开门上的锁，然后对走出来的武解放和丛娟娟说："武总，黄小亚、牛东方和赵大江三位经理说，你们可以自由了，愿意在这儿就在这儿，不愿意就把门锁上，这是钥匙……""你告诉他们仨——"武解放表情愠怒地说："等我回去再和他们算账。"

司机没有言语，只是乐了乐，他刚转身出了院子，藏在外边的几个人就一窝蜂似的涌进来，哄笑着围住了武解放和丛娟娟。彭大诚和黄春雁各捧着一束鲜花走上前，"武总，"彭大诚说着，瞧了瞧丛娟娟说："我们武总的太太，我和黄春雁一起向你们道喜祝贺！"

"谢谢！谢谢！"武解放和丛娟娟也一起接过鲜花，丛娟娟看了一眼黄春雁，见她含笑看着自己，丛娟娟就转脸问彭大诚："彭老师，也祝贺你俩，什么时候请我们吃喜糖呀？""你又开玩笑了。"彭大诚微笑着："我们俩恋爱关系还没有呢，怎么谈得上结婚呢？"

"彭老师，"丛娟娟的嘴又不让人地说："别瞪着眼睛说瞎话了——那你们俩经常地一起亲亲密密干什么？"彭大诚还是微笑着，他看了看丛娟娟，又瞧了瞧黄春雁，吞吞吐吐地说："现在不和你说这些……"

"武总，彭老师，"黄小亚见彭老师有话不好说，就接话说："你们唠吧，我们还得回去忙呢。"他说着带着牛东方和赵大江走了。"等等！"武解放有话要向黄小亚几个说，就跟了出去。

丛娟娟问："现在说吧？""可以坦率地说，"彭大诚收起笑脸，说："是陈文魁提出一个应用日本人'叶龄诊断'技术使寒地水稻增产的设想，黄春雁在大学读书期间根据这个设想，又提出如何借鉴南方籼稻应用叶龄技术增产技术，来提高我们高寒地区水稻的产量，经过一个又一个回合的试验室和田园小面积的试验，已经成功了。"

"娟娟，"黄春雁接过话说："我记得你在连队时吃咱们自己产的大米饭时那个香啊，一个劲儿地说好吃，要是大面积试验成功了，咱们在这儿也能吃上了。""现在，"彭大诚说："陈文魁的病情大有好转，要回北大荒了，我俩也要去。"

"春雁，"丛娟娟瞧着黄春雁问："陪陈文魁回去？""有这个原因。"黄春雁回答说："主要是去指导那里大面积推广寒地水稻叶龄增产技术。"

"这么说——"丛娟娟又问黄春雁："你又要面对陈文魁了？""那当然。"黄春雁苦笑着。

"春雁，"丛娟娟把手中的鲜花递给身边的武解放，紧紧拉住黄春雁的手，眼含热泪地说："我对不起你呀！误会了，我不该对你那么疑心，也不该一次又一次地找别扭，同你吵……"她说着抬头看了彭大诚一眼，又瞧瞧武解放"你们都是好人，够朋友！"她又面向黄春雁，"说起来，不怕你笑话，我返城还是钻了你的空子，杜金生知道我了解一些内情，担心我是隐患，才放我走的。""娟娟，"黄春雁也有些感动，拉了拉丛娟娟的手，说："以前的事情咱们不提了，一切从头开始……"

"春雁，"丛娟娟一把抱住黄春雁，哭着说："实在对不起你呀？这些年我让你受委屈了……""娟娟……"黄春雁也大声痛哭起来……

第三十九章

"快，大家快请坐，请坐！"杨金环微笑着把陈文魁、陈荣焦和陈李氏让进里屋，然后对徐亮说："老徐你先替我招呼点，还有两个菜，我炒完咱们就吃饭。"她说着进了厨房。"陈师傅，路上文魁没惹麻烦吧？"徐亮应酬着，见陈文魁呆板地站在一边，眼睛发直地瞧着自己一眨也不眨，以为刚才说的话让他听见了，心里嘀咕，是不是要对自己发怒呀，他千万可别耍起疯来，冲我来呀……

"哎呀，"陈李氏瞧瞧满桌子的菜，对徐亮难为情地说："他大哥，你和杨书记太热心了，让你们帮着照顾我家文魁就够麻烦的了，还做了这么多菜干什么？"徐亮苦笑了一下，刚说了句："没，没做什么。"陈文魁转身要走。

"哪去呀？"陈荣焦始终注意着陈文魁，上前一把抓住他说："你杨大姐为你准备了这么多好菜，快洗洗手，上炕吃饭。"陈文魁根本不理睬，使劲一挣，破门而出走了。徐亮、陈荣焦赶紧跟了出去。

陈文魁出门以后，径直朝那间准备做试验室的房子走去，到了门口，发现门锁着，二话没说就使劲用脚踹起来，徐亮急忙掏出钥匙打开了门，陈文魁横冲直撞似的挤了进去，徐亮等人只好在他后面紧跟着。

在陈文魁没得病时，徐亮和杨金环原是打算给他做水稻栽培试验室用的。陈文魁离开农场去精神病院以后。徐亮也没有放松，打算和水稻试验小组的其他两个知青继续搞，没想到找杜金生想请示点经费的时候，他正在被调查，已是惶惶不可终日，由于调查组开展工作难度很大，持续的时间比较长，搞试验的事情也就耽搁了下来。杨金环准备这两天就过来收拾，没想到陈文魁他们这么快就来了。屋里还是乱七八糟的，地上扔放着镐头、锄头、镰刀、草帽、猪饲料，还有扁担、土篮子等一些常用家什，炕上摆着冻豆腐、冻肉、向日葵籽等等东西。别看时令已是春天，这屋里还有股子阴冷冷的味儿。

陈文魁瞧着瞧着，忽然抬起脚"砰"地踢了眼前一个土篮子一脚，正好踢在筐底上，土篮子腾地飞了起来，撞碎了悬挂着的灯泡。"文魁——"徐亮这个气呀，但他还是捺着性子，急忙说："你先别生气，我们还没有来得及给你收拾呢。"

这时，杨金环扎着围裙走进来说："老徐，饭菜都准备好了，你先回去陪着文魁的爸爸妈妈吃饭，家里还有两瓶酒，我在这里收拾一下。""你——说——"陈文魁突然瞧着杨金环大喊起来，"怎么——怎么住——啊——"

"文魁，"杨金环笑呵呵地说："你先去吃饭，等晚上睡觉的时候，我一定让这屋子干干净净，热热乎乎的，快去，吃饭去吧——"她说着去拉陈文魁，陈文魁瞪了她一眼，哈腰捡起锄头、镰刀就要往外扔，被得信而来的李宝进拦住。"文魁，"李宝进拍了拍陈文魁的后背，笑着问："你还认识我吗？"

"我认识你干嘛？"陈文魁说着还要向外扔东西，又被李宝进制止。"文魁，"徐亮指着李宝进吓唬着说："你得听他的话，他可是个大官，不听话，他就罚你的款。"

"我才不怕呢？"陈文魁突然问："开不开批斗会？""不开，你要听话就不开。"李宝进忙顺着他的话说。陈文魁放下手中的东西，瞪着眼睛看着李进宝，显然是有些害怕了。

"老徐——饭菜都做好了，"杨金环趁机说："你和队长陪着客人快去吧，我在这里收拾一下屋子，再点上火烧烧炕……"陈李氏也要动手的样子说："你们都去，我老两口在这里收拾收拾吧，我们现在都有些过意不去了！"

"哎呀，客气啥，"杨金环往屋外推陈李氏老两口说："老徐，你倒快去呀！柜子里还有两瓶二锅头。""走，走，咱们吃去。"徐亮心里不悦地应酬着说："二位老人家，走就走吧，你们毕竟是客人。"

陈文魁还在不停地往外扔东西，徐亮拉一把陈荣焦说："走吧！"要说，他也并不是从根上就反对陈文魁来他家，是觉得杨金环承担不了这么多事情，还有一点，杨金环不和他商量就做主，心里好不高兴。因为家里还有两个孩子，倒是都在场部念书，学习成绩都好，有这么个陈文魁一来，恐怕假期里孩子的学习就不得安宁了。

"他杨大姐，"陈李氏趁徐亮他们出了屋的工夫说："让他们吃去，我来和你一起收拾。""不行，大婶，"杨金环往外推着陈李氏："这屋子阴冷，再说你年纪大了……"

"不行，不行，说什么也不行！"陈李氏忙说："我就是干不动陪也得陪着你，要不，太让我过意不去了。"杨金环无奈了，拍拍还在往外扔东西的陈文魁的肩膀头说："文魁，别扔。把这些家什收拾收拾，放在墙角上，你先住下，我再慢慢安排地方挪走。"

"文魁，听你大姐的话！"陈李氏也说："别扔了……"杨金环指指窗台上摆着的"蛤蟆头"烟叶说："文魁，你把那些'蛤蟆头'烟装在麻袋里，好留着你抽——"

"好哇，好哇——"陈文魁舌头发硬像不能打弯似的说："给我的吧？"杨金环笑着说："对，是给你的。"她回答着心里一阵高兴，看来，陈文魁的病比刚得的时候真的好多了，从他一进这屋觉得乱往外扔东西，又问这烟是不是给他的，说明他的思维在渐渐恢复，一时高兴起来，对收留陈文魁更是充满了信心。

陈李氏听杨金环刚才那么一说，开始往墙角上归拢东西。陈文魁上了炕往麻袋里装着'蛤蟆头'烟叶，杨金环先来到外屋打开炉盖子，放些细碎的树枝，点燃一小片桦树皮放进去后，便开始往里加了几块木桦子，随着噼噼啪啪的一阵响，火苗呼呼响着直往炕眼和火墙里蹿。她转身回到屋里开始收拾那些铺摊在炕上的东西。

"大婶——"杨金环见陈李氏不停手地忙着，就说："你去烤烤火吧，生来乍到不知道怎么归拢，我来吧，一会儿就完。""哎呀，他杨大姐，"陈李氏感激地说："你别说了，我能干多点儿就干多点儿，要是干不对你再整理，要不，我可受不了了，真不知该怎么感谢你们好了。"

"大婶，说什么呢？"杨金环边收拾葵花籽边说："文魁好好的时候，和我们像一家人似的，有点儿小毛病了，我们也不能拿他当外人。"陈李氏的眼泪早就止不住了，一颗接一颗从眼角慢慢滑了出来，然后溢过一道道皱纹，像很艰难地爬过一道道山梁，才开始往地下滴落，她擦一擦眼泪说："他杨大姐，等文魁好了，我可得让他好好报答你们，你们两口子的心眼太好使了……"

陈文魁回脸瞧瞧像是没听懂似的，愣愣地瞧着妈妈，又瞧瞧杨金环，大概是他靠窗户近的缘故，窗户上已经积聚了厚厚的水气，比屋里别的地方寒气要大一些，他把双手拱在一起在嘴上吸了吸热哈气，又双手合拢搓起来，这一搓，杨金环更高兴了，他能知冷知热，就不会乱跑乱颠冻着或者饿着了。

陈李氏说完话，也禁不住打了个寒战，虽然已是春天了，嫩芽绽绿，但北大荒的寒气还是比较大的，尤其是雨天，甚至有人还穿上了小棉袄。她来到外屋炉前哈腰伸手烤了起来，陈文魁在窗台前装'蛤蟆头'烟装了个半拉坷叽，卷着烟跳下炕来，杨金环边归拢东西边说："文魁，别往外走了，一会儿和你妈一起回家吃饭……"

"吃饭，吃饭，吃饭……"陈文魁嘟囔着出了门，陈李氏也说："文魁，别走，你杨大姐马上就归拢完了，咱们一块儿回家吃饭。"陈文魁咧着怀儿，抽着烟，理也不理地就朝杨金环家走去，待杨金环和陈李氏追出来，他已经大步流星地到了家门口。

午餐已经进行了半个多小时，盘子里的菜剩下不多了，瓶子里的二锅头也快喝光了，陈荣焦直觉得不好意思。徐亮呢，本来是自己过生日，又是结婚纪念日，反倒成了迎接陈文魁回来。这事儿，陈文魁他们没进屋时，他正和杨金环掰扯着，人来了，心里就有点儿不太痛快，东道主的热情劲儿喷发不出来。徐亮刚要再张罗劝酒，陈文魁推门"砰"地一声闯了进来，越过厨房站在门口一看三人正在喝酒，愣了一下站着不动了，徐亮放下酒瓶子打招呼："文魁，来，一起吃，来吧。"

陈文魁眼直勾勾瞧着，忽地哈腰端起身旁半盆洗脸水一扬，"哗啦"一声，半盆脏水倒在了餐桌上。"文魁——"陈荣焦要下地的样子，怒斥说："你这是干什么？"

徐亮气得直喘粗气，李宝进忙拉住陈荣焦说："别，别乱说。"这时，陈文魁掀开大锅盖拿起一个大馒头吃了起来，徐亮忙下地从锅里端出热着的菜放在锅台上，陈文魁往小板凳上一坐，理也不理地吃了起来。

"呦——"杨金环一步跨进来，见陈文魁坐着小板凳，锅台当桌吃得正香，又一步跨进里屋，一看，忙问徐亮和陈荣焦："这是怎么了？"没人回答，她一瞧地上扔的脸盆和水淋淋的饭桌，便明白了几分，哈哈一笑，"你们怎么还生气呢，这是好事儿，好事儿，这是好事儿呀！"

"我说杨金环，你也精神不正常了呀。"徐亮气嘟嘟地说："把好端端的一桌菜泼上了洗脸水，又是泥，又是肥皂水，还能吃吗？怎么是好事呢！""哎呀——"杨金环仍然不急不躁地笑着说："陈文魁看你们吃饭不带他，才气得泼上了水，说明他的大脑开始好使了，你们说，他刚要去住院的时候，除了能重复几句眼前的事情，唱几句刚编的歌，会和谁生气泼水吗，知道赌气吃饭吗？"她这么一说，谁也不吱声了。

陈文魁像是没听见他们在说些啥，根本不理睬，吃完最后一个馒头把碗一推筷子一扔东晃西晃地出了屋，陈荣焦刚要出门，杨金环拽住他说："不要管，他可能是要自己去收拾屋子去。"杨金环这么一说，谁也不动了。

他们跟在后面远远地瞧着，只见陈文魁越过那房子门口，然后拐上南北街道，向南跑去……

初春的白桦林里静谧而温馨，空气中弥漫着雪水融化后卷出的泥土、腐叶的气味儿，使生活在这片土地上的人们吸上一口，就像嗜酒如命的人久别醇酒闻到酒香一样，醉心沁肺，真有吸不够的感觉。陈文魁跑进林子，来到那棵被他剥掉一片树皮的白桦树下，顿时兴奋起来。他瞧着当年用钢笔画的，已经模糊不清的黄春雁的画像，瞧着瞧着，突然用前额"砰砰砰"撞了几下，发现撞不着，便一纵一跳地撞了起来。

杨金环小步跑上去，往桦树干上一靠，用身体挡住了陈文魁。陈文魁愣了愣，朝着她的脑袋要撞过来。"陈文魁，"杨金环边推搡着边大喝一声，"你要干什么，再这么做，我不管你了！"陈文魁一听，站在她面前哈哈大笑起来，脸上绽出了皱纹，皱纹里显现着呆滞的神色，先是愣了愣，然后哼声哼气地说："你不管我，我还不管你呢！"说完走到杨金环的侧面，跷起脚来去舔桦树干。

"文魁，"杨金环拨拉他一下子说："桦树汁苦，不喝，走，渴了咱回家喝水去！""滚，我就要喝——"陈文魁变得粗声横气起来，"滚开——"

杨金环只好用手指捏住割过的桦树皮茬，使劲往上一拽，涓涓树汁流了出来，陈文魁急忙上去舔吸起来，吸了几口就冲着杨金环哈哈大笑。笑得杨金环头皮有点发颤了。她这时察觉到，所说的陈文魁好些了，只是病情比较稳定，不打人，不骂人，不到处乱跑，但思维还是模糊，理智还是不清，因此不能刺激他，要顺着他来，让他慢慢适应他所熟悉的生活环境，或许比在城里养病会好得多。她刹那间想到这里，拉他一把说："走，走，回家去！"

"哈哈哈……"陈文魁猛地蹬开杨金环，眼前一花，指着杨金环说："你，你是小雁子，小——雁——子"他指着说着向杨金环逼近着。杨金环倒退两步说："我不是小雁子，我是你杨大姐！"

陈文魁猛地张开胳膊要去搂抱杨金环，杨金环瞧着陈文魁那对有点发蓝的眼睛，真的有点儿害怕了，紧忙躲闪着，绕着树杆打转转，大喊："不行，不行……"陈文魁围着树边追边嚷："你是小雁子，就是小雁子嘛，怎么还不承认呢……啊……哈哈哈……哈哈哈……你可算回来了。"

这时，徐亮、李宝进和陈荣焦夫妇赶过来。陈荣焦拣起一根树枝子要去打陈文魁，杨金环忙拦住说，喘着粗气："不成，他是病人……""哼——"陈荣焦气愤不已地说："病人也不能想怎么地就怎么地呀！"

陈文魁像是没什么事似的，双手一背开始往回走，没走出几步还唱起了歌：

> 我的心疼得好厉害，
> 千万别请医生来，
> 我不是病也不是灾，
> 是因情妹她留下的恨，
> 是因情哥哥痴心……

徐亮愁眉苦脸地瞧着陈荣焦说："金环说的对，他是病人，我们就得依着他，只要他不出大格就行，慢慢会好的……""哎——"陈李氏也赶上来了，心里过意不去地对杨金环说："太难为你们两口子了。"

"杨书记，徐指导员，"陈荣焦气哼哼地说："我都亲眼看见了，你们已经尽到心思了，这几年你们当领导的没少费心，公家也没少花钱，实在不行我们带回去，他爱怎么着就怎么着吧……""这怎么行！"杨金环刚才跑了一头汗，她边擦边说："陈文魁是给咱们八队做出过贡献的知青，再说他得了这病，除了个人心窄外，组织上也是有责任的，要是回去呀，我看，这人就交代了，我觉得我们能料理好他，就交给我们吧。"徐亮在一旁深深地吸了口一气，又下力气地呼出了口气。

街上来来往往的男女老少，还有吃完午饭去小学校上课的小学生，几乎都认识陈文魁，有的见他和好人似的打声招呼，他理也不理，像没听见一样，有的则老远就躲着。这些，陈文魁都像没看见一样，径直朝男知青大宿舍走去，快到门口时，陈文魁突然自唱起了现代革命样板戏《沙家浜》那段曲子：

> 那一天同志们把话拉，
> 在一起议论你沙妈妈，
> 七嘴八舌不停口……

这时，徐亮赌气回家了。杨金环和李宝进等人也赶了过来，杨金环一听非常高兴，接着唱道：

> 到那时，到那时，
> 身强力壮跨战马，
> 驰骋江南把敌杀！

谁也没听过杨金环唱过歌，她唱得那样激情，唱到"把敌杀"的时候，还学着《沙家浜》里的沙奶奶作了个扬手的动作，引起了看热闹人们一阵热烈的掌声。

"嘿嘿……"陈文魁也咧着嘴笑着鼓起了掌……

第四十章

　　傍晚的时候，彭大诚和黄春雁比约定的时间早了点来到了柳树下，刚好六点时，从娟娟也如约而至。从娟娟打过招呼后，领着彭大诚和黄春雁进了一家茶馆楼。"你说你俩——"从娟娟往一张茶桌旁一坐，笑着说："现在也不用粮票了，我请你俩吃饭，你俩非要喝茶，看来这一改革开放，肚子里都有油水了，是需要喝茶冲一冲。""今天我请。"黄春雁挨着从娟娟坐下，然后对服务台喊了一声："服务员，泡壶好茶。"

　　"请问，"女服务员走过来，递上茶单："三位用什么茶？"彭大诚接过茶单，翻了翻，坐下说："小姐，就来壶龙井吧。"

　　"小姐，"从娟娟叫住服务员，从兜里掏出一小纸盒茶说："你去备水吧，我们只花水钱，自己备茶了。"等服务员应声走后，从娟娟说："听说要喝茶，解放让我带一盒茶叶来，让咱们先品着——等和外商谈完业务，他再来。"

　　"呦，"彭大城接过一看，咂咂嘴："阿里山的冻顶乌龙，名茶，名茶！"从娟娟美滋滋儿地说："解放说，这是一位台湾来大陆探亲的老板送他的，见解放他们的服装公司很红火，还说要合作呢。"

　　彭大诚把茶盒打开，在每个茶杯里放上了一点，等服务员过来冲上水，黄春雁笑着说："娟娟，我早就说你有福气。怎么样，我的话灵验了吧？""要是说起来，"从娟娟很认真地说："我和解放还是托你的福呢，"她说着顿了顿，瞧着黄春雁，"要是不借你的缘分返了城，解放也干不上这一行。"

　　见黄春雁低下了头，彭大诚忙岔开话："过去的事情咱们找个时间再细唠，今天不是来喝茶吗？"他端起茶杯，试了试温度，然后喝了一小口，"这茶味还真不错，爽口。"黄春雁和从娟娟也端杯，咂了一口。"彭老师、春雁。"从娟娟放下杯，说："自从和解放和好后，我不管见到谁，哪怕是我爸我妈，都觉得心里翻翻腾腾的，也不知道是种啥滋味，只有见到你俩，才觉得亲，不想和别人说的话，都想和你俩唠唠。"

　　"这叫不打不成交呀！"黄春雁说完看了看彭大诚，彭大诚微微点了点头。"春雁，"从娟娟有些难为情地说："别说'打'的事儿了，真的都怪我，解放说我小心眼，我嘴上不认账，心里可服气了。"

　　"从娟娟，"彭大诚看出从娟娟说的心里话，就说："你能这样正视自己，太了不起了。"丛娟娟笑了笑,接话说:"还太了不起了呢,光你俩,就让我无地自容的了,哪还有什么了不起。"

"真的,你能对自己有这样的认识。"彭大诚很有感触地说:"我敢说这是你成就事业的开始。""说实在的,"丛娟娟听了很感动,她说:"别看你俩在婚姻问题上都不顺利,可是,你俩在事业上的成功都使我很佩服,来——"她说着端起茶杯,微笑着,"以茶代酒,敬你俩一杯。"三人笑着碰了一下杯,各自喝了一小口。

"明天,你俩就去北大荒了,"丛娟娟放下茶杯,问:"我有件事情,想请你俩帮我拿拿主意?""娟娟,"黄春雁收住笑容,看着丛娟娟:"你说吧,没问题。"彭大诚也注视着丛娟娟,等她说完。

丛娟娟说:"解放和他爸爸、妈妈——"黄春雁嘿嘿了两声:"那不也是你爸你妈嘛。"

"什么呀?"丛娟娟嗔怪地说:"我俩还没登记,还没结婚呢。""你们俩不是入洞房了吗?"彭大诚逗乐地问:"照你的意思,必须登记了,再举行个婚礼才算呀?"

"哎呀!"丛娟娟双手一蒙脸,又松开说:"彭老师,你还是第一次这么开我的玩笑呢,我不好意思了。"她说着,脸腾地就红了,忙喝了口茶,"过去的事情是我这个当事者迷,你们这些旁观者清。我和解放被黄小亚他们几个诓进洞房这事儿,我说了你们可能不信——自从那天晚上,我更佩服武解放了,他还和北大荒时那性情一样,除了属于恋爱期间该做的事情,他不越雷池半步,特别正,他说,他该做的事情别人劝也劝不住,不该做的事情,打着逼着也不成,他在我眼里越来越是条汉子……""解放那小子——"彭大诚喝了口茶,点着头说:"确实是条汉子!"

"不说这个了——"丛娟娟换了个坐姿,说:"解放还有他爸妈都劝我辞掉现在的工作,到他们公司去做事——你俩给我拿拿主意?""我看也不是不可以。"彭大诚毫不犹豫地说完,又反问:"你的态度呢?"

"我呐?"丛娟娟犹犹豫豫地说:"我一听,头皮有点发炸,他们是个体户,我有一份好工作,好歹也是个国家干部呀!""不对,"黄春雁接话说:"开放以后,不少机关干部都提出了要下海,但又不知海在哪里,就寻海、造海,你瞧,解放他们营造的这个海多好呀!"她说着,笑着问丛娟娟,"你怎么的,怕淹着啊?"

"春雁,"丛娟娟哈哈地笑着说:"你越来越会说话了,你说的倒也是,解放他们干了这些年,生意一直很红火,就是现在不干了,也够几辈子吃喝不完的了。""丛娟娟,"彭大诚也来了兴致:"所谓国家干部不就是有个铁饭碗嘛,武解放他们已经成钢饭碗、金饭碗了。"

　　三人唠得兴趣儿正浓时，武解放在女服务员的引领下，帅气地来到了面前。"真是不扛念叨——说曹操，曹操就到！"黄春雁说完哧哧地笑了，彭大诚和丛娟娟也跟着哈哈笑了起来。"你们乐什么？噢——"武解放很潇洒地坐在了丛娟娟和黄春雁的中间，恍然大悟地问："是不是说我没出息，被人给锁屋里那件事呢？"众人一听，又小声哄笑起来，气氛变得即热烈又温馨。

　　"实在对不起！"武解放等大家不笑了，端起服务员为他新泡上茶的杯子，说："我来晚了，就自罚一杯了。"说着，他做做样子，喝了一口茶，"诸位，这茶怎么样？""这茶真是好茶，越品越有滋味。"彭大诚又喝了一小口，然后细细地品味着。

　　"彭老师，"武解放亲切地说："明天我送站时，给你们多带几盒，让北大荒的老少爷们儿，也见识见识，喝喝这台湾产的茶……有机会替我看看文魁……""好啊！"彭大诚不客气地说完，用赞许的目光看着武解放："你小子还行——没忘本……"

　　"我就是惦记着文魁，大前天送他，见他那个样子……"武解放正要把话说完，丛娟娟用手拉了拉他的衣角，又向他使了个眼色，他见黄春雁伤感地低下头，忙岔开话："喝茶喝茶——""来！喝茶。"丛娟娟忙端杯打圆场。

　　彭大诚没有端杯，接着武解放的话题，"我们这次去北大荒，不知道那里的领导是怎么安排的，但我们一定会找时间找机会去看看陈文魁的，"他说着见黄春雁抬起了头，就又说："这不仅是我的意思，也是春雁的意思……""好啊！"武解放瞧瞧黄春雁，见她并没有责怪自己的意思，就说："你们先去吧，等我忙完了春季这一段，我也回去一趟，看看当年的老战友、老领导、老职工……"

　　"解放，"丛娟娟见茶楼里客人快走光了，截话说："这么的，有话咱们留着以后唠，明天彭老师和春雁他俩还要赶路呢，我们走吧！""那好吧！"武解放意犹未尽地站起来，对彭大诚和黄春雁说："等你们回来时再唠。"

　　在丛娟娟到服务台结账的时间里，武解放让等候在外的司机用车把彭大诚和黄春雁送走了，等丛娟娟从茶楼走出来，他就拉起丛娟娟的手，然后一起走进五光十色的街景里。

　　开始的时候，两个人都没有言语，就那么默默地走着，路过街边一张长椅子时，丛娟娟说："解放，我们坐一会儿吧。""听你的！"武解放应着，就拉着丛娟娟的手坐在了长椅子上。

　　"解放，"丛娟娟瞧着武解放说："我思来想去，同意到公司来做事了。""太好啦，"武解放有些兴奋地把双手搭在了丛娟娟的肩膀上："非常欢迎。"

"我也是刚下的决心。"丛娟娟并不像武解放所希望的那样兴高采烈地说："可……可总是振作不起来，像一只被打伤翅膀的小鸟，想飞飞不动。"武解放把丛娟娟一把搂进怀里，轻轻地问："为什么？"

丛娟娟依着武解放："按理说，有你这棵大树罩着，应该非常有安全感，可是，实际则不然，见到彭大诚、黄春雁，还有黄小亚他们，就觉得比他们矮一截。"武解放笑了笑，又向怀里搂搂丛娟娟，说："那是你自己折磨自己。"

丛娟娟用带有伤感的语气说："想想我闹腾这些年，得到了什么呢？最大的收获是得到了大家的谅解，改革开放了，我真不知该怎样面对这个新时代，怎样面对周围的这些人。""噢，"武解放轻轻拍了一下丛娟娟的后背："这我能理解。"

丛娟娟继续说："看到大家这么忙忙碌碌，生活得这么有滋有味儿，就觉得心里空落落的。"武解放松开丛娟娟，问："前几天，我不是和你说有个台湾老板来找过我吗？"

"是啊！"丛娟娟不明白武解放要说什么，就问："怎么了？""我对他产生了极大的兴趣，我有个想法——"武解放说："台湾作为我们国家一块古老的领土，那里人们的衣着自然有着中华民族的传统，可是他又是开放的，又不断受美国等一些西方国家的影响。随着人们服装饥渴的过去，我们的公司也面临着新的挑战，那么，在这改革开放的年代，研究台湾人的服饰，会能超越我们这里服饰改革开放的步伐，我想——"

"快说呀！"丛娟娟见武解放卖着关子，就捶了他一下："你想什么？""哎哟！"武解放装着很疼的样子，咧了咧嘴，然后笑嘻嘻地说："我想，我们在与台湾老板合作的前提下，请他帮你找一个深造研究新式服装的学院，或者有关单位，让你去深造深造……"

"解放……"丛娟娟一下子抱住了武解放，眼泪就一串串地骨碌下来。"好了好了……"武解放哄着丛娟娟说："我和妈商量了，咱俩马上登记、结婚，完了你就走……"

"不，"丛娟娟倔强地推开武解放："等我学上一身本事后再说，不然就这么交给你，我觉得……""别说了，听你的！"武解放又孩子似的说："不就是多等一年两年嘛！"

"解放！"丛娟娟又扑进武解放的怀里，俩人紧紧地拥抱在了一起……

尽管徐亮对收养陈文魁有一肚子的怨气，但人已经来了，又经过这几天观察，陈文魁并不伤人，也不过就是不高兴的时候祸害点东西，家里不缺吃不缺烧，既然杨金环极力想做的事情，他知道他管也没有用，也就忍了。陈文魁呢？

也就成了是徐家的一员，出出入入，吃吃喝喝，不招灾，也不惹祸，基本进入了这里平静正常的生活。每天几乎都是早晨起来吃完早饭后揣着"蛤蟆头"烟叶袋、卷烟纸，从家里出发到白桦林里转一圈儿，然后又到他当年的水稻试验田转一圈儿，这两个地方时间或长或短，有时还要到他曾经劳动的地块转一转，然后坐在江边上抽"蛤蟆头"烟，还常常站在江边上唱他自编的《伤心歌》，或者是唱现代革命京剧样板戏《沙家浜》里的那个选段，使连队里的人天天感觉他的存在，引来不少人为他惋惜和伤感……

今天是星期天，昨天早饭前杨金环就商量着徐亮一起来到陈文魁住的屋子，让陈文魁换上武解放送给他的新衣服和新买来的秋衣、秋裤，他说什么也不干，到底还是穿上了那身破旧衣服走了。

一大早，杨金环就和陈文魁父母研究好了对策，事先，杨金环在他住的房门前用桦树枝子点燃了一堆火，陈荣焦趁着陈文魁还躺着，偷偷抱起他扔卷在炕头上的那套衣服，一出门就扔进了火堆里。但还是被陈文魁发现了，他穿着大裤衩子呼呼就蹿出来要抢，那衣服已经在呼呼的火焰里看不出了模样。杨金环和陈荣焦把他拽回到了屋里，他只好乖乖地穿上了那套新秋衣和新衣服，随即来到了杨金环家里吃早饭，他打开碗柜要东西吃，杨金环正好从屋外跟进来，揭开锅盖说："你记着，这锅里随时都给你热着饭菜，你什么时候饿了就什么时候回来吃……"

徐亮在里屋门缝儿看得清清楚楚，等陈文魁吃完了饭放下碗筷出了门，他回头小声对放假来家的小凤说："小凤，去和你妈讲，就说家里要是留个精神病，你以后就不回来了。"小凤听话地跑出了里屋，对杨金环说："妈，咱家不能要那个精神病，我害怕。"

"好姑娘，听话，"杨金环边收拾碗筷边说："快进屋写作业去。怕啥？他又不打人骂人的。"徐亮在屋里，就着门缝听着，忽地推门出来，生硬地说："我说杨金环，不打人不骂人也不行，我实话告诉你，把房子给他住就不错了，还成天的往咱家跑找吃的，这样下去啥时候是个头，咱家不得乱套啊？"

"老徐，"杨金环心平气和地说："我知道你对这事一直气不顺，我也考虑了你的感受。可是，我开了大会，没人报名，队里还没准备好，他们一家子就来了，咱们总不能不管呀。"徐亮见杨金环说得进情入理，想发火都找不到理由，就说："那你总得想出个管的办法来呀？这书记我不是没当过，实在没办法，那就像过去上头来的工作组似的，全队挨家轮着照顾，一家一个礼拜，先党员干部后群众，哪怕咱家第一个……"

杨金环听不下去了，一敲锅盖："那样的话，陈文魁的病还能好吗？""我管他好不好呢！"徐亮也不服软地用脚"梆"地踢开门，出了屋，吓得小凤"妈呀"一声，赶忙进了厨房来看个究竟，见妈妈正用毛巾擦眼泪，说了句"这个家我是呆不了了，我也走！"话音未落人已出了门。

眼下正是春播大忙季节，队里的劳力都起早下地了，徐亮到库房转了一圈儿，打发走了一拨人，心里像是有什么事儿似的，不停地四处张望，就见陈文魁不知到哪里跑累了，朝他家走去，徐亮紧忙在后边悄悄地跟上去。

陈文魁进了院，从窗台上的砖头底下摸出了钥匙，打开门上的锁，然后进了屋。徐亮上前趴在门缝往里瞧，只见陈文魁掀开锅盖，热气腾腾，随后从锅里端出一盘子菜和馒头，就狼吞虎咽地吃起来。徐亮急忙缩回头去，自言自语说："原来这是没听我的呀，伺候得真到位呀"。

这时，徐亮听见杨金环和陈荣焦夫妇边说着话边向家里走来，他连忙躲闪到院子里一棵大树后面，然后偷偷地探出头观察着，就见杨金环和陈荣焦夫妇有说有笑地进了屋，不大一会儿工夫，杨金环又出来，急匆匆地去了新房子，接着手里拿着一把'蛤蟆头'旱烟往老房走，徐亮冲出院子迎面走了过去。

"老徐呀，"杨金环停下来，生气地说："支部书记不当了，安排你当保管员，你得守谱呀，怎么动不动就往家里跑呢？""别说这个——"徐亮瞧着杨金环手里的东西问："你拿我的'蛤蟆头'烟干什么？是不是送给陈文魁？"

"是，他要这烟抽。"杨金环不知道徐亮是什么意思，说完就盯着他看。徐亮气呼呼地说："他要你就给呀，你没看那烟箱里就剩三四把了吗，现在才开春，我还能接续下去吗？"

杨金环笑了笑，说："接续不下来就买呗！""说得倒轻巧，"徐亮仍然是一副要吵架的样子："你就给他买去呗。"

"行了，"杨金环用眼睛斜视了徐亮一眼，说："别这么小心眼，值几个钱？"她说完就要走。"不行，"徐亮上前拦住说："不行，给我拿回来。"说着伸手就要抢。

这时，几个本队的人从旁边路过，不知两人为了什么发生了争吵，想看个究竟，就停了下来。"老徐，"杨金环小声地说："你不怕人家笑话你呀？""笑话啥呀，"徐亮满不在乎地说："我的东西，我愿意送人就送人，不愿意送就不送！"说着，他又要伸手去抢。

"老徐，"杨金环不肯还给他，把手里的烟叶背在了身后，说："你快去上班去吧，有话我们中午回去再说。"

"不行！"徐亮又上来了倔强劲儿，说着上去就抢烟。杨金环边往前走边转身藏烟叶，徐亮抱住她硬是给抢了过去。陈李氏端一盆水泼出去，一抬头看见了此情景，呆站着看着，一时不知如何是好了。

"徐亮，"杨金环气急败坏地指着徐亮骂："你不是人，瞧着——"徐亮也气急败坏地举举手里的烟，回敬着说："不是我瞧着，我是让你干瞧着！"几个看热闹的人窃窃议论着，一个接一个地走了，还不时地回头瞧瞧。

徐亮拿着烟叶返身进了院，一进屋，见陈文魁把盆子、碗摆了一地，正往里装土，他铁青着脸问："陈文魁，你要干什么？""滚，"陈文魁呼地站起来，向徐亮喊："我要育苗种水稻——"

徐亮急忙扭头走出了门，陈荣焦连忙追了出去，解释说："老指导员，我已经给他做好工作了，马上就要不弄了，你别生气……"徐亮像是没听见似的对走到门口的杨金环说："我说杨金环呀，祸害人也没有这么祸害的呀。"

杨金环不知道陈文魁在屋里做了些什么，惹得徐亮如此生气，没有理他。"老指导员，你别生气——"陈荣焦赶上来说完，又对杨金环说："杨书记，今天文魁也不知是怎么的了，情绪又不稳定了，想一出是一出，干啥又没个长性，又不能呛着他，越呛着越不行，怕是又犯病了……"

陈文魁也出了门，站在门口，见杨金环和几个人都看着自己，就嚷："你们看啥？"他说着一下子发现了徐亮手里的烟叶，"喂，把'蛤蟆头'给我。"徐亮正火着呢，就没好声地回答："凭什么给你？"

"凭什么？"陈文魁说着撒腿就去踹徐亮，徐亮见势不好，掉头就跑，陈文魁就在后面追，徐亮沿着街道跑出了家属区，他停下来喘吁几口气，回头一看陈文魁又追上来了，他又继续向前跑……

"文——魁——"杨金环也跟在后边跑了一阵儿，见跟不上了，就远远地喊："文——魁——，文——魁——"这喊声像一只只回窝的燕子，掠过屋顶房檐在空中飞翔着，然后急速地向四野扩散着，消失在远方。

陈文魁听到喊声，奔跑的脚步渐渐缓慢了下来……

第四十一章

　　天刚蒙蒙亮的时候，外面不知不觉地下起了小雨，嘀嘀嗒嗒的雨声吵得人心神不宁，接着又传来几声"嗷嗷"的狗叫，陈荣焦和陈李氏的心情更加焦虑了，也更加忐忑不安起来。陈荣焦瞧了一眼和衣躺在身边的老伴儿，又看看睡在炕头的儿子，隐约看见陈文魁张着嘴巴，一进一出地喘着粗气，嘴角还流着口水，睡得正熟，就叹息着又把刚脱下来的衣裤穿在了身上，然后下了地，向已奄奄一息的膛堂里添了几块木头，炉膛里的火焰又旺了起来。

　　听见响声，陈李氏用手揉了揉眼睛，也爬了起来，她愁苦地看看熟睡的陈文魁，对老头子说："老陈呀，我看，实在不行的话，咱们还是带着文魁回家吧，到时候让连队给报销一下药费，也就知足了。""我也在琢磨，总这样不行啊。"陈荣焦回到里屋，坐在炕沿："听说杨书记开过全连大会，也没人报名收养文魁，我看也没别的办法了，闹得杨书记家不像个家，咱们心里也过意不去呀。"

　　"别说了，"陈李氏站在陈荣焦的面前，说是不说了，但嘴上却忍不住地又说："这些都可以理解，搁在咱身上，可能也是这样。谁家好端端的愿意收养个精神病呀。看看昨天发生的事，把徐指导员吓的……要不是他杨大姐在后面紧喊哪，还不得出人命啊？还是回去吧。""回去就回去，"陈荣焦叹口气说："就像陈医生说的，不能办返城，办了返城手续，就不是这里的人了，这花费咱俩可是招架不了啊。"

　　"我也是这么寻思的。"陈李氏接话说："本来挺好个事儿，春雁姑娘也要回来了，我看文魁这些天的精神和情绪比在医院时好多了，谁知道，天应地不应呀。又出了这么一件事……""行了，行了，"陈荣焦有些急躁地说："别说了，你讲话了，人心比人心吧，摊到咱家身上，说不定是什么样呢。"他说到这儿，又纳闷地自语，"文魁打老徐这事儿呀，我看跟文魁听惯了春雁姑娘的喊声有关，昨天可是礼拜天呀！要不，杨书记学着声音一喊，文魁能马上安静了？"

　　"可不是，"陈李氏见有了话头，就说："昨晚上，他杨大姐过来跟我也是这么说的，她当时那是着急，又没有什么办法，就试着喊了几声，没想到真管用——要是春雁姑娘也回来就好了。""想得倒好，"陈荣焦叹息着说："我想了，春雁姑娘是和彭老师来推广水稻高产的事儿，也就是回来看看，再说，北大荒这么大，农场又这么多，还不知道能不能到这儿来呢？既使来了，也不会在这里长呆下去——咱们也不能光指望杨书记啊，就来了这么几天，看把杨书记折腾的……咱们还是回去吧。"

"行，"陈李氏说着去外屋向炉子里又加了块木头，顺手推开门，瞧了瞧天色，小雨不知啥时候停了，但天仍是阴沉沉的，就返回里屋对陈荣焦说："就这么定吧——外面的小雨也停了，咱们今天就跟他杨大姐说，让她不要再为咱们长住修房子了——这两天我见李队长正安排人要维修大宿舍呢？""可不是，"陈荣焦接话说："我看见门前拉来了好些砖，还卸了不少的沙子呢？李队长也跟我说了，不让我着急，住的问题马上就解决了……"

陈荣焦和陈李氏你一言我一语地正合计着，陈文魁被尿憋醒了，毛愣地爬起来，光着脚跑到外屋，冲着墙角一个破水桶撒了一泡尿，又急火火地返回来。这一折腾，陈文魁没了睡意，见天色大亮，他就用手背擦擦眦目糊，然后急忙忙穿好衣服下了地，怒气冲冲地问陈荣焦和陈李氏："你俩干啥吃的，为什么不叫醒我……"

"你昨天跑累了，要多睡一会儿……"陈李氏刚想应付几句，就被陈文魁打断："不知道我要去要烟吗？我得拿个镐去，不给我就刨……"他说着就屋里屋外地找镐头。"文魁呀！"陈李氏见罢，哭着哀求说："你行行好，让我们老两口子省省心，多活几年吧！"

陈文魁找不到镐头，就拿起了一把铁锹，陈李氏一见，忙上前去抢，被陈文魁一把推了个趔趄，陈文魁夺路就想出门，又被陈荣焦拉住……

这时杨金环拿着一把烟叶，高兴地走进来，一见这场面心里"咯噔"一下，但她很快就明白过来，仍是高兴的样子，笑哈哈地说："文魁，给你'蛤蟆头'烟！"她说着把手里的烟叶一举。"给我了，我就不抢了。"陈文魁放下手中的铁锹，嘿嘿地笑着上前接过烟叶，然后走进里屋坐在了炕沿边上，将手中的烟叶一小把一小把地扯烂，再撕碎，最后用双手搓成粉末，装进烟口袋。

"大叔大婶，"杨金环站在一边看着陈文魁做完这些，笑着对陈荣焦和陈李氏说："文魁这不是挺好的吗？他要干什么就由着他，陈医生不是嘱咐别戗着他……""他杨大姐……给你添麻烦了……"陈李氏上前紧紧握住杨金环的一只手，感激得说不下去了，眼泪禁不住掉了下来。

"大婶，"杨金环也握住陈李氏的手，笑着劝说："没啥了不起的，困难都是暂时的，在这儿呆久了，也就适应了，文魁的病一定会一天比一天好的。"陈李氏仍是不松手地说："他大姐，别再为我们操心了，我和老陈合计好了，打算领文魁回去，可不能再连累你了……"她说完又掉起眼泪来。

"大婶，你这就见外了，文魁的事不是哪一家的事，还得靠组织，有我这个支书在，我就不能放你们走……"杨金环说着，鼻子一酸，也掉下了眼泪。她连忙擦了擦，又笑着说："这两天，宝进正领人抓紧维修房子呢，再过几天你们就能搬过去住了，那样就安静多了，文魁也就不会再和老徐计较了……""这怎么好这怎么好……"陈荣焦在一旁听了，不知说啥是好了。

这工夫，陈文魁抽完了一支烟，像没看见人似的把烟口袋和卷烟纸往上衣兜里一揣，就背着手出了家门，杨金环、陈荣焦和陈李氏随后跟了出去，见陈文魁顺着街道向南走去，几个人就停了下来。"他这又是去白桦林了。"杨金环松了口气说："等他饿了自己就知道回来了，走！咱们回去吃早饭去。"陈李氏不放心地又望了一阵，瞧见陈文魁拐上了去白桦林的田间路，才转回身子跟在杨金环的身后往回走，并叮嘱陈荣焦说："今天是个阴天，可千万别着惹他呀？"

清晨下的那场小雨并不大，而且下的时间又不长，晨风一吹，湿润的路面很快就被风干了。陈文魁背着双手顺着田间路，不紧不慢地走着，眼见着就要走进白桦林了，他一转头，瞧见徐亮挥动着镐头正在自留地里刨地，便好奇地拐了过去。

徐亮一抬头见陈文魁背着手向自己走来，忙停下手中的活，他不知道陈文魁手里拿没拿什么家什，就下意识地握紧镐头，警惕地看着陈文魁。"你要干什么？"陈文魁走近问，口气又生又硬。

"啊，我把地刨一遍，起上垄，"徐亮拄着镐，仍用警惕的眼神盯着陈文魁，见他空着双手，就笑着说："过几天栽'蛤蟆头'烟，咱俩好抽呀。"陈文魁一听高兴了，就凑上前："刨什么刨，现在就种。"

"现在种什么呀？"徐亮解释说："得先育苗，然后栽烟秧子，现在种什么呀？"他说着，觉得自己和一个精神病解释这些有点可笑，"你不懂——去一边玩去！""你才不懂，你看我种的比你种的长的好不？"他说着拎过徐亮的镐头刨了一个坑，然后掏出烟口袋，像是种玉米似的，在坑里撒上一点烟末，然后用脚踹土埋上，之后又挥着镐头刨了个坑，又撒上一点烟末……

"不行，不行。"徐亮冲着陈文魁喊："你这不是瞎胡闹吗，哪有这样种黄烟的！"他说着就去夺陈文魁手里的镐头，陈文魁不给，两人你争我夺起来。"你！"陈文魁使劲地攥着镐把，两眼发直地瞪着徐亮："你要干什么？"

"干什么？你说干什么？"徐亮气愤地说："我不能让你这么祸害呀！""说谁？说谁？说谁……"陈文魁猛一使劲夺过镐头高高举起就要朝徐亮抡去，徐亮吓得撒腿就跑，陈文魁拎着镐头在后面追，徐亮边跑边喊："不好了，不好了，陈文魁要打人了……"

徐亮没命地跑了一阵，回头一看，陈文魁又挥动着镐头刨起了坑，接着又撒上一点烟末……徐亮这个气呀，急忙忙跑回家，冲着正在吃早饭的杨金环嚷嚷："陈文魁要行凶打人了，行凶……你这个书记管不管……"

杨金环放下碗筷，一脸着急的样子，听徐亮一叙述，就埋怨地说："哎呀，你怎么像个小孩子似的，他陈文魁不是病人嘛，你怎么能和病人一般见识呢！""什么和病人一般见识！"徐亮喘口气倚在门框上说："他已经明白事了，我不能像你似的，事事都由着他，你管还是不……你……"

"你说什么呢！"杨金环生气地说："你是共产党员，还当了那么多年的指导员……""我——指导员，共产党员怎么了，那就得像你似的让陈文魁熊呀？"徐亮离开门框子，来了劲儿，用手指着杨金环，"今天你当面锣，对面鼓地说清楚吧，是要我，还是要他陈文魁，你说！"

"徐亮啊徐亮……"杨金环气得身上都有些颤抖了。

彭大诚和黄春雁的到来，受到了小兴安农场党委的热烈欢迎，不仅在家的场领导全部到门口迎接，还召开了一个小型而热烈的欢迎会，并且在主管农业副场长的陪同下，又驱车到几个生产队转了一圈儿。

等吃完晚饭，黄春雁回到农场为她准备的房间时，已是晚上九点多钟了，她简单地洗漱了一番，就坐在了床上开始发呆，尽管两天来她和彭大诚从省城一路赶来，又马不停蹄地去了几个生产队，已是疲惫不堪了，但她的心情却始终平静不下来。她心事重重地打开提包，取出那张一直保存了四年多，上面有陈文魁血写的"海枯石烂心不变"的，有自己签名的桦树皮，还有一张一直没好意思寄给杨金环的照片时，不知如何是好起来。

黄春雁正瞧着桦树皮呆想，突然传来敲门声，她急忙藏起桦树皮和照片喊了声"请进"，随着推门声，彭大诚手拿着一份材料走进来，很有礼貌地说："春雁，告诉你一个好消息，农场党委研究决定把八队作为试点队，明天下午就送我们过去。"他见黄春雁没有什么反应，只是瞧着自己，就把手中的一份材料在她面前抖了一下，"这是我在院里闭门造车先提出的试验推广方案，你了解八队的情况，请你先看看，不切实际的帮着改一改，然后再交给农场审察。"

"噢……噢……"黄春雁支吾两声，努力掩饰着心里的不平静说："好，好吧，恐怕我提不出什么东西，主要是向您学习。"彭大诚已经看出了她心里的不平静，便猜想地说："春雁，我知道你在想啥，其实叫我说，陈文魁回来了也没关系，你应该这样想，过去的事情就让它过去了，问题是目前应该如何面对这个现实。"

"我也明白，"黄春雁站起的身子又坐下，吞吞吐吐地说："可……可一和实际碰上就心不由己了。""春雁——"彭大诚往椅子上一坐，皱了皱眉头，然后和风细雨地说："我向你提出的问题你一直没有答复我，我一想起来心里就不安。"彭大诚这和风细雨般的声音，却比烈日强光还有强度，让黄春雁脸上热辣辣的了，她无言以对，甚至不敢抬起头来看彭大诚一眼，只是默默地低着头，摆弄着那份方案。

彭大诚见黄春雁低下了头，在摆弄那份方案，稍停停便接着说："我可以坦率地说，我所以没有和任何一位姑娘建立恋爱关系，不是没有姑娘爱我，当然不包括从娟娟那样的，主要是我总产生不了感觉，不知为什么，自从在北方国营饭店第一次见到你就有了爱的愿望，随着时间的推移，我们不断接触，这种愿望越来越强烈……"

黄春雁仍是低着头，没有言语。彭大诚接着说："我希望在我们合作期间，陈文魁也回来了，你能面对两个现实做出唯一的抉择。我可以再重复一次，如果能如我愿，对陈文魁以后生活中……"他的话刚说到这里，服务员走过来敲门说："彭专家，王场长他们来了，要和你研究一下明天的日程……"

"好，我这就过去。"彭大诚答复走了服务员，又对黄春雁说："刚才我说的问题你不要急着回答，再好好想一想。你累了，就先休息吧，明天我们还得去八队呢。""您也别忙得太晚了，早点睡吧。"黄春雁把彭大诚送到门口时说。

彭大诚走后，黄春雁拿起那份方案，翻了一页接着又看第二页，只觉得脑子里混混沌沌的，翻着翻着思绪又回到了那张桦树皮上。她把方案轻轻地放在了枕边，又拿出了那张桦树皮。黄春雁答应跟着彭大诚来北大荒的时候，就知道种水稻的也不止八队一个队，怎么会偏偏这么巧就安排到了这里。她来时带上这张桦树皮，是想找机会悄悄到那片小白桦树林里对着当年的见证，道道心里话，为什么要给你陈文魁写断交书，以求得良心上的安慰，也给日后减轻一些心理上的负担……

第二天的下午，黄春雁跟着彭大诚来到了八队，她拎着兜子下了车，打量着熟悉而又陌生的地方，那街道那房子，还有那日夜萦绕在梦中的白桦林——白桦林开始泛绿了，在春日里的阳光下，静悄悄的，似无一丝声息。远远地望去，那片白桦林真就像一群婀娜多姿的少女，在静静地守望着什么，多美啊，人置身于这样的环境中，要是有一丝杂念，都是对自然和人类的亵渎。

此时，黄春雁真想扎进林中去大声呼喊："我回来了，我——回——来——了！"

"春雁，"彭大诚也下了车，他看了一眼对他还陌生的环境，见黄春雁望着那片白桦林出神，就拉了她一下，说："别愣着了，进屋吧。"黄春雁回过神来，领着彭大诚向队部走去，她发现办公室墙上贴着一张布告，就停下脚细看，布告也不知什么时候贴的，风风雨雨已经很久了，但能隐隐约约看清是枪毙人的布告，在杜金生名上，叠画着一个大红×字。

"哟，杜金生——"彭大诚走上来一瞧，吃惊地问："这不是那个革委会主任嘛？"黄春雁冷笑一声，扭头朝办公室走去。但两人进去一看，一个人影也没见着，空荡荡的。

彭大诚和黄春雁各拎着兜子又走了出来，刚好和急匆匆赶来的徐亮碰了照面。由于队里虽然事先接到了通知，也知道是彭大诚和黄春雁要来，但不知道他们什么时候能到，杨金环就让徐亮在家等候，等人来了先接待接待，所以徐亮一见有车驶进队区，停在了连部门前，就赶来了。

"姐夫。"彭大诚放下手中的兜子，上前握住徐亮的手："我们又见面了，还好吧？""好好！"徐亮也热情地握住彭大诚的手，一边笑一边和黄春雁打招呼："哟，黄春雁，这当年的小雁子又飞回来了，听说你毕业后省科学院把你留下了，可一直没见着。"他说着一只手拎起彭大诚的兜子，一只手伸向了黄春雁。黄春雁笑着上前和徐亮握了握手。

"姐夫，"彭大诚介绍说："这回黄春雁是和我一起来推广水稻增产新措施的。""好啊，"徐亮笑着说："咱这山沟里也飞出金凤凰了。"

"徐指导员，"黄春雁有些难为情地说："别哪壶不开提哪壶，那时候我干活不过关，没少让你生气。""哎，那时候小——"徐亮仍笑笑说："对了，可别这么叫了，我不是指导员了，你大姐是了，对，现在也不叫指导员了，叫党支部书记。"

"噢，"黄春雁也笑着说："我早知道了。""大诚，"徐亮转头对彭大诚说："你也真是书呆子，虽说来工作的，可这里的头是你姐姐呀，到了怎么不直接到家呀？还到办公室，可真是的。黄春雁也不是外人，咱们的老知青。走，回家去！"他说着走在前头带着路。

"姐夫，公事公办嘛。"彭大诚说着看了一眼黄春雁，边走边问徐亮："姐夫，我姐呢？""她呀是个大忙人，又领着队长下地去了，今年扩大了水稻面积，忙得脚打后脑勺，中午告诉我等着你们，放下碗筷就下地去……"

徐亮领着彭大诚和黄春雁来到了家门口，让着说："来，快请进。"姐夫，"彭大诚打量了一下问："你们不是早盖新房子了吗？怎么还住着老房子啊？"

彭大诚不等徐亮回答，就先推门走进院，黄春雁和徐亮随后跟了进来，徐亮笑着说："还没搬过去住呢，是因为陈文魁得病前住过，孩子们犯膈应，暂时就当仓库用了，现在陈文魁回来了，你大姐就让他和他父母住呢，"他说着打开房门，把彭大诚和黄春雁让进屋，又说："你大姐正忙着给陈文魁维修房子呢，一两天他们就搬走了，到时收拾出来给你住。黄春雁知道，咱们连队小，来的客人少，连队办公室里就那么一个房间，是接待场领导时用的，司机随从什么的，抱上套行李，就住办公桌，你住这里，让黄春雁住办公室那间宿舍。黄春雁，怎么样？"

黄春雁一眼看见了放在箱子上当年杨金环帮着缝洗的被子、褥子，还有陈文魁的一些衣服，徐亮的话没入耳："你说什么？""我说，"徐亮稍大声说："你们是工作来了，就这个条件，让大诚住这里，你就住在连队办公室那间宿舍。"

"行，怎么都行，好说。"黄春雁的眼睛还在打量那些眼熟的被褥和衣物，还有鞋什么的。彭大诚把兜子放下，也好奇地向那些东西扫了一眼，突然发现一套西服好眼熟，拿起来一看，熟悉的布料、熟悉的做工，看看商标，说："哟，这不是武解放他们生产的嘛？"

"是陈文魁带回来的。"徐亮上前说："他父母说是武解放送的。""他……他现在怎么样？"黄春雁没有提陈文魁的名字，这两天她就惦记着。

"你说的是陈文魁吧。"徐亮一听就知道黄春雁问的是陈文魁，就回答说："可别提他了，回来这一段，把我家折腾得够呛不说，还差点要了我的命……"他诉了半天的苦，然后又说："你回来了，让他看见了，还不一定对你怎么着呢？""姐夫，"彭大诚问徐亮："你领我去去看看他——我好长时间没见到他了。"

"他每天吃饱了就到处走，上哪儿找他去呀？"徐亮气呼呼地回答完，惊讶地问："大诚，你认识陈文魁？""哈哈，"彭大诚笑了笑说："不仅认识，还是好朋友呢。"

"妈呀，你们可离他远点。"徐亮看了一眼黄春雁，小声说："别让他沾上你……"黄春雁不等徐亮说完，就打断说："我出去一下。"

第四十二章

夕阳下，陈荣焦用手打着眼罩望了一阵儿，瞧着陈文魁走进了白桦林，这才放下有些麻木的胳膊，愁苦地对陈李氏说："回去吧，他进了林子就不会有事了，陈医生不是说过嘛，只要不是有危险的事情，他愿意干啥就干啥，犯着他要犯毛病的。"陈李氏袖着手，也是一脸愁容地点了点头，跟着陈荣焦往回走去。

走着走着，两个人几乎同时发现有一个年轻女子朝他们这边走来，就急忙停住了脚，直愣愣地打量着，等那女青年来到跟前，陈李氏忙迎上去，问："你就是黄春雁吧？在学校见过一次，记得呀，恍惚了。"黄春雁表情复杂地点点头，不自然地笑着说："大叔，大婶，二位老人好。"

"好好！"陈李氏连连点头，陈荣焦也笑着点着头。"二老，"黄春雁走近些，用十分歉意的口吻说："我还年轻，不会处事，让你们二老担心受累了……"她说话时，眼里含着泪水。

"姑娘，"陈荣焦忙打断黄春雁的话说："话不能这么说。"然后他岔开话，"早听说你和彭老师要来北大荒搞水稻增产试验这事儿了——就是没想到会来这儿。""黄春雁……啊，"陈李氏瞧瞧黄春雁，一下子改口说："春雁，听说那个在医院对面小山上喊文魁名字的就是你，从那时候，我们老两口子就想见你——"

"大婶，快别说了。"黄春雁说着，禁不住流下了眼泪，抽泣着伏在了陈李氏的怀里。"孩子，咱不哭……"陈李氏说着自己也哭泣起来。

"你们娘俩都别哭了，这是喜事——心里的疙瘩都解开了呀！"陈荣焦也被黄春雁的举动感动了，脸上露出了几天来头一次这样开心的笑容。"大叔，大婶，"黄春雁不哭了，松开手，泪汪汪地说："我去看看文魁……"她说着就朝白桦林走去。

"使不得啊，"陈李氏生怕儿子吓着黄春雁，就紧走几步跟上去。"大婶，放心，文魁不会对我怎么样的。"黄春雁边说边加快了步伐。

去白桦林的小路有些荒芜，自从陈文魁回来后，队里的大人小孩都很少去那里了，路面浮土上只踏出一条细而弯曲的小道。黄春雁走在这条熟悉得不能再熟悉的小道上，心里开始翻腾起来，从和陈文魁第一次开始在那里约会想

286

起，一直联想到最后的一次，那么多的欢笑，那么多的喜悦，还有那么多的眼泪……一切仿佛就发生在眼前，顷刻间，那痛断肝肠的吻别又顽强地钻进了她的脑海。

那天的下午，黄春雁在吉普车底下让杜金生糟蹋后，就一直坐在地上哭个不停，杜金生忙在徐亮写的信上批了四个字——同意调换，并盖上了章，然后递给黄春雁，黄春雁不接，杜金生便硬塞进了她的黄书包里，还说了句"你明天就可以走了"。这时司机拎着油桶回来了，他看了看在路边哭天抹泪的黄春雁，又瞧瞧杜金生，没有说什么，忙加上油，又换好了油管，上了车。

杜金生拉开车门"当"地又关上，一屁股坐下，"唉！"他了叹口气说："这帮小青年啊，想返城都想疯了，连停会儿车加加油的工夫都能堵着你……"司机瞧了一眼杜金生，又转回脸来，打着车，一踩油门，吉普车一溜烟儿地疾驶起来。

黄春雁望着吉普车后面扬起的烟尘，声嘶力竭地号啕大哭："妈呀——我的妈呀——"她哭着，喊着，叫天天不灵，叫地地不应，渐渐地哭干了眼泪，她心一横，从地上爬起来，顺着小毛毛道就来到了白桦林，找了根能够得着的树杈，想把裤腰带解下来，搭在树杈上一死了之，而那一刻，她却又想到了要活下去，并且要坚强地活下去……

"文魁，文魁，"她向不远处的那棵白桦树大喊："我对不起你呀！"然后，哇地又号啕大哭起来……

黄春雁记不清自己哭了有多久，不知不觉中，夜色降临了。从江面上浴波而出的月亮把皎洁、柔和的银辉撒满了这片低洼的黑土地，把她的整个轮廓模糊地亮给了北大荒，而这片白桦林的轮廓却是夜色中最浓重的一抹，那么静谧，那么深沉，又那么朦胧。

"雁——子——雁——子——"迷迷糊糊中，黄春雁隐约听到有人在呼唤自己，她立刻清醒过来，知道是陈文魁在找她，她猛然地站起来，向前跑了几步想迎上去，又一下停住了，泪水又潸然而下……

"雁子，雁子，"听见哭声，陈文魁三步并两地就忙赶过来，一下把黄春雁搂抱在怀里，亲昵着说："别哭别哭，我这不是来了吗！"他不知道，黄春雁所经历的一切，以为她这是等着急了，或是一个人来早了害怕，他来了就委屈地哭了呢。陈文魁见黄春雁哭个不停，又拍着她的后背，像哄小孩子似的说："再哭啊，就把狼引来了，会吃了我们俩的……"

"是不是有什么人说你什么了？"陈文魁听到一些有关他们俩调换上学一事的怪话，见她还哭个不停，又问："是谁说的？我找他去。"

"文魁，我对不住你啊？对不住你……我……我明天就走了，对不起……"

黄春雁的哭腔高了起来，边哭诉着，边用手捶打着他的胸脯。"雁子，雁子，"陈文魁在黄春雁时断时续的哭诉声中，似乎明白了，就笑着说："你上学，还不和我上学一个样啊，别哭……高兴才是啊！"

"文魁，对不起你，"黄春雁仍是高一声低一声地哭诉着："往事、欢笑、眼泪……什么都过去了，我就要离开这里了，而你，还要留在这……""雁子，别说了！"陈文魁并没有真正领会黄春雁所说的意思，还认为她这是因调换成了，而内疚呢，竟感动地紧紧抱紧了黄春雁，动情地说："雁子，你放心地走吧，我等着你……"他没把话说完，眼泪就倾泻而出。

黄春雁受到了巨大的震动，世上也许只有陈文魁能够这样为她哭，为她悲痛欲绝，为她倾尽眼泪……她抚摸着陈文魁的头发，心如刀绞——这个男人她真的好爱。

陈文魁吻着她，混着热泪与疯狂。黄春雁吻着他，整个身心都在剧烈地颤栗……

此时，黄春雁千头万绪，欲哭无泪，她饥渴似的往前走着，四处瞧着这些树，瞧着枯黄与嫩芽相杂的林地，这么熟悉，又这么陌生，多么想快点看到那棵桦树看到陈文魁呀，她先抱着他大哭一场，哭去深埋在心里的侮辱和内疚，哭去这片白桦林给了自己多少个难眠之夜困扰和不安……

黄春雁两眼发直地边走着边搜寻那棵白桦树，一下子发现树下有个人影，她越走越清晰地辨出来了——是陈文魁！是，是他，他正在用脑袋撞剥去树皮的那块伤疤，当一眼看准时，她禁不住放快了脚步，渐渐地已经能听到陈文魁撞树的"砰、砰"声了。她不知如何是好了，手里拿着的那片桦树皮没知觉的从她手里脱落到了林地上，那声音就像惊雷一样震得她的心倏地收紧后又猛然松弛，紧接着怦怦怦跳速加快起来。两滴热泪慢慢溢出眼角，模糊了她的视线，她伸手擦一下眼泪，两眼一闭，禁不住大喊一声："文——魁——"

这呼喊，就像她站在小山上对着精神病院的呼喊，一样的柔和，一样的亲切，一样的凄美和婉转，向陈文魁飞去，在树林里飘绕回旋。

陈文魁听到呼喊猛地一回头，黄春雁张开双臂忘情地跑了过去……

杨金环和彭大诚两人谁也没说什么，一前一后默默地朝家属区走着。夕阳已落山了，一缕霞光还时隐时现地逗留在几片云朵上。路两旁的稻田地里也时不时地传来几声下工的喊声，随即大路小路上人影开始多起来。

"大诚，"杨金环走了一会儿，忍不住地回头瞧瞧，然后对彭大诚说："我觉得有点儿对不住黄春雁了。""姐，"彭大诚苦笑着问："你是不是说怀疑黄春雁缠着我，怀疑错了？"

"不光是这个，"杨金环直来直去地说："自从黄春雁顶替上大学指标和陈文魁分手，我就特别地憎恨她，曾经追到学校里去狠狠数落过她，之后见到她，包括和你在一起，更没有好眼色，她现在变好了，我就觉得我有点儿过分了。"

"姐，"彭大诚也开诚布公地说："通过这几年的接触，我可以说基本上摸透这个黄春雁了，她不是变好了，而是我从一开始接触，从她对丛娟娟、对你，都可以看出，她是个很有修养的姑娘。"

"也不能说是十全十美，"杨金环尽量把话说得直白些："就是有一点，下乡时怕苦怕累——不扛折腾。"彭大诚笑着解释说："她身体苗条单薄，听说小时候家里困难，缺乏营养，不适宜这种高强度的体力劳动，可以理解。"

"是，"杨金环爽朗地说："可以理解，可以理解。"彭大诚紧走两步，说："姐，从认识到现在，我就觉得黄春雁是一位让我感到可爱、可敬的女性，倘若她和陈文魁没有这种缘分的话，我是不管耗费多大精力，也要对她一追到底的。"

"我的老弟呀，"杨金环乐出了声，问："你走进痴迷坑了吧！"彭大诚看了杨金环一眼，很认真地说："不是，她是一个太崇高又让人敬畏的姑娘。"

杨金环一听，连忙站住，眨着眼睛问："这话怎么讲呀？"彭大诚也停下脚步，面对着杨金环，并深有感慨地说："那封给陈文魁绝情红笔信的背后，藏着我说的这种东西——要是一般人，遮着藏着还怕遮不住藏不住呢。所以，我评价她不光是长相，而且是个心灵美的姑娘。"

"我理解。"杨金环寻思了片刻，点点头。彭大诚接着说："这种心灵美，能在痛苦中分蘖出来，实在是太让人佩服了。"他说着，摘下了眼镜，用手帕擦擦，又戴上，笑着说："姐，我可以坦白地和你说，不是黄春雁缠我，而是我没完没了地缠人家黄春雁。所以，我一直等到黄春雁感到实在不能和陈文魁结婚了——要是那样，哪怕我俩养着陈文魁也行。"

"大诚，你的心思我理解，"杨金环听完弟弟的心里话，担心地说："可是你和我都看到了陈文魁和小雁子在桦树林里又亲又抱的了——你就赶快断了这个心思，否则，我心里可接受不了。"她说完，甩开彭大诚就走。"姐，"彭大诚紧忙赶上，有些着急地说："你听我说下去呀。"

杨金环还是有点想不开，就气火火地说："大诚，你要真是来推广水稻增产经验，那就在这里规规矩矩好好干，要是扯别的，我可不认你这个弟弟了！""姐，你瞧你呀！"彭大诚见杨金环把话说到这分上了，不好再说什么了，就低着头默默地跟在身后走。

徐亮站在院门口，正和几个邻居说笑，瞧见杨金环和彭大诚脚跟脚地走回，没见陈文魁的影子，就抖落着手中的围裙，老远说："哎呀，你瞧你们，去一伙又一伙，都去找一个精神病人图什么？怎么样，人找到了吗？"杨金环一听，气就不打一处来，数落道："老徐，你这张嘴不能闭上点呀，说话也不注意影响——这不是赶上大诚他们刚来第一顿饭嘛。"

"什么第一顿，不是第一顿的，"徐亮觉得杨金环不该当着众人，尤其是不该当着彭大诚的面这样说自己，就挂不住脸说："我是说，你要是这样对这个精神病，咱们家就得乱套了。""姐夫，"彭大诚走了过来，打圆场说："不能，陈文魁的父母都在这里，聚在一起，有气氛，也让他们看出咱们连队对他们的关心。"

"连队——这是我家！"徐亮见彭大诚也这么说，就更挂不住脸了。"行了，行了，别饿饿了。"杨金环说着带头进了屋，就见炕桌上摆满了一桌子东北风味菜。

徐亮和彭大诚都脱鞋上了炕。徐亮得意地看着桌上的菜，这是他忙活了半下午才端上来的，就摆出有功的架势对杨金环说："烫酒吧，大诚早饿了。"

"姐夫忙活了半天也饿了。"彭大诚说着对杨金环说："姐，是不是给陈文魁和黄春雁他们先留出来，他们不一定啥时候才能回来呢。""不用，你们哥俩先喝着，"杨金环把酒瓶递给徐亮，说："我再给他们另做。"

徐亮眯着小眼睛，用手向后拢了拢头发，说："我肚子里所有的肠子都在咕咕叫了，你姐在连队是支部书记，在家里我是一家之主，这事儿得听我的，就兴这一回，以后要是再为这么个精神病兴师动众，让大伙跟着糟心，我可不让了！""姐夫，开始吧。"彭大诚不客气地说完先动了筷子。

徐亮和彭大诚刚把酒杯端起来，就见陈文魁疯疯癫癫走进来，他看了一看，指指徐亮："徐指导员，你有什么了不起的，凭什——什么——坐在我家炕上?!"徐亮火了，把酒杯往桌上一墩，就嚷嚷："陈文魁，这是我的家，什么时候成你的家了！"

"老徐，老徐——"杨金环站在一边直向徐亮使眼色，让他千万别戗着陈文魁。陈文魁见徐亮对自己使横，就骂："你给我滚出去。"

"文魁，"陈荣焦拉了拉儿子："你说什么混话！"陈文魁被拉到一边，并满有理地对黄春雁说："小雁子，这是咱们家，你把他给我打出去！"

"文魁，"黄春雁气得直掉眼泪："你，别——"她上前挡住陈文魁。陈文魁绕过她，还是走近炕沿，冲着徐亮梗着脖子，说："你当指导员又有什么了不起的，少给我啰嗦，你快走！"

"嘿，嘿……"徐亮眯着眼睛："怎么的，让我走？我让你走。"说着夹起一口菜放在嘴里，嚼了起来，故意气给陈文魁看。杨金环着急了，劝阻说："老徐，你怎么和他一样呢。他不是病人嘛。"

"谁是病人？"陈文魁一听又冲着杨金环去了，"我是革命知识青年，是农业学大寨的好榜样，"他说着从杨金环手里夺过酒瓶子就朝徐亮抡起了胳膊，"看你那个熊样吧。"彭大诚上前挡住，说："姐夫，不好，快跑。"他说着推开了窗户。

徐亮开始还是一副满不在乎的样子，气陈文魁，见他把手中的酒瓶子使劲向自己掷来，徐亮一躲身，"咣啷"一声，酒瓶子打到了窗户玻璃上，顿时玻璃被打得粉碎，吓得徐亮"妈呀"一声，猫腰跳下窗户，抱头就跑了。陈文魁跟着追出去，被黄春雁死死地拦住了。

"老徐——"杨金环也追出大院，喊道："你的鞋——先到仓库去躲躲。"说着，跑上几步，把一双鞋扔给了徐亮，然后又急急忙忙回了屋。陈文魁见徐亮不在了，就对众人说："你们看着我干什么，都吃饭，小雁子你坐啊！"他说着拉着黄春雁坐在了徐亮的位置上。

"听文魁的，大家都坐下吃饭。"杨金环笑着顺着陈文魁的话，把大家安排好后，又用饭盒装了点饭菜。彭大诚一见知道她这是要给姐夫送去，就抢过来说："姐，我去吧。"

杨金环说："你初来乍到，人生地不熟，不知道地方，再说李队长一会儿就来了，咱们还得把工作的事儿安排一下呀。""大姐，"黄春雁接过饭盒说："我去吧，我知道人在哪儿。"

"雁子，"杨金环从黄春雁手中要过饭盒，笑着说："你就更不能去了，文魁还得你看着呢。"她见陈荣焦和陈李氏站在一边干着急，帮不上什么忙，屋里屋外地走，就说："二老，你俩先进屋吃饭去吧。我一会儿就回来。"

杨金环急忙来到仓库，见徐亮坐在门口的一把破椅子上抽着闷烟，就把饭盒放在了地上，打开盖，拿起筷子递给徐亮，说："老徐，我知道你饿了，快吃，陈文魁是精神病人，你怎么能和他一样呢！饿了，快吃饭吧。"徐亮不接筷子，端起饭盒"啪"地摔打在地，指着杨金环："我告诉你，今天晚上我就要住在新房子里，你要是不把疯子弄走，我就和你没完！"

"老徐——"杨金环还是捺着性子，她心里也很不是滋味。徐亮不听，一摆手："你别老徐老徐的——"

"你怎么像个老小孩呢！"杨金环笑嘻嘻地说着，找来笤帚和撮子。"我真没想到，"徐亮抽了口烟，眯着眼睛看着杨金环把地上的饭菜扫起来，说："我说什么你反对什么，胳膊肘子专门往外拐，变了，变了，变成个不顾家的混女人了！"

"老徐呀，"杨金环抑制着泪水，痛心地问："你看看你这些作为，是我变了，还是你变了，啊？"

第四十三章

队委会开得热烈，而且民主，大家各抒己见，有啥说啥，心里怎么想的就怎么说，遇到不同看法的地方，还戗戗一阵，都散会好半天了，却没一个想走的，对彭大诚和黄春雁提出的水稻增产措施表示了极大的热情，也充满了信心。杨金环见该说的都说了，又见众人围着黄春雁问这问那的开始唠起了家常话，就向李宝进小声说："宝进，难得大家心情这么好，你陪着让大家多唠一会儿，我去安排一下文魁一家人吃住的事……"

等杨金环把陈文魁一家安排好，走进自家院里的时候，已是晚上十点多钟了。她疲惫地一拉门，门被从里面插上了，就"嘭！嘭！"地敲了两下门。见徐亮正一个人往窗台旁搬着箱子，有两个箱子已经搬到了窗台上，把没有玻璃的窗户给堵住了，用手晃了晃，还不够劲儿，又把第三个箱子摞到两个箱子上头，整个窗户就堵严了，他累得满头大汗，刚拿过毛巾要擦汗，就听见杨金环叫门，他提心吊胆地问："陈文魁没来吧？"

杨金环心里感到好笑，便隔着门对徐亮说："没有，看把你吓的，开门吧。"徐亮拉开门闩，先打开一条门缝瞧了瞧，然后再轻轻推开门，确实不见陈文魁，便打开门让杨金环进了屋。"你看到了吧，"徐亮跟在杨金环身后磨叽说："要是让那么个疯子打我个好歹的，你心里什么滋味儿？"

杨金环瞧瞧被徐亮堵得严严实实的窗户，气就上来了，愠怒着说："老徐呀，我说多少次了，陈文魁不是个病人吗，不能和他一样去抬杠，要是顺着他不会有这事儿，他说房子是他的就是他的吗？老徐——我看，这事情还是怨你。"

"什么？"徐亮两只眼睛一下变得锃亮："你怎么胳膊肘子往外拐呢，反正这回我是下定决心了。你爱怎么的就怎么的，从今天开始，就是不准陈文魁再进我这个家门。"

"你听我把话说完好不好？"杨金环斜瞪了徐亮一眼，见他往椅子上一坐卷起"蛤蟆头"旱烟来。就又说："有些话，我从来就没和你说过，陈文魁刚得病的时候，他爸妈就想要上告，说是这换上学指标是农场领导的违法行为，就是因为咱们礼让在先，到城里报告情况，张罗找黄春雁，联系给陈文魁看病，才感动了文魁父母，从这一点看，这家人多好呀，咱不该给人家承担困难嘛。"

"照你这么说，"徐亮火了："陈文魁这精神病还是我整的呗？"

"你火什么火，"杨金环也口气生硬地说，然后停了停，又温和地说："倒不一定说是你整的，反正这么说吧，要是这指标不换，陈文魁就不能得这病。""好啊，"徐亮扔掉烟头，眼一瞪："杨金环，既然你这么说，你就领着他们去告我去！"

"我说老徐，"杨金环有些恨铁不成钢地唠叨："你怎么变得越来越蛮横不讲理了呢——""我不讲理?!"徐亮一听就炸了庙，怒冲冲地从椅子上站起来，双手掐着腰："全连没一个收养陈文魁的，就是都不讲理呗，不讲理你还这样，要是讲理，你得我把熊成啥样呀?! 好，姓杨的，告吧，到阴曹地府去告杜金生吧，我的小乌纱帽已经被掳了，再告还能怎么的?"

这时，彭大诚走了进来，听到这些话，就打圆场说："姐夫，我说句话可不是向着我姐，陈文魁对农场是有贡献的，水稻能在咱们这高寒地带落户，是他的功劳，我们今天试验成功的'叶龄诊断技术'，也是他引出的题目，要是推广成功了，不仅对农场、对国家、对人民都是个很大的贡献，他得了这种病，别说还和组织有关系，就是没关系，也应该尽力去关照他，连我们干部家庭都不管的话，那还有谁来管呢?"徐亮不高兴地看了彭大诚一眼，说："你们这些小知识分子就能唱高调，别在这里给我上政治课，大道理我比你懂得多！你要觉得该管，那你就领走！"

彭大诚被徐亮的几句话给噎得一时不知说啥是好了，呆愣着看着徐亮，杨金环推了彭大诚一下，笑着说："大诚，别和他一样。""杨金环，我告诉你，"徐亮转身欲走，又停下来，对杨金环说："从现在开始，就是不准陈文魁再进我这个家门，要是再进，别说我不客气，这是我的死令。"

"什么死令活令的，"杨金环心里很不是滋味，觉得徐亮太不近人情了，就顶撞说："不客气能怎么的?""不客气能怎么的?!"徐亮一转身，眯着眼睛，说："你要是也不愿意在我这家呆，咱们痛痛快快离婚，搬出我这个家！"

"你的家? 也是我的家，"杨金环理直气壮地说："离就离，咱俩从此井水不犯河水，你住新房，我住旧房。"徐亮没再说什么，咣地一摔门走了出去。"姐，"彭大诚半天才说："我真不知道他这样不讲理，但是你也要谅解他……"

杨金环苦笑着，说："你可能不了解，你姐夫自打被撤销了支部书记以后，心情一直不好，陈文魁一回来，他也不知道哪来的那股火，没有一天不吵吵的，我们得理解他，大诚，你今天就在这屋睡吧。""姐，"彭大诚见杨金环要为自己铺被，就抢过来，一边铺一边说："那年我见姐夫的时候，看着挺好呀，说话呱呱地没少说革命词儿，今天怎么变成这样了……"

"大诚，不说这些了，你也快休息吧。"杨金环走到门口，像似想起什么，又转回头来对彭大诚说："差点忘了，你和黄春雁要见的汪青山，我已派人通知了，让他明天和咱们一起下地。""好啊，"彭大诚高兴地说："我一直想见见汪青山——姐，你也回去休息吧，再和姐夫谈谈，做做工作。"

杨金环答应着，心里却不痛快，她出了门，来到了新房子，见徐亮站在门口中，就硬着头皮把徐亮推进了屋里，说："快睡吧，别闹了。"徐亮冲着杨金环说："你不是要离婚吗？走啊，走！"

杨金环缓和了口气说："你以为我不敢走，不敢离呀。"她说着要去铺被褥。徐亮呼地上了炕，把两床褥子和一床被叠在一起，两个枕头也叠在一起，搂过另一床被关了灯，一蒙头装睡了。"不讲理的东西。"杨金环呆愣着看着徐亮做完这些，说着上了炕，头枕炕沿和衣躺下了，渐渐地进了梦乡。

等杨金环一觉醒来，天已经大亮，她睁开眼一看徐亮还在蒙头睡，冷笑了一声，起身走了出去。

杨金环来到老房子，见彭大诚已热好馒头，正在切土豆丝。"哟，自己忙活上了。"杨金环见彭大诚左手食指上缠着一条纸，知道他准是切着了手，就笑着问："不要紧吧？""没事儿。"彭大诚满不在乎地说着，又开始切土豆丝。

"快给我。"杨金环洗了洗手，接过菜刀，说："一会儿你去叫黄春雁和陈文魁一家来吃饭。""姐，"彭大诚在旁边问："昨晚怎么样？又吵了没有？""他呀——"杨金环笑笑说："驴性霸道的玩意儿，我没理他。"

"姐，"彭大诚深有感触地说："没和你生活在一起不知道，你这么宽宏大量，都说'宰相肚里能撑船，'你不是宰相，比宰相的肚量还大！"杨金环笑笑说："摊上了怎么办！"

彭大诚不这么认为，就说："不是摊上摊不上的问题，我在气姐夫的时候，你这么挡那么挡，才觉得姐姐是这种好，而黄春雁是另一种好，要是天下的人都像你这样，就不会有争吵，有矛盾，家庭都会和睦。"杨金环开始炒菜了，她说："瞧你说的，你说，这个支部书记落到我身上后，光工作的事情还忙不过来，哪有闲心还和他斗气，大诚，菜马上好了，快去叫人吧。"

彭大诚应声去了，杨金环忙放下桌子，把炒好了的土豆丝盛上来，又炒了一个白菜片，这时彭大诚领着黄春雁和陈李氏等人进了屋，陈李氏见杨金环正屋里屋外地忙着，就心疼地说："他大姐呀，让你起早贪黑地为我们忙活，我们实在是不好意思了。""说啥呢，大婶，"杨金环擦着脸上的汗水，说："都是一家人，快别这么说，进屋脱鞋上炕吃饭。"

杨金环又把陈文魁拉到灶台前，指指大锅，说："文魁，你在宿舍住，以后我把饭菜都热在这里，你什么时候饿就什么时候吃。"陈文魁点点头，随着大家一起进了屋。

陈文魁进屋瞧瞧，觉得有点别扭，就愣愣地说："在这里吃什么？到咱们家呀。""文魁，"黄春雁拉他坐在炕沿上，笑着说："这也是咱们家，我也在这里，快脱鞋上炕。"

"雁子，"陈文魁听话地坐下，并对黄春雁说："那你也上呀？""好！"黄春雁说着就脱鞋上了炕，陈文魁也开始脱鞋。

厨房里，杨金环盛一盘子菜，又拿了两个馒头放上，端着出了大门又回来，然后把彭大诚叫出来，说："大诚，你端着给你姐夫送去。他这个人死要面子，还小心眼儿，你去给他送去，跟他和解和解。"彭大诚会意地一笑，端过盘子去了新房子。

徐亮起来好一会儿了，正在屋里抽着闷烟，见彭大诚端着饭菜进来，就皮笑肉不笑地说："哎呀，大诚，是你要给我端来的？"彭大诚把盘子放在徐亮身边的炕沿上，笑着说："不是，是我姐。""哼，""就得照我的来，"徐亮说着扔掉了烟头，问："你姐，她想通了？"

"姐夫，"彭大诚笑笑，坐在炕沿上说："别看我姐在外边风风火火的挺能张罗，但她还是听你的，这不，把陈文魁一家安排到宿舍去住了。"他说着见徐亮脸上露出得意的神情，又说，"不过，尽管我刚来，却听连队的人都说我姐是个大好人。"

"这么说，"徐亮刚笑容满面地拿起筷子，要吃饭，一听彭大诚这么说，就把筷子又放下，板起脸来说："你姐夫我就是大坏人了？"他说完觉得这话太小孩子气了，就又说，"不管怎么的，能照我说的办就行！你看陈文魁不是从这里搬出去了吗。"然后拿起筷子吃了起来。

按照昨晚队委会讨论通过的决定，午饭一过，杨金环就领着彭大诚、黄春雁，还有汪青山等人来到了白桦林边上的一个地号。杨金环用手指着前方对众人问："你们看看，就先在这五百亩地块上推广试验怎么样？"

"没问题，"黄春雁对这里的情况可以说是了如指掌，她接话说："当年，文魁就是在这里做试验田的。"杨金环转过身，对汪青山说："老汪，现在政策好了，我在连队大会上已经宣布了，谁也不准再叫你'二劳改'了，咱们都是八队名副其实的职工，这件事，希望你也要卖力气！"

"杨书记，谢谢！"汪青山感动地说："我没问题，你就放心吧。""老汪同志，"彭大诚站起身，走近汪青山说："日本开拓团时你曾经在这里种过水稻，你说说意见。"

汪青山指着眼前的地号说："小日本子在这里种水稻的时候，产量也不高，和现在我们种的差不多，我只是听他们说他们国内正采取'叶龄诊断技术'提高产量，正要准备搞，小日本子就投降了。""我看哪——"黄春雁把《寒地水稻叶龄技术增产示意图》铺在地上，说："我们是这片土地的主人，看来还得我们呀！"杨金环、彭大诚，还有汪青山等人也都哈下腰来。

汪青山指着图，满怀信心地对大家说："国家政策好了以后，我也在琢磨这事情，直头疼没琢磨出来。彭老师和黄技术员研究的这套应用措施太棒了，从分蘖、拔节、抽穗，按叶龄有比例的施肥，还把管理、用水作为系统工程来实施，这还能不增产，放心吧，万无一失。""这么说，"黄春雁也抑制不住内心的喜悦说："我们可就要大干了。"

杨金环站直身，指指左侧一块地，问彭大诚："我们就在这里搞育秧大棚。""走，看看土质去！"彭大诚说着走在前面，其他人一起跟着走了过去。彭大诚三步两步就走进了地里，然后蹲下，抓起一把土在手里捻了捻，抬头目视前方，兴奋地说："行啊，土质好，前面是江，引水方便，得天独厚。"

"是块宝地啊！"汪青山来到彭大诚身边，指给他看："彭老师，当年陈文魁就看好这块地了，他和我说将来一定要让这块地生产出即高产又好吃的大米来。可惜呀！他的这个愿望让杜金生给破坏了。"杨金环接话说："那就让它在我们手中实现吧。"

这时，机务副队长开着胶轮车，拉着育秧棚材料和工具来到了地头，车还没有停稳，李宝进就从车上跳下来，一瘸一拐地向人群走来。"你这个宝进啊！"杨金环责怪地对李宝进嚷："和你说过多少次了，你就是不听，干起工作就不顾身体了。""大姐，没事。"李宝进笑嘻嘻地边走边问杨金环："我把材料和工具给你们拉来了，看卸哪儿？"

"就卸这儿，"杨金环说着，示意把车开进来。等车开到跟前停下，杨金环就和大家七手八脚地，一会儿工夫就把一车的材料，还有工具卸下来。然后在彭大诚、黄春雁和汪青山的指挥下，测量的测量，立桩的立桩，很快就搭好了一栋育秧大棚。

杨金环见大家累得汗流满面，就说："大家都累了，休息休息吧。"趁大家坐下来休息的时候，黄春雁和汪青山来到彭大诚跟前。"彭老师，"汪青山问彭大诚："如果真按你和黄技术员的方案，亩产1000斤肯定不会有问题。"彭大诚一笑问："怎么见得？"

汪青山说："我在日本开拓团当劳工的时候，那个叫腾野顺郎的技术员只是按不同期叶龄施不同的肥，而且比例也没有像你们这样在小区试验里不断对比调整，还有又加上了管理和用水的科学施用。"黄春雁接过话说："我研究了北大荒的资料，这里开发水田的潜力很大，依我测算，可以发展到千万亩以上是没问题的，真这样的话，北大荒就可以生产1000亿斤以上水稻，相当于现在

3000万亩的总产。"

汪青山一听，倍受鼓舞，他做梦也不曾想过能有这么大的发展前景，就说："要是再在全省，不，在整个东三省推开呢，那可就是个了不起的贡献了。"

"好，"彭大诚说着一挥手："走，我们就甩开膀子大干吧！"黄春雁和汪青山跟着彭大诚来到杨金环和李宝进跟前，彭大诚指着搭好了的育秧大棚，说："就这个标准，从明天开始，就组织人，照这个标准搭五十架大棚。要快，晚了怕是要来不急了。""好！"杨金环说："我刚和宝进商量完，我们这就回去组织人力和物力，队里没有的，让宝进带车去场部领去，没有的就去外边买去，你们放心，我们不会误农时的。"她说着，留下彭大诚和黄春雁两人，然后领着其他人上了车，开车时，杨金环用一种谁也看不懂的眼神瞧了一眼黄春雁。黄春雁赶紧低下头。

彭大诚见车走远了，问黄春雁："春雁，我发现你怎么这么怵我姐呀？""彭老师，"黄春雁瞧了瞧新盖起的育秧大棚，说："有些事情你还不知道，文魁没得病的时候，大姐对我像亲妹妹似的，"她顺手从兜里掏出和杨金环在这片白桦林里照的照片，递给过去，"你看——"

"哟，"彭大诚接过照片一打眼就惊讶地说："春雁，原来我还没怎么注意，来到这里一见到我姐，特别你俩站在一起，我越看越觉得你和我姐长得怎么这么像呀，不知道的人还可能以为你们是姐妹俩呢！""是啊！"黄春雁要回照片又装进衣兜："我在连队时，不少人都这么说，那时候，我拿大姐就像我亲姐姐一样，现在，我真不知道该怎么面对她了。"她说完见彭大诚没有说什么，就又说："我知道你再三和她表示过，咱们没有恋爱关系，咱俩出出进进，她肯定会产生想法。"

"我已经和她说明白了。"彭大诚不解地看着黄春雁。黄春雁也看着彭大诚说："彭老师，有些事情是说不明白的。"她说着，像是发现了什么，拽了拽彭大诚的衣袖，用眼神示意彭大诚向白桦林的方向看。彭大诚一转身就见陈文魁从林子里走出来，然后朝他们走来，后面还跟着陈荣焦和陈李氏。

"大婶，文魁今天怎么样？"黄春雁向前走了几步，问陈李氏。陈李氏乐滋滋地说："春雁啊，今天文魁的情绪挺好，就这么走走，也不乱跑，你看，情绪多好了。"

陈荣焦在一旁说："要是这么住一段时间，真会好的。""嘻！"陈李氏一听就叹息地对彭大诚说："我们还好说，可闹得你姐家里不和、直打仗，怎么办呢？"

"现在你们不是搬宿舍住去了吗？"彭大诚联想起自己所看到的一切，就说："让我姐夫躲着点，文魁看不到他，两个人就没事了。你们也不要太在意了。"

他说话时始终观察着陈文魁，就见陈文魁从育秧大棚里走出来，喊黄春雁："喂，雁子，这是要干什么？"

黄春雁赶紧走上前回答："育秧种水稻呀！""胡闹，"陈文魁指着育秧大棚说："育秧是在屋里，在槽子里，在盆子里，怎么还在地里呢？"

"在屋里育的少，咱们要大发展呀。"彭大诚也帮着解释："这发展水稻还是你提出来的呢，全队人能吃上大米都感谢你。"陈文魁表情木然地点点头："知道，知道。"

"文魁，"黄春雁见陈文魁有问必答的，就高兴地问："那你就和我们一起种吧！""好，"陈文魁说着停了停，又对众人说："那你们得听我的，也没有你们这么整的呀！走，"他说着，拉着黄春雁的手边走边说："回家育苗去——可不能让徐指导员看见，他又该给祸祸了。"

黄春雁无奈地被陈文魁拽走了，她回头对彭大诚说："彭老师，我先回去了。"

彭大诚苦笑着摆摆手，点了点头。

第四十四章

"老徐呀，"杨金环放下碗筷，对徐亮说："今天上午场部物资库要给咱们队送十车化肥，你别忘了先把库房准备好啊。"徐亮吃完最后一口饭，把碗一推，口气生硬地说："还用你说！"说着起身就要走。

"我一会儿要去场部开会，也不知道啥时候能回来。"杨金环边捡饭桌子边瞧瞧窗外，温和地对徐亮说："今天可是阴天，还是礼拜天，陈文魁容易犯病，你能躲就躲着他点儿。"徐亮随后返回来说："我说杨金环，你什么都好，就是对陈文魁这事儿总和我拧着劲儿不好。"

杨金环把菜盛在盆里，打开锅盖，热上又扣好锅盖，这才回头说："还别着劲儿，你说不让来咱家住就不住，还算拧劲儿？老徐，其实总那样也不是个事儿，也就是有小雁子哄着陈文魁，要不，他早就反了。""反了？"徐亮鼻子一呼扇："还反了他呢，我的房子不让他住还有罪了，啊？"他用眼睛扫了杨金环一眼。

"好好好！"杨金环见徐亮又上来了倔劲儿，就服软地说："我不和你抬杠。"徐亮闹了个没趣儿，就挠了挠头，说："我看你给大诚和黄春雁安排的小灶挺好，以后那个陈文魁也别到咱家来吃了，去和他们一起吃去吧。""他陈文魁是个病人，吃饭时间没个准儿，只能这么给他整天热着饭，什么时候饿了就什么时候来吃。"杨金环心里知道徐亮这是找茬气她，就不温不火地说："行了，行了，你别像个老娘们似的，一点儿小事磨磨叽叽没完没了，"她说着洗洗手，进屋穿上衣服，对放假来家的小凤说，"小凤，妈妈要去场部开会，你一会儿去知青宿舍喊一声陈奶奶他们来吃饭，说饭在大锅里热着呢。"不等小凤回话，杨金环就出了门。

徐亮见杨金环走远了，就转身回了屋，对要出门的小凤说："姑娘，你去同学家玩去吧，叫他们吃饭的事，你就别去了，我一会儿上班顺便告诉一声就行了。"小凤对妈妈让她去叫陈文魁吃的事很不情愿，正在屋里撅着嘴犯愁呢，一听连蹦带跳地跑去找同学玩去了。

徐亮支走小凤后，从兜里掏出一把大锁头，"咔"地锁上了门，把原来挂在门鼻子上的小锁头使劲朝远处一扔，嘴里还骂了一句："去你妈的吧！"转身倒背着手又朝新房子走去。

徐亮刚走，陈文魁就敞着怀大摇大摆地来到老房门口，一看门锁上了，就从窗台上的砖头底下摸出了一把钥匙，却怎么也打不开门上的锁头，他气得抓起窗台上的砖头使劲砸起锁头来。邻居听到砸门声，就跑出屋隔院告诉陈文魁说："文魁，别砸了，去找老徐要钥匙去吧。""要就要！"陈文魁气呼呼地说着，急匆匆地朝新房走去。

徐亮正"咔"地一声用新锁刚锁上门，陈文魁便跑步追了过来，开口就说："给——给我钥匙。"徐亮一看陈文魁两眼气得红红的，脸也变了色，吓得扭头就跑。

"别跑——"陈文魁抄起一把二齿钩子急忙就追了上去。徐亮回头一瞧，吓得"妈呀"一声，就没命地跑了起来，陈文魁拎着二齿钩子大步地在后面追，两人都跑得气喘吁吁，路旁的人也吓得直躲。眼看着陈文魁就要追上了，徐亮心里一哆嗦，急忙跑到连部门前的一棵老杨树下，把鞋一甩，光着脚丫噌噌地爬了上去。

陈文魁也撵到了树下，扔下二齿钩子想往上爬，但爬了两下子又都出溜下来，急得他仰头看着徐亮，嘴里直冒白沫："滚下来！你给我滚下来……"一些看热闹的人不敢靠前，躲在远处瞧着，议论着……

时间一分一秒地过去了，天空飘过一片片浓厚的云朵，越压越低。陈文魁捡起一只徐亮脱下来的鞋向树上撇去："滚下来。"徐亮一闪身躲过撇上来的鞋，又往高处一个大树杈爬去。

陈文魁又撇另一只鞋，仍没有打着徐亮，他急得在树下直打转转，又要爬树，但爬了几步又滑了下来。徐亮见陈文魁猴急的滑稽样，便放心地往树杈上一坐，哈哈大笑起来。陈文魁在树下又急又气，恨得把牙咬得直响。

看热闹的人从四面八方往这边涌来，越聚越多，渐渐围成了一个人圈儿，谁也不敢靠前。有几个经历多的老人想上前劝阻，但试了几次，都被陈文魁疯狂地用二齿钩子给吓跑了。

云层越压越低，两人一个在树上一个在树下僵持着。这时，徐亮听到围观的人群中有人在喊他，他就瞪着一双小眼睛在顺着喊声寻找，很快就看见小凤在人群中向他边招手边喊"爸——爸——"。"小凤！"徐亮像似看到了救星一样，急切地向小凤求救："小凤，看你妈走没走，快去喊你妈妈去！"

陈文魁正怀抱着二齿钩子，靠着树干坐在树根下，听到徐亮的呼救声，赶紧地站起来，冲着徐亮大喊："喊你妈妈——就是喊杜主任也不行。"然后他嘴里发出一声怪叫，朝走出人群的小凤跺跺脚，小凤被吓得哭泣起来，扭头就跑，但没跑几步就妈呀一声跌倒在了地上。

此时，汪青山刚好跑到人圈儿跟前，上前扶起了小凤，把她领到人圈儿外，对她说："别哭，快去喊你陈爷爷、陈奶奶去。"小凤应声边哭边向宿舍跑去。

汪青山回头瞧瞧，见陈文魁拎着二齿钩子已经退回到了树底下，又坐了下来，他就试着向大树底下走了几步，徐亮见罢忙在树上喊："汪——汪——""汪，汪什么？"汪青山抬起头，冲着树上的徐亮嘿嘿笑了两声，然后说："汪'二劳改'呀？"

"不，汪大哥，"徐亮忙改口，哀求说："快帮帮我的忙，让我下去，屁股都要坐麻了。"汪青山装着没听见的样子，凑到大树下，掏出'蛤蟆头'烟和纸递上去，说："陈文魁，我的'蛤蟆头'烟比你的可有劲儿多了，听说你卷的不错，来一支。"

"来就来一支。"陈文魁从汪青山手中接过烟叶和纸，卷了起来。汪青山趁机蹲下，划着火柴给陈文魁点着，然后套近乎问："怎么样？比你的好吧？"

陈文魁抽了一大口，说："不错，不错。""走，"汪青山拽着陈文魁站起来，说："我家好多，给你拿一把去。"

汪青山忙对树上的徐亮使了个眼色，徐亮瞧见陈文魁站起来跟在汪青山后边要走，就伸开腿要下树，陈文魁被脚下二齿钩子绊了一下，急忙捡起来。徐亮吓得跐溜又爬了上去。

陈文魁听到响声，举起二齿钩子，冲着徐亮喊："再下一个？""陈文魁，"汪青山又急忙凑上去，拉着陈文魁的手，嘻嘻哈哈地说："走，走啊——"

"去你的，"陈文魁一把甩开汪青山的手，用二齿钩子指着说："去去去——"他说完又抱着二齿钩子，坐在了树根下。

汪青山见陈文魁又开始暴怒的样子，知道不能再戗着他了，于是退回到人群中，他看了看阴沉的天色，略有所思地走出了人群，急忙朝家跑去……

"喂，"汪青山一进门就喊："老伴呀，午饭多做出点饭菜来。""怎么？"老伴儿正在做饭，见汪青山着急的样子，就问："有客人？"

"啥客人——"汪青山着急地说："给陈文魁和徐亮带出一份来。""说什么呢？"老伴莫名其妙地嘟哝："没头没脑的。"

"这不，"汪青山停了停，才喘口气说："杨书记和黄春雁都不在家，陈文魁犯病把徐亮撺到大杨树上去了！都好几个钟头了。""该，"老伴儿一听，解恨地骂了一句，然后唠叨："徐亮这个人该有人治治他。"

"算了，"汪青山总算让自己平静下来："过去的事儿了，算了。""就这么算了？"老伴儿还是念念不忘旧事，就向汪青山诉起苦："你忘了批斗你的时候，他在你脖子上挂秤砣了？"

"看在杨书记的面子上，咱不和他一样！"汪青山说着见老伴儿不情愿地慢手慢脚地磨蹭着，就火火地说："你快点吧，我得马上过去看一看，说不上要出啥事呢。""你急个啥？"见汪青山火了，老伴儿也高声地嚷嚷："还不得等熟了啊！"

汪青山瞧见锅灶上刚冒出了热气，知道自己再怎么着急也得等老伴儿把饭做熟了，就坐在门前的木桩上，掏出烟口袋，卷了根烟，然后点着抽了起来。刚好是一袋烟的工夫，老伴把饭菜装好，走出来，递给汪青山。

等汪青山拎着饭筐赶到连部门前时，围观的人更多了，陈荣焦和陈李氏也来了，站在一边干着急，小凤躲在陈李氏的身后不停地哭泣。徐亮坐在树杈上，陈文魁抱着那把二齿钩子，背靠大树坐在地上，两人还在僵持着。

"徐保管，"汪青山拎着饭筐来到了大树下，对徐亮喊："你下来吧，他不能打你。"然后汪青山又对陈文魁说，"文魁，让他下来，有话好好说。"陈文魁没有吱声，只是看了汪青山一眼。

"文魁，"汪青山又向前凑了凑："来，把二齿钩子给我，我给你送饭来了。"陈文魁扭头看了一眼汪青山手中的饭筐："哦——"

汪青山急忙又向后退了几步，瞧瞧陈文魁，然后朝树上喊："徐保管，你就下来吧，咱们一起吃饭。""汪大哥，能行吗？"徐亮低头瞧着陈文魁怀里的那把二齿钩子，提心吊胆地问："我下去，他还不把我刨死呀。"

徐亮说着还是向下蹭到一根树杈下，陈文魁见了呼地站起来，举起二齿钩子朝树上比画着，围观的人生怕刨着自己，赶紧往后退去，胆小的撒腿就跑回了家，徐亮一瞧，急忙又蹭到树杈上，惹得围观的人群发出一阵轰笑声。

陈荣焦、陈李氏也不管那么多了，忙慌张跑上来。"文魁，这是干什么？"陈荣焦欲抱住陈文魁。"干什么，干什么？"陈文魁用二齿钩子指着陈荣焦骂徐亮："他这个指导员怎么当的？瞎他妈鸡巴整。"

"胡说什么！"陈李氏说完，又对树上徐亮说："他老徐大哥，快下来吧，他不敢怎么的你。"陈文魁举起二齿钩子又朝徐亮钩了一下。徐亮不敢再动一动，说："大叔大婶，求求你俩，快把他弄走吧，我的腿都坐麻了，肚子饿得咕咕直叫。"

汪青山见再这样下去，怕把陈文魁真的逼急眼了，就说："徐保管，你在树上再呆一会儿，让他先消消气……"

杨金环、彭大诚、黄春雁和李宝进四人，还没等走下农场办公大楼的台阶，彭大诚就抑制不住内心的喜悦，兴冲冲地对杨金环说："农场领导这么支持我们，我们干不出成绩来，可不好交代了。""是啊，"黄春雁也充满希望地说："看来我们的计划是没有后顾之忧了。"

"那当然了，"李宝进接话说："你没看到昨天王场长刚了解了情况，今天就把化肥给我们送去了，还把我们几个叫来专门组织有关部门听汇报，有什么困难尽管提嘛！""大姐，"走下台阶时，黄春雁对杨金环说："我在连队时真没看出来，你这么有领导能力，向场长汇报时说得太棒了，场长边听边点头，问题都给我们解决了。"

彭大诚一直很兴奋，见黄春雁夸起了杨金环，也跟着说："这话就只能是咱们背后说，我早就说过，我姐跟了徐亮，没少受委屈！""你知道个啥？"杨金环打断彭大诚的话，停下脚步，认真地说："其实，你姐夫对我挺好的。"

黄春雁点点头，深有感触地说："有些事情别人是很难看清的，可能只有自己心里明白，不说这个了，说点咱们的事儿，今天上午我们的任务完成了，下一步，大姐你看怎么办？"她说着走近杨金环，彭大诚和李宝进也往前凑了凑。"快午饭了，"杨金环看了看手表："还得抓紧，吃完饭我们分头行动，"她看着彭大诚和黄春雁，"你俩到良种站和站长具体联系稻种怎么进，"杨金环说着一指李进宝，"你到物资站订购塑料薄膜和木杆。我还得到财务科去一趟。"

"大姐，"黄春雁也看看表，问："今晚上连夜赶回去吗？""怕是来不及了，"杨金环说："劳资科长去局里开会去了，得坐半夜火车回来，要不明天还得来，我明天一上班堵他，联系招工招干的事情。我们就既来之则安之吧。"

"看来，"黄春雁有些担心地问："今晚就得住这了？家里能行吧？"杨金环其实心里也很着急，担心徐亮能不能把送去的十车化肥安排好，就说："没事儿。走时我特地嘱咐过老徐，就是不知道文魁他们怎么样？"

"我看病情挺稳定的，估计不会有什么问题。"黄春雁嘴上这么说，心里也一直惦记着。杨金环抬头看了看天色，见一团团浓浓的云彩在头顶上飘着，不由地说："可是个阴天啊。"

"你们放心吧。"彭大诚笑笑说："我去精神病院的时候，陈永嘉说过，有这种病的人阴天爱犯病，也不全这样，再说，文魁的病已经好多了，还有大叔大婶呢。"他说完，也不无担心地又说了一句"就怕有人惹他。""在队里，文魁也就和老徐过不去，看着不顺眼，这回搬宿舍去住，离远了，见不着面，兴许没啥事。"杨金环的心里也开始犯起寻思来，她说着，突然想起了什么，心里"咯噔"一下："差点忘了，今天可是礼拜天呀！"

"大姐，"黄春雁笑着说："你的心也太细了，总是替人家着想。"她见杨金环心事重重的样子，就拉了拉杨金环的衣袖，"放心吧，只要没人戗着文魁，就没事——走，我们快找地方吃午饭去吧。"杨金环被动地跟着黄春雁去了办公楼对面的机关食堂，黄春雁和彭大诚来农场时曾在那里吃过饭。

彭大诚和李宝进跟在后面，也走进了机关食堂。黄春雁张罗着要了些简单的饭菜，四个人就围着餐桌吃了起来。"姐，"彭大诚吃了半个馒头，忍不住地说："这样一来，物资上看来好说，一个重要的问题是，知青大都返城了，队里的劳动力太少。"杨金环咽下口中的饭菜，停了停说："不光是劳动力呀，连学校、卫生所、开拖拉机的、还有会计都走了，只剩下几个老职工子女对付着，我这次来场部陪你们汇报完了，还要专门找劳资科商量到外地招工、招干问题。"

"好，太好了。"黄春雁边嚼着饭菜边说，然后问："就怕来不及，现在正是用人的时候，怕不好招人……""黄技术员，"一直认真听着的李宝进接过话说："这人工的事你尽管放心，你需要多少人我就给你上多少人——你们没来的时候，杨书记就安排我动手联系了，我跑了半个多月，人员都定下来了，人工费用也早有准备了。"

"姐，你行啊！"彭大诚兴奋地说完，又担心地问杨金环："你一下就扩种了这么大的水稻面积，不说别的，光这人工费就是一笔不小的开支，如果关键时刻，农场的资金不能及时的到位，"他说着，放下筷子，瞧着杨金环，"姐，那你怎么办？"杨金环认真地听完，没有马上说什么，先是笑了笑，又吃了几口饭菜，才放下碗筷说："这资金的事，打开始要扩种水稻的那天起，我就和宝进商量这事儿——如果农场的资金到位得不及时，我们就找武解放去借。我上次去你们科学院拉农药时，就和武解放说好了，他也满答应了，这回你们该放心了吧。"

"大姐，真有你的，什么事都难不倒你呀！"黄春雁对杨金环佩服得五体投地，"武解放是条汉子，说话算数——哎，大姐，武解放和丛娟娟和好的事你知道吗？还有被黄小亚、牛东方和赵大江……""知道，知道，"杨金环笑出了声："他呀来电话把什么事都告诉我了，连你们要来的事也是他告诉我的，他还说等娟娟去了台湾，他忙完这个旺季要回来看看呢？"

"武解放那小子是个急性子的人，说到做到，他说要来，没准这两天就来……他呀，我算是领教了……"彭大诚接过话说着说着，又把武解放给自己招聘对象的事学了一遍，逗得大家都笑了，他自己也憋不住地跟着笑了起来。"我说，"李宝进打住笑说："等他们回来呀，我得好好向他们哥几个赔礼道歉——当年批斗他们时，我没少出坏主意，"他看着彭大诚，"我知道武解放最尊敬最听你的，要是他们回来了，彭老师你得替我解释解释……"

不等彭大诚回话，黄春雁嘻嘻地一笑说："宝进，我们的李队长，你就把心放在肚子里吧，武解放不是那种小肚鸡肠的人，再说杨书记，我们的好大姐早把你的心思告诉他们了。"她说着又嘻嘻地一笑，话头一转，"宝进，我回来就开始忙，你也忙，也没抽空和你唠唠，我问你，你的腿究竟是怎么弄的？"

"宝进，"杨金环瞧见李宝进看着自己，她看了看手表，说："时间还来得急，你就讲讲吧。"

"啊，是这样的。"李宝进笑了笑，讲述起来："你上学走的那年冬天，全场掀起了兴修水利大会战，我们都跟着徐指导上去了，工地上人山人海，为了完成任务，那年的春节都没放假，但是那年的冬天干冷干冷的，地都被冻裂了，用镐一刨才下来一小块。可大家还是干得热火朝天的。有一天，杜金生坐着吉普车来到我们的点上，他四处一瞧，嫌进度慢了，就发起了脾气，还把徐指导员臭骂了一顿，临走时，让徐指导员派人跟他去领炸药。于是，我就跟着去了，还别说，先放炮把土震松了，然后再用镐刨锹挖，进度真就快起来。一天下午，我和其他几个知青一道，每人点三个炮捻儿，然后迅速跑回去。炮响了，我们就紧张地一、二、三地数，数来数去还有一个没响。我当时是看清了，是我点的炮没响，我就耐着性子等了几分钟，炮还是没响，我就向前跑去准备排除哑炮。徐指导员在后面喊，让我小心一点，我也没当回事，因为在这之前我排除过哑炮。等我跑到跟前，看到正好有一块大土块压在上面，我就费了很大的劲才把土块搬开，这才突然发现，压在下面的导火索还在咝咝地冒着烟，"坏了！"我转身就跑，还没跑到安全的地方，我就随着一声巨响被一块一米见方的大土块砸倒了，好在是砸在了腿上，要不我这小命也就扔在北大荒了……"

"后来，"李宝进讲述完了，见大家仍用好奇的眼神看着自己，他又笑着补充地说："我被送进了当时的师部医院，住了半年的院，那一段日子真难熬啊，我都有死的心，"他说着把目光转向了杨金环，"多亏了杨大姐经常看我开导我，我李宝进才有了今天……杨大姐就是我的恩人啊！"他说这些话时，眼泪直在眼眶里打转。

"宝进，"杨金环见李宝进有些激动，就笑着打断他的话，"那都是我这个当姐姐应该做的，不值得一提，不值得一提。我倒惦记着文魁，"她说着转头对黄春雁说："小雁子，我有个想法。""有话就说嘛。"黄春雁玩笑地又说："你是我亲姐姐。"

"我想，"杨金环说："等忙完这一阵子，你就多抽出点时间照顾照顾文魁，这些天把二老累的够戗。""姐，"彭大诚接话说："这还用你说，黄春雁早就和我说了，这几天，就急得不知顾哪头好了呢，你看——"他用手指了指黄春雁的眼睛。

"哟，"杨金环一看，笑出了声："我还没注意呢，眼睛都红了，没睡好觉，失眠了吧？"黄春雁不好意思地反问："谁说的！"

第四十五章

远方露出了一道鱼肚白，天空浮动的云团在晨曦中渐渐地消逝了，唯有那颗明亮的启明星，还高悬天际，独放光彩，北大荒初春的黎明就这样来临了。

陈荣焦瞧了一眼坐在树下抱着二齿钩子的陈文魁，又往燃烧着的篝火里加了点碎树枝子，陈李氏走过去，拉了拉陈文魁："文魁，天凉，过去烤烤火。"陈荣焦见了说："不用管他，可恶的东西。"

"你……你，"陈文魁一扬脸："说谁可恶？""说你还没说完呢！"陈荣焦坐在了火堆边上烤着火。

"别吵了，"陈李氏急忙去劝陈荣焦："别吵了，我都要烦死了。""老陈大叔，"徐亮骑在树杈上，身子冻得直打冷颤，可怜兮兮地央求："我求求你俩，快把他弄走，我要下去。我腿麻了，又冷又饿，实在受不了了。"

"哎呀，"陈李氏急得直打转转："他杨大姐、春雁也不回来，怎么办呢？"徐亮心里还抱着希望："打电话呀，让他们快回来。"

"打了，打了三次了，找不到呀！"陈荣焦仰脸瞧着树上的徐亮："老徐，别着急，这不眼瞧就天大亮了嘛，他们今天肯定能回来。""嘻！"徐亮嘴冻得不听使唤地说："光……光说能……能回来能回来，我……在这上头太难熬了！"

"他老徐大哥，"陈李氏也帮着劝："你就再坚持坚持吧，啊，委屈你了！""我看，"陈荣焦心一横："要不你就下来，我谅他也不能打你——"

"不行，"徐亮一听忙说："你没看见，我一下，他就……就举起二齿钩子，那哪儿有准呀。"陈李氏走近陈文魁，对徐亮嚷："他徐大哥，你就下，我挡着他。"

"那……"徐亮还是害怕地说："那你把二齿钩子拿走，我下。"陈荣焦上前抓住二齿钩子，往外拽拽着说："文魁，把二齿钩子给我。"

陈文魁呼地站起来，把二齿钩子藏在身后："少和我得瑟，躲开。"陈荣焦想逼上前去硬抢，陈文魁忙用二齿钩子对准他比画起来。"你这个畜生玩意儿，"陈荣焦被陈文魁用二齿钩子逼到了一边，气得他直骂："要把人气死了！"

"行了，行了，"汪青山拎着饭筐走来，老远就喊："老陈大哥，你就别理他了，反正杨书记和黄春雁他们也快回来了，就再等吧！""老汪大哥，"徐亮不乐意地说："你别在那里说话不嫌牙疼的，一宿了，你知道是什么滋味不？！"

汪青山放下饭筐，仰着脸，瞧着徐亮："哎呀，老徐呀，前几年，你组织人批判我，戴高帽、蹲牛棚、脖子上挂大锤、游街，哪一样都不比这个好受，你将就一会儿吧，啊？""汪青山，"徐亮这个气呀，但他还是解释："那不是我的事呀，是杜金生布置的。"

"我说，"汪青山伸着脖子："杜金生让你干你就干呀，不是你的事儿是谁的事儿，别说这个了，看在杨书记的面子上，我不和你一样！"他说着来到火堆旁，烤了烤手，又对徐亮说："喂，老徐呀！你还说恨人家陈文魁，叫我说，陈文魁要是头脑清醒，说不定怎么恨你呢！""为什么？"徐亮有些消了火。

"你说——"汪青山瞧了一眼树下的陈文魁，又仰脸对徐亮说："要不是你瞎胡整，给黄春雁和陈文魁顶替上大学指标，能有今天这事儿吗？"徐亮不服地说："你们怎么都这么说呢，他们愿意呀！"

汪青山的火上来了，他大声说："他们愿意是他们愿意的事儿，你不能瞎胡整，这大学，群众推荐谁就是谁，那是有文件的，这么说，反正也就是那个年头吧，就那么瞎鸡巴整就整了，要是现在，能行吗？""哎，"徐亮叹口气："我不是想留下陈文魁研究水稻给连队打点儿粮嘛，谁知道，陈文魁和你又搭扯上，让杜金生和阶级斗争挂上钩了，你是不知道，那时候我脑袋都混浆浆成一锅粥了，乱得不得了。"

"叫我看，"汪青山又嚷："你现在也不怎么清醒。""你说，"徐亮挪动了一下麻木的屁股，问："我怎么个不清醒法？"

"老汪，行了，"陈荣焦拉了拉汪青山："陈芝麻烂西瓜的事情就别提了。"汪青山蹲下从饭筐里取出菜和馒头："来，你俩年纪大，不扛折腾，快吃点暖和暖和。"

陈文魁拎着二齿钩子，走上去，也没打招呼，伸手抢走了两个馒头，又瞧瞧树上的徐亮，哼了一声就坐在树下，狼吞虎咽地吃起来。汪青山递给陈李氏、陈荣焦一人一个馒头，又给了一人一双筷子："快吃吧。"

"嘻，"陈李氏接过来馒头和筷子，瞧瞧树上徐亮的狼狈样，又放下："大兄弟，我俩能吃下去嘛！"陈荣焦掰开馒头夹上点菜，走到树下，然后抬起头喊："老徐，来，接住！"

徐亮双腿盘住树干，伸开手："来吧。""接住。"陈荣焦朝树上使劲一扔。徐亮伸手去接，陈荣焦扔出的馒头只扔到了他的脚底下，伸出的手没有抓住，馒头回落到了地上，陈文魁顺手捡了起来，攥在手里继续吃刚才拿的馒头。

汪青山从筐里又拿出一个馒头，走近树两步，仰脸朝徐亮喊："老徐，刚才我说的话你别生气呀，过去的事情就过去了，来——接住——"他使劲儿一扔，飞去的馒头越过了徐亮的头顶，徐亮举手去抓，身子偏……，陈李氏、陈荣焦惊慌地同时发出了尖叫："不——好——"

汪青山毛了，盲目地展开双臂去抱接，没等看清，徐亮倏地跌落在他的侧肩上，就听"扑噔"一声，汪青山被砸得"哎哟"一声趴倒在了地上。汪青山疼得直咧嘴，眼泪也下来了，他忙爬起来，看徐亮，就见他躺在地上直"哎哟!"汪青山和陈荣焦急忙上前要把徐亮扶起来，刚一用劲儿，徐亮就痛得龇牙咧嘴的，汪青山知道徐亮摔得不轻，忙让陈荣焦照顾点，他自己跑去找车去了。

"哎呀呀，"陈李氏急吓得直哭，冲着陈文魁嚷："文魁，你瞧瞧，这可都是你惹的祸呀。""祸?"陈文魁呆呆地瞧着眼前发生的一切："什么祸，妈的。"

"老天爷呀!"陈李氏大哭起来："这可怎么对得起你杨书记啊——"陈文魁见罢，像没事儿似的，拎着二齿钩子扬长而去。

"医生，"杨金环见医生从手术室开门走出来，焦急地上前问："怎么样?"医生把杨金环领到医务室，彭大诚、黄春雁和陈荣焦也跟了过来，医生指着 X 光片子，说："从片子上看，徐亮的肋骨、腿骨严重骨折，汪青山肩骨轻微骨折，问题还不大，但徐亮肯定要做手术了。"

"啊!"彭大诚惊讶地问："这么重呀?""哎呀，"黄春雁插话说："那棵树我知道，老高了，从那么高的地方摔下来，就是不幸中的万幸了。"

"是啊，"医生指了指陈荣焦，也赞同地说："照这位老同志讲的发生事故的情况，要是没有汪青山用肩部托徐亮一下，这么样的高度，恐怕他是有生命危险的。"陈荣焦急切地问："医生，那怎么办?"

"立即做手术。"医生说完径直走进了手术室，大约过了四十多分钟，医生走出来，对杨金环、黄春雁、陈荣焦等人说："手术进行得很顺利，做得很成功。"正说着，就瞧着护士把徐亮从手术室里用病号车推了出来，然后送入了病房，几个人又帮手把徐亮从推车上弄到了病床上。

"老徐，怎么样?"杨金环扶着床头探着身子，见徐亮流着眼泪，就说："医生说不要紧，接骨手术做得很成功，不会残废的，得慢慢恢复……"徐亮咧了咧嘴，流着泪："疼，疼……疼啊……"

这时，女护士推着点滴车进来，彭大诚对护士说："护士同志，看来麻醉过劲了，请给打针止痛药吧。"女护士平静地说："医生处方有这个针。"她说着挂上药瓶，然后在徐亮的手背扎好针，又推着点滴车出了门。

"老徐，"杨金环看着徐亮痛苦的样子，心疼地说："忍一忍，过了今晚就不会怎么疼了。""倒霉，真他妈的倒霉，"徐亮瞧了杨金环一眼，把头转向了一边："我算是他妈的倒了八辈子霉了，哪辈子没积德，结下这么个冤家……"他说着呜呜哭起来。

"行了，"杨金环边用毛巾为徐亮擦眼泪边劝说："老徐，老徐……"她说着见汪青山被两名护士用病号车推进了病房，便急忙走上去问："老汪，你怎么样？"

"杨书记，"汪青山握住杨金环的手，笑着回答："没多大事儿。""不要动，"护士见汪青山要起身，就劝阻说："你也需要稳定。"

杨金环急忙缩回手，汪青山老伴在旁边说："杨书记，别听我们家老汪逞强了。刚才还疼得直咬牙呢。伤筋动骨哪有不疼的。""那肯定是疼。"杨金环对汪青山老伴点点头，然后对汪青山说："老汪，真不知道该怎么感谢您了，老徐从树上跌下来的时候，要不是你要去接，用肩膀垫了一下，还说不定会摔成什么样呢！"

汪青山被杨金环和彭大诚几个抬到了病床上，他感激地对杨金环说："杨书记，我当牛鬼蛇神被关进牛棚里的时候，那时你是家属队长，白天领着你们家属队和我们一起干活，你没少关照我，我心里感激的滋味，现在还记得，为你担了这点事儿，肉皮疼点儿，心里觉得挺舒服——""老汪，"彭大诚为汪青山盖了盖被："好好养伤，等好了还得和我们一起干呢。"

"没问题。"汪青山乐观地笑了笑。一名护士走进来，问："谁是八队的杨书记，你的电话。"

杨金环应声跟着护士来到了医护办公室，拿起电话："喂——什么，武解放、牛东方他们要回北大荒看看，好，我马上回去安排一下。"她放下电话回到了病房，对徐亮说："老徐，这硬伤病不要紧，疼就忍着点儿，过一阵子就好了，我先回队里有要紧的事需要安排一下。"徐亮瞧了一眼杨金环，问："什么要紧的事？"

"啊，是这样，"杨金环歉意地笑笑说："刚才接到电话，说武解放、牛东方他们要来看看，明天上午就到，我得回去安排一下。"徐亮"哎哟"了一下，忍着疼说："这算个什么重要的事儿呀，我说金环，我也不是没当过支部书记，你抓点大事儿，你看你，不是和个精神病没完没了，就是费劲巴拉去安排接待武解放那些返城的知青，他们已经返城了，况且武解放走时还是偷着跑的！来了随便接待接待就不错了，还这么当个事儿！武解放他们算个啥呀——啊？"

徐亮的话被在一旁的陈荣焦听得一清二楚，他皱了皱眉头，不由得看了黄春雁一眼，黄春雁也正好用内疚的眼光注视着他，显然徐亮说的一番话她也听到了。彭大诚看得真切，就上来打圆场："姐夫，快别这么说，这么看，武解放他们对这里还是有感情的，你好好养病吧，我在这里陪着你，让我姐回去安排安排……"

徐亮板着脸，接话说："你姐夫不在乎她陪不陪，我生气的是我住院了，来个武解放她还要走，那武解放算个啥，当年——谈恋爱钻苞米地咱不说，偷鸡摸鸭的事咱也不说，可支我家大鹅嘴，领着一帮小哥们儿没事找茬地和我过不去，我总不能忘了吧？看来，在你姐心里武解放比我还重要。"

"指导员，"尽管黄春雁不太赞同徐亮的说法，甚至有些反感，但她还是笑着说："我看大姐对你那好劲儿，是一般人做不到的，再说，人家武解放、牛东方他们可都成大老板了，对人有情有义，还帮助过连队，回来看看是件好事，咱们都应该欢迎。""你们……"徐亮气得一时不知说啥是好，就大声说："你们怎么就都别着劲儿和我犟呢，他大老板能大到哪去，就是大老板，又有什么了不起。"

"老徐，"对徐亮的话，杨金环实在听不下去了，就劝阻说："你别说了，不管怎么样，人家大老远来了，还在咱们队干一回，怎么的我也得回去看看。""徐指导员，"跟车来照顾徐亮的小吴说："你放心，杨书记交代给我了，我会照顾好你的。"徐亮不予理睬地闭上了眼睛。

"大姐，"黄春雁见杨金环向医生和护士交代了一番，要走，就跑上几步，拉着她的衣袖说："我也回去，想和你一块走。""行，"杨金环答应着又返回病房，笑着对汪青山说："老汪，你都听到了，我实在是忙得不可开交啊，想不到的事儿就发生了，你受连累了，我还得回连队，等我送走武解放他们，就回来看你们。"

"杨书记，"汪青山感动得直点头，嘴里不住地说："别这么说，别这么说……你去忙去忙……""哎哟——疼啊——"徐亮发出一阵儿呻吟。彭大诚赶紧跑去把护士叫来。

"怎么啦？"女护士连忙跑进来，不解地问汪青山："有事？"汪青山躺在床上用手指了指对床："我们这位老徐疼得厉害，给打一针止痛药吧。"

女护士回头看了看徐亮，又扭头问汪青山："你呢？"汪青山说："我打不打都行——不打了。"女护士笑了笑拿针去了。杨金环心里着急着呢，可再怎么着急，也得等护士给徐亮打完针再走啊，她对徐亮说："老徐呀，尽量忍着点，医生说过，止痛针打多了不好。"

"行，"徐亮见杨金环没有要走的意思了，就温和地说："听你的。"汪青山"扑哧"地笑出了声："哈哈哈，我们的徐指导员这么谦虚了，还能说出这样的话来了，太让我感动了。"

"老汪，"徐亮也被汪青山的乐观态度所感染了，就笑笑说："别逗咳子了，过去的事儿就别提了，也不是我硬要整你的。""是，这我知道，"汪青山收起笑容："要是你硬要整我，你从树上掉下来，我还能去接你！"

　　"说句老实话，"徐亮平静了许多，见杨金环和众人都看着自己，就只好说："我非常感谢你，要不是你要接我撞了那一下子，说不定我早命归西天了。"这时女护士走进来，很快就为徐亮打完了针，然后又出去了。"好了，你们都有伤在身，也别唠了，好好休息吧！"杨金环瞧见徐亮有了笑模样，又见护士打完了针，就说："我们也该回去了——大叔，小雁子，咱们走！"她叫着陈荣焦和黄春雁走出了病房。

　　"哎呀，对了，"彭大诚见黄春雁也跟着要走，想似想起什么，就对黄春雁说："种子站还有点事儿没完，咱俩还得一起再去一趟呢。""你不说我还真差点忘了，"黄春雁忙对杨金环说："大姐，你安排我和彭老师的任务，我们还没完成呢，现在就得去——你和大叔先走吧，我办完事就回去。"

　　"都走！都走！"徐亮一听，刚平静下来的情绪又激动起来，他火火地嚷嚷："我谁也不用！"杨金环也不客气地说："老徐，你怎么能这样呢？"她扭身对彭大诚和黄春雁说，"好吧，有些事儿咱们一会儿出去说，"她走到门口，又回头向小吴交代，"我们先走了，小吴，好好照顾老徐、老汪，有事往连队打电话。"杨金环说完领着彭大诚、黄春雁和陈荣焦走出医院。

　　分手时，杨金环又嘱咐了彭大诚和黄春雁几句，让他们俩无论如何也要把种子的事情办好，随后就和陈荣焦赶车去了。黄春雁望着杨金环远去的背影，感慨地说："大姐真是个女强人，家里出了这么大的事，还像没事似的，该干什么还干什么。"

　　"是啊，"彭大诚也深有体会地说："我妈去世得早，打小时姐就关心我，还把我送到了县里念书，后来我考上了大学，她也没少帮我——这些我都和你说了。""是啊，"黄春雁用敬佩地说："跟她在一起干，总有一股使不完的劲儿。"黄春雁见彭大诚还在目送着杨金环，就拉了他一下，"走吧，去种子站。"

　　农场种子站在场部东南三公里的地方，等黄春雁和彭大诚走到哪儿再办完事情，返回来时，太阳已经落山了，半路上黄春雁突然问："彭老师，如果咱们能在这里建立一个水稻科研所就更好了。""哟，"彭大诚笑着回答："咱俩想到一块去了。"彭大诚瞧瞧黄春雁，黄春雁不好意思地笑了，并加快了脚步。

　　"春雁，"彭大诚说："我知道，你急着回去是惦记着文魁。""是啊，"黄春雁放慢了脚步："我担心会不会再惹出别的祸来。"

　　彭大诚瞧了瞧黄春雁，黄春雁也瞧瞧了彭大诚。彭大诚也放慢了脚步，说："文魁惹出这件事情以后，我觉得有几句话非和你说说不可，不然，我心里憋闷得慌。""彭老师，"黄春雁似乎知道他要说什么，笑着："我们之间彼此已经很坦诚了，你就说嘛——"

彭大诚犹豫了一下，又抿了一下嘴唇："从陈文魁惹这件事情看，我认为，你和他结为夫妻，生活在一起的必然性越来越不实际了。"黄春雁不解地瞧着彭大诚："为什么？"

"为什么？"彭大诚有些动情地说："还问我为什么，我为你，也是为我的学生，为我所钟爱的人着想，陈文魁的理智至今仍没达到正常人状态，你总不能和一个精神病人生活在一起吧。要是真的结合在一起，恐怕连后代都很难说怎么样！""彭老师，我很感激你，"黄春雁停下脚步，很认真地说："其实，我也这么想过，甚至曾经想过痛痛快快地答应你，可是一转念，又不行了，像是什么力量也扭转不了我似的，我自己都为自己感到奇怪，就是在这样矛盾中度过着一天又一天。"

"矛盾什么？"彭大诚说着向前快走了几步："希望你答应我，还是那句话，我们俩成家，包下照顾文魁的任务，这样，也给我姐姐减轻一份负担，"他过回头，"你看见了，为这事情，闹得他俩也是家不家，丈夫不丈夫，妻子不妻子的。""我知道，全知道。"黄春雁说着也向前紧走几步。

彭大诚抱住黄春雁："春雁，你就答应我吧。"黄春雁没有回答，只是默默地流下了眼泪。彭大诚松开怀里的黄春雁，用双手紧紧抓住她的两肩，乞求着说："春雁，你就答应我吧，我想象，我们俩要是结成一对，能创造出人间夫妻感情最甜蜜的故事。"黄春雁哭笑着看着彭大诚。

彭大诚着急地问："你说话呀！"黄春雁此时面对彭大诚能说些什么呢，但她还是说："彭老师，说实话，我曾被你感动过不止一次，甚至还有几次失眠，我不是没有考虑过答应你，可是——我就在这个说不清道不明的'可是'上，一次又一次卡壳了。"

"春雁，"彭大诚表情痛苦地说："今天我才懂得，真正的爱情是折磨自己，也是折磨别人……""难，太难了，"黄春雁流着泪，摇着头："我心里总是割舍不断当年和文魁那段真情……"她说着一下扑进彭大诚的怀里，失声痛哭起来。

第四十六章

　　轿车行驶到了连队地界，武解放让司机把疾驰的车速慢了下来。他抻抻腰，降下了车窗的玻璃，深深地吸了一口气，好一阵儿激动——蓝天、白云、田野，一切都那么令他感到清新和亲切，远方的那片白桦林也仿佛伸出绿色的手掌，欢迎着他拥抱着他……

　　"啊，又呼吸到了北大荒新鲜的空气了。"牛东方也把车窗打开，并把头探出了车窗外。"是呀，"武解放扭头，兴致勃勃地对身后的牛东方说："真甜啊！我们又回来了。"

　　"武总，你看——"牛东方突然发现了什么，用手指给武解放看："陈文魁！"武解放顺着牛东方指示的方向看去，只见陈文魁正倒背着手在稻田地边上游荡，他忙让司机把车停下。

　　武解放和牛东方同时推开车门走了下来，朝陈文魁走去。"文——魁——"快到跟前时，牛东方喊了一声。陈文魁听见有人叫他，机械似的转过身，表情漠然地问："干什么？"

　　"文魁，"武解放紧走两步，上前拍了一下陈文魁："知道我是谁吧？""你——"陈文魁瞧了瞧，又咧咧嘴："你不是'武二虎'嘛？不好好干活在这里游逛什么！"武解放和牛东方无可奈何地一笑。

　　"我呢？"牛东方凑上前，问："还认识我吗？"陈文魁仍是一副漠然的样子："你，谁不认识你，八连有名的'屁驴子'。"牛东方和武解放又笑了笑。

　　武解放笑着说："文魁，我们来看你来了，还给你带了好几套新衣服呢。""在哪呢？"陈文魁说完又问："有没有'蛤蟆头'烟？"

　　"有，都在车里。"武解放用手指指，拉着陈文魁的手向轿车走去。陈文魁听话地跟在后面，嘴里不停地嘟哝："走，看看去！还给我带什么好东西了……"

　　武解放和牛东方把陈文魁哄上车坐好，车又向连队驶去，一进连队门口，就见路两边彩旗飘扬，锣鼓喧天，满是欢迎的人群，还扯起了大幅标语：热烈欢迎老知青重返故里。

　　武解放和牛东方走下了轿车，锣鼓声更响了，陈文魁也走了下来。武解放和牛东方边向前走边向欢迎的人群招手，陈文魁跟在他俩身后也学着招手。

杨金环、李宝进等队领导一行忙上前与武解放和牛东方握手，杨金环拍了一下武解放的肩膀："出息了，出息了。"武解放笑着，又去和李宝进打招呼，见牛东方正和他抱在一起痛哭，武解放心里一酸，也扑上去抱住李宝进："兄弟，你受苦了……还把一条腿也扔在北大荒……"哥仨痛哭了一阵儿，又哈哈大笑起来。人群里也不知谁还喊了两声"二虎"、"屁驴子"，惹得老老少少都发出了会心的笑声。

"乡亲们都很想念你们呀。"杨金环拉着武解放和牛东方的手，"总算又把你们盼回来了。""大姐，"武解放激动地说："我们也想乡亲们呀，"他说着松开紧握着杨金环的手，向家属区里走去，"我做梦都想回来——走，到里面去看看。"

武解放走在前面，不时地回头向杨金环等人问这问那的，众人七嘴八舌地解答着，跟着他在家属区转了一圈儿，最后武解放把人群领到了杨金环家的柴禾垛前，"大姐，我往你家柴禾垛这里一站，心里仍然火辣辣的……"武解放故地重游，百感交集，他向众人讲述了那令他不堪回首的往事，然后对杨金环说："大姐，如果你当时要是举报了我，让他们把我抓起来，也就没有我武解放今天了，还说不定是什么样了！""举报？那是你大姐干的事儿嘛？"杨金环的脑海里也闪现着当年那让她提心吊胆的一幕，就笑着说："你这一说，我还能想起你当时那狼狈样，那慌得不可终日的心情！"

"我当时的心情你都能猜到啊？"武解放笑着瞧着杨金环。杨金环嘿嘿一笑："你当时对我是半信半疑，是在惊慌之中才求我当半路红娘的。那时你的心情应该是焦躁、害怕，害怕中又焦躁，两种心情一掺和，就成了七上八下，我猜得对不对……"

"大姐，你还真猜对了。"武解放也笑了起来，但他很快就收起笑容："那真是没有办法的办法呀！我还得感谢陈文魁，要不是当天晚上他把我送出去，我黑灯瞎火的，再说天还下着小雨，不被狼给掏了，也得迷了路赶不上车呀——文魁，文魁呢？"他说着，就在人群里找陈文魁，但没找到。"文魁呀，我知道在哪儿——我去叫他。"李宝进说着，就急忙走出人群，钻进轿车，让司机把车向白桦林驶去。

"喂，"杨金环心里想起丛娟娟，说忙问："看我忙乎的，把想要问的重要事儿都忘了，解放，你和娟娟怎么样了？"武解放没有马上回答，他停了停，说："怎么说呢，反正没少磕磕碰碰的，现在好了——重归于好了。"

"大姐，"牛东方见武解放犹犹豫豫说得太笼统，就接话说："你是不知道，经过这一段两人的交往，娟娟变得跟另一个人似的了，还是那么漂亮、聪明，为人处世也和谐多了……""得得……"武解放忙笑着打断牛东方的话："你可别乱夸了，别人不知道，大姐还不知道。"

牛东方没有理会，仍笑嘻嘻地说："娟娟可是大忙人了，先是去了台湾考察了一阵子，现在正在厦门一家台湾老板开的服装厂里学习呢，她一结业，就回来和武总结婚。""好啊，"杨金环一听，忙说："到时候可别忘了请我吃喜糖啊。"

"大姐，"武解放美得合不上嘴："何止是吃喜糖，到时啊我要把你请去当大号娘家人。"杨金环一愣，有些不明白地问："什么词儿呀？还大号娘家人？"

"大姐，你看，"武解放扳着手指头："娟娟的爸爸妈妈是小娘家人，你呢代表北大荒，当然是大娘家人了。"杨金环乐了："是这么回事儿。"

"大姐，"武解放却笑不起来，"刚才宝进可告诉我了，我们老指导员的事情你也别太上火了。"武解放见杨金环眼里闪过一丝忧虑，就歉意地说："你看，我们来得也不是时候，让你分心了……""解放，话可不能这么说，你什么时候回来，大姐都欢迎。"杨金环打断武解放的话，叹息了一声："哎！说不上火是假的，真不知该怎么对他。"

"大姐，"武解放也不知说啥是好："回头我们就去医院看看他——我们都很想他呢。""还是别去了，"杨金环清楚徐亮死要面子的脾气："他见了你们该不好意思了。"

"哎呀，"牛东方接话说："都过去这么多年了，大姐你怎么还这么想，徐指导员当时也是被杜金生给逼的，过去的事情就过去了。""大姐，"武解放说："东方说得对，应该是这样，"他想起黄春雁和彭大诚，就问："喂，大姐，彭老师和黄春雁什么时候回来？"

"他俩呀，"杨金环看了看手表："说不上正在路上，知道你们到了，他俩还不知怎么着急呢。"武解放脸上显露出兴奋的神情："太好了。"

杨金环也高兴地说："他俩这回回来推广寒地水稻高产技术，摊子铺得很大，走，我带你们看看他们的规划去——"她刚要领着众人走，就见轿车驶到眼前，然后停下，李宝进匆忙从车上下来，对众人说："陈文魁回来是回来了，却怎么也不愿坐车上这儿来，直接回家了。"

"那好啊，我们就去他家，顺便看看两位老人。"武解放走在前头，"走——"李宝进拐着条残腿紧走两步，在前头带路，领着众人朝知青宿舍走去。

陈文魁正坐在炕上抽着烟，观看墙上的一张《沙家浜》剧照，那是一张旧画，已经破损了。陈文魁见李宝进领着武解放和杨金环等一大帮人进来，他指着那张旧画，转身问："这是谁撕的？这么整，还能唱样板戏了吗？"

"能啊？"武解放上前顺着陈文魁的话说："怎么不能，你忘了，过去你不是经常唱吗？"陈文魁看着武解放："那你去把黄小亚叫来给我伴奏。"

"文魁，"杨金环知道黄小亚在家里照顾生意，这次没跟着来，怕别人饿着陈文魁，就接话说："不用黄小亚，小兰就行，"她转身问一直陪着的小兰，"是不是？""是，我也行。"小兰很激灵，马上就说："正好文艺队那些乐器还在女宿舍里呢，杨书记让我给保管着点儿。我这就去取来。"小兰转身走了。

"大姐，"武解放和陈文魁父母打过呼后，问杨金环："小兰返城手续办得怎么样了？""办利索了，"杨金环回答："就等着到县里换户口就回城了。"

"你小子是不是在骗我？"陈文魁问武解放说："小兰怎么还不来，是不是跑了？""怎么会呢。"武解放刚要解释，小兰拎着一把京胡气喘吁吁地跑进来，"看，没骗你吧。"陈文魁高兴地咧嘴笑笑："快拉起来。"

小兰往炕沿上一坐，拉起了《沙家浜》里《朝阳映在阳澄湖上》的曲子。陈文魁一听，兴奋地唱了起来：

> 那一天，同志们把话拉，
> 在一起议论你沙妈妈，
> 七嘴八舌不停口。

陈文魁唱到这里，杨金环按着唱段里的道白说："哟，这意见还不少呢。"

陈文魁接着唱："一个个伸出拇指把你夸！"宿舍里响起了一片热烈的掌声。杨金环又按着唱段里的道白说："我可没做什么。"

陈文魁接着唱：

> 你待呀同志，
> 亲如一家。
> 精心调理总不差，
> 缝补浆洗不停手，
> 一日三餐有鱼虾……

陈文魁的演唱引起大家又一次热烈的掌声，他也咧着嘴笑着跟着鼓起了掌。"解放啊，"陈李氏对武解放说："你都看见了，我要是带着文魁回滨城，我和你大叔俩还真伺候不了他了。""我看也是，"陈荣焦也说："多亏了杨书记和李队长为我们维修了这大宿舍，要不还真是个事儿。"

"大叔，大婶，"武解放笑着，"你们就安心在这儿住吧，我们心里都惦记着你们呢！"他转身又对杨金环说："我们这次回来，还有件重要的事情想和你商量……"

一块块水汪汪的稻田，在春天里的阳光照耀下，如同一面面反光的明镜，仿佛天上的太阳、云朵都掉进了水里。远远望去，那数不清的整地小型机车就好像耕耘在天上似的。杨金环领着武解放和牛东方等人来到地头，向正三人一伙，五人一撮地忙活着扣育秧大棚的职工家属打过招呼后，她指着《寒地水稻叶龄诊断技术增产规划》的示意宣传画，为武解放做了简明扼要的说明。然后她又总结性地说："这项增产技术，是从理论到实践反复论证操作，特别是大诚和小雁子的实践操作过程，又从实验室到省农科院实验田，这才来到咱们小兴安农场八队进行小面积试种，今年如果获得大面积丰收，明年就可以在我们整个北大荒推开了……"

"这么大个工程是需要很多人力的呀！"听完杨金环的介绍，武解放说："大姐，我们知青这一撤，可真是难为你们了。"杨丽环很理解武解放的心境，就说："你们要是不撤不返城也难为你们，更难为你们父母、兄弟姊妹和亲属。"

"大姐，"牛东方说："你总是这么善解人意，我和小亚、大江在家时常提起你，他俩忙得脱不开身，来时还特意嘱咐我和武总给你带好，让你忙完春播去呢。""好好！"杨金环连连点头，"一定去，一定去。"

"大姐，"武解放担心地问："知青空出那些技术岗位怎么办？""这不——"杨金环指指在一边指挥盖大棚的几个年轻人说："老一代垦荒人正在动员他们上大学、上中专的子女，连上高中的都回来了。"

"这么说，"武解放想起当年自己往家跑的事情来，就难为情地说："我们真不好意思了。""还有呢，"杨金环没有责怪武解放，继续说："除这以外，场劳资科已经批准我们队按需的人数招工了。"

这时，彭大诚和黄春雁朝这边走来，彭大诚老远就喊："解放——"武解放连忙迎头赶上去："彭老师，真没想到能这么快又在这里见到你了。"

"解放，"彭大诚握住武解放的手："我也没想到能在这里见到你。"黄春雁也赶上来，在一边笑着说："这不都见到了吗？"大家也跟着笑了。

"解放，"彭大诚问："这重返故里的心情是什么滋味呀？"武解放摇摇头："不是一种滋味呀，也不是两种滋味，多种滋味搅在一起了，说不出来，说不出来呀。"

"我觉得——"牛东方接话说："其实只有一种滋味，就在嘴边上。""哟！"杨金环好奇地问："说说看？"

"大姐，"牛东方看了一下众人，说："我们这些老知青对北大荒的开发建设做出了一些贡献，可是，呼啦又都走了，这里的闪失也是不小的。这种滋味就是虽然贡献在这里，欠情也在这里。""所以，这个情我们一定要还——"武解放接过话茬儿："我们在家都商量好，准备捐资 200 万，在这里建立寒地水稻科研所，盖房子、买科研设备，为这块曾养育过我们的土地贡献点力量。"

"太好了，"彭大诚激动地拉住武解放和牛东方的手："解放，东方，有了我和黄春雁研究的这增产小方子，再加上你们的大力支持，我们就能用科技来弥补缺少普通劳动力的闪失，一年就能补回三年五年的！"黄春雁也高兴地蹦起来："是这个账！"

"我们的小雁子，"牛东方开玩笑地问："你说的账是当年陈文魁的梦想你给实现了这个账吧？"黄春雁笑嘻嘻地打了牛东方一下："你这个'屁驴子'！还这么屁。"众人哈哈在笑起来。

"春雁，"武解放认真地对黄春雁说："刚才，我和东方还商量了，准备给陈文魁盖个像样点的小别墅。"黄春雁又高兴地一蹦："那我可得代表陈文魁和他的父母谢谢你们了！"

"我说——"牛东方又逗黄春雁："光代表他们，你不谢呀？"黄春雁伸手又要去打牛东方，牛东方一闪身，躲开了。

"大姐，"武解放看了看手表，问："按着我说的，我要请客，准备好了吗？""准备好了，你看——"杨金环用手指着下工往家走的职工和家属说："他们这不是都往家赶吗。"

武解放这时才注意到，太阳已经偏西了，燃烧起漫天云霞，辽阔的原野时下正是冰雪消融，冷暖空气对流的阳春季节，大地表层蒸腾着一层白色的雾气，似仙女手持白练翩翩起舞。远远望去，完达山脱去了白衣银甲，隐隐披上了一层青青的黛色，近看，那片白桦林被春风吹着树叶，就像吹糖人的艺人在吹树叶，眼瞧着膨胀……

"走吧，"杨金环见武解放看得入神，呆了一会儿才说："你们也得回去先歇歇了，开宴的时间也快到了。""啊！"武解放听到杨金环在叫自己，一愣神儿，然后笑着说："大姐，我真被这里给迷住了，你说当年我怎么没发现这里会这么美呢？"

"这呀，"杨金环一时还找不到解释的理由，"这得问你自己了，兴许你多呆几天，再多看看，了解了也就悟出来了。"她见轿车驶到了跟前，就说："这车坐不下咱们这些人，我和东方、小雁子几个先走，回头再让车来接你和大诚。""行，"武解放兴奋地说："正好我和彭老师还有话要说呢。"

见车走远了，彭大诚问："喂，解放，娟娟最近怎么样？""她呀！"武解放说："还是那个脾气，总是给小亚、东方他们来电话，让他们给我捎信，捎信时，还嘱咐他们不要告诉我——"

"咳，"彭大诚笑弯了腰："这个娟娟啊，这不是明摆着嘛，到时候要给你一个惊喜！""是啊，"武解放也笑着说："她在厦门台湾老板那家服装厂学得特别来劲儿，说咱们的服装由南向北转移时髦，太影响效益了，从今年夏天开始，有了新款直接做，和南方一起上市，她还说，她也知道怎么研究现在人的消费心理，正学着搞新款式创造呢！"

"看来，这回娟娟真要大干一场了。"彭大诚说完，瞧见车向他们驶来，就说："走，咱们迎上去。""彭老师，"武解放紧走几步，问："你还没说说你的情况呢？"

"我——"彭大诚知道武解放指的是什么，就搪塞说："我有什么情况，看那就是我的情况——"他说着指了指新建起来了一栋栋育秧大棚。"谁问你这个呀？"武解放哭笑不得地说："我来时，老太太可一再嘱咐我，让我给你捎个信，你要是在半年之内不把个人的事解决了，她可要拿我是问了……"

"那好说，"彭大诚坚信地说："我向你保证，很快就解决……走吧！"他笑着拉着武解放就上了车。

等他们赶到连队时，知青宿舍门前的篮球场上，早已席地摆好了一百多桌宴席，全队男女老少八人一伙，围着宴桌席地而坐。

"大伙，静一静，"杨金环站在临时搭起来的主席台上，兴高采烈地大声说："职工家属们、孩子们，今晚，是咱们队当年的老知青武解放、牛东方不远千里在这里设宴，来看望乡亲们来了。"她的话音未落，台下响起一片热烈的掌声。杨金环等掌声停息了，接着说："下面请老知青——北方现代服装公司老总武解放致祝酒辞。"

在一阵热烈的掌声中，武解放和牛东方走上前一步，向台下行了个鞠躬礼，然后武解放从杨金环手中接过酒杯，举了举，有些激动地说："我们的杨大姐，还有各位父老乡亲们，当年，我们从城里来北大荒的时候还小，不懂事，干活泡蘑菇，平常偷鸡摸鸭，没少给你们添麻烦，是你们把我们当成了孩子，当成孩子对待我们——培养了我们，教育了我们……"他哽咽着，眼泪就情不自禁地流了下来。

牛东方接过话说："保护着我们，关心着我们，才让我们得以成长，才有了今天，我俩代黄小亚和赵大江，不！代表所有来北大荒的知青们向当年关怀爱护我们的父老乡亲们鞠躬了——"台下又响起了一阵雷鸣般的掌声。武解放、牛东方又深深地向台下的众人鞠了三下躬。不知什么时候陈文魁跑上了台，学着武解放和牛东方，也向台下鞠起躬来，惹得大家一阵欢笑。

武解放和牛东方举着杯，走下台要挨桌敬酒，陈文魁瞧见了，也从餐桌上拿起了一个酒杯，然后笑嘻嘻地跟在后面，黄春雁上去要阻拦，被杨金环阻拦住："小雁子，文魁高兴着呢，让他去吧。"

"大姐——"黄春雁没等把话说完，两滴泪珠就顺着眼角滚落下来……

第四十七章

　　今年的秋天比往年来得早，秋霜像是从天上掉下来的，又像是从土里钻出来的，在人们不经意中，带着一种杀伤力，使田野里的庄稼顿失绿色而走向成熟。那水稻在眨眼之间变得青黄、金黄、褐黄了；而那片白桦林也变成了绿中有黄，黄中有紫，紫中有红，田野就变成了万花筒般的漂亮迷人。

　　杨金环和黄春雁跟着彭大诚走进一块金黄色的稻田，彭大诚掐一棵稻穗数了数粒儿，然后惊喜地说："你们看，一棵稻上有 21 片小穗，每穗上有 10 粒左右。看来，亩产千斤是没问题了。""是啊，又是个丰收年啊！"杨金环看了看有些疲惫的彭大诚和黄春雁，心里很不是滋味儿："这一年来，你俩可是没少挨累。"

　　"大姐，"黄春雁也瞧了瞧被晒得黑红的杨金环说："还说我们呢，你少说也得掉 10 斤肉。""除忙工作外，"彭大诚接过话说："姐也是让我姐夫，还有陈文魁给累的。"

　　"瞧你们说的，这功劳还都成我的了呢。"杨金环心里真是心疼彭大诚和黄春雁，没有他们俩风里雨里地跟着忙活，上哪儿有这样的好收成啊。

　　"姐，"彭大诚没忘这一阵儿杨金环和徐亮吵架的事儿，就劝说："我姐夫总和你那么急溜溜的，你心里就放宽一点儿。"见彭大诚又说起这事儿，杨金环心里不平静起来，赌气地说："要不是看他瘫了，他那些过分的事情，我就早好好和他掰扯掰扯了。"

　　"大姐，"黄春雁也为杨金环的处境难过，但她又不好别的，就说："你可够宽容的了，这是一般人做不到的。我想过，要是这么多事情摊到我身上，我可说不上什么样儿了。"

　　"你可别说，"杨金环苦笑着："我算领教了，你小雁子的城府和宽容劲儿比我可深多了。"彭大诚赞同地笑着说："有体会，有体会。"

　　"看你们姐俩，"黄春雁嗔怪地说："真看你们是一家人了，合起伙来向我进攻呀。对了，彭老师，大姐，今天是文魁的生日，又是文魁和他爸爸妈妈搬进武解放他们给盖的新居第一天起火，二位老人从好几天前就开始张罗请客，让我捎信儿，请你俩一定到场。""没问题，那是得去，"杨金环脑海里又闪现出徐亮的影子，就叮嘱说："不过，有一点，千万可别把这消息透露给我家老徐。"

"不能，"彭大诚嘻嘻笑着说："姐，那天姐夫一直和我嘟囔，怀疑你和陈文魁好。"杨金环一听，憋不住乐说："他总说我对陈文魁比对他好，我一说他精神有毛病，他就和我吵个没完没了。"

"大姐，"黄春雁说："你对陈文魁好倒是真好，可也不是老指导员那个意思呀，我心里明镜似的。说句良心话，文魁的病能恢复地这么好，可真是多亏了大姐你了。""小雁子，"杨金环开玩笑似的说："你要再不明镜似的，混混沌沌瞧不出人影来，那我可就跳进黄河也洗不清了。"

"大姐，"黄春雁嗔怪一句："你也开我的玩笑。"杨金环的脸上露出几天来难得的笑容："不说不笑不热闹嘛。""姐，"彭大诚还是担心地说："你千万别和我姐夫一样，让他随便说去吧，他已经这个样子了。"

"你们不想想，要是和他一样，还能到今天。"杨金环爽朗地说完，看看时间，"时候不早了，今天转得也差不多了，"她又对黄春雁说："你也得早点回去帮着忙活忙活，我呢，也早点给老徐做好饭，再说小凤也回来了，一家人总得团聚团聚呀！""姐，"彭大诚见时候还早，回去也没什么事，就说："你们俩先回云吧，我再到别的地号转一转，不看遍了我心里也没底。"

"大姐，"黄春雁见彭大诚皱了一下眉头，很伤感的样子，就说："你忙就先走吧，我陪彭老师再转转，等吃饭时我叫你……""我走了，"杨金环临走时说："你们俩也早点回去呀！"彭大诚和黄春雁答应着，又向另一块稻田走去。

杨金环大步流趔到家时，徐亮坐在轮椅上，正呆呆地等着她。杨金环歉意地一笑，没说什么，就忙活起饭菜来，很快就把饭菜做好了，她把一张小餐桌摆在徐亮面前，又摆上了饭菜，然后递过一双筷子，笑着说："老徐，今天做的都是你最愿意吃的，看——猪肉炖粉条，多吃点儿，就这点粉条了。"徐亮动筷前，说："你也一起吃。"

"好，"杨金环去了一趟厨房，端进两碗米饭，又拿来一双筷子，并搬了把椅子坐在了徐的对面："来，吃吧。"徐亮问："小凤不是说要回来吗？怎么还不回来？"

杨金环回答："我从地里回来时，碰上宝进了，他告诉我说，两个孩子坐送油车回来，他跟司机说好了，得晚点才能到。"她说完吃了口饭，"吃吧，锅里给他俩热着呢。"徐亮还是没有吃饭的意思："人家都说越富的人越抠，武解放这小子还真挺大方，为农场盖了一个研究所不说，还给陈文魁盖了那么好的小别墅，这回，锅里再不用给陈文魁热饭了，他可算是滚犊子了。"

杨金环心里说这又来了，本不想搭理他，又怕惹徐亮生气，就说："快吃吧，咱不提这些。"徐亮拿起筷子，瞅着杨金环："陈文魁搬新房，他们家没张罗请一顿呀？"

"不知道。"杨金环只顾低头吃饭，没再理徐亮的话茬儿。但徐亮还是说："他们要是张罗，你可不准去呀，他陈文魁的病好得差不多了，咱们也够意思了。"

"老徐，"杨金环吃口饭，岔开话："你细嚼嚼，这米饭又劲道又香，我看，国内大米没有比的。"徐亮知道杨金环有意搪塞，一拍桌子："我说正事儿呢。"

"你说吧。"杨金环不温不火地说："我听着呢。"徐亮瞪着小眼睛："要不是陈文魁这小子作恶，我会这样吗，我不和他算账就算仁义了，你再和他们近乎，那就是熊我了？"

"老徐，"杨金环极力控制着自己的情绪，用商量的口吻说："快吃饭吧，别唠叨了。""我唠叨，你不愿意听是不是？"徐亮更火了："你丈夫吃这么大亏还不让我说是不是，我只要有口气就得说！"

杨金环笑了笑："好，你说，你说了得多吃饭呀，别一说就吃不下饭去。""我可提醒你，"徐亮用手向后脑勺儿挠了挠头："我看陈文魁那小子不是什么好东西，他总用斜眼瞧你。"

见徐亮仍是用怒视的眼神看着自己，杨金环解释说："他的病还没全好，瞧人就那个样——"杨金环说着看了看手表，"老徐呀，以后可别这么说了，没影儿的事儿。你这么乱说一气，传出去让人家笑话！"听杨金环这么说，徐亮的脸色多少有了点好模样，又拿起筷子："反正你得小心他点儿。"他吃了口饭，瞧见杨金环又在看表，就又发起了火来，"看表干什么？有事儿呀？"

杨金环正在着急不知如何脱身的时候，黄春雁推门走了进来，其实她在门外听了半天了，几次想走开，几次要停下来，她见是火候了，不能再犹豫了，就故作潇洒地进了屋，向徐亮打招呼："老指导员，吃饭呢。"没等徐亮出声，杨金环抢话说："哟，小雁子，来吃点儿吧。"

"不了。"黄春雁说着冲杨金环使了个眼色，坐在了炕头边上。"你来了，"徐亮不冷不热地问，算是打了招呼，然后又说："我正要找你呢。"

"指导员，"黄春雁忙笑着问："找我有事儿？"徐亮瞧着黄春雁："当然了，没事儿找你干啥。"

"什么事？"黄春雁并不在意徐亮对自己的态度，仍笑着："你说。"杨金环忙接话提醒徐亮："你可别说没用的。""我说的话都有用。"

徐亮不是好眼色地瞧了杨金环一眼，扭头对黄春雁说："小雁子，你得一心一意伺候陈文魁，别吃着碗里的还巴眼瞧着锅里的。"黄春雁听出徐亮这是话里有话，故意装糊涂地一笑，"指导员，听你的。"然后她扭脸对杨金环说："大姐，彭老师说要向您汇报一下明年种子田的事情。"

徐亮不等杨金环说话，就说："那就让他到家里来汇报吧。"黄春雁机灵地回答："还要到地里实际看看留哪几块地当种子。晚了就天黑，看不清了。"

"走。"杨金环吃完最后一口饭，放下碗筷，站起身。徐亮一见，忙皱着眉头，说："吃完了再走呀。"

"吃饱了。"杨金环说着，跟着黄春雁就走了。徐亮瞪着眼睛，转动着轮椅追到了门口一瞧，杨金环和黄春雁已经没影了。

陈李氏做好饭菜，又把饭菜端上来在饭桌上摆好，见要请的客人一个也没到，就坐在沙发上和老头子唠起了嗑："我说老陈呀，这几天我觉得心里特别宽敞。""我也是，"陈荣焦满脸笑容地从屋角的立柜里拿出一瓶好酒放在了饭桌上："真不知该怎么感谢周围这些好人。"

"就是呀，"陈李氏说："虽说咱文魁得了这病，可咱遇到这么多好人，他杨大姐，武解放和春雁就不用说了，像黄小亚、赵大江、牛东方，还有汪青山、李宝进……"陈荣焦也坐在了沙发上："说起春雁，我正有事儿想和你商量商量呢。"

"是不是咱文魁和春雁的事儿？"陈李氏见老头子点着头，就急着说："我也正想和你商量商量，看这样子，春雁还有要咱文魁的意思。""是呀！"陈荣焦说："看看怎么能透透春雁的底儿，要是她有那个意思，就让他俩登记，把事儿办了，文魁的病还能更好些。"

"这话该怎么说呀，"陈李氏犯起愁来："是咱俩说，还是让别人去说……"陈荣焦也担心地说："我也想过，又怕说砸了，春雁是个很有心机的姑娘，要是有那个意思应该会提出来的……就等等再说吧。"

"是啊，"陈李氏也担心这一点："就是怕一提，春雁再吞吞吐吐地不回答，可就难为情了。"陈荣焦说："现在咱就是闹不准春雁是好人心肠就这么待人接物，还是真恋着咱文魁。"

"就是呀，"陈李氏从心里替儿子的婚事着急："要是文魁好好的那就没啥说了，唉——"老两口正唠着，杨金环和黄春雁走进来，陈李氏迎上前："他大姐，我知道你今天忙，可再忙也得来呀，要不，文魁又该耍驴了。"

"大婶，"杨金环笑着："这么大事儿，再怎么忙也得来呀——你说是不是。"陈文魁听到杨金环的声音，从卧室里出来，对着杨金环直笑，并竖起大拇指。杨金环也竖起大拇指："你也棒！"陈文魁笑了。

"大婶，"黄春雁没见彭大诚的影子："彭老师没来？""没有，"陈李氏着急的样子："是不是又有重要的事儿了？"

"你走了，他就让我回来了，"黄春雁对杨金环说："他答应了——等一会儿不来，我去找他。""小雁子，"杨金环刚坐下就又站起来："你帮大婶大叔忙活忙活吧，我去。"她转身就出了门。

"快回来。"陈文魁追到门口，目送着杨金环。"知道了。"杨金环回头笑了笑，忙朝稻田地走去。

彭大诚正顺着池埂子往回走着，突然他又站住了，掐腰向远方望了望，又走进一块稻田，然后蹲下来。杨金环快步走过来，笑着对正观察水稻的彭大诚说："大诚，不是说好了嘛，咱们到陈文魁家吃饭吗？忘了吧？"

"没有，"彭大诚苦笑着："姐，论理，陈文魁的病好多了，又有了那么好的房子，我该高兴才是，可我刚才一走到门口，脚步就发沉，就身不由己地又上这儿来了。"他说完，自己都感到有点可笑。

"我现在理解你了。"杨金环说："大诚，实践看，小雁子确实是个好姑娘，你和她的心思我都明白了，现在看，你就割舍了和小雁子的心思吧。""姐，"彭大诚很痛苦，也很无奈地摇摇头："不知为什么，我就是割舍不掉。"

"大诚，"杨金环不想再说什么，但她还是说："还是横下心吧，否则，你们都痛苦。"她停了停，瞧着彭大诚，见他没有说什么，就接着又说："场生产科有个好姑娘，她知道你，我托人给你俩介绍介绍，这两三天内就安排你俩见见面。"

"我知道那位姑娘。"彭大诚站起来，上了田埂："不错，长得很漂亮，听人说，人品也好。"杨金环高兴地问："有人给你们介绍过了？"

彭大诚点点头："可是，我没心思。"他说着低着头开始向连队走了。"大诚呀，"杨金环跟在后，急切地说："我对你这事呀，脾气都发不出来了，你让我怎么好呢，你都多大了。"

"姐，"彭大诚沉默走了几步，然后停下来，笑着说："你放心，我是要抓紧考虑了，想法年内解决，"他又把目光转向稻田，"今年咱们一起把种子田留好，明年进一步扩大种植面积。"他用手指着前面的一块稻田，"最好是这200亩。"杨金环有些生气地说："先不说这个，说说你的事儿。"

"姐，你放心。"见杨金环生起气来，彭大诚忙跟在杨金环的后面，笑嘻嘻地说："等收完这些种子田，我和黄春雁看看质量怎么样，抽样试验一下，再把江那边准备明年要开发的那片撂荒地规划一下。我就办好这件事还不行吗？"

"这还差不多。"杨金环点点头。彭大诚这些天来心情一直很沉重，现在让杨金环一顿说，一下好多了，他说："我想测量一下与江边引水的地势坡度，看看能不能直流灌溉，要是能的话，那可太棒了。"

杨金环此时没有心思研究这些，她真的有点生彭大诚的气。"姐，"彭大诚不管杨金环听不听："这些任务完成了，我的计划也就完成了，到时候我建议黄春雁留下，你们最好任她个科研所所长，等我一回城里，就抓紧考虑我的个人问题。"他说得确实是心里话，这些天来，彭大诚把和黄春雁的事情认认真真地思考了一番。他觉得确实到了该分手的时候了。

杨金环停下来，严肃地问："说话算数——"她见彭大诚点了头，就笑了，"你提的建议，我向场领导一汇报，场领导还乐不得的呢。""要是那样，我就回去了。"彭大诚也笑了，马上表态说："我考虑，解决个人的婚姻问题，还是在城里方便，请姐姐放心，只要我点头，对象并不难找。"

"大诚，"杨金环高兴得加快了步伐："你这么说，我就放心了，快走，去文魁家吧，要不面子不好看。""走，"彭大诚说着，人已经走到了杨金环的前面。

参加陈文魁生日晚饭的客人，除了队长李宝进因去场部准备秋收物资坐送油车去场部外，其他人都到齐了，餐桌旁围坐着陈荣焦夫妇、陈文魁、黄春雁、杨金环和彭大诚，还有汪青山。

陈文魁慢悠儿地夹起菜站起来，隔着陈荣焦放在杨金环的盘子里："大姐，吃吧。"杨金环高兴地一拍手："谢谢文魁。"

"雁子，吃吧——"陈文魁又夹一筷子递给黄春雁，黄春雁用盘子接住，她也鼓了两掌："谢谢。"大家见陈文魁病好到这种程度，都高兴地鼓起了掌。

"文魁，"等陈文魁坐下，彭大诚举起酒杯："感谢你在寒地水稻增产技术上的贡献，祝你生日快乐。"大家一起举杯朝陈文魁碰去。

杨金环喝了一小口，刚放下酒杯，就见门被推开，小凤一探头拔腿就跑。"小凤，回来。"杨金环追出去叫住小凤问："怎么一推门就走呢？"

小凤说："爸爸让我来看看你在不在这儿，说要是在，让我马上回去告诉他一声。"黄春雁也跑过来，一听，忙说："小凤，不能和你爸爸说你妈妈在这里。"

杨金环沉思一下，叹口气："小雁子，她说就说吧。我总这样迁就他也不行，总不能为了他的歪理邪说就影响正常的关心同志和人际交往。"小凤瞪大眼睛听着，并不明白什么意思："妈妈，我走了。"小凤走了，杨金环和黄春雁又回到了原来的座位上。

"文魁，"彭大诚说："武解放捐赠款建的科研所已经落成，试验仪器也购置全了。过几天举行落成典礼，你参加不？"陈文魁咧嘴一笑："我哪能不参加呢？"

"不过，"彭大诚停了停，瞧陈文魁没有什么过激地反应，一幅很严肃的样子，就说："你要参加我有个要求。"陈文魁仍当真地问："什么要求？"

彭大诚试着问："得把——你的旧衣服——脱了，换上武解放给你的西服。""不行！"陈文魁说得很坚决，还摇了摇头。

"文魁，"杨金环用哄小孩子似的口气说："不行就不让你参加。"陈文魁一听，呼地站起来："敢？！"

"文魁，"黄春雁一见陈文魁生起气来，忙拉着他的手："坐下，完了再说。""嘻！"陈荣焦无奈地叹息着说："商量多少次了，就是舍不得他这几套旧衣服。"

"都别说了，"陈文魁站起来："再说我不吃了，那可是革命战士的衣服能不穿嘛，西服算什么东西呀！""好，快坐下吧！"汪青山怕再戗着陈文魁，忙从兜里掏出烟口袋，乐呵呵地递了过去："文魁，卷一支……"

大家互相看了一眼，就都不作声地吃起来，这时小凤又推门进来，冲着杨金环就说："妈，你快回去吧，我爸他都急眼了，非让我叫你回去不可……""这个老徐啊，上来脾气就像是小孩子似的。"杨金环笑着站起来向众人歉意地说："今天是高兴的日子，别让我扫了大家的兴啊，我先回去看看……"

"姐，"彭大诚把杨金环送到门口问："用不用我陪你回去？""不用不用，你替我把他们陪好。"杨金环见大家都走过来送自己，忙说："快回去吃饭……"她说着把众人推回屋，随后关上门，匆忙搀着小凤。

杨金环跟着小凤脚前脚后地进了家门，就感到气氛不对劲儿，满屋子的烟味，一地的烟头儿，徐亮正鼓着腮帮子，瞪圆了眼睛看着她。杨金环装着没瞧见，催促小凤躺下后，又拿起笤帚打扫起地上的烟头儿。

"杨金环，"徐亮火冒三丈，拍着轮椅的扶手大声嚷道："亏你还是书记，撒谎了屁的，你干脆和那个疯子过得了呗！还回来干什么？""老徐，"杨金环气得眼泪直在眼睑中打转："你说的这是什么话？"她忍着不让眼泪流下来，把扫在一起的烟头儿用锹撮着扔到门角的垃圾筐里。

"我问你，"徐亮的小眼睛瞪得又圆又亮，指着杨金环："你为什么撒谎，有什么见不得人的？"面对徐亮的质问，杨金环一时束手无策："撒谎是为你好。"

"你少给我玩花的，"徐亮仍是不依不饶的："我怎么没听说过呢，对那个疯子你仇将恩报，我不让你去，你骗我，还成了对我好，"他又拍了拍轮椅的扶手，提高嗓音，"姓杨的，你太拿我不识数了！"

听见父母的争吵声，睡在炕头的小凤动了动身子，用被捂住头又睡了。杨金环瞧瞧小凤，放低声音："老徐，咱们是领导，是党员，陈文魁的事情我已经和你交涉多少次了，你就是不转弯子，这人，不能太狭隘了！"徐亮正在气头上，哪里肯让："我狭隘，你高尚，你和陈文魁过去吧。"

"徐亮，"杨金环被徐亮的胡搅蛮缠气得浑身直哆嗦："你——你混，你太混了！""好，我混，我混，"徐亮也气得不知说啥是好了，他颤抖着说完，又怒气冲天地一挥手："你走，你给我走——别和我这混人在一起！"他猛一起身，轮椅一晃，徐亮连同轮椅扑通一声歪倒了。

"妈，爸，"小凤醒了，掀开被，猛地坐起来："你们别吵了，别吵了。还让不让人消停一会儿了……""小凤，快睡觉吧，妈妈不吵了，不吵了。"杨金环擦擦眼泪，抽泣着，哈腰扶起徐亮。

小凤又睡了。杨金环好不容易才把徐亮弄上炕，然后去厨房点着火，烧了一锅水，等屋里的温度上来了，她从锅里舀出了一盆热水，端进里屋，又拿起毛巾为徐亮擦身子。徐亮嘴一撇："我不用——你走——"

"嘿嘿！"杨金环强装笑脸地说："你别说混话行不行，走，我往哪么走呀。"徐亮尽管撇着嘴，又在气头上，但他还是顺从地让杨金环为他脱掉上衣、裤子……

第四十八章

"春雁，你等等，"黄春雁刚要出门，被陈李氏追上叫住："解放给文魁的衣服包里，还有两件上衣，写着名字，有你一件，还有杨书记一件，你给捎着吧。"黄春雁转身接过衣服，从衣兜里取出一张小纸条，她一看落款，高兴地说："娟娟——是娟娟自己设计的。"

"噢，"陈李氏打量着黄春雁手中的衣服："是娟娟送的呀，真漂亮！"黄春雁也很喜欢地一抖衣服，在身上比量比量。陈李氏又说："春雁，穿上试试。"

黄春雁穿上，照着镜子，一转身："大婶，是挺漂亮，我早就说娟娟聪明过人。""可不是，她将来一定有出息。"陈李氏说着，听见厨房有响声，忙跑过去一瞧，见陈文魁正用水瓢喝凉水，就嚷："文魁——"陈文魁像没听见，仍不吱声地扬脖儿喝水。

"文魁，"陈李氏上前一把夺过水瓢："我不是告诉过你吗，以后不要用瓢喝凉水嘛，客厅里有给你凉好的白开水。"陈文魁平静地说："我不知道呀！"

"什么不知道？"陈李氏有些愠怒地说："我告诉你好几遍了。"陈文魁咧了咧嘴，笑着跟陈李氏走了出来，见黄春雁站在镜前端详着身上的新衣服。陈文魁走上去扯扯黄春雁的衣襟，用鼻子闻了闻，然后竖起大拇指："好，好啊！"

"看就好好看，"陈李氏拽一把陈文魁说："怎么还闻呢？"陈文魁嘿嘿地傻笑了两声，黄春雁瞧了瞧他，然后说："文魁，在家帮着多干点活儿，我走了。"她夹起那件给杨金环的新衣服和自己换下来的衣服，又对陈李氏说："大婶，我走了。"

听说黄春雁要走了，陈荣焦也从里屋出来，和陈李氏一直把她送了好远，才返回屋里。陈文魁站在门口，等陈荣焦和陈李氏走到跟前，问："雁子穿着新衣服要到哪去儿呀？"陈李氏笑笑，没有马上告诉他，陈文魁就跟在后面，屋里屋外地打听。陈李氏只好如实地说："去场部讲水稻课去了。"

"混蛋，"陈文魁生硬地骂了一句，然后向四处张望着："怎么不告诉我一声。"他说着就要出门。陈荣焦追出来，拉住陈文魁问："你这是要上那儿去呀？"

"她那两下子能赶上我吗？"陈文魁还是固执地向外走，"我找找她去！"陈荣焦没有松手，跟着他快走了几步："你到哪儿找去呀，她去场部了。"

陈文魁迟疑了一下，停下来："那我出去溜达溜达。"陈荣焦放开手，大声嘱咐："可别走远了。"陈李氏也跟了上来，瞧着陈文魁的背影，无奈地摇了摇头。

陈李氏一步三回地和老头子进了屋，她坐沙发上问陈荣焦："老陈，昨天夜里我没睡着。"陈荣焦也坐在沙发上："还说呢，我也是。"

陈李氏心里很堵疼地说："不说吧，心里老是痒痒巴拉的，说吧，又没法开口。"陈荣焦看了看老伴儿："就是说了，也让人家春雁难为情。"

"就是啊，"陈李氏说："以人心比自心，要是咱家的姑娘嫁给一个还没好利索的病人，就是过去感情再好，心里也不是滋味。"陈荣焦说："我看文魁倒雁子雁子的总是不离嘴，一见不到就找，不过，还没有结婚这个意识。"

"老陈，"陈李氏看着陈荣焦说："他们不能总这样下去了，我想了个办法，你说这样行不行？"陈荣焦没有说什么，静静地看着老伴儿。陈李氏说："彭老师对春雁爱慕得不得了，春雁对彭老师也不错，这谁都看得出来，要不咱们这样——认春雁一个干姑娘，让他们成亲，咱们在一起过，既照顾了文魁，又成全了他俩。"

"呵，老伴，"陈荣焦笑了："真是不是一家人不进一家门呀，咱俩想到一块去了。"陈李氏惊讶地问："你也这样想过。"

"是，"陈荣焦说："这两天晚上我睡不着就这么想，左想右想，怕说出来你不同意，就惦记着怎么和你说，这一想，就更睡不着了。""老陈呀，"陈李氏也笑了："看来，咱老两口子可真是同床同梦，我没考虑说出来你不同意，我是担心文魁这孩子又懂又不懂的，怕他再犯病闹起来。"

陈荣焦说："这些日子，我观察了，问题不大，文魁没这种结婚的意识，还是过去脑子里留下的东西，只是喜欢春雁，咱们不能耽误人家春雁一辈子呀。"

"说的就是呢，"陈李氏接话说："你要是有这个把握，干脆就把咱们的意思捅开，我看，你先和彭老师商量商量。""好。"陈荣焦说着就站起来："正好春雁这两天总去场部讲课，文魁溜溜达达的也不惹什么祸，我现在就去找彭老师……"

正是大上午的时候，人们都在地里忙活着，秋阳还是像盛夏里的日头一样，明晃晃的，大街上见不着几个人影，陈荣焦急步向连部走去，他想趁没人时候能单独和彭大诚谈一会儿，这一段日子，彭大诚忙得没黑没白的，眼看着就要开镰了，不说这心里一直压抑着。

彭大诚正在办公室里用天平称一小堆一小堆的稻粒儿，听见门响，转身瞧见陈荣焦站在门口。"大叔，快进来。"彭大诚高兴地上前把陈荣焦让到椅子上坐下，说："嘀，千粒重比我和黄春雁估计的还要理想多了，这样看，亩产可达到1200斤左右。"

"这样好，好！彭老师——"陈荣焦回答着，连站起来，嘴嚅动了两下，想说什么，又不知从哪儿说起。"大叔，"彭大诚从陈荣焦进屋时的表情中，就看出了他找他是有话要说，彭大诚也感觉出他要说的内容，就笑着说："你有话就别搁在心里憋着了，说出来吧！"

"彭老师，"陈荣焦一听，这嘴就更张不开了，他在彭大诚的再三催促下，只好把和老伴的商量的事向彭大诚学了一遍。"大叔，"彭大诚不等陈荣焦把话学完，就笑着打断说："我喜欢春雁不假，不过，那可不行，青年人之间即使有了爱恋的对象，你爱我，我也爱你，由于种种原因可能和另一个闯进生活里的人又有了爱恋感，这种爱不能再由别人给乱配，因为爱是有那么一条要遵循的心迹的轨道的，春雁已经深深地走进这条轨道了，那是无论如何不能出辙的。"

"彭老师，"陈荣焦不安地说："就文魁这个样，我们老两口子都觉得不能结婚，我们不能耽误人家春雁一辈子呀，你要是觉得行，这话由我们老俩口子去开口和她说。""大叔，"彭大诚也有些不安地说："你们二老就不必操心了，还是顺其自然的事情好。"

"唉，"陈荣焦叹口气："也不知怎么搞的，好日子总觉得过得不舒服啊。"彭大诚走过来，安慰着陈荣焦说："大叔，我已经理解了，文魁和春雁的爱情是有沉重代价的，应该是永恒的，我们应该支持他们，支持了这沉重的东西，也就支持了有代价的东西，慢慢就会觉得舒服的了。"

"彭老师，"陈荣焦激动地不知说什么是好了，"你太好了，周围的这些人也太好了。"他是流着眼泪把话说完的。彭大诚也很受感动，抓住陈荣焦的手："大叔，别激动——"

太阳快落山的时候，队区开始热闹起来，下工的人们仨仨俩俩地从四面八方往回来，陈文魁却向外走去，他今天不知走了几趟，当他再次来到路口时，就见黄春雁拎着兜子从大客车上下来，然后朝连队走来。

陈文魁迎上去："你干什么去了，我到处找你。"黄春雁赶紧赔着笑脸说："我去场部讲水稻课去了。"

陈文魁有些不高兴地说："显着你了，我还没去呢，快走，陪我去，我可等你老半天了。"他说着迈步就往回走。

"文魁，"黄春雁拎着东西跑两步追上，问："到哪儿去呀？""别装了，快走！"陈文魁说着上去接过黄春雁手里的拎兜，然后朝白桦林走去。

黄春雁不得已地随其走着，走了一段，她说："文魁，咱们先回家吧，吃完饭再出来。"陈文魁不假思索地说："食堂才刚刚开饭，黄小亚能给我买出来。"

黄春雁瞧瞧陈文魁，难过地站了一会儿，又痛苦地低着头随他往前走，不一会儿就来到了那棵白桦树下。陈文魁放下拎兜，靠树坐下，一咧嘴："来，坐呀。"

黄春雁瞧着那片被割掉树皮的地方，用手轻轻摸了摸，眼泪止不住簌簌滴了下来，猛抱住陈文魁："文魁——你的病快好吧，快好吧……"她痛哭起来。"你看你——，"陈文魁无动于衷："我不是好了嘛，这不好好的嘛，松开我，让我卷一支'蛤蟆头'烟抽……"

第二天快中午的时候，杨金环穿着从娟娟捎来的碎花上衣，正在院子里往晾绳上晾衣服。陈文魁不知在哪里溜达够了，大摇大摆地从门前路过，他往院里一瞧，发现了碎花衣服，就进了院儿，呼地上去捂住了杨金环的眼睛，咧嘴便喊："小——雁——子——我可找到你了。""文魁，"杨金环用手扒开陈文魁的手，闪到一边，哭笑不得地说："你认错了，我是你大姐。"陈文魁像是没听见似的，依旧上前去抓杨金环的上衣。

徐亮坐在轮椅上刚要出门，正好看到这一切，便大声地哭道："啊？陈文魁——你他妈的不是人，欺负人还欺负到家来了——老子和你拼了！"他说着顺手就抄起了一把扫帚，就要打陈文魁。陈文魁见徐亮拎起了扫帚，没有迟疑也顺手拣起了一把铁锹举起来，杨金环心里一惊，忙上前抱住了陈文魁："老徐，快进屋。"

徐亮见势不好，忙倒摇车把返回屋里，随后关上了门，又上了锁，后怕得直哆嗦。见徐亮进了屋，杨金环这才松开了口气，放开了手，"文魁，以后不准再动手。"陈文魁听话地放下了铁锹，然后憨笑地说："你以为我真打呀，我吓唬吓唬他。"

杨金环知道自己的衣服和黄春雁的一样，都是从娟娟捎来的，陈文魁一定是认衣服不认人，把自己当成了黄春雁，就乐着说："文魁，你搞错了！"陈文魁嘿嘿地一阵傻笑，又用手拽拽杨金环的衣服："小雁子——"

徐亮躲进屋里，着实是吓了一身冷汗，不敢在出去了，就透过玻璃往外瞧，他见陈文魁无所顾忌地又在和杨金环拉拉扯扯的，推开窗户冲着陈文魁便骂："他妈，精神病什么精神病，我进了屋还在发贱呢。"陈文魁闻声，又拿起铁锹冲着徐亮比画了两下，吓得徐亮赶忙又把窗户关上。"文魁，"杨金环怕陈文魁压不住火，就上前抢过铁锹，笑嘻嘻地向院推着陈文魁："我该上班了，你也快回家吧，我送你？"

"他老是和我过不去，"陈文魁被杨金环哄着出了院门，他回头说："总拿我当小孩呢！"他说着大摇大摆地走了。徐亮见陈文魁走了，又来了虎劲儿，他拉开门闩，冲着杨金环嚷："杨金环，跟陈文魁走吧，给我滚，从今以后你再也不准进我这个家！"他一边骂着，一边往外扔杨金环的衣服和鞋，最后还把被褥都扔了出来。

"老徐，"杨金环想上前去阻止，怎奈徐亮扔得杨金环靠不上前，进不了屋，只好站在一边眼睁睁地瞧着徐亮扔完后，"咣"地关上门，又上了锁，气得她欲哭无泪。

这时，彭大诚和黄春雁从地里回来，正好路过门口，看见杨金环正捡那些被徐亮扔出的衣物，然后一件件放在门口，彭大诚就紧走两步，上前问："姐，怎么了？""这不，"杨金环指了指屋门，气呼呼地说："你姐夫又要驴了，不让我在家里住了。"

"大姐，"黄春雁赶上前，扯起杨金环的胳膊，心里多少有了点数，但还是忍不住地问："又是为什么？"杨金环一脸无奈地说："和他还用得着为什么呀？"

彭大诚把杨金环收拾起来的东西用床单包好，看了一眼紧闭着的门，问杨金环："是不是又是因为陈文魁？"见杨金环点了一下头，他接着说："我姐夫是挺窝囊的，这几年，指导员被撤，又摔成了这个样子——可是细想一想，也怨不着别人多少，你在他面前是妻子，也是支部书记，你得让他思过，知道为什么会这样，不能一味怨别人！你不能太惯着他了！"

徐亮一直在里屋向外边看呢，他打开窗户，用手指着彭大诚骂："彭大诚，你乱帮什么腔儿，你给我滚蛋！我告诉你，从今天起，你小子别再登我家的门！""老指导员，"黄春雁气不过，就说："我认识的人中，再没有比过我大姐的女人了，你不能这样！"

"啊？"徐亮正在火头上，见黄春雁上来帮腔儿，又冲着黄春雁骂道："黄春雁，你算干什么吃的！也给我滚一边去！""雁子，大诚，"杨金环见黄春雁被徐亮骂得直哭，就劝说："他说他的，你们千万别和他一样！"

黄春雁抽泣着，抱起地上的行李："大姐，走，到我那儿住去。""对，"彭大诚也帮着抱起衣服，瞪了徐亮一眼，扭头对杨金环说："姐，不让你进屋不就是不过了，要离婚吗？离，忙上办手续，和他遭这罪呢！"

"离就离，"徐亮扒着窗台，伸脖儿喊道："我早就不想受这王八气了！"杨金环刚要迈步，又停下，对彭大诚和黄春雁说："你们瞧瞧，他有多混！成心跟你瞎搅和。"

"走，咱不理他，让他喊去吧！"彭大诚说着抱走衣服包走在前头，黄春雁抱着被褥拉着杨金环朝队部走去。来到队部黄春雁的宿舍，黄春雁把行李往床上一扔："大姐，大家都敬佩你，可我今天要说，你还不是一个真正叫人敬佩的女性。"

"小雁子，"杨金环见黄春雁也在气头上，知道她不会出什么好听的话来，就说："行了，行了。""什么行了，行了，"但黄春雁还是说："你在连队是个顶呱呱的书记，在社会上是个受人称赞的好人，可是，在家里竟让丈夫欺负到了这个程度，甚至已经达到了忍气吞声的地步，这怎么行？"

彭大诚不好说什么，就站在一边瞧着两人，杨金环倒显得很平静："你说，摊上了这样的混男人，我还能和他去吵？去离婚？"黄春雁什么也不顾地说："问题是他不知道自己在犯混，拿着不是当理说，你得和他斗！"

"斗？小雁子，"杨金环也没了主意，"你说摊上这样的，怎么个斗法吧？"她不等黄春雁回答，又说："我总是想，我好歹不济是个支部书记，打打闹闹的让人家笑话呀。""哎呀，"黄春雁一听破涕为笑地说："我看那这样反倒更让人家笑话，我说'斗'不是说让你和他硬碰硬地去吵，去干仗，你要心平气和地坐下来和他讲道理，慢慢地掰扯掰扯。"

"你想得太天真了，"彭大诚觉着有些话不说出来，心里憋屈，便接话说："我姐夫心里一直有一股无名火，对谁都看着不顺眼，要想和他理论清楚，可不是个简单的事。"杨金环也说："这些年我算品透了，小雁子，你是不知道，掰扯不动，他是个不见棺材不落泪的人，你比如说当年那个杜金生，大伙那么说，他还是认准他的那个理儿，直到杜金生被绑上刑场了，他才认账杜金生是个非常可恶的家伙！"

"这样，"黄春雁沉思了一下，气愤地说："哪天咱们在一起好好研究研究，看看怎么样才能把他教训过来。"杨金环笑了笑，又停了停："恐怕很难。"

"难也得'斗'，"黄春雁不信邪地说完，瞧着彭大诚说："要不，你这样下去，我们都受不了。"彭大诚一乐，开玩笑似的说："那就看你的了，我是没着了。"

"哎，"杨金环也没有办法，只好说："习惯了。"她瞧见彭大诚和黄春雁都不声不响地看着自己，就岔开话，"咱们也别说这些没用的，干磨牙了，还是谈正经事吧。""大姐，"黄春雁还是不解气地说："你心可真宽，这么大事都不往心里去。"

杨金环笑了两声，然后说："咱们的科研所落成了，过几天就要剪彩，还得把武解放他们给请回来，场长可说了，这回一定要好好招待招待。"杨金环看看手表，"还不到中午，你们俩先去一趟科研所，看看还有什么问题没有，我和宝进商量过了，下午开班子会，研究一下科研所剪彩的事儿，趁着秋收之前咱们把这事办了。""行，"彭大诚担心地问："那你呢？"

"我在家安排饭。"杨金环说着就要走。"大姐，"黄春雁拦住说："就和我们一起在小厨上吃吧。"

"你以为我还能吃下去呀——气都气饱了。"杨金环走出门时说："老徐，他……""哎呀！"黄春雁跟上去拉住杨金环："饿一顿饿不坏，都是让你给惯的！"杨金环笑着向前走去，进了队部把头一间临时小厨房。

黄春雁无奈地跟着彭大诚出了队部，然后朝新盖的水稻科研所小楼走去。远远望去，由武解放捐款建造的科研所两层小楼，在天高云淡的秋日里，犹如一颗明珠显得格外的醒目。彭大诚心里不由得一阵激动，说："武解放真是好样的，当年可是连做梦也没想到，他能出息成这样。"黄春雁没有说什么，她的心中又何尝不是这样想的呢？

他们来到了小楼面前，黄春雁赞叹道："这小楼太漂亮了。""是啊，"彭大诚说完，然后脱口又说："春雁，我建议你在这里当所长了。"

"不行，不行，"黄春雁连连摇头："我在这里干点具体工作还行，这所长可当不了，还得你当。"

"我？！"彭大诚瞧着黄春雁："我很快就要回去了——你不能回去了。"他见黄春雁用不解的目光注视着自己，就深沉地说："看到文魁的病情渐渐好转，看到你和文魁这样，我从心里……高兴，你俩结婚吧！"

"彭老师，"黄春雁从心里不想提这件事，这无疑是在彭大诚流血的心上又洒了一把盐："你为什么要这么说？""春雁，"彭大诚坦诚地说："只有你俩结了婚，我的心才能踏实下来。"

"彭老师——"黄春雁眼里噙着泪水，到嘴边的话又咽了回去，她向彭大诚走了两步，彭大诚刚要上前拥抱，刹那间俩人都理智的停住了，黄春雁的眼泪便一串串地掉下来。彭大诚也背转过身去："我说的是实话。"

黄春雁点点头："我相信，谢谢你。"她也背过身去，然后说："彭老师，可是现在我和文魁还不能结婚。""为什么？"彭大诚迷茫地回头瞧着黄春雁。

"这——你心里比我明白，"黄春雁停了停："虽然文魁的病情好转了些，但还没有恢复到常人的心理状态，如果结了婚，有了后代，很难想象是什么样子。再说，文魁并没有跟我结婚的强烈意识……"

彭大诚似乎明白了些什么，眼睛一亮，扭头注视着黄春雁："那——你打算什么时候？"黄春雁也转回身："坦诚地说，我朦朦胧胧中只有那么一点意念，什么时候并说不清楚，也不是我说了算。"她笑了笑。

"嘻，"彭大诚摇摇头，像是对自己，又像是对黄春雁说："那样的话，感情上也太受折磨了。"黄春雁知道彭大诚对自己还抱有希望，就又流着眼泪说："彭老师，你——你——你——"她说不下去了。

第四十九章

　　明天就是"十一"了，为了照顾家在生产队的学生，学校提前放了一天假，小凤一下车，就背着书包高兴地跑进院儿，一推门，推不开，忙用两个小拳头砸门："开门！开门！"徐亮侧耳听听，摇车来到门口打开门闩，小凤拉开门，有些不高兴地问："爸，大白天的你关门干什么？"

　　"小凤，"徐亮眯着小眼睛，用手挠了挠过稀的头发，半天才说："小凤，爸爸不打算要你妈妈了，让我把她撵跑了。"小凤放下书包，用责怪的口气问："爸，为什么？"

　　徐亮摇着轮椅进了里屋，有些发呆地说："你小，还不懂。""爸，"小凤有些生气地一撅嘴："我懂，我都眼看要上高中了，什么不懂？"

　　"好姑娘，"徐亮眼里掠过一丝凄冷的目光，语气又生硬起来："我说你不懂就是不懂，问啥？"小凤往炕头一坐，带着哭腔儿问："我妈妈哪儿去了？"

　　"你妈——"徐亮头有点发炸，火火地嚷："你妈妈死了！"小凤一听更坐不住了，哭出声来，她摇晃着徐亮的胳膊，问："爸爸，爸爸……我妈妈哪儿去了？哪儿去了？"

　　徐亮被小凤哭闹得心情烦躁起来，他推开小凤把轮椅摇到一边，背对着小凤，说："去去……"小凤擦了一把眼泪，跑出了屋，直奔新房子跑去。

　　小凤来到新房子门口，见门被一个大锁头锁着，推推门，又转头跑到了队部，推推黄春雁宿舍的门，哭哭啼啼地就问："阿姨——"屋里没人应声，又哭咧咧地朝走廊另一头跑去，边跑边不知所措地喊："妈——妈——"

　　"小凤小凤，"杨金环从小食堂跑出来："妈妈在这儿呢。"黄春雁也走了出来，拉着小凤的手："小凤，放假了，还没吃饭吧？"

　　小凤见妈妈一切都挺好，就露出了笑模样："没吃呢。"杨金环拉起小凤另一只手走进了小食堂："来，咱们和黄阿姨一起吃。"

　　做饭的王师傅摆上饭桌，等三人坐好，又把饭菜盛上来了。他见三人没有动筷的意思，就告诉说："杨书记你们先吃吧，彭老师让我告诉你们一声，说是去汪青山家里研究事儿去了。""对了，"黄春雁也一拍脑袋："大姐，彭老师刚才在科研所说过，他想了解了解江那面那片撂荒地，打算拿出一个开发规划来——一定是和汪青山商量去了。就别等了，吃吧！"她说着，就动起筷子。

"妈妈，"小凤拿起筷子，刚吃了一口菜，像似想起什么，问杨金环："我爸爸还没吃呢。咋办？"黄春雁嚼着饭菜："小凤，不用管你爸爸！"

小凤不理解地问："为什么呀？"黄春雁瞧了一眼杨金环，见她苦着脸，就扭脸对小凤说："你不懂，不让你管就不要管，这是大人的事情！"

小凤来了脾气，把筷子往桌子上一放："那不行，"说着端起一碗大米饭，就站起来，"我给我爸爸送去。"王师傅拦住说："等等，我再盛碗菜。"

"妈，你帮我端菜。"小凤端着饭碗瞧瞧杨金环，杨金环瞧瞧黄春雁，说："我只能带你送到门口。"杨金环端着菜盘子跟在小凤身后，去了小食堂，黄春雁望着娘俩一前一后的背影，心里不知是高兴还是心酸，竟有动情地滴下两滴眼泪。

徐亮坐在轮椅上抽了两支烟，寻思来寻思去地想了好一会儿，才顺过气儿，便摇着轮椅进了厨房开始做午饭。他先敞开房门，又打开柜厨，从里面拿出一把挂面，然后揭开锅盖，再欠下身子向灶膛里添了把豆秸，又把火点着。接着拿起油瓶向锅里倒了点豆油，锅里很快就热腾起来，冒开了油烟，他又加把柴火想去舀水时，油忽地着了，他慌张地舀一瓢水倒进锅里，就听"扑"地一声，锅里的油火就溅出来，点着了灶门口一堆干豆秸，火舌忽地蹿了起来……

"不——好——"徐亮连忙摇车想躲开灶台，一着急碰倒了油瓶子，溅出来的油又接上火苗，瞬时浓浓的烈火就燃烧起来，屋里成了一片火海。

小凤端着饭碗正好走到了门口，吓得妈呀一声，惊叫道："妈，着火了！""救——火——呀——"杨金环也看到了，她大喊一声，便奋不顾身地冲进了屋，"老——徐，老——徐——"小凤赶紧大声呼救："救——火——呀，着火了……"

"……救命……"徐亮倒在地上，在火烟的窒息中挣扎着喊："我……在这儿……救命呀！"杨金环屏着呼吸，拼命地在烟火中摸索着，背起徐亮就往外走，她的头发被烧焦了，等她把徐亮从火海中救出来时，两人的衣服上还烧着火苗……

听到救火的呼喊，人们呼呼地从四面八方朝这里跑来，一边扑灭杨金环和徐亮身上的火苗，一边破窗而入从火海中向外抢救着财物，火势借着风威，越烧越大，火舌很快就蹿上了房顶，眼瞧着好端端的一个家就被大火吞没了，而火势还在四处漫延。

杨金环救出徐亮，本想上前指挥救火，刚一迈步，"扑通"一声就倒在了院子的门口。人们一下子乱了手脚，好在李宝进及时赶到，他当机立断把人员分成三部分，一部分人把烧伤的杨金环和徐亮赶紧送到卫生所，救人要紧；一部分人分成两组把住东西两头，防止火势向两边漫延；其余的人拎水救火，抢救财物，一时间，现场忙乱成了一团。

等彭大诚和汪青山听到呼喊声跑到着火现场，乌黑的烟尘笼罩着半个连队，房子已经烧塌了架，房梁冒着青烟，响着，又哗啦啦地塌下来，腾起一股烟尘。李宝进见火势已尽，就走来，向彭大诚和汪青山把经过学了一遍，彭大诚瞧着眼前的惨景，就问人伤得怎么样，不等李宝进把话讲完，彭大诚抬腿就朝卫生所跑去。

彭大诚气喘吁吁地跑进卫生所，见医生老张正在给杨金环敷药，包扎，就急问："姐，不要紧吧？""不要紧，"杨金环凄惨地一笑："我进去背你姐夫的时候，都是浓烟，火苗还不大，就是有点儿外烧伤，"她停了停，半天才喘了口气，"好险呀。"

"姐夫呢？"彭大诚又问："他的伤情怎么样？"医生老张说："在对面的病房里，没啥大事，已经包扎好了，黄春雁在那里呢，你快过去看看去吧。"

彭大诚得知徐亮也没有什么大事，就气呼呼地说："他呀，纯粹是自作自受。""大诚，"杨金环后怕而又内疚地说："都这样了，就啥也别说了。去吧，看看他去吧。"

"姐，"彭大诚不情愿地说："只要没大事儿，我就不去了！让他自己好好反思反思。""大诚，"杨金环忍着伤痛，动了一下，着急地说："都这时候了，去吧，别和他一样。"

"这……"尽管彭大诚嘴上那么说，但他的心中还是惦记着徐亮，没等把话说完人已转身出了门。

"彭老师，"黄春雁把彭大诚送到来接他的吉普车前，说："就这样，你先去，我的课往后串一串，大姐家这几天离不开人。"彭大诚打开车门，把手中的拎包放在座位上，转身对黄春雁说："场长对这次办的水稻技术学习班很重视，除各队技术员听课外，机关干部也全部参加学习。"

黄春雁高兴地说："那我们就更应该好好讲了，这两天我再准备准备课，省得到时心里没底儿。""你现在是即有理论又有实践啊，讲起来肯定不成问题。"彭大诚笑着打开车门，又说："我是这么打算的，种子田快收完了，大面积收割就要开始了，我讲完课回来以后，咱们一起到江北实地考察一下那片日本鬼子种水稻的撂荒地——我和汪青山说好了，到时请他给咱们划船过去，一起规划一下，然后等科研所一剪彩，我就回去了。昨天，院领导又来电话催了。"他说着就上了车。

"彭老师，"黄春雁见彭大诚要关车门，就叫住问："那我呢？"彭大诚犹豫了一下："要我说你就留下来，场长向我提了几次了，希望你能留在这里当这个科研所所长。再说，文魁还在这里，陈家二位老人对你也满怀希望。你好好想想，应该拿定主意了！""彭老师，我……"黄春雁瞧着彭大诚似乎想要说什么。

"走吧！"彭大诚对司机说完关上了车门，吉普车很快就开走了。

见吉普车走远了，黄春雁有些茫然地望了望湛蓝的天空，惆怅地叹息了一声，然后返回宿舍，一会儿又拎着水果兜走出来，拐进了房东头的队卫生所。

徐亮躺在病床上见黄春雁拎着水果进来，欠欠身子，又笑笑说："坐，快坐。""老指导员，"黄春雁把手里的水果兜往床头柜上一放："你感觉怎么样？"

"哎，疼啊，"徐亮唉声叹气地说："我这一辈子呀，也不知怎么的，和疼打上交道了，从树上摔那下子就疼得我要命，这比那个还疼，真不是个滋味，疼起来心里就像火烧火燎的。"他说着直皱眉头，又咧了咧嘴。"老指导员，"黄春雁凑近说："那就忍着点儿吧，来，你好好躺着，我给你干洗洗头，这样就能减少点儿疼。"

徐亮的一只胳膊和一条腿被烧伤了，不能动，他只好忍疼挪动挪动身体，然后黄春雁开始给他干洗起来，黄春雁一边挠着徐亮的头皮，一边问："怎么样？""好啊，"徐亮瞪着小眼睛，笑嘻嘻地说："轻松多了。"

"老指导员，"黄春雁说："我问过张医生了，他说不要紧，疼过这一两天就过劲了，你只是轻度烧伤，养几天就会好的，大姐的烧伤可比你的重啊。"她说着，又吓唬，"要是没有大姐呀，你这回就完了。""噢，噢……"徐亮忙闭上眼睛，不住地叨咕："知道，知道。"

听见徐亮的病房里有人在说话，对门房间里的杨金环躺不住了，她让小吴扶起来，想过来看看徐亮，小吴搀着杨金环来到门口，刚伸手要推门，听见屋里传来黄春雁的声音"老指导员"，就停住了。

"我可就干脆就直说了。"黄春雁一边给徐亮搓头一边说："你对大姐做的这些事情，也不知怎么传到了武解放他们耳朵里了！"徐亮闭着眼睛点点头，嘴里不是好声地问："传到他们那里能怎么的？"

"是啊，不能怎么的，"黄春雁也不是好动静地说："不过，他们觉得大姐这样挺窝囊的，要在城里买套房子把她接走。"徐亮一听，心里像长了草，也忘记了伤疼，慌忙地侧身转过脸来："接城里干什么？"

"干什么？"黄春雁见徐亮急得又瞪起了小眼睛，就不慌不忙地又搓了两下，然后说："准备让大姐到他们公司去干点啥呗。"徐亮寻思了好一会儿，说："种地行，服装那玩意儿她也不懂。"

"不能这么说，"黄春雁解释着："大姐人泼辣、能干，不搞技术，搞个管理什么的，不会有什么问题。"徐亮装着满不在乎地问："你大姐她知道吗？"

"当然知道了。"黄春雁认认真真地回答完，又认认真真地说："她还正在考虑呢。"徐亮心里毛了，急急地问："那，她这个支部书记不想干了？"

"可能，"黄春雁没有丝毫说谎的样子，说："到那里也一样当支部书记。""雁子，"徐亮终于装不下去，可怜地央求："你帮我劝劝，不能让你大姐走啊。"

听到这儿，杨金环禁不住了，差点儿笑出声来，急忙捂住嘴，悄悄地和小吴又回到了房间。杨金环在小吴的搀扶下刚躺下，黄春雁就捂着嘴走了进来，她强憋住笑，把刚才的事儿向杨金环和小吴小声学了一遍，三人都忍不住地"哧哧"地低声乐了起来。

"大姐，"黄春雁打住笑，小声说："吓唬完了，再晒他一会儿，看他什么态度。""我看你这着准行，"杨金环还是忍不住笑，"别看他嘴上硬，心里怕着呢。"她又对小吴说："你过去给他喂饭去吧，他要问你，你就当什么事都知道，往真事上说看看他的态度，别说走嘴了就行。"小吴点着头，应声出了门。

"大姐，"黄春雁坐在了杨金环的床边，不忍心地瞧了瞧杨金环被火烧焦了的头发，说："真没想到两件一样的衣服竟惹出了这么大的祸来，人烧伤了不说，还把好端端的房子烧没了，"黄春雁说着眼泪直在眼眶中打转，"文魁也真是的，好像你上辈子欠他似的……"她哭泣起来。"小雁子，"杨金环抓住黄春雁的一只手，握了握，苦笑着说："你不能怪文魁，他怎么说也是个病人，要怪就怪老徐，就他那性子，这个家不被火烧了，也早晚得被他折腾散了……真拿他没办法。"

"大姐，"黄春雁哽咽着："刚才我给他干洗头，瞧着他那瘦样，才四十好几就老成了小老头了，头发也掉光了，一时半会还站不起来，想想也够叫人心酸的了……""不说这些了。"杨金环实在不愿再说这些了，她的心里又何尝不是这么想的呀，为了徐亮，这些年她操的心还少吗？但她还是忍不住地又说："当年他像中了邪似的跟着杜金生跑，人家让他干啥他干啥，做了多少缺德的事情……这都是报应啊！"

"大姐，你也太苦了……"黄春雁说着又掉起眼泪来。"苦不苦的我不怕，就怕心里憋屈啊！"杨金环让黄春雁扶她坐起来，然后她说："雁子，队里的事情实在是太多，我不能在这里躺着了，明天就出院。"

"行是行，"黄春雁问过张医生，知道杨金环的伤情不太严重，就说："可你得按时换药，还要继续服用防止感染和消炎的口服药才成。""听你的，"杨金环的心情好了些，问："你送大诚走时，他没说啥？"她停了停，见黄春雁脸上有了笑容，就又说："他最近心情不好，一天总是忙他的科研项目，有时间多和他沟通沟通。"

"他——"黄春雁欲说又止，但还是把彭大诚临上车时同她的谈话说了一遍，然后又说："科研所落成剪彩和去江北实地考察是他放不下的两件事，等把这两件做完了，他说他就离开这里了。"黄春雁说着瞧了杨金环一眼，随即低下了头。杨金环没有再问什么，也低头沉思起来。

"杨书记，"小吴推门进来，说："你们过去看看吧，我怎么劝，徐指导员也是不吃饭。还直流眼泪，我说要不要找你，先是说不，后来又问就不吱声了。""走！"杨金环、黄春雁跟着小吴进了徐亮的病房，徐亮瞧瞧见是杨金环领人进来，又仰过脸去，像是受了委屈似的，眼角上溢出了两滴眼泪。

"怎么了，老徐——"杨金环见徐亮不吱声，只是流泪，就拿起毛巾给他擦擦，瞧瞧床头桌上的鸡蛋糕，就柔和地说："老徐，鸡蛋糕凉了，起来吃点吧。"杨金环说着把徐亮扶着坐起来，拿过鸡蛋糕舀一勺喂去。

徐亮缓缓张开嘴："金环，我，我对不起你，对不起你呀——"他说着就失声痛哭起来，黄春雁见罢，忙拉了拉小吴的衣角，两人就走了出去。徐亮一下子依在了杨金环的怀里，哭着说："这一辈子是不行了，来世我再补偿吧。"

杨金环叹口气，推开徐亮，恨铁不成钢地责怪说："哎，说什么呢……""金环，"徐亮硬是向杨金环的怀里靠："你不能走，不能走啊。"他又像孩子似的哭泣起来。

"瞧你，"杨金环嘿嘿地一笑："怎么像小孩子似的，好了，我不走。"她把徐亮向怀里揽了揽。徐亮一听，满含泪水的小眼睛顿时有了光亮："真的?"

"我什么时候骗过你，真的。"杨金环瞧了徐亮一眼，她的眼神竟是含情脉脉。"金环，"徐亮痛心疾首地说："我对不起大诚、黄春雁，还有汪青山、武解放他们，他们能不能原谅我?"

"你有这个心就行了。"杨金环抱着徐亮，又舀了一勺鸡蛋糕，递到徐亮的嘴边，他笑着张口把鸡蛋糕咽下了。"金环，你说这些年，我是怎么了！"徐亮擦擦眼泪，抿了两下嘴儿。

杨金环见徐亮吃得差不多了，就把他放在床上，然后说："是啊，你是到了该好好想想的时候了。""那——"徐亮还是担心地问："我就怕黄春雁他们不原谅我呀——"

守候在门外的黄春雁听到这里，推门进来，笑嘻嘻地说："那就看你的了。"徐亮不好意地叹了口气，想要说几句歉意的话，就见汪青山、陈荣焦和陈李氏，还有几个老职工，男男女女的进来一帮人，围在床前问这问那的，感动得他不知说什么好了，只是一个劲儿地傻笑。

汪青山放下拎着的筐子走上前，乐呵呵地问："老徐呀，好点了吧？""老汪，"徐亮格外高兴地回答："好多了，你不恨我吧？"

"看到你这样，"汪青山用手拍了拍胸口："我高兴都高兴不过来呢，快好起来吧。""徐指导员，"陈荣焦也趁着人们安慰杨金环的工夫，凑进徐亮，轻轻抚摸着徐亮烧伤的手，"对不住你们家啊，千万别怪我那有病的儿子，要怪就怪我们老两口吧！"他说着"扑腾"就跪在了徐亮的床前，流着泪说："我给你赔罪了……"

"大叔，快别这样！"杨金环上前忙要扶起陈荣焦。"杨书记，对不住你啊，"陈荣焦执意不从，"你们房子烧没了，你们得答应我，等你们出院了，就搬我们家去住，让我们来照顾老徐……"

"我们答应，答应你，"杨金环被老人家感动得直流眼泪，"大叔，快起来……"徐亮也激动地伸出那只没受伤的手，用力握住陈荣焦的手："大叔，你们这些人怎么都这么好呢。"一句话没说完，眼泪就又流了下来……

第五十章

"飞机降落了，走——往前看看去！"牛东方说着，就手捧着一束鲜花，随着接机的人群向接站口涌去。"你看——"赵大江眼尖，一眼就瞧见丛娟娟装束时髦地从站口走出来，忙上前把手中的鲜花献给她。

"你们好，"丛娟娟满面春风地接赵大江递过来的鲜花。"一路辛苦了！"牛东方也跟上来把鲜花递给丛娟娟，笑着说："武总让我和大江开车来接你。"

"喂，"丛娟娟接过牛东方手中的鲜花，笑着问："解放没来，这花可没有他的份吧？""这可不行，"赵大江着急地说："武总正和外宾洽谈生意，特意吩咐我俩——这是他的心意。"

"嫂夫人，"牛东方开玩笑地说："要是有武总的，等你俩结婚那天献啥？""死东方，贫嘴！"丛娟娟笑着，嗔怪地举起花束要打牛东方："你这个'屁驴子'，看来这辈子改不了了。"

牛东方笑嘻嘻地躲开，这时赵大江从传输带上拎起丛娟娟的提包，拉了一把牛东方："走吧，武总还等着我们呢！""你等着，看我怎么收拾你——"丛娟娟说着也憋不住地乐了，跟着走出了候机大厅。

在通往停车场的路上，丛娟娟问牛东方："东方，你们电话里说，黄春雁决定定居北大荒，想要嫁给陈文魁，而且陈文魁的病还没有全好，这可真是出乎我的意料之外呀。""有什么出乎意料的，应该这样。"牛东方说着，扭脸瞧着丛娟娟，问："你还不了解黄春雁呀？她心里一直放不下陈文魁。"

丛娟娟也瞧瞧牛东方，说："现在我才理解，那几年，每当星期日，黄春雁就独自一个人到小山顶上对着精神病院呼喊的心境，她这个人的心肠可真是太好了。""谁都这么说，"赵大江拎着提包跟在丛娟娟的后边，听她这么一说，就接话说："有好几次知青聚会说起来，她总是离不了的话题，大家都很敬佩黄春雁。"

"是啊！"丛娟娟边走边感叹地说："那几年也不知是怎么了，我像疯了一样对待黄春雁，气得她拿我没办法。"牛东方笑了笑，"何止是对黄春雁，还有彭老师，我们哥几个就不说了，你就像失去理智一样，恨不得让我们马上在地球上消失。"他说着，默默地走了几步，又感慨地说："彭老师对我们的帮助可是非同小可呀。"

丛娟娟也沉默地走了几步，然后用歉意的口吻说："是啊，那些日子总算过去了，现在想来，我也像得了精神病。我真不知道该怎样面对他们，也包括杨大姐和陈文魁。"牛东方加快了脚步，回头说："要真诚地道歉。"

丛娟娟忙说："恐怕光是道歉，也不能弥补上我心里的内疚，特别是对彭老师，我的工作还是他帮着向院领导介绍安排的呢。"牛东方走到车前，打开后备箱等赵大江把提包放进后，又关好，接着丛娟娟话说："在我这一生认识的人当中，彭老师是最有个性，最有主意，也最善解人意的人，可是，他的婚姻问题还没有眉目，我们哥几个几次想帮忙都帮不上，一想这事儿，心里就闹腾。"他说着为丛娟娟打开了车门。

丛娟娟没有马上上车，她扶着车门问牛东方："如果彭老师能谅解我，同意我插手的话，就让我在这上卖些力气吧。"牛东方笑笑："赞同。"说着，他拉开车门上了车，丛娟娟也随后上了车。

牛东方起动着车，然后把车缓缓地驶出停车场，很快就上了高速公路。牛东方把着方向盘，注视着前方，等车行驶出了机场，他扭头问："娟娟，老太太可着急了，催你们一定得结婚了。"丛娟娟直视着前方，有些茫然地回答："不知为什么，我一想起那个将要进行的日子就觉得很尴尬。"

"行了，"赵大江在后排接话说："人无完人。你学习期间设计的几件新款服装拿来制作后，市场销售情况都非常好，公司里的人都夸你呢。"丛娟娟笑了笑："知道，小亚给我打电话时还说，要是没有这几套新款大量上市，公司不会有这么好的效益。"

赵大江忙说："这你就不用尴尬了嘛。"丛娟娟叹息着："还有几件事情，特别是和黄春雁之间的事情，这些天总在我脑子里绕来绕去，搅得心神不宁，连做梦都能梦到。"

牛东方把稳方向盘，用眼神瞧瞧丛娟娟，劝说道："过去的事情就让它过去了，这么多年了，人们早忘了。你也别自己折磨自己了。""可是，我忘不了。"丛娟娟苦笑了一声。

"娟娟，"牛东方说："不管你尴尬不尴尬，武妈妈可说了，我们来接你要是不定下个日子，就不让咱俩进家门。""哟，"丛娟娟笑了笑："我能想象出来！"

赵大江吓唬说："你寻思什么呢。"丛娟娟深有体会，"我要去学习的时候就差点儿翻脸，我同意，日子该定就定，该办登记手续办手续，"她说着顿了顿，又说："不过我有个想法，想事先和你们哥几个商量商量，帮我拿拿主意。"

牛东方忙问："说吧。"丛娟娟扭脸，瞧瞧赵大江，见他用急切的眼神看着

第五十章

自己，又看看牛东方，他也是一脸期盼的神情，就说："黄春雁和陈文魁结婚是早晚的事，我估计时间不会很长，你们给我打听打听，他们只要有这个意思，哪怕我们动员他们尽量提前，我们一起在北大荒，举行婚礼，行不行？"

牛东方右手一拍方向盘，兴奋地说："行啊。"丛娟娟又说："再打听打听彭老师怎么打算，要是能抓紧的话也带他一个，我觉得只有这样，才能解脱我的尴尬和不安。"

"就这么定了，"赵大江也高兴地说："这样大家就都理解你了，再说武总也有了面子。""我可没说给他面子啊！"丛娟娟没有回头，用不屑一顾的口气说给赵大江听。

牛东方嘿嘿一笑："哟，娟娟，还是那个外面桀骜不驯的娟娟，可是瓤已经换了。那更好了！好，我回去向二位老人家报告，抓紧谋划！"他加快了车速，轿车飞驶起来。

当轿车驶到公司大楼门前时，正好赶上武解放在一辆轿车前，和一名外商握手道别。等外商的车一离开，牛车方和丛娟娟、赵大江就一起下了车，牛车方扯着嗓子喊："武总，新——娘——驾——到——"赵大江也跟着起哄。

丛娟娟打了一下牛东方："下车就不是你了，你这个'屁驴子'。"牛车方一闪身，笑着说："你和我们武总早就入过洞房了，喊新娘子也该可以了吧？"

"我让你们穿一条裤子——"丛娟娟笑着又要上前打牛东方。武解放忙乐着上前着阻止："夫人，算了，算了。"

丛娟娟眼珠一瞪："谁是你夫人——""说你啊，"武解放装出一副一本正经的样子："说别人你能让嘛，啊？"

丛娟娟一手掐腰，一手点着："我说，你看你俩，笔挺的西装、漂亮的领带，没看见你们这出戏不知道，哪还有个老总、副总的样呀！纯粹还是'二虎'、'屁驴子'。"武解放嘻嘻哈哈地说："我听着这绰号比喊我什么老总老总的还舒服。"

"是啊，"牛东方也嘻嘻地说："我也有同感，说正经的，也不知怎么回事儿，只要没别人，咱们老知青碰到一块儿，就不由自主地来了当年那股劲儿。"武解放走近丛娟娟，亲昵地问："喂，娟娟，我没到机场接你，没挑理吧？"

丛娟娟指指牛东方："听东方说了，你正在接待一位重要客商。"武解放抑制不住心中的喜悦，兴冲冲地说："是的，这不刚走嘛，刚才那位国际服装商，要向韩国、日本、马来西亚出口一大批我们的服装。已经签了合同，让我们干。"他说着，瞧见丛娟娟高兴得合不上嘴儿，就又说，"告诉你个好消息，挑的样式都是你设计的，把我老妈、老爸乐得呀，都合不上嘴了。"

牛东方见武解放和丛娟娟唠得亲热劲，不想打扰他们，就向送提包刚出门的赵大江一挥手，两人便上了车，然后把车悄悄地开走了。武解放见就剩他和丛娟娟两人了，就笑着问："说正经的吧，咱俩结婚的事情，老人已经准备的热火朝天了，日子就定在明天……"

丛娟娟笑着没有回答，径直进了门，上了楼，然后往总经理办公室的沙发上一坐，等武解放跟着进来，她才说："解放，不是我不守诺言，我总觉得，咱俩就这么结婚了，虽然应了父母的心愿，却难为了黄春雁，你们上次回北大荒时，我还不知道文魁的病情那样，说和她一起举行婚礼——"武解放一听，沉思了一会儿，说："可也是，不过，双方老人妥不过去呀。"他说着从抽屉里拿出了一本结婚登记证，递给丛娟娟，"你看——"

丛娟娟接过一看，哭笑不得地说："好啊，不经过我的允许就办了登记证，你们要逼婚呀！"武解放一屁股坐在了沙发上，也哭笑不得地说："这是你妈的主意，她拿着户口本到街道办事处，说你不在，替你表了个态，人家开始还说不行，你妈又求人，又托人，算是把这玩意儿办了。"

丛娟娟一听没了主意，就央求："我和你商量一下，能不能和黄春雁通个信，还实现我的诺言，去北大荒一起举行婚礼！"武解放瞧着丛娟娟："要是老头老太太们不同意呢？"

"不同意？"丛娟娟看也不看武解放一眼，索性说："那咱俩的事情就以后再议——""怎么？"武解放说着站起来："还想和我告吹呀？"

"那就发展看看。"丛娟娟学着武解放当年的样子，呼口气地唱："雄赳赳，气昂昂……""好家伙，"武解放被丛娟娟逗得直乐："你和我牛上了。"

丛娟娟笑笑说："不是牛上了，咱俩不能只图冲动，不讲情谊，不守信誉。"说完，她起身就要走。"回来！"武解放喊住丛娟娟，考虑了一下，然后说："这样，正好农场来信让我回去参加科研所落成剪彩活动，等我去了和黄春雁、彭老师他们商量后再定日子总行了吧。"

丛娟娟站住，回头瞧着武解放，扑哧一笑说："怪了，你怎么没唱'雄赳赳，气昂昂'呢？""娟娟，"武解放凑上前说："说句老实话，打咱俩一开始相处时，我就喜欢你这种刚性儿，那时候的刚性儿扭着劲儿，现在你'雄赳赳，气昂昂'，我就不'雄赳赳，气昂昂'了。"

"现在顺过劲儿来了？"丛娟娟顽皮地用手指刮了一下武解放的鼻子。"顺劲儿了，"武解放嘻嘻笑着说："也顺道了，你是察觉不出来，其实，是受我们哥们儿几个的传染！"

丛娟娟的眉头轻轻一挑："认账，认账，我从心里佩服你们几个。"武解放凑近一步，悄声地问："娟娟，咱俩要是'刚'到对立时，你会扬长而去吗？"

"噢，这个吗——"丛娟娟故意拉着长音。"娟娟，"武解放伸开双臂紧紧拥抱住了丛娟娟……

三春不赶一秋忙，这话一点不假。春天你能忙多少算多少，到了芒种也就结束了。而秋天就不同了，你不能眼睁睁看着到手的丰收不要，你必须忙，一点不能含糊。而今年的八队秋收更忙，因为百分之百的水稻需要人工放倒，然后码成垛儿……这样，国庆节一过，八队就全力以赴地投入了秋收，加上李宝进招来的民工一起上阵，人工割水稻的高潮迅速就掀起了。

广阔的田野到处是闪动的人影。男人、女人，老人、壮汉，还有半大孩子，抹着额头汗的，甩掉小棉袄的，直直腰的，然后又一个接一个弯下腰，挥起镰刀，不能让人落下，争取落下别人，水稻一片片倒下了，又一捆一捆立起来。

与此同时，学习班也如期地结束了。回来的时候，彭大诚让车把他和黄春雁直接送到了地里，然后两人走进稻田，稻穗扬着笑脸，挤挤查查，丰丰拥拥。一阵秋风吹来，金黄色的稻田推涌起层层波浪，一浪接一浪向远方扑去。

杨金环正挥动着镰刀割水稻，她腰一猫，一只手往前一探。另一只握刀的手也伸了出去。只听唰一声，一大把水稻就揽了过来，又一磨身，又一大把水稻抓在手中。她直起腰，手里抓一缕水稻，未等彭大诚看清楚，一个漂亮的绕就打成了，一哈腰，转眼之时，一个水稻捆捆完，并站立起来。

彭大诚走过去，拿起稻捆，用手指试着插了插，没插进去，往地上一立，稻穗弯下了沉甸甸的头。他向杨金环一伸大拇指，赞叹道："姐，你真是个好庄稼人啊！""大姐，"黄春雁也笑盈盈地夸奖说："你的英姿还不减当年啊！看，割得又快又干净，我是服了。"

"不行了。"杨金环用手轻轻捶了捶腰，感叹着岁月的流逝，"老了！要在当年啊，割地铲地我还真没服过谁呢。"她说着，看见彭大诚和黄春雁两人手里都还拎着提包，知道这是刚回来就直接来地里了，便说："你们俩呀，真是把连队当成自己的家了，讲课那么累，回来也不知道休息休息，就来地里了。"

黄春雁接话说："彭老师心里惦记着江北那片地，学习班一结束就急着往回赶。""不急不行啊！"彭大诚望着眼前秋收繁忙的景象，说："这一秋管两季，今秋不把江北那片地规划出来，明年春天就误事了。"

"说得也是，"杨金环问彭大诚，"你是怎么打算的？""我想好了，明天就和春雁、汪青山过江去。"彭大诚兴致勃勃地说："先把那片地测量一遍，把第一手资料带回院里研究研究、论证论证……"

"如果能行，"杨金环听得心潮起伏，就说："我想秋收完了就做好准备，等江一封上便把设备什么的都运过去，然后建点。"她说完，充满希望地向远处的完达山望去，只见落日像一团燃烧的火，把完达山燃烧得火红……

又一个黎明来到了。北大荒的秋天的黎明层次鲜明，启明星昏昏欲睡。从遥远的地平线漫出浅灰色的长带，然后不断加宽，把深蓝的夜幕推向高空，如徐徐卷起的窗帘。卷走了星辰，卷起了残夜的月光。

朦胧的署色里，彭大诚和黄春雁跟着汪青山来到了江边。汪青山让彭大诚和黄春雁先上了船，然后他解开缆绳，把小木船向江里推了推，一纵身也上了船，接着划起了双桨，小木船便向对岸驶去。

彭大诚手里攥着一卷图纸坐在黄春雁的对面，他望了望已依稀可见的完达山绵延逶迤的轮廓，又看了看湍急地江水，对汪青山说："汪师傅，你划船划得这么好！赶上成手的老船工了。""是啊！"黄春雁头一次坐小木船，有些激动地说："真刺激啊！"

汪青山慢慢地划着船，笑着回答说："你们可不知道，这也是逼出来的！""什么？"黄春雁惊讶地问："逼出来的？"

"当然了，"江风很大，汪青山不得不提高嗓音说："你们知道，我曾经是劳改犯，就因为被日本鬼子抓来开拓团当劳工，我有点儿文化，日本鬼子就让我做点儿技术活，镇压反革命的时候可就不得了了。"彭大诚抓紧船帮，大声说："不是已经给你平反了嘛。"

"是啊，"汪青山用力划了几下桨，然后说："也就是那个时候，开拓团里成立了打鱼队，因为我小时长在鄱阳湖畔，会点儿水性，他们就让我当了打鱼队的小队长，这划船、撒网，还有游泳就是那时候练成手的，后来，日本开拓团那个团长去对面考察那片荒地，就是我划着船载他们过去的。"

"汪大叔，"黄春雁好奇地说："真看不出你还有这两下子，一大把年纪了，身体还这么好！"汪青山笑了笑，接话说："我这一辈子最好的体会就是有窝囊事儿要想得开，别人再窝囊自己，都要挺着腰板生活去气别人，陈文魁就是个例子。"他说着又使劲划起桨来，小船乘风破浪向对岸驶去。

"汪师傅，"彭大诚觉得汪青山的话很在理儿，就说："你这套生活理论挺值钱呀。"汪青山认真地说："还是我的那套实践值钱，当时连队批判我戴高帽，我回到牛棚里就做健身操，红卫兵问我要什么，我说哈腰哈长了直直啊。"彭大诚和黄春雁被汪青山的乐观精神逗得哈哈大笑，汪青山自己也忍不住地跟着也笑了起来，惊得对面荒原上呼啦啦飞起了一群山鸡，然后向朝霞染红的天边飞去。

彭大诚不等船停稳，就一个箭步跳上岸，就像当年陈文魁初次来时的那样，冲着荒原大声喊叫："我来了，我——来——了——"黄春雁也兴奋地下了船跑了过来，然后蹲下来帮着彭大诚展开农场地图，惊诧着说："呵，这500万亩荒原——一马平川呀。"

"这么看是看不出来的，"汪青山走了过来，低头看了看地图，说："当年小日本鬼子组织人力搞测量，由江岸往里去，坡度是2‰，小日本鬼子当时就惊叫——"他说到这儿，突然把话打住，瞧着彭大诚直乐。黄春雁不解地忙问："惊叫什么？"

彭大诚嘿嘿笑了一阵，高兴地对黄春雁说："2‰的坡度最适合于引江水直流灌溉呀！"黄春雁这才恍然大悟地也笑了起来。

"可惜他们白高兴了，"汪青山指着眼前一望无际的荒野说："当时只开出了几万亩地，正准备建桥、修路，日本鬼子就宣告投降了！"黄春雁抠起一把土放在手心里，不无敬意地说："你不得不佩服小鬼子的眼力，你们看这土质，太肥沃了，懂行人一看就看出这里最适合种水稻。"

彭大诚也就顺手抓起一把土："这土肥得流油，三年、五年不用施肥水稻也照长不误。"汪青山接着说："这500万亩地的土质、坡度，再加上临江可以直流灌溉，种水稻真可以说是得天独厚了！"

"春雁，"彭大诚深情地瞧了瞧黄春雁："实现亩产1400斤的'超级稻规划'，就看你在这里的了！""天时、地利、人和，没问题，但有一条——"黄春雁说着，忙把目光转向了一边。她停了停又说："你即使回省农科院了，也不能当甩手掌柜的！"

"那当然了，"彭大诚说："有你在这里，我保证一年内，春、秋两季，至少来两次！"黄春雁伸手握住彭大诚的手，激动得热泪盈眶，"君子一言，驷马难追！"然后，她又瞧着汪青山说："汪大叔，你可也要出力呀！"

"这还有说的，"汪青山说着瞧着彭大诚和黄春雁直发呆，黄春雁忙红着脸松开紧握着彭大诚的手。汪青山又说："看到你俩这一握手，我怎么突然想起了'文革'前看的一个电影——天仙配！""汪师傅，"彭大诚哈哈大笑地说："再胡说，当心陈文魁也把你撺到树上去！"

黄春雁害羞地抓起测量标杆，向荒原深处跑去……

第五十一章

太阳不知不觉升上了中天，空气闷热起来。

一群蚊子围着汪青山不停地嗡嗡叫着，不时叮咬一口，他不得不腾出一只手去拍打蚊子。他打住一个蚊子，骂道："我本来就够瘦的，你还来叮我一口——这不是欺负人吗！""汪师傅，"黄春雁正在往笔记本上记着数据，忍不住地笑笑说："跟你在一块干活不觉累不说，时间过得也快！"她仰脸看了看高悬头顶的烈日，"过去，我们下乡那时，就觉得太阳走的太慢，时间也太慢，心里想，天还不快黑，可现在工作起来，就怕时间不够用……"

"这是真话，"汪青山望着远方彭大诚，按照他的手势，双手扶正测杆，然后说："那时知青中就数陈文魁时间抓得紧，一天到晚的忙来忙去不着闲，为了选品种，东北地区的主要县城他都跑遍了，光鞋就磨破了八双。""是啊，这些我们都知道。"黄春雁在衣襟上擦了擦手上的汗水，问汪青山："大叔，你说都这季节了，这天气怎么还这么燥热呢？"

汪青山瞧瞧有些偏西的太阳，说："这样的天气在咱北大荒是常有的事，不过今天有些反常，闷热得让人喘不上来气儿——这天说翻脸就翻脸，我看咱们赶紧往回走！"他说着急忙向彭大诚打手势，让他往回来。彭大诚也察觉出不对劲儿，抬头一望，就见浓黑的云团从西北方向压过来，远处已是阴暗一片，惊得他连忙收拾起东西，撒腿就向江边跑去，边跑边喊："快跑，快上船……"

"黄老师，你先走。"汪青山急忙催促黄春雁快走，他也收拾好测量仪器，随后撵了上去。等三人赶到江边，上了小木船。彭大诚瞧了瞧远天的浓云，笑着说："要是再耽搁一会儿，黑云压来，我们怕是过不江了。"

"还笑呢，看那黑云多吓人哪！"黄春雁后怕地望着那滚滚而来的云团。"都别说话，快把救生圈套在身上，浪——眼瞧着就上来了。"汪青山说着，神情专注地观察着江面，奋力划着船桨，小木船在风浪中摇晃着，破浪前行。

彭大诚和黄春雁还是像来时一样，对坐着，但两人都把用汽车轮胎做成的救生圈，套在了身上，身体随着小船的摇晃而摇晃着。三人都保持着沉默，小船很快就驶过了江心，向彼岸逼近。

"今天的收获太大了，我们不仅深入到了荒原的腹地，还收集了不少数据，这样，我们再多来两次就能了解全面情况了。"彭大诚松了一口气，他说着望着滔滔江水，心潮起伏，激动地接着说："我们的国家号称是个农业大国，却又是一个拥有十亿人口的缺粮大国，每年都要进口大量粮食，特别是遇上像六十年代那样的自然灾害，就有不可想象的恐怖了。组织上这样相信我们，希望我们能够大面积地推广水稻增产技术，再攀'超级水稻'的高峰，为保障国家粮食安全做出新的贡献——机会难得呀！""是啊，"黄春雁也有些动情地说："这才刚刚开始，我们任重道远啊。"

"春雁，"彭大诚仍然沉浸在兴奋之中，他扭过脸，凝重地注视着黄春雁："有件事，我得告诉你——农场党委征得省农科院的同意，已经正式研究决定，由你来担任科研站站长，我向你表示祝贺！""谢谢！"黄春雁激动得含泪向彭大诚点点头。

"那——"汪青山一边不停地划着桨，一边接话说："我就第一个喊声黄站长了，算是剪彩吧！""谢谢！"黄春雁感激地说完，又说："等农场领导找我谈话，正式宣布时，我就提出要求——再选配几名大学生。"

"黄站长，"汪青山笑着说："你不嫌我老，就算我一个。"彭大诚接话说："你不光是算一个，场领导同时也研究决定，让你给春雁做助手，当副站长呢！""彭老师，黄站长，"汪青山激动了，不知说啥是好："谢谢，谢谢组织上对我的关心和信任。我这一辈子苦思梦想，总算见到天日了。今天晚上到我家，我请客怎么样？"

"不行啊，"彭大诚笑笑说："文魁父母要把我姐夫接家去了，今晚想意思意思，我们都得参加。""真是不是冤家不对头啊，你说老徐和文魁这对老冤家能处得来吗？"汪青山还想说什么，就见小船摇晃得厉害，他惊叫一声，"不好，起风了。"三人猛一抬头，顿时惊愕了，那浓浓的黑云像千万匹野马，肆无忌惮地奔涌过来。汪青山忙把紧双桨，用力向前划着，不停地喊："你们坐好，把住横杆……"

"汪师傅，"黄春雁死死抓着横杆："我头有一些晕。"彭大诚尽量坐稳，不让身体随着小船摇晃，他大声说："再坚持一会儿，马上就要到了。"话音未落，一阵大风掀起一片巨浪，涌起的浪花几乎要淹没了整条小船。

"彭老师——"黄春雁惊叫着："我怕……"汪青山沉着地划着船，不时地安慰："不要怕，没问题。"黄春雁随着身子一晃，紧紧抓住了彭大诚的手，彭大诚也紧紧抓住了黄春雁的手，俩人紧紧依偎在了一起。

"春雁，你紧点儿抱住我。"彭大诚两手紧紧抓着横杆，黄春雁紧紧抱着他。又一阵风浪打了过来，三人随着风浪一斜，汪青山被打倒了，他努力正要站起来，小船被跟上来的风浪一下打翻了。

就在这一瞬间，彭大诚猛地用力把黄春雁向汪青山一推："快，抓住汪师傅。"黄春雁顺势紧紧抓住了汪青山。汪青山也紧紧抓住了黄春雁，他焦急地呼喊："彭老师，抓住船，抓住船——"又一风浪打来，汪青山和他的声音被埋进了风浪里。

汪青山用左胳膊夹着黄春雁，扬起右臂划着水，拼命游到了岸上。他一转身，发现风浪里的救生圈，一纵身又跳进了波涛滚滚的江里，猛劲儿向出事地点游去。黄春雁惊慌失措地站在岸上，哭喊着："彭——老——师——，汪师傅帮你去了——"

没有回声，风吹得岸上的树梢呜呜直响，江面依旧翻滚着浪涛。救生圈随着风浪漂浮着，一会儿随着浪涛涌向浪尖，一会儿又跟着浪涛跌入波谷……

汪青山拼命游过去，一伸手，抓起一看，救生圈空空的，接着，他又深深地扎了一个猛子，然后露出水面，仍不见彭大诚的影子。汪青山心急如焚，他踩着江水，腾出双手放在嘴上，摆成喇叭状，拼命地喊："彭——老——师——"悲凄的呼喊声掺和着一个接一个的浪花在江面上飞滚着。

小船被风浪吹打着，随着湍急的江水向下游漂去……

汪青山见罢，又拼命向小船游去，他抓住船帮，一纵身爬了上去，随即扶着双桨站在船上，一边呼喊一边四处张望，仍不见人影，他不死心地一个猛子又扎进了江水里，然后露出水面喘了一口气，又扎向了下去……

"文魁，"吃午饭的时候，陈李氏又试着问："一会儿我和你爸去卫生所接徐指导员来家住，你同意不同意？""怎么老是问我呢？"陈文魁有些不高兴地说完，喝了一口稀饭，说："他家的房子让火烧了，没地方住。小雁子说咱家的房间多，闲着也是闲着，他来就来呗。"

陈荣焦为儿子的碗里盛了勺稀饭，然后笑着问："那你还和他打架不？""他要不惹我，我也不惹他。"陈文魁说着冲着父母咧了咧嘴，嘿嘿地笑了。

"文魁，"陈李氏见儿子心情不错，就哄着说："你这些天没少去卫生所去看徐指导员，大家都夸你呢，说你大人有大量，不和他计较过去的事情啦，有烟还互相分着抽……""他说——服我了。"陈文魁边说边嘿嘿地笑着。

"哪，一会儿，你也跟着我们去接他好吗？"陈李氏高兴地问完，又说："小雁子也去。""好啊！"陈文魁说完端起饭碗，像是跟碗里的稀饭有仇似的，一扬脖儿，呼噜呼噜地灌进肚里，然后把空碗向桌上一推，"走啊，现在就去找小雁子去。"

"文魁，等等！"陈荣焦乐得合不上嘴儿，连忙放下手中的碗筷，等他追出了门又出了院，陈文魁的身影正好消失在卫生所的拐角处。他赶忙紧撵了几步，跟着陈文魁的脚后就进了卫生所。

"大叔，文魁！"杨金环和卫生员老张围坐在床头正和徐亮唠着嗑，见陈荣焦父子脚前脚后地走进来，忙站起身来，笑着打招呼："你们吃完午饭了？""吃完了。"陈文魁条件反射地回答着，然后向徐亮的床前凑了凑，但没说什么，只是一个劲儿地嘿嘿直笑。

"你，你……"徐亮有些惊恐地向床里挪了挪身子。"徐指导员，别怕！文魁是来接你回家的。"陈荣焦忙上前解释，他说完，笑着问儿子："文魁，你是不是来接徐指导员来了？"

"是啊！"陈文魁微微一笑："是小雁子让我来接你的，"他瞧着徐亮说完，又把脸转向杨金环，"大姐，小雁子让你们一家都去呢。说咱们是一家人。""文魁——"一声大姐，一句亲切的话，使杨金环惊呆似的瞧着微笑着的陈文魁，顿时热血沸腾，激动地竟连答应一声也没有吐出口，两串热泪禁不住从她眼窝里缓缓地滴落下来。

"杨书记，文魁好了！"老张喜出望外地说完，拿过毛巾递给杨金环。"好了！是好了！"杨金环接过毛巾擦了擦眼泪，"文魁呀！"话一出口，眼泪又止不住地流了下来。

徐亮更是惊喜万状。这些天来，他经不住陈文魁父母的再三恳求，加上老房子被火烧了，新房子彭大诚还住着，即使彭大诚搬走腾出房子，也得收拾一阵子才能住进一家人，再加上眼下时值秋收大忙季节，徐亮实在不忍心再拖累杨金环了，只好答应先去陈文魁的别墅住一些日子，这样陈荣焦两口子也能帮着杨金环照顾照顾自己。可真的要去了，他又打起怵来，任杨金环和老张磨破了嘴，说破了天，他就是赖着病床不走。此时，徐亮激动地拉了拉杨金环的手："金环，我想通了，听你的，咱们去文魁家。"

"杨书记，"陈荣焦老泪纵横地说："就别再耽搁了，我们现在就回家。"他说着就把轮椅推到了床前，"文魁，你扶着点车，"他把轮椅交给陈文魁扶着，然后和杨金环，还有老张把徐亮弄到了轮椅上。

"回家喽！"陈文魁显得异常的兴奋，推起轮椅就向外走，杨金环和陈荣焦，还有老张跟在后面，三人都乐得合不上嘴儿。"文魁，"徐亮扭头瞧了瞧陈文魁，想说什么，又什么也没有说，但眼睛里却分明闪现着喜悦的泪花。

自打徐亮被大火烧伤后，这一躺就是十多天。等他坐着轮椅被陈文魁推出病房，来到了屋外。徐亮感到北大荒的秋天真正地来临了——雁阵南归，田野金黄。放眼望去，完达山变成了五花山了，但见柳暗枫红，白桦淡紫，柞叶深翠，椴树正青……

"杨书记，"陈李氏见杨金环等人来到了门前，忙迎上来说："你们可来了——快进屋。"她说着用手遮挡住阳光，细细地瞧了瞧，没见着黄春雁，就问："春雁怎么没跟着来呀？""啊！"徐亮嘴快地回答："小雁子和大诚跟着老汪一早——"

"啊，"杨金环生怕徐亮说出实情，惹得陈文魁再去江边去找黄春雁，就扒拉一下徐亮让他住口，忙搪塞说："他们一早就下地了。""咋不早说呢？"陈文魁一听就不乐意了，当时就翻了脸，生硬地问徐亮："是不是你让她去割水稻了？"他说着怂了两下轮椅，吓得徐亮"妈呀"地惊叫了一声。"文魁，"陈荣焦忙从陈文魁手里夺过轮椅，把徐亮推到一边，然后责怪地问："你这是干什么？"

"你——"徐亮刚要发火，但马上又笑嘻嘻地说："文魁，你听我说呀，小雁子下地去指导工作去了，就像你当年领着你大姐她们家属队干活似的……""瞎整！"陈文魁似乎想起了什么，就说："我得去瞧瞧去。"他说着就朝白桦林方向走去。

"文魁！"陈李氏喊着，就要上前去拉陈文魁，被杨金环拦住。"大婶，让他去吧！"杨金环说完，捂着胸口，自语道："吓死了，多亏老徐没发火，要是再戗着他来，说不上会是什么样呢？"

"是阿！杨书记说得对——"老张拍拍徐亮的肩膀笑着说："老徐呀，真有你的，没想到你急溜溜的脾气改得这么快。""不改不行啊！"徐亮挠了挠头，又瞧了瞧杨金环，笑着说："和文魁这样的病人相处，就不能戗着来，只要你不惹怒他，他是不会伤害你的——我弄成这样都是我自找的，说句不好听的话——活该呀！"他说完哈哈地笑出声来。

"老徐，你能有这个认识我就放心了。"杨金环笑着对徐亮说完，她望了望不远处的科研所，对众人说："我去科研所看看去——过两天就要剪彩了，武解放他们都要回来，咱们得把工作作好呀！可不能冷了他们的心啊！"徐亮瞧着新落成的科研所，感叹道："我可真没想到，武解放这小子出息成了大丈夫了，等他这次来，我一定请请他，哪怕是坐在一起喝点茶唠唠闲嗑也行啊。"

"徐指导员，"陈荣焦接话说："过去的事情就别想太多了，武解放可能早就忘了。你呀！在他们眼里永远都是他们的指导员啊。""哎呀，"徐亮摇摇头："可别再叫指导员了，这些天我就想要宣布作废我身上的这个代号，还指导员，指导员呢，那些年，我就那么稀里糊涂，指导啥呀，都指导歪了，太对不起大家了。"

老张接着说："那也不都是你个人造成的，理解万岁吧。""不对，不对，"徐亮连忙说："老张啊，你可不能这么袒护我了，同是一个天，同是一块地，我家金环咋没像我这样呢，"他说着敲敲自己的脑袋，"哎，得开窍了！"

"你呀！是得好好开开窍了。"杨金环笑着说完，停停又说："你们唠吧，我过去看看！"她说着就向科研所走去。"杨书记，你也要早点回家啊！"陈李氏在后面叮嘱着。

杨金环快步向研科所走去，当她快到楼门口时，又突然转头，急匆匆地跑回来，对老张说："老张，你回连部一趟，叫小吴通知宝进，让他带车去江边迎迎大诚和小雁子他们——你们看这天气。"她说着用手指指西北方向，大家一看，就见一团乌云朝这边涌来。

"我们也进屋吧！"陈荣焦说着就和老伴儿把徐亮推进了屋，然后让徐亮坐着轮椅各屋走走，自己就和陈李氏忙活晚饭去了。徐亮转着轮椅各屋走了一圈儿，心情异常的激动，没想到武解放为陈文魁盖得这幢别墅设计得这么周到，除两位老人的房间和陈文魁结婚用的外，就连陈文魁的下一代，不！下两代的房间都准备出来了。

徐亮各屋看得差不多了，就来到了厨房，见两位老人正忙活着，就要伸手干点啥。陈李氏就把卫生间里的洗衣机打开向里扔了几件衣物，让徐亮坐在旁边照看着点。

"他徐大哥，"陈李氏忙活了一会儿，走过来问："春雁他们起早走的，现在也该回来了，听说是去了江北，能不能出点啥事？""大婶，你放心吧！"徐亮笑着说："老汪那人办事认真。从小又在水边长大，经历得多了，没事。"

"没事就好，"陈李氏又去忙活去了。徐亮按照陈李氏的嘱咐，把一小堆衣服往洗衣机里一放，不禁大叫起来："大婶，不好了。""怎么了？"陈李氏紧忙又返来。

徐亮指着洗衣机，说："我把金环和小雁子两件一样的衣服一起放进去了，也没弄个记号，分不清谁是谁的了。"陈李氏一笑："嗨，大惊小怪的，吓我一跳，我以为怎么了呢，都成一家人了，什么分清分不清的，再说了，反正都是一样的料，一样的款式，还是出自一双手，又是一个人送的。"

"大婶，"徐亮哈哈地笑着说："你这词儿还挺多的呢。""照你们年轻人差远了！"陈李氏也笑笑，见徐亮拎出一件在领子上打肥皂要用手搓，忙劝阻说："他徐大哥，快放下吧，这活不用你，我老婆子还能干得动。再说你的手还没好利索……"

"大婶，"徐亮不好意地说："这事儿我只能和你说，我要是帮着金环和小雁子干点儿活呀，心里头就觉得特别的舒服，能从头顶一直舒服到脚心，这是咋了呢？""咋了？"陈李氏一笑："你变了呗！"

徐亮和陈李氏正交谈着，就见黄春雁披头散发地跑进来，一下子瘫倒在地上，大声哭喊道："不好了，彭……彭……老师……出……出事了……"

第五十二章

送葬这天，下起了小雨，冷风凄凄……

彭大诚的尸体被装进一口新油好的红棺材里，摆放在知青宿舍门前广场上临时搭起的灵棚里。杨金环和徐亮肃立在棺椁旁，两人的眼睛都哭得红肿。在分局上高中的大龙也回来了，正和小凤跪在彭大诚的灵前，用一个瓦盆，烧着纸钱儿，整个灵棚里纸灰飞舞，烟火气弥漫，一切都笼罩在哀伤的烟雾之中。

陈荣焦拉着杨金环的手，哭泣着说："杨书记，你千万要注意节哀，保重身体呀。"陈李氏站在一边，老人家早已泣不成声。"大婶，别哭坏了身子。"徐亮把轮椅摇近老人，说："金环刚才昏过去了，这阵子好多了，已经好多了。"

杨金环哭诉着说："我父母走的早，把大诚交给我了，我没有尽到当姐姐的责任。""大姐，不能这么说呀。"黄春雁哭得像个泪人似的，抽抽搭搭地说："你为大诚，为我们，为整个连队把心都要操碎了……呀！"

"大诚呀，"杨金环擦擦眼泪，继续唠叨着："为人处世，对谁都那么谦和帮忙，就是个人问题上眼眶太高，除了小雁子外，我就没听说过他还喜欢哪个姑娘，就这么走了，连个对象……"她说着又抽泣起来。"大姐，"黄春雁扑到杨金环的怀里，流着眼泪，哭诉道："你……你还没有我了解彭老师，彭老师不是再没有看好的姑娘，他这个人处世和搞科研一个样，一件事没着落，另一件事就不开头，是我……把他耽误了……呀！"

"小雁子，别太自责了。"杨金环拍打着黄春雁："感情这事情太复杂，不能说谁耽误谁。""杨书记，"李宝进领着几个人进来，他说："王场长陪着省科学院院长和书记来看望你了。"

"杨金环同志，"王场长介绍说："这是省农科院的娄院长，这是艾书记。"娄院长握住杨金环的手，悲痛地说："彭大诚同志牺牲的消息震动了全院，大家连续两三天都办不下去公事，都要来看你，让我劝阻住了。"杨金环连连说："谢谢娄院长、艾书记和大家。"

"杨金环同志，"艾书记拉着杨金环的手，似乎有许多的话要说："我们大家都在难过的同时，也为有这样优秀的科技人才，也为你有这么一位好弟弟而骄傲。"

"艾书记，"黄春雁接过话说："我们也为有这样一位好老师，好同事……而终生……难……"她说不下去了，又哭泣起来，"春雁，行了，"陈李氏怕黄春雁哭坏身体，忙上前把她拉到一边："农场和院里领导来看杨书记，你就别再掉眼泪了。"

"是啊，"徐亮也说："春雁呀，别再哭了。"他说着自己却掉起眼泪来，众人的眼圈都跟着湿润了。

"杨金环同志，"王场长也握住杨金环的手说："娄院长一到农场就批评我，说这么大事儿怎么不报个信儿，安排完了才打招呼，我说，这事来得太突然了，我也不知道，也是今天才听连队报告的。我代表小兴安农场党委向你及你的家人表示沉痛的哀悼……"

"我说了，"徐亮赶忙解释："是不是和农场、省科学院打个招呼，金环犟着劲儿说，咱们能处理好的事情，就别麻烦组织上了。""错了，杨金环同志，"娄院长感动地说："彭大诚同志是你的弟弟不假，这可不是你自己家的事情呀，你们可能还不知道吧，彭大诚同志早就应该回院里上任副院长一职了，可他非得要把这里事情办完才回去，没想到出了这事呀！省领导对这件事很重视，我已经简单地向省里做了汇报，省领导立即做出批示，让宣传部门组织采访整理彭大诚同志的事迹，准备要在全省范围内开展向杨大诚同志学习的活动。"

王场长接过话说："省里也给农场来了电话，让我们积极配合。""杨金环同志，"娄院长走到灵前说："让我们再最后看一眼彭大诚同志吧。"杨金环点点头，随后也跟了过去，灵棚里顿时哭声一片……

起灵时，汪青山来到灵前，他脸上如火后的冷灰，既没有眼泪，也没有特殊的悲伤。他笔挺地站好，双手合一，向彭大诚的棺柩拱了三下，嘴唇嚅动着，想说什么，但没有发出声音，堵得他喘不过气来。突然，汪青山跪在了灵前，随即放声大哭："对不起你啊，彭老师，我是越想越悔恨自己呀！"他哭诉起来，"当时翻船的时候，你喊让黄站长抓住我，我脑袋怎么就缺根弦呢，她抓住我，我再喊声让你抓住她，我憋几口气不就一起上来了……"李宝进和老张上前拉起汪青山，徐亮也流着眼泪说："老汪，别在难过了，你已经尽了力了。当时，大诚只顾喊让黄春雁抓住你了，他就什么都顾不得了……"

"那时候，彭老师的心里只有黄站长了。"汪青山一跺脚："哎！"然后左右开弓自己打起自己的嘴巴子，"我真糊涂，我真糊涂啊！""汪大叔，"黄春雁哭泣着上前把汪青山拉到一边，"你老也要多保重身体呀！彭老师留下来的工作还得由我们去完成呢……"

棺柩被李宝进领人抬上了一辆胶轮车拉出了家属区，拐上了大道，然后向南缓缓驶去。纸钱，像凋落的树叶，随着星乱的雨丝飘飘荡荡。娄院长、艾书记和王场长等人陪着杨金环一家人，架着花圈跟在车后朝白桦林走去……

送葬的人们渐渐散去了，黄春雁却怎么也不肯离去，跪在坟墓前，像用木梳一样从墓顶往下梳理着土块儿，发现大块的就用手捏碎，一道道，一点点地梳理着。"春雁，回去吧。"陈李氏上前要拉黄春雁，被杨金环拦了一下。杨金环瞧了瞧泪人似的黄春雁，对众人说："我们回去吧，让她把心中的悲痛都哭诉出来吧！"

"彭老师——"黄春雁再也抑制不住心中的悲痛，一头扑在坟墓上失声痛哭起来，声音由大渐小，悲壮而深沉："请允许我喊你一声'大诚'吧，我深深知道，这些年你在深深地爱着我，说心里话，我又何尝不深深地爱你呢。文魁对我的爱，你对我的爱，如果放在天平上的话，我简直衡量不出哪个重哪个轻。我正在道德的婚恋线上徘徊的时候，你却为我走了，如果不是眼前还有这么多事情在等着我去做，我真想随你而去……"

一片片金黄色的树叶儿打着旋儿飘落下来，深秋的这片白桦林显得更加空旷了。但在林子里，由于树上地下到处都是金黄色的树叶儿，却让人觉得仿佛沐浴在一个和煦的阳光里。安葬彭大诚的墓地就在白桦林子的边上，是当年陈文魁和黄春雁经常去的地方，墓碑背依着白桦林，面朝向一片刚刚收割完的水稻田。

杨金环和黄春雁陪着武解放、丛娟娟、黄小亚、陈永嘉等人肃立在彭大诚墓碑前。武解放轻轻向前走了几步，深深地鞠了三个躬，然后将手中的一束鲜花放在了墓碑前。

丛娟娟也从人群里慢慢走出来，默立在武解放的身旁，好久才对墓碑说："彭老师，我还没来得及向您道歉，您就这样走了，请原谅我过去的冒失和不礼貌吧——"她说着把手中的拎包打开，慢慢地掏出一套新衣服，放在了墓碑前，"这是我精心为你设计的一套西装，比当年你买武解放的那一套中山装可是帅气多了，我本想看着你穿上让我好好端详端详，可惜，可惜，可惜已经不能了——"她含着眼泪转身对杨金环说："大姐，有件事，我想和你商量一下。我在厦门学习的时候，听台湾老板谈起过，说他侄子曾患有刺激性精神病，后来到美国一家精神病院去治疗，效果非常好，几乎完全恢复了。"武解放擦干眼泪，扭头说："我们来时商量好了——我们打算送文魁去美国治病。"

"解放，娟娟，"杨金环一下子扑上前，紧紧握着武解放和丛娟娟的手，激动地说："真不知该怎么感谢你们好了！"丛娟娟破涕为笑说："大姐，怎么一家人还说两家话呢。"

"一家人，一家人，"杨金环也笑了，又着急地问："娟娟，要是照你们这么说，谁陪着文魁去呢？"她又说："小雁子恐怕不行，科研所刚刚成立，彭老师生前和她制定的大面积推广'叶龄增产技术规划'，还有'超级水稻'的新课题，重担就落在小雁子肩上了。还有，全场各生产队一百多名培训骨干还等着她去讲课……"

"陈医生，"武解放瞧着陈永嘉说："那就辛苦你去一趟吧。""武总，杨书记，"陈永嘉动情地说："你们都是干大事儿的人，大诚生前是我最好的朋友，我甘愿给他献身的土地尽一份力量，这事就交给我吧！"

汪青山见黄春雁在坟墓前栽上了一撮绿油油的稻苗，正在用瓶子浇着水，就深情地说："黄站长，我懂得你的心思——这是彭老师生前培育出来的新品种，也是咱们将来推广的品种，稻秧插在这里，它的灵魂便会跑到彭老师那里去，彭老师看见了就会高兴的，会笑的。""小雁子，"杨金环接过话说："老汪说得对，你这是在用一种特殊方式来表达对大诚一种复杂的情感，一种特别的爱。"

黄春雁站起来说："谢谢你，谢谢你能理解我。"杨金环拉着黄春雁的手，亲切地说："全队的人都理解你，都为你这种真诚所感动着。"

黄小亚摘下眼镜，擦了擦眼角的泪水，对黄春雁说："我们哥几个从心里把你当成英雄了！""我也是英雄？"黄春雁苦笑着："我还不知道该怎么感谢你们呢！陈文魁和彭老师他们才是真正的英雄呢！"

"雁子姐——"从娟娟内疚地走上前去，一头扑到黄春雁的怀里，俩人拥抱着，痛哭起来，感动得在场的人都掉下了眼泪。

"春雁，"武解放激动地对黄春雁说："从我的经历和观察来看，人和人之间的交往，往往缺少的是真诚，难怪古人叹息'人生难得一知己'的感慨，你对陈文魁爱情的真诚，对彭老师情谊的真诚都是少见的。"他说着又把目光转向了杨金环和陈永嘉，"还有大姐、陈医生和彭老师，你们把人间最美好的爱都无私地给了陈文魁和我们，如果天底下的人都像你们这样为人真诚就好了——""别说了，"杨金环被武解放的一番肺腑之言，感动得不知如何是好了，就笑着打断说："快走吧，老徐和文魁一家人还等着我们呢。老徐说了，他呀说啥也要亲手为你们做顿饭，想和你们喝个痛快呢。"

一缕落日的霞光，染红了那片白桦林，也染红了那座墓碑……

二〇〇七年四月·哈尔滨